Die Glasmacherin

Frohe Weihnachten,

ich hoffe,
Du hast Spaß beim
Lesen von diesem
Buch.

alles Gute,

Stefan

Birgit Hermann ist gebürtige Schwarzwälderin, lebt in Titisee-Neustadt und liebt die blauen Höhen und dunklen Wälder ihrer Heimat. Die Mutter dreier erwachsener Kinder arbeitet als Laborantin in einer Klinik und hat bereits mehrere erfolgreiche Romane veröffentlicht.

Birgit Hermann

Die Glasmacherin

Historischer Schwarzwaldkrimi

emons:

Bibliografische Information der Deutschen Nationalbibliothek
Die Deutsche Nationalbibliothek verzeichnet diese Publikation in der Deutschen Nationalbibliografie; detaillierte bibliografische Daten sind im Internet über http://dnb.d-nb.de abrufbar.

MIX
Papier aus verantwortungsvollen Quellen
FSC
www.fsc.org
FSC® C083411

Umschlagmotiv: photocase.com/daniel.schoenen, shutterstock.com/Giraphics, shutterstock.com/ilolab
Umschlaggestaltung: Nina Schäfer
Gestaltung Innenteil: César Satz & Grafik GmbH, Köln
Lektorat: Susann Säuberlich, Neubiberg
Druck und Bindung: CPI – Clausen & Bosse, Leck
Printed in Germany 2016
ISBN 978-3-95451-974-3
Historischer Schwarzwaldkrimi
Originalausgabe

Dieser Roman wurde vermittelt durch die
Literaturagentur Beate Riess, Freiburg.

Ein eigenwilliges Bergvolk waren sie, die Glasmacher. Ihre Schädel waren undurchsichtig wie die grünlich schimmernden Glasklumpen, die sie zuweilen aus ihrem Ofen zogen. Kaum an der frischen Bergluft, erstarrten diese und erinnerten in ihrer Festigkeit an einen Felsbrocken. Besser, man hatte nicht zu oft mit diesem starrsinnigen Volk zu tun.

Prolog

Er hätte nicht die Hand vor Augen gesehen, selbst wenn es ihm möglich gewesen wäre, diese zu öffnen. Das Schneetreiben hatte sich seit Einbruch der Dunkelheit weiter gesteigert. Die Eiskristalle trafen ihn waagrecht im Gesicht wie kleine Glassplitter, seine Augenlider schmerzten.

Nur nicht stehen bleiben, oder noch schlimmer, sich einfach in den weichen Schnee fallen lassen, liegen bleiben. Es wäre ein gnädiger Tod gewesen. Doch er hatte sich nicht durch die Wildnis gekämpft, um jetzt aufzugeben. Er war seinem Häscher mehr als einmal entkommen. Knapp entkommen. Sollten ihn jetzt die Naturgewalten in die Knie zwingen?

Er hatte das Tal der Alb verlassen, als das Licht diffuser und der Sturm immer heftiger wurde. Gehofft, auf dem Höhenrücken im Schutz der Bäume besser voranzukommen. Nach seinen Berechnungen hätte er das nächste Kloster, St. Blasien, in einem Tagesmarsch erreichen sollen, Berau in zwei und Klingnau in drei.

Doch auch hier oben versank er mit jedem Schritt bis fast zu den Hüften im Neuschnee. Um die Füße gegen die Kälte zu schützen – er trug nur Sandalen –, hatte er schon vor Tagen seinen wollenen Habit bis zu den Oberschenkeln in Streifen gerissen und die Beine bis zu den Knien bandagiert. Unter seiner zerrissenen Kutte trug er glücklicherweise noch ganz normale bürgerliche Kleidung. Die Kapuze hatte er tief ins Gesicht gezogen. In der Wildnis war es einerlei, ob er als Bürger oder Mönch auftrat. Hauptsache, er entkam lebend dieser weißen Hölle.

Plötzlich rutschte er einen Abhang hinunter und fand sich auf festem Untergrund wieder. Er beschirmte seine Augen. Schemenhaft konnte er einen Weg ausmachen. Einen Trampelpfad. Er glaubte, eine Siedlung vor sich zu erkennen, Hütten. Das konnte unmöglich sein. Seine Landkarte hatte für diese Gegend nur unbewohnte Waldgebiete eingezeichnet. Hatten ihn seine Sinne getäuscht? Gaukelte ihm sein Unterbewusstsein eine Scheinwelt vor, hatte er die reale Welt schon verlassen?

Mehr wankend denn gehend erreichte er den unwirklichen Ort. Hatte er gerufen, oder erwartete man ihn bereits?

Ein Tor öffnete sich, ein riesiges Feuer prasselte, er konnte die Hitze auf der Haut schmerzhaft spüren.

Kleine Männlein mit spitzen Filzhüten zerrten an ihm, schleiften ihn zum Feuer. Waren es Teufel, die ihn ins Höllenfeuer werfen wollten?

Er versuchte, sich zu wehren, doch sie waren in der Überzahl.

KAPITEL 1

Noch herrschte Stille über dem Wald – ein kurzes Innehalten der Natur im Übergang von Nacht zum Tag. Die Jäger der Dunkelheit waren verstummt, die Tiere des Morgens harrten im Unterholz, als warteten sie auf ein heimliches Zeichen, das den Beginn der Dämmerung einläutete.

Ein schwacher Silberstreif am östlichen Horizont zeichnete die Spitzen der Tannen immer deutlicher gegen den funkelnden Sternenhimmel ab. Schemenhaft ließen sich die Umrisse des Glasmacherdorfes im Windbergtal hoch über St. Blasien ausmachen. Die tief gezogenen Dächer der Schwarzwaldhäuser duckten sich an die steilen Halden, als müssten sie sich vor einem unsichtbaren Feind verstecken.

In der Mitte des Ortes lag das pulsierende Herz der Siedlung, die Glashütte. Die Wohnhütten hielten respektvollen Abstand vor dem Hitze und Funken speienden Ungetüm des Waldes. Es schlief nie.

Von diesem Schmelzofen hing die Existenz des ganzen Dorfes ab. Ging die Keimzelle des Lebens aus, verschwand die Siedlung. Das geschah alle paar Jahrzehnte, dann, wenn der Feuerschlund alles um sich herum kahl gefressen hatte.

Noch brannte im Inneren der Glashütte das ewige Feuer, blubberte und brodelte die schmelzende Masse in den irdenen Häfen. Die rote Glut der Ofenlöcher tauchte den ganzen Raum in ein diffuses oranges Licht, das durch die Fenster und Türritzen in die Nacht hinaus schimmerte. Es wirkte von Weitem, als stünde die ganze Hütte in Flammen. Ging die Tür, weil einen der Wachhabenden die Notdurft plagte, hörte man das Prasseln der auflodernden Flammen, die durch den Luftzug neue Nahrung bekamen.

Die Schürbuben hatten die ganze Nacht gewacht und Holzkohlen nachgelegt. Das Gemenge in den Tonhäfen über den Feuerlöchern war nun geschmolzen. Die Jungs behielten die zähe, nahezu glühende Masse genau im Auge. Nicht mehr lange, und sie war aus dem Sande, was bedeutete, dass sich die letzten Sandkörner unter der Einwirkung der Hitze auflösten. Dann war es Zeit für das Klopfen. Die Glasbläser wurden geweckt. Die ideale Zeitspanne für die Ausarbeitung war sehr kurz, sie durften sie nicht verschlafen.

***

Marie, die Tochter des Glasmachermeisters Michael Sigwarth, schreckte im Bett hoch. Irgendetwas hatte sie geweckt. Noch ehe sie überlegen konnte, ob sie nur geträumt hatte, hörte sie es wieder. Ein feines »Pling«. Es war nicht das dumpfe Klopfen der Schürer gegen die Brettertür, jenes Geräusch kannte sie seit ihrer Kindheit und registrierte es höchstens noch im Unterbewusstsein. Es klang, als werfe jemand Steinchen gegen die Glasscheiben.

Marie vernahm im Raum nebenan, der elterlichen Schlafkammer, schlurfende Schritte Richtung Fenster, das sogleich aufgeschoben wurde. Sie huschte, neugierig geworden, ebenfalls aus dem Bett, ihre Schwestern schliefen noch.

Das Fenster der Mädchenkammer klemmte, so konnte Marie zwar die Stimme des Vaters vernehmen, der sich im Augenblick wohl aus dem Fenster lehnen musste, aber sie verstand seine Worte nicht. Abgehackte Gesprächsfetzen drangen von unten nach oben.

Auch wenn sie sich auf die Zehenspitzen stellte, konnte Marie die Person unterhalb des Fensters nicht ausmachen. Das Fenster mit Gewalt zu öffnen hieße, das halbe Haus zu wecken und den nächtlichen Besucher zu warnen. Sie verharrte lauschend.

Leise ging die elterliche Schlafkammertür auf und wieder zu, kurz darauf knarzten die Stufen am Ende des Flurs. Michael Sigwarth schlich die Treppe hinunter. Normalerweise polterte er unüberhörbar.

Als sie eine Weile nichts mehr gehört hatte, öffnete Marie vorsichtig die Tür. Sie hielt die Klinke mit beiden Händen umschlossen, um das zu erwartende Geräusch zu dämmen, denn auch dieses Schloss quietschte. Sie wollte die Schwestern nicht wecken.

Auf Zehenspitzen eilte sie durch den Hausflur des Obergeschosses und blickte auf der Stirnseite des Hauses auf den Dorfplatz. Im flackernden Schein der Glashütte erkannte sie die breite Gestalt ihres Vaters. Er stand unweit des Brunnens mit dem Rücken zu ihr. Die Person, mit der er sprach, war leicht nach vorn übergebeugt, sie stand im Schatten des Vaters. Die Unterhaltung war sehr knapp.

Kurz darauf riss Michael in gewohnter Manier lautstark die Haustür auf und brüllte nach seinem Weib: »Ludwina!«

Marie schlich wieder zurück in die Kammer und spähte aus dem talwärts liegenden Fenster. Die fremde Person entfernte sich humpelnd und lief am Bächlein entlang Richtung Talausgang. Sie nahm nicht den offiziellen, breiten Weg über den Berg, sondern den kürzeren, aber gefährlicheren Schluchtensteig Richtung St. Blasien.

Marie hielt den Atem an. Sie erkannte den Mann an seinem Gang. Man nannte ihn »Dubel«. Er lebte unten im Kloster und war nicht ganz gescheit im Kopf, so zumindest sagten die Leute.

***

Die Umrisse der Umgebung waren bereits deutlich zu erkennen, als der nächtliche Wanderer die Schlucht auf halber Höhe wieder verließ und entlang der Felsen eilte. Das Kloster, sein Ziel, lag an der Alb.

Noch vor dem Erwachen der Waldvögel war von dort fein wie Spinnfäden ein dünner Gesang zu vernehmen. Er durchwob sacht die allmählich weichende Dunkelheit. Der Lobgesang »Benedictus« wehte durch die Flure und klopfte an allen Zellentüren des Klosters an. Nach und nach wurde er fester und kräftiger, bald mehrstimmiger. Die Mönche waren erwacht.

Der Ankömmling glitt ungesehen in den Chorraum.

Psalm 50 folgte bereits im Wechselgesang. Die morgendliche Andacht begrüßte diesen neuen Tag im Herbst des Jahres 1711 wie jeden Morgen.

Wäre da nicht ein plötzliches lautes Poltern zu vernehmen gewesen, das die Ruhe zerriss, die bis eben noch im Skriptorium geherrscht hatte.

Bruder Stephanus lag am Boden, ein umgekippter Hocker neben ihm. Ein ganzer Stapel Schriftrollen regnete sogleich aus dem Regal über seinem Kopf auf ihn nieder. Die Flamme der Kerze, die auf dem schweren Eichenpult stand, duckte sich, als müsse auch sie sich vor den fallenden Dokumenten schützen. Nur um sich gleich wieder in Richtung Tür zu neigen, dem Sog nachgebend. Denn dort stand mit strengem Blick Pater Cajetano. Der klösterliche Oberrechner.

»Stephanus, was tut Ihr hier? Solltet Ihr Euch um diese Zeit nicht zur Laudes im Chorraum befinden? Stattdessen lärmt Ihr wie ein Poltergeist und liegt unter meinen Dokumenten begraben. Was habt Ihr hier überhaupt zu suchen?«

Bruder Stephanus hätte ihm die gleiche Frage stellen können. Es war klar, dass auch Cajetano nicht im Chorraum gewesen war, denn der lag außerhalb der Hörweite des Skriptoriums. Dennoch zog er es vor, Demut zu demonstrieren und wie ein ertappter Dieb mit hängenden Schultern zu schweigen. Stephanus war zwar vom Stuhl, aber nicht auf den Kopf gefallen. Großmut wäre hier fehl am Platze gewesen.

Pater Cajetano nahm dies mit Genugtuung zur Kenntnis, doch nicht nur des ergebenen Schweigens wegen. Er schielte auf die angeknackste Strebe des dreibeinigen Hockers. Seine Manipulation hatte die Wirkung nicht verfehlt, er war mit sich zufrieden.

Cajetano hatte Bruder Stephanus schon länger im Verdacht, der nächtliche Unhold zu sein, der sein Refugium heimlich aufsuchte. Das Betreten dieses abgegrenzten Teils des Skriptoriums war für Stephanus ohne die ausdrückliche Genehmigung des Paters nämlich untersagt. Ihm, Cajetano, war aufgefallen, dass manche Dinge am Morgen anders standen, als er sie am Abend hingelegt hatte.

Bruder Stephanus nahm sich seit seiner Ernennung zum Sekretarius viele Freiheiten heraus, was das Herumschnüffeln im Skriptorium und in der Bibliothek betraf. Zu viele, für Cajetanos Geschmack. Vermutlich studierte er nachts heimlich die Akten, nur mit dem Ziel, vor dem Abt zu glänzen und ihm, dem klösterlichen Oberrechner, das Wasser abzugraben. Doch so leicht ließ er sich nicht aus dem Amt vertreiben. Da konnte Abt Augustinus den scheinheiligen Bruder zehnmal belobigen. Der Oberrechner war noch immer er, Cajetano. Und diese frühmorgendliche Runde des Schlagabtausches ging an ihn, hatte er den Bruder doch überführt.

Cajetano wippte siegessicher auf den Zehenspitzen, eine Angewohnheit, die ihn in brenzligen Situationen um ein paar Nuancen größer wirken ließ, denn er war von der Natur um eine halbe Haupteslänge betrogen worden.

»Oh, oh, Pater Cajetano, ich weiß, dass es sich nicht schickt zu so früher Stunde, aber ich wollte Euch eine Freude machen und unsere Reise vorbereiten. Die Landkarte über die Waldgebiete am Schluchsee. Ich kann sie nicht finden.« Stephanus hatte noch nie gut gelogen. Ein Anflug von Verlegenheit hauchte ihm einen roten Schimmer auf die runden Wangen.

»Hier werdet Ihr sie auch nicht finden. Die Landkarten sind dort drüben.« Cajetano deutete mit seinem ausgestreckten Finger an die gegenüberliegende Wand. »Und jetzt raus hier.«

Bruder Stephanus hatte sich aufgerappelt und versuchte recht ungeschickt, die Schriftrollen vom Boden aufzusammeln.

»Lasst das liegen, Ihr seid noch imstande und zertrampelt meine wertvollen Dokumente.« Der Finger des Paters deutete unmissverständlich in Richtung Tür, woraufhin Bruder Stephanus die Rollen erneut auf den Boden fallen ließ und wie ein gescholtenes Kleinkind davontrottete.

Cajetano atmete erleichtert durch. Stephanus war zwar ein Zahlengenie, aber auch ein Chaot. Wo er war, hinterließ er eine Spur der Verwüstung. Zumindest empfand Pater Cajetano das so. Nichts war mehr so, wie es war, seit diese Dampfwalze Zutritt zur Bibliothek hatte. Stephanus war keine Schriftrolle heilig, nicht einmal die alte Stammurkunde aus dem Jahre 983, die man wie eine Reliquie in einer geschnitzten Schatulle aufbewahrte. Dass er sie in den Händen gehabt hatte, war eindeutig. Seine klebrigen Fingerabdrücke waren auf der Außenseite des Behältnisses zu sehen gewesen. Klebrig vom Beerenmus, von dem er zuvor in der Küche genascht haben musste.

Das war auch schon seine zweite Unart, das Essen. Oder sollte man eher Fressen sagen? Denn nichts anderes war es, wenn Stephanus schmatzend und schlürfend am Tisch saß, nicht ahnend, dass er damit seine primitive Abstammung bekundete.

Cajetano schauderte, wenn er daran dachte. Und doch musste er ihn erdulden, Abt Augustinus hielt große Stücke auf den Trampel. Bisher war er der alleinige Herrscher in diesen Archiven gewesen. Er, Pater Cajetano, der klösterliche Oberrechner und die rechte Hand des Abts Augustinus. Bisher, doch dieser bäuerliche Emporkömmling mischte sich immer wieder in seine Abrechnungen und Verträge, um dem Abt stehenden Fußes Verbesserungsvorschläge zu unterbreiten. Sein Feingefühl dem älteren Oberrechner gegenüber glich dabei dem eines verirrten Wildschweins in einem Rosengarten. Einem gepflegten und gehegten Rosengarten.

Jede alte Niederschrift war eine empfindliche Blüte, jede Zeichnung eine Knospe. Doch davon verstand diese gezähmte Kreatur nichts, unter der Mönchskutte steckte noch immer das Wildschwein.

Deshalb hatte Cajetano begonnen, die kirchlichen und weltlichen Schätze zu schützen – auf seine Art. Niemand wusste davon, nicht einmal der Abt, die Lichtgestalt von St. Blasien. Der am allerwenigsten, denn sein Licht war ein Blendwerk.

Eigentlich hätte Stephanus wissen müssen, wo die Landkarten lagerten. Er hatte sie vor einigen Monaten selbst vom Arbeitspult ins Skriptorium geräumt. Was hatte er wirklich gesucht?

Cajetano rollte das Dokument, das Stephanus aus den Händen geglitten war, auf. Er warf einen flüchtigen Blick darauf. Der letzte Pachtvertrag mit den Glasmachern. Unterzeichnet vom Vorgänger Augustinus', Abt Romanus. Der Vertrag trug das Datum vom 9. August 1684. Als Glasermeister hatten damals unterschrieben: Vogt Michael Sigwarth, dessen Bruder Josef, Michael Schmidt, der zugleich als Wirt fungierte, dessen Bruder Conrad, Barde Rogg, Samuel Hug und Georg Greiner. Das Nutzungsrecht des Waldes beim Wittemle im Windbergtal war laut diesem Abkommen auf dreißig Jahre vergeben worden. In drei Jahren würde es auslaufen.

Leben kam in den klösterlichen Oberrechner. Bruder Stephanus konnte ihm viel erzählen, aber es war kein Zufall, dass ihm ausgerechnet heute der Vertrag der Glasmacher auf den Kopf gefallen war. Heute, da das Treffen mit den Glasmachern stattfinden sollte.

Cajetano drehte die Rolle ganz auf. Das Schriftstück von Abt Augustinus, das die Bitte der klösterlichen Glasmacher um Verlängerung der Nutzungsrechte ablehnte, fehlte. Die Glasmacher waren nur die Pächter. Diese Absage war der Gegenstand des heutigen Treffens. Die Wälder am Wittemle waren durch den Hüttenbetrieb nahezu abgeholzt, der Boden gerodet und somit bereit für Ackerbau und Viehzucht. Das Kloster plante, zehntpflichtige Bauern anzusiedeln. Um diese in die entlegenen Ecken zu locken, war es den Zuzüglern möglich, die Lehensgüter käuflich zu erwerben. Ein Novum in der Geschichte des Klosters. Hörige, die Besitz erwerben konnten!

Cajetano wusste, ginge es nach Augustinus, würde er das Gesetz wieder rückgängig machen. Doch der Abt konnte sich nicht noch mehr Ärger mit seinen Untertanen leisten.

Die Möglichkeit, sesshaft zu werden, war auch einigen Familienmitgliedern der Glassippe willkommen, denn nicht alle konnten oder wollten Glasmacher werden. So hatten sich schon manche im Vorgängerdorf Althütte eingekauft. Die restlichen Baumbestände mussten vor den Holz fressenden Öfen der Glasmacher bewahrt werden. Ohne Brennholz wäre auch das Überleben der Bauern nicht möglich. Es ging dem Kloster um Wirtschaftlichkeit und effektivste Nutzung.

Nordwestlich des Schluchsees gab es noch nahezu unberührte Urwälder, die ideale Bedingungen für die Glasmacher boten. Man musste den Glasvogt nur überzeugen. Ein schwieriges Unterfangen, was eher an der Person als an der Lage des neuen Platzes lag.

Cajetano wusste zwar nicht, was Stephanus mit dem verschwundenen Vertrag im Sinn hatte, dennoch fühlte er sich hintergangen.

»Von wegen Landkarte. Warte nur, du scheinheiliges Bauernbürschchen, dich führe ich vor!« Er ballte seine Rechte zur Faust und drohte lautstark gegen die halb offene Tür, wissend, dass der Sekretarius schon längst das Weite gesucht hatte.

***

Michael, der jüngere Neffe des damaligen Glasvogts Michael Sigwarth, hatte das Amt des Ortsvorstandes heute inne. Er hatte soeben eine wichtige Nachricht erhalten und polterte die Stiege hoch.

»Weib«, rief er und stieß seine noch schlafende Frau unsanft an, »wo ist mein Wams!«

Ludwina reckte den Kopf. »Wo soll es sein? Dort, wo es immer ist. Über dem Stuhl.« Sie drehte sich um und zog die Decke weit über die Ohren, es war noch nicht ihre Zeit. Doch die Ruhe währte nicht lange.

»Ich meine mein ledernes. Es ist kühl heute Morgen«, sagte Michael unwirsch.

»Herrgott, es ist noch Nacht. Was weiß ich. Fragt Marie, sie sollte das Lederzeug fetten.« Ludwina hoffte, den frühmorgendlichen Plagegeist erst einmal loszuhaben, sollte seine Tochter sich kümmern.

Schnaubend zog der Glasmachermeister aus der Ehekammer, stieß die Tür zur Mädchenkammer auf und brüllte: »Marie! Meine Weste!«

Die Angesprochene hob scheinbar verschlafen den Kopf, so als sei sie eben erst aufgewacht. Mit ihr reckten sich drei weitere Blondschöpfe aus den Kissen. Zerwühlt und orientierungslos, da aus tiefstem Schlaf gerissen.

»Euer Lederwams, Vater? Das müsste noch in der Truhe sein. Ihr hattet es diesen Herbst noch nicht an. Wozu, wenn ich fragen darf, braucht Ihr es heute in aller Frühe?«

Marie versuchte, so nebensächlich wie möglich zu klingen, aber sie brannte darauf, zu erfahren, was der Dubel zu solch früher Stunde im Dorf zu vermelden gehabt hatte.

»Dass ich es noch nicht anhatte, weiß ich selbst«, fuhr ihr Vater sie an. »Die Herren vom Kloster kommen. Schnell, es war wohl deine Aufgabe, mein Wams herzurichten!«

Marie wusste auch ohne in der Dunkelheit Einzelheiten ausmachen zu können, dass seine Halsvene bereits dick angeschwollen war. An Schlaf war nicht mehr zu denken, ehe der Vater sein Begehren nicht erfüllt bekam. So kroch sie aus dem Bett.

Den Auftrag, das Wams des Glasmachermeisters herzurichten, hatte sie zwar nie erhalten, wie auch, bis eben wusste noch niemand vom heutigen Aufkreuzen der Klosterherren. Es nützte jedoch nichts, sich zu rechtfertigen, ihre Stiefmutter würde es sowieso abstreiten.

Ein Blick durch die hellen, kostbaren Butzenscheiben, ein Privileg ihres Familienstandes, zeigte ihr im ersten anbrechenden Tageslicht, dass die Scheiben gefroren waren. Sie ging dem Vater voraus und öffnete die Truhe, die im Flur zwischen den Schlafkammern stand. Er leuchtete ihr mit einer Kerze.

»Hier ist Euer Wams.«

Michael Sigwarth packte die ärmellose Lederjacke mit seinen großen Pranken. Dann schmiss er sie Marie wütend vor die Füße.

»Hart wie Schuhsohle! Ist das gefettet? Soll ich etwa so vor die Klosterherren treten? Wie ein Bettler mit abgewetztem Rock? Mich der Lächerlichkeit preisgeben? Zu was habe ich eine Handvoll Weiber im Hause? Damit die sich dem Schlaf der Schönheit hingeben, während ich um die Zukunft der Glasmachersippschaft verhandle? Ist das der Dank? Schickt man mich wie einen Lumpen vor die Hütte?«

Marie atmete kurz durch und schnappte das am Boden liegende Wams, ehe der Vater sich weiter in seine Tragödie hineinsteigern konnte. Sie hätte es sich denken können: Einen Michael Sigwarth speiste man nicht mit halb fertigen Dingen ab.

Es blieb ihr keine andere Wahl, als die Weste zu fetten. Und zwar jetzt, selbst wenn vor Sonnenaufgang nicht mit dem Besuch der Gesandtschaft zu rechnen war.

Im Vorbeilaufen stieß sie die neugierigen Köpfe ihrer Schwestern in die Kammer zurück und zog die Tür zu. Mit nackten Füßen eilte sie über die kalten steinernen Bodenplatten in die Küche.

Marie öffnete das Türchen des Chuchichäschtlis, wie der Küchenschrank mit eidgenössischem Spracheinschlag auf dem Wald genannt wurde. Der Geruch von geräucherten Speckschwarten stieg ihr in die Nase. Sie griff, trotz Dämmerlicht, zielsicher danach. Die scheinbar wertlosen Reste der letzten Mahlzeit wurden sicher vor den Katzen in einem Tongefäß aufbewahrt. Nicht nur Leder wurde damit gefettet, auch die Messer und Klingen der Äxte wurden so vor Rost geschützt.

Marie setzte sich und begann, das Wams unter dem schwachen Schein der Kerze, die ihr Michael hingestellt hatte, einzufetten. Unterdessen öffnete ihr Vater das Fenster und brüllte über den Hof: »Schürer, Feuer!«

Ein etwa zehnjähriger Junge kam kurz darauf gerannt. Seine Füße waren in Felle gewickelt, seine Wangen glühten von der nächtlichen Arbeit am Ofen. In der einen Hand balancierte er auf einer Schaufel die glühenden Holzkohlestücke, unter dem anderen Arm trug er Holzscheite.

Michael hielt ihm die Tür auf. »Guter Junge«, lobte er ihn, als spräche er mit einem Hund.

Während der Bub das Feuer im Ofen seines Meisters schürte, machte er selbst sich daran, den Kienspan zu entzünden. Ein warmer Schein erhellte die Umgebung.

»Soll ich Euch noch mehr Holz bringen, Meister?«

Das Feuer knisterte im Ofen, der Junge deutete eine ergebene Verbeugung an.

Michael war zufrieden. »Nein, die Mädchen müssen nachher auch noch was zu tun haben. Du kannst dir einen Apfel dort aus dem Korb nehmen«, sagte er und deutete mit dem Kopf in Richtung Obstkorb.

Als endlich Ludwina, Michaels zweite Frau, schwerfällig die Stiege herunterkam und begann, den Haferbrei zu kochen, war der Meister endgültig versöhnt. Er setzte sich an den Tisch und ließ sich das Frühstück heranschaffen. Neben Haferbrei gab es in Speck gebratene Eier, Roggenbrot, Tee und Waldbeerenmus.

Er müsse sich gut stärken, verdeutlichte Michael seiner Familie, vor ihm liege eine schwierige Aufgabe: die Suche nach einer geeigneten Bleibe für die nächsten Jahrzehnte. Dass Abt Augustinus seine Meinung ändern würde, war unwahrscheinlich.

Augustinus' Wort war Gesetz. Und wenn er die Bitte auf Verlängerung ausschlug, gab es kein Zurück. Raubbau am Wald! So die Begründung des Klosters. Dabei hätte das Holz noch auf Jahre gereicht, wären sie nicht genötigt worden, die Produktion zu erhöhen. Genötigt vom Kloster selbst. Weißes Glas! Wo jeder wusste, dass dafür ein Vielfaches an Holz gebraucht wurde, um die reinigende Pottasche herzustellen. Die Produktion von grünem Waldglas, wie es seit Jahrhunderten im Schwarzwald Sitte war, hätte die Wälder nicht so sehr in Mitleidenschaft gezogen.

Es waren nicht nur die Reparaturen am Kloster selbst, die die Gelder verschlangen. Der Dreißigjährige Krieg hatte große Verwüstungen hinterlassen, gewiss. Kaum war jedoch der Friede im Land eingekehrt, zogen wenige Jahre darauf bedingt durch den Spanischen Erbfolgekrieg, der immer mal wieder in einer Ecke des Landes aufloderte, weitere Heereszüge durch den Schwarzwald.

Trotz der Raubzüge lag der größte Hunger nach Steuergeldern vielmehr in Augustinus' ehrgeizigen Bauplänen begründet. Hatte der doch gleich zu Beginn seiner Amtszeit damit begonnen, den Kirchturm abtragen zu lassen. Zwei Türme schmückten nun das Münster, so wie es überall Mode war. Und weitere Umbauten waren im Gange. »Barock«, nannte man den neuen Baustil, der auch die Klöster erfasste.

Kaspar Moosbrugger, ein Laienbruder aus Einsiedeln, hatte die Pläne gezeichnet. Doch das Volk, die Bauern aus der Grafschaft Hauenstein, dessen Landgraf Augustinus ebenfalls war, begehrte auf. Sie wehrten sich gegen die immer höher werdenden Abgaben. Schon seit Jahren dauerten die Streitereien. Einmal musste Augustinus sich sogar vor diesem Mob in der St. Blasianischen Propstei in Klingnau auf eidgenössischem Gebiet in Sicherheit bringen. Zweimal weilte er aus demselben Grund im Kanton Aargau in der klösterlichen Propstei Wislikofen. St. Blasien hatte seine Güter weit gestreut. Eine Legende berichtete, dass im späten Mittelalter klösterliche Gesandte auf ihrem Weg nach Rom immer in eigenen Klöstern übernachten konnten.

Augustinus nahm es von den Lebenden, wie man so schön sagte. Darum lag es nun an ihm, Michael Sigwarth, dem Vogt der Glasmachersippe, möglichst gute Bedingungen mit den Abgeordneten des Klosters auszuhandeln, von deren Besuch er offiziell noch nichts wusste. Solche Treffen wurden meist einseitig beschlossen, doch es gab Verbündete.

Nicht nur Michaels Leben und das der Familien hingen vom Verlauf des heutigen Tages ab. Ein ganzer Tross von Arbeitern und Helfern erwartete von ihm, dass er ihre Zukunft sicherte. Und dazu gehörte, ebenso wie Verhandlungsgeschick, ein neuer guter Glashüttenplatz, der alle Voraussetzungen für wirtschaftliches Arbeiten erfüllte.

Im Geiste zählte Michael die vom Kloster aufgebürdeten Geschäftsbedingungen nochmals auf, um keine zu vergessen. Er würde die Glasmacher sicherheitshalber zur Beratung einbestellen. Zehn Köpfe dachten mehr als nur einer, auch wenn er das Oberhaupt und Sprachrohr der Gemeinschaft war. Für das nachfolgende wichtige Zusammentreffen mit den Lehensgebern brauchte Michael neben einem klaren Sachverstand auch ein tadelloses Erscheinungsbild. Dazu gehörte das lederne Wams. Kleider machten Leute.

***

Die Sonne kam bereits über den Wald, als drei klösterliche Gesandte den uralten Weg den Bötzberg hinaufritten. Allen voran der Stallmeister, in der sicheren Mitte Pater Cajetano und mit großem Abstand, so wie es einem reuigen Klosterbruder gebührte, Bruder Stephanus.

Gleich nach dem Frühgebet hatte Cajetano die Gelegenheit genutzt und sich vor den Gelehrten über die nächtlichen Einstiege in sein Heiligtum ausgelassen. Bruder Stephanus hatte die Beschimpfungen mit hängenden Schultern über sich ergehen lassen. Nur um Cajetano anschließend mit verständnislosem Blick anzustarren und ihn zu fragen, welches verschwundene Schriftstück er denn meine, er wisse von nichts. Was den Pater nicht gerade gnädiger gestimmt hatte.

Eine Raureifschicht überzog den grasbewachsenen und blätterübersäten Boden, sodass die gemächlichen Schritte der Pferde sich anhörten, als durchquerten sie ein Schneefeld: leicht klirrend und dennoch gedämpft, als zerbreche feines Glas. Der Rhythmus der Hufauftritte hatte etwas Meditatives, die Reiter schwiegen, hingen ihren Gedanken nach. Vielleicht war auch der gegenseitige Argwohn zwischen Cajetano und Stephanus ausschlaggebend für die verbale Stille.

Die Männer, allesamt Mönche, verkrochen sich in ihren wärmenden Wollfilzumhängen, stießen, wie die Pferde unter ihren Körpern, die weiße Atemluft in den stahlblauen Himmel. Es versprach, ein schöner Tag zu werden.

Ihr Ziel, die Glashütte im Windbergtal, lag in einem Talkessel nordöstlich über St. Blasien, eingeschlossen von steilen Berghängen. Der südliche Talausgang war nur über jenen schmalen Fußpfad durch die felsige Schlucht begehbar, den heute früh schon der heimliche Bote benutzt hatte.

Der Weg, der die Mönche über den Berg führte, war zwar länger als der Pfad durch die Schlucht, dafür aber bequem zu Pferd zu bereisen – ein alter Handelspfad, von mächtigen Ahornbäumen gesäumt. Deren Holz war zu kostbar, um die Öfen der Glasmacher zu schüren, es diente als Bau- und Möbelholz und stand somit unter dem Schutz des Klosters.

Dort, wo keine größeren Flussläufe den Abtransport von Holz ermöglichten, entstanden von alters her Glashütten, um dem Wald Gewinne abzuringen. Ganz anders sah es in den nördlichen Tälern, etwa im Kinzigtal, aus. Dort wurde das Holz für den Schiffsbau in den großen Werften Hollands geschlagen und von Schiltach, Gutach, Hausach und wie die Orte alle hießen, auf der Kinzig bis in den Rhein und von dort bis Rotterdam geflößt.

Die Bachläufe in den Hochlagen des südlichen Schwarzwalds waren im Vergleich zu diesen Flüssen nur Rinnsale. Dort, wo sie mächtiger anschwollen, wie etwa die Alb, waren sie wild und unwegsam. Die Flößerei war nur bedingt und in Abschnitten möglich.

Endlich erreichten die Reiter den Höhenkamm und blickten in das Windbergtal. Zäher Nebel stieg vom Bachlauf auf und begrub das Tal unter sich. Ein spätherbstliches Phänomen – sobald die Sonne die Bergspitzen und somit die oberen Luftschichten erwärmte, schlug die durch die Bachläufe feuchtigkeitsgeschwängerte Luft als Kondensat nieder und blieb in den Tälern hängen, bis die Sonnenstrahlen senkrechter standen, den Talboden erreichten und somit die Nebel binnen kürzester Zeit auflösten.

Wäre nicht der Rauch des ewigen Feuers des Glasofens knapp über dem Bodennebel aufgestiegen und hätte ihnen den Weg zur Hüttensiedlung gedeutet, sie hätten geglaubt, das Tal wäre unbewohnt. So oft waren die Klosterbrüder nämlich noch nicht hier oben bei den Glasmachern gewesen, als dass sie sich unter diesen Bedingungen ausgekannt hätten.

Ein eigenwilliges Bergvolk waren sie, die Glasmacher. Ihre Schädel waren undurchsichtig wie die grünlich schimmernden Glasklumpen, die sie zuweilen aus ihrem Ofen zogen. Kaum an der frischen Bergluft, erstarrten diese und erinnerten in ihrer Festigkeit an einen Felsbrocken. Besser, man hatte nicht zu oft mit diesem starrsinnigen Volk zu tun.

Das Drama um die Huldigung aus dem Jahre 1666 war im Kloster noch nicht vergessen. Hatten sich doch die Blasiwälder, wie sich die Waldbewohner des St. Blasianischen Waldgebietes nannten, bis dahin geweigert, dem seit zwei Jahren im Amte stehenden Abt Oddo zu huldigen und ihren Stand als Untertanen des Klosters zu erneuern, wie es Brauch war, wenn ein neuer Klostervorstand seinen Dienst antrat.

Als man sie vor den Landesherrn ins Kloster zitierte, wagte der damalige Vogt aus der Siedlung Eisenbreche, die Ausstellung der Kaufbriefe für die seit Langem gekauften Güter im Gegenzug zur Huldigung zu fordern. Was im Kloster Empörung ausgelöst hatte. Schließlich konnte man nicht anders, als die Untertanen auf die Ausstellung der Briefe wenigstens auf Kirchweih zu vertrösten, um nicht ganz das Gesicht zu verlieren, und die Blasiwälder legten endlich ihren Eid ab.

Stur, hart und kalt wie Waldglas, das war der Ruf der Glasmacher unten im Kloster. Pater Cajetano war gewappnet.

Sie gaben den Tieren die Sporen und überwanden den Bergkamm. Rösser und Reiter verschwanden einer nach dem anderen im Nebelmeer, als tauchten sie in einen See ab.

Die gedungene Gestalt, die die gespenstische Szenerie beobachtet hatte, löste sich aus ihrem Versteck im Gebüsch. Sie hatte es plötzlich eilig und humpelte in nordöstlicher Richtung durch das Unterholz dem Krummen am Ende des Schluchsee zu.

Die Augen und Ohren des Waldes hießen Justus. Doch alle nannten ihn Dubel, eine Bezeichnung, die der eines Deppen gleichkam. Diesem angehängten Status zum Trotz ließ Justus sich nicht übers Ohr hauen. Er war der leibliche Bruder von Stephanus und dieser sein Gönner und Beschützer. Er durfte im Schuppen des Klosterhofes schlafen, dort wo die Laienbrüder ihre Werkstätte eingerichtet hatten. Es war nicht sonderlich wohnlich dort, aber zumindest warm und geschützt vor Wind und Wetter sowie vor den wilden Tieren des Waldes. Ein Strohsack in der Ecke hinter der Werkbank war sein ganzer Besitz, abgesehen von den Lumpen, die er am Leibe trug. Dazu gehörte eine abgetragene Kutte eines Laienbruders. Mehr war der Dubel nicht wert. Man duldete ihn und fütterte den armen Kerl mit Küchenresten durch wie einen Hund.

Justus beklagte sich nicht, er kannte es nicht anders, auch daheim war es ihm nach dem Tod der Mutter nicht besser ergangen. Im Gegenteil, sein Vater glaubte, den Irrsinn, wie er sagte, aus ihm herausprügeln zu müssen. Schließlich hatte Stephanus den Dubel mit ins Kloster genommen. Dafür musste dieser alle unangenehmen Arbeiten und Botengänge übernehmen. Einzig Stephanus hielt ein Auge darauf, dass die Brüder es nicht zu toll mit ihm trieben. Denn auch hier war einer, der nicht in die Norm passte, minderwertig und Zielscheibe von üblen Späßen.

***

Während die drei jüngeren Sigwarth-Töchter unentwegt mit ihren einfachen Holzschuhen den ausgetretenen Pfad zwischen Holzschuppen und Küche gingen, um das Brennholz heranzuschaffen, und Marie im Stall die Ziegen molk, hatte sich Ludwina über die Reste des Frühstücks ihres Mannes hergemacht. Nun war sie die Herrin im Haus, denn ihr Gemahl hatte sich zur Besprechung mit den Meistern in die Schänke begeben, die ausnahmsweise zu solch früher Stunde geöffnet worden war. Es gab einiges zu besprechen, man musste Einigkeit demonstrieren.

»Hunger!« Martha sah ihre Mutter strafend an und ließ die Holzscheite auf den Boden fallen, als sie sah, dass sie sich den Bauch vollschlug. Martha war zwar erst drei, dennoch hatte sie schon oft genug erfahren müssen, dass man um sein tägliches Brot kämpfen musste. Und ihr kindliches Befinden sagte ihr, dass sie bereits genug getan hatte, um etwas abzubekommen.

Klara, vier Jahre älter, nahm ihre Schwester an der Hand. »Komm, noch einmal!«, sagte sie, denn der Blick der Mutter war alles andere als gnädig.

»Erst die Arbeit, dann das Vergnügen. Faules Weiberpack!«, rief Ludwina ihren Töchtern hinterher. Sie ließ die Klage mitschwingen, dass Gott sie nur mit unnützen Mädchen gesegnet hatte. Leider hatte es das Schicksal noch nicht vermocht, dass sie ihrem Mann einen Erben schenken konnte. Mit jeder Tochter, die das Licht des Waldes erblickte, sank Ludwinas Ansehen, so zumindest glaubte sie.

Manchmal gingen die Leute ihr aus dem Weg, um sich ihr ewiges Gejammer nicht anhören zu müssen, was sie aber als Geringschätzung ihrer Person missdeutete.

Auch die Achtung der Eheleute Sigwarth voreinander hatte im Laufe der Jahre gelitten. So kam zur Klage über die Töchter auch noch das Leid der unglücklichen Ehe hinzu. Ludwina verfiel zunehmend in Selbstmitleid, Antriebsarmut und Fresssucht. Der einzige Respekt, den sie sich verschaffte, lag darin, über die Töchter und noch mehr über die Stieftochter zu herrschen.

Franziska, die Mittlere der drei jüngeren Mädchen, ein sehr feinfühliges Kind, sah ihre Mutter mitleidig an. Sie wusste, dass sie den Kummer »hinunterschlucken« musste. Was auch immer die Mutter damit meinte, es musste etwas Schlimmes sein. Vielleicht etwas, das im Hals steckte und nie mit hinunterrutschte. Franziska stellte sich ein quer liegendes Holzscheit vor. Das wäre schlimm genug. Der Leib ihrer Mutter war vom vielen Hinunterschlucken inzwischen schon ganz füllig geworden.

Franziska litt mit der am Tisch sitzenden und würgenden Ludwina.

»Weib!«, brüllte es abermals durch den Nebel von der Schänke herüber.

Ludwina, die sich bei ihrer Fressattacke ertappt fühlte, fuhr in die Höhe und stieß dabei die Schüssel mit frischer Ziegenmilch um, die Marie soeben abgestellt hatte. Martha brüllte ob ihres vergossenen Morgenmahls.

Michael stürzte herein, überblickte die Szenerie und schrie seine aufgeschreckte Frau an: »Du würdest dem Teufel noch den Schwanz wegfressen, hast du auch noch was anderes im Sinn? Die Mönche sind schon über den Bötzberg gekommen, los, richte mir ein Vesper, wir werden wohl mit ihnen aufbrechen müssen.« Er blickte sich zu den verängstigt dreinschauenden Mädchen um. »Und ihr? Habt ihr auch nichts weiter zu tun, als um das Essen zu brüllen? Ihr seid schon wie eure Mutter!«

Er schlug mit der Faust auf den Tisch, um sich Respekt zu verschaffen. Dabei fiel der Teller mit den letzten Speckeierresten zu Boden.

Ludwina ließ sich zwar viel gefallen, aber wenn es um das Essen ging, erwachte in ihr die Furie. Sie warf ihre mächtigen Arme angriffslustig in die Luft.

Was das zu bedeuten hatte, wollte Marie lieber nicht wissen. Sie zog ihre Stiefschwestern mit nach draußen.

Ihr Blick fiel auf das Aschenhaus, dort glaubte sie sich in Sicherheit, bis der Sturm im Haus wieder abgeebbt war. Mit großen Schritten eilte sie, Martha auf den Hüften tragend, auf das Gebäude zu, während ihre Stiefmutter keifte und ihr Vater brüllte. Klara und Franziska folgten ihr schweigend. Es war nicht das erste Mal, dass sie zum alten Pottaschesieder flohen.

Die Tür zum Aschenhaus war nur angelehnt. Es war der Brandgefahr wegen neben der Glashütte das einzige Gebäude aus Stein und stand ebenfalls in gebührendem Abstand zu den anderen Hütten und Häusern.

Ehe Marie anzuklopfen wagte, hielt sie inne, denn sie vernahm eine fremde Stimme aus dem Inneren. Bereits das zweite Mal an diesem Morgen wurde sie Zeugin eines heimlichen Besuches. Dieses Mal konnte es nicht der Dubel sein, der sich mit abgehackten Sätzen und gurrenden Lauten kundtat. Eine angenehme Stimme drang an ihr Ohr. Die eines jungen Mannes.

***

Lautes Rufen ließ den Vogt Michael Sigwarth unter die Tür der Glashütte treten, sein frisch gefettetes ledernes Wams glänzte im flackernden Licht des Schmelzofens. Eine imposante Erscheinung. Niemand, der sich bei der Arbeit am Glasofen auskannte, hätte geglaubt, dass Michael in seinem stattlichen Aufzug geradewegs von der Arbeit an seinem Stand des Ofens kam. Er wäre in seinem Lederwams schlichtweg vor Hitze eingegangen, zumindest hätte er schweißnass sein müssen. Doch das wussten die Besucher nicht. Für sie war er das Oberhaupt der Glashütte, das geradewegs von der Arbeit weggerufen worden war. So sollte es auch wirken – überrascht.

Michael blickte verwundert von einem zum anderen, so, als habe der Glasmachermeister Besseres zu tun, als die Brüder aus St. Blasien zu empfangen. Sein Blick streifte kurz Bruder Stephanus, einen nahen Verwandten seiner ersten Frau, und als dieser ergeben sein Haupt senkte, musste Michael innerlich grinsen. Beide wussten nun, die Botschaft war angekommen. Michael war dank Stephanus' Boten nicht unvorbereitet vom klösterlichen Oberrechner überfallen worden, hatte Zeit gehabt, seine Forderungen zu überdenken.

»Seid Ihr Michael, der Glasmachermeister?« Cajetano räusperte sich, seine Stimme war von der morgendlichen Kälte belegt und klang, wie er selbst glaubte, nicht eindringlich genug.

»Was ist Euer Begehr, Pater?«, fragte Michael unwirsch. Seine massige Erscheinung hätte genügt, dass Cajetano diesem Kerl lieber nicht allein im Wald begegnet wäre. Um nicht zu dem Untertan aufschauen zu müssen, blieb er im Sattel sitzen.

Zu Michaels Statur kam sein wildes Aussehen hinzu. Die Haut seines Gesichts war von der Arbeit am heißen Ofen in Mitleidenschaft gezogen. Mehrere Vernarbungen, entstanden durch Verbrennungen, sei es durch herausschießende Kohlestücke am Ofenloch oder Hitzeblasenbildung durch zu langes Stehen am Ofen, hatten sein Gesicht entstellt. Wie das der meisten Glaser war es rot. Hinzu kam, dass die Glaser dem Alkohol nicht abgeneigt waren. War ihnen doch als einziger Zunft das Bierbrauen erlaubt, um der schweißtreibenden Arbeit am Ofen gerecht zu werden.

»Ich habe Order, Euch und Eurer Sippe ein neues Gebiet zuzuweisen. Ihr wisst, dass Abt Augustinus Euer Begehren, den

Pachtvertrag zu verlängern, abgelehnt hat. Sattelt Euer Pferd und folgt uns. Der Obervogt aus Bettmaringen erwartet uns bereits.«

»Ist es im Kloster üblich, rechtschaffenes Volk wie Hunde von ihrer Arbeit abzukommandieren?« Michael war noch nicht gewillt, der Forderung Folge zu leisten.

Cajetano hoffte, dass er nicht darauf bestand, die schriftliche Ablehnung vorgelegt zu bekommen. Es hätte ihn in Bedrängnis gebracht. Er war sich nicht einmal sicher, ob der Vogt des Lesens überhaupt mächtig war. »Im Kloster ist Gehorsam und Demut oberstes Gebot, Meister Michael. Etwas von beidem würde Euch gut stehen. Oder wagt Ihr, gegen Euren Landesherrn aufzubegehren? Eure Sippe …«, er machte eine ausladende Handbewegung, denn das ganze Hüttendorf stand inzwischen im Halbkreis vor der klösterlichen Abordnung, »wird Euch Eure Großspurigkeit nicht danken, wenn sie Arbeit und Brot verliert. Ihr und Euer armseliges Dorf seid auf die Gunst des Abts angewiesen.« Es konnte nicht schaden, dem mächtigen Glasermeister etwas Respekt vor dem Klerus einzubläuen.

»Mich dünkt, als sei der Abt auf unsere kostbaren Gläser und unsere Abgaben angewiesen«, konterte Michael, noch immer nicht kleinlaut geworden, denn er wusste seine Meister und Arbeiter hinter sich.

»Ihr werdet für Eure Arbeit entlohnt und habt weitere Vergünstigungen.« Cajetano ließ sich nicht aus dem Konzept bringen.

»Wir bezahlen für die Glashütte und den Wald unseren jährlichen Zins von zweihundert Gulden«, sagte Michael. »Dazu noch den Zins für die Nutzung der Wiesen und Kräutergärten. Und das für jeden Meister. Weiterhin verlangt Ihr für die angebauten Früchte wie Flachs, Hanf, Rüben, Roggen, Hafer und dergleichen den großen, den kleinen und den Martinszehnten. Sogar die Anzahl unserer Tiere, die wir halten, schreibt uns das Kloster vor. Dreimal im Jahr muss sich jeder Meister für einen halben Tag zur herrschaftlichen Jagd zur Verfügung halten. Nicht einberechnet das Ehrtauen, der Frondienst im Heuet, das sind nochmals zwei Tage zur Erntehilfe. Weiterhin muss jeder unserer zehn Stände jährlich dreihundert Glasscheiben mittlerer Qualität und ein Dutzend reine Glaskelche liefern. Außerdem muss jeder unserer Glasmeister weitere drei Tage als Glasfensterbauer im Kloster arbeiten. Monatlich zahlen wir seit den Kriegstreibereien im Dreißigjährigen Krieg zehn Gulden Kontribution. Nicht einmal unser hochwertiges Glas dürfen wir selbst verkaufen, wir müssen es jeden Samstag im Kloster abgeben.«

»Was Ihr bezahlt bekommt, denn das Kloster hat das Vorkaufsrecht«, erwiderte Cajetano. »Die einfachen Gutteren und Euer Tonbrennzeug dürft Ihr ja eigenständig vermarkten. Dazu seid Ihr von der Landwehr befreit und dürft eine Schänke betreiben, ohne für Euch und Eure Leute oder Durchreisende Umgeld bezahlen zu müssen.«

»Wofür wir aber Taferngeld bezahlen. Die Umgeldbefreiung habt Ihr uns nur im Gegenzug zum fünfzigprozentigen Hüttenzinsaufschlag im Jahre 1671 gewährt. Ihr schenkt uns nichts, Pater. Also, was ist Euer Angebot.« Michael schnaubte, er hatte dem Pater verdeutlicht, dass man nicht willens war, jedes beliebige Gebiet anzunehmen, es musste also schon Vorteile bieten. »Wo sollen wir Eurer Meinung nach hinziehen?«, setzte er einen Ton ergebener hinzu, um die Verhandlungen in seinem Sinne in Gang zu bringen. Er wollte das Tempo bestimmen, darum gab er dem Stallburschen ein Zeichen, der kurz darauf mit einem gesattelten Pferd erschien.

»Wie ich schon sagte«, führte Cajetano aus, dem dämmerte, dass der Vogt vorbereitet war, »wir treffen uns mit dem Obervogt, beim Krummenhof am See. Also folgt mir und dem Gebot des Klosters, so wie es Eure Altvorderen schon immer getan haben, wenn das Umland kein Holz mehr hergab. Ihr werdet Eure Hütten und Ställe stehen lassen für die Siedler. Wer hier bleiben will, kann selbst eine der Hütten erwerben und sich niederlassen. Der Abt hat Anfragen von Glasermeistern aus Böhmen. Er wird sich also nicht die Bedingungen aufpressen lassen.« Pater Cajetano schwieg und lenkte sein Pferd wieder den Berg hoch. Nun hatte auch er seinen Trumpf aus dem Ärmel gezogen.

***

Noch während die klösterliche Abordnung auf dem Vorplatz mit dem Glasmachermeister feilschte, erkannte Marie im Innern des Aschenhauses die Stimme des alten Theis und verharrte einige Augenblicke. Er war ihr Onkel, der Bruder ihrer verstorbenen Mutter. Eine wichtige Person im Dorf, die nicht nur den Nichten Schutz bot, wenn der Haussegen der Sigwarths mal wieder schief hing. Er war auch der Aschenbrenner und Pottaschesieder. Ohne sein Wissen wären die Glasmacher unfähig gewesen, ihren Beruf auszuüben. Theis genoss hohes Ansehen. Marie war stolz, diesen wichtigen Mann als Onkel und Beschützer zu haben.

Nur ein Pottaschesieder kannte das Geheimnis, wie man aus grünem Waldglas reines weißes Glas herstellen konnte. Sein Aschenhaus war ein Laboratorium, in welchem er die unterschiedlichen Zusätze, die Glasseifen, herstellte. Niemand hatte zu seiner Giftkammer Zutritt. Sie war mit einem Schloss versehen, dem einzigen im Dorf.

In seinem Beisein hatte Marie hin und wieder zuschauen und auch schon selbst die Glasseifen mischen dürfen. Es kam ihr wie Zauberei vor, wenn Theis die Pulver mischte und dem flüssigen Glas die Farbe nahm. Doch diese Weisheit sah man dem alten, gebückten Mann nicht an. Dass die Zusätze, mit denen er hantierte, nicht unproblematisch waren, hingegen schon. Sein Körper war ausgemergelt, er selbst wirkte blass und blutleer. Seine Fingernägel wiesen weiße Streifen auf, und er litt an der Hüttenkrätze, einem chronischen Hautausschlag. Das lag am Arsenik, das er inzwischen dank der neuen Methode nur noch ganz selten verwendete.

Die Asche der Buchen diente den Glasmachern als Flussmittel, das den Quarzsand, der normalerweise erst bei tausendsiebenhundert Grad schmilzt, bereits zwischen siebenhundertfünfzig und tausend Grad verflüssigte.

Aber es war nicht nur Theis' Aufgabe, diese Asche herzustellen. Durch ein aufwendiges Verfahren konnte er aus der einfachen Holzasche reine Pottasche brennen. Man nannte den Vorgang auch Calcinieren. Diese Methode war erst seit der zweiten Hälfte des 17. Jahrhunderts gebräuchlich. Zuvor hatte man hauptsächlich Arsenik zur Bereinigung des Grünstichs verwendet, der auf das Vorkommen von Eisenverbindungen im Quarzsand zurückzuführen ist.

Marie schob die Tür des Aschenhauses einen Spalt weiter auf, um zu sehen, mit wem Theis gesprochen hatte.

Martha, auf ihrer Hüfte sitzend, begann ungeduldig zu plärren: »Onkel Theis!«

Sie waren entdeckt. Eine Tür schlug.

Theis begrüßte die Mädchen freudig, wenn auch etwas überrascht.

»Mit wem hast du gesprochen?«, fragte Marie. Sie war von Natur aus neugierig.

»Ich, gesprochen? Ich habe mit niemandem gesprochen, oder siehst du jemanden?« Theis drehte sich im Kreis, als suche er einen imaginären Besucher. »Ah«, meinte er dann und schlug gegen die Bretterwand, »der Geißbock! Ich habe mit ihm gesprochen.« Er schaute die amüsierten Blondschöpfe an und schlug nochmals gegen die Wand. »Du alter Bock, du, Ruhe jetzt mit dem Gemecker!«

Martha kicherte, Marie setzte sie ab und beließ es dabei. Wenn Theis ihr nicht sagen wollte, wer bei ihm gewesen war, hatte er seine Gründe. Sie würde es herausbekommen.

Die Dreijährige polterte mit ihren Holzschuhen unbeirrt zum Esstisch, auf dem zwei Gläser standen. Stangengläser, die mit ihren Noppen und der handbreiten Größe auch dann noch gut in der Hand lagen, wenn ihre Benutzer schon kräftig dem Inhalt zugesprochen hatten. Most oder auch selbst gebrautes Bier wurde daraus getrunken.

Marie verkniff sich die Frage, ob der Ziegenbock neuerdings auch aus Gläsern trank. Um ihren Onkel nicht in Verlegenheit zu bringen, vermied sie direkten Blickkontakt.

Martha setzte an, den Rest aus einem Glas zu trinken. Sie verzog kurz das Gesicht, dann verlangte sie mehr.

»Habt wohl noch nichts bekommen, wie?«, sagte Theis und zwinkerte den Kindern zu. An Marie gewandt, meinte er: »War ja nicht zu überhören, das Gebrüll drüben im Haus Sigwarth. Nun, Most ist wohl nichts für die Kinder. Aber der Onkel Theis hat auch noch Apfelsaft!« Er war froh, von seinem Besucher ablenken zu können, eilte um die Ecke und kam mit einem bauchigen Glasgefäß, einer Guttere, in der eine leicht bräunliche, schäumende Flüssigkeit schwappte, wieder. Das bedeutete, der Apfelsaft hatte schon gezogen. Dennoch vereinbarte Theis mit einem stummen Blickaustausch mit seiner Nichte, die Mädchen nicht zu enttäuschen.

Gierig tranken sie den Apfelsaft. Theis, dem die Folgen bewusst waren, bemühte sich, jedem der Mädchen noch einen Kanten Brot auf den nüchternen Magen zu reichen. Es dauerte trotzdem nicht lange, bis sie wankend einen Schlafplatz neben dem warmen Aschenofen suchten.

Marie spürte ebenfalls die Schwere in den Beinen, dennoch half sie Theis beim Auslaugen. Endlich hatte sie den alten Mann für sich.

Sie ließ sich die Arbeitsgänge erklären und passte gut auf. Sie wollte unbedingt wissen, wie man die grünliche Farbe aus dem Glas bekam und warum das so war. Jedes lobende Wort ihres Onkels fiel auf fruchtbaren Boden und spornte sie weiter an. Anerkennung für ihre Arbeit gab es im Hause Sigwarth nie. Auch das war ein Grund, warum sie lieber Theis half.

Mit Eifer füllte sie die Asche in mit Leinen ausgeschlagene Weidenkörbe, stellte diese über die Laugbütte und übergoss das Ganze mit kaltem Bachwasser. Nun musste das Wasser nur noch durchsickern.

Theis stemmte die in den kleinen Auffangbütten gewonnene kalte Lauge zum großen Eisenkessel über dem Feuer und kochte sie. Mutterlauge wurde die Flüssigkeit genannt, die nun stundenlang vor sich hin köchelte, bis das Wasser verdampft, das zurückgebliebene Pulver zur Glut erhitzt und schließlich reine weiße Pottasche übrig war. Das Gold der Glasmacher.

Theis erzählte ihr dabei Geschichten, wie er es schon immer gern getan hatte. Obwohl Marie inzwischen den Märchen entwachsen war, genoss sie die Zweisamkeit mit dem gutmütigen alten Mann.

Die Geschichte mit den Kobolden, die auf ihrer Suche nach Kobaltgestein vom fernen Venezien über die Berge des Schwarzwaldes gekommen waren, kannte sie bereits. Die Venezianer waren fremdartig gekleidete Männer und sprachen eine eigene Sprache. Man habe sich vor ihnen gefürchtet, so Theis. Er sprach von ihnen, als ob er sie selbst gesehen hatte. Dabei musste das schon lange her gewesen sein. Sie hätten seltsame Zeichen in Stein gemeißelt, um ihresgleichen geheime Hinweise zu den Bodenschätzen zu hinterlassen. Niemand könne die Zeichen mehr deuten.

Am Verlauf des Wassers und an den Pflanzen erkannten die Venezianer seinerzeit, ob der Boden das heiß ersehnte Kobalt enthielt oder nicht. Dieses Erz war nötig, um das Glas blau zu färben. Nur die Kobolde aus Venedig kannten die geheime Rezeptur, auf deren Verrat die Todesstrafe stand.

Nachdem sie die hiesigen Waldböden untersucht hatten, waren sie eines Morgens plötzlich verschwunden. Auf der Alb läge noch solch ein geheimnisvoller Stein, erzählte Theis Marie. Sie wusste nicht, ob die Geschichte der Wahrheit entsprach oder seine Erfindung war. Niemand hatte je von einem solchen Stein berichtet.

Der Bischof von Basel, der im Mittelalter noch Landesherr über das Gebiet gewesen war, hatte bald darauf Stollen in die Berge treiben lassen, um Silber im Schwarzwald abzubauen, welches er in seiner Münzprägewerkstätte verarbeiten ließ. Seit diesem Bergfrevel waren die Kobolde nie wieder gesehen worden. Man raunte sich zu, der Bischof habe sie in den Kerker werfen lassen, weil sie ihr Geheimnis nicht verrieten. Sie hätten sich jedoch ihr Leben damit erkauft, indem sie dem Bischof die Silbervorkommen anvertrauten. Doch der Bischof befürchtete, dass die Kobolde ihr Wissen anderen mächtigen Herrschern ebenfalls verkaufen würden, wenn er sie freiließ. So beschloss er, ihnen zwar das Leben zu schenken, jedoch mussten sie bis ans Ende ihrer Tage in den Silberminen für ihn schuften, ohne je das Tageslicht wiedergesehen zu haben.

Die Kobolde waren nach und nach gestorben, bis auf einen, dem schließlich die Flucht gelang: dem Glasmännlein, dem Schutzgeist der Glasmacher. Weil er sein Geheimnis weiterhin wie einen Schatz hütete, gab man ihm auch den Beinamen »Schatzhauser«.

Als Marie abermals zum Bach ging, um Wasser zu holen, fühlte sie sich beobachtet. Der Nebel hatte sich verzogen, die Sicht ringsum war frei. Sie verharrte kurz, um zu lauschen. Blickte sich um. Nichts.

In ihren Ohren klang noch die Geschichte des alten Theis nach. Die Kobolde gab es nicht mehr. Dafür gab es einen, der manchmal in den Büschen hockte und die Weiber beobachtete: den Dubel.

Marie wusste, dass er von allein wieder abzog, schenkte man ihm keine Beachtung. Wagte man jedoch einen Blick oder hatte gar ein freundliches Wort, griff er unter seine Kutte und zog etwas hervor, das die Weiber Reißaus nehmen ließ. Kreischend vor Freude, sie in die Flucht geschlagen zu haben, stand er dann da und äffte sie nach. Sein bestes Stück in den Händen haltend, hin und her wippend. Marie fürchtete sich vor Justus.

Dass dieser Kerl zum Krummen geschickt worden war, um die Kunde der ankommenden Mönche weiterzuleiten, konnte sie nicht wissen.

Die Neugier trieb Marie vorsichtig weiter. Hier war doch jemand! Als sie aber selbst hinter den Brombeerhecken niemanden entdecken konnte, besann sie sich wieder auf ihre Arbeit. Dennoch glaubte sie, einen Blick im Nacken zu spüren, der sich erst löste, als sie die Tür zum Aschenhaus wieder hinter sich zugezogen hatte.

***

Wie verlassen, fast geisterhaft, ragte das strohbedeckte Dach des Krummenhofs am Schluchsee aus dem Nebel. Die abgeernteten Rübenäcker am Hang lagen brach und dampften im ersten Sonnenlicht, das hier schon Oberhand gewonnen hatte. Es roch nach feuchter Erde. Keine Menschenseele war zu sehen. Eine seltsame Stille umgab den Hof.

Einzig drei fremde Pferde, angeleint vor dem Stall, zeugten vom Leben diesseits des Sees und davon, dass hier nicht alles seinen gewohnten Gang ging. Die Tiere standen noch nicht lange hier. Ihre Leiber waren feucht von der Anstrengung des Ritts.

Justus hatte den Schweiß der nahenden Tiere rechtzeitig gerochen, um sich in Sicherheit zu bringen. Die zugehörigen Reiter hatten sich gleich darauf mit Nachdruck Einlass in das abgelegene Bauernhaus verschafft, denn man war hier Fremden gegenüber sehr misstrauisch.

Herrschaftlich bestimmt hatten sie sich gegeben, die Eindringlinge. Das bedeutete meist nichts Gutes. Die einfachen Bauersleute hatten ihn, den mächtigen Herrn, und sein Gefolge nicht erkannt, wie sie entschuldigend beteuerten, woher auch.

Er sei der Obervogt aus Bettmaringen, der Schluchsee gehöre zu seinem Zuständigkeitsgebiet, hatte er sie aufgeklärt. Die beiden Begleiter seien ortskundige klösterliche Jäger. Man habe sich hier mit weiteren Herren aus St. Blasien zu einer Ortsbegehung verabredet.

Sie ließen sich ungefragt in der guten Stube nieder und vom Bauern mit Selbstgebranntem aushalten. Der Bauer bedauerte unterwürfig, dass er noch nicht geschlachtet habe und somit den Herren nicht mit einem ordentlichen Mahl aufwarten könne. Sie hätten sich ja auch nicht angemeldet.

Schließlich schickten die Herren das Weib des Wirts in die Küche, sie solle wenigstens eine kräftige Suppe herrichten, wenn sie schon keinen Schinken mehr habe, man erwarte die Gesandten des Klosters, den Glasvogt vom Windberg und außerdem noch die Glasermeister aus Grünwald auf der anderen Seite des Sees. Ebenfalls eine St. Blasianische Hütte.

Hinter dem Schuppen versteckt, aber mit Aussicht auf den See und den Weg, wippte Justus mit dem Oberkörper. Das tat er immer, wenn er aufgeregt war. Und aufgeregt, das war er heute. Sein Blick wanderte zwischen Waldrand und See hin und her.

Er hatte den Bauern schon am Vormittag über den hohen Besuch informiert, sodass er seine Vorräte an Speck, Schinken und geräucherten Würsten im Heustock verstecken konnte. Die hohen Herren waren dafür bekannt, sich zu bedienen und die armen Leute die Zeche bezahlen zu lassen.

Doch dieses Mal war Justus der Gewinner. Gierig biss er in die geräucherte Bratwurst, die ihm die Bäuerin als Lohn gereicht hatte. Er war zufrieden mit sich und der Welt. Er hatte seine Arbeit gut gemacht.

Noch ehe ein Auge das Boot ausmachen konnte, das sich schweigend im Nebel näherte, hörte er die Wellen, die die Ruder im Wasser zogen und die leicht an das grasbewachsene Ufer klatschten. Justus beobachtete das Geschehen.

Es war ein Fischerboot, das kurz darauf anlegte. Zwei Männer stiegen aus und stießen das Boot gleich wieder ab, das mit dem einsamen Fährmann im Nebel verschwand.

Aufgeregt rannte Justus an das Fenster zur Küche, das vom See her nicht einsehbar war, und klopfte gegen das trübe, grünstichige Glas. Billige Abfallware.

Die Bäuerin öffnete einen Spalt. »Was gibt's?«

»Noch zwei! Kommen aus dem Wasser!«

Sie reichte ihm einen Kanten Brot. Man musste sich Justus warm halten, sonst verkaufte er einen an den Nächstbesten, der ihm Essbares bot.

Justus trollte sich freudig und hüpfte erneut wie ein junger Ziegenbock zu seinem Ausguck. Er wollte sich schon gemütlich an die Bretterwand lehnen und die durchgebrochene Sonne auf sein Antlitz scheinen lassen, als sich die Reiter vom Windbergtal näherten. Sie führten zwei unberittene Pferde mit, die offensichtlich für die Grünwälder, ihre Verwandten, bestimmt waren.

Heute war sein Glückstag! Wieder lief Justus zur Bäuerin, um Meldung zu geben. Diesmal wollte sie ihn jedoch unwirsch wegschicken, mit dem Hinweis, dass er schon genug habe.

»Durst, Bäuerin, Durst!« Justus mimte mit der Rechten, als trinke er aus einem Becher.

»Der See hat genug Wasser für einen wie dich!«

Er rieb die Handflächen gegeneinander, grinste: »Pater Cajetano mag Schinken vom Heustock«, und eilte der näher kommenden Reitergruppe entgegen.

»Halt! Du Lumpenhund! Bleib da!«

Justus blieb augenblicklich stehen, wandte sich langsam um, legte den Kopf schräg und forderte: »Most! Bäuerin, Most!«

»Du bringst mich noch an den Bettelstab, du Herumtreiber!«

»Justus Bettelmönch, St. Blasien!« Er zog den imaginären Hut und verbeugte sich, offensichtlich hatte man ihm schon öfter ähnlich klingende Namen gegeben. Siegessicher nahm er einen weiteren Botensold entgegen und zog sich zufrieden an sein Sonnenplätzchen zurück, wo er den Herrgott einen guten Mann sein ließ, wie man hierzulande den Müßiggang nannte.

***

»Wir werden noch im Hochmoor versinken«, keifte Cajetano, nachdem sie bereits vor einer halben Ewigkeit, wie er meinte, vom Pfad abgebogen waren. Der Krummenhof lag weit zurück, auch der Schluchsee selbst war nicht mehr zu sehen. Die Pferde steckten knöcheltief im Morast, doch die klösterlichen Jäger trieben die zweifelnden Herren immer weiter voran.

Sie waren vom See aus einem Bachlauf gefolgt, der sich hier im Moor stark verzweigte und kaum noch auszumachen war. Unberührter Urwald, so weit das Auge reichte, und weit und breit keine menschliche Siedlung.

»Dies ist nur der Jägerpfad. Den Platz selbst werdet Ihr künftig über den Höhenrücken trockenen Fußes erreichen können«, klärte Jos, einer der Jäger, den finster dreinschauenden Glasvogt auf. Er missachtete das ebenfalls griesgrämige Gesicht des Oberrechners. Der Vogt musste überzeugt werden, nicht der Mönch.

Erst sehr viel weiter nordwestlich würde sich die neue Glashütte unter der Schirmherrschaft der Fürstenberger befinden, versicherte er weiter. Sie gehöre zu einem anderen Herrschaftsgebiet.

Kurz darauf stieg der kaum sichtbare Pfad bergan. Der Wald war nun so dicht, dass kaum Tageslicht durchdrang.

»In der Tat, Holz genug, um über Jahrzehnte hinaus die Öfen zu schüren«, bemerkte der Glasmachermeister Rogg aus Grünwald anerkennend, und die anderen mussten ihm recht geben.

Die Sonne hatte ihren höchsten Stand überschritten, als sich der Wald endlich lichtete. Vor ihnen breitete sich eine sonnendurchflutete Wiese aus. Durchzogen von einem glasklaren Bach. In seinem Lauf feinster Quarzsand. Hüben und drüben saftiges Gras, dem der nächtliche Frost nichts angehabt hatte. Vögel zwitscherten, als seien sie zum Empfang der Gesandtschaft extra einbestellt worden.

Über die Gesichter ging ein Lächeln.

»Das ist der Platz. Diese kleine Aue, umgeben von Wäldern, ist wie geschaffen für Eure Zwecke.« Jos rutschte vom Pferd. Die anderen taten es ihm gleich.

Hatte man am Morgen noch gefeilscht und gejammert, mit einem Mal schienen alle zufrieden.

»Doch, Ihr habt recht. Dieser Platz ist für eine Glashütte extra wohl und kommod. Pater Cajetano, wir vom Windberg nehmen ihn an«, sagte Michael Sigwarth.

Die beiden Glasmachermeister Rogg und Raspiller aus Grünwald wechselten kurze Blicke, ehe sie ebenfalls einstimmig der Zusammenlegung und Neugründung einer gemeinsamen großen Glashütte zustimmten. Hier gab es Holz und Platz für mehrere Familien, Ressourcen für gut hundert Jahre, wie Stephanus bemerkte. Er war nicht unvorbereitet, gemeinsam mit den Jägern hatte er die Gegend bereits erkundet. Dennoch bereitete ihm eine andere Sache Unbehagen. Er schien der Einzige zu sein, der sich über die Zugehörigkeit dieser Gegend Gedanken gemacht hatte. Dieser Platz in der Einöde des Waldes gehörte nicht mehr zum klösterlichen Blasiwald.

Sein Wissen behielt Stephanus zunächst für sich. Gab es niemanden, der sich dagegen wehrte, was man in dieser Wildnis annehmen konnte, dann verfuhr man wie die Jahrhunderte zuvor: Was das Kloster kultivierte, gehörte letztendlich ihm. Die Landesregierung war weit weg in Wien, auch wenn sie ihre Vertretung in Freiburg sitzen hatte. Weit und breit gab es keinen Grenzstein der Fürstenberger, auch das hatte Stephanus im Vorfeld erkundet. Von dieser Seite konnte also kein Anspruch kommen.

Die Streitigkeiten mit den Fürstenbergern um das Schluchseegebiet hatte er die Nacht zuvor studiert. Seit 1659 gehörte die Reichsvogtei Schluchsee zu St. Blasien. Abgekauft von den Fürstenbergern für den Verzicht auf die Leibeigenen in Lenzkirch und eine Zahlung von neuntausend Gulden. Ähnlich wie schon Abt Martin im Jahre 1609 die Herrschaft Bonndorf gekauft hatte. Selbst die ursprüngliche Besitzurkunde aus dem Jahre 983, in der Kaiser Otto dem Eremiten Reginbert das Gebiet zugewiesen hatte, hatte Stephanus studiert. Sie galt als *die* Urkunde, wenn es um Besitzstreitigkeiten ging. Von der Albquelle am Feldberg bis zum Ausfluss der Schwarza am Schluchsee, so die Urkunde, verlief die Grenze. Von den Höhen zwischen Albquelle und See, wo sie sich jetzt befanden, war nie die Rede gewesen, sie galt einfach als zugehörig. Er würde sich darum kümmern müssen, das zu verdeutlichen.

Stephanus stieg vom Pferd und ließ seinen Blick suchend zum Waldrand schweifen. Irgendwo musste er doch stecken, dieser Kerl. Er war ihnen doch gefolgt! Oder war er eingeschlafen, nachdem er sich den Bauch vollgeschlagen hatte?

Während die anderen einen kräftigen Schluck aus der Beutelflasche des Glasvogts nahmen, entfernte sich Stephanus von ihnen, als drücke ihn ein menschliches Bedürfnis.

Cajetano und der Stallmeister zierten sich zunächst noch, dem Alkohol zuzusprechen, es schicke sich nicht für Gottesmänner, beteuerten sie. Dabei hatten sie nur Angst, mit den trinkfesten Glasmachern nicht mithalten zu können. Zu schnell war eine unüberlegte Zusage gemacht. Als jedoch Stephanus mit zufriedenem Ausdruck wieder zurückkam und die Flasche verlangte, hielten auch die beiden anderen Mönche nicht länger ein.

Die Flasche noch in der Rechten, machte Stephanus eine rundum ausladende Handbewegung. »Was für eine herrliche Aue. Klein, aber genau richtig. Eben ein Äule.«

Diese alemannische Verniedlichung des Platzes sollte ihm über die Jahrhunderte anhaften bleiben als der Ort der Glasmacher: Äule.

KAPITEL 2

Trotz seines Rufes, mit eiserner Hand zu regieren, war Abt Augustinus keine besonders auffallende Erscheinung. Er trug, wie alle Mönche des Ordens, einen schwarzen Habit. Auf seiner Brust prangte ein Kreuz, das an einer Kette hing. Lediglich ein darin eingelassener Rubin zeugte von einer hohen Stellung innerhalb des Ordens. Niemand hätte also auf den ersten Blick jene ehrgeizige Seele vermutet, die unter der Kutte wohnte.

Augustinus verfolgte ein ruhmvolles Ziel: Er wollte in die Geschichte St. Blasiens eingehen. Dazu musste er am besten schon zu Lebzeiten, spätestens aber nach seinem Tod von sich reden machen. Etwas Bestehendes schaffen, das er der Nachwelt hinterlassen konnte. Etwas Eindrucksvolles.

Es gab zwei Möglichkeiten, sich zu verewigen: Entweder war man ein genialer Denker und Reformator, oder man hinterließ großartige Baudenkmäler. Besser war beides.

Augustinus hatte zwar vier Jahre lang am Collegium Germanicum in Rom studiert, was ihm die Familie ermöglicht hatte. Doch er war kein so herausragender Schüler gewesen, um die Kirchengeschichte zu revolutionieren. Er war eher Durchschnitt, das Studentenleben ihm wichtiger als die Lehrinhalte seines Studiums.

Seine kirchliche Karriere hatte er dem Status seines verstorbenen Vaters zu verdanken, des Oberamtmanns Elias Vratislaus Thomas Eusebius Finck aus Wolfach, dessen zweiter Vorname seiner Geburtsstadt Prag geschuldet war, wo Augustinus' Großvater als Landschaffner und Amtmann abberufen gewirkt hatte. Die Stammheimat der Familie war jedoch Wolfach.

Augustinus, der mit bürgerlichem Namen Simon Eusebius hieß, war das siebte Kind des bereits einundsechzigjährigen Vaters. Seine Mutter Jakobea Wohlin dessen zweite Frau.

Seine Brüder, zwei waren den Kapuzinern beigetreten, hatten sich schon Rang und Namen erarbeitet, die Schwestern waren gut verheiratet.

Simon Eusebius alias Augustinus entstammte also einer angesehenen und mächtigen Familie. Erfolg wurde vorausgesetzt. Schon als junger Mann hatte Augustinus Mittel und Wege gefunden, erwünschte Ziele zu erreichen. Seine Mitschüler nannten diese zweifelhafte Gabe noch Erpressung – als Abt adelte man die Gabe als Strategie.

Da es nun mit der Umsetzung einer Ideologie haperte – er hatte schlichtweg noch keine –, musste die zweite Möglichkeit, sich ein Denkmal zu setzen, herhalten. Die sichtbaren Werke! Was eignete sich dazu besser als der ein oder andere Prunkbau?

Ein Mann der Kirche bewies seine Glaubensstärke erst einmal im Bau eines Gotteshauses. Nach dem neuesten Stil, dem Barock, versteht sich. Kein dunkler mittelalterlicher Sakralbau mehr. Gold und Weiß waren die vorherrschenden Farben. Nach den langen Kriegsjahrzehnten sehnte man sich nach neuer Leichtigkeit.

Stuckverzierungen, Deckengemälde und, ganz wichtig, zwei Türme musste sie haben, diese neue Kirche. Nur Bürgerkirchen gaben sich noch mit *einem* Turm ab.

Doch das kostete. Geld war nach dem Dreißigjährigen Krieg keines übrig, blieben nur die Opfer der Untertanen. Diese begehrten zwar auf, aber Augustinus ließ sich wegen des Gejammers nicht erweichen. Hätten die Herren sich immer nach dem Volk gerichtet, gäbe es in der Welt keine bewundernswerten Bauwerke.

Um den Bau voranzutreiben, waren die Baumeister auf die Idee gekommen, bereits behauene Steinquader zu verwenden. Eine mögliche Quelle wurde schnell gefunden: die Roggenbacher Schlösser, zwei Burgruinen aus dem 12. Jahrhundert.

Doch die Handwerker hatten nicht mit der Qualität des damaligen Mörtels gerechnet. Eher barsten die Steine, als dass sich die Quader aus dem Mauerwerk lösen ließen.

Trotzdem hielt man bereits 1708 Einzug in die neue Kirche St. Blasiens. Mit dem Tessiner Künstler Francesco Antonio Giorgioli konnte Augustinus einen Meister für die Malereien gewinnen.

Dass der Obervogt Gump aus Bettmaringen ihm nun gegenübersaß, gehörte zur Strategie. Der Strategie der Mehrung des klösterlichen Besitzes. Prunkvolle Bauten waren zwar Etikette, nach denen ein Abt beurteilt wurde, aber sie mussten auch finanziert werden. Finanziert mit der Arbeit der Untertanen. Die Glasmacher waren eine solche Quelle. Im weitläufigen Waldgebiet am Schluchsee, vereint mit den Kräften von Grünwald, konnte die Produktion erneut effektiver gestaltet werden.

Es wäre nicht nötig gewesen, den Obervogt extra kommen zu lassen, Augustinus konnte ihm noch nichts auf die Hand geben. Doch er brauchte ihn, um die Zugehörigkeit der künftigen Siedlung zu Schluchsee zu beglaubigen. Dazu gehörte, ihn auszuhorchen, wie er der neuen Glashütte gegenüber eingestellt war. Würde er die Gebietszugehörigkeit kritisch hinterfragen?

Augustinus hatte sich nicht getäuscht. Der Obervogt war an einer Erweiterung der Vogtei ebenfalls interessiert. Hingen sein Verdienst und Ansehen doch auch indirekt von der Anzahl der Untertanen und Ortschaften ab.

St. Blasien hatte bereits mit Zukäufen der Vogteien Bonndorf und Schluchsee die Reichsunmittelbarkeit über diese Gebiete erstanden – trotz des weltlichen Status, im Zwing und Bann des Habsburger Kaiserhauses zu stehen. Das hieß, dass auch die Steuerabgaben dem Kloster und nicht Österreich zuflossen. St. Blasien war quasi ein Kleinstaat im Staate Vorderösterreich der Habsburger.

»Kraft meines Amtes«, Augustinus wandte sich endlich an seinen ungeduldig wartenden Besucher, »werde ich Euch von meinem Sekretarius eine Urkunde ausstellen lassen, Herr Obervogt Gump. Die Reichsvogtei Schluchsee gehört zu Eurem Obervogteibezirk, so wird auch mit der neuen Glasersiedlung Äule nordwestlich des Sees verfahren. Sie wird Schluchsee zugehörig sein und untersteht damit dem Kloster St. Blasien und Euch als meinem Verwalter.«

Mit einem leichten Nicken zeigte Abt Augustinus, dass der Obervogt entlassen war. Der verbeugte sich ebenfalls, wenn auch kniefälliger, wie es sich für einen Untergebenen ziemte, und verließ den Raum.

St. Blasien würde seinen Machtbereich um eine Siedlung

erweitern, ein bisheriges Niemandsland, so ursprünglich, wie es die vorchristlichen Völker verlassen hatten. Einige Zeugen dieser Heidenvölker, die der Zerstörung durch christliche Eiferer entgangen waren, lebten seit Jahrhunderten in ein paar stummen Steinmonumenten weiter, überwuchert von Wäldern.

Diese Wildnis hatte bisher lediglich als Jagdgebiet gedient. Doch nun würden die Glasmacher den Urwald kultivieren.

Beim Hinauseilen stieß der Obervogt mit dem Sekretarius zusammen. »Der Abt will die neue Siedlung besiegeln lassen. Bruder Stephanus, was meint Ihr, ab wann wird in Äule Glas produziert? Wann könnt Ihr mir die Urkunde fertigen?«

»Ihr habt es wohl sehr eilig, neuen Schäflein vorzustehen, wie?« Stephanus sagte meist, was er dachte, es sei denn, er war sich seiner Sache noch nicht sicher.

Der Obervogt fühlte sich ertappt. Pikiert holte er kurz Luft, entschied sich dann aber, nicht weiter auf die Anspielung einzugehen. Was brachte es, sich Ärger mit dem Sekretarius des Klosters einzuhandeln? Er würde öfter mit ihm zu tun haben. Sicherlich war es klug, ihn nicht zu unterschätzen. Wer in der Gunst des Abts stand, hatte es meist faustdick hinter den Ohren. Und wer es sich mit dem Abt verscherzte, dessen Niedergang war so gewiss wie das Amen in der Kirche.

»Reine Neugier, ich muss mich ja darauf einstellen können, was die Verwaltung anbelangt«, redete er sich heraus und drückte dabei die mitgebrachten Unterlagen wie ein Schutzschild vor seine Brust. Er hatte sich die Namen aller Familienmitglieder, die umziehen würden, notiert. Zur Kontrolle.

Stephanus fragte sich zwar, was er mit den Papieren wollte, nahm sich aber nicht die Zeit, ihn darauf anzusprechen. Die die St. Blasianischen Gebiete betreffenden Urkunden wurden ausschließlich im Kloster besiegelt und aufbewahrt.

»Ja, ja, alles muss seine Ordnung haben, da gleicht Ihr Abt Augustinus, oder sollte ich sagen, seinem Oberrechner?«, antwortete Stephanus etwas ungehalten. »Doch seid Euch gewiss, die beiden werden nicht auf die Einnahmen aus den Glasöfen verzichten wollen. So muss Augustinus sich gedulden, bis in Äule alles aufgebaut ist, sodass die Sippe den Umzug ohne längeren Arbeitsausfall vollziehen kann. Also von Ofen zu Ofen. Das Kloster wird Handwerker und Bauarbeiter anstellen müssen. Die Glasmacher können von ihrem Ofen am Windberg nicht weg. Aber der Vertrag läuft erst 1714 aus, in drei Jahren.«

»In drei Jahren erst?« Eigentlich hatte Obervogt Gump geglaubt, die Urkunde gleich unterschreiben und mit seinen Notizen vergleichen zu können.

»In drei Jahren. Die Siedlung wird erst beglaubigt, wenn sie steht«, sagte Stephanus.

»Aber Ihr werdet mich aufsuchen, wenn Ihr die Urkunde ausgestellt habt?«

»Aber gewiss doch, wir haben Zeit, und nur der Herr weiß, was bis dahin ist.«

Obervogt Gump gab sich geschlagen, wenn auch etwas zerknirscht. Die Mühlen der Klöster mahlten noch langsamer als die seiner Verwaltung.

Sie verabschiedeten sich, Stephanus hatte es plötzlich eilig, ins Skriptorium zu kommen. Diese Urkunde hatte Zeit, gewiss, aber eine andere Arbeit nicht. Eben hatte er Pater Cajetano in die Kapelle gehen sehen. Das bedeutete freie Hand.

Seit einigen Wochen hatte Cajetano es sich angewöhnt, in der Kapelle zu beten, immer zur selben Zeit, immer samstags abends, wenn die Glasmacher ihre Waren abgeliefert hatten.

Auch Justus trieb sich dort öfter herum. Aber der war stets überall und nirgends anzutreffen.

***

Es war der letzte Bottich Wäsche, den Marie zusammen mit den jüngeren Geschwistern zum Bach schleppte. In der kühlen Luft dampfte er wie ein riesiger Topf Haferbrei. Gleich würde die Sonne über den Berg kommen und sie bei der Arbeit am kalten Wasser wärmen.

Marie hatte die Wäschestücke in einer Seifenlauge auf dem Herd gekocht, auf dem Waschbrett gerieben und schließlich ausgewrungen. Nun folgte der Spülgang am Bach.

Die Mädchen knieten sich nieder und schlenkerten die Laken

im klaren Nass hin und her. Sie machten sich einen Spaß daraus, die Leintücher loszulassen und am Ufer neben den Wäschestücken herzurennen, um sie weiter unten wieder aufzufangen.

Martha hingegen bückte und streckte sich unentwegt, um die langen Stoffe einzutauchen und wieder hochzuheben, wie sie es bei Marie gesehen hatte. Dabei kämpfte sie mit dem Gleichgewicht, ihre Schwester musste sie mehr als einmal halten, sonst wäre sie ins Wasser gefallen. Alle Ablenkungsversuche, sie die Wäsche aus dem Bottich holen zu lassen, fruchteten nicht. Martha wollte die Wäsche »tauchen«.

Als Marie sich zum Bottich umwandte, um die gespülten Stücke wieder hineinzulegen, sah sie einen Wanderer vom Hang am Wittemle herunterkommen. Er ging bereits in der Sonne, hin und wieder blitzten kleine Lichtfunken an seinem Körper auf. Es mussten Knöpfe sein, die das Sonnenlicht einfingen und blinkend ins Tal warfen. Knöpfe aus Silber vielleicht, wie sie die reichen Handelsleute trugen. Gebannt blieb Maries Blick an der Person hängen. Ein Hausierer?

Er trug etwas auf dem Rücken. Doch die Händler kamen, wenn sie denn überhaupt den Weg ins abgelegene Windbergtal fanden, von Süden her. Die Marktstädte lagen am Rhein, nicht auf den Schwarzwaldhöhen.

Marie konnte eindeutig einen ihr fremden Mann erkennen, er musste, dem forschen Schritt nach zu urteilen, noch recht jung sein. Bald sah sie auch, dass er eine Glasträgerkrätze trug. Doch er bog nicht westwärts zum Bötzberg, um nach St. Blasien zu gelangen, sondern kam die steile Halde herunter.

Fremde Glasträger kamen hier eigentlich nicht vorbei, sie wussten, dass die Windberger Glasmacher ihr wertvolles Glas selbst ins Kloster brachten. Auf dieser kurzen Strecke hätten sie nichts verdient. Um Tonbrennzeug und grünes Waldglas zu verkaufen, schickten sie Burschen aus ihren eigenen Reihen auf die Märkte. Für weißes Glas wurde in den Städten das Sechsfache des Werts eines einfachen Waldglases bezahlt. Doch St. Blasien hatte das Vorkaufsrecht, und dort lag der Gewinn deutlich unterhalb der sechsfachen Summe.

Dieser Träger schien dennoch zielsicher auf das Dorf zuzukommen. Er hatte schon den Krautgarten hinter der Aschenhütte erreicht.

Ein Klatschen und Schreien riss Marie aus ihren Beobachtungen. Martha lag im Bach. Marie zerrte sie heraus und riss ihr die nassen Kleider vom Leib. Sie wickelte das zitternde Kind in ihre Schürze und lief zum Haus.

Den Fremden hatte sie vergessen. Vorläufig.

***

Stephanus betrachtete sein Werk. Er war zufrieden. Selbst im Schein zweier Kerzen war der Unterschied nicht zu sehen. Die Tinte hatte nach dem Trocknen dieselbe Färbung. Sein anfänglich schlechtes Gewissen bezüglich seiner kleinen Korrektur an der alten Urkunde wich der Überzeugung, dem Kloster einen Dienst erwiesen zu haben. Nicht nur dem Kloster.

Seit Jahrhunderten gehörte es zur dunklen Geschichte der Klöster, dass die Besitzurkunden leicht beschönigt wurden. Selbst die Stammurkunde des Klosters St. Blasien aus dem Jahre 983 wies Radierungen an der Jahreszahl auf. Trotzdem stand sie für die Gründung des Klosters oder besser: für dessen Eigenständigkeit und Unabhängigkeit vom Mutterkloster Rheinau nahe Schaffhausen.

Auch wenn die »cella alba«, wie die eigentliche Albzelle noch vor der Blütezeit St. Blasiens genannt wurde, viel älter war, galt sie doch als Stammsitz der ersten gläubigen Brüder und Schwestern in der Albaue und wurde als solche 858 das erste Mal urkundlich erwähnt. Damals bestätigte Wolfenus, der zweite Abt des Klosters Rheinau, deren Einverleibung.

Die Schwestern siedelte man fast zweihundert Jahre später in Berau an. Vermutlich reichte die alemannische Besiedlung der Albaue aber bis in die Zeit der Hunnenüberfälle ins 5. Jahrhundert zurück, als Attila den Rhein überquerte. Windisch und Augst, deren Gründung in der Römerzeit lag, und auch andere Städte am Rhein wurden damals völlig zerstört. Jene Bewohner sollen in der Einsamkeit des Schwarzwaldes Unterschlupf gefunden haben.

Im 6. und 7. Jahrhundert brachten die ersten Missionare den christlichen Glauben in die Gegend des Schwarzwaldes. Bereits 522 gründete der Mönch Fridolin das Kloster Säckingen, jeweils rund hundert Jahre später folgten St. Gallen und Reichenau. Mönch Pirmin soll im 8. Jahrhundert die benediktinischen Regeln im späteren St. Blasien eingeführt haben.

Doch all diese geschichtlichen Einzelheiten und klösterlichen Vormachtstellungen interessierten Stephanus nicht wirklich. Er war nicht an Ruhm und Ehre des Klosters interessiert. Seine Triebfeder war eine ganz andere: die Gunst des Abts. Stephanus mochte darum das Wort »Fälschung« in diesem Zusammenhang nicht. Es klang zu hart. Denn eine Fälschung war eine falsche Aussage. Und das war es nun nicht, was er gerade getan hatte. Eher eine Ergänzung, eine Verdeutlichung einer Aussage.

Um eventuellen Forderungen vorzugreifen, hatte Stephanus sich den Vertrag mit den Fürstenbergern aus dem Jahre 1659 nochmals zur Brust genommen. Aus der »hohen, forstlichen Geleits- und Strafhoheit«, hatte er eine »Geleits-, Straf- und Landeshoheit« gemacht. Dies war nur recht und billig, wie er befand, hatte doch schon vor Urzeiten die verzweigte Sippe der Nellenburger das gesamte Schluchseegebiet dem Kloster St. Blasien überlassen. Eine entsprechende Schenkung war in dem »Praedium Slocse«, wie man die Urkunde bezüglich des Landguts Schluchsee aus dem Jahre 1067 nannte, nachzulesen. Nun galt es nur noch, Abt Augustinus ganz nebenbei auf die kleine Veränderung aufmerksam zu machen, schon würde er sich einen Pluspunkt einheimsen.

Den hatte er auch bitter nötig, wenn er an den letzten Streich seines Bruders Justus und der damit verbundenen Drohung Augustinus', Justus aus dem Kloster zu entfernen, dachte.

***

Priorin Wiltrudis stand im entfernten Berau am Fenster ihrer Kammer und starrte auf die Brandruine des Frauenklosters.

Sie hing ihren Erinnerungen nach. Der Brand hatte alte Wunden wieder aufgerissen. Schmerzhafte Wunden. Nur langsam hob sich ihr Blick in die Ferne, sie musste sich regelrecht dazu zwingen. Sie war ihr fremd, diese endlose Weite. Jahrelang hatte sie nicht weiter als zur nächsten Mauer gesehen. Der Klostermauer. Sie hatte vergessen, wie es war, wenn man am Horizont die Alpen erblicken konnte. So wie jetzt, in der klaren Luft des Herbstes.

Am Himmel kreiste ein Raubvogel, hin und wieder stieß er Schreie aus. Auch Wiltrudis hätte gern geschrien, doch ihre Lippen blieben stumm. Verschlossen wie ihr Herz. Die Vergangenheit, die Trauer, es war alles fein säuberlich eingemauert gewesen. Die Mauer hatte sie umgeben und geschützt, nun kam sie sich nackt und verloren vor. In die Welt gestoßen. Wie ein Kind, das aus dem schützenden Mutterleib gepresst worden war.

Die Helfer hatten sie nach dem Brand hierher in diese kleine Kammer gebracht. Warum hatte Gott sie, Wiltrudis, vor dem Feuer verschont? Wollte er sie weiter quälen? Sie hatte sich ihre Strafe vor Jahren selbst auferlegt, die ewige Profess, weggesperrt von der Welt. Was hatte ihr Schöpfer jetzt mit ihr vor, nach all den Jahren? Mit ihr, der Gefallenen?

Wenn sie nachts die Schreie der brennenden Mitschwestern zu hören glaubte, schreckte sie hoch. Noch ehe sie richtig wach war, waren sie wieder da, jene unsichtbaren Teufel der Vergangenheit, die ihr ins Ohr flüsterten: Er lebt, suche ihn! Dann wusste sie, nicht die Schwestern waren es, von deren Tod sie geträumt hatte. Es war der Säugling. Er sei tot geboren, hatte die Mutter Oberin ihr gesagt. Warum und wo sollte sie nach ihm suchen? Alles nur Unsinn, Hirngespinste, die sie narrten. Und doch nagte der Zweifel.

Sie könne eines Tages vergessen und den Frieden mit Gott machen, hatte die Oberin ihr prophezeit, sie müsse nur vertrauen, doch das war es, was sie nicht konnte, vertrauen. Alles Flehen und Beten hatte nicht geholfen, die Bilder kamen immer wieder.

Seit fünfzehn Jahren hatte Wiltrudis das Kloster nicht mehr verlassen. Nie war sie weiter als in den Klostergarten gegangen. Das Leben dort draußen war nicht mehr ihres, es war bedrohlich und grausam. Gott der Herr war grausam, er hatte ihr den Schutz genommen.

Wiltrudis schlug sich mit der flachen Hand auf die Stirn, als müsse sie sich wieder in das Hier und Jetzt holen, die Erinnerung ganz tief auf den Grund ihrer Seele verbannen. Dort, wo sie all die Jahre gelegen hatte wie ein Stein im dunklen See.

Sie zwang sich, den Blick auf die neue Baustelle zu lenken.

Unzählige Arbeiter waren damit beschäftigt, wenigstens den Rohbau fertig zu bekommen, ehe der Winter die Arbeiten lahmlegte. Das Klopfen und Hämmern drang wieder an Wiltrudis Ohren und ließ sie ihre Rolle spielen, die sie all die Jahre gespielt hatte: die einer Klostervorsteherin. Ihr Wort galt. Sie lenkte und bestimmte die Zukunft der kleinen Frauengemeinschaft über die letzten Jahre.

Das Benediktinerinnenkloster sollte nach dem Willen St. Blasiens wieder aufgebaut werden. Im Frühsommer war es ein Raub der Flammen geworden. Das Heu, frisch eingelagert, hatte sich in der Nacht wohl selbst entzündet. Es war bereits der vierte Brand in der Geschichte des Klosters gewesen.

Im Jahr 1117 war der Frauenkonvent von St. Blasien auf diese Anhöhe verlegt worden. Neun Jahre zuvor war der Ritter Gottfried von Berau dem Kloster St. Blasien beigetreten und hatte alle seine Besitzungen auf dem Berg, auf dem er lebte, dem Orden vermacht. Nicht wenige Damen der einst mächtigen Adelsgeschlechter nahmen im Laufe der Zeit den Schleier und fanden hier ihren Lebenssinn. So glaubte auch Wiltrudis damals, jung und unerfahren, aber voller Wissensdurst, die Antworten auf ihre Fragen in den Büchern hinter den Klostermauern zu finden.

Wiltrudis entstammte keiner Adelsfamilie, dafür aber einer traditionellen Glasmachersippe. Sie war die Schwester von Theis Schmiden, dem Pottaschesieder vom Windbergtal, und von Gret, der ersten Frau des Glasvogts Michael Sigwarth. Waltraud war ihr bürgerlicher Name, der ihr aber inzwischen so fremd war wie das weltliche Leben selbst.

Die Entscheidung, nach der Probezeit im Kloster zu bleiben, war eher in der Freundschaft zu Stellamaris, einer weiteren Novizin, begründet gewesen als in der Stärke des Glaubens. Anfangs hatte Wiltrudis öfter die Ferien bei den Glasmachern verbracht, ihre Freundin Stellamaris war auch einmal mit dabei gewesen. Später, nach dem Tod ihrer Schwester, wurden ihre Besuche seltener. Ihr Schwager Michael war den »Betschwestern« nicht sehr zugetan. So blieben Wiltrudis nur noch die gelegentlichen Besuche bei Theis, ihrem Bruder. Der eigentlich Matthias hieß, was man im alemannischen Sprachraum als »Mattheis« oder gekürzt als »Theis« aussprach.

Nach den Geschehnissen von vor fünfzehn Jahren hatte sie die Besuche ganz eingestellt. Marie, ihre Nichte, war damals zwei Jahre alt gewesen. Sie hätte den Anblick des Kindes nicht ertragen.

Wiltrudis hielt Ausschau nach Caspar Moosbrugger, dem Laienbruder aus Einsiedeln. Er wollte die überarbeiteten Pläne vorbeibringen, wenn er sich mit dem Abt besprochen hatte. Noch immer lief ihr ein Schauer über den Rücken, wenn sie den Namen nur in Gedanken aussprach: Augustinus.

Er ist ein Feigling, dachte sie, er hat sich nie wieder blicken lassen. Weder zur Feier ihrer ewigen Profess noch zur Inthronisierung als Priorin war er erschienen. Obwohl die Ernennung von ihm gekommen war. Er hatte lediglich einen Legáten entsandt, Pater Hugo, Propst zu Gurtweil. Ausgerechnet Hugo.

Unruhe breitete sich auf dem Platz unter ihr aus und zwang sie, ihre finsteren Gedanken ziehen zu lassen. Das sonderbare Verhalten der Handwerker, die ihre Arbeit niederlegten und sich verneigten, ließ das Eintreffen einer höheren Persönlichkeit erahnen. War es Caspar? Für ihn hätten sich die Gesellen zwar verneigt oder eine Ehrerbietung angedeutet, aber nicht ihre Arbeit niedergelegt.

Noch konnte Wiltrudis nicht sehen, wer eingetroffen war. Die Gerüste verdeckten den Ort des Geschehens. Dann sah sie ihn vom Pferd steigen und wusste, dass ihre Furcht begründet war. Ein Stich durchfuhr ihr Herz.

***

Als Marie wieder aus dem Haus trat, war der Fremde verschwunden. Er war weder zum Bötzberg, dem Handelsweg, hochgestiegen, noch konnte sie ihn auf dem Pfad hinunter zur Schlucht ausmachen. Er musste folglich noch im Dorf sein. Wer war er? Was wollte er? Sie hatte ihn zuletzt bei der Aschenhütte gesehen, vielleicht sollte sie bei Theis nachfragen oder ihn warnen. Hin und wieder trieb sich Gesindel um.

Marie wollte gerade ins Haus des Onkels stürmen, als sie Stimmen aus dem Inneren vernahm. Sie verharrte und lauschte.

»Fünf geschliffene Kelche, drei Karaffen, Meister. Ihr hört noch vor Martini wieder von mir.«

»Nimm dich in Acht, Kilian. Im Albtal ist eine Bärin mit einem Jungen gesehen worden.«

»Keine Sorge, Meister. Ich passe auf.«

Marie war sich sicher, den Fremden vor nicht allzu langer Zeit bereits gehört zu haben. Ihr Herz klopfte. Von wegen Theis hatte mit dem Ziegenbock gesprochen! Das konnte er den Kindern erzählen. Kilian, den Namen wollte sie sich merken. Sie versuchte, durch den Türspalt zu blicken, konnte aber nichts erkennen.

Von Ferne riefen ihre Schwestern. Marie wollte Theis nicht noch einmal in Verlegenheit bringen, darum schlich sie davon. Ihr Onkel hatte dem Fremden eindeutig Glaswaren, Kelche und Karaffen anvertraut. Weißes Glas. Dieser Handel war verboten. Ob ihr Vater, der Glasvogt, davon wusste?

Sie eilte an den Bach, wo Klara und Franziska aufgeregt den Verlust eines Kleidungsstückes verkündeten. Ein Hemdchen war ihnen davongeschwommen, hinunter in die Schlucht. Den Kindern war es strengstens untersagt, sich der Schlucht zu nähern. In der kalten Jahreszeit, zu der die ersten kühlen Herbsttage zählten, erst recht – die Tritte waren bereits gefroren und somit lebensgefährlich.

»Ab mit euch Weibern nach Hause. Ich gehe es suchen. Betet, dass ich es finde, sonst werdet ihr ein Donnerwetter erleben«, sagte Marie. Im Geist sah sie schon Ludwina ihr Leid klagen, darum lief sie den Bach entlang bis zur Brücke, die den Einstieg in die Schlucht kennzeichnete. Von dort hielt sie Ausschau.

Das Leibchen hing an einem Ast über einem der ersten kleineren Wasserfälle, der im ewigen Schatten schon vereist war. Unerreichbar! Vielleicht konnte sie es mit einem Zweig angeln.

Sie brach eine dünne Haselrute ab. Doch ehe sie sich über das Geländer recken konnte, hielt sie jemand von hinten fest. Erschrocken schrie sie auf.

»Ich tu dir nichts, ich will dich nur halten.«

Die Stimme! Das konnte nur der Fremde sein, den sie eben noch bei Theis reden gehört hatte! Marie drehte sich um und sah direkt in zwei strahlend blaue Augen.

Das Tosen des Wassers hatte seine nahenden Schritte geschluckt. So wie dieses magische Blau jetzt die Welt um sie herum verblassen ließ. Sie nahm nur noch das Pochen ihres Herzens und diesen Blick wahr.

»Marie, nehme ich an.«

»Woher kennt Ihr meinen Namen?«

»Du bist die Nichte des Aschenbrenners. Ich habe dich schon einmal gesehen, beim Wasserholen für deinen Onkel.«

Ihre Sinne hatten sie also nicht genarrt, sie war beobachtet worden. »Ihr habt Euch nach mir erkundigt?«

»Ich kenne alle Namen der jungen Schönheiten von Todtnau bis an den Rhein.«

»So, ist das Euer Revier?« Marie war es mit ihren siebzehn Jahren gewohnt, den Männern über das Maul zu fahren, und alles andere als schüchtern. Sie war schließlich eine Glasmachertochter, und der Umgangston im Dorf war eher derb.

»Sozusagen. Ich bin Kilian, Glasträger von Beruf.«

»Ihr habt bei meinem Onkel weißes Glas gekauft?« Sie scheute sich auch nicht, ihm den verbotenen Handel auf den Kopf zuzusagen.

»Theis hat mir ein paar Sachen anvertraut, nicht verkauft.«

»Wo liegt da der Unterschied? Es ist nicht erlaubt.« Auch wenn die plötzliche Erscheinung des Fremden sie innerlich aufwühlte, war Marie schlagfertig genug zu sagen, was sie dachte.

»Ich weiß, die Windberger Glasmacher sind dem Kloster verpflichtet. Aber dein Onkel ist kein Glasmacher, sondern Aschenbrenner. Er kann mit seinen Sachen machen, was er will.«

»So kann man es auch sehen. Was macht Ihr damit?«

»Ich gehe auf die Märkte am Rhein.«

Maries Augen begannen zu leuchten. Ihr Interesse war geweckt. Der verbotene Handel rückte in den Hintergrund. Sie war noch nie viel weiter als bis zum Gottesdienst nach St. Blasien gekommen. Sie stellte sich die Marktstädte aufregend vor. Die Burschen aus dem Ort berichteten hin und wieder davon, wenn sie ihre Glas- und Tonwaren dort feilboten.

»Ich war noch nie auf einem Markt. Es gibt bestimmt viele schöne Dinge dort«, sagte sie. Kilian war ein sympathischer Bursche. Sie wollte mehr von ihm erfahren.

Er griff in seine Hosentasche und förderte zwei blaue Glasperlen zutage.

»Kobaltblau.« Marie wagte das Wort nur zu flüstern, ihre Augen strahlten. »Das Mineral der Kobolde. Woher habt Ihr das?« Sie nahm die Perlen vorsichtig in die Hand, hielt sie gegen das Licht. Ein blauer Sonnenstrahl traf sie.

»Eine echte Glasmachertochter. Hab ich's gewusst, du kennst dich aus. So was gibt es nur bei den Glasmachern in Venezien. Muranoglas. Ich brauche sie leider noch, um jemanden aus dem Kloster von einem Geschäft zu überzeugen, sonst würde ich sie dir schenken.« Kilian verschwieg ihr, dass bereits diesseits der Alpen Kobalt verarbeitet wurde. Bei Nürnberg gab es ein Blaufärbewerk und Bemühungen, ein weiteres bei Wittichen in der Gegend von Rottweil zu etablieren. Murano hörte sich jedoch abenteuerlicher an.

»Schenken? Sie sind sehr kostbar«, sagte Marie ungläubig.

»So wie die Glasmarie vom Windbergtal. Ich komme bis Martini wieder, dann sind die Perlen dein.«

»Ich kann sie nicht bezahlen.« Sie gab sie ihm wieder zurück. Eine leichte Enttäuschung lag in ihrer Geste.

»Ich nehme auch einen Kuss.«

Marie stieg die Schamröte ins Gesicht. So ein Angebot hatte ihr noch niemand gemacht, die tölpischen Anspielungen der Dorfburschen zählten nicht. Sie waren eher neckisch gemeint.

Sie fühlte sich geschmeichelt, eine ihr unbekannte Aufgeregtheit machte sich in ihr breit. Ein Kribbeln im Bauch.

»Kommt erst mal wieder heil zurück«, sagte sie lächelnd. »Die Bärin.«

»Du hast gelauscht. Keine Sorge, das werde ich, samt den Perlen.«

»Gut«, Marie wandte sich um, »aber jetzt muss ich noch das Wäschestück dort wiederbekommen, sonst gibt es Ärger.«

»Gib mal her.« Kilian nahm die Rute und fischte das Hemdchen vom Ast, dann breitete er es aus und besah es. »Das Leibchen einer holden Maid. Die Glückliche muss es aber eilig gehabt haben, sich ihrer Wäsche zu entledigen, wenn es da oben hängen blieb.«

Marie schnappte das nasse Hemd. »Es gehört meiner kleinen Schwester und ist ihr beim Spülen davongeschwommen. Ihr solltet Eure Gedanken besser im Zaum halten.«

Kilian zog den Hut und verbeugte sich. »Ihr beflügelt meine Phantasie, holde Glasmarie. Ich wandle in tiefen Schluchten, meinen Sold zu verdienen. Wenn ich wiederkehre, ist mein Herz Euer.«

Er warf ihr eine Kusshand zu und stieg hinunter, ohne sich nochmals umzudrehen. Fast tat es Marie leid.

***

Pater Cajetano verließ die Kapelle mit eiligen Schritten und glitt im Schutze der zunehmenden Dunkelheit durch die Tür in den eigentlichen Klosterkomplex. Dort steuerte er durch den Kreuzgang auf seine Zelle zu. Er wollte sich reinigen, ehe er die Komplet besuchte, um dort das abendliche Schuldbekenntnis zu sprechen: »*Mea culpa, mea culpa, mea maxima culpa*, durch meine Schuld, durch meine Schuld, durch meine große Schuld.« Rituell klopfte sich jeder Mönch bei dem Wort »*culpa*« auf die Brust. Denn Sünder waren sie alle, so wie die gewöhnlichen Menschen auch. Doch Gott vergibt seinen Sündigern, bittet man ihn darum.

Cajetano fühlte sich nicht schuldig. Er hatte einen Auftrag erhalten, von höchster Stelle. Im Traum war ihm ein Engel erschienen, schon vor langer Zeit. Doch er musste so lange unter den normalen Mönchen leben, bis seine Stunde geschlagen hatte. Er war auserkoren, St. Blasien vor dem Verderben, vor den machtgierigen Händen zu retten.

Er war bestimmt, nicht Abt Augustinus – und schon gar nicht dessen Speichellecker Bruder Stephanus. Die beiden ahnten in ihrer Verblendung nichts davon. Nicht die Könige, die Diener waren Gottes Volk.

Er, Cajetano, war nur Gott untertan. Die Zeit drängte, die neue Gottesherrschaft würde bald anbrechen.

Oftmals ging er noch in der Nacht seiner geheimen Arbeit nach. Es galt, Vorbereitungen zu treffen. Die weltliche Macht war schon im Wanken. Die ersten Zeichen der neuen Zeit waren unverkennbar.

Die Osmanen mit ihrem muslimischen Glauben griffen nach Europa, Kaiser Karl VI., neu ernannter Thronfolger Kaiser Josephs I., hatte gar die weibliche Thronfolge proklamiert. Doch Gott hatte ein Zeichen gesandt und das Frauenkloster mit einer Feuersbrunst zerstört. Die Priorin für ihre Verdorbenheit bestraft.

Wann würden die Verblendeten die Nachfolge Petri vom Thron stürzen und das Abendland in den Abgrund reißen? Er musste die Zeugnisse des Christentums vor dem Sturm der Vernichtung schützen.

Ehe er das Wasser vom Krug in die Waschschüssel einlaufen ließ, bekreuzigte sich Cajetano mit einem entschuldigenden Blick zur gegenüberliegenden Wand. Dort hing er, der Heiland an seinem Kreuze, sein Heilbringer. Nach dem kurzen Gebet nahm Cajetano den Corpus von der Wand, klappte den Dornenkranz des Gekreuzigten um und ließ eine Münze hineinfallen. Es war nicht die erste, wie man an ihrem dumpfen Aufprall im Inneren der Jesusfigur hören konnte, die aus dem Opferstock in der Kapelle stammte.

Heute war Samstag, die Glasmacher hatten ihre Ware geliefert, ihren Lohn erhalten, und bevor sie ihn in der klösterlichen Brauerei wieder versoffen, pflegten sie für ihre Daheimgebliebenen und für einen guten Heimweg zu beten. Dabei opferten sie auch manch eine Münze. Cajetano opferte die eine oder andere dieser Almosen dem Herrn, aber auf seine Weise.

Er beeilte sich, die rituelle Waschung zu vollziehen.

Justus schlich, nachdem er eine Weile abgewartet hatte, um die Ecke der Kapelle. Ein Grinsen ging über sein Gesicht. Auch er hatte sich eine Münze verdient. Eine Münze verhieß einen lustigen Abend oben am Windberg bei den Glasern.

***

Abt Augustinus beschirmte seine Augen, als er vom Pferd stieg. Das Licht der tief stehenden Sonne blendete ihn. Darum konnte er Wiltrudis auch nicht sehen, die in dem Moment vom Fenster zurücktrat.

An seiner Seite schritt der Einsiedler Laienbruder Moosbrugger. Sie schienen sich angeregt zu unterhalten, Moosbrugger hatte Zeichenblätter in der Hand. Offensichtlich führte er den Abt in die überarbeiteten Aufbaupläne ein, denn die Männer blieben stehen und deuteten auf die entstehenden Gebäude, die bis jetzt nur als Balkenkonstruktion auf Steinfundamenten sichtbar waren.

Auch wenn seit ihrer letzten Begegnung fünfzehn Jahre vergangen waren, erkannte Wiltrudis Abt Augustinus sofort am forschen Schritt, an seiner Haltung, die keinen Widerspruch duldete, sie brauchte sein Gesicht nicht zu sehen. Was konnte so wichtig sein, dass er heute persönlich kam? Die Baupläne? Wohl kaum.

Mit Entsetzen sah sie, dass er in ihre Richtung blickte, Moosbrugger deutete den Weg zur ihrer Kammer.

Hatte Augustinus nach ihr gefragt? Wusste er überhaupt noch, wer sie war?

Obwohl sie im Kloster und im Ort hohes Ansehen genoss, kam sie sich sofort klein und bedeutungslos vor im Angesicht des mächtigen Abts. So wie damals als junge Novizin. Die ganze Wut, Verzweiflung und die Ängste stiegen wieder in ihr hoch, nahmen ihr die Luft zum Atmen. Über all die Jahre hier in der Einsamkeit hatte sie nicht vermocht zu vergessen, was in jener Nacht geschehen war. Das Kind! Ihr Flehen, ihre Bitten waren ungehört geblieben, der Abt hatte sich zum Vorfall und den Beschuldigungen nicht mehr geäußert. Sie war eine Gefangene hinter den Mauern des Klosters, den Mauern des Schweigens gewesen.

Mit den Jahren waren die Hoffnungen, die Lebensfreude geschwunden. Aus der einst lebenslustigen Novizin war eine verbitterte Frau geworden. Und Schuld war jener Mann, der sich anschickte, sie aufzusuchen: Abt Augustinus.

***

Marie rannte den Pfad ins Dorf zurück und drückte das nasse Leibchen an ihren Körper, bis es einen großen Flecken auf ihren Brüsten bildete. Sie spürte die Kälte nicht. Sie schwebte. Kobaltperlen aus Murano, so blau wie die Augen Kilians!

Am Waschplatz angekommen, warf sie das Wäschestück achtlos in den Bottich und lief zu Theis.

»Ist etwas passiert? Du bist ja ganz außer Atem und nass.« Er deutete auf ihre Brust.

»Muranoglas. Er hat Muranoglasperlen!«

Theis' Blick verfinsterte sich. »Wer?«

»Kilian.«

»Was hast du mit ihm zu schaffen?« Die Frage kam ruppig und vorwurfsvoll, sie klang gar nicht nach dem lieben Onkel.

Marie wurde hellhörig. Was geschah hier? Sie ließ sich nicht einschüchtern, sondern wagte den Gegenangriff. »Das wollte ich dich fragen. Ich habe gesehen, dass er bei dir war. Du hast ihm Gläser verkauft.«

»Das geht dich nichts an. Es waren meine Gläser. Warum bist du so nass? Wo warst du? Was hast du mit Kilian zu schaffen, du hast meine Frage nicht beantwortet.«

Marie hielt inne. So streng hatte sie ihren Onkel noch nie erlebt. »Nichts, er hat mir geholfen, ein Wäschestück aus dem Bach zu ziehen.«

»Aus dem Bach? Ich will nur hoffen, dass er es dir nicht ausgezogen hat.«

»Onkel Theis!«

»Lass die Finger von ihm, er macht dich unglücklich.« Der Alte machte eine Wegwerfbewegung mit seiner Linken. Im selben Moment ärgerte er sich über seine strengen Worte. War er eifersüchtig? Sie war zu einem hübschen Mädchen herangereift, welcher Bursche würde hier nicht sein Glück versuchen? Früher oder später würde er sich damit abfinden müssen. Aber nicht Kilian, setzte er seinen Gedanken ein Ende.

Er strich der verwirrten Marie über den Kopf. »Ich meine es nur gut. Lass dir nicht deinen hübschen Kopf verdrehen von einem dahergelaufenen Burschen.«

Marie schämte sich plötzlich wegen ihrer freudigen Gefühle, die sie bis eben noch verspürt hatte. Hatte sie Theis damit gekränkt? Ihr wurde klar, dass derartige Gefühle verboten waren. Gesellschaftlich geächtet. Man ließ sich nicht auf fremde Männer ein. Wenn die Zeit reif war, würde man ihr einen Ehemann vorschlagen. Einen aus den Reihen der Glasmacher, so wie es sich gehörte. Sie hatte noch nie darüber nachgedacht, wie ihre Zukunft aussehen sollte. Der Vater würde das bestimmen. Doch wollte sie das? Das heutige Erlebnis ließ leise Zweifel in ihr aufkommen.

Die kurze Begegnung mit Kilian hatte sie beflügelt. War das etwas Schlimmes? Sie beschloss, die Gedanken an diesen Augenblick in ihrem Herzen zu verwahren. Es war nicht gut, alle Freuden zu teilen.

»Muranoglas, sagst du?« Theis hatte sich offensichtlich beruhigt.

»Ja, blaue Glasperlen.«

»Du bist sicher?«

»Ja, er hat gesagt, er braucht sie, um jemanden im Kloster von einem Handel zu überzeugen.«

»Im Kloster? Wen?«

Marie schnaubte. »Ich habe ihn nicht gefragt.«

»Vielleicht den Abt. Der muss ja alles haben, womit man glänzen kann. Dieser selbstverliebte Gockel. Alles besitzen, um es dann achtlos ins Eck zu schmeißen.«

Marie registrierte erneut einen Anflug von Wut in Theis' Blick, sie wusste nicht, wovon er sprach. Seine Augen hatten sich verengt, sicherlich war nicht mehr nur das Kobaltglas gemeint. Sie spürte, dass es mehr Geheimnisse gab, als sie ahnte. Wenn selbst der Abt Kobalt begehrte, so wie Theis vermutete, musste es wahrlich sehr kostbar sein.

***

»Wiltrudis?«

Die Tür zu ihrer Kammer ging auf, und da stand er, der Abt von St. Blasien.

Sein Blick war noch stolzer, seine Erscheinung erhabener als damals. Augustinus hatte es zu etwas gebracht. Das Kloster erblühte unter seiner Hand, es stand besser da als vor den Kriegen.

Wiltrudis hatte St. Blasien lange nicht mehr gesehen, aber sie hörte so einiges. Gutes wie weniger Gutes. Gnade und Demut gehörten nicht zu den Tugenden des Abts. Das hatte sie selbst erfahren.

»Ich habe dir den besten Bauplaner, den ich habe, geschickt. Moosbrugger wird Kloster Berau zu Ansehen verhelfen, was das Bauliche anbelangt.«

Augustinus ging im Raum umher, als müsse er sich ihre primitive Notunterkunft ansehen oder seinen nächsten Schritt vorbereiten. Denn dass Letztere nicht seine einzige Nachricht war, wussten beide.

Augustinus hatte nicht nur vor, das Äußere des Klosters neu zu gestalten. Auch inhaltlich schwebten ihm Veränderungen vor. Er hatte eine Vision, wie er eine Revolution innerhalb der Mauern umsetzen konnte, zugegeben nicht ganz uneigennützig. Etwas mehr Demut und Weltabgeschiedenheit stünde den Ordensfrauen gut an. Er war der Abt und wollte das alleinige Sagen haben. Die einstige Mutter Oberin war ihm schon immer zu mächtig gewesen. Darum ließ er nach deren Tod Wiltrudis einsetzen, was sich bewährt hatte. Sie wagte all die Jahre nicht, seine Anordnungen anzuzweifeln. Ahnte sie doch, dass nur er Kunde darüber hatte, was in der Nacht der Geburt mit dem Kind geschehen war. Ihrem Kind.

Jetzt, in diesen Zeiten, brauchte Augustinus Wiltrudis als folgsame Vorsteherin nicht mehr. Was er dagegen dringend brauchte, war die Loyalität des Waldvogts Franz Leopold von Beck.

Die Herrschaftssituation in der Landgrafschaft Hauenstein stand auf tönernen Füßen, das Volk begehrte schon länger auf, es formierte sich eine Bewegung der Aufständischen. Die Salpeterer organisierten sich politisch. Wollte Augustinus keinen Dolchstoß erleiden, musste er handeln. Beck hatte dem Kloster St. Blasien vor einigen Jahren sein Schloss zu Willmendingen zum Kauf angeboten. Augustinus ließ ihm damals durch den Oberrechner Cajetano ausrichten, der Abt sei es gewohnt, dass die Herrschaft um ihrer Seele willen ihre irdischen Besitztümer dem Kloster vermachte, nicht verkaufte. Woraufhin von Beck beleidigt gegen ihn interveniert hatte.

Um die brodelnden Unruhen im Keim zu ersticken, brauchte Augustinus nun den Beistand des Waldvogts. Er befürchtete, dass von Beck sich von den nach Unabhängigkeit strebenden Salpeterern vereinnahmen lassen könnte.

Wie ihm zu Ohren gekommen war, hatte von Becks Tochter Gertrud sich schon vom Sohn des Rädelsführers der Salpeterer, Albiez, für dessen Freiheitskampf begeistern lassen. Hier half nur ein verlockendes Angebot von Seiten des Abts. Dazu brauchte Augustinus Wiltrudis' Stelle, die der Klostervorsteherin und Novizenmeisterin. Diesem Ehrentitel für seine Tochter könnte von Beck sicherlich nicht widerstehen. Doch dafür müsste sie sich vom jungen Albiez lossagen und das Keuschheitsgelübde ablegen. Augustinus hätte sie somit sicher aus dem Sog der Aufständischen entfernt, und von Beck wäre ihm zur Loyalität verpflichtet.

»Was jedoch die Führung angeht«, fuhr Augustinus nach einer künstlichen Pause, in der er beobachtete, dass Wiltrudis den Mund öffnete, um schließlich doch nichts zu sagen, fort, »erzählt man sich, du hättest feuchtes Heu eingelagert. Und feuchtes Heu entzündet sich bekanntlich, wenn es zu gären beginnt.«

»Wer erzählt das?«, fragte Wiltrudis.

»Die Leute, die Bauern, die etwas davon verstehen.« Augustinus holte tief Luft und schnaubte durch die Nase wieder aus, als müsse er einem Kind die Welt erklären. »Dieser Neubau ist keine Kleinigkeit, Wiltrudis. Die Menschen werden dafür darben müssen. Sie werden der Priorin ihre Fahrlässigkeit nicht lange nachsehen, knurrt ihnen erst der Magen.«

»Was soll das heißen?« Wiltrudis spürte die Hitze in ihrem Körper aufsteigen. Beschuldigte sie der Abt des Brandes und damit des Todes der Mitschwestern? Bisher war ihr der Gedanke noch nicht gekommen. Niemand hatte eine Vermutung in diese Richtung geäußert. Sie glaubte, vor Wut platzen zu müssen. Das Heu war trocken, sie hatte sich selbst davon überzeugt. Es war ihr unerklärlich, wie das Feuer sich hatte entwickeln können. Hatte sie etwas übersehen, nicht allen Helfern auf die Finger geschaut?

Der kurze Moment ihres Selbstzweifels ließ Augustinus siegessicher lächeln. »Siehst du, es fällt dir nicht mehr ein, ob du wirklich alles nach bestem Wissen und Gewissen kontrolliert hast. Du bist unkonzentriert gewesen, hast dich in deine Muttergefühle verrannt. Ich habe immer ein Nachsehen mit dir gehabt. Schließlich war ich nicht ganz unbeteiligt damals, als du deinen Trieben freien Lauf ließest.«

Wiltrudis schnaubte, wagte jedoch nicht, etwas zu sagen. So konnte man das, was Augustinus ihr damals angetan hatte, auch nennen. Sie hatte erneut das Gefühl, von ihm in die Enge getrieben zu werden. Etwas in ihrem Inneren warnte sie und sagte ihr, dass das noch nicht alles war. Instinktiv hielt sie den Atem an, als Augustinus in seinen Erläuterungen fortfuhr.

»Das Kloster wird nicht nur größer, ich werde es reformieren, eine neue Lebensform wird Einzug halten. Die Klausur der Nonnen nach dem Vorbild der heiligen Agnes von Berau aus dem 12. Jahrhundert. Wir rechnen mit regem Zulauf.«

Augustinus faltete die Hände, als demonstriere er schon die neue Frömmigkeit. Doch Wiltrudis spürte das Knistern, als entzünde sich jeden Moment ein mächtiges Gewitter über ihrem Haupt.

Mit dem Zeigefinger und Daumen der Rechten massierte der Abt seine Nasenwurzel, ehe er fortfuhr: »Ich werde dir zur Entlastung Gertrud von Beck zur Seite stellen. Sie soll sich um die offiziellen Belange kümmern. Du bleibst innerhalb der Mauern die Priorin, kannst dich um die anfallenden Arbeiten kümmern. Ich bin mir sicher, das ist auch in deinem Sinne. Du scheust sowieso die Öffentlichkeit. Die Nonnen werden nach den neuen Regeln allgemein zurückgezogen leben.«

Abgesetzt. Er hatte sie einfach so abgesetzt. Wiltrudis rauschte das Blut in den Ohren. Sie konnte es nicht glauben. Auf seine gönnerhafte, herablassende Art tat Augustinus so, als habe er ihr ein Schloss anvertraut, das sie nicht fähig war zu verwalten, sodass er ihr eine Hilfe zur Seite stellen musste. Vermutlich glaubte er selbst an einen wohltätigen Akt der Nächstenliebe. Augustinus, der Menschenfreund!

Kein Wort des Lobes hatte er gefunden. Auch sie hatte die vergangenen Jahre gute Arbeit geleistet. Berau war ein kleines Kloster, gewiss. Gerade mal vierzig Frauen hatte es Heimat geboten. Ein beschauliches Gebäude mit eigener Landwirtschaft, Bäckerei und einem großen Heilkräutergarten. Die Nonnen hatten sich außerdem auf edle und hochwertige Stickereien spezialisiert. Nicht nur kostbare Gewänder für die Priester, auch ganze Wandbilder mit Szenen aus der Heiligen Schrift fertigten sie an. Im weiten Umkreis hingen ihre Arbeiten in den Kirchen. Sie waren begehrt. Was die wirtschaftliche Lage betraf, standen sie gut da, waren auf keine Almosen aus St. Blasien angewiesen. Nie gewesen.

Doch Wiltrudis war zu bescheiden und zu verblüfft, um sich vor Augustinus zu rühmen. So ein Wandbehang war aufwendige Handarbeit, gefertigt von zarten Frauenhänden in mehreren hundert Stunden zwischen Arbeit und Gebet, aber eben nur Frauenarbeit. Dagegen sah eine Klosterkirche mit zwei Türmen, in Auftrag gegeben und von den Untertanen durch erhöhte Kontributionszahlungen abgepresst, sehr viel mächtiger aus. Die Barockkirche rühmte den Abt über die Maßen und alle Grenzen hinaus. Ein Spiegelbild seiner Gottverbundenheit.

Wiltrudis fiel in ihrer Fassungslosigkeit die Ungleichheit der Bewertung genauso wenig auf wie den Bauersfrauen, die ihre Familien mit ähnlichen Arbeiten kleideten. So war sie erzogen worden, als Dienerin, deren Arbeit eine Selbstverständlichkeit war und deshalb keiner besonderen Wertschätzung bedurfte. Diese Demut verlangte der Abt nun mit seiner Reform allen Ordensfrauen ab.

Seine Erhabenheit, war sie schon damals vorhanden gewesen? Hatte sie sie übersehen, übersehen wollen? In ihrer Einfalt und

Entzückung, dass der Abt sich ihr und nicht der wortgewaltigen Stellamaris zugewandt hatte? Oder war es seine eigene Unsicherheit, ihr nach all den Jahren gegenüberzustehen?

Sie war gewappnet, oder glaubte es zumindest.

»Ihr«, die Betonung lag fast verächtlich auf der formellen Anrede, »werter Abt und Landgraf, habt mir schon alles genommen. Warum nicht noch meinen Titel? Er war sowieso nur von Euch geliehen. Der Herr gibt, der Herr nimmt.«

»Wiltrudis«, sagte Augustinus bedrohlich leise, »Ihr versündigt Euch.« Er verwendete nun auch die förmliche Anrede und neigte den Kopf kaum merklich, als habe Wiltrudis soeben leichtfertig eine Todsünde begangen und er sie vor weiteren Taten bewahrt.

»Ich bin noch nicht fertig! Und Ihr bezichtigt mich keiner Sünde mehr, Ihr nicht! Glaubt, mich mit Eurem heiligen Geschwätz blenden zu können. Ihr habt mich als junge Novizin der Ehre beraubt! Habt es genossen, dass ich Euch auf Knien gedankt habe, dass ich nicht aus der Gemeinschaft ausgeschlossen wurde. Ich, die Sünderin!«

Wiltrudis hielt kurz inne, um sich zu beruhigen, ihre Stimme bebte. Endlich kam alles aus ihr heraus, was sie über die Jahre geschluckt hatte. Es tat so unendlich gut, dass ihr die Folgen egal waren.

»Ihr fragt Euch sicherlich, was ich will, wo Ihr doch so gnädig wart! Ihr wisst es genau, es hat nichts mit Ruhm und Ehre zu tun! Aber das versteht ihr nicht, Abt! Ihr seid ja nur ein Mann! Ich will Gewissheit. Das Kind, es lebt und ruft seit fünfzehn Jahren jede Nacht nach mir!«

Augustinus war bemüht, seinem Zorn nicht auch freien Lauf zu lassen. Nichts war schändlicher, als die Fassung zu verlieren. Es zeugte von eigener Schwäche, glich einer Zustimmung des Kontrahenten. Er musste sie zum Schweigen bringen.

Die Strategie war klar: den Gegner oder die Gegnerin überrumpeln, das Wasser abgraben, die Luft zum Atmen nehmen. Angriff war die beste Verteidigung. Er wog blitzschnell das Für und Wider ab. Jetzt, da er die Zusage hatte, Pius demnächst als Student in Rom und damit in Sicherheit zu wissen, konnte er es wagen, sein Geheimnis zu lüften. Wiltrudis würde sich mit der ersehnten Gewissheit in die zweite Reihe stellen lassen und nicht weiter aufbegehren. Dankbarkeit war ein gutes Ruhekissen.

»Priorin Wiltrudis, was gebt Ihr Euch kämpferisch wie eine Löwin? Wo bleibt Euer Gottvertrauen? Ihr habt Eingebungen? Ein Engel, der Euch des Nachts erscheint und das Überleben eines Kindes prophezeit?«

»Spottet nur über mich. Der Herr ist mein Zeuge.« Sie wurde ruhiger, ihr Gefühlsausbruch hätte nicht passieren dürfen. Vielleicht wollte Augustinus sie jetzt als unzurechnungsfähig erklären und einschließen lassen, in seiner neuen Art der Frömmigkeit, in ewiger Klausur. Kurz kam Panik in ihr auf, doch auf diese Idee war der Abt anscheinend nicht gekommen. Viel eher gefiel er sich in seiner Rolle des Erlösers.

»Er ist auch mein Zeuge, und wenn Ihr mich zu Wort kommen lasst, so werdet Ihr erkennen, dass ich es bin, der Eurem Martyrium ein Ende bereiten kann. Ich habe geheime Kunde, dass Euer Sohn tatsächlich lebt und in Sicherheit ist. Mehr kann ich im Moment nicht sagen.«

Seine Worte schlugen ein wie ein Meteorit. Wiltrudis griff in die Luft, japste. Die Jahre schienen im Zeitraffer an ihr vorüberzuziehen. Ihr mutiges Vorhaben, ihrem Peiniger endlich die Stirn zu bieten, sank mit ihr auf die Knie. Am Boden wurde sie von einem Weinkrampf geschüttelt.

In der Hoffnung, mehr zu erfahren, flehte sie den Abt an: »Augustinus, bitte, das Herz einer Mutter ist kein Stück Land, das man verwaltet. Wo ist mein Sohn?«

»Es geht ihm gut. Das muss genügen. Pius ist ein fleißiger Schüler.«

Wiltrudis trocknete ihre Tränen und zwang sich auf die Beine. »Ein Schüler? Pius? Das kann nur bedeuten, dass er in einem Kloster lebt. Wo?« Sie packte Augustinus an den Schultern. »Wo? Frater Augustinus! Bitte!«

Er löste ihre Arme. »Gebt Euch keine Mühe. Ich kann es nicht sagen.«

Wiltrudis wurde bewusst, dass er sie erneut in der Hand hatte und nach seinem Gutdünken zappeln ließ. Blass und keuchend suchte sie nach einem Stuhl, griff sich ans Herz.

***

Kilian, der Glasträger, schleppte sich mühsam den Bötzberg hinauf. Er war spät. Martini war bereits vorbei. Seine Knie zitterten, ihm stand der Schweiß auf der Stirn. Das Bein schmerzte, die Schläfen pochten, und jede Faser seines Körpers schrie nach Ruhe. Hätte er diesem Verlangen nachgegeben, er wäre auf der Stelle eingeschlafen. Doch sein Verstand und sein Überlebenswille trieben ihn weiter. Wenigstens diesen Berg musste er noch bezwingen, die Glasmachersiedlung am Windberg erreichen. Hier liegen zu bleiben, würde bedeuten, dass ihn spätestens in der Nacht die Wölfe aufspürten. Das wollte er sich nicht ausmalen. Seine Lippen waren spröde, obwohl er erst unten an der Alb getrunken hatte.

Fieber! Er musste Fieber haben.

Kilian blieb stehen. Keuchte seinen weißen Atem in die Luft. Weiß wie der Schnee ringsum. Wollte er sein Ziel erreichen, musste er den Ballast abwerfen, die Krätze. Sie war ohnehin leer.

Mühsam streifte er die ledernen Riemen von den Schultern, schob die übergroße Rückentrage unter die Äste einer einsamen ausladenden Tanne. Würde sie jemand finden, wäre er entlarvt. Doch hier war weit und breit niemand.

Er beschirmte seine Augen, bevor er weiterstolperte. Da geriet die Krätze auf dem harschen Schnee wegen ihres geringen Gewichts ins Rutschen. Ehe sich Kilian versah, war sie ein ganzes Stück den Hang hinuntergerutscht, wie ein Schlitten, der sich seiner Rodelgäste entledigt hatte. Nur ein Baumstumpf brachte das wild gewordene Gefährt endlich zum Halten. Sie wiederzuholen bedeutete, ein langes Stück, das er mühsam heraufgestapft war, erneut zu bewältigen.

Kilian ließ sich fallen, schlug mit den Armen verzweifelt in den Schnee, Tränen der Wut und des Schmerzes drängten sich aus seinen Augenwinkeln. Er wischte sie fluchend weg. Nur kurz ausruhen, die Augen für einen Moment schließen.

Sein Herz pochte, dass er den Schlag an den Schläfen spüren konnte. Auch die Wunde am Bein pulsierte, sein ganzer Körper zitterte vor Entkräftung und Fieber. Er hätte nicht den Weg über den Berg nehmen, sondern unten das Kloster ansteuern sollen, aber das wäre zu gefährlich gewesen.

Cajetano! Er wollte ihm nicht mit leeren Händen unter die Augen treten. Er hatte kein Kobaltglas bekommen, stattdessen war auch noch das Geld weg.

***

Justus nahm ebenfalls den alten Weg am Bötzberg. Die Nacht würde bald hereinbrechen, die Wolken hingen tief, kratzten an den wenigen Tannenspitzen, die die Glaser noch nicht verheizt hatten. Doch Justus hatte keine Angst, nicht vor der Dunkelheit, nicht vor den Wölfen und auch nicht vor Cajetano oder irgendeinem der Mönche. Cajetano bezahlte wenigstens, wenn er ihm einen Dienst erwies, das taten die anderen nicht, oder nicht immer.

Justus wusste, dass Cajetano verbotene Geschäfte machte, nur er, Cajetano, wusste nicht, dass Justus es wusste, denn Justus war der Dubel.

Er rieb sich die Hände. Nicht nur diese Münze würde seine Kehle befeuchten, auch bei den Glasern hatte er noch die eine oder andere Stange gut. Forschen Schrittes ging er bergan, denn die Kälte kroch unter seine Lumpen. Im abnehmenden Licht sah er plötzlich etwas Dunkles gut einen Steinwurf vor sich im Schnee liegen. War es ein Tier? Die Bärin gar?

Justus verharrte. Nichts bewegte sich. Er blickte sich nach einer geeigneten Waffe um. Erst sehr viel weiter oben waren Bäume, die einen kräftigen Stock hergegeben hätten. Hier unten stand nur Strauchwerk. Da fiel sein Blick auf einen Haufen mit Feldsteinen. Steine, die die Bauern jedes Frühjahr zusammenlasen, um ihre Felder bestellen zu können.

Justus stopfte seine Taschen voll mit handgroßen Steinen, ließ dabei das dunkle Etwas nicht aus den Augen. Es bewegte sich noch immer nicht. Ermutigt ging er darauf zu. Näher kommend erkannte er ein Gestell. Es sah aus wie ein Rucksack, sein Aufbau ging jedoch über den Kopf des Trägers hinaus. Eine Glasträgerkrätze.

Justus blickte sich um, niemand war zu sehen. Er bückte sich, um nachzusehen, was in der Krätze war. Sie war wie ein Schrank in verschiedene Ebenen unterteilt, jede gefüllt mit Stroh. Justus wühlte darin herum. Bis auf das Stroh war die Krätze leer, kein einziges Glas war mehr darin. Wem mochte sie gehören? Einem der Glaser vom Windberg?

Es war Samstag. Die Glasmacher vom Windberg waren heute Nachmittag im Kloster gewesen. Wenn sie mit ihren Waren kamen, ging es jedes Mal wie bei einem kleinen Volksfest zu. Die Schänke war dann stets brechend voll, denn es gab Bier, gebraut von den Mönchen. Bevor sie nicht mehr gehen konnten, waren die Glaser über den Berg gewankt. In ihre eigene Schänke.

Justus beschloss, die Krätze mitzunehmen. Sicher hatte sie einer der Glaser im Suff vergessen. Sie war wertvoll, er konnte sie ja oben im Wald verstecken, bis er herausgefunden hatte, wem sie gehörte. Der Besitzer war sicherlich spendabel.

Die Krätze geschultert, ging Justus den frisch ausgetretenen Pfad weiter. Plötzlich sah er unweit vor sich wieder etwas am Boden liegen.

Er hielt inne, kniff die Augen zusammen. Doch das Licht hatte so stark abgenommen, dass er erst beim Nähertreten eine Person ausmachen konnte. Er stieß sie mit dem Fuß an, entlockte ihr aber nur ein Stöhnen.

Dann sah er das Bein. Justus war zwar nicht immer ganz schnell, was die Gedankengänge betraf, aber dass dieser Mann schwer verletzt war und Hilfe brauchte, sah er sofort. Er würde die kalte Nacht nicht überleben.

Justus setzte die Krätze wieder ab und schlug sie aufrecht in den gefrorenen Schnee, damit sie nicht wegrutschte, dann nahm er den Mann über die Schulter und stieg weiter bergan. »Dummer Kerl, kalt, saukalt«, schimpfte er vor sich hin.

***

Hilarius, der Wirt, kurz Hilari genannt, hatte alle Hände voll zu tun. Die Schänke der Glashütte war zum Bersten voll. Die Grünwälder hatten beschlossen, an diesem Samstag nach Martini – der Jahressold für die Angestellten der Glasermeister war ausbezahlt – ihren Verwandten am Windberg einen Besuch abzustatten. Und alle aus den umliegenden Weilern, die auf ein Saufgelage hofften, waren gleich mitgekommen. Wann gab es schon mal was zu feiern auf dem einsamen Wald?

Dass Augustinus die neue Siedlung beurkunden lassen wollte, so wie er bereits 1701 der Vogtei Schluchsee per Dekret eine eigene Pfarrei zugesprochen hatte, diente als Grund genug, die Glassiedlung Äule jetzt schon zu feiern. Selbst dann, wenn der formelle Akt nicht unter den Augen der Pächter vollzogen werden würde. Nur eine eigene Pfarrei würden sie nicht bekommen, die neuen Äulemer. Sie würden vertraglich angehalten werden, künftig den Gottesdienst in Schluchsee zu besuchen. Und an hohen Feiertagen hätten sie sich nach wie vor in St. Blasien einzufinden.

Andreas Sigwarth, der Vetter von Michael und in Grünwald ansässig, hatte gleich einen Musikus mitgebracht, einen, der die Fiedel spielte. Außer den Schürern, die den Ofen am Brennen zu halten hatten, waren alle in der Schänke. Den armen Kerlen am Feuer gestand man jedoch auch hin und wieder eine Guttere Most oder eine Stange Bier zu, war ihre nächtliche Arbeit doch sehr schweißtreibend. Die Burschen waren mitunter zwar noch arg jung, doch was ein echter Glasmacher werden wollte, musste schon eine oder mehrere Stangen vertragen.

Gerade als der Glasvogt eines seiner Schunkellieder mehr plärrend denn singend zum Besten gab, ging die Tür auf, und der Dubel stand da. Die Weiber schrien auf, als er die leblose Person fallen ließ, als habe er verbotenerweise ein Reh geschossen. Feldsteine kullerten aus des Dubels löchriger Tasche.

Marie traute ihren Augen nicht. Sie hielt die Hand vor den Mund. Niemand sollte ihr Entsetzen bemerken. Kilian!

Justus lief zur Theke und verlangte eine Stange Bier. Den Schwerverletzten ließ er liegen. Seine Schuldigkeit hatte er getan. Sollten sich die Weiber um ihn kümmern.

Die Leute scharten sich neugierig um den Mann am Boden, selbst der Musiker hielt inne.

»Mein Gott, schaut euch sein Bein an!«, rief Theis.

Jos, einer der klösterlichen Jäger, die den neuen Hüttenplatz vor wenigen Wochen erkundet hatten, löste sich und kniete neben dem Mann nieder. »Das war ein Bär.« Er zog das Hosenbein des Verletzten hoch, sodass jeder deutlich die Kratzspuren sehen konnte. Solch breite Pranken hatte kein anderes Tier.

Die Frauen und Mädchen im Raum bekreuzigten sich. Ein Bär hier oben bedeutete, dass sie sich nicht mehr allein zum Holzholen in den Wald trauen konnten. Es gab nur noch wenige Braunbären, denn man jagte sie unerbittlich. Dennoch verirrte sich immer wieder einer in die einsame Gegend, in der sie einigermaßen sicher vor den Jägern waren.

»Wohin mit ihm?«, fragte Jos und blickte Michael Sigwarth auffordernd an. Schließlich hatte der Glasmachermeister das Sagen im Dorf.

»Ich kann ihn nicht aufnehmen, ich bin der Vogt. Ich kenne ihn nicht und will auch keine Scherereien mit dem Kloster. Theis, das ist deine Sache. Deine Aschenhütte steht weit ab vom Ort, bei dir vermutet ihn keiner. Ich schick dir Marie, die soll nach ihm schauen.« Mit diesen Sätzen hatte der Vogt sich verraten, doch niemand reagierte verwundert. Marie sah ihre Vermutung bestätigt, dass das ganze Dorf von den heimlichen Geschäften, die am Kloster vorbei getätigt wurden, wusste. Welche Rolle spielte der Mann in Wahrheit für das Dorf?

Dass ihr Vater Kilian angeblich nicht kannte, war eher ein Nicht-kennen-Wollen. Wäre da nicht ein geheimes Wissen gewesen, hätte er nicht im selben Atemzug seine Tochter zur Pflege abbestellt.

Spielte das Schicksal ihr diesen Glasträger ein weiteres Mal zu? Marie schob den Gedanken an sein Versprechen, ihr eine Perle mitzubringen, beiseite. Stattdessen starrte sie auf das verwundete Bein. Es sah entzündet aus, die Wunde musste also schon älter sein.

Marie erinnerte sich daran, dass Theis Kilian bei ihrem Gespräch vor einer Bärin im Albtal gewarnt hatte. Außerdem wusste sie von Kilian, dass er zu den Märkten am Rhein aufgebrochen war. Doch das behielt sie lieber für sich.

***

Die Abwesenheit Maries dauerte ihrer Stiefmutter eindeutig zu lang. Eine Woche schon war sie vom Vogt zum Pottaschesieder abbestellt.

»Ich werde Euch so lange Gerstenbrei vorsetzen, bis Ihr mir Marie wiederbringt. Was hat sie bei dem Fremden zu schaffen? Warum ist er Euch so wichtig? Ein dahergelaufener Bursche, den eine Bärin angefallen hat. Ihr verschweigt mir etwas, Mann!« Ludwina setzte sich mit verschränkten Armen an den Tisch und betrachtete den dampfenden Brei in der Schüssel, den sie ihrem Mann aufgetischt hatte, bereit, den sich anbahnenden Kampf aufzunehmen. Sie mochte sehr einfach gestrickt sein, doch dass man ihr etwas vorzumachen versuchte, spürte auch sie.

Michael blickte wortlos von der Schüssel zu seiner Frau, dann machte er auf dem Absatz kehrt und schlug die Haustür hinter sich zu.

Ludwina ahnte, wohin er ging. In die Schänke. Sicherlich hatte die Wirtin Besseres gekocht, und sicherlich war noch etwas übrig, wie so oft in letzter Zeit. Dennoch war Ludwina nicht willens, ihre Haushaltshilfe an Theis und seinen wunderlichen Fremden abzutreten.

An jenem Abend in der Schänke hatte sie den Jungen bereits das zweite Mal gesehen. Noch in derselben Nacht war Theis ausgeschwärmt, über den Berg, um Kilians Krätze zu holen. Die erste Begegnung mit diesem Kerl hatte Ludwina schon im Frühsommer gehabt, als er wie ein Dieb um die Aschenhütte geschlichen war. Als solchen hatte sie ihn bezichtigt und Michael davon berichtet. Doch der hatte sie nur ausgelacht und von einem speziellen Freund von Theis gesprochen. Wie speziell dieser Freund war, hatte sie nie wirklich herausgefunden. Ein Glasträger, gewiss, vermutlich aus den fürstenbergischen Gegenden.

Ludwina beschloss, der Sache auf den Grund zu gehen und

dem Aschenhaus einen Besuch abzustatten. Sie gab den Kindern Bescheid, dass sie bei Onkel Theis zu finden wäre, gab ihnen sicherheitshalber aber genügend Arbeit in Auftrag, damit sie den Besuch nicht stören konnten. Dann stapfte sie behäbig die leichte Anhöhe zum Aschenhaus hinauf. Schnaubend pochte sie schließlich an die Tür, bis Theis »Herein!« rief.

Als die Frau seines Schwagers über die Schwelle polterte, entfuhr dem Aschenbrenner ein verwundertes »Du, Ludwina? Welche Ehre wird mir zuteil?«, dabei hob er die rechte Augenbraue. Er konnte sich nicht erinnern, sie je im Aschenhaus begrüßt zu haben.

»Rede nicht von Ehre, wo hast du Marie? Sie ist genug um dich und deinen sauberen Freund herumscharwenzelt, es wird Zeit, dass sie ihren Arbeiten zu Hause wieder gerecht wird.«

Ludwina wartete erst gar nicht auf eine Antwort oder darauf, hereingebeten zu werden. Sie ging einfach an Theis vorbei, schob ihn mit ihren mächtigen Armen zur Seite und betrat den Wohnraum, der zugleich als Schlafkammer und Krankenstation diente.

Dort lag der Fremde auf einem Strohsack. Dass er fieberte, sah Ludwina sofort, auch ohne seine Stirn zu befühlen. Sein Gesicht war schweißnass und hochrot. Marie hatte ihm Wadenwickel umgebunden, die Wunde am Bein schien zu eitern. Durch den Verband sickerte eine rötlich gelbe Flüssigkeit. Im Raum hing der Geruch von Krankheit, sodass Ludwina freiwillig in die Küche ging.

»Wo ist sie?«, herrschte sie den alten Aschenbrenner an.

»Sie ist nicht hier. Sie ist nach Althütte gelaufen, die Hebamme um ein Wundheilmittel zu fragen.«

Althütte war die alte Glasbläsersiedlung, die im Jahre 1684 zugunsten der jetzigen aufgegeben worden war. Dort lebten nur noch Bauern und niedergelassene Glasmacher, die ihren Beruf nicht mehr ausübten.

»Und wer hat das erlaubt?«

»Der Vogt, dein Gemahl.«

Ludwina schnappte nach Luft oder rang nach Worten, so deutlich konnte man das nicht einordnen, die Geste war dieselbe.

Dann donnerte sie los, alle Heiligen verfluchend, ihren Gatten obendrein, und verschwand mit schlagender Tür. Nur um die Schänke anzusteuern.

Doch dort wurde ihr Kommen schon frühzeitig beobachtet. Michael ahnte, was ihm blühte, er verschwand mit einem Augenzwinkern zur Wirtin aus der Hintertür. Manchmal war Flucht das kleinere Übel, der Zorn Ludwinas hatte somit Zeit, abzukühlen. Außerdem verließen sie die Kräfte sehr rasch, wenn sie weite Wege zurücklegte.

Die Wirtin nahm ihr den Wind aus den Segeln, indem sie das Fenster öffnete und auf den Hof hinunterbrüllte: »Ludwina, wenn du deinen Mann suchst, der ist in der Hütte!« Damit meinte sie Michaels Arbeitsplatz an den Ständen am Glasofen. Somit war auch sie das Problem los.

Ludwina überlegte ernsthaft, ob sie sich in der Glashütte der Lächerlichkeit der Glasbläser aussetzen oder doch lieber die Schicht abwarten sollte. Doch die Wut siegte über die Vernunft. Ludwina polterte in die Hütte, wo ihr zugleich eine unerträgliche Hitze und der Lärm, den die arbeitenden Männer verursachten, entgegenschlugen.

Alle zehn Stände waren mit Glasbläsern belegt, jeder hatte sein Loch oder seinen Stand. Der Ofen war auf Höchsttemperaturen hochgefahren, die einzelnen Heizlöcher fauchten um die Wette, als machten sie sich den für die Hitze notwendigen Sauerstoff streitig. Die Tiegel mit dem Gemenge waren bereits in der Nacht eingetragen worden. Darin befand sich die Mischung aus Asche und gepochtem, sprich zerkleinertem, Kieselgestein. Die Quarzsandquelle oben am Bötzberg war fast versiegt und nun auch noch unter einer dicken Schneeschicht begraben, darum behalf man sich mit aufwendig gewonnenem feinem Kies.

In der Hitze wirkten die alkalischen Salze der Asche auf das zermalmte Gestein ein. Nach etwa zwölf Stunden war eine zähe Flüssigkeit entstanden, obenauf schwammen die »Galle«, eine Schwefelsäure- und Chlorgasverbindung, sowie unlösliche Teile, die sich beim Schmelzen nicht zersetzt hatten und die nun abgeschöpft werden mussten. Dazu standen Wasserkübel bereit. Warf man die Galle ins kalte Wasser, lösten sich die meisten Bestandteile unter lautem Zischen und Dampfen auf. Ein stechender Geruch entstand, der, versehentlich eingeatmet, die Nasenwand ätzte und ein Taubheitsgefühl zurückließ.

Nach diesem Vorgang, der »Läuterung«, wurde nochmals eingeheizt, was man wiederum als »Umschmelzen« bezeichnete. Hin und wieder half es, ein Scheit Holz in das Gemisch zu werfen, damit sich die Gase in der blubbernden Masse schneller an die Oberfläche aufmachten. Arsenik oder Salpeter hatten dieselbe Wirkung, verunreinigten das Gemenge aber nicht. Die eingeschlossenen Bläschen machten das fertige Glas undurchsichtig und brüchig. Die Glaser nannten es »gispiges« Glas. Es war minderwertig. Darum war es auch ganz wichtig, dass man den Moment der Schmelze genau im Auge behielt. Die zähe Masse schimmerte bereits durchsichtig orange. Zeit für die Bearbeitung.

Da trat Ludwina auf die Bildfläche.

Mindestens zwanzig Paar Männeraugen richteten sich auf die Frau des Vogts. Man sah ihr an, dass sie gleich zu platzen drohte, und zwinkerte sich belustigt zu. Hin und wieder traf ein mitleidiger oder schadenfroher Blick den Glasvogt, der schnaubend vor seinem Loch stand und abwartend die Arme verschränkte.

Jeder wusste, dass Ludwinas Hafen, wie man im Schwarzwald einen Topf nannte, schnell überlief. Und jeder wartete darauf.

Erregt ob der vielen Beobachter stieß Ludwina einen hohen Ton aus, der sich in ein lang gezogenes »Miiichael!« verwandelte.

Thomas, der einen orange schimmernden Klumpen an seiner Pfeife hängen hatte, tauchte ihn zischend in die Hohlform einer Flasche ins Abkühlbecken. Bei diesem Laut schreckte Ludwina zusammen.

Der Glasmacher lachte auf. »Na, Vögtin, brauchst du auch eine Abkühlung? Hab nur leider keine passende Form für so eine Riesenguttere.«

Höhnisches Gelächter folgte, jede andere Frau wäre nach dieser Beleidigung wortlos gegangen.

Nicht so Ludwina. Ihr innerer Kampfhund hechelte, auch wenn dieser Kampf ausweglos sein mochte. Die Männer waren nicht nur in der Überzahl, sie waren sich auch einig.

Spöttisch blickten sie Michael entgegen und erwarteten endlich seine Reaktion. Einer rief gar: »Glasvogt, schließ den Deckel, dein Hafen läuft über!«

Als noch immer keine Reaktion des Glasvogts kam, begann Ludwina ihr Gezeter mit der Frage, ob er sich nicht von seinem Loch wegtraue und ob sie kommen solle.

Ein Schürer hielt sie zurück, damit sie sich bei ihren wilden Gesten nicht am Ofen verbrannte. Doch Ludwina schlug ihm schallend ins Gesicht und wagte sich so weit vor, dass die Glut der Löcher ihr Antlitz rot flackernd wie einen Feuergeist erscheinen ließ.

Ein wütender Wortschwall folgte und hielt die Glaser amüsiert im Bann, sodass sie ihre Arbeit an den Tiegeln vergaßen. Nicht alle Tage wurde ihnen ein solch mächtiges Theater geboten. Doch der Vogt bewies ein dickes Fell und ließ sich nicht von Ludwinas Geplänkel beeindrucken. Er ließ sie, wie so oft, einfach reden, bis ihr die Luft ausging. Dann schickte er sie entschieden nach Hause.

»Marie bleibt bei Theis, und damit fertig!«, rief er ihr hinterher.

Wütend und aller Worte beraubt, trottete Ludwina heim, um sich nicht noch mehr der Lächerlichkeit preiszugeben. Wieder einmal hatte sie sich von ihren Emotionen lenken lassen und damit nichts erreicht. Das war dumm, ja, genau diese Worte hatte ihre Mutter stets gebraucht.

Ludwina hatte schon als Kind mit dem Kopf durch die Wand gewollt und in ihrer Wut jegliche Grenzen vergessen. Das russische Erbe ihrer Urgroßmutter väterlicherseits, so hatte man die Wutausbrüche in ihrer Familie abgetan.

»Sei froh, dass dir keine Beulen bleiben, wenn du dir dein Hirn anrennst. Dich würde keiner mehr heiraten wollen.« Auch das waren die Worte ihrer Mutter gewesen.

Was dann folgte, waren Selbstmitleid und das heulende Elend. Die ersten Tränen flossen bereits über Ludwinas gerötete Wangen.

Während die Glaser sich nach dem Spektakel eine Stange Most genehmigten, hatte die Schmelze ihre Arbeitstemperatur längst erreicht und war schon wieder leicht abgekühlt. Die Masse war gispig geworden, die Glasmacher hatten schlichtweg vergessen, die Läuterung im Auge zu behalten. Ein nochmaliges Aufheizen war nicht möglich, es würde das fertige Glas »blind«, das heißt milchig machen. Statt der bestellten Gläser konnten sie jetzt nur noch einfaches Fensterglas herstellen, wollten sie das Material nicht wegschmeißen.

Von nun an trug Ludwina den Zweitnamen »die Gispig«.

Kapitel 3

Es war dunkel um ihn herum, als Kilian das erste Mal bewusst die Augen aufschlug. Einzig die Glut im Ofen leuchtete rot zwischen den Ritzen heraus, er konnte die Wärme in seiner Nähe spüren. War es Nacht? Wo befand er sich?

Kilian versuchte sich aufzusetzen, doch Schmerzen hielten ihn auf der Unterlage zurück. Was war geschehen? Er lag auf einem Strohsack, sein Bein war verbunden. Durst quälte ihn, seine Lippen fühlten sich trocken und spröde an. Neben seiner Schlafstätte konnte er im schwachen Schein des Feuers einen Becher erkennen. Gierig griff er danach und stürzte die noch heiße Flüssigkeit, sie roch streng nach Kräutern, hinunter. Der Tee hatte einen bitteren Nachgeschmack.

Kilian verschluckte sich und musste husten. Erschöpft ließ er sich zurückfallen.

Aus dem Dunkel tauchte ein Gesicht über ihm auf. Er war also nicht allein im Raum.

»Nicht so gierig, Herr Glasträger Kilian.« Es verzog sich zu einem Lächeln, das schöne Antlitz.

Kilian kannte es von irgendwoher. Es schien auch ihn zu kennen, sogar seinen Namen hatte es genannt.

Ein Mädchen, doch wer war sie? Sie sprach weiter auf ihn ein, ein ganzer Wortschwall ergoss sich, beruhigend wie das sanfte Plätschern des Bergwassers, das über die Steine hüpfte. Die Tropfen glänzten im Sonnenlicht und stieben auseinander. Sie benetzten seine Stirn und hinterließen einen leichten Salbeigeruch, ehe sie die Windbergschlucht hinuntereilten, St. Blasien, dem Rhein zu. Er konnte sich treiben lassen, er war in Sicherheit. Ein gutes Gefühl, ihm war leicht ums Herz. Seine Sinne entglitten immer weiter talabwärts.

Augenblicklich kippte die Stimmung, er wurde verfolgt. Er rannte, rannte um sein Leben, versuchte, seinen Häschern zu entkommen. Wie vom Himmel gefallen war da plötzlich dieser Bär vor ihm, mitten auf dem Weg. Nein, eine Bärin, aus dem

Augenwinkel konnte er noch sehen, dass sie ein Junges bei sich hatte. Sie setzte sich auf die Hinterbeine und brüllte ihn an. Kilian änderte seine Richtung, verließ den Händlerpfad, keuchte den Hang hoch. Hinter ihm knackte das Unterholz. Die Bärin kam näher, er konnte schon ihren heißen Atem spüren. Die leere Krätze rutschte auf seinem Rücken hin und her, er blieb an einem Ast hängen. Musste sich befreien, ein Stück Stoff riss. Dann spürte er den Hieb, den Schmerz und das Gefühl, als würde jemand das Fleisch von seinen Knochen kratzen. Danach folgte Dunkelheit, ein schwarzes Loch.

Kilian versuchte, seine Erinnerung an den Augenblick vor dem Angriff heraufzubeschwören. Er war verfolgt worden, von wem? Was war passiert? Wovor war er geflohen? Und wer hatte ihn gerettet? War nicht gar ein Schuss gefallen, oder hatte er das nur geträumt?

Da war wieder das Gesicht, es reichte ihm den Becher.

»Alles wird gut, Ihr müsst schlafen.«

Das Getränk war süß und wohltuend. Es berauschte ihn.

Er fiel in eine weiche Wolke, sah von oben auf die Erde. Er konnte den Rhein erkennen, die Holzbrücke über den Rhein, das Fridolinsmünster. Säckingen.

Er war auf dem Markt zu Säckingen, hatte dort die Flaschen, einfache grüne Waldglasflaschen, verkauft. In allen Größen, auch hatte er Bestellungen an betuchte Kunden geliefert. Nicht nur Apotheker gehörten zu seinem heimlichen Kundenstamm. Auch in den Herrenhäusern war er ein gern gesehener Gast. Dort liebte man geschliffenes weißes Glas. Kilians Gläser waren billiger als die anderer Händler. Schwarzmarktware. Keine Kompanie, keine Klöster als Zwischenhändler.

Ein Herrenhaus, plötzlich wurde eine Tür aufgerissen, Stadtwächter standen vor ihm. Er war in eine Falle geraten! Ein Stuhl, gesplittertes Glas, dann war der Weg durch das Fenster frei. Ein fremder Garten, bunte Beete. Die Krätze noch auf dem Rücken, doch Geld und Gläser hatte er auf dem Tisch zurücklassen müssen. Da war ein Kanal, ein Gewerbebach, ihm war er bergwärts gefolgt, konnte die Stadtmauer ungesehen durch den Kanal passieren, dann in den Wäldern verschwinden. Doch sie hatten die

Hunde auf seine Fährte gesetzt. Es dauerte nicht lange, und er konnte sie im Unterholz hören.

***

Im schwachen Licht der Kerze spiegelten sich die Kelche wie einst der legendäre Schatz der Nibelungen. Nur dass dieser Schatz nicht unwiederbringlich auf dem Boden des Rheins ruhte, sondern sicher vor aller Welt in einer Grotte nahe der Alb. Er war nicht aus Gold. Auch wurde er in keiner Edda besungen. Er war geheim, eine Kunstsammlung von edlen Gläsern aus allen Ecken des christlichen Reiches.

Weiße geschliffene Karaffen aus den Schwarzwälder Glashütten, mit kobaltblauen Stielen verzierte Gläser aus Venezien, sogar goldrubinrote Kelche aus Brandenburg von Johann Kunckel. Der hatte eine Technik entwickelt, wie er Goldstaub in Glas schmolz, sodass es durch ein kompliziertes chemisches Verfahren rubinrot leuchtete. Sogar ein Glas aus der Zeit der Römer, es wies eindeutige etruskische Gravuren auf, war dabei. Es sollte in der Ruine einer römischen Villa im Markgräflerland gefunden worden sein. Dieser Glasschatz des Waldes hatte einen Hüter: Pater Cajetano.

Seine Augen leuchteten, als er vorsichtig mit den Fingerspitzen darüberglitt. Wie er jedoch das römische Glas, das einem Behältnis glich, berührte, überkamen ihn Zweifel. Eine Stimme in ihm sagte: Zerstöre es, es ist das Werk des Teufels, gib ihm keine Macht. Seine Erzeuger gehörten einem Götzenglauben an!

Cajetano zog seine Hand zurück, als könne das Glas ihn durch bloßes Anfassen verderben. War es nun vorchristlich oder nachchristlich? Wie konnte er dessen Reinheit erkunden? Sein Blick glitt an die irdene Decke, als stünde die Antwort dort oben.

»Herrgott, schicke mir ein Zeichen! Lass mich keine falschen Zeugnisse horten.« Er drehte sich zu den anderen Gläsern um.

»Meine Lieben, ihr braucht euch nicht zu fürchten, ihr seid sicher.«

Cajetano sprach zu den Gläsern wie zu Kindern. Das waren sie auch, seine Schützlinge. Zerbrechliche Schützlinge.

Er nahm das vermeintlich unchristliche Glas in beide Hände, als müsse er über dessen Zukunft urteilen. Wie hatte es zu ihm, dem Beschützer des St. Blasianischen Kulturgutes, gefunden? Und warum? Alles hatte einen Sinn und eine tiefe Ursache.

Kilian, der Glasträger, hatte ein Talent, Dinge zu besorgen, die unerreichbar waren. Wie war er zu dem römischen Glas gekommen? Sicherlich nicht ganz legal. Doch das war nebensächlich, die Dinge fanden ihren Weg, wenn die Bestimmung es so wollte. Zumindest hatte er ihm ein halbes Vermögen bezahlt. Sollte es sich nun als wertlos erweisen?

Wo blieb dieser Kilian überhaupt? Er wollte ihm Kobaltgläser bringen. Die Zeit um Martini war verstrichen und die Bezahlung im Voraus erfolgt. Bisher hatte das funktioniert.

Cajetano stellte das Glas wieder an seinen Platz, erhob den Zeigefinger und drohte: »Wenn diesem Burschen etwas zugestoßen ist, dann bist du schuld. Dann weiß ich, dass du ein Judas unter den Gläsern bist.«

Er verließ die geheime Grotte mit ihren unschätzbaren Werten. Sie lag unweit der Gruft, zu der nur er und Abt Augustinus Zugang hatten. Doch von dieser Grotte hier wusste selbst Augustinus nichts, auch nicht davon, was sich dahinter befand. Und das war gut so.

Er, Cajetano, hatte den Hohlraum zufällig entdeckt, als ein Stück der Wand eingebrochen war, nach dem Hochwasser. Hin und wieder lief das Wasser den alten Kanal zurück. Besonders im Frühling, wenn die Alb Schmelzwasser führte. Kam noch Regen dazu, war der etwas tiefer gelegene Notausgang nicht mehr passierbar.

Es war ein alter Schacht, den man im Dreißigjährigen Krieg in die Erde getrieben hatte. Er endete im Flussbett der Alb. Doch man hatte ihn über die Jahrzehnte nicht mehr gebraucht, er war in Vergessenheit geraten und in einem dementsprechend schlechten Zustand, einsturzgefährdet.

Die Gruft der Äbte lag unter der bescheidenen Kapelle des Klosters, und nicht, wie man vermutet hätte, unter der Hauptkirche. So schützte sich das Kloster in Kriegszeiten vor Grabräubern und Reliquienjägern. Der geheime Zugang befand sich unter dem Seitenaltar in der Kapelle. Dieser unterirdische Ort war ideal für Cajetanos Zwecke. Hier würde alles den Sturm der Zeit überdauern.

Die Schätze waren im Laufe der Jahre zusammengekommen. Zunächst hatte Cajetano nur gelegentlich besonders schöne Karaffen von den Lieferungen der Glashütten abgezwackt, die er später teilweise gegen wertvolle Exponate eingetauscht oder vom Geld der Opferstöcke aus anderen Quellen dazugekauft hatte. Bald war er einer regelrechten Sammelsucht verfallen. Doch die Kostbarkeiten dienten nicht seiner persönlichen Bereicherung. Zumindest nicht direkt.

Beim Studieren der Heiligen Schrift war er im 5. Buch Mose Kapitel 33 auf Vers 19 gestoßen, der ihm den Weg wies: »Sebulon (dem zehnten Sohn Jakobs) lässt Gott den Segen, wenn er in der Völkerschar bringt gerechte Opfer dar, in das Meer und Sande legen.« Ein gerechtes Opfer aus Meer und Sand? Wasser und Sand? Des Rätsels Lösung, was ein Sandschatz sei, darauf antwortet Jonathan, der berühmte Übersetzer, gleich im Anschluss an den Vers: »Es ist Glas!«

Cajetano fühlte sich von Gott auserwählt, weil er ihm und seinem Kloster nicht nur die Schätze der Zeit bewahrte, die ansonsten von kriegerischen Banden verschleppt und geraubt werden konnten, wie all die Kriege der Vergangenheit bewiesen hatten, sondern auch weil er diese Kostbarkeiten Gott und der Völkerschar als selbstloses Opfer darbrachte. Das alleinige Wissen darum gab Cajetano ein Gefühl von Macht, Allmacht.

Nicht der Abt mit seinen protzigen Bauwerken und Ländereien war der Herr des Waldes. Er diente nur der Hure Babylon, die auf ihrer siebenköpfigen Bestie ritt. Doch ihre Macht war vergänglich, das stand in der Offenbarung des Johannes. Noch war Cajetanos Zeit nicht gekommen. Aber Augustinus' Stuhl wankte bereits.

***

Gedankenverloren rührte Marie die Aschenlauge. Immerzu ging ihr der fremde Händler in der Kammer nebenan durch den Kopf. Ihr Vater wollte offiziell nichts mit dem heimlichen Handel zu tun haben. Wen deckte er? Theis oder Kilian? Oder beide? War er gar selbst in illegale Geschäfte verstrickt? Betrogen die Windberger Glasmacher gemeinschaftlich das Kloster?

Dann war da noch Kilian als Person. Sein Versprechen, um Martini zurückzukommen. Ob er an die Kobaltperlen gedacht hatte?

Marie schalt sich eigennützig, der arme Kerl kämpfte mit dem Tod, und sie hatte nur die Perlen im Sinn! Seine Kleider hingen über dem Stuhl, viel hatte er ja nicht dabei. Dennoch würde sie nie wagen, sie zu durchsuchen.

Immer wieder hatte sie die Tage nach Martini Ausschau gehalten und gehofft, er würde forschen Schrittes mit den lustig im Sonnenlicht tanzenden Knöpfen seiner Weste den Berg hinunterkommen. Ihr Herz war bei dem Gedanken jedes Mal wild auf und ab gehüpft, und ein wohliges Kribbeln hatte ihren Bauch durchzogen.

Dann der Schock, als Justus ihn auf den Boden der Schänke hatte fallen lassen. Für einen Moment hatte sie geglaubt, er habe ihn umgebracht. Beim Dubel wusste man nie. Schon einmal war eine Katze, die ihm die Milch weggesoffen hatte, am Schwanz aufgehängt im Schuppen gefunden worden.

Kilians Wunde war schlimm entzündet, doch die streng riechende Paste und die Kräuter der Hebamme hatten ihre Wirkung getan. Sein Fieber sank, und er war öfter wach. Vielleicht sogar öfter, als er zugab. Ob er fliehen wollte? Der Gedanke erschreckte Marie. Wenn sie es sich recht überlegte, wollte sie ihn eigentlich gar nicht mehr gehen lassen. Vielleicht konnte er bei ihnen im Dorf bleiben.

Ob er von den Kobolden und deren Sage um das begehrte Gestein wusste? Marie ertappte sich bei dem Gedanken, sich in der Tiefe seiner strahlend kobaltblauen Augen zu verlieren.

Sie schaute sich um, weil sie glaubte, einen Blick im Rücken zu spüren. Doch Kilian schlief, seine Augen waren geschlossen, sein Atem ging ruhig.

***

»Ich danke Euch, Bruder Stephanus.« Abt Augustinus massierte sich mit Daumen und Zeigefinger die Nasenwurzel, das tat er immer, wenn er angestrengt nachdachte. Oder zumindest so tat.

Der Sekretarius hatte ihm soeben den Vertrag der Fürstenberger hingelegt und nebenbei den Hinweis auf die Landeshoheit um das Schluchseegebiet erwähnt. Mit einem inneren Lächeln der Genugtuung blickte Augustinus auf den Wortlaut der Änderung. Er war davon ausgegangen, dass Stephanus in seinem Sinne reagierte. Die Arbeit war perfekt ausgeführt.

Er selbst hatte den Vertrag ursprünglich studiert und über Möglichkeiten nachgedacht, die neue Siedlung vor irgendwelchen herrschaftlichen Ansprüchen zu schützen. Stephanus war nicht ganz so zufällig darüber gestolpert, wie es zunächst den Anschein hatte. Dass er nachts heimlich im Skriptorium und in der Bibliothek herumschnüffelte, war dem Abt lange vor Cajetano aufgefallen. Geschickt hatte Augustinus dem nächtlichen Schwärmer vor Wochen den Vertrag von 1659 neben den Vertrag der Glasmacher gelegt. Der klösterliche Oberjäger Jos hatte ihm nebenbei berichtet, dass sie die fraglichen Gebiete ohne Cajetanos Wissen im Vorfeld gemeinsam abgegangen waren.

Eine Rüge Justus betreffend und er konnte sich Stephanus' Loyalität sicher sein. Denn nichts fürchtete dieser mehr, als dass man seinen schwachsinnigen Bruder des Klosters verweisen würde.

Stephanus hatte begriffen und im Sinne St. Blasiens gehandelt. Ein kluger Kopf, der Abt war mit der Wahl seines neuen Vertrauten zufrieden. Es brauchte keine Worte, keine Befehle und somit keine ungesetzlichen Entscheidungen vor den Augen irgendwelcher selbst ernannten Schirmherren des Klosters.

Doch war es nicht klug, ihm seine Zufriedenheit darüber allzu deutlich zu zeigen. Sie bewegten sich auf heißem Terrain, man durfte schlafende Hunde nicht wecken. Und einer dieser Hunde stand mit ihnen im Raum. Cajetano.

Augustinus spürte eine gewisse Anspannung. Es war, als knistere die Luft. Etwas verheimlichte Cajetano ihm. Dessen war er sich sicher. Ob er gegen ihn intrigierte? Oder gegen Stephanus?

»Ich wusste doch, dass wir die Landeshoheit vertraglich hatten.« Auch ohne dass der Abt in Richtung Stephanus unmerklich mit dem Auge gezwinkert hatte, war das versteckte Lob herauszuhören. Zumindest für Stephanus.

Cajetano reagierte nicht, er war damit beschäftigt, die unter dem Regal aufgefundene Rolle mit der schriftlichen Ablehnung des Ersuchens der Glasmacher zu studieren. Seine misstrauische Seele suchte darin nach einer möglichen Veränderung oder einem Ansatz, der den Windbergern dienlich gewesen wäre. Er glaubte nicht an den Zufall, dass ausgerechnet diese Ablehnung damals, als er Stephanus ertappt hatte, unter das Regal gerollt sein sollte. Sicherlich hatte Stephanus sie dort abgelegt, um den Verdacht von sich zu weisen. Doch was hatte er damit gewollt? Nun war die Ablehnung sowieso gegenstandslos, die Glaser hatten den neuen Platz angenommen.

Dennoch ärgerte es Cajetano, aber er fand keinen Hinweis und hatte somit die wirkliche Fälschung eines Vertrages vor seinen Augen verpasst. Entnervt gab er die Suche nach dem Beweis einer Manipulation des Schreibens auf und blickte fragend zum Abt. Er hatte nur halb zugehört, wollte sich aber vor den beiden seine Unaufmerksamkeit nicht anmerken lassen.

»Die Landeshoheit, warum hätte sie nicht dokumentiert sein sollen?«, fragte er, noch immer mit den Gedanken abwesend.

Stephanus wandte sich von ihm weg, um Augustinus ungehindert einen wissenden Blick zuzuwerfen. Von dieser Seite drohte also keine Gefahr.

»Ach ja«, fiel Abt Augustinus scheinbar zufällig ein, »seit Bruder Leo von uns gegangen ist, steht eine Zelle leer. Ich lasse Martinus umlegen, dann ist der Raum neben Euch frei, und Ihr könnt Euren Bruder Justus einquartieren. So habt Ihr ihn besser unter Aufsicht. Er treibt sich zu viel herum. Ich denke nur an die Sache mit dem Abt aus Schaffhausen.«

Es wäre nicht nötig gewesen, Stephanus daran zu erinnern, die Sache brannte auch so auf seiner Seele. Gleichwohl hätte er ein so großes Zugeständnis vom Abt nicht erwartet.

Stephanus war bemüht, sich seine Freude nicht anmerken zu lassen. Er musste ins Schwarze getroffen haben, was die Gebietszugehörigkeit am Schluchsee betraf.

»Pater Cajetano, verwahrt mir diese Urkunde an einem sicheren Ort. Nicht dass sie wieder unter dem Regal aufgefunden wird.« Augustinus reichte dem Oberrechner die Rolle, nicht ohne Stephanus mit einem strafenden Seitenblick zu streifen. Was der Pater mit Genugtuung aufnahm, ehe er verschwand.

»Ihr, Bruder Stephanus, bleibt«, forderte Augustinus streng, als Stephanus ebenfalls im Begriff war, den Raum zu verlassen. »Was Eure nächtlichen Ausflüge betrifft«, er machte eine kurze Pause, bis er Cajetanos Schritte enteilen hörte, um dann leiser hinzuzufügen: »danke ich Euch.«

Er hob die Hand, um Stephanus an einer Antwort zu hindern. Ihm schien noch etwas anderes im Magen zu liegen. Sein Blick war während des Gesprächs mehrmals zum Fenster geglitten. Schließlich stand er auf und spähte hinaus.

»Ist Euch etwas an Pater Cajetano aufgefallen? Wie wirkt er auf Euch?«, fragte er.

Stephanus wusste, dass der Blick aus dem Studierzimmer des Abts auf die Kapelle fiel. Seine Beobachtung von vor einigen Tagen kam ihm in den Sinn. »Meint Ihr seine häufigen Gebete in der Kapelle?« Vorsichtshalber ließ er die Beobachtung, dass auch sein Bruder häufig dort herumstreunte, unerwähnt. Stephanus war die Tatsache, dass Justus gelegentlich über Kleingeld verfügte, nicht entgangen. Er versoff es, etwas anderes wusste er nicht damit anzufangen. Es hätte auch nichts zu kaufen gegeben außer Heiligenbildchen und Kerzenwachs, die nach den Gottesdiensten angeboten wurden.

»Ja, auch seine Unruhe. Was treibt er in der Kapelle? Es ist, als ob er etwas im Schilde führe. Nur, ich komme nicht dahinter. Er wird doch nicht wieder an der Nervenkrankheit leiden?« Augustinus sah sichtlich besorgt auf.

Stephanus wusste aus Erzählungen, dass Cajetano vor Jahren an schlimmen Wahnvorstellungen gelitten hatte. Dass er glaubte, das Kloster gegen einen Antichristen verteidigen zu müssen, Stimmen hörte. Er hielt sich zeitweise für das Schwert König Herodes. Sie mussten ihn einsperren, denn er ging mit Messern auf seine Brüder los, weil er Verräter unter ihnen vermutete. Erst einem Heiler aus einem italienischen Kloster war es gelungen, zu ihm und seiner geschundenen Seele vorzudringen. Sein Zustand besserte sich danach.

Etwas seltsam benahm er sich manchmal zwar noch, aber nie gab es Anlass zur Sorge. Keinem aus dem Kloster war es jedoch gelungen, seine Freundschaft zu erlangen. Cajetano war äußerst misstrauisch und verschlossen.

Stephanus hob seine Augenbrauen, ihm war weiter nichts aufgefallen. Oder sollte er Augustinus beichten, dass öfter mal Gläser verschwanden? Gläser, die er von den Glasmachern entgegengenommen und abgezählt hatte.

Er beschloss, vorläufig zu schweigen. Noch hatte er keine Beweise, aber er hatte die versteckte Botschaft des Abts verstanden. Er würde Cajetano künftig genauer beobachten. Der hatte es sich zur Aufgabe gemacht, die Ware zu verpacken, sie mit Preisen zu versehen und den Händlern auf die großen Märkte mitzugeben, obwohl dies jeder einfache Mönch hätte tun können. Aber Glas war Cajetano nun mal heilig.

***

Allmählich verließ das Fieber seinen Körper, und Kilian kam wieder zu Kräften. Wem er dies zu verdanken hatte, wusste er genau. Marie, der Tochter des Glasvogts, der Nichte seines Auftraggebers Theis. Er hatte sich oft schlafend gestellt, um sie heimlich zu beobachten. Ihre Anmut, ihr Lächeln, wenn er blinzelte, so als sei er eben erst aufgewacht.

Mit zunehmender Gesundheit war auch sein Jagdfieber wieder erwacht. Marie hatte etwas Kindlich-Unschuldiges. Im Gegensatz zu den Mädchen aus den Schänken, in denen er verkehrte. Die waren für ein paar Münzen zu haben. Marie umgab ein besonderer Stolz. Vielleicht weil sie unerreichbar für ihn war. Wäre sie ein einfaches Mädchen gewesen, hätte er sie längst genommen und sich nicht darum geschert, was andere sagten. Doch er fürchtete den Zorn seines Auftraggebers.

Als Theis die Asche in die Glashütte brachte, nutzte Kilian dennoch den unbeobachteten Moment.

»Marie, ich habe dir etwas versprochen und nicht vergessen.

Nur deshalb war ich auf dem Weg hierher, als mich die Bärin angriff.« Er berührte wie zufällig ihre Hand.

Marie zuckte kurz und wollte sie zurückziehen, doch dann ließ sie die sanfte Berührung geschehen. Sie fühlte sich durch Kilians Worte fast schon verantwortlich für sein Leid und lächelte deshalb unsicher. Wollte er ihr einen Vorwurf machen?

Kilians Augen sprachen eine andere Sprache. Ein gewisser Glanz lag in seinem Blick. Ein Begehren.

Maries Mund fühlte sich trocken an, das Herz schlug ihr bis zum Hals. Dann wieder dieses Kribbeln. Im Hinterkopf hämmerte die Warnung ihres Onkels. Doch das Rauschen des Blutes in ihren Ohren übertönte die Worte. Es war nichts Schlechtes in seinem Blick. Was würde nun geschehen? Sie wollte es wissen.

Dieses unsichere Engelslächeln. Kilian hatte nicht einmal gelogen. Er war auch ihretwegen und ihrer rehbraunen Augen wegen, in die er ein solch erstauntes Entzücken zaubern konnte, wiedergekommen. Er hatte sich nicht getäuscht, sie war neugierig genug, um nicht vor der eindeutigen Situation davonzurennen.

Lässig griff er in seine Hosentasche und zog ein Bündel hervor. Es war nur noch eine Frage der Zeit, und er würde sein Begehren erfüllt bekommen.

»Hier, pack es aus. Es gehört dir.«

Er hatte Wort gehalten und war nur wegen ihr wiedergekommen? Marie wusste es eigentlich besser, dennoch gab sie sich der Illusion hin. Allein dass er sie dies glauben ließ, schmeichelte ihr. Hatte er ihr gar eine der blauen Glasperlen mitgebracht?

Zum Vorschein kam ein Amulett aus blauem Kobaltglas, darin eingeschlossen eine Luftblase. Auch eine Kette gehörte dazu. Eine Silberkette.

Maries Augen leuchteten, ihr Herz schien aus dem Brustkorb zu hüpfen vor Aufregung, als Kilian ihr das Amulett umhängte. Noch nie hatte ihr jemand ein Geschenk gemacht.

Kilian strich das Amulett gerade, berührte dabei wie zufällig Maries Brüste und bemerkte mit Wohlwollen deren Erregung.

Marie hielt die Luft an, die Welt um sie herum schien zu entschwinden. Jetzt wäre der Zeitpunkt gewesen, dem Spiel ein

Ende zu setzen. Doch sie schlug alle Warnung in den Wind, wollte dieses Gefühl auskosten, wissen, was geschah, was der Grund war, warum man schlecht darüber sprach. Es konnte nur Neid sein, denn es war ein gutes Gefühl. Wahrhaft berauschend.

Als Theis die Tür zum Aschenhaus aufstieß, hielt er kurz inne. Die Angst um Maries Unschuld hatte ihn so schnell wieder zurückgetrieben. Kilian ging es besser, doch hoffentlich noch nicht zu gut.

Theis fühlte sich seiner Nichte gegenüber verantwortlich. Kilian war zwar ein netter Kerl, aber ein Draufgänger in allen Lebenslagen. Wenn er wieder genesen war, sollte er Marie bald wegschicken. Sicher war sicher.

Als Theis den Glasträger tief schlafend vorfand, war er erleichtert. Marie war nicht im Raum. Er konnte nicht ahnen, dass sie nebenan im Ziegenstall stand und ihre Röcke ordnete. Das Amulett, den Lohn für ihre Unschuld, ließ sie tief im Ausschnitt verschwinden.

Ihr Schultertuch bedeckte die Kette, als sie mit einem Kübel Milch den Raum betrat und aufrichtig überrascht bemerkte: »Onkel Theis? Du bist schon wieder da?«

Theis lächelte zufrieden mit seinem zahnlosen Mund. Marie schien unversehrt.

***

Justus bohrte sich in der Nase und stieß jedes Mal, wenn er fündig wurde, einen Jauchzer aus. Dann zog er seinen Fund in langen Fäden heraus, besah ihn sich und verspeiste ihn. Ihm war langweilig, er durfte nicht mehr an der Komplet teilnehmen, seit er ausfällig geworden war.

Dabei hatte er doch recht gehabt, die anderen Mönche hatten alle gelacht. Doch dafür, dass sie lachten, mussten sie ohne Abendmahl ins Bett. Genau wie Justus, der zusätzlich noch zehn Stockhiebe für sein ungebührendes Benehmen erhalten hatte.

Der dicke Abt vom Kloster Allerheiligen zu Schaffhausen war zu Gast gewesen. Ein Fettsack, der bei seinem Besuch im

Gottesdienst eingenickt war und dann geschnarcht hatte, dass sich die Balken bogen. Sein kleiner Mund, der zwischen den dicken Hängebacken kaum zu sehen war, gab Geräusche von sich, die Justus an etwas ganz anderes, sehr Menschliches, erinnerten.

So war er aufgestanden, hatte sich, ehe ihn die anderen davon abhalten konnten, neben den Abt gestellt, seine Kutte angehoben, sich umgedreht, seinen nackten Hintern in die Runde gestreckt und genüsslich ein ähnliches Geräusch zum Besten gegeben.

Alle, außer Abt Augustinus, seinem Bruder Stephanus und Pater Cajetano, hatten gelacht. Und der dicke Abt hatte weitergeschnarcht.

»Das gehört sich nicht, Justus!«

Der Dubel blickte sich um und sah in das Gesicht seines Bruders.

»Warum?«

»In der Nase bohren ist unanständig. Genauso unanständig, wie die Kutte zu heben.«

»Nicht immer unanständig, nur in der Kirche. Justus bekommt manchmal sogar was dafür.«

Stephanus glaubte, sich verhört zu haben. »Für was kriegst du etwas?«

Justus wippte mit dem Oberkörper und begann schräg zu lachen. »Justus Dubel, nix wissen!«

»Justus!« Stephanus packte seinen Bruder am Kragen und zog ihn hoch, dann gab er ihm eine gehörige Ohrfeige. »Rede schon, wer bezahlt dich, wenn du deine Kutte hebst?«

Justus gluckste, schlug um sich und lief davon. Stephanus gab es auf. Wenn Justus bockte, war nichts mehr aus ihm herauszubringen. Lieber ließ er sich halb totschlagen. Er würde ihn besser beaufsichtigen müssen. Da hatte Augustinus ganz recht. Gleichwohl konnte er unmöglich den ganzen Tag seinem verblödeten Bruder hinterherrennen.

Plötzlich kam ihm Cajetano in den Sinn, die Kapelle. Konnte das sein? Der bigotte Pater?

***

Kilian schnürte sein Bündel, es war an der Zeit, das Dorf wieder zu verlassen, ehe man ihn hier suchte. Der Vogt hatte ihm heute unmissverständlich verdeutlicht, dass seine Anwesenheit nicht länger geduldet würde. Marie war von ihrem Vater bereits vom Aschenhaus abgezogen worden. Sich mit ihr zu treffen, war also nicht mehr ganz so einfach. Schlimmer noch, das Mädchen dachte über eine gemeinsame Zukunft nach. Was hätte er denn in diesem gottverlassenen Nest tun sollen? Als Schürer den Glasbläsern zuarbeiten? Für einen Hungerlohn, dem Vogt nicht würdig und dem Töchterchen wie ein streunender Kater hinterherlaufend? Irgendwann würde man ihm auf die Schliche kommen und ihn hochkant hinauswerfen. Da war es besser, weiterzuziehen. Andere Mütter hatten auch schöne Töchter, nur nicht anbinden lassen, das konnte er noch früh genug.

Noch trieb ihn sein Freiheitsdrang in die Welt hinaus, er hatte wahrhaft lange genug herumgesessen und keine Geschäfte gemacht. Einmal abgesehen davon, dass er die Glasbläser regelmäßig beim Kartenspiel über den Tisch zog, aber auch das konnte er nicht immer so treiben.

»Wohin willst du gehen? Du hast mir noch nicht erzählt, warum die Bärin dich angegriffen hat und was mit meinen Gläsern passiert ist. Ich habe meinen Anteil noch nicht erhalten.« Theis stand plötzlich hinter ihm.

Kilian hatte geglaubt, sich unbemerkt aus dem Staub machen zu können. Er hatte weder das Geld für Theis noch Kobaltgläser für Cajetano. Es war ihm gerade noch gelungen, den Stadtwächtern zu Säckingen zu entkommen. Man hatte ihn verraten, die Kompanie der fürstenbergischen Glasträger war ihm zuvorgekommen und hatte gegen ihn interveniert. Nun wagte kein Geschäftsmann in Säckingen und vermutlich auch in den benachbarten Städten entlang des Rheins mehr, seine Schwarzmarktwaren zu kaufen. Er musste sich einen anderen Aktionsradius aussuchen. Durfte auf keinen Fall zurück, man würde ihn des Betrugs bezichtigen.

Sein Plan war, sich auf der anderen Seite des Feldbergs in die Niederungen entlang des Rheins zu schlagen. Freiburg, Breisach, Straßburg, es gab genug Möglichkeiten. Außerdem gab es da noch andere Dinge, derentwegen man ihn suchte. Der ein oder andere nötigte ihm für sein Töchterlein oder seine Gattin ein Vaterschaftsgeständnis und somit eine Unterhaltszahlung ab. Vor einem richterlichen Beschluss hatte er sich immer rechtzeitig absetzen können. Bliebe er noch länger, könnte ihn dieses Problem bald wieder einholen. Marie war schließlich keine Hure, die wusste, wie man sich ungeliebte Bälger vom Leib hielt.

»Meister Theis, ich bin Euch lange genug zur Last gefallen. Es wird Zeit, dass ich Euch Euren Lohn bringe, den ich wegen meiner eiligen Abreise zurücklassen musste. Aber er ist sicher verwahrt und wartet darauf, dass ich ihn hole.«

»Welch eilige Abreise könnte das gewesen sein? Habt Ihr krumme Geschäfte gemacht?«

»Oh Meister, wo denkt Ihr hin? Ihr habt mir Euer Vertrauen geschenkt, um gute Preise auf den Märkten zu erzielen, das habe ich auch getan. Man trägt so viel Gewinn nicht offen durch die Wildnis. Dieses Mal war es nur eine Bärin. Wäre ich Wegelagerern in die Hände gefallen … nicht auszudenken. Ihr müsst Euch noch ein paar Tage gedulden.«

»Nun, das muss ich wohl, oder?« Theis wusste sehr wohl, dass er keine rechtliche Handhabe hatte und im Zweifelsfall bei seinen Geschäften leer ausging. Er hoffte inständig, dass Kilians Weggang keine anderen Gründe hatte. Marie war zu oft nicht bei der Sache, ihre Augen sprachen Bände, wenn sie dem Kerl zufällig begegnete. Hoffentlich hatte er sie nicht schon geschwängert.

***

Der Quandel, wie man den dreieckigen Kaminzug des Kohlemeilers nannte, stand aufrecht. Hans, der Sohn des Köhlers, hatte die Aufgabe, die Stangen zu halten, bis sein Vater Johann und sein Bruder Georg, den man allgemein »Schorsch« rief, den sternenförmigen Rost am Boden gelegt hatten. Dazu benutzten sie weniger wertvolles Holz. Es sollte als Bodenzug dienen, um genügend Sauerstoff an die später qualmenden Holzscheite zu lassen.

Nun wurde der Kohlemeiler langsam aufgeschichtet. Dazu

stellten die Köhler Holzscheite von einer halben Manneslänge reihum und lehnten sie an den Feuerschacht, den Quandel. Vorzugsweise wurde Buchenholz verkohlt, es hatte den besten Brennwert. Es durften keine Zuglöcher und Spalten entstehen.

Als das Kreisrund fertig war, wurde eine zweite Reihe kegelförmig oben aufgesetzt. Danach deckten die Männer den Bau mit Reisig, Moos und Gras ab. Darüber kam eine dünne Schicht pulvriger Kohle, schließlich Sand. Das Ganze sah aus wie ein riesiger Erdkegel. Schorsch füllte den Kamin mit Kohlestücken. Die Männer betrachteten ihr Tageswerk. Der Kohlemeiler stand.

Anna, die Mutter der beiden jungen Burschen, hatte bereits im Kohlebecken hinter der Köhlerhütte ein Feuer geschürt, das nach dem Erhitzen der Suppe als Futter für den Meiler diente.

Vorsichtig kippte der Köhler-Johann das Becken mit den glühenden Stücken von oben in den Quandel. Das Innere des Erdhügels begann zu qualmen. Johann trug dicke Lederhandschuhe, um sich am Becken nicht zu verbrennen. Damit der Rauch rundum abziehen und somit das gesamte Innenleben des Meilers gleichmäßig verkohlen konnte, stießen die Männer Löcher in die Erdhülle, aus denen es nun ebenfalls dampfte.

Ab jetzt hieß es, zwanzig bis dreißig Tage den Meiler im Auge zu behalten und immer wieder Buchenscheite in den Quandel nachzuwerfen, damit ein ordentlicher Schwelbrand entstand. Die Luftzufuhr musste so geregelt werden, dass nicht zu viel Sauerstoff ins Innere gelangte. Ansonsten wäre der Meiler im Nu zu Asche verbrannt. Käme hingegen zu wenig Luft dazu, würden die Gase im Inneren explodieren und den Meiler verstocken, sodass er ausginge. Gelegentlich musste auch mit Wasser von außen gekühlt werden, um ein Überhitzen zu vermeiden. Gelang es, eine Temperatur um die vierhundert Grad zu halten, war das Ergebnis optimal.

Das Ende des Prozesses zeigte eine dünne bläuliche Rauchfahne an, die oben aus dem Meiler stieg. Dann galt es, den Meiler mit Rechen und Haken auseinanderzuziehen und die heiße Kohle mit Wasser abzulöschen, damit sie nicht ganz verbrannte.

Je nach Qualität wurde die fertige Kohle an die Hütten oder Schmieden verkauft. Sie war wesentlich leichter und somit einfacher zu transportieren als Holz. Durch den Prozess hatten die Holzscheite gut zwei Drittel an Gewicht verloren, den Heizwert aber verdoppelt.

Die Wege durch den Wald waren alles andere als bequem. Die Köhler zogen genauso wie die Glasmacher weiter, wenn der Wald ringsum abgeholzt war.

Qualmte der Meiler, machten die Köhler sich daran, das Holz für den nächsten Meiler zu schlagen. Ein Meiler benötigte zwischen dreißig bis hundert Klafter Holz.

»Hans!«

Der Sechzehnjährige schaute auf, als sein Vater ihn rief. »Wasch dein Gesicht und spann den Gaul an. Du bringst heute noch einen Schlitten Kohle zur Glashütte am Windberg.«

Hans blickte zum Himmel. »Vater, es wird bald dunkel, das schaffe ich nicht mehr.«

»Dann nimm die Laterne mit. Du kannst dort übernachten, aber ich habe dem Vogt die Lieferung für heute versprochen. Er wird sehr ungehalten, wenn man ihn versetzt. Also beeil dich.«

Wütend stapfte Hans hinter die Hütte zum Brunnen. Dort lag in einer Glasschale ein Stück Seife. Mit eisigem Wasser wusch er sich sein schwarzes Gesicht, auch die Arme und Hände versuchte er zu reinigen. Doch die schwarzen Ränder unter den Nägeln und in den Hautfalten wollten nicht weichen. Entnervt nahm er das Handtuch, das über dem Brunnen hing. Es war nicht nur halb steif gefroren, sondern mindestens so schwarz wie seine Haut.

Die Zeit drängte, und so bekümmerte ihn weder die staubige Hose noch sein rußiges Haar. Er war ein Köhler – und außerdem war die Nacht, die bald hereinbrechen würde, ebenfalls kohlrabenschwarz.

***

Marie schlich sich noch bei Dunkelheit aus dem Haus. Sie musste ihn unbedingt noch einmal sehen: Kilian, den Mann, der sie zur Frau gemacht hatte.

Er wollte das Dorf verlassen, weiterziehen. Zurück nach Todtnau Aftersteg, dorthin, wo die Glasträger im nächsten Frühjahr zusammentrafen, um sich erneut auf den langen Weg von Glashütte zu Glashütte zu machen, Waren einzukaufen und sie dann bis nach Laufenburg über den Rhein zu tragen.

Die Glasträger hatten sich in den fürstenbergischen Gebieten schon vor fünfundzwanzig Jahren zu einer Kompanie zusammengeschlossen. Kilian wollte sich ihnen anschließen. Das zumindest hatte er Marie erzählt. Dann könne er immer mal wieder vorbeikommen und sie besuchen.

Marie tröstete das nur wenig. Der bevorstehende Abschied schmerzte sie. Sie konnte sich ein Leben ohne Kilian nicht mehr vorstellen. Wie fad und trostlos es doch bisher gewesen war.

Kilian schaute sich um, er hoffte, dass Marie ihn verpassen würde. Er hasste Abschiede und leere Versprechungen. Doch sein Wunsch erfüllte sich nicht. Mit hängendem Kopf schlich sie hinter dem Aschenhaus hervor.

»Da bist du ja«, flüsterte sie, ihre Stimme klang weinerlich. Fast anklagend.

»Komm«, Kilian küsste sie flüchtig, »willst du mich noch ein Stück begleiten?« Er wollte nicht gesehen werden, er hatte noch Spielschulden bei den Glasbläsern vom letzten Abend. Mit dem Finger an den Lippen bedeutete er ihr, still zu sein.

Sie nickte.

Schweigsam gingen sie nebeneinander her, nur das Knirschen des gefrorenen Schnees war zu vernehmen. Die Dunkelheit nahm sie auf, und bald sahen sie nur noch ein schwaches Leuchten, das Herz der Glashütte, das unentwegt pumpte.

»Kommst du wieder?«, flüsterte Marie, als sie außer Hörweite waren. Sie zog dabei hörbar die Nase hoch.

»Ja, bestimmt. Im nächsten Frühjahr schaue ich wieder vorbei.«

»Sicher?«

»Sicher, es sei denn, ein Bär frisst mich.«

»Sag so was nicht. Ich warte auf dich.«

»Das ist schön, dann werde ich mich bemühen wiederzukommen.«

Kilian war froh, dass Marie ihn nicht sehen konnte. Er hätte es nicht übers Herz gebracht, ihr bei dieser Lüge in die Augen zu schauen. Doch dann beruhigte er sein Gewissen, indem er sich sagte, er habe kein Versprechen gegeben, sondern nur gesagt, dass er sich bemühen werde. Das war nicht gelogen, vielleicht gelang es ihm eines Tages wirklich, wenn er genug verdient hatte. Sie wäre keine schlechte Partie. Die Tochter des Glasvogts. Für einen kurzen Moment kam ihm sogar der Gedanke, sie einfach mitzunehmen. Doch im selben Augenblick schalt er sich einen Narren. Wie sollte das gehen? Ein Leben auf der Flucht, begleitet von der ständigen Angst, erwischt zu werden. Dann die Verantwortung für ein Mädchen, die Tochter des Glasvogts. Er würde ihn verfolgen und zur Rechenschaft ziehen.

Hand in Hand gingen sie weiter den Bötzberg hoch bis zur Wegabzweigung.

Kilian blieb stehen und nahm die schlotternde Marie in die Arme. »Mach's gut, komm mir gut über den Winter. Du frierst ja.«

Sie küssten sich, dann ging er.

Marie schaute ihm nach, bis sie ihn nicht mehr sah. Noch wusste sie nicht, wie hoch der Preis ihrer Liebe wirklich war. Auch wenn ihr Gefühl ihr bereits jetzt sagte, dass diese Liebe kein gutes Ende nehmen würde.

***

Im Schutze der Nacht verließ auch Wiltrudis ihre Kammer. Sie hatte sich lange überlegt, wie sie vorgehen sollte, und beschlossen, an alte Bande anzuknüpfen. Auch auf die Gefahr hin, die Tür vor der Nase zugeschlagen zu bekommen. Aber sie musste Gewissheit haben.

Sie hatte ihre Reise gut vorbereitet, ihre Vertreterin wusste zwar, dass sie ein oder zwei Nächte wegbleiben würde, jedoch nicht, wohin sie ging. Sie glaubte, es hätte mit dem Neubau des Klosters zu tun.

Den Propst unten in Gurtweil, den Schutzbeauftragten des Frauenklosters Berau, hatte Wiltrudis absichtlich nicht informiert. Er würde sie vielleicht an Augustinus verraten.

Ihr Ziel war der Aufenthaltsort von Stellamaris, damalige Novizin und ihre Freundin. Stellamaris hatte jedoch das letzte Gelübde ewiger Profess, nie abgelegt. Sie war als Zeitliche in den Krankendienst gegangen. Ein Leben hinter Klostermauern auf Dauer war nichts für Stellamaris. Es kam ihr einem Gefängnis gleich. Ihr letzter Wirkungsort war die Propstei in Grafenhausen gewesen. Vielleicht war sie noch immer dort, oder der dortige Propst wusste um ihren Verbleib.

Wiltrudis keuchte. Eilig, um nicht entdeckt zu werden, hatte sie die Dunkelheit einer dahinziehenden Wolke genutzt. Sie musste den schützenden Waldrand erreichen, ehe sich der Mond wieder zeigte und die schneebedeckten Felder in helles Licht tauchte. Sie wollte nicht gesehen werden.

Es war das erste Mal seit vielen Jahren, dass sie sich wieder heimlich davonschlich. Früher hatten sie das öfter getan, sie und Stellamaris. Kichernd und übermütig.

Während sie über die Felder schritt, den harschen Schnee unter sich, glitten ihre Gedanken zurück zum Zeitpunkt der Geburt, da waren Ungereimtheiten, Dinge, die jetzt, mit der Gewissheit, vielleicht klarer erschienen.

Sie war sich immer sicher gewesen, dass es lebend geboren worden war. Dieses Kind, das es nie hätte geben dürfen. Das Kind einer Novizin. Der Novizin Wiltrudis.

Es war ein heißer Sommertag in jenem August 1696 gewesen, und Wiltrudis hatte versucht, ihre Arbeit im Garten so gut es ging zu bewerkstelligen. Doch schon den ganzen Tag über hatte sie sich unwohl gefühlt, dieses Ziehen im Bauch verspürt. Als sie sich einen Moment unbeobachtet wähnte und auf die Bank setzte, kam die damalige Schwester Oberin und nahm ihre Hand. »Kind, es ist so weit. Geh in deine Kammer und ruh dich aus, ich lasse nach der Hebamme schicken.«

Sie hatte sich, als sie sich über ihren Umstand im Klaren gewesen war, der Mutter Oberin anvertraut. Diese hatte ihr versprochen, eine akzeptable Lösung zu finden. Schließlich war sie nicht die erste Novizin, der ein solches Ungeschick widerfahren war. Es kam immer wieder einmal vor, dass das Keuschheitsgelübde gebrochen wurde. Auch Ordensleute waren nur Menschen. So die mütterliche Schwester Oberin. Wiltrudis hatte sich aufgehoben und verstanden gefühlt. Es gab keine Anklage, keine Strafpredigt.

Eine Familie vor Ort wolle das Kind aufnehmen, sagte man ihr schließlich. So könne sie im Kloster bleiben, was auch ihr Wunsch gewesen war. Die Mutter Oberin war ihr zur Vertrauten geworden, neben Stellamaris, leider war sie wenig später verstorben.

Als die Wehen am Abend stärker wurden, wollte sie Stellamaris in deren Zelle aufsuchen. Sie sollte ihr bei der Geburt beistehen, so war es abgemacht. Doch die Zelle war leer. Stellamaris verschwunden.

Stellamaris war ein Wildfang gewesen, das zehnte Kind einer Bauernfamilie. Guter Brauch war es, den Zehnten ins Kloster zu schicken, das bezog sich nicht nur auf die materiellen Abgaben. Wer so viele Kinder hatte, war moralisch verpflichtet, eines der Kirche zu geben.

Doch Stellamaris war denkbar ungeeignet gewesen und hatte bald ein Schlupfloch gefunden, die Freiheit zu suchen, die man ihr austreiben wollte.

Sie war schon einige Zeit vor Wiltrudis dem Kloster beigetreten. Man hatte sie jedoch wegen ungebührenden Verhaltens noch nicht zum Gelübde zugelassen. Was genau geschehen war, darüber hatte Stellamaris sich auch vor Wiltrudis ausgeschwiegen. Irgendwann war sie dann mit Stellamaris mitgegangen, aus reiner Neugier. Sie hatten sich nachts hin und wieder mit den jungen Leuten aus dem Chorstift vom Nachbarort Riedern getroffen. Auch die waren heimlich den Klostermauern entschwunden. Die Mettmaschlucht, unten zwischen den Dörfern gelegen, war wildromantisch genug für solch harmlose Ausflüge. Oder der Schwedenfelsen, wo sie sich gruselige Geschichten aus dem Dreißigjährigen Krieg erzählten. Eine alte Wallanlage aus der Zeit vorchristlicher Völker diente ebenfalls als heimlicher Treffpunkt.

Als die Wehen stärker geworden waren, hatte die Oberin alle anderen Schwestern auf ihre Zellen geschickt. Die Dorfhebamme aus Riedern war gekommen. Auch das war für die von

Schmerzen geplagte Wiltrudis noch kein Grund zur Skepsis, obwohl die eigene Hebamme nur zwei Häuser weiter wohnte. Arglos trank sie den Sud, den man ihr verabreichte. Die Hebamme wusste sicher, was sie tat.

Der Sud hatte seltsam geschmeckt, Wiltrudis hatte die Zutaten nicht einordnen können. Der Raum begann sich zu drehen, die Gesichter der Hebamme und Oberin verschwammen. Sie sah leuchtende Farben, die gesprochenen Worte klangen ungewohnt hohl nach. Der schwebende Zustand hielt eine Weile an.

Die folgenden Stunden hatte Wiltrudis im Wahn erlebt. Sie hörte draußen vor der Tür Gebete, was nicht weiter verwunderlich gewesen wäre. Hätte sie nicht auch Männerstimmen vernommen. Sie glaubte, die Stimme von Abt Augustinus herauszuhören, rief seinen Namen, woraufhin die Hebamme ihr den Mund zuband. All ihre Schreie erstickte nun das Tuch. Sie hielten ihre Arme fest, um sie am Wegreißen des Tuchs zu hindern.

Als die Schmerzen unerträglich wurden, wollte sie sich bewegen, auf die Knie gehen, wurde aber festgehalten. Jemand schrie sie an, das sei unwürdig, sie wäre doch kein Tier. Aber das Gewicht drückte ihr in der ständigen Rückenlage die Luft zum Atmen ab. Sie musste keuchen, hecheln.

Als sie endlich den Drang zum Pressen verspürt hatte und die Oberin sowie die Hebamme hektisch geworden waren, ihr gar ein Tuch vorhielten, damit sie nichts sehen konnte, gab man ihr noch einen Trank. Daraufhin schwirrten nur noch bunte Bilder um sie herum. Die Gesichter verloren sich in verwaschene Fratzen. Dann verblich die Erinnerung bis zu jenem Schrei des Neugeborenen.

Wiltrudis hatte den Waldessaum erreicht. Ungleich schwieriger war es, zwischen den Bäumen den Weg hinunter in die Mettmaschlucht auszumachen. Sie konnte sich nur noch vage an den Weg erinnern. Alles war zugewuchert, nur ein kleiner Pfad verband die Dörfer.

Endlich gelangte sie an den Wildbach und hielt Ausschau nach einem Steg. Aber nur ein wenig vertrauenerweckender Baumstamm mit einer Stange in Hüfthöhe, die als Geländer diente, war auszumachen. Offensichtlich war der Steg irgendwann hinweggespült worden, und man hatte eine einfache Notlösung gefunden.

Der Stamm war glitschig von der Nässe, ebenso das Geländer. Dennoch wagte Wiltrudis sich über den Bach. Ein kalter, feuchter Wind, der dem tosenden Wasser entstammte, ließ ihre Kleidung aufflattern. Trotz der Angst, auszurutschen, umspielte ein Lächeln ihren Mund, sicherlich sah sie aus wie eine Vogelscheuche oder ein übergroßer schwarzer Nachtvogel. Wann hatte sie das letzte Mal so frei und eigentlich doch verboten hier unten mit den anderen Fangen und Verstecken gespielt?

Abenteuerlust kam in ihr auf. Ein Gefühl, das sie viele Jahre unterdrückt hatte. Doch nun gab es ein Ziel: die Suche nach Pius, ihrem Sohn!

Erst sehr viel später hatte Wiltrudis erfahren, dass alles für die Niederkunft vorbereitet worden war. Es gab keine Familie vor Ort, die das Kind hätte aufnehmen sollen. Es war vermutlich von Anfang an geplant gewesen, dass das Kind die Geburt nicht überlebte.

Sie hatte den Schrei des Kindes gehört! Trotz aller Umnachtung. Es war, als hätte es nach ihr, der Mutter, gerufen. Ein Hilfeschrei des Neugeborenen.

Sie wollte es sehen, wenigstens einmal im Arm halten. Doch die verwaschenen Gesichter schüttelten ihr Haupt, das gehe nicht. Sie hielten weiter das Tuch vor. Wiltrudis glaubte, jemanden die Taufformel sprechen zu hören. Eine Nottaufe? Was war geschehen? Wann war denn ein Geistlicher gerufen worden? Oder war er schon längst da? Sie hatte jegliches Zeitgefühl verloren. Schließlich hörte sie die Stimme der Oberin. Das Kind habe die lange Geburt, die Strapazen nicht überlebt. Eine Totgeburt, man habe das Kind sofort weggebracht. Sie solle sich nicht mit dem Anblick eines toten Kindes quälen.

Totgeburt? Sie hatte das Kind gehört! Alles nur Einbildung ihrer strapazierten Nerven, ihrer vernebelten Wahrnehmung, so die Umstehenden. Man nahm das Tuch endlich weg.

Wer waren diese Umstehenden? Die damalige Schwester Oberin und die Hebamme. Wo war der Geistliche?

Sie habe geträumt. Es habe keinen Geistlichen gegeben.

Danach folgten schlimme Wochen der Depression. Das Kind hätte ihr die Lebensgeister genommen, raunte man sich im Kloster zu. Eine Strafe Gottes. Wiltrudis, die gefallene Braut Jesu.

Niemand hatte nach dem Vater gefragt.

***

Cajetano hielt den rußenden Kienspan so, dass er im Zugwind der unterirdischen Gänge nicht ausging. Sein Licht flackerte und tanzte gespenstisch an den Wänden, tauchte dennoch die unheimlichen Katakomben in Wärme.

Es war Samstag, und die Glasmacher hatten ihre Waren abgeliefert, ihre Gebete gesprochen, den Opferstock gefüllt. Doch Cajetano kam nicht, um seinen Schätzen weitere Gläser hinzuzufügen, er musste richten. Den Judas unter ihnen ausmerzen. Das römische Glas war ein Götzenglas. Gott hatte ihm ein Zeichen geschickt, genau genommen waren es sogar zwei Zeichen gewesen.

Zum einen waren da die Glasmacher, er hatte zufällig ihrem Klatsch gelauscht. Ein unglaublicher Klatsch. Trugen sie ein heimliches Wissen mit sich herum, die Windberger? Sollte er ihre Sünden verraten, hatte er richtig gehört? Doch wem konnte er sich im Kloster anvertrauen? Niemandem.

Darum beschloss er, sich um die Angelegenheiten der Glasmacher nicht zu scheren.

Vom Verschwinden eines speziellen Freundes des Aschensieders war die Rede gewesen. Als er glaubte, der Name Kilian sei gefallen, blieb er stehen und lauschte den Männern. Von einem Unfall oder Überfall und davon, dass der Vogt für Kilians Verschwinden gesorgt hatte, hatten sie erzählt. War er tot? Hatten sie seinen Leichnam verscharrt?

Cajetano hatte leider nicht mehr über Kilians Schicksal erfahren können, man hatte ihn bemerkt, und plötzlich waren die Gespräche verstummt. Einem Mönch traute man nicht in allen Lebenslagen. Vor allem nicht, wenn man etwas zu verbergen hatte.

Hatten die Windberger Glasbläser Kilian auf dem Gewissen?

Cajetano bedauerte nicht die Person, höchstens den Verlust einer Handelsquelle. Emotionen erlaubte er sich schon lange nicht mehr. Sie waren nur störend in der Welt. Empfindungen wie Liebe oder Trauer gab es nicht mehr, die hatte er besiegt. Sie waren ein Blendwerk. Nur Wut und Eifersucht nagten vereinzelt noch an ihm. Doch auch diese Untugenden würde er eines Tages überwunden und somit die vollkommene Erhabenheit erlangt haben. Nichts und niemand könnte ihm mehr etwas zuleide tun.

Dann war da noch das zweite Zeichen. Heute Morgen hatte er das Buch Johannes, sein liebstes Buch, aufgeschlagen – und was hatte er da gesehen? Die Hure Babylon. Sie trug ein Gefäß. Es war genau solch eines, wie es sich in seiner Grotte befand. Das römische Glas. War nicht Rom sinnbildlich für die Hure bezeichnet worden? Er musste das gläserne Behältnis ausmerzen, bevor es St. Blasien in seinen Bann zog.

Er steckte den Kienspan in die Halterung an der Wand und griff nach dem römischen Glas, drückte es mit bloßen Händen zusammen und ließ die blutverschmierten Scherben zu Boden fallen. Dann empfand er unendliche Erleichterung. Die Errettung der Schätze des Abendlandes war ihm im letzten Moment gelungen.

Er wusste nicht, wie lange er gestanden und dem Blut zugesehen hatte, wie es die Erde tränkte. Der imitierte Ruf eines Uhus riss ihn plötzlich aus seinen Gedanken. Es war Zeit für die Andacht. Er durfte sich nicht verspäten.

Cajetano huschte zu den Stufen, die hoch in die Kapelle führten. Schwaches Kerzenlicht empfing ihn, neben dem Geruch nach Weihrauch und Moder.

Justus drückte sich in die Nische der Kapelle, er fror erbärmlich. Was trieb nur der Pater so lange? Er durfte nie mit hinein, wenn er seine Gebete sprach.

Nach gefühlten Stunden läutete die Glocke zum Gebet, und Justus mimte den Nachtvogel. Das vereinbarte Zeichen. Warum hörte der Pater das Läuten nicht? Es war laut genug.

Endlich kam Cajetano heraus und reichte ihm stumm die Münze. Sie war feucht und warm.

Als Cajetano dem Chorraum zueilte, beschloss Justus nachzusehen, was es in der Kapelle wohl so Geheimes gab. Im Licht erkannte er, dass an der Münze Blut klebte. Auch am Boden fanden sich Tropfen. Er folgte ihnen bis zum Seitenaltar.

Justus blickte sich um, hier war nichts.

***

Das Licht nahm schnell ab, und die Dämmerung machte es Hans nahezu unmöglich, den Unebenheiten mit seinem Gespann rechtzeitig auszuweichen. Der Schnee glich einem immer grauer werdenden Einheitsbrei. Er saß zwischen den Kohlesäcken auf dem Hornschlitten, einem wintertauglichen Transportmittel, das jedoch nicht so hoch war, dass er über das Zugtier hätte hinaussehen können. Er war müde, und seine Glieder schmerzten von der harten Arbeit. Darum ging er auch nicht neben dem Tier her und führte es, sondern nahm die ruckelnden Bewegungen dösend in Kauf.

Er konnte sich, was den Pfad anbelangte, auf Wotan, seinen Gaul, verlassen. Der stapfte unbeirrt seinen Weg, nicht schneller, nicht langsamer. Stoisch und ruhig, wie das Gemüt der Schwarzwälder.

Plötzlich drohte der Schlitten wegen einer Wurzel umzukippen. Im allerletzten Moment sprang Hans herunter, um das Gefährt seitlich zu stützen, kämpfte, dass die Säcke mit den Holzkohlen nicht herunterrutschten. Er hatte sie in der Eile und aus Furcht vor der hereinbrechenden Nacht nicht gut genug befestigt.

Obwohl es seine eigene Nachlässigkeit gewesen war, verfluchte er seinen Vater, der in diesem Moment am warmen Ofen saß und es sich gut gehen ließ. Ebenso seinen Bruder.

Hans ist ja nur der Hanswurst, einer, mit dem man es machen kann, bemitleidete er sich selbst. Niemand schickt seinen halbwüchsigen Sohn mitten im Winter in die Nacht. Niemand, außer mein Vater.

Die Wolkendecke riss auf, und der Mond erhellte den Weg. Entspannt, da er nun freie Sicht hatte, sprang Hans wieder auf den Schlitten. Das Licht der Sturmlampe anzuzünden, hatte er noch nicht gewagt. Erstens beschien sie nur einen sehr engen kreisrunden Kegel und ließ für das menschliche Auge alles außerhalb dieses Kreises noch dunkler erscheinen. Zweitens fürchtete Hans sich vor den Wölfen, die, im Winter hungrig, sich nicht davor scheuten, einsame Gespanne anzugreifen. Das Licht zog sie an.

Der Weg führte leicht bergab, undurchsichtiger Wald begann wieder. Das Wittemle. Bis hierher hatten die Glaser geholzt. Bis zu ihrem Umzug würden sie auch dieses letzte Stück noch gerodet haben.

Im Schatten der Bäume stoppte Wotan plötzlich seinen gleichmäßigen Tritt und ging nur langsam weiter, seine Ohren spitzten und drehten sich, als suchten sie nach einer Geräuschquelle. Dann blähte er seine Nüstern und stieß ein sachtes Wiehern aus, sodass Hans gewarnt war.

Er setzte sich auf und spähte angestrengt in die Dunkelheit. Aus den Augenwinkeln sah er einen Schatten auf sich zukommen.

Kapitel 4

Die Priorin Wiltrudis hatte den Anstieg zum Dorf Riedern hinter sich gebracht. Sie war schnelles Gehen nicht mehr gewohnt und hielt kurz inne, um Atem zu schöpfen.

Vor ihr tauchte die untere Propstei des Augustiner Chorstifts auf, das die Nonnen beherbergte, weiter hinten stand die obere Propstei, der Sitz der Mönche. Welcher der damaligen Novizen, mit denen sie und Stellamaris sich früher heimlich getroffen hatten, wohl noch hier lebte?

Alles war dunkel, bis auf das schwache Licht, das die Kirchenfenster kaum merklich aus der Schwärze der Nacht abhob. Das ewige Licht brannte.

Im Dorf war es ruhig, die Stille wurde nur durch gelegentliches Hundegebell unterbrochen. Wiltrudis war fast unheimlich zumute, als sie am Friedhof vorbeiging. Hinter der Mauer sollte es namenlose Gräber geben, wenn sie den Gruselgeschichten der früheren Freunde glauben konnte. Mörder und Selbstmörder würden so verscharrt – oder auch ungetaufte Neugeborene. Das hatte man sich verschwörerisch in Bezug auf die zweigeschlechtlichen Chorstifte zugeraunt. Damals hatte sie das für Novizengeschwätz gehalten. Doch in ihrer Schwermut nach dem Verlust des Kindes fragte sie sich manchmal, was wohl an den Gerüchten dran war.

Ihr lief eine Gänsehaut über den Rücken. Sie versuchte, die finstere Erinnerung abzuschütteln, was ihr aber nicht gelang.

Ihre Gedanken kreisten erneut um die Stunden der Geburt. Welche Rolle hatte Augustinus beim Verschwinden des Kindes gespielt? Wiltrudis war das Gefühl nie losgeworden, dass er die Fäden im Hintergrund gezogen hatte.

Seit seinem Besuch waren diese Fragen wieder aus der Tiefe ihrer Seele aufgetaucht. Sie hatte sich damals also nicht verhört, Augustinus musste da gewesen sein, die Geburt abgewartet haben. Warum ließ er den Dingen nicht seinen Lauf und gab das Kind einer Bauernfamilie, so wie es von der Oberin geplant war?

Wollte er die Spuren selbst beseitigen, die ihm im Laufe seiner Karriere hätten hinderlich werden können? Die Spuren dieser einen Nacht?

Augustinus war damals neu gewählter Abt von St. Blasien gewesen, Landgraf der Reichsherrschaft Bonndorf, welche aus den ehemaligen Reichsherrschaften Blumegg, Bettmaringen, Gurtweil mit der Gutenburg und dem Berauer Berg hervorgegangen war. Er konnte sich, so kurz nach seiner Wahl, keinen Skandal leisten. Auch wenn es vordergründig der Skandal einer Novizin war.

Wiltrudis' Martyrium hatte mit den Feierlichkeiten, als Pater Hugo, ein langjähriger Freund Augustinus', in der Propstei Gurtweil in sein Amt eingeführt wurde, begonnen. Gurtweil lag weiter südlich und war die Zwischenstation auf dem Weg ins eidgenössische Klingnau. Dieser Ort war schon einmal 1502 für dreißig Jahre an St. Blasien verpfändet worden. Bereits seit 1480 hatte das Kloster die Herrschaft über die nahe gelegene Gutenburg inne. Im Dreißigjährigen Krieg wechselten oft deren Besatzer, nach dem Abzug der Schweden verkam die Burg zu einem Räubernest, sodass Abt Franz sie 1640 in Brand stecken ließ. 1646 erwarb St. Blasien für vierzigtausend Gulden endgültig die Herrschaft Gurtweil mit allen Rechten und überließ dem Obervogt das Schloss und das Pfarrhaus als neues Domizil. Von diesem Zeitpunkt an wurde es von einem St. Blasianischen Ordensangehörigen verwaltet und galt als Propstei. Das Frauenkloster Berau stand unter dessen Schutz. Gurtweil war auch Kontrollpunkt des Übergangs der Schlücht Richtung Zürich und Klettgau und Bindeglied zur St. Blasianischen Propstei Klingnau im Aargau.

Die dem neuen Propst Pater Hugo künftig unterstehenden Benediktinerinnen aus Berau sowie Abt Augustinus mit einer Abordnung aus St. Blasien waren also zum Festgottesdienst angereist, ebenso Abordnungen aus den Propsteien Grafenhausen und Klingnau.

Wiltrudis hatte es damals nicht verwunderlich gefunden, dass auch die Novizinnen aus dem Kloster eingeladen wurden. Eine Ehre für die künftigen Benediktinerinnen, wie es die Mutter

Oberin zähneknirschend nannte, wobei sie das Wort »Ehre« abwertend betonte und sich über die geistlichen Eminenzen und ihren Drang zur Selbstdarstellung ausließ. Die jungen Frauen verstanden zunächst nicht, warum die Oberin dem Ausflug so missmutig gegenüberstand, schließlich bot solch eine Feierlichkeit etwas Aufregung und Ablenkung vom Klostereinerlei.

Die Novizinnen wurden im Gästetrakt der Propstei einquartiert. Den Grund ihrer geschätzten Anwesenheit, wie Pater Hugo sich ausdrückte, mussten sie dann sehr bald mehr oder weniger schmerzlich erfahren.

Einige der angehenden Bräute Christi wurden auserwählt, den hohen geistlichen Herren weltlich zu dienen. Noch hätten sie ja kein Gelübde abgelegt, was sie nach den klösterlichen Regeln daran hindern würde.

Die Wahl des jungen Abts seine Dienerin betreffend fiel auf Wiltrudis. Was sie zunächst wirklich als Ehre empfand, denn sie wusste noch nicht genau, was es wohl zu tun gäbe, und war froh, nicht einem der alten Männer vom Konvent zugewiesen worden zu sein, die mit gierigen Augen schon den ganzen Tag an den Novizinnen hingen.

Als sie jedoch die Kammer des Abts betrat, wusste sie, was von ihr erwartet wurde. Die Dienstkammer war ein Schlafgemach.

»Wiltrudis, was schaust du so erschreckt? Wir wollen heute feiern, und du hast die Ehre, mein Gast zu sein.« Abt Augustinus hielt ihr einen Becher Wein hin und forderte sie auf, ihn rasch auszutrinken.

Verschüchtert glaubte sie, dass es sicherlich besser sei, Gehorsam zu leisten und ihn nicht zu enttäuschen. Er war der Abt und sie nur eine kleine Novizin, die hoffte, im Orden Aufnahme zu finden.

Sie wollte ihm den brav ausgetrunkenen Becher wiedergeben, als Augustinus sie nötigte, einen weiteren zu trinken. Ihr wurde von dem ungewohnten Alkohol schwindlig, und sie musste sich an der Kommode festhalten.

Er hatte sich in ihr nicht getäuscht, sie war lenkbar.

Das zufriedene Grinsen des Abts verzog sich vor ihren Augen schon zu einer Fratze. Sie wusste nicht mehr, ob er sie stützte oder zog, als sie schließlich zur Bettstatt wankte. Irgendwie war ihr Gewand abhandengekommen, hatte sie es selbst ausgezogen? Auch der Abt war plötzlich nackt. Was dann folgte, konnte sie hinterher nicht mehr eindeutig einordnen.

Die Sonne schien bereits zum Fenster herein, als sie endlich zu sich kam. Abt Augustinus lachte und reichte ihr ein Glas Wasser mit einem Pulver gegen den Kater, wie er sagte. Bislang hatte sie nicht gewusst, was das war, ein Kater. Nun spürte sie ihn deutlich in ihrem Kopf.

Als Wiltrudis aufstehen wollte und sich ihrer Nacktheit bewusst wurde, kamen die ersten Erinnerungsfetzen wieder. Sie schämte sich und bedeckte ihre Blöße.

»Na, heute wieder ganz die keusche Nonne? Ich finde, du warst nicht schlecht für das erste Mal.« Augustinus lachte auf und goss sich einen Wein ein. Wiltrudis wurde schlecht, wenn sie nur an den Alkohol dachte. Sie hoffte, er würde ihr keinen mehr aufzwingen.

»Verzeiht, Herr … ehrwürdiger Abt.« Sie wusste nicht, wie sie ihn in ihrem Aufzug ansprechen sollte, er trug bereits seine Festtagskleidung. Sie kam sich dadurch noch nackter vor.

Er schien jedoch bester Laune zu sein. »In den privaten Gemächern kannst du mich weiterhin Augustinus nennen. Wer weiß, vielleicht haben wir wieder einmal das Vergnügen miteinander.«

Wiltrudis kleidete sich mit gesenktem Haupt an und schlich mit hochrotem Kopf aus den heiligen Gemächern, in der Hoffnung, niemandem zu begegnen.

Eine andere hatte es schlimmer getroffen, wie sie bei der Morgensuppe feststellen musste. Mit blutunterlaufenen Flecken saß sie da und weinte sich bei der Oberin aus. Nicht alle Mädchen schienen gedient zu haben. Einige schauten verwundert und fragten sich, was wohl geschehen sei. Doch niemand wagte, etwas zu sagen. Obwohl es auch welche gab, die ein sonderbar seliges Glänzen in den Augen hatten. Der Oberin waren die Rituale zwar bekannt, doch sie hatte keine Handhabe und wetterte wie ein Rohrspatz gegen die geistlichen Hurensöhne, ohne anzudeuten, was sie damit wirklich meinte.

Wiltrudis versuchte, sich ihrer Freundin Stellamaris anzuvertrauen, erhielt jedoch nur eine gereizte Abfuhr. Sie solle sie mit ihren intimen Erlebnissen in Frieden lassen. Es interessiere sie nicht. Dann deutete sie an, dass es schließlich Mittel und Wege gäbe, ungewollten Übergriffen einen Riegel vorzuschieben. Doch anscheinend habe sie, Wiltrudis, es gar nicht so ungern getan. Ihr, Stellamaris', Auserkorener hätte leider nicht ihren Wünschen entsprochen und sei daher letzte Nacht von einer plötzlichen Müdigkeit übermannt worden, erzählte sie, wobei sie überlegen grinste. Sie weiter auszufragen, hatte Wiltrudis sich nicht mehr getraut. Ihr war klar geworden, dass Stellamaris in solchen Dingen nicht ganz unerfahren war.

Wenn Wiltrudis es sich recht überlegte, war dies der Zeitpunkt gewesen, ab dem Stellamaris sich ihr entzogen hatte. Als sie später auch noch von den unglücklichen Umständen Wiltrudis' erfuhr, war die Freundschaft nicht nur weiter ausgekühlt, sie war zerbrochen. Auch wenn Wiltrudis es nie wahrhaben wollte. Es passierte, dass Stellamaris sie grundlos angriff und wegen ihrer angeblichen Naivität bloßstellte. Wiltrudis hatte sich umso mehr um ihre Freundin bemüht, sich sogar an sie geklammert, war sie doch ihre einzige Vertraute.

***

Ludwina war auf dem Weg, um Wasser am Brunnen zu holen. Da rannte die Horde der Dorfkinder kichernd an ihr vorbei, als hätten sie etwas ausgefressen. Was sie so aufgebracht hatte, hörte sie sogleich, denn ihr Anführer brüllte los, und die Kinderschar stimmte darauf ein.

»Gispig, Gispig!
D' Vögtin mit em fette Arsch,
blost de Bläser de Marsch!
Gispig, Gispig!
Sag Michel, häsch's it vonomme,
sotsch nu no Gerschtebrei überchumme!
Gispig, Gispig!«

Der Rest des Reimes verstummte in den Kehlen der Kinder. Michael war um die Ecke gebogen und hatte sich den erstbesten der Meute geschnappt. Und es war nicht der Falsche. Er zog dem Jungen ordentlich die Ohren lang, entließ ihn schließlich mit einer Drohung und einem Tritt in den Hintern.

Die anderen Buben und Mädchen hatten sich hinter dem Kohleschuppen verschanzt und warteten aufgeregt auf ihren Anführer, den rotzfrechen Poldi.

Seit Poldi mit seiner Familie hier war, gab es keine Ruhe mehr unter den Dörflern. Seine Vorfahren waren unter Abt Martin aus der Tiroler Gegend in den Schwarzwald eingewandert, mit ihnen einige Holzfällerfamilien. Das war vor gut hundert Jahren gewesen. Zunächst lebten die Tiroler Glas- und Holzmacher in Grünwald, ehe der Standort näher Richtung Bonndorf und Schluchsee verlegt wurde. Trotzdem nannte man sie noch die Grünwälder.

Georg, Poldis Urahne, sollte die Kunst des weißen Glases in den Schwarzwald bringen, wo noch immer wie zu Urzeiten grünes Waldglas hergestellt wurde. Er war vom Kloster angeworben worden. Dieser Georg Raspiller hatte sein Handwerk in Hall bei Innsbruck gelernt. Die Familie war dort seit Generationen als Glasmacher beheimatet.

Vor einigen Jahren war einer der Nachkommen, Thomas, Poldis Vater, nach Blasiwald gezogen, um eine Windbergerin zu ehelichen. Auch er war ein Wortführer und Großmaul am Stammtisch. Doch nur am Stammtisch, denn zu Hause führte sein Weib das Regiment. Wie hätten seine Kinder anders werden sollen?

Dennoch, was man sich hinter vorgehaltener Hand zuraunte, gehörte nicht in Kindermünder, da galt es, dieser Bande Einhalt zu gebieten. Vor allem, wenn die Geschädigte die Frau des Vogts war. Denn dieser Spott traf auch den Vogt, wenn auch nur zweitrangig.

Ludwina selbst stand dem Gerangel meist hilflos gegenüber, brach in Tränen aus und lief davon. Ihr fehlte die Courage, der Meute energisch entgegenzutreten, obwohl sie es daheim bei den eigenen Kindern oder ihrem Mann durchaus wagte. Doch leider zog sie bei Michael stets den Kürzeren. Einzig die Kinder gehorchten noch, wenn auch immer öfter murrend.

Sich wirklich zu wehren, hatte sie nie gelernt. Wo es keine

Argumente gab, gab es Schläge, so war es schon in ihrer Kindheit gewesen. Ihren Willen, ihre Beweggründe vor anderen darlegen konnte sie nicht. Erst wenn die Wut überschäumte, bemerkten die anderen, dass etwas nicht in Ordnung war. Doch dann war es schon zu spät. So ließ sie sich mit ihrem Gezeter und Geheule zum Gespött machen, denn sie spürte, dass sie keinem das Wasser reichen konnte. Alle waren wortgewandter, sogar die Kinder.

Man hatte ihr ein Leben lang gesagt, was sie zu tun hatte und was nicht. Das eigenständige Denken war nicht ihre Stärke und noch nie erwünscht gewesen. Schon immer wurde über ihren Kopf entschieden, und sie hatte es sich gefallen lassen, im Vertrauen, dass es recht wäre.

So wurde auch über ihre Heirat bestimmt. Ein Vogt war ein reicher und angesehener Mann, was sollte da schiefgehen? Sie würde ihm Söhne gebären und er sie dafür lieben. Doch so einfach, wie Ludwina gedacht hatte, war das Leben an Michaels Seite nicht. Er war zu mächtig für ein einfaches Weib wie sie. Ihr Gejammer scherte ihn selten, es sei denn, sein Ruf stand auf dem Spiel. So wie eben.

Er konnte sehr grob werden, herumbrüllen und auch zuschlagen. Nichts machte ihn wahnsinniger als jemand, der kuschte und nicht wagte, ihm auf Augenhöhe die Stirn zu bieten. Nur mit Ebenbürtigen verhandelte er. Die anderen wurden unterjocht.

Zwar war Gret, seine erste Frau, auch unterwürfig gewesen, so wie es sich nach außen hin ziemte. Aber sie hatte die Gabe gehabt, ihren Mann im Glauben zu lassen, die Dinge selbst bestimmt zu haben, obwohl sie sie eigentlich eingefädelt hatte.

Ludwina fehlte dieses Gespür, sie rannte mit dem Kopf gegen die Wand bis zum heulenden Elend. Seit dem Vorfall am Glasofen schickte sie Marie, wenn es etwas zu besorgen gab. Oder ging im Schutze der Dunkelheit zum Brunnen. Doch der pfiffige Poldi hatte das ausspioniert, und die Jüngeren gehorchten ihm. Sie hingen ihm an den Lippen.

***

Bei vollkommener Dunkelheit erreichte das Köhlergespann endlich die Glasmachersiedlung am Windberg. Hans war nicht mehr fähig, sich vom Schlitten hinunterzubewegen. Seine Glieder versagten ihm den Dienst. Er war steifgefroren. Saß im dünnen Hemd und langer Unterhose zwischen den Kohlen. Nicht einmal Socken trug er mehr an den Füßen, geschweige denn Schuhe.

Wotan, der Gaul, lief bis zum Licht der Glashütte und wieherte, dabei stapfte er mit den Vorderhufen auf, als wolle er die Arbeiter am Ofen auf seine Misere mit dem festgefrorenen Hans hinten auf dem Schlitten aufmerksam machen.

»Herrgott! Der Kohle-Hans! Schnell, ich glaub, der Kerl ist erfroren!«

Ein Schürer hatte ihn als Erster entdeckt. Im Nu stürmten die Arbeiter ins Freie. Mit vereinten Kräften zogen sie den stöhnenden und bibbernden Kerl vom Schlitten ins Licht und brachten ihn an die Hitze des Glasofens. Sein Gesicht war rot und blau gefroren, die Ohren schon blutleer und weiß. Arme und Beine ließen sich nicht bewegen. Eiszapfen hingen ihm in den Haaren des spärlichen Bartansatzes. Seine Augen starrten sehnsüchtig zum Feuer, er krächzte, versuchte zu reden.

»Holt dem Kerl einen Schnaps und rückt ihn an den Ofen, er taut auf!«, rief Michael schließlich. »Was ist passiert? Wo sind deine Kleider?«

»Weg, Überfall«, hauchte Hans.

Sie versuchten, ihm einen Schnaps einzuflößen, doch die Hälfte ging daneben. Er konnte den Mund nicht bewegen. Er begann zu zittern, so stark, dass alle Mühe, ihm zu helfen, vergebens war.

»Sagt der Wirtin, sie soll eine heiße Suppe bringen!«, rief Michael. »Und eine Decke!« Dann wandte er sich wieder dem zitternden Hans zu. »Wer hat dich überfallen?«

Hans schüttelte den Kopf. »Weiß nicht, habe nur einen Schatten ge…seh…en. Da hab ich eins ü… über den Schädel bekomm… bekommen. Dann lag ich ausgezogen i… im Schnee.«

»Das muss ein verdammt armer Kerl gewesen sein, wenn einer die dreckigen Klamotten des Kohle-Hans klaut!«, rief Thomas, Poldis Vater.

Die Umstehenden fielen in ein befreiendes Gelächter. Wenigstens hatte der arme Hans es überlebt. Doch wer trieb sein Unwesen in den Wäldern?

***

Marie kauerte sich unter die Decke. Etwas stimmte nicht mit ihr. Sie fror, musste sich öfter übergeben, und der Mondfluss war auch ausgeblieben. Nach und nach fraß sich ein Verdacht fest, den sie nicht wahrhaben wollte. Konnte es sein, dass sie ein Kind erwartete?

Schon der Gedanke daran verkrampfte ihre Nackenmuskeln, lähmte ihre Zunge. Es fühlte sich an, als krochen Ameisen seitlich ihren Schlund herauf, die sie zwangen, alles herauszuwürgen. Ein vermehrter, bitterer Speichelfluss setzte ein. Marie stürzte zum Fenster und übergab sich erneut.

Niemand sprach über eine Schwangerschaft, geschweige denn über deren Anzeichen oder Entstehung. Nur die Frauen der Holzmacher und Schürer waren in ihrer Einfachheit direkt genug, die Dinge beim Namen zu nennen. Von ihnen hatte Marie schon einiges gehört. Doch sie wohnten nicht im Dorf der Glasmacher, ihre Hütten standen im Wald.

Marie war manchmal dabei, wenn sie sich im Spätsommer trafen, um gemeinsam Beeren zu sammeln. Es waren immer sehr lustige Tage, und es wurde viel gelacht. Das lag auch an den blauen Schnorzbeeren, Rauschbeeren genannt. Diese Beeren sahen zwar aus wie Heidelbeeren, ihr Laub war aber einen Tick blasser, und ihre Wirkung ähnelte der von Alkohol. Die Holzmacherfrauen brauten daraus sogar Likör. Hatten sie erst genug gesammelt und noch mehr gegessen oder gar vom Likör gekostet, wurden viele Geheimnisse ausgetauscht. Manch eine Frau erfuhr beim Beerensammeln mehr über ihren Nachbarn, als wenn sie ihn selbst im Bett gehabt hätte.

Von ihnen wusste Marie um die »Frauengeschichten« und wie man zu einem Kind kam. Doch wem konnte sie sich anvertrauen? Die Frauen waren alle viel älter und verheiratet. Sie hätte keine gewusst, die sie ins Vertrauen hätte ziehen können.

Und Ludwina, ihre Stiefmutter? Nie im Leben. Vater? Noch weniger. Onkel Theis? Sie hatte ihm gegenüber ein schlechtes Gewissen, weil sie sich heimlich in seiner Aschenhütte auf Kilian eingelassen hatte. Und das nicht nur einmal. Er hatte sie nahezu süchtig gemacht nach diesem prickelnden verbotenen Erlebnis. Trotz der Warnung des Onkels.

Sie musste es Kilian sagen, aber wie? Bis Todtnau war es zu weit. Sie kannte nicht einmal genau den Weg dorthin, wusste nur, dass der Ort im Wiesental auf der westlichen Seite des Feldbergs lag.

Bis zum Frühjahr dauerte es nur noch ein paar Wochen, dann würde er wiederkommen. Und konnte sie heiraten. Alles würde ins Lot kommen, es durfte nur vorher niemand etwas von ihrem Zustand erfahren. Vor allem nicht ihr Vater.

Marie zog sich die Decke über den Kopf und wünschte sich weit weg in eine heile Welt. Doch die Zweifel holten sie auch hier ein. Oder war es die Vernunft, der gesunde Menschenverstand?

Kilian hatte sich aus dem Staub gemacht, der Verantwortung entzogen. Diese Erkenntnis nahm immer mehr Raum ein. Sie war nichts weiter als eine amüsante Unterhaltung für ihn gewesen, sonst hätte er versucht, um ihre Hand anzuhalten. Auch wenn ihr Vater sich nicht von einem Händler hätte erpressen lassen. Wären Kilians Gefühle so echt und stark gewesen wie die ihren, hätte er es zumindest versucht.

Marie, schalt sie sich, wach auf. Du hast dich einer Illusion hingegeben. Trotzig setzte sie hinzu: einer schönen Illusion. Zu schön, um wahr zu sein. Dennoch wollte sie Kilian über ihren Zustand informieren, mit offenen Karten spielen. Vielleicht lag auch ein schwacher Hoffnungsschimmer, er würde sich doch noch für sie entscheiden, in ihrem Ansinnen.

Das Wiehern eines Pferdes riss sie aus ihren Gedanken.

Sie zog die Decke beiseite, schlich neugierig aus dem Bett, umklammerte den quietschenden Türgriff und tapste durch den Flur, um auf der Vorderseite des Hauses auf den Dorfplatz spähen zu können.

Es war Wotan, der Gaul des Köhlers. Angeschirrt, der Hornschlitten noch beladen mit Kohlesäcken. Warum lud ihn niemand ab und brachte das Tier in einen Stall?

Der Köhler! Er kennt sicherlich den Weg nach Todtnau, ist weit herumgekommen, dachte Marie. Bestimmt blieb er über Nacht. Es konnte nicht schaden, ihn morgen in ein belangloses Gespräch zu verwickeln. Vielleicht belieferte er auch die Glasbläser im Wiesental. Sie musste ihn nur dazu bringen, sie mitzunehmen. Irgendeine Ausrede würde ihr schon einfallen. Hoffnungsvoll ging sie zurück ins Bett.

***

Der Kohle-Hans war eine robuste Natur und hatte sich bereits am nächsten Morgen von seinem Abenteuer erholt. Er genoss es, im Mittelpunkt zu stehen, seine Geschichte zum Besten zu geben. Und mit jedem Mal, da er sie erzählte, wurde sie dramatischer. Es war nebensächlich geworden, dass er am Abend zuvor nur in Unterhosen das Dorf erreicht und eigentlich eine lächerliche Figur abgegeben hatte. Er war die Attraktion des Tages.

Auch Marie schlich wie zufällig um ihn herum, um eine günstige Gelegenheit abzuwarten, mit ihm zu sprechen. Zwar hatte sie seinen Vater erwartet, doch sicherlich kannte auch Hans den Weg nach Todtnau.

Hans war Maries Interesse an seiner Person nicht entgangen. Aus den Augenwinkeln verfolgte er ihr Schaffen in der Glashütte. Sie half beim Austragen der Gläser in den Kaltofen. Dort wurden die Glaswaren gelagert, damit sie nach dem Schmelzvorgang und der Formung des Glases langsam abkühlen konnten. Sie wären sonst zersprungen.

Gezielt stellte sie immer wieder Fragen die Todtnauer Gegend betreffend. Doch Hans, der sich als Helden der letzten Nacht sah, verstand nicht, worauf sie hinauswollte. So gab er die Geschichten vom Holländer-Michel zum Besten. Dem Waldgeist, der in Sturmnächten sein Unwesen treibt. Er solle ein böser Zauberer sein. Überhaupt, wer wisse schon, wer dieser Unbekannte war, der ihm, dem Kohle-Hans, die staubigen Kleider vom Leib weggestohlen hatte. Wer, wenn nicht ein Waldgeist?

»Hat er dir auch angeboten, dein Herz zu kaufen?«, wollte Thomas in Anlehnung an die alte Sage wissen.

Hans spürte den Spott in der Frage nicht, schielte zu Marie hinüber und sagte: »Nein, das würde ich nur verschenken. Aber nicht an das Glasmännlein, den Schatzhauser, sondern an eine holde Maid. Sie dürfte auch die Tochter des Glasvogts sein. Die Glasmarie!«

Gelächter ging durch die Reihen der Glasmacher ob dieser plumpen Werbung. Sie hatten Marie noch nie als holde Maid betrachtet. Sie war die Tochter des Vogts, unnahbar, wenn auch mal ein ungehobelter Spruch fiel.

Marie verließ, offensichtlich beleidigt, die Hütte. Sie ahnte, dass Hans ihr folgen würde. Vielleicht konnte sie ihn so ungestört nach dem Weg fragen. Er war ein Großmaul im Beisein der anderen, ihr allein jedoch würde er bestimmt nicht zu nahe treten.

»Ja, los, du Scheißkerl, das ist deine Chance, ehe der Alte kommt!«, spornte ihn Thomas an, denn der Vogt pflegte um diese frühe Morgenstunde noch bei seinem Frühstück zu sitzen.

Hans schluckte trocken, sah sich im Zugzwang und verließ ebenfalls die Hütte. Draußen schaute er sich nach Marie um. Sie war nirgends zu sehen. Er schlenderte um die Häuser, bis er sie auf dem Weg zur Aschenhütte entdeckte. Ohne zu überlegen, lief er auf sie zu und hielt sie fest.

»Ich weiß zwar nicht, was du in Todtnau willst, meine Liebe, aber ich könnte dir einen Platz auf meinem Schlitten anbieten.«

Maries Augen leuchteten, er war doch nicht so schwer von Begriff. »Was willst du dafür? Ich habe kein Geld.«

»Ein Kuss würde mir genügen.«

Marie sah ihn erschrocken an. »Hier?« Sie blickte sich nach Spionen aus der Schänke um, es war doch sicherlich sein Ansinnen, sich zu beweisen. »Wie kann ich mir sicher sein, dass du damit zufrieden wärst?«

»Mein Versprechen.«

Marie überlegte einen Augenblick, ihr widerstrebte der schmutzige Kerl. Aber vielleicht war er doch kein solch derber Maulheld, wie er sich vor Publikum gab.

Die Zeit drängte, und die Aussicht, Kilian wiederzusehen, war diesen Einsatz wert, befand sie.

»Gut, aber nur einen.«

***

Stephanus packte seinen Bruder Justus am Kragen, als der die Kapelle verlassen wollte. Justus zappelte wie ein unflätiges Kind in der mächtigen Hand seines großen Bruders. »So, mein Bürschchen, hast du wieder deinen Rock gehoben?« Er nahm dem verdutzten Kerl die Münze ab und hielt sie ihm vor die Nase.

Justus wurde wütend. »Mein Geld! Ich bekommen!«

»Ja, du bekommen, für was? Hat er dich … hat er …« Es fiel Stephanus schwer, seinen Verdacht auszusprechen.

Justus kam ihm zuvor. »Cajetano nix vögeln, Cajetano heilig, beten für arme Kinder.«

»Was?« Stephanus ließ ihn los. »Was redest du da? Kinder? Welche Kinder?«

Justus war es gelungen, seinen Bruder zu verwirren. Er legte seinen Finger an die Lippen. »Pst. Dubel nix wissen. Dubel blöd.« Dann kicherte er und sprang davon wie ein Schafböcklein im Frühling.

Wütend stapfte Stephanus mit dem Fuß auf, hob die Faust. »Ich erwisch dich schon noch, mein Bürschchen!«

Justus gluckste aus sicherem Abstand und machte ihm eine lange Nase. Da bemerkte Stephanus das Blut an seinen Fingern. Es konnte nur von der Münze stammen. War Justus verletzt? Was tat dieser verrückte Pater seinem Bruder an?

Besorgt schlich Stephanus in die Kapelle, wo er nichts entdeckte, was sonderlich verdächtig wirkte. Er wollte schon gehen, als er Blutstropfen am Boden entdeckte. Die Spur führte hinter den Seitenaltar. Dann verlor sie sich abrupt. Hätte jemand mit einer Verletzung länger hier gestanden, hätten mehr Tropfen am Boden zu sehen sein müssen.

Stephanus blickte am Altar hoch, wie es schon sein Bruder zuvor getan hatte, und klopfte dagegen. Er hörte sich nicht hohl an, konnte also kein Versteck bieten. Stephanus verwarf den Gedanken.

Dennoch war er sich sicher, dass hier etwas vorgefallen war und Justus mehr wusste, als er zugab. Daher das Schweigegeld. Er würde die Kapelle samt Pater im Auge behalten.

Stephanus verließ den kalt wirkenden Ort und folgte der Blutspur, sie war ihm zuvor nicht aufgefallen. Sie endete nicht dort, wo er Justus gestellt hatte, sondern ging weiter Richtung Kloster. Innerhalb des Gebäudes waren die Tropfen verwischt, dennoch konnte Stephanus ihnen bis vor die Zelle des Paters folgen. Er wandte sich ab und entfernte sich. Ungesehen, so hoffte er.

Doch ab diesem Zeitpunkt hörten die seltsamen Besuche der beiden in der Kapelle auf. So sehr Stephanus seinen Bruder und Pater Cajetano auch überwachte, es gab keine Heimlichkeiten mehr in der Kapelle. Aus Justus war nichts herauszubringen.

Stephanus beließ es dabei, zumal auch kein Glas mehr abhandenkam.

***

Wiltrudis' Herz pochte bis zum Hals. Sie stand endlich vor der Propstei zu Grafenhausen. Der Morgen graute, es war bitterkalt. Noch zögerte sie, schließlich wagte sie anzuklopfen. Erst sachte, dann kräftig, bis sie Schritte vernahm.

»Ja, ja, ich komm ja schon! Wer da? Mitten in der Nacht!«

»Priorin Wiltrudis aus Berau.«

Stille.

»Was willst du?«

»Stellamaris?«, flüsterte Wiltrudis, ihre Stimme überschlug sich fast, sie spürte einen Kloß im Hals, denn sie war sich sicher, die Stimme ihrer Freundin erkannt zu haben. Von innen gab es jedoch keine Regung.

»Stellamaris, bitte. Öffne! Augustinus war bei mir.«

Wieder Stille. Die Augenblicke zogen sich unendlich hin, endlich räusperte sich die Person auf der anderen Seite der Tür. »Und was hat er dir erzählt?«

»Mach auf, ich flehe dich an!«

Sie hörte, wie der Schlüssel sich im Schloss bewegte. Zum Vorschein kam ein Gesicht, das um Jahre, hätte sie es nicht besser gewusst, hätte sie geglaubt, um Jahrzehnte gealtert war. Doch sie erkannte sofort die Züge ihrer früheren Freundin.

»Du kommst zu *mir*?«, fragte Stellamaris. Ein seltsames Lächeln umspielte ihr Gesicht, und es war, als fielen die Jahre von ihr ab.

»Du wusstest, wo ich zu finden war«, antwortete Wiltrudis erstaunt.

»Es hieß, du wolltest keinen Kontakt mehr mit mir, darum bin ich gegangen. Gut, man hat es mir nahegelegt. Sehr nahe, wenn du verstehst.«

»Wer hat das von dir verlangt?«

»Es kam von ganz oben.«

»Augustinus?«

Stellamaris nickte.

»Aber warum?« Wiltrudis verstand die Welt nicht mehr. Was mischte der Abt sich in ihre Freundschaften ein?

»Das hätte ich gern von dir gewusst. Was habe ich dir getan, dass du nichts mehr mit mir zu tun haben wolltest? War dir Augustinus so wichtig, dass du mich all die Jahre verschmäht hast?« Stellamaris blickte so ernst, dass sich ihre Stirn in Falten legte. So hatte sie früher schon geschaut, wenn es nicht nach ihrem Willen gegangen war.

»Die Anordnung kam nicht von mir. Im Gegenteil, man hat mir gesagt, *du* wollest auf meine Freundschaft pfeifen. Mir erging es nach der Geburt sehr schlecht. Ich litt an Depressionen und hätte eine Freundin gebraucht.«

Stellamaris' Gesicht entspannte sich oberflächlich, doch ihre Augen wirkten nach wie vor kühl. Sie blickte sich kurz um, als wolle sie sich vergewissern, dass sie nicht beobachtet wurden, ehe sie Wiltrudis einließ und ihr einen Platz anbot. »Dann hat man uns auseinanderhaben wollen. Wir waren der Obrigkeit eh ein Dorn im Auge. Du und ich.« Sie lächelte abermals steif.

Wiltrudis hätte sie gern verbessert und gesagt, dass Stellamaris der Störfaktor gewesen war. Mehr als einmal war ihr angedroht worden, den Konvent verlassen zu müssen, wenn sie sich nicht an die Regeln hielte. Vielleicht hatte man sie auch deshalb nicht zur ewigen Profess zugelassen und ihr ein weiteres Probejahr als Novizin auferlegt, damit sie wenigstens das Gelübde ablegen konnte. Die Familie, so war gemunkelt worden, wollte sie auch nicht mehr zurück.

Wiltrudis verkniff sich ihre Bemerkung, schließlich war auch sie nicht ganz unschuldig gewesen, hatte sich überreden lassen und war ab und an zu den nächtlichen Treffen mitgegangen. Sie wollte die zarten Bande der erneuten Freundschaft nicht zerstören.

»Ja, so war es bestimmt«, murmelte sie.

»Depressionen, sagtest du? Dein Kind hat nicht überlebt, nehme ich an?«, fragte Stellamaris vorsichtig.

Wiltrudis glaubte, ein hoffnungsvolles Blitzen in ihren Augen auszumachen. »Wie kommst du darauf?«

»So eine Geburt ist eine gefährliche Sache für Mutter und Kind.«

»Was willst du damit sagen?«

»Dass es vorkommt, dass einer der Beteiligten stirbt.«

»Was weißt du?«

»Nichts. Es war nur so ein Gedanke. Ich nehme an, dass dein Kind die Strapazen der Geburt nicht überlebt hat.«

Wiltrudis horchte auf. Genau diese Worte hatte die Mutter Oberin auch gebraucht. War Stellamaris doch anwesend gewesen in jener Nacht? Wusste sie mehr? Wiltrudis beschloss, auf der Hut zu sein, und spielte die Nichtsahnende. »Das hat man mir zumindest gesagt.«

»Aber du wolltest es nicht wahrhaben«, ergänzte Stellamaris und fixierte einen Punkt draußen in der Dunkelheit.

Wiltrudis wäre gern aufgestanden, um durch das Fenster zu sehen, was sich dort befand. Doch sie zwang sich, bei der Sache zu bleiben. »Wundert dich das?«

»Nein.« Stellamaris machte eine Pause, ehe sie fortfuhr. »Und warum kommst du dann nach all den Jahren? Mitten in der Nacht? Augustinus war bei dir, hast du gesagt? War er das nicht öfter?«

Erneut glaubte Wiltrudis, den alten, bitteren Hohn herauszuhören. »Ich habe ihn nach der Feier bei Hugo nie wieder gesehen. Obwohl …«

»Was?«

»Ich glaubte, ihn in der Nacht der Geburt gehört zu haben. Meine Sinne waren vernebelt, aber ich habe seine Stimme erkannt.«

»Er hat dich verschmäht? All die Jahre?« Stellamaris' Augen bekamen einen feuchten Glanz, dann lachte sie auf. Es klang hysterisch.

»Stellamaris, was hast du geglaubt? Dass ich eine Liebesbeziehung mit ihm gehabt hätte?« Wiltrudis war sich nun sicher, dass ihre Freundin eifersüchtig gewesen war. Darum war ihr Verhältnis also ausgekühlt. Dabei wäre es so einfach gewesen, hätten sie sich vertraut.

»Du hast mir immer noch nicht erzählt, warum er bei dir war. Nach all der Zeit«, sagte Stellamaris.

In dem Glauben, die alte Bruchstelle gekittet zu haben, zog Wiltrudis sie ins Vertrauen, um ihre Aufrichtigkeit der Freundschaft zu beweisen. »Mein Kind lebt.« Trotz des schwachen Kerzenlichtes sah sie, wie die Farbe aus dem Gesicht der Freundin wich.

»Wo?«

»Ich weiß es nicht, ich hatte gehofft, du wüsstest etwas. Er sagt mir nichts. Nur dass ich einen Sohn habe.«

»Einen Sohn? Du hast ihm einen Sohn geboren? Dann hat er ja bekommen, was er wollte.«

»Wie meinst du das?«

»Bist du so blöd, oder tust du nur so?« Stellamaris schnaubte. »Dann kommst du auch noch zu mir, und ich soll wissen, wo er seinen Sohn versteckt hat? *Seinen* Sohn, verstehst du? Du warst nur das Mittel zum Zweck.« Sie stand auf und ging nervös auf und ab.

Wiltrudis schwieg betroffen.

»Wieso ich?«, begann Stellamaris erneut. »Fünfzehn Jahre lässt du mich schmachten, dann kommst du und meinst, ich wüsste, wo dein Hurenbalg steckt. Bei aller Freundschaft, aber das glaubst du nicht wirklich, oder?«

»Entschuldige bitte, dass ich dich belästigt habe. Ich gehe dann wohl lieber.«

Wiltrudis stand ebenfalls auf, sie wusste nicht, was Stellamaris so erregt hatte. Vermutlich saß da ein tiefer Schmerz. Etwas, von dem sie keine Kenntnis hatte.

Stellamaris packte sie an den Schultern und drückte sie auf den Stuhl zurück. »Kindchen, nun sei nicht gleich beleidigt. Ich weiß nichts von deinem Sohn. Aber es schmerzt, dass du glaubst, ich würde dir so etwas vorenthalten.« Sie klang milder, versöhnlicher.

»Stellamaris, ich habe sonst niemanden, den ich fragen könnte. Keine der Frauen lebt mehr.«

»Ich habe davon gehört. Es tut mir leid«, Stellamaris setzte sich wieder, hielt aber ihre Hände verkrampft im Schoß, »es ist nur, ich verstehe nicht, warum er nach all den Jahren gekommen ist, nur um dir ein paar Brocken vor die Füße zu werfen. Allem Anschein nach weiß er sehr viel mehr.«

»Er sagt, er könne es mir nicht verraten. Pius, so heißt mein Sohn, wäre in Gefahr.«

»Und damit hat er dich jetzt so verrückt gemacht, dass du die ganze Nacht durchgelaufen bist.«

Wiltrudis nickte und wischte sich die Tränen weg.

»Diese Ausgeburt des Teufels! Er nimmt dir alles, dann lässt er dich zappeln. Er dürfte mir nicht im Mondschein begegnen, ich würde ihm die Augen auskratzen.«

Wiltrudis zuckte zusammen. Was war vorgefallen? Ihr kam es vor, als spreche Stellamaris von sich selbst. Dieser Hass in ihren Augen, woher kam er? Wem galt er?

Plötzlich bereute sie, sich ihr anvertraut zu haben. Etwas in ihrem Innersten warnte sie vor Stellamaris.

***

Marie lehnte sich an die Wand des Schuppens. Ihr war übel. Worauf hatte sie sich da eingelassen? Dem Kohle-Hans, diesem Großmaul, konnte sie nicht trauen. Siegessicher war er in die Schänke gegangen. Sicherlich würde er sein Versprechen nicht halten. Schlimmer noch, er würde sie verraten.

Ihr Herz pochte wie das eines gehetzten Rehs. Nur noch einen Augenblick ausruhen. Sie blickte auf den leeren Aschenkorb zu ihren Füßen und kam sich genauso ausgelaugt und schmutzig vor. Sie sollte die Asche bei Theis holen.

Da kam ihr Onkel um die Ecke, erschrocken raffte sie sich auf. »Theis, du? Ich wollte gerade zu dir.«

»Ist etwas? Du bist weiß wie ein Leintuch. Ist dir nicht gut? Komm, ich habe gerade Tee gemacht.«

»Danke, es geht schon.«

»Nein, du kommst jetzt mit und sagst mir, was los ist. Ich sehe doch, dass etwas nicht stimmt. Du bist doch nicht etwa schwanger?«

Marie sah ertappt auf und blickte an sich herunter. Sah man schon etwas?

»Sag, dass das nicht wahr ist! Kilian?«

Marie wusste, sie konnte Theis nichts vormachen. Tränen liefen ihr über die Wangen, als sie nickte.

»Komm.« Theis legte den Arm um sie und zog sie mit sich.

Marie ließ es geschehen und ihren Tränen freien Lauf. Es tat so unendlich gut, sich jemandem anzuvertrauen.

»Dein Vater schlägt dich tot«, stellte Theis nach einer unendlich langen Zeit des Schweigens fest.

»Was machen wir jetzt?«, fragte Marie hilflos.

Theis strich sich über den dünnen gelblichen Bart.

»Kilian wird im Frühjahr wiederkommen. Vielleicht kann er mich heiraten.« Marie wusste selbst, dass sie sich etwas vormachte.

»Kilian!« Es klang verächtlich.

»Warum denkst du nur immer so schlecht von ihm, Onkel Theis?«

»Kilian ist ein Gauner. Du bist nicht sein erstes Mädchen, glaub mir. Er schuldet mir noch Geld. Ich werde es wohl nicht wiedersehen. Etwas ist schiefgegangen bei seiner letzten Tour. Der Kerl hat sich aus dem Staub gemacht.«

»Das glaube ich nicht.« Marie schluchzte erneut auf. Die Lage wurde immer hoffnungsloser. Sie wusste, dass Theis recht hatte. Da gab es nichts zu beschönigen.

Theis strich ihr über den Kopf. »Es wäre besser, du würdest dich an den Gedanken gewöhnen. Du kannst nicht dein Leben lang von deinem Märchenprinzen träumen. Den gibt es nicht. Wach auf, du hast jetzt eine Verantwortung. Dein Vater wird dir einen Mann suchen.« Er blickte in ihre traurigen Augen. »Das heißt, wenn du seinen Tobsuchtsanfall überlebst.«

»Dann soll er mich totschlagen, ich lasse mir keinen anderen Mann aufschwätzen.« Marie verschränkte die Arme und zog die Unterlippe nach unten, so wie sie es als Kind schon getan hatte.

Theis musste innerlich schmunzeln, Marie hatte den gleichen Dickschädel wie ihr Vater. Vielleicht konnte sie ihren Willen durchsetzen.

Aber Kilian? Er kannte den Kerl besser und länger als Marie. Jetzt bereute er, sich auf den Handel mit ihm eingelassen zu haben. Es war schließlich nicht seine Idee gewesen, das Kloster zu hintergehen, die Glasmacher hatten ihn dazu gedrängt, weil sie als Glaser vertraglich gebunden waren. Aber er als Aschensieder konnte als Zwischenhändler fungieren. Gelohnt hatte sich das Ganze für ihn nicht wirklich wegen der paar rauen Kreuzer. Sie hatten aus ihm keinen reichen, dafür einen unglücklichen Mann gemacht.

Er wollte ihnen lediglich einen Gefallen tun. Das Geld hatte er gesammelt, wo hätte er es ausgeben sollen? Er war kein Trinker. Seine Gesundheit war sowieso schon angeschlagen, sein Körper kämpfte mit ganz anderen Giften. Giften, die sein Beruf mit sich brachte. Vielleicht konnte er wenigstens Marie helfen.

»Soll ich mit deinem Vater sprechen? Du hast Kilian bei mir kennengelernt. Ich fühle mich mitschuldig an deiner Situation.«

»Nein, Theis, bitte versprich mir, nichts zu sagen. Ich will zuerst Kilian Bescheid geben. Er ist der Vater und hat ein Anrecht darauf, es zu erfahren. Erst dann werde ich weitersehen.«

»Verrenne dich nicht in eine fixe Idee. Wie willst du ihn überhaupt finden?«

»Das lass meine Sorge sein.«

»Gut, ich verspreche es dir. Mein Haus steht dir offen. Das solltest du wissen.«

***

Das Glas war vollends ausgearbeitet, die Glasmacher hatten ihre Schicht am Ofen beendet. Nun war es Aufgabe der Schürer, den Ofen erneut hochzufahren, dann das Gemenge einzutragen. Das bedeutete mehrere Stunden Arbeitspause für die Bläser und einen Feierabendumtrunk in der Schänke.

Der Kohle-Hans drückte sich noch immer im Dorf herum. Es sah aus, als wollte er den Heimweg in geliehenen Hosen und Schuhen noch nicht antreten. Sein Vater würde ihn nicht gerade loben. Schuhe waren teuer, selbst wenn er immer nur Erbstücke von seinem Bruder aufgetragen hatte. Nun würde er ein eigenes, ein neues Paar brauchen.

Er war sich auch noch nicht darüber im Klaren, wie er es anstellen sollte, sein Versprechen Marie gegenüber einzulösen. Er konnte sie ein Stück mitnehmen, gewiss, aber unmöglich nach Todtnau fahren. Das würde ihn einen ganzen Tag kosten.

Bevor er sich die Ohrfeige bei seinem Vater abholte, wollte er doch lieber nochmals den Helden in der Glasmachersiedlung mimen. So betrat er verwegen grinsend die Gaststube.

»Na, du Schürzenjäger, warst du erfolgreich?«

»Plagt dich der Neid? Ein wahrer Genießer schweigt«, erwiderte Hans.

»Vielleicht auch, um sich nicht dem Spott preiszugeben.« Es war wieder Thomas, der stichelte und damit die Lacher auf seiner Seite hatte.

»Sie küsst leidenschaftlicher als eure Weiber zusammen, das hat sie nicht zum ersten Mal gemacht, sage ich euch. Sie will mit mir sogar eine Ausfahrt machen. Es wird ein Leichtes sein, die Tochter des Vogts aufs Kreuz zu legen.«

»Vorsicht, dass euch Glasmachern nicht das Dach auf den Kopf fällt, der Kerl kann Sprüche klopfen, dass sich die Balken biegen!«, rief Hilari aus der hinteren Ecke.

Plötzlich erstarb das Gelächter. Langsam drehten sich die Köpfe zur Tür, dort stand in seiner vollen Größe und mit hochrotem Kopf Michael, der Glasvogt. Seine Halsvene war dick angeschwollen.

Mit einem Sprung war er bei Hans und packte den schmächtigen Kerl am Kragen, schüttelte ihn wie eine Marionette, hieb ihm die Faust ins Gesicht, sodass der Junge am Boden in der Ecke landete.

Die Umstehenden hatten alle Mühe, den wild gewordenen Vogt von Hans abzuhalten. Die Haare hingen Hans wild ins Gesicht, und er versuchte zu entwischen, während vier Mann den Glasmachermeister verzweifelt zurückhielten.

»Wenn du meiner Tochter etwas angetan hast, dann breche ich dir alle Knochen im Leib, das schwör ich dir. Lass deine dreckigen Kohlefinger von ihr! Sie ist eine Glasmachertochter! Verschwinde und lass dich nie wieder hier blicken. Schicke deinen Vater, ich muss mir überlegen, ob es noch angebracht ist, mit euch Handel zu treiben.«

Zur Betonung seiner Worte spuckte Michael vor Hans auf den Boden, denn er wurde immer noch festgehalten.

Als ihn die Männer endlich losließen, richtete er seine Kleidung, stapfte wutentbrannt zurück zu seinem Haus und riss die Tür auf. »Marie! Du Dorfhure, wo steckst du!«

»Vater?«

Marie stand am Herd, wo sie die Suppe rührte. Sie drehte sich mit erschrockenem Blick um. Doch ehe sie etwas sagen konnte, hatte sie die wulstigen Hände ihres Vaters am Hals. Er drückte zu, dass sie nach hinten auf den heißen Herd fiel. Sie versuchte, sich mit Händen und Unterarmen auf der glühenden Platte abzustützen, das dampfende Geräusch schmorender Haut ging in ihrem Aufschrei unter. Der Geruch von versengten Haaren stieg auf.

Im Tumult rutschte der Suppentopf herunter und verbrühte dem Vogt die Füße, woraufhin er Marie kurz losließ. Sie konnte sich befreien und stürzte davon, doch noch unter der geöffneten Tür holte er sie ein und schlug zu. Marie versuchte, mit den Händen die Schläge ins Gesicht abzuwehren. Mit einer Hand auf seine Tochter einprügelnd, zog Michael mit der anderen seinen Ledergürtel aus der Hose und hieb damit weiter auf sie ein.

Das Geschrei und die peitschenden Schläge unter der Tür des Vogts hatten die Gaststube geleert. Sensationslüstern schauten die angetrunkenen Glasmacher zu, wie der Vater seine verdorbene Tochter züchtigte. Es wäre keinem in den Sinn gekommen, ihn davon abzuhalten. Es war sein Recht als Vater, die Tochter zu erziehen.

»Hör auf!«, brüllte der herbeieilende Theis schließlich. »Du bringst sie um!«

Wie von Sinnen blickte Michael auf. »Halt dich da raus, das geht dich nichts an!«

Marie rutschte am Türpfosten herunter, an dem sie sich festgehalten hatte, und brach ohnmächtig zusammen.

Der Kohle-Hans hatte das Drama, das er mit seiner großen Klappe ausgelöst hatte, aus sicherem Abstand beobachtet. Er war kreidebleich ob des Zorns des Glasvogts. Langsam löste er sich aus seiner Erstarrung und machte sich davon, ehe man seiner nochmals gedachte. Mit dem Vogt war nicht zu spaßen.

Michael verpasste seiner bewusstlosen Tochter einen letzten Tritt in die Rippen. »Hast du ihn geküsst oder nicht?«, schrie er sie an. »Und was hast du sonst noch getrieben?«

Marie atmete schwer, als sie wieder zu sich kam. Ihre Wut war inzwischen größer als die Angst, von ihrem Vater erschlagen zu werden. Sie drehte sich mit blutunterlaufenem Auge zu ihm um und schleuderte ihm mit bebender Stimme entgegen: »Ja, das habe ich, und ich kann nur sagen, er ist ein blutiger Anfänger!«

Nach einer Schrecksekunde brach ein Gejohle unter den Zuschauern aus. Der Vogt stand da wie ein begossener Pudel. Seine Tochter hatte sich Respekt unter den Glasmachern verschafft. Noch nie hatte es jemand gewagt, diesem stämmigen Mann entgegenzutreten.

Michaels Augen wurden zu kleinen Schlitzen, als er bedrohlich leise sprach: »Was soll das heißen?«

Die Menge trat unwillkürlich einen Schritt zurück.

»Dass er nicht der Erste war, Vater«, erwiderte Marie forsch. Sie hatte beschlossen, die Sache gleich an Ort und Stelle hinter sich zu bringen. Das ersparte ihr mit Sicherheit eine weitere Tracht Prügel, die noch heftiger ausfallen würde als die letzte. Dann hätte sie vielleicht keine Zeugen an ihrer Seite, und die Wahrscheinlichkeit, sie zu überleben, wäre geringer.

Die unbändige Wut trieb sie zum Äußersten.

»Ich erwarte ein Kind. Und ich werde es nicht aus mir herausprügeln lassen!«

***

Zwei Tage später stand der Köhler-Johann, der Vater des unglücklichen Hans, reumütig vor der Tür des Vogts, eine Flasche sowie die geliehenen Schuhe samt Kleidern unter dem Arm. Dass ihm als stolzem Schwarzwälder dieser Gang schwerfiel, war ihm anzusehen. Doch Johann blieb keine andere Wahl. Er musste die Sache bereinigen, die sein Jüngster losgetreten hatte, wollte er die Aufträge nicht verlieren. Es gab noch mehr Köhler.

»Michael, ich komme, mit dir einen Handel zu schließen und Frieden zu stiften«, druckste er unter der Tür und sah sich um.

Die Dörfler hielten in ihrer Arbeit inne und horchten auf, es war ihm sichtlich peinlich, fremde Zuhörer zu haben.

»Komm rein.« Michael schickte Ludwina und die Mädchen hinaus. Marie hatte inzwischen Zuflucht bei Theis gesucht, und ihr Vater war zu stolz, sie wiederzuholen oder sich gar nach ihrem Befinden zu erkundigen. Da half das ganze Gejammer seiner Frau nichts, der die Arbeit im Haus zu viel wurde. Für sie war der Zustand der Stieftochter zweitrangig. Sie würde sich schon wieder erholen. Sie war selbst schuld.

»Und?«

»Du weißt doch, wie das ist, wenn den Burschen das Blut ins Hirn schießt. Er hat seine Lektion bekommen, glaub mir. Der sitzt die nächsten Tage nicht mehr auf seinem Hintern.«

»Ins Hirn? Welches Hirn? Dem ist das Blut ganz woanders hingeschossen. Ich hoffe, es wird ihm eine Lehre sein.«

Johann stellte die Flasche auf den Tisch. »Selbst gebrannt, hast du Gläser?«

Michael stand auf und stellte zwei Gläser dazu. »Selbst geblasen.«

Nach den ersten beiden Schnäpsen lösten sich die Zungen der Männer, und die Rede kam in Fluss.

»Ich will keinen Streit wegen dieses Jungenstreichs, er hat sie doch nur geküsst, und sie hat mitgemacht«, sagte Johann.

»Sie ist schwanger.«

»Aber nicht von Hans, das hat sie wohl deutlich genug zum Besten gegeben, vor allen Leuten.«

»Die Tochter des Vogts. Die Schande fällt auf mich zurück.«

»Darüber will ich mit dir reden.«

»Du? Du willst mir aber nicht deinen Milchbubi mit der großen Klappe als Schwiegersohn andrehen.«

»Der ist noch zu grün hinter den Ohren, aber mein Schorsch wäre alt genug. Er übernimmt mal das Handwerk.«

»Ein Köhler? Wir sind Glasmacher.«

»Wir sind dir nicht fein genug, wie? So schnell wirst du keinen finden, der eine nimmt mit einem Satansbraten in der Röhre. Was ist mit dem Vater des Kindes?«

»Sie rückt nicht damit raus. Hier in der Siedlung laufen mindestens zehn Burschen im besten Alter herum, dann war da noch der Glashändler.«

»Ein Vater sollte so viel Macht über seine Tochter haben, dass er weiß, wer der Kindsvater ist. Und wenn es einer der Familienväter war? Einer deiner Glasmacher?«

Michael schlug mit der flachen Hand auf den Tisch, dass die Gläser hüpften. »Das soll sich einer wagen, den schiebe ich in sein Ofenloch, dass ihm die Hitze in den Lenden vergeht.«

»Mein Angebot steht, überleg es dir. Wenn ich nächsten Monat die Lieferung bringe, erwarte ich deine Antwort.« Johann schenkte noch einmal ein. Da er keinen Widerspruch vernahm, ging er davon aus, dass sie weiter Handelspartner waren. Sollte der Vogt gar auf sein Angebot eingehen, bedeutete das einen sozialen Aufstieg für einen der ihrigen. Doch schon jetzt hatte sich der Büßergang gelohnt.

***

Theis hatte Marie die Arme eingebunden, ebenso ein mehrfach umgeschlagenes Leintuch um den Brustkorb gewickelt, um die Rippen zu stabilisieren. Sie lag wie eine ägyptische Mumie auf seinem Bett und starrte zur Decke. Die Schmerzen waren unerträglich. Sie sprach nicht, auch nicht mit Theis, obwohl sie ihm dankbar sein müsste. Er hatte Wort gehalten und sie aufgenommen, so war sie zumindest vor ihrem Vater sicher. Dass der die Angelegenheit auf sich beruhen lassen würde, glaubte sie so wenig wie Theis.

»Kannst du dich an meine Schwester Wiltrudis erinnern? Du warst noch sehr klein, als sie uns das letzte Mal im Dorf besuchte.«

Marie drehte den Kopf zu ihrem Onkel. »Nein, was ist mit ihr?«

»Ich habe einen Boten nach Berau geschickt und sie gebeten zu kommen. Vielleicht kann sie dir, na ja, in diesen Frauenangelegenheiten helfen.«

Theis hatte sehr wohl das Blut auf dem Abtritt gesehen. Es war ein Plumpsklo, und man konnte durch das Loch in der Bretterkiste etwa eine Armlänge tiefer sehen, was den Körper verlassen hatte. Er machte sich Sorgen.

»Berau, sie ist im Kloster, nicht wahr?«

»Sie ist Priorin.«

»Was will ich mit einer Nonne? Soll sie mir die Absolution erteilen und mich auf den rechten Weg bringen?« In ihrer Stimme klangen Hohn und Bitterkeit.

»Sie hatte vor fünfzehn Jahren eine Totgeburt, damals war sie noch Novizin.«

Marie horchte auf. »Als Novizin?«

Theis nickte. »Außer mir weiß niemand etwas davon, und so soll es auch bleiben. Verstehst du?«

»Man hat sie im Kloster behalten?«

»Wie ich schon sagte, sie ist sogar zur Priorin ernannt worden.«

»Und der Vater des Kindes?«

»Davon weiß ich offiziell nichts.«

»Und inoffiziell?«

Theis war es gelungen, ihr Interesse zu wecken. Ein gutes Zeichen, Marie war von Kindesbeinen an neugierig gewesen.

»Man macht sich so seine Gedanken. Es konnte sich nur um eine klosterinterne Angelegenheit handeln.«

»Zu welchem Ergebnis kamen deine Überlegungen?«

»Es musste jemand sein, der die Macht dazu hatte, sehr viel Macht.«

»Wie viel?«

»Jemand, der eine gefallene Nonne zur Priorin ernennen konnte.«

Marie wagte nicht, ihren Verdacht auszusprechen. »Hast du ihr deine Gedanken dazu mitgeteilt?«

»Manchmal ist es besser, keine Ahnung zu haben. Wer wäre ich, würde ich lauthals meine Vermutungen in die Welt hinausschreien. In solchen Kreisen wird besonders schnell gestorben. Ich habe es nicht sehr eilig damit.«

Marie kämpfte mit den Tränen. Sie war gerührt von der Fürsorge des alten Mannes. Verstohlen wischte sie sich über das Gesicht. Diese überschäumenden Gefühle – gehörten sie zur Schwangerschaft? Sie war doch früher nie so sensibel gewesen.

Tante Wiltrudis. Der Name war ihr geläufig, doch konnte sie beim besten Willen kein Gesicht dazu aus ihrem Gedächtnis abrufen. Ihr Vater wusste sicherlich nichts von ihrem Schicksal, sonst hätte er sich abfällig darüber ausgelassen.

Gleich nach seinem Tobsuchtsanfall, als Theis sie in sein Bett beordert und für sich selbst auf der Küchenbank eine Decke ausgebreitet hatte, bekam Marie Bauchkrämpfe und Blutungen. Sie hatte ihrem Onkel nichts gesagt, weil sie ihn nicht beunruhigen wollte. Er hatte sich für sie mehr als genug eingesetzt. Insgeheim hoffte sie zunächst, das Kind zu verlieren. Doch es hätte nichts genützt. Sie galt bereits als Dorfhure, ob mit oder ohne Kind. Außerdem schien es einen ausgeprägten Lebenswillen zu haben. Die Blutungen hatten aufgehört.

Marie hatte begonnen, mit dem Kind zu reden, ihm geschworen, eine gute Mutter zu sein. Egal, was man über sie erzählte. Niemand sollte sich mehr das Maul über sie zerreißen. Sie würde sich auch nicht mehr leichtgläubig auf einen Mann einlassen. Sie wollte selbst ihr Leben bestimmen. Nicht auf das Wohlwollen anderer angewiesen sein. Und wenn es eines Tages einen Mann geben sollte, der es wert war, würde sie das selbst entscheiden.

***

Es war nun schon das zweite Mal innerhalb kürzester Zeit, dass Wiltrudis sich heimlich aufmachte, um an alte Bande anzuknüpfen.

Der Rohbau des Klosters zeichnete sich gegen den nächtlichen Himmel ab. Er war etwas größer als das ursprüngliche Gebäude. Moosbrugger hatte auf Augustinus' Anweisung hin einen Anbau eingeplant. Das Kloster konnte somit mehr Frauen aufnehmen.

Das Gotteshaus selbst ragte nach wie vor als Brandruine in den Himmel. Noch lebten die Frauen in Notunterkünften, was es Wiltrudis vereinfachte, sich ungesehen zu entfernen. Nur Schwester Maria, ihre Vertretung, wusste, dass sie in familiären Angelegenheiten zu ihrem Bruder geeilt war. Sie hatte Anweisung, mit niemandem darüber zu sprechen.

Stumm ging die Priorin hinter dem Windberger Boten her. Er hatte nicht sagen können, was geschehen war, nur dass es sehr dringlich sei. Ihr Bruder hatte sicherlich einen guten Grund, wenn er sie rufen ließ. Dazu noch spät abends, nach dem Angelusläuten.

So eilten sie nun den Klosterweg Richtung St. Blasien entlang. Der Weg teilte sich. Sie stiegen den gefährlichen Pfad durch die Schlucht an. Er war näher und geheimer, man konnte ihn vom Kloster in St. Blasien aus nicht einsehen.

Der Bote kannte sich aus und ging sicheren Schrittes voran. Wiltrudis vertraute ihm.

Als sie die Schlucht hinter sich gelassen hatten, konnte sie die Lichter des Dorfes am Ende des Talkessels ausmachen. In der Glasmachersiedlung gingen die Feuer nie aus. War das Glas ausgetragen, gingen die Schürer bereits zum nächsten Aufheizen über. Sie lagen die ganze Nacht an den Ofenlöchern und beobachteten den Anstieg der Hitze.

Wiltrudis und der Botenjunge nahmen den Weg rechts des Baches, um im Schutze der Bäume zum Dorf zu gelangen. Auf dem linken Weg hätte man das ungleiche Paar vom Handelsweg her, der über den Bötzberg kam, sehen können. Auch wenn um diese Zeit kaum noch jemand unterwegs war.

Der Bote war vorsichtig. Sie sprachen kaum ein Wort miteinander

ander, was nicht nur an Wiltrudis lag. Der Junge traute sich wohl nicht, mit einer so wichtigen Persönlichkeit wie der Priorin den neuesten Klatsch auszutauschen.

»Wir sind da, ehrwürdige Mutter.« Er deutete zum Aschenhaus. Es sah noch immer so aus wie bei ihrem letzten Besuch.

»Danke dir.«

Wiltrudis klopfte zaghaft dreimal gegen die Tür. Es war ihr altes Erkennungszeichen.

Theis antwortete mit dreimaligem Klopfen von innen. Dann öffnete er.

Sie hätte ihren Bruder fast nicht erkannt. Er sah alt und krank aus, sogar die meisten Zähne fehlten inzwischen. Die Krankheit der Aschenbrenner. Eine schleichende Vergiftung. Sie überschlug sein Alter, er dürfte die fünfzig noch nicht erreicht haben.

Um ihn nicht weiter anzustarren, fiel sie ihm in die Arme. Wie sehr hatte sie ihn all die Jahre vermisst. Jahre, in denen sie den Anblick von Kindern nicht ertragen, mit ihrem Schicksal gehadert und sich wie eine Maus hinter Klostermauern versteckt hatte.

»Komm, ich will dich deiner Nichte vorstellen«, sagte Theis. Er reichte dem Boten eine Münze und schloss die Tür hinter sich.

Im Schein einer Kerze sah Wiltrudis ein Mädchen am Tisch sitzen. Als sie näher kam, erschrak sie das zweite Mal. Das Gesicht des Mädchens war entstellt, unter dem blutunterlaufenen Auge zeugten eine geschwollene Lippe und eine dicke Wange von einem heftigen Schlag auf den Kiefer. Vermutlich war er gebrochen. Sie hielt die Rechte um den Brustkorb, reichte ihr dafür die linke Hand. Die Hände trugen einen Verband, ihr Haar schien versengt.

»Mein Gott, Kind. Du musst Marie sein. Wer hat dir das angetan?«

»Dein Schwager Michael«, klärte sie Theis tonlos auf.

KAPITEL 5

Vier Jahre später – Frühjahr 1716

»Schatzhauser im grünen Tannenwald, bist schon viel hundert Jahre alt. Dir gehört all Land, wo Tannen stehn – lässt dich nur Sonntagskindern sehn!«

Jakob hielt sich die Augen zu und wünschte sich, eins, zwei, drei, das Glasmännlein, den Schatzhauser, herbei. Doch so sehr er sich diesen guten Waldgeist auch heransehnte, er kam nicht. Vielleicht lag es daran, dass Jakob weder zwischen elf und zwölf Uhr noch an einem Sonntag geboren war. Sicherlich fehlte ihm deshalb die Zauberkraft. Dennoch, es gab ihn, den Schatzhauser. Jakob wusste das, er war ihm schon begegnet.

Der Junge legte sich auf den Rücken ins weiche Moos. Es war noch feucht vom Tau der Nacht und roch nach frischem Waldboden und Tannennadeln. So hatte er das letzte Mal auch dagelegen, schlafend, von der Müdigkeit des Spiels übermannt. Plötzlich hatte dann der Riese neben ihm gestanden. Schatzhauser.

Jakob blinzelte gegen die einfallenden Sonnenstrahlen. Über ihm bildeten die mächtigen Baumkronen einen natürlichen Filter gegen das grelle Licht, das da, wo es die Zweige durchbrach, lange, helle Streifen auf den Waldboden warf. Mücken tanzten darin, die Erde dampfte.

Ein Vorhang aus Licht, der sich nicht berühren ließ. Jakob stand auf und stellte sich in den Kegel. Er schloss die Augen und ließ die Sonne auf seiner Nase kitzeln, sie wärmte ihn. Dann hob er die Arme und stellte sich vor, dass er dem himmlischen Licht entgegenflog.

So mussten Christus' und Marias Himmelfahrten gewesen sein. Er erinnerte sich an die Prozessionen zu deren Gedenken, es waren heilige Tage.

Da knackte es im Unterholz. Sollte er seine Himmelfahrt beenden und die Augen öffnen? Was, wenn er auf einen Stein am Boden fiel? Der Wald war voller mannshoher Felsbrocken.

Jakob war ein Bastard, wie ihn sein Großvater stets unwirsch nannte. Das musste etwas Schlimmes sein, denn Großvater Michael beachtete ihn nicht. Er schickte ihn weg, wenn er versuchte, in die Glashütte zu schlüpfen, um zu sehen, wie die Männer aus den zähen Klumpen durch lange Rohre dünnwandige Glaskugeln bliesen.

Die Dorfkinder taten es dem Vogt gleich, auch sie jagten ihn weg. Ein Bastard war einer, der keinen Vater und keine Freunde hatte, einen missmutigen Großvater und dazu noch eine eigensinnige Mutter. Eine Mutter, der kein Bewerber recht war. So hatte er den Vogt bei den Glasmachern in der Hütte sprechen hören. Was ein Bewerber war, hatte Jakob allerdings nicht herausbekommen.

An diesen mangelte es Marie nicht. Neben ihrem ansprechenden Äußeren lockte auch ihr Stand als Tochter des Glasvogts so manch einen auf Brautschau ins Dorf. Selbst die Tatsache, dass sie ein uneheliches Kind hatte, schreckte die heiratswilligen Burschen und deren Väter anfangs nicht ab. Im Gegenteil, sie glaubten, dadurch schneller mit dem Vogt handelseinig zu werden. Marie hätte es schließlich dringend nötig, für ihren guten Ruf zu sorgen.

So dachten die Bewerber. Nur, so einfach war das nicht. Einerseits breitete Michaels Schwägerin, die Priorin Wiltrudis, den Schutzmantel über seine Tochter aus und drohte ihm damit, Marie samt Kind ins Kloster mitzunehmen und ihm die Kosten dafür aufzubürden, sollte er sie gegen ihren Willen vermählen wollen. Seltsamerweise widersprach der Glasvogt nicht. Man hatte den Eindruck, als fürchte er die Macht der klösterlichen Allianz.

Andererseits kam für Michael einzig ein Glasmacher in Frage, und Marie stellte sich aus Prinzip quer, sobald jemand auftauchte – und sei es nur, um sich an ihrem Vater für die Demütigung zu rächen.

Sie trug diese Schlacht jedoch nicht offen aus. Sie hatte ihre eigene Strategie entwickelt. Es war ihr bisher gelungen, alle Bewerber in die Flucht zu schlagen. Sie brauchte nur in Abwesenheit ihres Vaters nebenbei die Bemerkung fallen zu lassen, dass die Familie für einen finanzkräftigen Schwiegersohn dankbar wäre, da der Vogt nicht mehr ganz flüssig sei. Meist hörten sie dann nichts mehr von den Anwärtern. Marie betete inständig, dass sie mit ihrer Flunkerei nicht aufflog.

Irgendwann blieben die Bewerber schließlich aus. Ihr Vater kam nie dahinter, er beließ es dabei, wie es war. Sie lag ihm ja nicht auf der Tasche. Darum kümmerte sich Theis.

Die Hoffnung auf Kilians Rückkehr hatte Marie längst aufgegeben. Inzwischen hätte sie ihm sogar die Tür gewiesen, wäre er nach all den Jahren gekommen. Jahre, in denen er sie im Stich gelassen hatte. Einer, der sein Versprechen nicht hielt, taugte nicht. Auch das hatte sie gelernt.

Dank ihres Onkels, bei dem sie weiterhin lebte, hielt dieser Zustand nun schon seit einigen Jahren an. Man hatte sich im Dorf daran gewöhnt, dass Marie das Kind mit ihrem Onkel großzog.

Theis gewährte ihr eine große Portion Entscheidungsfreiheit, sowohl die Arbeit als auch die Erziehung des Kindes betreffend. Er führte sie nach und nach in die Geheimnisse des Aschenbrennens ein, auch wenn sie für die Dörfler und ihren Vater nur die Haushaltshilfe des Onkels war. Theis lag daran, dass sie das Handwerk beherrschte. Er hatte keinen Nachkommen.

Der Aschenbrenner wusste, dass es gewagt war, ein Mädchen in die Lehre zu nehmen. Es konnte immer einer kommen und sie wegheiraten. Dann waren das Wissen und die Mühe verloren, denn eine selbstständig arbeitende und dazu auch noch Geld verdienende Frau war für einen Ehemann nicht denkbar.

»Bist du vielleicht ein Heiliger?« Justus, der Schwachsinnige, war von der Magie des Lichts genauso fasziniert wie Jakob, der mit seinen noch immer erhobenen Armen aussah wie ein betender Apostel.

»Ich fliege in den Himmel.« Jakob blinzelte schwach, als er Justus' Stimme erkannte, um den Zauber des Fliegens nicht zu entweihen und nicht herunterzufallen.

»Du stehst im Wald«, stellte der Dubel sachlich fest und nahm ihm damit allen Zauber.

Jakob öffnete die Augen, enttäuscht, noch an derselben Stelle zu stehen. Er gab das Fliegen auf und wandte sich wieder seinem Spielzeug am Boden zu.

Justus legte sich neben ihn und strich ihm über die Locken. »Schöner Junge.«

Er mochte den kleinen schweigsamen Buben mit den traurigen blauen Augen. Jakob spielte nie mit den anderen Kindern. Gelegentlich vielleicht mit Franziska, die ein feines Gespür für ihn hatte.

Jakob war stets allein im Wald unterwegs, sprach mit den Geistern des Waldes, genau wie Justus es getan hatte, als er noch klein war. Manchmal tat er es noch immer.

Justus summte vor sich hin, während er den Jungen streichelte. Seit einiger Zeit besuchte er ihn im Wald. Jakob fürchtete sich nicht vor dem sonderlichen Kerl. Er hatte aus Tannenzapfen einen Kremmen, eine Einzäunung, gebaut. Rindenstücke waren die Ziegen und Steine die Schweine. Das erklärte er nun Justus, der ihn versonnen anhimmelte.

Jakobs Wangen waren rot, so vertieft war er in sein Spiel. Doch plötzlich legte er den Finger auf den Mund. »Still, das Glasmännlein kommt.«

Justus hielt auch das Glasmännlein für eine Phantasiefigur des Jungen. Doch als Jakob mit dem Finger hinter ihn deutete und sein Gesicht erstrahlte, drehte sich der Dubel ruckartig auf den Bauch und blickte den Hang hoch. War da ein Schatten hinter einem Baum?

»Schatzhauser, komm heraus, das ist Justus, mein Freund. Er tut dir nichts!«

Justus sprang erschrocken auf, als ein wahrer Riese hinter dem Baum hervortrat. Er schlug das Kreuzzeichen und murmelte die oft gehörte Formel »Herr, bewahre uns vor Unbill und Sünde«.

Der Schatzhauser trug viel zu kurze geschwärzte Hosen, so wie sie die Köhler anhatten, wenn sie ins Dorf kamen. Ein Bärenfell hing über seinen Schultern, sein Haar war wild und ungepflegt, ein riesiger Bart verdeckte das halbe Gesicht. Er stützte sich auf ein Gewehr.

Justus flüsterte ehrfürchtig: »Der Leibhaftige.«

Der Fremde lachte ein tiefes, unheimliches Lachen. »Du bist

wahrlich ein Narr! Hofnarr der heiligen Brüder! Du kannst nur der Dubel sein. In eine lächerliche Kutte haben sie dich gesteckt.« Dann wandte er sich an den Jungen. »Na, Jaköble, haben wir wieder einen Wunsch? Einen Freund habe ich dir ja wohl bereits beschert, wie mir scheint.« Wieder verfiel er in sein unheimliches Lachen. Ein strenger Geruch ging zudem von ihm aus.

Jakob lachte zunächst aus Verlegenheit mit, wusste aber nicht, warum. Mit Blick auf den Dubel sagte er: »Schatzhauser, lach nicht. Justus hat Angst.«

Justus stand noch immer mit offenem Mund und wusste nicht, ob er der Gestalt trauen konnte oder nicht.

Onkel Theis hatte Jakob immer vom guten Waldgeist erzählt. Nur eines hatte Onkel Theis falsch erzählt – das Glasmännlein war kein Zwerg, es war ein Riese. Das hatte er ihm auch gesagt, doch Onkel Theis hatte gelacht und eingelenkt. »Na, wenn du meinst, dann war er halt ein Riese.«

»Hast du mir etwas mitgebracht?«

»Oho, der Bub hat noch Wünsche. Was will er denn? Etwas für deinen Tierpark?« Er deutete auf den Kremmen.

»Ja«, sagte Jakob strahlend.

Der Riese drehte sich im Kreis, kicherte und verschwand hinter den Bäumen. Dann kam er wieder, die Hände zu einem Hohlraum geformt.

»Eins, zwei, drei, bring dem Jakob ein Feenkind herbei!« Er öffnete die Hände, und ein Pfauenauge flatterte davon.

Justus und Jakob klatschten Beifall. So schnell, wie er gekommen war, war der Fremde wieder verschwunden.

***

Die Botschaft, die der Junge aus Grafenhausen überbrachte, trug die Handschrift Stellamaris'. Wiltrudis nahm sie fragend entgegen, doch der Bote hatte weiter keine Instruktionen erhalten, zuckte mit den Achseln und verabschiedete sich.

Wiltrudis ging in den Garten, wo sie ungestört war, und riss das Siegel auf.

Das Kloster hatte in den Jahren seit dem Brand einige Neuerungen erfahren. Bereits Ende des Jahres 1711 war es vom Konstanzer Weihbischof Konrad Gaist eingeweiht worden. Die Anlage hatte Moosbrugger im barocken Stil aufbauen und erweitern lassen. Das Kloster war so errichtet, dass die Nonnen der Welt und der Gesellschaft abgewandt waren, in Klausur lebten. Nach dem Vorbild der Schwester Agnes von Berau aus dem 12. Jahrhundert, wie Abt Augustin es geplant hatte. Diese Weltabgeschiedenheit war der neue Geist, der in den Gängen wehte.

Wiltrudis hatte es hingenommen, nachdem ihre Bemühungen, ihren Sohn zu finden, gescheitert waren. Sogar bei Augustinus hatte sie versucht vorzusprechen, war jedoch durch seinen Sekretarius abgewimmelt worden. Der Abt wusste nicht, dass Wiltrudis und Stephanus Cousin und Cousine waren, sonst wäre er wohl vorsichtiger gewesen.

Stephanus hätte seiner Verwandten gern geholfen, aber als er sie nach ihren Wünschen fragte, war sie plötzlich gegangen. Die beiden standen sich nicht so nah, dass er über ihr Geheimnis Bescheid gewusst hätte. Stephanus war ihr verängstigter Blick jedoch nicht entgangen.

Mit dem Neubau hatte sich die Anzahl der Nonnen, besonders der Novizinnen, fast verdoppelt, sodass der Abt wie angekündigt Gertrud von Beck als Meisterin für die Neuankömmlinge einsetzte. Gertrud entstammte einer langen Reihe von Dienstadeligen. Ihr Vater, der Waldvogt zu Willmendingen, war ein Getreuer der Habsburger. Augustinus musste sich mit der Herrschaft gut stellen.

Gertrud hatte die Stellung nicht ganz freiwillig angetreten, in ihrer Brust lebte ein Freigeist, den es galt auszumerzen. Er war nicht schicklich für eine Vogtstochter im Dienste der Habsburger. Da war das Angebot des Abts dem Waldvogt gerade recht gekommen. Seine Tochter bekleidete ein Würdenamt. Eine Ablehnung kam nicht in Frage.

Gertrud hatte das Beste daraus gemacht. Sie war innerhalb kürzester Zeit beliebt im Orden. Von ihrer natürlichen Art waren nicht nur die Novizinnen begeistert. Wiltrudis hatte sich ebenfalls mit ihr angefreundet.

Kurz darauf setzte Augustinus ihnen aber Magdalena Tröndlin

von Greiffenegg als Vorsteherin vor die Nase. Zum Trotz, dessen war sich Wiltrudis sicher. Sie und Gertrud waren sich zu einig. Es musste eine straffe Führung im Sinne St. Blasiens her.

Wiltrudis durfte die Bezeichnung Priorin zwar behalten, war aber nur die Stellvertreterin der Vorsteherin. Bereits bei der Einweihung der neuen Kirche letztes Jahr fungierte die Dame mit ihrer hohen Abstammung als das neue Klosteroberhaupt. Wiltrudis nahm es mit Demut hin. Sie vertröstete sich mit dem Wissen, dass ihr Sohn lebte und Augustinus offensichtlich für ihn sorgte. Die Mauer um sie herum war nicht nur materiell wieder errichtet worden, die Abgeschiedenheit von der Welt bot auch ihrer Seele Schutz.

Hastig überflog Wiltrudis die wenigen Zeilen, die ein weiteres Mal ihr Leben verändern sollten. Eine Nachricht mit der Bitte um ein erneutes Treffen mit Stellamaris. Es gebe neue Erkenntnisse. Mehr nicht. Keine Andeutung, worum es ging. Wiltrudis war klar, dass es nur im Zusammenhang mit ihrem Sohn Pius stehen konnte.

»Schlechte Nachricht, Mutter Wiltrudis?« Gertrud setzte sich zu ihr.

Wiltrudis blickte der jungen Frau in die Augen. Sie mochte ihre zarte, einfühlsame Art. Darum war sie auch froh, dass sie die Novizinnen unterrichtete. Es gab schon lange keine sogenannten persönlichen Dienste mehr bei der kirchlichen Obrigkeit. Die damalige Mutter Oberin hatte mit einer Anzeige beim Obervogt zu Bettmaringen gedroht. Dieser hatte zwar keine Handhabe dem Kloster gegenüber, ein schlechter Leumund wäre aber nicht sehr dienlich gewesen, zumal es mit dem Hause Habsburg Spannungen gab. Das straffe Regiment Augustinus' wurde in der Landgrafschaft unterschwellig erneut kritisiert. Wieder einmal war der Unmut des Volkes aufgekeimt.

Dieses Mal kamen die aufständischen Worte aus den Reihen der Salpeterer-Einung, die sich nicht mehr als »leibeigen« bezeichnen lassen wollten und deshalb in Wien vorgesprochen und sich bei der kaiserlichen Hofkanzlei beschwert hatten. Sie beharrten auf ihre alten Rechte und der Aussage des Kaisers von 1704, dass die getreuen Untertanen in der Grafschaft Hauenstein nicht mehr mit dem Wort der »Leibeigenschaft« belegt werden dürften. Dagegen hielt der Abt, dass auch er auf alte Rechte das Kloster betreffend zurückgreifen könne. Er nannte die Untertanen gar hoffärtig und hochmütig. Dabei bezog er sich auf den alten Dingrodel von 1467, das dem Kloster bestätigte, dass die Stände keine Einung haben dürften und dem Gotteshaus und dem Abt gehorsam und treu ergeben sein sollten. Auch dürfe keiner vom Wald davonlaufen und sich in anderen Orten frei machen.

»Ich weiß es noch nicht, Gertrud. Schwester Stellamaris bittet mich um eine Unterredung. Ihr Anliegen erscheint mir sehr wichtig. Ich muss sie aufsuchen.«

»Ihr wollt sie besuchen? Ihr habt das ewige Gelübde abgelegt. Der Abt wird es nicht gern sehen, wenn Ihr Euch aus dem Kloster entfernt.«

»Der Abt wird es nicht sehen, es sei denn, durch Eure Augen.«

Gertrud, die solch entschlossene Worte an ihr nicht kannte, blickte beschämt zu Boden und versicherte, kein Sterbenswörtchen über ihre Lippen kommen zu lassen.

»Gut, dann lasst uns das Angelusgebet sprechen.« Wiltrudis stand auf und steuerte die Kapelle an, gefolgt von ihrer getreuen Meisterin.

Keine der beiden Frauen bemerkte den Schatten, der hinter dem Fenster verschwand.

***

Wiltrudis hatte ihr wiederholtes nächtliches Ziel, die Propstei zu Grafenhausen, erreicht. Sie brauchte nicht zu klopfen, Stellamaris erwartete sie bereits unter dem Tor.

»Lass uns ein paar Schritte gehen. Ich habe dir etwas zu beichten.«

Wiltrudis hielt den Atem an. »Inwiefern?«

Stellamaris blickte sich um, dann zerrte sie ihre Freundin hinter das Gebüsch. Dort führte ein verborgener Pfad hinunter zu einem Bach. Es war stockdunkel. Wiltrudis tastete sich Schritt für Schritt den Hang hinunter, bis sie sich endlich auf einer sternenhellen Lichtung befanden. Allein. Ein paar Felsbrocken mitten auf der Wiese luden zur Rast ein.

»Vor ein paar Jahren hat mich die Dorfhebamme aus Riedern, sie lebte inzwischen aus Altersgründen hier in Grafenhausen bei ihrer Tochter, an ihr Sterbelager rufen lassen«, begann Stellamaris zu erzählen und setzte sich. »Sie wusste, dass wir befreundet waren, und vermutlich glaubte sie, wir hätten noch Kontakt.«

»Ja?« Wiltrudis schluckte trocken, auf alles vorbereitet.

»Sie hat mir etwas für dich gegeben. Eine Madonna. Ich wollte sie dir schon zu deiner Einweihungsfeier als Priorin überreichen, habe mich dann aber nicht getraut, an deinem Festtag mit alten Geschichten aufzutauchen. Dachte, du hättest sicherlich mit der Vergangenheit abgeschlossen.«

Stellamaris machte eine Pause, um im fahlen Licht der Gestirne im Gesicht ihrer Freundin zu lesen, deren Züge sich etwas entspannt hatten.

Wiltrudis blickte auf die leeren Hände Stellamaris'. »Und wo hast du sie, die Madonna?«

Enttäuschung und Erschöpfung lagen in ihrem Tonfall. Hatte sie den verbotenen Weg mitten in der Nacht gemacht, nur um von dem Vermächtnis einer Madonnenfigur zu erfahren, die vielleicht zu groß war, um sie hierherzubringen?

»Ich hatte die Figur schon eingewickelt, dann aber doch zurück in den Schrank gelegt. Danach habe ich sie schlichtweg vergessen, auch ist sie mir nicht mehr in den Sinn gekommen, als du nach dem Brand bei mir warst. Neulich habe ich aufgeräumt. Da fiel mir das Päckchen aus den Händen und zerbrach.«

»Und?«, fragte Wiltrudis erwartungsvoll.

Stellamaris reichte ihr einen Zettel. »Das steckte im Inneren der Figur. Es tut mir so leid. Ich hätte dir die Jahre der Ungewissheit ersparen können.«

»Was steht da drin? Ich kann es in der Dunkelheit nicht lesen.« Wiltrudis hielt das Papier so, dass das schwache Licht der Gestirne darauffiel. Es reichte nicht aus.

»Es eilt nicht. Lies es, wenn du allein bist.«

Obwohl ihr die Neugier unter den Nägeln brannte, ging

Wiltrudis schweigsam neben Stellamaris her. Ihr Weg führte sie zu einem kleinen See im Wald.

Sie setzten sich auf einen großen Stein und starrten in das schwarze Gewässer. Die Sterne schienen aus dem Wasser zu leuchten, und nur ein schwacher Luftzug kräuselte die Oberfläche, als wolle er die Himmelskörper verwischen.

»Hast du nochmals mit Augustinus gesprochen?«, brach Stellamaris das Schweigen.

»Nein«, Wiltrudis' Stimme klang belegt, sie hatte sich vorgenommen, vorsichtig zu sein, etwas lag zwischen ihnen, »ich wollte bei ihm vorsprechen, damals, nachdem ich bei dir war. Aber er hat mich nicht empfangen.«

Stellamaris lachte hysterisch auf. Da war es wieder, dieses seltsame Gefühl, es traf Wiltrudis im Herzen. War es Schadenfreude? Hatte sie eben noch geglaubt, mit ihrer Aussage, dass Augustinus sie nicht mehr empfing, ihre alte Verbrüderung wiederherstellen zu können, war sie sich nun sicher, die Freundschaft zu Stellamaris nicht mehr um jeden Preis aufrechterhalten zu wollen.

Deren prompte Antwort gab ihr recht. »Mädchen, du wirst ihm zu alt geworden sein. Ein Abt hat da andere Möglichkeiten.«

Wiltrudis' Magen zog sich zusammen, nicht wegen des Seitenhiebs bezüglich ihres Alters, sondern ob der Absicht, die hinter den Worten steckte. Der Absicht, zu verletzen. Sie zog es vor, nicht darauf einzugehen, musste ihr Tun nicht rechtfertigen. Eine Weile herrschte Stille, dann war es wieder Stellamaris, die den Frieden brach.

»Vielleicht empfängt er das Fräulein von Greiffenegg. Immerhin hat er sie dir vor die Nase gesetzt. Sie soll ja recht ehrgeizige Pläne haben und dem Kloster zu neuem Ruhm verhelfen. Jünger und von edlerer Abstammung ist sie auch. Augustinus hatte schon immer hohe Ambitionen.«

Stellamaris legte es wohl auf einen Konflikt an. Mit derartigen Sticheleien gewann man keine alten Freunde zurück.

Wieder einmal fragte sich Wiltrudis, was es war, das zwischen ihnen stand. Auch wenn Stellamaris vielleicht recht hatte. Magdalena entsprach dem Naturell des Abts, was seinen Ehrgeiz anging.

»Es wird kalt.« Stellamaris rieb sich die Oberarme. »Wollen wir gehen? Dich interessiert doch bestimmt, was auf der Nachricht steht. Es wird deine Neugier befriedigen. Dann kannst du Ruhe geben, was die alte Geschichte anbelangt. Sie ist vorbei.«

Wiltrudis spürte das Papier, das sie in die Schürze geschoben hatte, wie ein heißes Eisen auf ihren Hüften brennen.

***

Noch hatte Wiltrudis keine Zeit gehabt, sich dem geheimen Schreiben der Dorfhebamme anzunehmen. Sie war erst am späten Vormittag ins Kloster Berau zurückgekehrt. Gerade noch rechtzeitig, die Sext zu beten. Es war die sechste Stunde des Tages nach der benediktinischen Regel, oder zwölf Uhr mittags. Demütig senkte sie den Kopf, sprach das monotone Gebet.

Ihre Wangen glühten, sie war erhitzt vom schnellen Lauf durch den Wald. Vorsichtig sah sie an sich herunter. Die Schuhe! Sie waren voll feuchter Erde. Unmerklich schob sie ihren Oberkörper etwas vor, damit der Saum ihres Gewands den Blick auf die lehmigen Schuhe verdeckte. Auch der Saum war feucht und beschmutzt.

Die neue Klostervorsteherin, Magdalena Tröndlin von Greiffenegg, reckte ihr Kinn. Ihr waren die Schmutzränder an der Kleidung ihrer Banknachbarin sehr wohl aufgefallen. Sie wusste auch, dass Wiltrudis letzte Nacht heimlich das Kloster verlassen hatte. Eine Verfehlung, die sie wohlwollend registrierte. Das offizielle Amt der Priorin rückte näher.

Wiltrudis ahnte nichts von den Gedankengängen der Vorsteherin, bekreuzigte sich und eilte in ihre Zelle.

Sie schloss die Tür, horchte, ob ihr jemand gefolgt war, und zog das vergilbte Papier hervor. Die Buchstaben waren ungelenk und zum Teil verblasst. Wiltrudis musste näher an die Kerze rücken, um die Zeilen zu beleuchten.

Hatte die Hebamme sie selbst verfasst? Die Antwort fand sie gleich im ersten Satz.

Ich, Wiegard, Dorfhebamme für Riedern am Wald, des Schreibens nur mäßig mächtig, dank den Augustinerinnen des Chorstifts überhaupt, habe dem Abt von St. Blasien einen Eid geschworen. Meine Lippen sollten für immer verschlossen bleiben, solange ich lebe.

Niemand lebt ewig, darum habe ich mein Geheimnis der Madonna anvertraut, es ist nicht gut, irdische Geschehnisse mit ins Grab zu nehmen. Die Figur möge es beschützen und, wenn die Zeit reif ist, an den rechten Ort bringen.

Es ist in jener unheilvollen Nacht im Kloster Berau von einer Novizin ein Knabe geboren worden, der nicht hätte leben sollen. Doch die Mutter Oberin hat ihn mir anvertraut, ich würde weitere Instruktionen erhalten. Noch in der Nacht klopfte ein fremder Reiter an meine Tür. Er sagte, er käme im Namen des Klosters zu St. Blasien. Ich solle die nötigsten Dinge für eine Nacht packen und mit ihm mitkommen. Er hat mich und das Kind hinunter in die Schlucht und von da den alten Handelspfad weiter zum Rhein gebracht, wo wir bei Dunkelheit mit der Fähre übersetzten. Nach einiger Zeit kamen wir an einen Ort namens Klingnau. Das Kloster in der Nähe nennt man Sion, ein Wilhelmitenkloster. Der Ort Klingnau liegt an einem großen Fluss, den man Aare nennt. Hier nahm man mir den Knaben ab und übergab ihn einer Amme. Die Amme sollte schweigen, doch ich erfuhr den Namen der Familie von einer Küchenmagd: Günzli, eine Kaufmannsfamilie. Sie nahm den Knaben auf. Möge eines Tages die rechtmäßige Mutter ihren Sohn wiederfinden, so wahr mir die Mutter Gottes helfe. Und möge sie mir verzeihen!

Wiegard Büchlin im Jahre 1696

Wiltrudis' Hände zitterten. Klingnau.

War nicht Augustinus einmal dorthin geflüchtet, als er sich vor dem Mob in Sicherheit bringen musste? Die Hauensteiner hatten es ihm übel genommen, dass er ihnen zu viele Steuern für den Bau der neuen Kirchtürme in St. Blasien abtrotzte. Überhaupt brachte sich Augustinus immer auffallend schnell in Sicherheit, wenn es brenzlig um ihn wurde. So waren auch seine Aufenthalte im Kanton Aargau zu seinem Schutz gewesen. 1702 und nochmals vor drei Jahren.

Der Spanische Erbfolgekrieg hatte den Schwarzwald und

seine Ausläufer erreicht. Augustinus fürchtete, die Hauensteiner könnten die Kriegswirren nutzen, ihn zu stürzen. 1713, im September, war Freiburg von den Franzosen unter Marschall de Villars belagert worden. Die äußerste Verwaltungsniederlassung des Kaisers von Österreich. Augustinus hatte seinen Prälaten geschickt und den General um Schonung der Stadt gebeten, woraufhin dieser die Stadt dem französischen König übergab. Ein Jahr später beim Rastatter Frieden musste Ludwig XIV. die rechtsrheinischen Städte Freiburg, Breisach und Kehl wieder zurückgeben.

Klingnau in der Schweiz, es war nicht viel weiter entfernt als Grafenhausen, nur in die andere Richtung.

Wiltrudis überlegte fieberhaft.

Mit der Fähre über den Fluss, als allein reisende Nonne war das unmöglich. Sie würde auffallen, auffliegen. Nein, sie musste einen anderen Weg finden. Doch eines wusste sie sicher, sie musste ihn finden: Pius.

***

Der Mairegen ergoss sich in Strömen, man hätte keinen Hund vor die Tür gejagt. Die nassen himmlischen Bindfäden peitschten über den Klostergarten und hüllten alles, was mehr als zwanzig Fuß entfernt war, in ein Einheitsgrau. Dennoch bemerkte Bruder Stephanus die dunkle Gestalt, die sich in die Kapelle schlich. Er erkannte auch deren Körperhaltung, den Gang, den die Jahre gebückt hatten. Pater Cajetano.

Es war wieder so weit. Erneut verschwanden Gläser, und die samstäglichen Besuche in der Kapelle waren vom Oberrechner abermals aufgenommen worden. Auch Justus musste über Kleingeld verfügen, das er im Glaserdorf in Alkohol umsetzte. Er kam zwar immer erst zurück, wenn er seinen Rausch ausgeschlafen hatte, danach roch er aber stets wie ein Sudhaus. Nur mit äußerster Mühe und der Androhung von Schlägen gelang es Stephanus, den Bruder anschließend ins Badehaus zu locken.

Stephanus stand am Fenster und hielt Ausschau nach ihm. Doch Justus tauchte nirgends auf. Einer spontanen Eingebung folgend, beschloss Stephanus, die Kapelle aufzusuchen. Er wollte wissen, was dort gespielt wurde, zog seine Kapuze über und rannte durch den Regen zu dem Steingebäude. Die Tür war nur angelehnt, er konnte unbemerkt hindurchschlüpfen.

Es war dunkel im Inneren, nur das ewige Licht brannte und warf einen unzureichenden Schein in den Raum. Es roch nach feuchtem Putz und abgestandener Luft. Stephanus sah sich vorsichtig um. Er konnte niemanden entdecken.

Er wartete, bis seine Augen sich an die Dunkelheit gewöhnt hatten. Sein Atem zeichnete sich als weiße Wolke ab, es war kühl in der Kapelle. Stephanus presste seinen Ärmel vor den Mund, um sich nicht zu verraten.

Nach einer Weile glaubte er, hinter dem Altar etwas gehört zu haben. Eng an die Wand gedrückt, bewegte er sich nach vorn. Ein schwacher Lichtschein schien dort zu flackern. Stephanus verharrte. Nichts.

Vorsichtig setzte er einen Fuß vor den anderen und näherte sich dem Altar. Da sah er die Steinplatte am Boden hinter dem seitlichen Altarbild, sie war verschoben. Ein geheimer Gang?

Am Zugang in die Tiefe kniete Stephanus nieder und spähte in das Loch, das sich vor ihm auftat. Dort unten war ein Licht. Er stieg hinunter.

An das, was dann geschah, konnte er sich später nicht mehr erinnern. Einzig das schleifende Geräusch, das die Steinplatte erzeugte, als sie über ihm geschlossen wurde, brannte sich in sein Gedächtnis.

***

Cajetano fühlte sich in Sicherheit. Er hatte seinen Widersacher, den vermeintlichen Wolf im Schafspelz, ausgeschaltet. Für eine Weile zumindest. Was mit ihm geschehen sollte, wusste er noch nicht wirklich. Darüber wollte er später entscheiden. Im Moment war er ihm aus den Füßen. Vielleicht fand er ja den alten Ausgang zum Bachbett von allein. Wenn der Regen nachließ und der Kanal nicht überschwemmt war. Alles andere war Gottes Wille.

Wichtig war zunächst, Einblick in seine Unterlagen zu erhalten. Warum war Stephanus, ohne ihn hinzuzuziehen, wiederholt wegen der neuen Glasmachersiedlung bei Abt Augustinus gewesen? Verheimlichte er ihm etwas? Was hatte er mit dem Vertrag, den klösterlichen Besitzungen, zu schaffen? Und mit dem Obervogt aus Bettmaringen? Warum lag ihm die Urkunde noch nicht vor? Sie müsste doch längst fertig sein. Und was hatte dieser Aschenbrenner vom Windbergtal bei Bruder Stephanus gewollt?

Er spürte es kommen, das Ende. Die Sünde griff um sich. Selbst unter den Brüdern, wider die Natur und die Gesetze Gottes trieben sie es. Unten im Weinkeller. Er hatte sie beobachtet.

Cajetano schüttelte den Kopf, der gedrungen und fast viereckig wirkte, so als habe man einen Klotz auf eine Mönchskutte gesetzt, denn der Hals war etwas zu kurz geraten. Vielleicht lag es auch daran, dass er ihn immer leicht einzog, als wolle er sich bei Gefahr in sein schützendes benediktinisches Gewand zurückziehen wie eine Schildkröte in ihren Panzer.

Seine eisgrauen Augen blickten suchend umher, als er in Stephanus' Papieren stöberte. Er fluchte wiederholt über dessen Chaos. Wie konnte ein Mensch, der mit Zahlen und Daten jonglierte wie durchziehende Schausteller mit ihren Bällen, ein solches Durcheinander auf seinem Schreibtisch haben?

Da. Die Urkunde für den Obervogt. Stephanus hatte sie tatsächlich noch nicht fertig geschrieben, obwohl der Obervogt aus Bettmaringen ihn deswegen erst jüngst wieder aufgesucht hatte. Darum war Stephanus bei Cajetanos letztem Besuch so ungehalten gewesen.

Was war das für ein Schreiben? Mit spitzen Fingern, als könnte es beißen, zog Cajetano es hervor. Es lag unter der Schreibunterlage. War das Absicht? Sollte niemand es finden? Der Aschenbrenner Theis Schmiden aus dem Windbergtal wünschte nach seinem Ableben die Brennrechte auf seine Nichte Marie Sigwarthin, die ledige Tochter des Michael Sigwarth, samt deren vaterlosen Sohn Jakob zu übertragen. Er habe ihr die notwendige Ausbildung im Umgang mit den Materialien angedeihen lassen.

Cajetano durchzuckte es wie ein Blitz. Eine Frau. Aschenbrennerin. Ledig dazu und mit einem unehelichen Sohn. Hurerei, Barbarei. Hatte er dieses lasterhafte Leben in den Kirchenbüchern übersehen? Oder war das Kind gar noch nicht getauft worden?

Schnell schob er den Stuhl ans Regal, um an die Kirchenbücher der letzten Jahre zu kommen. Leider hatte er keine Ahnung, wie alt der Junge war, darum suchte er nach den Bänden der letzten zehn Jahre. Den letzten Band konnte er nur mit den Fingerspitzen erreichen. Er war zu klein.

Cajetano setzte einen Fuß auf das unterste Regalbrett. Halb in der Luft hängend, wirkte er wie ein zappelnder Fisch am Angelhaken, als plötzlich Abt Augustinus in der Tür stand. Als er ein energisches »Cajetano!« ausstieß, fiel der Fisch vom Haken.

***

Stephanus kam zu sich. Es war stockdunkel um ihn herum. Und still, unheimlich still. Der Modergeruch war stärker präsent als vorhin. Erst nach und nach kam Stephanus' Erinnerung wieder, sein Schädel brummte.

Das Loch. Er musste sich in einem geheimen unterirdischen Verlies befinden. Was war passiert? Die Erinnerung reichte nur bis zu seinem neugierigen Blick in die Tiefe. War er gestürzt, wurde er gestoßen? Warum war es so dunkel? Es hatte ein Licht gebrannt. Er war noch nie hier unten gewesen, hatte von der Existenz dieser Gruft nichts gewusst.

Normalerweise befanden sich solche Stätten unter dem Gotteshaus selbst. Stephanus versuchte, sich an die alten Baupläne zu erinnern, musste sich aber eingestehen, dass er sich lediglich für die alten Urkunden und Verträge interessiert hatte. Nie für Baupläne. Das war Sache Moosbruggers aus Einsiedeln.

Stephanus raffte sich auf und tastete die Umgebung ab. Steinboden, Steinwände, dann Stufen. Er kroch hoch.

Jetzt erinnerte er sich. Das schleifende Geräusch der geschobenen Steinplatte. Als er oben war, versuchte er mit aller Kraft, die Deckenplatte zu bewegen. Nichts. Stephanus klopfte gegen die Decke. Der Ton war dumpf, jemand musste etwas Schweres über den Zugang gestellt haben.

Nach und nach wurde ihm seine missliche Lage bewusst. Er war hier unten gefangen, und kein Mensch wusste, wo er war. Panik überfiel ihn. Er musste sich zur Ruhe rufen, nachdenken. Wo war Cajetano, dieser verdammte Pater?

Cajetano! Er musste mit seiner Gefangennahme zu tun haben. Justus hatte er nicht gesehen, der war zwar schwachsinnig, aber er hätte ihn nie wissentlich hier unten eingesperrt.

Stephanus hatte sich immerzu gefragt, was Cajetano eigentlich in der Kapelle trieb. Es war gar nicht die Kapelle, es war die Gruft. Es musste etwas Geheimnisvolles geben. Und das musste hier unten sein. Noch immer vermutete Stephanus ein heimliches Liebesnest, auch wenn Justus dies bestritten hatte. Zumindest, was Cajetano betraf. Für alle Brüder würde er die Hand nicht ins Feuer legen.

Die Dunkelheit war so undurchdringlich, dass sich sein Auge nicht darauf einstellen konnte. Stephanus musste sich auf seine anderen Sinne verlassen. Er tastete sich die Stufen wieder hinunter, richtete sich auf und versuchte, zuerst den Raum, in dem er sich befand, zu erkunden.

Er schritt an einer Wand entlang, bis er an die nächste stieß. Zehn Schritte, weitere acht Schritte bis zur nächsten. Von hier aus wagte er sich mutig quer durch den Raum, kein Widerstand, der Raum war leer. Sollte es sich hier um die Totenstätte der Vorgängeräbte handeln? Wo waren dann die Steinsärge?

Stephanus befand sich offenbar erst in einem Vorraum. Es musste also eine Tür geben. Er tastete sich an der Wand entlang, die er noch nicht abgegangen war. Da, ein Durchlass. Es wurde kühler.

Mit der rechten Seite beginnend, ging er wie gehabt vor. Die Wand war um einiges länger: fünfunddreißig Schritte. Das könnte die eigentliche Gruft sein. Die nächste Wand maß zwanzig Schritte.

Mit ausgestreckten Armen ging Stephanus erneut diagonal durch den Raum. Bereits nach fünf Schritten stieß er gegen etwas Hartes. Stein. Ein Sarkophag? Mit den Händen befühlte er die Oberfläche. Ein Relief! Er erspürte eine liegende Figur, das Gewand, das an den Füßen gerafft war, die Hände, die ein Buch hielten, das Haupt mit einer Kopfbedeckung, sie war rau, wie abgesplittert. Zur Linken schließlich der Krummstab. Er befand sich in der Gruft der Äbte. Unglaublich.

Vorsichtig lief er an den Steinsärgen entlang, als er plötzlich einen Luftzug spürte. Es ging also weiter, es gab noch einen Raum. Stephanus' ganzes Empfinden war auf die räumliche Darstellung seiner erspürten Umgebung konzentriert. Vor seinem inneren Auge entstand ein Grundriss, den er sich einprägte, um wieder zurückzufinden. Dann entdeckte er einen weiteren Durchbruch in der Wand. Nach seinen Berechnungen musste er links der Gruft liegen. Es war ein Gang.

Tastend konnte er links und rechts die Wände wahrnehmen. Er zählte die Schritte. Bei neun befand sich eine weitere Öffnung. Links. Er stieß sich den Kopf. Der Sturz war niedriger als bei den anderen.

Der Nachhall seiner Schritte hatte sich verändert. Hier war entweder nicht nur Stein als Mauerwerk verwendet worden, oder der Raum war gefüllt mit Gegenständen, die das Geräusch der Schritte schluckten.

Stephanus bückte sich und befühlte den Boden. Holzdielen. Feuchte Holzdielen. Wieder schritt er die Wände ab und fand keinen weiteren Ausgang. Dann wagte er sich mit vorsichtigen Schritten und der nach vorn gehaltenen Rechten durch den Raum.

Während seine Hände ins Leere griffen, berührte er mit seinem Bauch eine Steinplatte. Er konnte Gegenstände darauf ertasten: Becher, Kelche, Schalen, Kruzifixe, Rosenkränze. Christliche Kultgegenstände. Eine unterirdische Kapelle? Dann stieß er etwas um, das zersprang. Glas. Er schnitt sich an den Scherben.

Waren hier Kirchenschätze aufbewahrt? Zum Schutz vor Plünderungen während der Kriege? Er, Bruder Stephanus, als klösterlicher Sekretarius hätte davon Kenntnis haben müssen. Er ging um den Tisch oder Altar herum, der vier mal vier Schritte im Quadrat maß. Stephanus konnte die Gegenstände von jeder Seite befühlen. Es musste sich um einen größeren Schatz handeln. Ob Cajetano davon Kenntnis hatte? Und Augustinus?

Stephanus verließ den Raum und betrat wieder den Gang. Nur zwei Schritte weiter befand sich eine erneute Öffnung. Der Einlass noch schmaler und niedriger, der Durchgang kantig und uneben, wie nachträglich und unfachmännisch angelegt. Statt einzutreten, schritt er weiter, denn der Hall seiner Schritte war kürzer geworden. Langsam fand er sich in der Dunkelheit zurecht.

Tatsächlich, der Gang endete kurz nach dem letzten Eingang. Stephanus wandte sich um, er musste den nächsten Raum erforschen. Als er an der Schwelle stand, schlug ihm ein fauler, schimmliger Gestank entgegen und der Geruch von Erde.

Beim Eintritt stolperte Stephanus und fiel hin. Der Tritt war tiefer gelegt als in den anderen Räumen. Der Boden bestand nur aus feuchter Erde.

Stephanus Nackenhaare stellten sich auf. Sein Instinkt sagte ihm, dass dies ein grauenhafter Ort war. Wo war Cajetano? War er noch oben in der Kapelle, hatte *er* ihn hinuntergestoßen in das Verlies? Oder lauerte er ihm hier auf?

***

»Cajetano, was treibst du hinter meinem Rücken? Was schleichst du durch die Gegend wie ein räudiger Hund? Meinst du, ich habe nicht bemerkt, dass du etwas im Schilde führst? Was ist es diesmal? Ich kann und werde dich und deine Machenschaften nicht mehr decken. Deine Beweggründe, alles zu Ehren Gottes, kann ich nicht weiter gutheißen, wir leben nicht mehr im Mittelalter. Was willst du mit den Büchern?«

Abt Augustinus bückte sich und hob eines der Bücher auf, die nun auf dem Boden lagen, weil Cajetano versucht hatte, sich daran festzuhalten.

»Tauf- und Ehebücher. Was suchst du? Ein ungetauftes Kind? Willst du ihm oder seiner Mutter wieder den Teufel austreiben?«

»Ehrenwerter Abt, meine Machenschaften, wie Ihr es nennt, stehen im Konsens mit den Vorgaben aus Rom. Was man über Eure nicht behaupten kann. Aber Ihr habt ja jetzt einen blitzgescheiten Sekretarius, der kann Euch nach allen Regeln der Kunst das Recht hinbiegen. Ich diene einer höheren Macht als Euch!«

»Cajetano, du lebst wieder nahe am Rand deiner Wahnwelt. Nimm dich in Acht.«

»Wollt Ihr mir drohen? Mich wieder einsperren lassen wie einen Narren? Wie damals?« Cajetano hatte sich von seiner lächerlichen Stellung am Boden aufgerafft und war nahe an Abt Augustinus herangetreten, sodass dieser seinen fauligen Atem riechen, den Hass in seinen eisigen Augen sehen konnte. »Wo ist er denn, Euer ach so ehrenwerter Stephanus? Hä?«

»Stephanus?« Augustinus geriet nur kurz ins Wanken, dann war ihm klar, dass dem Sekretarius etwas zugestoßen sein musste und der Pater damit zu tun hatte. Cajetano spaßte nicht. Er war ein Bluthund, der, verfolgte er ein für ihn göttliches Ziel, keine Gnade kannte. »Was hast du mit ihm gemacht? Hast du ihm wieder eine Falle gestellt?«

»Ich? Wieso?« Cajetanos Stimme klang hoch.

»Wo ist Stephanus? Ich warne dich.« Mit Daumen und Zeigefinger fasste sich Augustinus an die Nasenwurzel, als befände sich dahinter eine Antwort, nach der er greifen müsse, dann besann er sich darauf, seine Strategie zu ändern, Cajetano zu verwirren. »Woher hat Justus das Geld, das er bei den Glasern versäuft?«

»Woher soll ich das wissen?«

Mit Genugtuung stellte Augustinus fest, dass es ihm gelungen war, den Pater zu irritieren. Der wusste im ersten Moment nicht, wie er auf den abrupten Themenwechsel reagieren sollte. Augustinus hatte ihn bald so weit, dass er sich verplapperte.

Cajetano fing sich schnell und entschied, ihm lieber einen Happen hinzuwerfen, bevor er weiterbohren konnte.

»Fragt doch die Mönche, was sie mit ihm treiben, unten im Weinkeller.«

»Du meinst …?«

»Ja, Euer bigottes Völkchen von scheinheiligen Brüdern hat anderes im Sinn, als nur zu beten. Und Euer Schützling Justus hebt den Rock für ein paar Münzen.«

Augustinus ließ die Hand sinken.

Cajetano triumphierte innerlich. Seine Angriffsstrategie hatte gewirkt. Er machte sich daran, den Raum zu verlassen.

»Halt!«, rief Augustinus. »Du bist mir noch eine Antwort schuldig. Was wolltest du mit den Büchern?«

Cajetano hielt inne, ein Zornesblitz durchfuhr ihn. Er hätte Augustinus am liebsten angesprungen. Doch dann drehte er sich langsam um und sah seinem Widersacher fest in die Augen. Man musste den Abt mit seinen eigenen Waffen schlagen. Mit dem Wechsel des Themas.

»Mir scheint, Euer Volk und auch Euer Sekretarius halten es nicht immer so mit der Zahlungsmoral, was die Taufmessen angeht.« Er bückte sich und hob dem Abt ein Buch unter die Nase. Im selben Moment bereute er, Stephanus erneut ins Gespräch gebracht zu haben.

Augustinus deutete auf die noch am Boden liegenden Bücher. »Die lass liegen und hole mir Stephanus. Du weißt doch, wo er sich aufhält, oder? Er soll deine Anschuldigungen prüfen und mir Rede und Antwort stehen. Auch was seinen Bruder betrifft. Wir hatten schon genug Scherereien mit dem Kerl. Es geht nicht, dass er mir die Mönche verführt.«

»Vielleicht gehört ihm eine ordentliche Tracht Prügel«, sagte Cajetano, froh um jede Wendung des Gesprächs, die von ihm ablenkte.

»Seine Blödheit lässt sich nicht mit Prügeln vertreiben. Er wird uns immer wieder mit seinen Geistesblitzen blamieren.« Augustinus deutete Cajetano die Tür.

***

Bruder Stephanus hockte noch immer in absoluter Dunkelheit auf der Schwelle zu dem unterirdischen Raum und kämpfte gegen seine Angst an. Er war sich jetzt sicher, dass hier unten niemand war. Fremde Atemzüge wären ihm in der Stille aufgefallen.

Er befühlte den Boden erneut mit den Händen. Erde, nackte, festgetretene Erde. Die Wände uneben, kein steingehauenes Mausoleum, ein unfachmännisch gegrabenes Verlies.

Doch warum? Was verbarg es? Ein Gefängnis? Eine Folterkammer?

Endlich nahm Stephanus allen Mut zusammen und beschloss, den Raum ebenfalls mit Schritten zu durchmessen, obwohl sich sein Innerstes dagegen wehrte. Er witterte Unheilvolles. Es ging von der Mitte des Raumes aus. Als er sich erhob, spürte er, wie sein Herzschlag sich verdoppelte.

Einen Fuß vor den anderen setzend, ertastete Stephanus die unebene Erde, Hand für Hand ließ er über die feuchte Wand gleiten. Fels und Erde. Manchmal ragte ein Stein in den Raum. Wäre Stephanus nicht so vorsichtig vorgegangen, hätte er sich mehr als einmal den Kopf gestoßen.

Der Raum war, wie bereits der Vorraum, etwa zehn Schritte lang und acht Schritte breit. Langsam durchquerte Stephanus ihn diagonal. Unter seinen Füßen erhob sich plötzlich der Boden. Er bückte sich, um zu tasten. Ein Erdhügel. Was hatte das zu bedeuten? Hatte hier jemand gegraben? Die Erde war lockerer, nicht so festgetreten wie der übrige Boden.

»Cajetano betet für die Kinder.« Justus' Worte hämmerten sich in Stephanus' Schädel, dass es ihn schmerzte. Er verharrte, keuchte. Welche Kinder?

Das seltsame Kapuzinerkloster zu Rom kam ihm in den Sinn. Er war als junger Mönch einmal dort gewesen. Mangels Freigelände hatten die Kapuziner ihre verstorbenen Brüder im Keller bestattet, nach Jahren der Zersetzung die Knochen wieder ausgegraben, an den Wänden gestapelt und somit wieder Platz auf ihrem unterirdischen Friedhof geschaffen.

»Nein«, sagte er halblaut in die Dunkelheit, um sich Mut zu machen. Die Brüder St. Blasiens wurden alle auf dem Gottesacker neben der Kirche bestattet.

Auf allen vieren kriechend, tastete er die Erhebung ab. Bis …

»Oh Gott, nein!« Hatte er die Worte gesprochen, gedacht oder gerufen? Zitternd tasteten seine Finger die Holzlatte hoch, eine Querlatte, ein Kreuz. Ein Grab.

***

Augustinus nahm die Bücher und stellte sie ins Regal zurück. Taufbücher. Was hatte Cajetano gesucht? Es waren die Bücher der letzten zehn Jahre. Augustinus konnte sich keinen Reim darauf machen, denn dass die Abrechnungen nicht korrekt waren, glaubte er ihm schlichtweg nicht.

Als er das letzte Buch vom Boden aufnahm, entdeckte er beim Aufrichten ein Stück Papier, das unter der Schreibauflage hervorschaute. Er zog daran, wie es zuvor schon Cajetano getan hatte. Es trug Stephanus' Handschrift.

Die Bitte eines Aschenbrenners, seiner Nichte die Brennrechte zu übertragen.

Einer Frau? Das hatte es noch nie gegeben. Stephanus hatte ihm dieses Schreiben noch nicht vorgelegt, es trug das gestrige Datum.

Neugierig griff Augustinus nochmals nach den Taufbüchern. Nach kurzer Zeit hatte er ihn gefunden: Jakob Sigwarth, geboren am 3. Oktober 1712, unehelicher Sohn der ledigen Marie Sigwarthin, geboren am 13. Mai 1694, Tochter des Michael Sigwarth und der Gret Schmiden. Dahinter das Kreuzzeichen. Die Mutter war bereits verstorben.

Gret Schmiden. Das war doch die Schwester der Priorin Wiltrudis. Demnach musste der Aschenbrenner Theis ihr Bruder sein. Welches Interesse könnte Cajetano an der Frau oder dem Kind haben? Einer Aschenbrennerin aus der Glassiedlung am Windberg. Der Nichte von Wiltrudis.

Cajetanos letzter offizieller Besuch dort oben war im Herbst 1711 gewesen, als er die Glasmacher an ihren neuen Ort führen sollte. Damals konnte sie das Kind noch nicht gehabt haben. So sehr Augustinus auch überlegte, er fand keinen Zusammenhang.

Etwas stimmte hier nicht. Eine Angst, die er vergessen geglaubt hatte, keimte mit einem Mal wieder auf. Ein unehelich geborenes Kind. Das war kein Zufall. Die toten Säuglinge von damals, sie waren alle unehelich gewesen. Der Kindsmörder wurde nie gefasst.

Augustinus nahm das Schreiben an sich. Er musste Pius in Sicherheit bringen. Um das Schreiben konnte er sich später kümmern. Pius war seit einiger Zeit im Land, zurück aus Rom. Er würde erst im Herbst das dortige Studium wieder aufnehmen.

***

Stephanus war eingenickt. Er wusste nicht, wie lange er schon in dieser Finsternis gefangen, ob es draußen Tag oder Nacht war. Er hatte jegliches Zeitgefühl verloren, die Lippen waren spröde, der Mund trocken.

Drei Erdhaufen hatte er ertasten können, einen größeren und zwei kleinere. Waren es Kindergräber? Jeweils mit einem Holzkreuz versehen. Dann das Loch, die Erde daneben. Ein ausgehobenes Grab? Für wen war es bestimmt?

Stephanus hatte darauf gewartet, dass Cajetano kam, ihn erschlug und wie einen Hundekadaver verbuddelte. Doch es war niemand gekommen. Vielleicht wartete er, bis sein Opfer verhungert oder verdurstet war. Der Durst fing bereits an, seinen Verstand zu narren. Die Toten stiegen aus den Gräbern und bliesen ihm ihren eisigen Atem ins Gesicht.

Plötzlich war Stephanus hellwach. Was war das? Etwas hatte ihn geweckt. Er lauschte, nichts.

Doch, da war es wieder, ein leichter Luftzug. War jemand gekommen, in die Dunkelheit hinuntergestiegen?

Er versuchte, sich zu orientieren. Wo hatte er sich hingesetzt? Neben den Durchgang? Woher kam der Luftzug? Er konnte nicht vom Durchlass kommen. Gab es einen zweiten Ausgang? Ihm fiel ein, dass er zwei Wände noch nicht abgegangen war. Zu sehr hatte er sich mit den Grabhügeln befasst.

Mühsam stand er auf, seine Glieder waren steif von der Kälte und der unbequemen Lage. Die Kutte feucht, da, wo er gesessen hatte. Ein feuchter Boden bedeutete, dass es hier irgendwo Wasser gab. Eine Quelle? Grundwasser? Hätte er graben sollen, um seinen Durst zu stillen? Da fiel ihm ein, dass das ausgehobene Loch trocken gewesen war. Das konnte nur bedeuten, dass Wasser hereingelaufen oder eine Quelle in der Nähe war.

Stephanus tastete an der Wand entlang. Dreizehn, vierzehn …

Halt. Hatte er sich verzählt? Die anderen Wände waren kürzer, was hatte das zu bedeuten? Er streckte den anderen Arm seitlich aus und erschrak, als er etwas berührte. Es war die gegenüberliegende Wand. Befand er sich in einem neuen Gang?

Stephanus brummte der Kopf. Er glaubte, seinen Verstand zu verlieren. Dann machte der Tunnel eine Biegung, und plötzlich zog es, als hätte jemand im Sturm vergessen, die Tür zu schließen.

Stephanus konnte ein Rauschen vernehmen. Wasser, viel Wasser.

***

Justus irrte im Klosterkomplex umher. Dass er seinen Bruder nirgends finden konnte, beunruhigte ihn. Stephanus war sonst immer für ihn zu sprechen, aber niemand schien ihn die letzten zwei Tage gesehen zu haben. Es musste ihm etwas zugestoßen sein, das hatte er im Gefühl. Dieses Gefühl kam so plötzlich über ihn wie bei einem Tier, das Gefahr witterte. Doch Justus wusste nicht, was er machen sollte. Die Personen, mit denen Stephanus am meisten zu tun hatte, waren Abt Augustinus und Pater Cajetano. Also machte er sich auf die Suche nach einem der beiden.

Cajetano fand er in der Bibliothek. Er stöberte in einem der Bücher und sah sichtlich überrascht auf. Als er Justus erkannte, entspannten sich seine Gesichtszüge.

Justus trat nah an ihn heran. »Stephanus? Wo!«

»Was weiß ich, bin doch nicht sein Kindermädchen.« Cajetano machte eine unwirsche Handbewegung, die andeutete, er solle verschwinden. Aber Justus ließ sich so schnell nicht abwimmeln.

»Wo!« Seine Frage wurde eindringlicher, er stellte sich ganz nah an den Pater heran, den er um eine halbe Haupteslänge überragte. Dass Größe Eindruck machen musste, lag innerhalb seines Verständnisses.

Doch Justus verfügte auch über andere, sogenannte niedere Instinkte. Und einer davon war, den Angstschweiß seines Gegenübers wahrzunehmen.

Ohne Vorwarnung schupste er Cajetano gegen die Wand. »Wo?«

»Lass mich, du Ungeheuer«, stieß Cajetano in einem hohen, ängstlichen Ton aus.

Da sich Justus sicher war, was den Zusammenhang zwischen dem Verschwinden seines Bruders und dem Geruch des Paters betraf, hieb er ihm die Faust in den Magen. Cajetano beugte sich schmerzgekrümmt vornüber, was Justus zu einem weiteren Hieb in sein Genick verlockte. Als Cajetano zu Boden ging, verließ Justus den Raum.

Die Kapelle, das Geheimnis des Paters.

Justus irrte in der Kapelle umher, doch er fand keinen Anhaltspunkt, wo er suchen sollte. Er erinnerte sich an das Blut vor langer Zeit. Aber auch dieses Mal war hinter dem Altarbild nichts zu finden. Nichts, was das Verschwinden seines Bruders erklären könnte. Dennoch, die Kapelle hatte damit zu tun. Da war er sich sicher.

Justus tastete die Wände ab, irgendwohin verschwand der Pater doch immer. Angst überkam ihn plötzlich, große Angst.

Resigniert ließ er sich auf den Boden fallen, brüllte den Namen seines Bruders aus ganzem Herzen wie ein verlassenes Kleinkind, das sich im Wald verirrt hatte. Ein Schluchzen ließ seinen Körper aufbäumen.

***

Stephanus hielt den Atem an, noch sah er nichts. Langsam tastete er sich weiter, immer darauf bedacht, in keinen unterirdischen Wasserlauf zu stolpern. Nach einigen Schritten konnte er ein Loch ausmachen, das einen Ausgang verhieß. Hoffnung keimte in ihm auf.

Der Boden unter seinen Füßen wurde feuchter, seine Sandalen sogen sich in den Matsch, er kam nur noch mühsam und mit schmatzenden Geräuschen vorwärts. Stephanus hoffte inständig, nicht im Morast zu versinken, ehe er den hellen Punkt erreicht hatte.

Wie gebannt fixierte er ihn, so als könne er sich in Luft auflösen, wenn er ihn aus den Augen ließ. Das Licht spiegelte sich schwach am Boden, das konnte nur bedeuten, dass der Kanal unter Wasser stand. Er schickte ein Stoßgebet gegen die erdige Decke.

Seine Angst war nicht unbegründet, denn ein dunkler Schatten schob sich in den schwachen Lichtkegel. Stephanus hielt inne. Nun drang jenes Geräusch zu ihm, das er bis eben mit seinen eigenen Füßen erzeugt hatte.

Stephanus versuchte, sich in eine Nische zu drücken. Das Ungeheuer blieb unvermittelt stehen. Hatte es ihn gewittert? Er hielt den Atem an. Ein zischender Laut hallte durch die Höhle. Unmittelbar darauf blendete ihn ein Feuer, dessen Helligkeit ihn in den Augen schmerzte. Er presste sich reflexartig noch enger an die Wand.

Neben dem fackelnden Feuerschein erkannte er schemenhaft einen Körper. Es war ein riesiger Körper. Ein menschenähnlicher Körper. Wäre der Gang nicht aufrecht und das Oberteil nicht so behaart gewesen, er hätte ein Raubtier vermutet. Doch so glich es einem Monster.

Als sich seine Augen an das Licht gewöhnt hatten und das Wesen näher kam, erkannte Stephanus, dass es etwas geschultert trug. Ein Tier, einen Sack, gar einen menschlichen Körper? Das ausgehobene Grab fiel ihm ein. Ein warmer Fluss lief an seinen Schenkeln herunter. Er hatte sich eingenässt.

Stephanus befürchtete, jeden Moment entdeckt zu werden, doch da verschwand die Erscheinung plötzlich von der Bildfläche. Nur ein flackernder Schein züngelte noch an der gegenüberliegenden Wand. Gab es noch eine Abzweigung des Tunnels?

Als Stephanus sich zitternd von der Wand löste, sagte ihm sein Verstand, dass dies die einzig logische Erklärung war. Nur, wer oder was war das? Und was hatte es hereingeschleppt? Wartete es gar um die Ecke, bis Stephanus hervortrat, um auch ihn zu erlegen?

Er hielt inne, doch nichts rührte sich mehr, keine schmatzenden Geräusche waren zu hören. Auch das Licht bewegte sich nicht weiter.

Unendlich langsam hob Stephanus einen Fuß und ließ ihn einen Schritt weiter wieder in den Morast sinken, um keine Geräusche von sich zu geben. Das Wasser stand an dieser Stelle kniehoch. Das Ungeheuer war hindurchgekommen, es konnte also keine Untiefen geben.

Endlich hatte Stephanus die Abzweigung erreicht und spähte vorsichtig um die Ecke. Was er dort sah, war ungleich gruseliger als alle Sagengestalten des Schwarzwaldes zusammen.

Ungläubig starrte er auf die gespenstische Szenerie. Das Monster, halb Mensch, halb Tier, saß mit dem Blick zum Höhleneingang. Beinahe hätte es ihn entdeckt, wäre es nicht mit seiner Beute beschäftigt gewesen. Es hatte sie der Länge nach aufgeschlitzt und war dabei, die Innereien und Gedärme aus der Körperhöhle zu entfernen. Als es die Leber, einen dunklen Lappen, in den Händen hielt, biss es herzhaft hinein. Blut rann ihm über das behaarte Gesicht.

Stephanus schüttelte sich. Bei genauerem Hinsehen konnte man einen Wilden vermuten. Mit langen, zotteligen Haaren, einem ebenso langen, dichten Bart. Um die Schulter trug er ein Bärenfell. Der Rest des Körpers steckte in einer abgetragenen Hose.

Stephanus fiel das Gewehr auf. Der Wilde jagte mit einem Gewehr.

Nun machte er sich daran, dem Tier das Fell abzuziehen, dazu stand er auf und hing das Wild, ein Reh, an einen Haken in der Felswand.

Stephanus erschrak ob der Größe des Mannes. Er war ein Riese. Als er ihm den Rücken zuwandte, wagte Stephanus, mit langsamen Schritten im Storchengang am Eingang vorbeizustaken. Mit diesem Kerl wollte er sich lieber nicht anlegen.

Es musste ein Entkommen aus dem Labyrinth geben, denn irgendwo war der Riese ja hergekommen. Je weiter Stephanus sich von dem Versteck des Wilden entfernt hatte, desto schneller wagte er zu gehen. Auch wenn die schmatzenden Geräusche, die seine Schritte verursachten, wieder lauter wurden. Vorsichtig, denn ihm fiel plötzlich das Gewehr des Fremden ein, wandte er sich nochmals um. Nichts.

Der Boden, der ihn bis dahin noch kniehoch eingesogen hatte, wurde fester. Schwemmsand. Dann konnte Stephanus das Wasser sehen, Gebüsch, Steine, das schwache Licht wurde stärker. Er blickte nach oben und sah die Gestirne und den hellen Vollmond – es war Nacht, und er stand irgendwo in einem Flussbett. Es konnte eigentlich nur die Alb sein.

Offensichtlich führte ein Geheimgang von der Kapelle hinunter zur Alb. Ob Cajetano davon wusste? Und der Abt? Und ob der Wilde den Gang schon weiter gegangen war, die Grabkammer und die Erdhügel kannte? Den Schatz? Vielleicht stammte er gar nicht von Cajetano. War es ein Warenlager des Wilden?

Stephanus kniete nieder, trank vom klaren Bachwasser und wusch sich. Er fühlte sich gleich um Welten besser.

Kapitel 6

Marie legte Holzscheite im Feuer unter dem Kessel nach, den Vorgang des Calcinierens hatte sie von Theis gelernt. Inzwischen beherrschte sie alle Arbeitsschritte im Aschenhaus. Nur die Handhabung mit den mineralischen Glasseifen hatte er ihr bisher vorenthalten. Die Stoffe seien giftig, es reiche, wenn er an der Hüttenkrätze erkrankt war, so seine Worte. Marie war noch zu jung und zudem Mutter.

Theis saß am Küchentisch und schnitzte an einem handgroßen Holzpferd für Jakob, seinen Sonnenschein. Wenn sie sich aus dem elterlichen Haus stehlen konnten, kamen auch die Sigwarth-Töchter Martha, Klara und Franziska vorbei. Dann war Theis glücklich, vergaß die Arbeit und spielte mit den Kindern.

Marie freute sich einerseits darüber, andererseits bereitete ihr das Verhalten ihres Onkels Sorgen. Er vergaß oft seine Arbeit oder machte Fehler beim Aschenbrennen. Fehler, die ihm früher nie unterlaufen wären. Manchmal goss er statt der Lauge das Bachwasser in den Kessel.

Auch in alltäglichen Dingen wurde er zunehmend vergesslich und unzuverlässig. Vielleicht sollte sie ihm deutlicher zeigen, dass sie ihn noch brauchte.

»Onkel Theis, du wolltest mit mir und Jakob einen Ausflug ins neue Dorf machen. Ich würde gern sehen, wie weit unser Aschenhaus vorangeschritten ist.«

Die Glasproduktion war in den letzten Wochen zurückgefahren worden. Viele Helfer wurden als Bauhandwerker in Äule abgestellt, obwohl der Obervogt Gump aus Bettmaringen Sorge getragen hatte, dass der Aufbau der neuen Siedlung zügig voranschritt. Doch für die Feinheiten, den Bau des Glasofens etwa, waren Fachkräfte mit ihrem Wissen gefordert. Der Hafen- und Ofenmacher zum Beispiel. Er baute den Ofen so, wie er seit Jahrhunderten gebaut worden war.

Dazu wurde aus mit gebrannter Schamotte versetzten Lehmziegeln im Durchmesser von eineinhalb Mannslängen ein Kreisrund gemauert, je eine halbrunde Öffnung vorn und hinten diente als Feuerlöcher. Dieser erste Stock des Ofens war der sogenannte Feuerraum und reichte einem Erwachsenen bis zur Hüfte.

In der Mitte blieb ein großes, rundes Loch, durch das die Flammen in den zweiten Stock, in dem die tönernen Schmelzhäfen standen, schlugen. Dieser Raum war so hoch, dass ein Halbwüchsiger darin hätte stehen können. Zehn kleine Löcher, gleichmäßig rings um den Ofen angeordnet, die jeweiligen Stände der Glasmacher, dienten als Zugriff auf die dahinter stehenden Häfen. Die Öffnungen ermöglichten das Hantieren der Arbeiter mit der in den Tiegeln befindlichen Glasmasse.

Das Obergeschoss des konisch zulaufenden Ofens nannte man den Kühlofen. Die Bezeichnung war irreführend, denn die Hitze betrug immer noch gute vierhundert Grad im oberen, dritten Stockwerk. Der Kühlofen war nur durch ein kleines Loch mit dem eigentlichen Schmelzofen verbunden. Nach der Ausarbeitung wurde das Loch geschlossen, die gefertigten Glaswaren kühlten hier über Nacht langsam herunter.

Das Glas wurde in Intervallen gefertigt, der Ofen langsam bis zur Schmelze hoch- und dann nach der Ausarbeitung ebenso langsam wieder heruntergefahren. Dieser Vorgang dauerte etwa zwei Tage. Es war Aufgabe der Schürer, die Hitze zu überwachen und über einen langen Zeitraum konstant zu halten. War die Hitze optimal, wurde das Gemenge von den Einträgern in die Tiegel gegeben. Die Schmelze dauerte etwa zwölf Stunden. Es war auch Aufgabe der Schürbuben, die Masse zu rühren, Schaum und Galle abzufeimen, also abzuschöpfen. War die richtige Konsistenz des Glases erreicht, wurde angeklopft, das konnte auch mitten in der Nacht sein.

»Der Bub kann den weiten Weg noch nicht laufen, wir nehmen das Ross mit. Morgen, wenn die Glaser ihre Waren ins Kloster bringen. Am Sonntag wird es nach dem Gottesdienst zu spät. Ich will auch, dass wir allein sind. Ich habe dir etwas zu sagen.«

Marie horchte auf, wagte aber nicht nachzufragen. Hatte Theis etwas auf dem Herzen? War das der Grund für seine Zerstreutheit? Neulich war er sogar einen ganzen Tag lang verschwunden gewesen. Sie war besorgt, und als sie ihn nach dem Grund seines Ausbleibens fragte, antwortete er, er sei ein freier Mann, der kommen und gehen könne, wann er wolle. Sein Versuch, ärgerlich zu wirken, war eher gespielt, es lag ein Grinsen in seinen Mundwinkeln. Wie das eines kleinen Kindes, das beim Naschen erwischt worden war.

Eine seltsame Furcht beschlich Marie. Hatte sein Ausflug mit seiner Gesundheit zu tun, wollte er gar sein Amt abgeben, einem neuen Aschensieder, aus Grünwald vielleicht, die Rechte übertragen? Sie ließ den Rührlöffel sinken. Irgendwann musste es kommen. Theis würde nicht ewig arbeiten können, egal, wie sehr sie ihm unter die Arme griff.

Theis musste ihr die trüben Gedanken angesehen haben, denn er kam auf sie zu und legte seine Hand auf ihre Schulter. »Kein Grund zur Sorge.«

***

Ludwina hing über dem Abtritt und würgte sich die Galle aus dem Leib. Der Blick in das Loch und der aufsteigende Geruch machten es ihr nicht gerade leichter. Immer dann, wenn sie glaubte, nichts mehr in sich zu haben, und versuchte, tief durchzuatmen, lief der Speichelfluss rechts und links der Zunge erneut und kündigte einen weiteren Brechreiz an.

Schließlich war sie so erschöpft, dass sie sich auf das Loch mit den üblen Gerüchen setzte, die Tür ins Freie aufstieß und ihre Tochter Franziska rief.

»Mutter, mein Gott, wie seht Ihr denn aus?«

Ludwina blickte an sich herunter. »Wie soll ich aussehen?«

»Blass wie ein Leintuch.«

Sie reichte der Tochter die Hand. »Komm, hilf mir lieber von diesem elenden Loch hier herunter.«

Franziska zog mit Leibeskräften, um die schwergewichtige Mutter aus dem Häuschen zu befreien.

»Seid Ihr krank?«

Ludwina war sich sicher, endlich wieder schwanger zu sein, doch noch wollte sie das niemandem auf die Nase binden.

»Ich glaube, ich habe eine Magenverstimmung.«

»Ich mache einen Kamillentee.«

»Das ist lieb von dir.«

So freundlich war Ludwina schon lange nicht mehr zu ihren Töchtern gewesen. Es musste ihr wirklich schlecht gehen.

Franziska zog sie hinter sich her wie ein Geißlein, das sie auf die Weide führte. Ihr ausgeprägter Beschützerinstinkt erwachte, sie versorgte ihre stöhnende Mutter liebevoll.

Ludwina sah das mit Wohlwollen, eine fürsorglichere Kindsmagd könnte sie nicht haben. Nur müsste sie es schaffen, einen Sohn zu gebären.

Michael wäre glücklich, mit dem ersehnten Stammhalter kämen Frieden und Entspannung in die Familie. Es war Ludwina nicht entgangen, dass es Michael mächtig gewurmt hatte, dass Marie auf Anhieb einen Sohn geboren hatte, aber sein gekränkter Stolz ließ es nicht zu, den Jungen als Enkel anzunehmen. Auch hatte sie seine Sehnsucht in den Augen gesehen, als er glaubte, allein zu sein, und dem Jungen beim Spielen zusah.

Geflucht hatte er damals, als Theis Marie so mir nichts, dir nichts aufgenommen hatte. Ja, sein Schwager war ihm in den Rücken gefallen, hatte seine Autorität als Vater untergraben. Marie hätte eine anständige eigene Familie haben können, hätte sie seinen Wünschen entsprochen. Gleichzeitig hätte auch Michael einen Glaser als Schwiegersohn und einen rechtmäßigen Erben, seinen Enkel, wenn er schon keine eigenen Söhne hatte. Marie hätte sich irgendwann untergeordnet und ihren Eigensinn aufgegeben. Aber nein, sie musste ja ihren Willen durchsetzen – und der alte Theis mit ihr.

Doch nun würde alles gut werden. Es war Ludwinas Chance auf Anerkennung und Genugtuung. Sie nahm sich vor, sich anzustrengen. Wie, das wusste sie noch nicht so genau.

***

»Und dann hat das Glasmännlein uns ein Feenkind gefangen!« Jakob saß auf dem Pferd, sein Stolz war deutlich spürbar. Auf dem Pferd zu sitzen, war ein Privileg. Nur wichtige Menschen durften reiten. Das hatte noch nicht einmal der Poldi gedurft, darum hatte der ihm auch eine lange Nase gemacht hinter dem Stall. Aber er, Jakob, hatte ihm dafür die Zunge herausgestreckt.

»Uns?« Marie hatte nur mit einem Ohr den Phantastereien ihres Sohnes zugehört.

»Ja, uns. Dem Justus und mir.«

»Justus? Du meinst den Dubel?« Marie wurde hellhörig. Was trieb dieser Irre in den Wäldern, allein mit ihrem Sohn? Jeder wusste, dass der Dubel weder Anstand noch Schamgefühle kannte, auch was als Recht und Unrecht galt, kapierte er nicht.

»Justus ist zwar ein bisschen komisch, aber er ist immer ganz lieb.«

»Immer? Hast du ihn schon öfter getroffen?«

»Ja.« Jakob blickte auf seine Mutter und den Onkel hinab, die neben ihm zu Fuß gingen. Er zog einen Schmollmund. Sie schienen sich nur für den Dubel zu interessieren und nicht für seine Geschichte.

»Was treibt ihr im Wald?«, fragte Theis, der bisher seltsam still und abwesend gewesen war.

»Ich baue Ställe und Kremmen für die Tiere und Justus schaut zu und streichelt mich.«

»Was? Wo streichelt er dich?«, wollten Theis und Marie zugleich wissen.

»Da und da.« Jakob deutete unwirsch auf seinen Kopf und seinen Rücken. Es schien die beiden immer noch nicht zu interessieren, was das Glasmännlein getan hatte.

»Du gehst nicht mehr allein in den Wald. Der Dubel ist nicht ganz richtig im Kopf. Vielleicht tut er dir was«, sagte Marie streng.

Jakob schwieg. Seine zusammengepressten Lippen sprachen ihre eigene Sprache. Marie kannte diese trotzige Haltung nur zu gut. Aus eigenen Kindertagen, die noch gar nicht so lange her waren. Sie würde besser auf ihren Sohn achten müssen. Aber vielleicht erübrigte sich die Angelegenheit mit dem Umzug nach Äule. Der Weg vom Kloster St. Blasien bis Äule war für Justus sicherlich zu weit.

Durch die Bäume konnten sie endlich das neue Dorf erkennen.

Marie war noch nie hier gewesen, aber es gefiel ihr auf Anhieb. Es glich einem Wespenschwarm. Viele fremde Menschen waren gleichzeitig mit dem Bau der Glashütte, der Schänke, einer Kapelle und den Arbeiterhäusern beschäftigt.

»Wo steht das Aschenhaus?«, fragte sie aufgeregt.

Theis deutete auf ein Steinhaus etwas abseits des Dorfes.

Marie überließ ihrem Onkel die Zügel und rannte zum neuen Haus. Ihre Ängste waren wie weggeblasen. Theis hatte für sie und Jakob gesorgt. Er half dem Jungen vom Pferderücken, der sogleich seiner Mutter hinterherlief.

Es war ein viereckiges Haus mit einer Küche, das sogar um eine Kammer größer war als das alte. Ein eigener Raum für Marie und Jakob. Sie brauchten nicht mehr in der Küche zu schlafen, neben dem Aschenofen.

Noch fehlte das Mobiliar, aber Marie konnte sich schon alles vorstellen. Der gemauerte Herd in der Küche stand bereits. Hier kam der große runde Eisenkessel für das Sieden der Lauge hinein. Ihn würden sie von Windberg mitbringen. Hinter der Wand mit dem Herd gelangte man durch einen Durchgang zum überdachten Holzlager. Sogar ein Kamin stieg über dem Herd zum Satteldach empor. An den anderen Wänden befanden sich Fenster. Neben der Küche gab es eine überdachte Steinterrasse, auf der man die Lauge umfüllen konnte, ohne den Küchenboden zu schädigen. Die Terrasse hatte Abflussrinnen.

Marie war begeistert. Hier konnten sie sicherlich gut arbeiten, es war an alles gedacht worden. Sogar eine Wasserrinne vom Bach her war im Bau. Das lästige Eimerschleppen würde wegfallen.

Hinter dem Haus entdeckte Marie eine weitere kleine Kammer. Die Giftküche. Nur noch selten brauchten sie besondere Glasmacherseifen, wenn die Verunreinigungen sich nicht mit der Zugabe von Pottasche allein herauswaschen ließen. Sehr effektiv und eine sehr alte Methode war das Zugeben von Arsenik, welches man hier auf einem separaten Ofen aus dem Erz brennen konnte. Arsenikpulver war ebenso weiß wie reine Pottasche, aber tödlich giftig. Nur wer den direkten Vergleich hatte, konnte einen leichten Blauschimmer erkennen. Auch Braunstein und

Salpeter dienten diesem Zweck. Noch lagerte keines der Mineralien hier. Den kleinen Vorrat würden sie auch mitbringen.

»Ich habe dir etwas versprochen.« Theis suchte nach den richtigen Worten. »Ich bin ein alter, müder Mann geworden. Du hast schon den größten Teil meiner Arbeit übernommen. Zwar ist es mir nicht erlaubt, einen Nachfolger zu bestimmen, das Kloster hat das Vorrecht, aber ich war unten in St. Blasien und habe mit dem Sekretarius Bruder Stephanus ein Schreiben aufgesetzt, dass das Kloster nach meinem Ableben dich als meinen Nachfolger akzeptieren möge. Es gibt sicherlich Stimmen dagegen, eine Frau hat noch nie offiziell als Aschenbrennerin arbeiten dürfen. Hättest du einen Mann – aber das ist deine Sache, und ich weiß auch gar nicht, ob das gut für unsere kleine Gemeinschaft wäre –, würde sich keiner darüber Gedanken machen. Ich will, dass du von dem Schreiben weißt. Ich habe auch deinen Sohn als möglichen Nachfolger erwähnt, vielleicht ist man dann eher geneigt, der Bitte stattzugeben. Noch bin ich da, und Jakob ist noch ein Kind. Aber ich wollte rechtzeitig Sorge treffen. Alte Menschen werden manchmal vergesslich. Es war mir wichtig, Marie.«

Marie wusste nicht, wie sie reagieren sollte. Im Kloster war Theis also gewesen. Sollte sie seine Sorge um ihre Zukunft als übertrieben und unnötig abtun, oder sollte sie ihm dankbar sein? Theis dachte doch hoffentlich noch nicht ans Sterben.

Noch während sie darüber nachsann, rollten die Tränen über ihre Wangen. Sie war gerührt. Marie Sigwarthin – eine eigenständige Aschensiederin. Als Frau, so etwas hatte sie noch nie gehört.

»Du darfst deinen alten Onkel ruhig in den Arm nehmen.« Theis' Stimme klang dünn. »Hier, ich habe eine Abschrift anfertigen lassen, man weiß nie. Erzähl keinem davon und bewahre sie gut auf.«

»Ich kann sie doch noch nicht einmal lesen«, sagte Marie verschnupft.

»Ich auch nicht, aber Stephanus ist der ehrlichste unter den Brüdern. Er ist einer aus dem Volk und weiß, was gut ist.«

Marie nahm das Papier mit dem klösterlichen Siegel – dem Fingerabdruck von Theis in schwarzer Tinte als Ersatz für eine Unterschrift und daneben das Zeichen von Stephanus – entgegen. Schöne geschwungene Buchstaben. Leider würde keiner aus dem Dorf sich an die Vereinbarung halten, ihr Vater als Vogt am allerwenigsten. Wäre Theis einmal nicht mehr, der sie beschützte und mit seiner Schwester, der Priorin, drohte, würde Michael sie an den Nächstbesten verheiraten, der in sein Konzept passte. Das war auch Theis klar.

Marie hatte den Streit damals mitbekommen, als ihr Onkel sich ihrer angenommen und Michael die Herausgabe seiner Tochter für einen Glaser aus der Glashütte am Schluchsee gefordert hatte. Wiltrudis war da bereits wieder abgereist, Jakob noch nicht geboren. Theis hatte geschworen, Marie noch in derselben Nacht nach Berau zu seiner Schwester zu bringen.

So hatte Michael Theis vorläufig gewähren lassen mit den Worten: »Du lebst nicht ewig, du alter Sack. Und dann tue ich, was ich für richtig halte. Soll sie dich noch versorgen, bis du ins Grab steigst, dann bin ich wenigstens *das* Problem los.«

Und nun besaß sie ein Dokument und würde um ihr Recht auf Eigenständigkeit kämpfen. Marie drückte das Papier wie einen Schatz an ihre Brust. Im selben Moment wurde ihr bewusst, dass es nur eine Bitte war. Stattgeben musste der Abt. Wie würde er entscheiden?

Marie dachte an Wiltrudis und ihre Ernennung zur Priorin. Ein leiser Hoffnungsschimmer erhellte den Horizont der vielleicht künftigen Aschenbrennerin.

»Marie!« Ein fordernder Ruf riss sie aus den Gedanken. Sie hatte sich auf die Terrasse des neuen Aschenhauses gesetzt, die Augen geschlossen, sich die Sonne ins Gesicht scheinen lassen und gewagt zu träumen. Theis und Jakob waren zur Baustelle des Glasofens gegangen.

Marie wandte den Kopf in die Richtung, aus der der Ruf gekommen war.

Der Kohle-Hans.

Unwillkürlich zuckte sie zusammen, sie hatte ihn schon lange nicht mehr gesehen. Hans hatte sich nach der Sache damals nur kurz zum Entladen der Kohlen ins Dorf gewagt. Danach war er stets schnell wieder verschwunden. Sie selbst hatte ihn nie mehr zu Gesicht bekommen.

Er sah verändert aus. Reifer, kräftiger. Er hing nicht mehr wie früher in seiner schwarzen Kleidung, er füllte sie aus. Aus dem vorlauten Jüngling war ein Mann geworden.

»Was suchst du denn hier?« Maries Begeisterung, ihm zu begegnen, hielt sich in Grenzen, hatte er sie doch vor ihrem Vater als leichtes Mädchen hingestellt. Sie blinzelte gegen die Sonne.

»Ich bringe die Kohlen zum Windberg, soll ich dich mitnehmen?«

»Nein, ich bin mit Theis und Jakob hier.«

»Du wohnst immer noch bei deinem Onkel? Hat dein Vater dir noch nicht verziehen?«

»Mir? Fass dir mal an die eigene Nase. Du hast mich mit deinem Gerede im Dorf unmöglich gemacht.«

»Hab dich nicht so, ich war jung. Du hast mich aus dem Häuschen gebracht und warst nicht ganz unschuldig«, sagte er augenzwinkernd.

Marie war noch immer sauer, wenn sie daran dachte, wie er geprahlt hatte. »Wie konntest du meine Lage nur so schamlos ausnutzen.«

»Ich will mich nicht mit dir streiten. Lassen wir die alten Geschichten, du hast einen netten Jungen, ich bin ihm schon öfter begegnet.«

»Du? Wo?«

»Im Wald, er treibt sich meist oben auf den Höhen herum. Allein, der arme Kerl. Er wird wohl von den anderen gehänselt. So ohne Vater.«

»Das ist nicht dein Problem. Jakob geht es gut. Was willst du?«

»Na, wenn du so direkt fragst: dich! Das letzte Mal hatte ich ja keine Chance, dich persönlich zu fragen, dein Vater hat mich aus dem Dorf gejagt.«

Marie öffnete den Mund, doch ihr fehlten die richtigen Worte.

Ehe sie ihre Sprache wiedergefunden hatte, fuhr Hans fort: »Du gefällst mir noch immer, und deinen Buben würde ich auch annehmen. Ich bin Köhler, das ist nicht der schlechteste Beruf, auch wenn wir keine Reichtümer ernten werden. Du und dein Kind, ihr hättet es gut bei mir. Der alte Theis lebt nicht ewig, dann wird dein Vater wieder für dich sorgen müssen. Er wird dir einen Mann suchen. Du musst nehmen, wen *er* will. Überleg es dir. Mein Angebot steht.«

»Hans, zerbrich dir nicht meinen Kopf. Außerdem hast du bei meinem Vater keinen Stein im Brett. Das weißt du«, erwiderte Marie überrascht ob seiner Direktheit.

»Ich bin euch nicht gut genug, was? Meinst du, ich weiß nicht, wer der Hallodri war, der dir das Kind angehängt hat? Man hat ihm den Prozess gemacht, unten in Freiburg.«

Marie spürte einen Stich im Herzen, zum einen hatte sie geglaubt, den Gedanken an Kilian endgültig verdrängt zu haben, zum anderen steigerte sich ihre Wut auf Hans. Was bildete der Kerl sich eigentlich ein?

»Und? Was ist mit ihm?«

»Du willst wieder eine Information von mir? Für ihn würdest du sogar einen Kuss von einem dreckigen Köhler annehmen, wie?«

»Hans, lass mich in Frieden. Geh!«

»Du schickst mich weg wie einen Hund? Dein Vater wird erfreut sein, wenn er erfährt, von wem sein Enkel stammt. Du willst doch wissen, was man mit Kilian gemacht hat. Oder? Ich kann es dir sagen, und wenn du mich nicht gleich heiraten willst, nehme ich auch eine Anzahlung.« Er legte eine Hand auf ihren Oberschenkel.

Marie sprang auf und schrie: »Lass mich!«

Die Arbeiter am Glasofen drüben reckten die Köpfe.

Hans stand auf und wandte sich zum Gehen, drehte sich dann aber nochmals um. »Ich krieg dich, wart nur ab. Und pass auf deinen Buben auf. Kinder verlaufen sich gern mal im Wald.«

Marie schnappte nach Luft. Sie ballte die Fäuste. Weder Hans noch ihr Vater würden je über sie bestimmen oder Gewalt ausüben können. Das war sie Jakob schuldig. Sie hatte sich auf Kilian eingelassen, freiwillig, und sie würde dafür geradestehen. Niemand würde sie öffentlich demütigen. Nie mehr.

Dass Michael Sigwarth inzwischen auch auf der Baustelle aufgetaucht war, brauchte Marie niemand zu sagen. Sie hörte ihren Vater schon von Weitem brüllen. Er fluchte alle Heiligen vom Himmel herab, schien die Bauarbeiter am Kragen packen und in der Luft herumwirbeln zu wollen.

Marie wandte sich dem Glasofenbauplatz zu, von dort kam das Gezeter. Sie ahnte, was ihren Vater so wütend machte. Der Bau kam nicht voran. Die Zeit drängte, der Pachtvertrag mit dem Kloster war bereits vor zwei Jahren ausgelaufen. Der Sekretarius Stephanus war deshalb öfter bei ihnen zu Besuch gewesen. Er hatte dabei jedes Mal mit dem Vertrag gewedelt, und dem Glasvogt war es immer wieder gelungen, ihn zu besänftigen. Es war ja nicht nur seine Schuld, die vom Obervogt zu Bettmaringen versprochenen zusätzlichen Bauarbeiter waren einfach nie aufgetaucht. Ob sie sich im tiefen Wald verirrt hatten, wie einige vermuteten, oder ob ihnen die Arbeit einfach zu wenig lukrativ und die Gegend zu einsam und unwegsam gewesen war?

Wie auch immer, das Gewitter entlud sich bei den wenigen Handwerksburschen, die sicher am allerwenigsten dafürkonnten. Doch das war einem Michael Sigwarth egal. Er hatte Dampf abgelassen.

Bei Marie hatte das Auftauchen von Hans mehr als ein ungutes Gefühl hinterlassen. Sie war froh, als er endlich weitergezogen war.

Sie hielt Ausschau nach Theis und Jakob. Die beiden saßen am Bach und spielten im Sand. Manchmal glaubte Marie, zwei Kinder zu haben.

Sie steckte das Papier, das sie von Theis erhalten hatte, in ihr Leibchen und nahm sich vor, es zu Hause unter der losen Bodenplatte zu verstecken.

Michael hatte seine Tochter entdeckt und kam auf das Aschenhaus zu. Seine Halsvene war nach wie vor angeschwollen, das verhieß nichts Gutes.

»Aha, Fräulein Tochter hat auch einen Familienausflug gemacht. Was treibt ihr hier hinter meinem Rücken? Du und dein Hallodri?«

Marie glaubte, er meine Theis, denn der war ihrem Vater keines Namens mehr wert. Sie fühlte das klösterliche Dokument auf ihrer Haut wie einen Fremdkörper, Diebesgut, das ihr nicht zustand. Sie hielt dem Blick des Vaters trotzdem stand, auch wenn ihr der Schweiß ausbrach und das Schreiben sich an ihre Brüste klebte, als wolle es mit ihnen verschmelzen. Hoffentlich löste sich die Tinte nicht.

»Der Hallodri hat einen Namen, und er hat mir unser neues Heim gezeigt.«

»So, hat er? Und wo soll das stehen? Und wer will das bauen?«

»Na hier, das Aschenhaus«, erwiderte Marie irritiert.

»Das Aschenhaus! Aha, und meinen sauberen Herrn Schwager, den alten Theis, nehmt ihr aufs Altenteil?«

»Wen meint Ihr mit ›ihr‹? Vater, Jakob ist noch ein Kind.« Sie verstand nicht, was Michael meinte oder was ihn so aufgebracht hatte. Er wusste doch, dass sie weiterhin bei Theis bleiben würde. Mit Jakob.

»Das dringend eine feste Hand braucht, einen Vater. Aber nicht diesen dreckigen Kohle-Hans!« Michaels Stimme überschlug sich fast.

Erst jetzt kam Marie der Gedanke, dass er Hans im Wald getroffen haben musste. Hatte er nicht behauptet, Kohlen für den Windberg zu bringen? Und was hatte er sonst noch gesagt? Ihm, dem Glasvogt?

»Was hat Hans damit zu tun?«

Jetzt, da Marie die Befürchtungen ihres Vaters durchschaut hatte, beschloss sie, ihn noch ein bisschen zappeln zu lassen.

»Er hat um deine Hand angehalten.«

»So, hat er das?« Sie ging an ihm vorbei. Drehte sich um und sagte: »Ich will ihn nicht.«

***

Das Floß schaukelte bedenklich auf den wilden Wogen des Rheins. Je weiter sie in die Mitte des Flusses kamen, umso mehr zog die Kraft des Wassers unter ihren Füßen. Die Schneeschmelze in den Bergen machte sich in ihren Naturgewalten bemerkbar. Donnernd klatschte eine Woge eisigen Nasses über die Schuhe der wenigen Reisenden. Zusätzlich verwischte Nieselregen die Sicht zu beiden Ufern, die Fährgäste rückten näher zusammen, als müssten sie eine Rettungsinsel bilden.

Das mehrfach gezwirnte Hanfseil, das von einem Ende zum anderen über den Fluss gespannt war und an dem sie der Fährmann auf dem Floß ans andere Ufer zog, bildete ein beängstigendes »V«, mit der Spitze flussabwärts. Die Blicke waren besorgt auf das stramme Tau gebannt.

Zwei Männer packten schließlich mit an und halfen dem Flößer. Die anderen schickten ein Stoßgebet zum Himmel. Es wäre nicht das erste Mal, dass eines der Seile riss und der Strom das Floß wie eine Spielzeugschachtel mit sich nahm, um an der nächsten Stromschnelle zu zerschellen.

Wiltrudis zog ihr Kopftuch enger. Sie war nach der Laudes aufgebrochen, seit dem letzten Dorf trug sie die Kleidung einer Marktfrau, im Beutel hatte sie jedoch kein Marktgemüse, sondern ihren Habit, den Schleier und das Schreiben der Hebamme. Was sie genau wollte und vor allem, wie sie ihr Vorhaben angehen sollte, wusste sie noch nicht. Sie hatte sich für ein paar Erholungstage im Kreise der Familie im Kloster abgemeldet. Zähneknirschend hatte Magdalena zugestimmt. Einem kranken Bruder einen Besuch abzustatten war nicht verboten, auch nicht in den neuen Klostervorschriften. Noch nicht.

Die Vorsteherin hatte allerdings spitz bemerkt, dass sie die Abreise dem Propst zu Gurtweil melden müsse. Wiltrudis war es einerlei, sie musste Pius treffen. Und so Gott wollte und sie lebend das andere Ufer erreichte, würde dies auch geschehen. Ihr erster Weg sollte zur Kaufmannsfamilie führen. Das hatte sie sich vorgenommen. Dann würde sie weitersehen.

Das Floß hatte beinahe das andere Ufer erreicht, durch das Durchhängen des Seils war ein noch größerer Kraftakt erforderlich, das abgedriftete Floß gegen den Strom an Land zu ziehen. Die Männer machten sich selbst Mut, indem sie im Takt »Hau ruck!« riefen. Stoßweise kamen sie der steinernen Uferbefestigung näher.

Als die ersten Passagiere ihre Füße auf die Stufen stellten, wurde der Fährmann vom vielen dankbaren Schulterklopfen fast erdrückt. Er machte sogar die eine oder andere zusätzliche Münze gut oder bekam einen Segensspruch mit auf den Weg.

Wiltrudis sah sich um, sie folgte zunächst dem Strom der

Rheinüberquerer. Als diese in alle Richtungen auseinandergingen, erkundigte sie sich nach dem Weg nach Klingnau.

Das Haus der Kaufmannsfamilie Günzli war ein stattliches Haus. Zumindest materiell schien es hier an nichts zu fehlen. Wiltrudis ging einmal um das Gebäude herum. Es wirkte von allen Seiten erhaben, es gab keinen Hinterhof, keine Angestellten waren auf dem Anwesen zu sehen.

Nur eine Wegbiegung weiter ging es hinunter an den Fluss. Dort wurden Kähne entladen. Ein armseliger Fischstand mit einer alten Frau dahinter und ein weiterer Verschlag, dessen einziges Angebot aus Frühlingszwiebeln und schrumpeligen Rüben bestand, fand sich dort. War das der ganze Markt? Wiltrudis beschloss, trotzdem hinzugehen. Man hatte sie schon entdeckt und hoffte sicherlich auf Kundschaft.

»Grüezi, guete Frau, was darf's si? Felchen, Neunauge, Saibling oder Äsche?« Die alte Frau lächelte mit ihrem zahnlosen Mund.

Wiltrudis schaute unschlüssig, wo hätte sie den Fisch braten sollen? »Ich, ich bin eigentlich auf der Suche nach jemandem und weiß noch nicht, wo ich den Fisch braten könnte.«

Die Alte packte ungefragt einen Saibling in zwei handtellergroße Ampferblätter. Dann deutete sie zu einem windschiefen Haus am Ufer. »Dort wohn ich, sagt meiner Schwiegertochter, sie soll ihn für Euch dünsten, kostet einen Heller extra.«

Wiltrudis nahm dankend an, sie hatte noch nichts gegessen, und mit nüchternem Magen ließ es sich schlecht Erkundigungen einziehen.

»Sagt, gute Frau, kennt Ihr den Kaufmann Günzli?«, fragte sie die Alte, während sie nach dem Geld kramte.

»Was habt Ihr mit ihm zu schaffen?«

»Er soll einen Sohn haben, Pius.«

Die Alte kniff ihre Augen zusammen. »Ich kenn mich in den Herrenhäusern nicht so gut aus, aber einen Sohn hatte er, doch. Aber frag ihn.«

Sie deutete auf den Arbeiter unten am Kahn, der gerade große Pakete auf eine Handkarre hob.

Wiltrudis bedankte sich und ging zu dem Kahn hinüber. »Entschuldigt, arbeitet Ihr für den Kaufmann Günzli?«

»Schon, warum?« Der Mann, er war nicht mehr ganz so jung, wie er von Weitem gewirkt hatte, ließ sein Paket auf den Karren fallen.

»Kennt Ihr seinen Sohn Pius?«

»Was wollt Ihr von ihm? Er ist, scheint mir, plötzlich ein gefragter junger Mann.« Er sah bewertend an ihr herunter.

Wiltrudis war irritiert, hatte er sein Augenmerk auf ihre Person oder Kleidung bezogen? Sie war zwar schon lange im Kloster, aber immer noch Frau genug, diesen abschätzenden Blick richtig zu deuten. Verstohlen besah sie ihre ungewohnten Bauernröcke.

»Wie meint Ihr das?«

»Ihr seid schon die zweite Person, die nach ihm fragt.«

»Wer hat noch nach ihm gefragt?«

Der Arbeiter zuckte die Schultern. »Kenn ich genauso wenig wie Euch. Ein Mönch, aber kein hiesiger.«

»Aus St. Blasien?«

Wieder zuckte der Mann die Schultern. »Er sah mir eher wie ein Bettelmönch aus.«

Wiltrudis überlegte kurz, konnte sich darauf aber keinen Reim machen.

»Und, was wollt Ihr nun von Pius?«

»Das will ich ihm selbst sagen. Wo ist er?«

Der Mann deutete mit dem Kopf bergwärts in Richtung des Klosters Sion. »Der Junge ist im Kloster. Aber Ihr kommt da nicht rein.«

»Habt Dank. Wir werden sehen.«

***

Jakob war nach dem erlebnisreichen Ausflug in das neue Dorf todmüde, dennoch bestand er auf seine Gutenachtgeschichte. Marie wiegte ihn auf ihrem Schoß, vergrub ihre Nase im Lockenschopf ihres Sohnes und sog den kindlichen Duft tief ein.

Auch wenn man ihren Zustand gemeinhin als unglücklich

bezeichnete, fand sie, dass sie eigentlich sehr glücklich war. Sie hätte ihn nie missen wollen, diesen kleinen Kerl.

Noch immer beschäftigte sie die Aussage ihres Vaters, Hans und sein Angebot betreffend. Hans war schon immer überheblich gewesen, doch seine letzte Unverschämtheit schlug dem Fass den Boden aus.

Das erste Mal war sie froh darüber, dass auch ihrem Vater der Bewerber nicht zusagte. Hans machte ihr Angst. Er würde nicht aufgeben, und die Warnung, Jakob könne sich im Wald verirren, glich einer Drohung.

»Warum hat der böse Bischof die Zwerge in die Berglöcher eingesperrt?«

Marie hatte auf diese Frage gewartet. Sie kam allabendlich, genauso wie sie jeden Abend nur diese eine Geschichte erzählen durfte. Jakob kannte sie bereits auswendig – und wehe, sie glaubte ihn schlafend und versuchte, das Märchen abzukürzen, dann regte sich heftiger Protest. So, als entweihe sie ein Heiligtum.

»Damit die Zwerge keinem Menschen ihr Geheimnis verraten konnten. Das Geheimnis vom Silberschatz.«

»Und keinem König! Mama, den König hast du vergessen! Auch keinem König.«

»Ja, auch keinem König.« Marie war heute nicht ganz bei der Sache. Ihre Gedanken schweiften immer wieder ab. Wollte Hans ihr nur Furcht einjagen, oder war er tatsächlich imstande, sie zu erpressen, ihre Hingabe zu erzwingen?

Der Gedanke ängstigte sie. Genoss er das Gefühl, Macht über sie auszuüben? Sicherlich wollte er sich rächen, weil sie ihn, in ihrer Wut dem prügelnden Vater gegenüber, eine Niete genannt hatte.

Das war schon lange her, was war der wirkliche Anlass, dass er sich heute so siegessicher gab? Hatte es mit dem Wissen über den Verbleib, die mögliche Verurteilung Kilians zu tun? Garantiert. Hans war ein Großmaul, ein Feigling, und nur die Gewissheit, freie Hand zu haben, was einen ernsthaften Konkurrenten betraf, ließ ihn agieren.

Woher konnte er die Informationen haben? Aus irgendeiner Schänke vermutlich. Marie war noch nichts zu Ohren gekommen. Was würde das Wissen um Kilians Verbleib für sie bedeuten? Würde sich ihr Empfinden ihm gegenüber ändern?

Im Geiste versuchte sie, sein Gesicht, seine blauen Augen heraufzubeschwören. Es gelang ihr nicht wirklich. Sein Antlitz blieb in der Erinnerung nebulös. Einzig das Verlangen nach seiner Nähe, der körperlichen Nähe, wurde ihr bewusst. War es ein körperliches Begehren oder an die Person Kilians gebunden? Könnte sie auch für einen anderen Mann so empfinden?

Marie war nicht in der Lage, die Frage eindeutig zu beantworten. Es war ihr seither noch niemand begegnet, der ähnliche Gefühle in ihr ausgelöst hätte. Sie ging die Reihen der möglichen Bewerber durch. Das Empfinden stellte sich aber nicht ein. Bei keinem. Im Gegenteil, je mehr sie über ihre Gefühle nachdachte, desto mehr spürte sie eine innere Wut aufkommen. Diese Wut hing auch mit dem heutigen Erlebnis zusammen.

Hatte sie nicht Kilian manchmal heimlich in Schutz genommen, sich eingeredet, dass irgendwelche widrigen Umstände ihn von der Rückkehr abgehalten haben könnten? Offenbar war er bis vor Kurzem sehr wohl in der Lage gewesen, zu kommen. Läge seine Verhaftung weiter zurück, wäre es bis zu ihr durchgedrungen. Zumal ihr Vater ihn in Verdacht hatte, obwohl sie zu dem Thema beharrlich geschwiegen hatte.

»Aua, Mama!«

Marie schreckte auf, versehentlich hatte sie Jakobs Hand zu fest gedrückt. »Entschuldige bitte, das wollte ich nicht.« Sie strich ihm über den Schopf. »Schlaf jetzt.«

»Du darfst mir aber nicht mehr weh machen, Mama. Niemand darf das.«

»Nein, niemand darf das. Ich passe auf.«

»Auch auf den bösen Bischof?«

»Auch auf den bösen Bischof.«

»Gute Nacht, Mama.«

»Gute Nacht, mein Schatz.«

Jakobs kleine Ärmchen fielen nach unten, sein Körper zuckte noch einmal, weil er sich darüber erschreckt hatte. Dann schlief der Junge tief und fest.

Marie legte ihn vorsichtig in ihr Bett.

Kilian hatte sie versetzt, und das schon vor langer Zeit. Da gab es nichts zu beschönigen. Dass ihm der Prozess, warum auch immer, gemacht worden war, tat ihr zwar leid, überraschte sie aber nicht sonderlich. Er war ein Gauner, da hatte Theis recht. Doch die Liaison bereuen? Nein, das tat sie nicht, denn die Fähigkeit, eine Frau glücklich zu machen, konnte sie ihm nicht absprechen.

Marie wollte sich nicht weiter mit der alten Geschichte aufhalten. Lieber freute sie sich über den Brief, den Theis für sie hatte aufsetzen lassen. Der alte Aschenbrenner war der Einzige, der immer zu ihr gehalten hatte. Und der sich jetzt schon um sie sorgte, wenn er einmal nicht mehr da war.

Ein warmes Gefühl durchzog ihren Körper. Es war jedoch eindeutig anderer Natur als das Verlangen nach Zärtlichkeit. Es strahlte Schutz und Geborgenheit aus.

Heute Abend sollten die Glasmacher aus Grünwald kommen. Es gab noch einiges zu besprechen und zu verhandeln. Theis bestand darauf, dass Marie an dem Treffen teilnahm. Schließlich ging es auch um ihre Zukunft. Er würde bei Jakob bleiben. Über das Abkommen sollte sie aber Stillschweigen bewahren.

Als Marie die Gaststube betrat, versiegten die Gespräche nach und nach. Sie war die einzige Frau, die anwesend war – abgesehen von der Wirtin und deren Schankmagd. Alle Augen waren auf sie gerichtet.

»Was hast du hier zu suchen? Hier werden Geschäfte ausgehandelt«, bemerkte Michael unwirsch.

»Theis schickt mich an seiner statt, er ist müde.«

»Lässt sich der Aschenbrenner jetzt schon von einem Weibsbild vertreten?«

Einige Männer lachten höhnisch. Dann blickten sie zu Michael, der als Glasvogt ein Machtwort sprechen sollte. Jeder hätte es akzeptiert, wenn er seiner Tochter den Zutritt erlaubt hätte. Doch für ihn zeichnete sich eine Machtprobe ab. Lautstark schickte er Marie da hin, wo sie seiner Meinung nach hingehörte: heim an den Herd.

Marie sah durch die Reihen, sie wusste, keiner der Anwesenden würde für sie Partei ergreifen, denn das hätte bedeutet, sich gegen den Vogt aufzulehnen. Und das tat sich keiner freiwillig an. Das hatte sie schon einmal schmerzlich erfahren müssen.

Sie wog kurz ab und entschied sich dann, den Machtkampf einzugehen. Sie konnte und wollte sich nicht ewig fügen. Sie musste nicht nur sich und Theis beweisen, dass sie zur Aschenbrennerin taugte. Energisch zog sie einen Stuhl heran und setzte sich.

»Vater, ich bleibe. Das Aschenhaus ist stimmberechtigt, wenn es um neue Regelungen geht.«

»Der Aschenbrenner ist stimmberechtigt. Du nicht!«

»Ihr werdet euch alle daran gewöhnen müssen, dass ich Theis bei Beratungen vertrete. Geht es um Abstimmungen, wird er seine Meinung weiterhin kundtun. Doch keiner kann einem kranken alten Mann verwehren, dass er eine Vertretung ernennt.«

Sie blickte abwartend in die Runde. Betretene Stille.

»Der Apfel fällt nicht weit vom Stamm, Glasvogt!«, stichelte schließlich Thomas. »Sie hat deinen Dickschädel.«

»Wir fahren fort«, bestimmte Michael, ohne Marie auch nur eines Blickes zu würdigen oder auf eines ihrer Argumente einzugehen. Sie war für ihn schlichtweg nicht vorhanden. Er verhandelte nicht mit einem Weibsbild, selbst wenn es seine eigene Tochter war. Noch war er das Oberhaupt des Dorfes, und alle hatten sich zu fügen.

***

Der Arbeiter stand noch immer vor seiner Karre am Ufer der Aare und kratzte sich am Bart. Am liebsten hätte er selbst geschaut, wie die Marktfrau sich Eintritt ins Kloster verschaffen und was sie dort von dem jungen Kaufmannssohn wollte. Vor allem, nachdem schon ein Mönch nach Pius gefragt hatte. Etwas stimmte mit dem Jungen nicht. Hatte er sein Studium in Rom abgebrochen?

Er war schon lange genug beim Kaufmann tätig, um zu wissen, dass Pius nicht der leibliche Sohn der Familie war. Jeder hier im Ort wusste es, doch niemand wagte nachzufragen, wessen Kind er war. Die Kaufmannsfamilie zählte zu den reichsten in der

Gegend. Jeder Zweite verdiente seinen Unterhalt bei Günzli. Da fragte man nicht nach.

Ein Mönch und eine Marktfrau, beide hatten irgendwie seltsam gewirkt. Als wären sie nicht echt.

Als die Frau um die erste Häuserzeile verschwand, trieb den Mann sein Wissensdrang ebenfalls um die Hausecke. Er beobachtete, wie Wiltrudis zum Haus der Fischhändlerin ging. Kurz darauf verließ eine Ordensfrau die Fischerhütte. Sie hatte die gleiche Statur wie die Marktfrau. Anerkennend pfiff der Mann durch seine Zahnlücken.

Als Wiltrudis verschwunden war, ging er auf die Hütte zu, denn Neugier war eine seiner Tugenden. Wo erfuhr man mehr als bei den Marktweibern?

Unterdessen schritt die Priorin Wiltrudis erhobenen Hauptes zur Pforte des Klosters Sion. Es beherbergte einen Wilhelmiterorden, der ebenfalls nach den benediktinischen Regeln lebte. Sein Mutterhaus stand in Oberried am Fuße des Schwarzwaldes. Die Tagessatzung der acht Orte, wie sich die alte Eidgenossenschaft nannte, hatte dem Bischof von Konstanz und dem Mutterhaus im 16. Jahrhundert die Schirm- und Aufsichtsrechte entzogen.

Wiltrudis hatte sich die Worte zurechtgelegt, ehe sie anklopfte.

»Wer seid Ihr, und was ist Euer Begehr?«

Wie in allen Klöstern versah ein alter Ordensbruder, der für schwerere Arbeiten nicht mehr zu gebrauchen war, den Dienst des Pförtners.

»Ich bin die Priorin zu Berau und wünsche den Propst zu sprechen.«

»In welcher Angelegenheit?«

»In der Angelegenheit des Kaufmannssohns Günzli. Pius.«

»Einen Moment.«

Wiltrudis blieb stehen und wippte mit den Füßen. Sie hätte nicht gedacht, dass es so einfach werden würde. Doch noch war sie nicht am Ziel.

Endlich kam der Bruder Pförtner mit schlurfenden Schritten zurück. »Es tut mir leid. Der Junge hat vor wenigen Tagen das Kloster verlassen.«

Wiltrudis holte tief Luft. Das war schlichtweg gelogen, der

Pförtner hätte schon vorher Kenntnis darüber haben müssen, Sion war kein großes Haus. Offenbar hatte er sich mit jemandem beraten.

»Verlassen? Wohin?«

Der alte Mann hob die Schultern.

Als keine weitere Erklärung folgte, versuchte Wiltrudis es nochmals. »Wohin ist der Junge gegangen? Ist er gar aus dem Kloster ausgeschieden?«

»Das glaube ich nicht, ehrwürdige Priorin. Wir haben hier keine richtige Schule, die wenigen künftigen Novizen werden von Bruder Klaus unterrichtet. Pius ist nicht mehr sein Schüler. Er studiert in Rom.«

Rom. Konnte es sein, dass Pius gar nicht hier war? Wusste der Mönch das nicht? Das konnte sie sich nicht vorstellen.

»Kann ich Bruder Klaus oder den Propst sprechen?«

»Nein, sie sind in der Angelegenheit nicht zu sprechen.«

Wiltrudis schnaubte. »Mein lieber Bruder Pförtner, ich bin nicht den weiten Weg gegangen, um wie ein Bettelweib abgewiesen zu werden.«

Der Mönch blickte an ihr vorbei. Ihr fiel auf, dass seine Augen trüb waren. Mit der Hand fuhr sie vor seinem Gesicht hin und her. Er reagierte nicht. Der Mann war blind. Aber was nützte ihr das? Sie konnte nicht hinein, wenn er die Haupttür nicht aufschloss.

Wiltrudis sah sich um. Der Vorraum, in dem sie stand, maß etwa dreimal drei Schritte, neben dem Eingang links befand sich die Pförtnerstube, sie war nicht viel größer als der Vorraum. Das winzige Fenster, das sie trennte, hatte kein Glas.

Wenn sie sich direkt neben das Guckloch stellte, konnte man sie von der Pförtnerstube aus nicht sehen. Wiltrudis fasste einen tollkühnen Plan.

***

Marie sah sich das Schriftstück immer wieder an. Gewiss, es war nur die Zweitschrift. Auch wenn die Bestätigung durch den Abt noch nicht erfolgt war, hatte es dennoch den Charakter eines Testaments.

Das Dokument gefiel ihr. Sie versuchte, die langen und geschwungenen Schnörkel in der Asche nachzuzeichnen, die sie dazu am Boden vor dem Ofen glatt strich. Es würde ihr gefallen, Lesen und Schreiben zu lernen. Aber wer sollte es ihr beibringen? Niemand hier im Dorf war dessen mächtig.

Es war nur den Privilegierten möglich, ihre Kinder oder wenigstens eines davon in eine Klosterschule zu schicken. Die meisten Bauern hielten es sowieso für sinnvoller, eine richtige Arbeit zu lernen, anstatt sich von den Gelehrten den Kopf verdrehen zu lassen. Die Glasmacher waren da nicht anders.

Für Mädchen gab es hier auf dem Wald keine Möglichkeiten, außer sie traten in ein Kloster ein. Aber auch dort nahm man keine Kinder von armen Leuten auf.

Seufzend legte Marie das Pergament zurück, dorthin, wo Theis es ihr gezeigt hatte. Unter einen lockeren Bodenstein direkt neben dem Herd. Ihr Seufzer musste sehr laut gewesen sein, denn Theis sah auf.

»Was ist?«, fragte er.

»Nichts weiter, ich habe mir nur vorgestellt, wie schön es doch sein muss, wenn man die Kunst des Schreibens beherrscht.«

Theis lachte auf. »Schreiben? Das ist nichts für das arbeitende Volk. Schon gar nicht für eine Frau. Wo kämen wir denn hin, wenn wir unsere Zeit damit verplempern würden? Was wolltest du denn auch aufschreiben?«

Marie deutete in die Richtung des Schriftstücks, das sie soeben unter der Bodenplatte hatte verschwinden lassen. »Ich könnte es lesen. Und meinen Namen selbst daruntersetzen.«

»Der Sekretarius hat es mir vorgelesen und deinen Namen daruntergesetzt. Was willst du mehr?«

»Ich muss es ihm glauben.«

»Er belügt dich nicht.«

»Schon, aber sie sehen so edel aus, diese geschwungenen Zeichen. Und so geheimnisvoll.«

»Du bist verrückt.« Theis lachte erneut auf. Als er aber sah, dass sie es ernst meinte, wurden seine Züge angespannter. »Wenn es dein innigster Wunsch ist, wird er vielleicht eines Tages wahr. Man muss ein Ziel vor Augen haben.«

»Wie, Onkel Theis? Wie könnte dieser Wunsch für mich wahr werden?«

»Das ›Wie‹ musst du dem da oben überlassen«, er deutete zur Kammerdecke, »das ist nicht deine Aufgabe. Du kannst nur den Wunsch hegen und auf die Zeichen achten.«

»Auf welche Zeichen? Onkel Theis, ich bin kein kleines Kind mehr, dem du Märchen erzählst und das alles glaubt.«

Er war und blieb ein Geschichtenerzähler. Sie sah es ihm nach. Er war ein alter Mann.

»Das ist schade«, fuhr er fort, als er bemerkte, dass sie ihn nicht verstanden hatte. »Hast du schon einmal über den Sinn des Bibelzitats aus Matthäus nachgedacht? ›Bittet, so wird euch gegeben, suchet, so werdet ihr finden‹, das sind keine Märchen, das ist wahr für den, der daran glaubt und bittet.«

***

Die Priorin verabschiedete sich vom Bruder Pförtner, öffnete und schloss die Tür, ohne jedoch hinausgegangen zu sein. Sie drängte sich in die Ecke, die von der Pförtnerstube aus nicht einsehbar war. Es dauerte nicht lange, dann hörte sie die Tür innerhalb der Stube.

»Sie ist weg.«

»Gut. Sagt Pius, er soll packen. Er wird noch heute Nacht mit Bruder Klaus das Kloster verlassen. Der Bote müsste bald zurück sein.«

Wiltrudis konnte den anderen Sprecher nicht sehen, doch sie vermutete, dass es der Propst war.

Die Tür ging abermals. Wiltrudis war sich nicht sicher, ob beide Männer hindurchgegangen waren. Sie wartete noch einen Moment ab, ehe sie sich aus der Ecke des Vorraums wagte.

Es blieb still, die Pförtnerstube schien verwaist. Auf Zehenspitzen schlich Wiltrudis zurück zur Eingangstür. Sie hielt den Atem an, als sie die Klinke drückte, als könne sie so das Quietschen verhindern, und spähte nach links und rechts. Die Luft war rein. Gebückt ging Wiltrudis unter den Fenstern entlang, ehe sie um die Hausecke bog.

Außer Sichtweite atmete sie erst einmal durch. Pius war offenbar noch im Kloster. Heute Nacht. Sollte sie die Ausgänge beobachten? Sicherlich gab es einen Hinterausgang. Wer heimlich verschwindet, nimmt den Lieferanteneingang, möglichst in Tarnkleidung.

Wiltrudis ging um den Komplex herum – und schreckte zurück. Der Arbeiter, mit dem sie unten an der Aare gesprochen hatte, stand vor der Hintertür und unterhielt sich mit jemandem, den sie nicht sehen konnte. Der Stimme nach war es ein Mann.

Wiltrudis hielt inne und blickte sich nach einem geeigneten Versteck um. Mit ihrer Kutte wäre sie aufgefallen wie ein bunter Hund. Sie musste sie so schnell wie möglich loswerden.

Ihr Blick fiel auf einen Ziegenunterstand. Während sie sich überlegte, wie sie ungesehen dorthin kommen sollte, lauschte sie dem Gespräch der beiden Männer.

»Die Sorge scheint berechtigt. Zuerst dachte ich, Bruder Klaus übertreibt, als er beim Abt Alarm geschlagen hat, weil der fremde Mönch nach Pius fragte. Doch heute war schon wieder jemand da. Eine Frau.«

Wiltrudis glaubte, die Stimme des Pförtners zu erkennen.

»Heute früh war eine Fremde unten am Marktstand. Ich habe gesehen, wie sie zur Fischhändlerin lief und in Verkleidung einer Nonne wieder herauskam. Ich habe mir gleich gedacht, dass das kein Marktweib war. Sie war zu wenig derb, wenn du weißt, was ich meine. Aber eine Nonne?«

Wiltrudis stockte der Atem, sie war enttarnt. Doch das war noch nicht alles.

»Hast du die Alte am Hafen gefragt?«, hakte der Pförtner nach.

»Natürlich, aber da halten die Weiber zusammen, sie will nichts bemerkt haben.«

Wiltrudis war erleichtert.

»Der Abt«, sagte der Pförtner leise, »hat das Neugeborene damals selbst in die Familie bringen lassen, keiner weiß, wer Pius wirklich ist. Vermutlich nicht einmal der Junge selbst. Vielleicht ein Adliger oder ein Thronfolger. In den St. Blasianischen Gegenden gab es damals mehrere Kindsmorde. Die Sache erinnerte irgendwie an die Flucht der Heiligen Familie und an den König

Herodes, der alle Knaben töten ließ. Eine grausame Geschichte. Augustinus hat ihn sicherlich versteckt. Und jetzt sucht der Mörder erneut nach ihm. Warum nach all den Jahren?«

»Ja, das ist seltsam. Etwas muss passiert sein, was den Mörder erneut auf den Plan gerufen hat.«

Der Rampenarbeiter bekreuzigte sich.

Wiltrudis führte ihre Rechte ebenfalls zur Stirn, unbewusst, doch dann ließ sie die Hand sinken. Sie schien mit einem Mal bleischwer, unfähig, ein Kreuzzeichen zu schlagen.

Wiltrudis' Kopf brummte, ihre Gedanken überschlugen sich. Ein Surren, einem Mückenschwarm gleich, breitete sich in ihren Ohren aus. Ihr schwindelte. Sie hielt sich keuchend an der Hausecke fest. Thronfolger, mehrere Kindsmorde, erneute Suche. Sie musste das eben Gehörte erst einmal ordnen. Kraftlos ließ sie sich auf die Knie sinken, um der Leere in ihrem Kopf entgegenzuwirken.

Augustinus wusste davon, dass sein Sohn, ihr Sohn, in Gefahr war. Er hatte ihn gerettet. Warum hatte sie von all den schrecklichen Dingen nie etwas erfahren? Hatte man alles von ihr ferngehalten? War sie mit ihrem eigenen Schmerz zu beschäftigt gewesen, sodass sie die Realität um sich nicht wahrnahm? Was war damals geschehen? War sie geisteskrank?

Dieser Gedanke schreckte sie so sehr, dass sie ihren Körper wieder aufrichtete. Plötzlich kamen ihr die letzten Jahre vor wie nicht gelebt, unter einem weißen Schleier, eingepackt und abgeschottet. Vernebelt.

Nicht einmal die Aussage Augustinus' damals nach dem Brand, dass Pius lebe, hatte sie wirklich aufgerüttelt. Sie hatte versucht, mehr zu erfahren, ja, aber nach den ersten Steinen, die sich ihr in den Weg legten, gab sie auf, verschanzte sich wieder hinter ihrer Klostermauer und ließ den Dingen ihren Lauf. Sie betete wie eine gottgefällige Dienerin. War das eine Mutter? Sie verdiente diese Bezeichnung nicht.

Wiltrudis ging hart mit sich selbst ins Gericht. Die Wut, die sie mit einem Mal verspürte, gab ihr eine nie gekannte Energie. Eine Lebenskraft. Ähnlich wie damals, als Theis sie rufen ließ und von der Schandtat Michaels gegenüber seiner Tochter Marie berichtete. Sie war so wütend gewesen, dass sie es gewagt hatte, ihrem Schwager Michael die Stirn zu bieten, ihm, der zugelassen hatte, dass ihre Schwester Gret im Kindbett gestorben war. Nein, nicht zugelassen, verschuldet.

Sie hatte sich an ihr eigenes Schicksal erinnert gefühlt. Verraten und verkauft wegen einer nicht standesgemäßen Schwangerschaft. Ihr Mutterinstinkt war für ihre Nichte erwacht. Es war ihre Pflicht, sie zu beschützen, und sei es, dass sie Michael deshalb drohen musste. Er fürchtete sich vor der göttlichen Strafe. Die Priorin war eine Vertreterin der Kirche.

Doch kaum hatte sie Marie in Sicherheit gewähnt, vergrub sie sich erneut hinter den Mauern des Schweigens, der Lethargie die Oberhand überlassend. Begehrte nicht einmal mehr auf, als man ihr eine Meisterin und Vorsteherin vor die Nase setzte. Demut hatte sie diese Lethargie damals genannt. Erst mit dem Auftauchen des Schreibens der Hebamme erwachte sie allmählich aus ihrem Dämmerzustand. Feigheit nannte sie ihn jetzt.

Wiltrudis spürte etwas in ihrem Innersten aufkeimen, etwas, das sich aufbäumte, sie war plötzlich hellwach, hochkonzentriert. Ihr Hirn arbeitete fieberhaft.

Vor zwei Tagen hatte schon jemand nach Pius gefragt. Wer könnte noch ein Interesse an ihrem Sohn haben? Oder an seinem Tod? Ein Bettelmönch? Kam er vielleicht aus Rom? Hatte er eine Nachricht zu überbringen und man ließ ihn ebenfalls nicht ein? Was, wenn es jemand auf das Kind des Abts abgesehen hatte? Plötzlich hatte der Thronfolger eine andere Bedeutung. Äbte wurden gewählt. Wer wusste im Kloster St. Blasien Bescheid?

In deren Hierarchien kannte Wiltrudis sich nicht aus. Wollte sich jemand an Augustinus rächen? Er hatte sicherlich genügend Feinde und Neider.

Wiltrudis versuchte, ihre wirren Gedanken zu ordnen, einen klaren Kopf zu bewahren. Sie musste die Sache anders angehen. »Der Kindsmörder von damals«, so viel wusste sie nun. Wessen Kinder waren ermordet worden und warum?

Wieder kam die Frage auf, wer die Person war, die ebenfalls nach Pius suchte. Gab es jemanden, der damals schon hier gewesen war, mehr wusste oder gar mordete?

Sie konnte jetzt unmöglich aus dem Ort verschwinden. Musste riskieren, entdeckt und verdächtigt zu werden. Vielleicht war dieser Jemand noch im Ort.

***

Pater Cajetano versuchte, sein Erstaunen zu verbergen, doch es gelang ihm nicht. Seine Mundwinkel zuckten, seine Augen weiteten sich, als er Stephanus in den Speiseraum treten sah. Der war im Gegensatz zu Cajetano auf das Zusammentreffen vorbereitet, achtete auf jede kleine Reaktion des Paters.

Somit wurde für Stephanus sehr schnell die Frage nach dem »Wer« beantwortet. Cajetano hatte ihn dort unten eingeschlossen, oder war zumindest über seine missliche Lage informiert gewesen. Fehlte noch, »warum« er ihn aus dem Weg räumen wollte.

Lange hatte Stephanus überlegt, wie er auf seinen Gegner reagieren solle. Sein niederer Instinkt sagte ihm »erwürge ihn«, doch dann siegte die Vernunft. Er würde ihm die Genugtuung, ihn ausgeschaltet zu haben, nicht geben.

»Wir haben Euch lange gesucht, Bruder Stephanus. Wo wart Ihr?« Die grauen Augen des Paters spiegelten die Scheinheiligkeit seiner Frage wider, als er wie beiläufig von seiner Morgensuppe aufsah. Sein Blick wirkte gehetzt. Er saß auf der äußersten Kante seines Hockers, wie ein Luchs auf der Lauer, bereit zum Sprung.

Auch für den Sekretarius war eine Schüssel gerichtet. Man hatte ihn noch nicht abgeschrieben. Stephanus lief das Wasser im Munde zusammen, doch er hatte gelernt, sich zu beherrschen. Er würde nicht über das Essen herstürzen wie der Wilde über seine Beute.

Was auch immer Cajetano vorhatte, Stephanus spielte das Spiel mit. »Ich musste mit einer recht komplizierten Frage in Klausur gehen.«

»Ohne Euch abzumelden? Wir waren in Sorge.«

»Wer ›wir‹?«

»Na, der Abt und ich und die Brüder.« Cajetano untermalte seine Worte mit einer ausholenden Handbewegung. Die Mönche hielten daraufhin mit fragenden Blicken inne.

»Augustinus meint, Unregelmäßigkeiten in den Abrechnungen der Taufinessen in den letzten Jahren entdeckt zu haben. Ihr solltet Euch bei ihm rechtfertigen.« Cajetano hatte sich schnell wieder gefangen und versuchte abzulenken. Schließlich bestand durchaus die Möglichkeit, dass er als Täter entlarvt wurde.

»Dem Abt sind Unregelmäßigkeiten aufgefallen?« Stephanus schielte auf Augustinus' Platz, er war leer. Die Ironie in seiner Frage war nicht zu überhören. »Bin ich der Oberrechner, oder seid Ihr es, Pater Cajetano?«, setzte er mutig nach.

»Ihr führt die Bücher.«

»Die sind in Ordnung, sie abzuzeichnen liegt in Eurer Hand.«

»Wir werden sehen.«

Stephanus griff schweigend zum Löffel, es lag ihm nichts daran, hier ein Schauspiel vor allen Brüdern zu inszenieren.

Es war ein offenes Geheimnis, dass er und Cajetano um die Gunst des Abts buhlten. Die Brüder hatten schon heimlich Wetten abgeschlossen, wer von den beiden des Abts Vertrauter werden oder bleiben würde. Glücksspiele, und dazu gehörten Wetten, waren zwar verboten, doch reizten sie gerade deshalb.

»Wo ist Frater Augustinus?«, fragte Stephanus schließlich.

»In Klausur«, gab Cajetano giftig zurück. Er hasste es, nicht in alle Angelegenheiten des Klosters einbezogen zu werden. Ein Bote aus Klingnau war beim Abt. Er hatte sich und dem Besucher das Essen in sein Studierzimmer schaffen lassen. Er wollte nicht gestört werden. Die Landkarte mit den St. Blasianischen Ländereien hatte er sich auch bringen lassen. Sicherlich bot sich wieder eine Möglichkeit, ein Kloster oder Güter einzuverleiben.

Seine Stimme hatte Cajetano ihm damals bei der Wahl nicht gegeben. Doch seine Stimme allein zählte nicht. Wäre es mit rechten, das heißt göttlichen, Dingen zugegangen, hätte die Wahl auf einen fähigeren Mann des Glaubens fallen müssen. Auf ihn, Cajetano, zum Beispiel. Seiner Meinung nach steckten sie alle unter einer Decke. Unter einer Decke, die die klösterliche Ordnung nur nach außen hin vertrat, im Orden selbst herrschten Sodom und Gomorrha. Zumindest in Cajetanos Augen.

Stephanus' Weg führte somit geradewegs ins Skriptorium, auch wenn er vor Müdigkeit die Augen kaum offen halten konnte. Der Grund für Cajetanos' Versuch, ihn verschwinden zu lassen, musste in den Klosterunterlagen begründet liegen. Der Oberrechner hatte sich selbst verraten, indem er von Unregelmäßigkeiten in den Büchern gesprochen hatte. Das konnte er nur wissen, wenn er seine Nase in die Angelegenheiten des Sekretarius gesteckt hatte.

Seine letzte Arbeit hatte dem Testament des Aschenbrenners gegolten. Zwar war es Sache des Lehensträgers, also des Klosters, die entsprechenden Lehen zu besetzen, aber ungeschriebenes Gesetz war die natürliche Erbfolge der Lehensnehmer. Da Theis Schmiden, er war sogar ein Verwandter, keine eigene Familie hatte, galt die verwandtschaftliche Erbfolge. Das Kloster griff nur bei schweren Vergehen und Unfähigkeit ein.

Es gab in der Familie des Theis Schmiden nur eine leibliche Tochter, die seiner verstorbenen Schwester: Marie. Stephanus sah nach Recht und Gesetz keinen Hinderungsgrund, Theis Schmidens Nichte als Aschenbrennerin einzusetzen, wenn sie die Befähigung dazu hatte, auch wenn es recht ungewöhnlich war, eine Frau zu benennen. Doch man duldete beim Tod eines Lehensnehmers auch, dass dessen Eheweib das Lehen weiterführte, bis ein neuer Pächter, sprich Ehemann, gefunden war. Über kurz oder lang würde dies auch sicherlich bei Marie Sigwarthin der Fall sein. Zumal sie einen Sohn hatte, den man im Zweifelsfalle als Erben einsetzen konnte.

Stephanus suchte verzweifelt nach dem Skript, das er zwar aufgesetzt, aber noch nicht dem Abt und dem Oberrechner vorgelegt hatte. Er fand es nicht.

Nicht nur das Schriftstück und der Abt waren verschwunden, auch Justus war nirgends zu sehen. Als Stephanus ihn endlich fand, lag er zusammengerollt wie ein junger, verlassener Hund in einer Ecke der Kapelle. Erschrocken fasste Stephanus an seine Stirn, sie war glühend heiß.

Justus lag auf dem kalten Steinboden und zitterte. Er war nur mit der dünnen, abgetragenen Kutte bekleidet. Wie aus einer anderen Welt starrte er seinen Bruder an. Er glaubte sich schon im Himmel. War sein Bruder gar ein Engel, der ihn aufnahm und beschützte?

Stephanus war sich nicht sicher, ob Justus ihn erkannte. »Justus, hörst du mich?«

»Cajetano«, formten Justus' Lippen. Seine Worte waren nur gehaucht, als er weitersprach. »Cajetano, was hat er gemacht?«

»Ich war unten.« Stephanus deutete hinter den Altar.

»Wo? Ich nix finden.«

»Hast du die ganze Zeit hier gelegen?«

Justus nickte.

»Du armer Kerl, du. Komm, ich bring dich ins Bett.«

»Armer Kerl, Justus, Bett?«

»Ja, in mein Bett. Du hast Fieber. Hier auf dem Steinboden ist es zu kalt. Du dummer Kerl.«

»Justus, Dubel.«

»Ja, das bist du. Aber ein treuer Dubel. Liegst hier wie ein Hund und wartest auf mich.«

Stephanus trieb es die Tränen in die Augen. Er hob Justus auf und schulterte ihn, denn im Gegensatz zu seinem Bruder verfügte Stephanus über einen kräftigen Körperbau.

In seiner Zelle bettete er ihn auf seine Schlafpritsche und deckte ihn liebevoll zu. Was hatte dieser treue Kerl nicht schon alles an Schlägen in seinem Leben eingesteckt? Einschließlich von ihm. Stephanus schämte sich dafür. Justus wäre liegen geblieben aus Kummer, Hilflosigkeit und Brudertreue.

Er reichte ihm zu trinken. »Ich war unten, Justus. Kennst du die geheimen Katakomben? Die Gruft der Äbte?«

Justus schüttelte den Kopf. »Cajetano nix zeigen. Justus aufpassen und pfeifen. Cajetano beten, arme Kinder.«

»Welche armen Kinder? Verdammt, Justus, was weißt du?«

Justus gab ihm den Becher zurück. »Tote Kinder.«

In Stephanus' Kopf drehte sich alles. Die Gräber! Waren es Kindergräber? Welche Kinder? »Justus, welche Kinder?«

Justus wiegte erneut den Kopf. »Justus nix wissen. Nur aufpassen.«

»Sind dort unten Kinder begraben?«

Justus hob schwach den Arm, nur um ihn gleich wieder fallen zu lassen.

»Wer hat sie begraben? Cajetano?«

»Nix wissen, nix sehen.« Dann dämmerte er weg. Er musste am Ende seiner Kräfte sein.

Stephanus lief aufgeregt in die Küche, er musste eine Hühnerbrühe für seinen Bruder auftreiben. Es war das erste Mal, dass er Angst um dessen Leben hatte. Bisher hatte er ihn immer nur als Last empfunden.

Mit wem, verdammt noch mal, besprach sich der Abt schon seit Stunden? Was ging hier vor?

Justus war nicht mehr wach zu bekommen, als Stephanus endlich mit der Brühe zurückkam. Erschöpft stellte er sie auf den Nachttisch, spürte die eigene bleierne Schwere und überlegte, ob er den Abt jetzt gleich aufsuchen sollte.

Doch ehe er weiter darüber nachdenken konnte, schlief er neben seinem fiebrigen Bruder ein.

Stephanus hörte nicht mehr, dass die Besprechung zu Ende ging. Nur wenige Schritte von seiner Zelle entfernt trat der Bote aus dem Studierzimmer des Abts. Eine Skizze unter seinem Umhang verborgen. Er trug die Kutte eines Wilhelmiters.

Die Männer verabschiedeten sich mit einem Bruderkuss, dann entfernte sich der Bote. Er hatte noch einen weiten Weg vor sich. Bruder Klaus würde seine Nachricht erwarten, noch vor dem letzten Stundengebet konnte er Klingnau erreichen.

***

Wiltrudis, inzwischen wieder als Marktfrau bekleidet, kauerte noch immer an ihrem Ausguck und hielt gebannt den Hintereingang im Auge. Die Männer waren längst weg, es dunkelte bereits. Bisher war nichts geschehen. Außer einem Stallburschen, der über den Hof zu den Stallungen gegangen war, war kein Mensch aufgetaucht.

Da hörte sie plötzlich Pferdehufe klappern. Ein Reiter kam die Gasse zum Kloster Sion herauf. Der Stallbursche stürmte aus dem klösterlichen Pferdestall und deutete eine Verneigung an. Der Reiter gewährte ihm mit einer Handbewegung Einhalt.

Der Busche nahm die Zügel des Pferdes und verschwand mit

ihm im Stall. Der Reiter, er trug eine hiesige Mönchskutte, die der Wilhelmiter, schritt geradewegs zum Hintereingang. War er besagter Bote, den man zu Augustinus geschickt hatte?

Wiltrudis wartete kurz ab. Als nichts weiter geschah, beschloss sie, endlich selbst etwas zu tun. Niemand würde ihr hier weitere Informationen liefern, die Zeit drängte.

Vorsichtig wagte sie sich aus ihrem Versteck. Hinten in einem Verschlag entdeckte sie den Stallburschen, der dem Pferd das Zaumzeug abnahm. Vielleicht konnte sie ihm etwas entlocken.

»Ein schönes Pferd habt Ihr hier, gehört es Euch?«

Der Blondschopf kam auf sie zu, er war höchstens siebzehn Jahre alt. Die förmliche Anrede war er offensichtlich nicht gewohnt, genau das hatte Wiltrudis gehofft.

»Nein, dem Kloster. Wer seid Ihr, und was wollt Ihr hier im Stall?«

»Kennt Ihr den Jungen, der heute Nacht das Kloster verlassen soll?«

Der Bursche sah sie misstrauisch von der Seite an. »Was habt Ihr mit Pius zu schaffen?«

Wiltrudis besann sich auf ihr Äußeres als Marktfrau. Sie hob den Beutel mit dem Habit und wagte eine, wie sie glaubte, unverfängliche Begründung.

»Ich soll ihm etwas von seiner Mutter auf den Weg mitgeben.«

Der Junge kratzte sich verlegen hinter den Ohren. Er schien nachzudenken. Schließlich räusperte er sich. »Die Frau Günzli ist schon lange tot. Wer seid Ihr wirklich? Und was habt Ihr hier zu schaffen?«

Damit hatte Wiltrudis nicht gerechnet. Die Aussage traf sie wie eine Faust in die Magengrube. Zum Glück hatte sie ein Tuch umgebunden, man hätte ihre verräterischen roten Flecken am Hals gesehen. Sie blickte hektisch zum Hintereingang. Der Junge machte noch keine Anstalten, sie zu verraten. Noch nicht.

Schnell wog sie ab, inwieweit sie dem jungen Kerl vertrauen konnte. Sie hatte keine Zeit, lange zu überlegen, und setzte deshalb alles auf eine Karte. Es war, als wüchse sie über sich hinaus.

»Ich meine auch nicht die Frau Günzli, ich meine seine richtige Mutter.«

Der Stallbursche horchte auf, sah sich kurz um, ob niemand in der Nähe war, dann kam er näher an sie heran und flüsterte: »Wie meint Ihr das?«

»Kann ich Euch vertrauen?«

Er nickte.

»Kennt ihr Pius?«

Abermaliges Nicken. »Sicher.« Seine Stimme klang vor Aufregung heiser. Witterte er ein Abenteuer, oder vertraute er ihr wirklich? »Aber ich werde Euch nicht zu ihm führen. Ich habe strenge Anweisung.«

»Könnt Ihr ihm etwas von mir geben?«

»Kommt darauf an, was.«

Wiltrudis holte tief Luft, was sie jetzt tat, war sehr gewagt. Sie hatte keine Wahl und reichte dem Stallburschen den Brief der Hebamme. Sie musste dem Jungen vertrauen, es war vielleicht ihre einzige Chance.

»Es ist ein wirklich sehr wichtiges Dokument, gebt es keinem anderen außer Pius persönlich. Ich bin bei der Fischhändlerin unten an der Aare zu finden. Sagt ihm das.«

Wiltrudis wollte sich und ihrem Sohn Zeit geben, einen klaren Gedanken zu fassen. Außerdem fühlte sie sich hier nicht mehr sicher. Vielleicht hatte sie jemand beobachtet.

Der Junge nickte erneut. Er wirkte wie ein Fünfjähriger, dem man eine Münze anvertraute und damit das erste Mal zum Bäcker schickte.

Wiltrudis kam sich bleischwer und verraten vor, als sie den Jungen im Klostergebäude verschwinden sah. Er hatte den Brief unter sein Hemd geschoben. Das einzige Dokument, das Pius als ihren leiblichen Sohn bezeugte.

Kapitel 7

So weit hatte sich Jakob noch nie allein vom Dorf entfernt. Er konnte die Rauchsäule des Glasofens hinten im Tal noch sehen. Die Mahnung seiner Mutter in den Ohren, nicht außer Sichtweite des Aschenhauses zu gehen, stapfte er entschlossen weiter Richtung Schluchtensteig. Ihn drängte ein wichtiges Anliegen: Sein Freund Schatzhauser war verschwunden. Er kam nicht mehr zu ihrem geheimen Platz im Wald. Jakob machte sich Sorgen. Ob ihn der böse Bischof wieder im Bergwerk gefangen hielt?

Es gab nur zwei Möglichkeiten, wie er den Schatzhauser finden konnte: suchen oder beten. Da die erste Möglichkeit bisher nicht zum Erfolg geführt hatte, wollte er es mit der zweiten versuchen, unten im Kloster St. Blasien. Da war Gott am ehesten anzutreffen.

Onkel Theis mochte den Abt nicht, der wäre ähnlich wie der Bischof von Basel.

Vielleicht traf er den Schatzhauser ja noch auf dem Weg dorthin, denn er musste ihm unbedingt vom neuen Dorf berichten, in das er mit seiner Mutter und den anderen Glasmacherfamilien bald ziehen würde.

Jakob lief am Windbergbächlein entlang, warf gelegentlich einen Stein hinein und freute sich, wenn es ordentlich platschte. Im unteren Teil der Matte lebten die Frösche, das Wasser verzweigte sich, die Wiese war sumpfig. Jakob hatte die Tiere heranwachsen sehen. Zuerst waren es nur ganz viele kleine Glaskugeln gewesen, mit Punkten darin. Dann wuchsen ihnen Schwänze. Schließlich platzten die Glaskugeln, und es wimmelte nur so von Kaulquappen im Wasser zwischen den Gräsern. Jakob hatte sie sich genau angeschaut, sie kitzelten, wenn sie in seinen hohlen Händen zappelten.

Vorsichtig bog er die Halme beiseite. Es waren längst nicht mehr so viele Tiere wie noch bei seinem letzten Besuch mit seiner Mutter. Von ihren Schwänzen waren nur noch kleine Stummel übrig, dafür hatten sie jetzt Beine, fast wie richtige

Frösche. Er fing einen und besah ihn sich genau. Dann setzte er ihn wieder ab, damit er bei seinen Freunden bleiben konnte. Zu gern hätte Jakob einen oder zwei mitgenommen, vielleicht auf dem Heimweg. Es würde ihnen aber sicherlich nicht gefallen, so lange in der dunklen Hosentasche auszuharren.

Wieder am Wegrand, sammelte Jakob die schmackhaften Wilderdbeeren und füllte seinen Bauch, bevor er zwischen den großen, glitschigen Felsen die Schlucht hinunterstieg. Er musste über Baumstämme kriechen und durch Schlammpfützen waten. An einer Stelle fielen ein paar Sonnenstrahlen durch die Äste und ließen die Steinchen im Wasser golden glitzern. Jakob glaubte, einen geheimen Schatz entdeckt zu haben. Er nahm eines der Steinchen heraus und ließ es gegen die Sonne blitzen.

In einer anderen Pfütze beobachtete er Wasserläufer, die mit ihren langen Beinen mühelos auf dem Wasser gingen. Der Weg war so aufregend, dass er plötzlich an der Alb stand. Jakob hatte den Abzweig zum Kloster verpasst. Doch Gott würde ihm auch nachher noch zuhören.

Hier im Bachbett gab es große Steine und jede Menge Schwemmsand. Eine ganz neue Abenteuerlandschaft tat sich vor Jakob auf. Er bohrte seine Zehen in den feuchten Sand, bis das Wasser nachlief. Dann versuchte er, mit ein paar Schritten durch das klare, eiskalte Wasser die großen Felsbrocken in der Mitte des Flusses zu erreichen. Er suchte sich einen besonders schönen großen Stein als Ziel aus, der eine Zeichnung ohne Farben trug. Die Figuren waren eingeritzt. Jakob konnte deutlich einen Mann und eine Sonne erkennen, und ein großes Kreuz, das aussah, als sei es umgefallen.

Ob dies der Stein der Kobolde war, von dem Theis immer erzählte? Mit seinen geheimen Zeichen?

Jakob kletterte hinauf und fühlte sich wie ein König im Reich des Wassers. Die Fische darin waren sein Volk. Das Wasser, das in der Sonne glitzerte, war aus Silber. Konnte Silber überhaupt flüssig sein? Glas war es auch in den Schmelzöfen. Bestimmt konnte Silber auch flüssig sein, wenn es heiß war.

Irgendwann wurde das Wasser langweilig. Beim Herunterklettern sah Jakob, dass der farblose Mann auf dem Stein in eine

Richtung zeigte. Jakob folgte dem Finger mit seinem Blick: Eine moosbewachsene Wurzel weiter flussabwärts sah in seinen Augen sehr nach einem wilden Drachen aus. Theis hatte ihm davon erzählt und dass Siegfried ihn getötet hätte, den Drachen, vor sehr langer Zeit. Vielleicht war es ja noch ein ganz junger Drache, der dort vorwitzig in den Fluss schaute, von dem der Siegfried gar nichts wusste. Es konnte daher nicht schaden, sich zu bewaffnen. Jakob erkor sich einen Stock aus, der ihm stabil genug erschien.

Mutig, seine Waffe im Anschlag, watete er durch das Wasser auf den Drachen zu. Wilde Beschimpfungen und Flüche ausstoßend. Schließlich galt es, sich Mut und dem Drachen Angst zu machen. Dann schlug er zwei- oder dreimal auf den moosbewachsenen Schädel des Drachen ein, bis seine Nase, eine morsche Verästelung der Wurzel, abbrach.

Jakob stieß einen Siegesschrei aus. Er hatte ihn erlegt, den Drachen. Blutete er? Ein Bad im Drachenblut sollte unverwundbar machen. Jakob bohrte wiederholt sein Schwert in die Wurzel. Nichts, kein Blut.

Im selben Augenblick kam ein Feuerschein auf ihn zu, vom anderen Ufer. Jakob hatte noch gar nicht bemerkt, dass die Sonne untergegangen war. Lebte hier ein weiterer feuerspuckender Drache?

***

Marie machte sich allmählich Sorgen. Jakob war noch immer nicht aufgetaucht, das Abendessen unberührt geblieben. So lange war Jakob auf seinen Erkundungstouren noch nie weggeblieben. Die Drohung des Kohle-Hans kam ihr in den Sinn.

Sie beschloss, einen klaren Kopf zu bewahren und zunächst das Naheliegendste zu unternehmen: Sie ging ins Dorf, um die anderen Kinder zu befragen. Vielleicht hatten sie ihren Sohn wieder geärgert, und er war weggelaufen oder hatte sich versteckt. Dem Poldi traute sie alle üblen Scherze zu.

Doch die Dorfkinder beteuerten, Jakob heute noch nicht gesehen zu haben. Auch ihre Schwestern wussten von nichts. Selbst Ludwina hob bedauernd ihre mächtigen Arme.

Wie aus dem Nichts stand plötzlich Michael vor ihr. »Was ist mit dem Bastard? Kannst du nicht aufpassen?« Ehe sie sich's versah, hatte sie sich eine Ohrfeige eingefangen.

Michael behandelte seine Tochter nach wie vor wie ein unmündiges Kind, wenn Theis nicht in der Nähe war. Seiner Meinung nach war eine Frau nicht zum eigenständigen Denken und Handeln geboren. Frauen funktionierten nur, wenn man ihnen die Verhaltensregeln einprügelte.

Ludwina schien diese These zu bestätigen. Maries Stiefmutter ertrug ihr Schicksal schon lange oder fraß es in sich hinein. Und wenn sie sich doch einmal wehrte, fehlten ihr der Scharfsinn und das Durchsetzungsvermögen. Sie zog bei Michael stets den Kürzeren.

Während Marie innerlich kochte und überlegte, ob sie einen weiteren Streit mit ihrem Vater entfachen sollte, wandte sich der Glasvogt ab. Er hatte seine erzieherische Notwendigkeit erfüllt, nun tat er, was getan werden musste. Er rief einen Suchtrupp zusammen.

Kurz darauf schwärmten die Männer des Dorfes, bewaffnet mit Fackeln, in alle Richtungen aus. Sie befürchteten den baldigen Einbruch der Dunkelheit. Der Glasvogt hatte das Kommando. Darin war er gut.

Marie bat Theis, im Haus zu bleiben, um den Buben gegebenenfalls in Empfang nehmen zu können. Sie selbst nahm den Weg zum Bötzberg, dorthin hatte sie Jakob des Öfteren pilgern sehen.

Franziska kam ihr nach und schob ihre Hand in die ihrer großen Schwester. Sie versuchte, Marie zu beruhigen. »Sicherlich spielt er wieder mit dem Dubel, oben im Wald, und hat die Zeit vergessen.«

Marie nickte beiläufig und versuchte sich zu erinnern, was Jakob ihr in der letzten Zeit von seinen Ausflügen erzählt hatte. Vielleicht gab es ja Hinweise. Den Bauernhof zum Beispiel, den er sich gebastelt hatte. Sie bereute, dass sie sich nie die Zeit genommen hatte, ihn anzuschauen. Von Justus hatte er erzählt, ja, und vom Glasmännlein, das in seinen Augen ein Riese war. Eine Phantasiegestalt des Jungen.

Keuchend erreichten sie die Anhöhe. Weit und breit war keine Menschenseele zu sehen. Ihre Blicke ins Dorf zurück zeigten ihnen, dass der Glasvogt und seine Mannen Richtung Wittemle und Althütte ausströmten.

»Er wird doch nicht hinunter in die Schlucht gegangen sein?«, sagte Marie mehr zu sich selbst.

»Jakob weiß, dass er dort nicht hindarf.«

»Franziska, hast du den Kohle-Hans heute gesehen?«

»Hans? Nein, warum?«, fragte Franziska irritiert.

»Er hat mal so eine Andeutung gemacht, dass er Jakob gern bei sich hätte«, erwiderte Marie vage.

»Aber der Jakob mag den Hans doch gar nicht.«

»Wie kommst du darauf?«

»Der wollte ihn schon mal auf Wotan reiten lassen, aber Jakob wollte nicht. Komisch, ich wäre geritten. Ist doch schön auf so einem Pferd. Und Jakob ist sonst ganz verrückt danach, auf einem Pferd zu sitzen.«

»Wann war das?«

»Vorgestern, oder vielleicht gestern.«

»Heute nicht?«

Franziska schüttelte den Kopf, dabei kamen ihr die Tränen.

»Was heulst du?«

»Hans hat den Jakob ganz fest am Arm gehoben, bis er weinen musste. Jakob hat sich losgerissen und im Holzschuppen versteckt, dann hat der Hans gebrüllt, dass er ihn schon noch erwischen würde. Seinen Dickkopf würde er ihm austreiben, wenn er erst sein Vater wäre.«

»Sein Vater?« Marie schluckte trocken. Ihre Stimme klang hoch.

»Marie, du wirst diesen groben Kerl doch nicht heiraten, oder?«

»Ganz sicher nicht, Franziska.«

Hans! Sollte sie ihrem Vater davon erzählen? Das erste Mal seit Langem kam er ihr als Beschützer in den Sinn. Er wäre der Einzige, vor dem der Kohle-Hans Respekt hatte.

Ehe sie weiter darüber nachdenken konnte, kamen schnatternd zwei alte Frauen über den Bergkamm, die Brennholz gesammelt hatten.

»Habt ihr meinen Buben gesehen?«

»Nein«, sagte die eine, »aber ihr solltet euch vor dem Dubel in Acht nehmen. Dem Justus aus dem Kloster unten kann man nicht trauen. Der beobachtet die jungen Mädchen und erschreckt sie. Wer weiß, was der mit einem kleinen Jungen nicht alles anstellt.« Mitleidig blickten die Frauen auf Franziska, hielten sich aber mit weiteren düsteren Vorahnungen zurück.

Entmutigt bedankte sich Marie bei den Frauen und beschloss, hinunter ins Kloster zu gehen. Vielleicht konnte sie Bruder Stephanus sprechen. Er hatte immer ein offenes Ohr für die Nöte der einfachen Leute, so zumindest sagte Theis. Stephanus war zudem der Bruder des Dubels und ein entfernter Verwandter von Theis, er würde sich ihrer Sorge annehmen.

Ein Blick zum Himmel zeigte ihr, dass sie das Kloster noch vor Einbruch der völligen Dunkelheit erreichen konnte. Den Heimweg würde sie schon irgendwie finden. Schlimmer war die Vorstellung, Jakob irre allein in der Nacht umher.

»Franziska, lauf zu Theis und sag ihm, dass ich zu Bruder Stephanus gehe. Und erzähle ihm von Hans, sag, was du beobachtet hast.«

***

Kaum war der Mond aufgegangen, klopfte es dreimal gegen die Tür der Fischhändlerin. Wiltrudis blieb vorsichtshalber im Hintergrund des Wohnraums stehen, ihr Herz pochte heftig gegen ihre Rippen.

Sie erkannte das pickelige Gesicht und die ungekämmten blonden Haare des Stallburschen, als er sich durch den Eingang schob. Sie hatte inständig gehofft, Pius selbst würde sich melden. Doch das war wohl zu viel erwartet.

Immerhin hatte der Bote einen Brief dabei. Mit Genugtuung stellte Wiltrudis fest, dass er ihn nicht der Schwiegertochter der Fischhändlerin aushändigte, sondern darauf bestand, ihn der »fremden« Marktfrau zu überreichen.

Wiltrudis hatte ihren Namen nicht genannt. Der Fischhändlerin und ihrer Schwiegertochter hatte sie eine Geschichte aufgetischt, die zwar nicht gelogen war, aber auch nicht die ganze Wahrheit enthielt. Die Wahrheit, dass *sie* die Mutter des Jungen war. Sie hatte stattdessen bekundet, dass sie um ein Kind wisse, das vor Jahren bei der Kaufmannsfamilie abgegeben wurde und dessen leibliche Mutter erst jetzt davon erfahren habe, dass ihr vermeintlich tot geborener Junge lebte.

Damit hatte Wiltrudis wohl das Mutterherz der alten Frau gerührt, denn die hatte daraufhin mit Tränen in den Augen von ihren damaligen Beobachtungen erzählt: »Ich habe in jener Nacht wach gelegen. Vom Weg, der Richtung Rhein führt, kam ein Reiter die Gasse hoch. Eine Frau war bei ihm. Ich habe ein Neugeborenes greinen gehört. Jawohl, ein Neugeborenes. Und das, nachdem ich selbst erst kurz zuvor ein Kind verloren hatte. Nur wenige Tage alt. Zuerst habe ich geglaubt, jemand wolle ein Kind aussetzen oder in der Aare ertränken. Ich habe hinausgeschaut und mir vorgenommen, das Kind zu holen, egal, ob ich es immer satt bekomme oder nicht. Wer sonst reitet mitten in der Nacht mit einem Neugeborenen durch die Gegend? Niemand mit ehrlichen Absichten, habe ich mir gesagt. Doch dann ging die Frau, die nach dem Alter weder Mutter noch Amme war, mit dem Bündel direkt zum Haus des Kaufmanns. Ich nahm meinen Umhang und schlich die Gasse hoch. Ein Mönch wartete dort, er hat das Kind in Empfang genommen und der Frau Günzli übergeben. Der Reiter und die Frau sind gleich wieder gegangen. Den Mönch habe ich öfter hier gesehen. Ein Benediktiner. Erst sehr viel später habe ich erfahren, dass er der Abt selbst war. Das Kind muss etwas Besonderes sein, habe ich mir gedacht. Man hat sich im Ort gewundert, woher das Kind der Kaufmannsgattin kam. So lange hatte sie vergeblich auf ein Wunder gehofft, in ihrem Alter noch ein Kind zu bekommen. Sie hat den Leuten immer gesagt, es käme von Gott. Sie war so eine rührende Mutter, dass ich ihr das fremde Glück gegönnt und meine Beobachtung bis zum heutigen Tag für mich behalten habe. Gott sei ihr gnädig. Der Abt hatte sicherlich gute Absichten, hab ich mir gesagt. Vielleicht war die leibliche Mutter bei der Geburt gestorben. Sicherlich ist dem Buben eine schlimme Kindheit erspart geblieben.«

Wiltrudis hatte ihr stumm recht gegeben und mit den eigenen Tränen gekämpft.

Nun trat sie aus dem Halbdunkel des hinteren Raumes. »Ihr habt eine Botschaft für mich, wie ich sehe?«

Der Stallbursche nickte, gab ihr wortlos den Brief und wollte gehen.

»Halt, wollt Ihr keinen Lohn?« Wiltrudis nestelte eine Münze aus ihrem Rocksaum. »Hat er Euch sonst noch etwas gesagt?«

»Ich nehme keinen Judaslohn.« Statt zur Münze zu greifen, hob der Junge die Hand.

Wiltrudis war erstaunt, er hatte Charakterstärke. »Wen glaubt Ihr zu verraten?«, fragte sie ihn.

»Die Herren.«

»Die Herren? Welche Herren?« Sie versuchte, ihn aus der Reserve zu locken. Hatte er Order erhalten, nicht zu reden?

»Höchste Geheimhaltung, der Abt und der Propst sowie Bruder Klaus fürchten um das Leben von Pius. Ich begehe mit diesem Besuch bei Euch eine Zuwiderhandlung. Ich war nie hier.« Der Bursche wandte sich zum Gehen.

»Warum vertraut Ihr mir dann?« Wiltrudis wollte mehr über ihn herausbekommen, schien er doch direkten Kontakt mit Pius gehabt zu haben.

»Ich vertraue niemandem. Aber Pius ist mein Freund, und nur das zählt, er hat mich darum gebeten, Euch den Brief zu überreichen.«

Das Wort »Freund« hallte in Wiltrudis' Ohren wie himmlisches Geläut. Sie war auf der richtigen Spur. »Ihr seid ein bemerkenswerter Bursche, was wisst Ihr über die Sache?«

»Nichts.«

»Das kann ich nicht glauben. Anders gefragt: Welche Ahnung habt Ihr?« Wiltrudis war ihrem Ziel so nah. Vor ihr stand der Freund ihres Sohnes, des Sohnes, den man sie über all die Jahre tot glauben ließ.

»Meine Vermutungen zählen nicht, werte Frau.« Er wandte sich endgültig der Tür zu.

Sie hielt ihn am Ärmel zurück. »Die andere Person, die nach ihm fragte, Ihr wisst doch etwas über sie?«

»Leider nicht, nur dass man ihn beim Kaufmann festhält.«

»Ihn? Ein Mann? Beim Kaufmann Günzli?«, fragte Wiltrudis.

Als der Junge nichts weiter sagte, fuhr sie fort: »Wer ist er?«

»Ich bin mir nicht sicher, ob es wirklich ein Mann war. Zumindest trug er die Verkleidung eines Bettelmönchs.«

»Verkleidung?«, fragte Wiltrudis erstaunt.

»Die Schuhe waren neu, das passte nicht. Und er hatte erstaunlich kleine Füße.«

»Habt Ihr ihn gesehen?«

»Kurz.«

»Würdet Ihr ihn wiedererkennen?«

»Aus Hunderten heraus, ja.«

»Was macht Euch so sicher?«

»Der Blick. Ich kann es nicht sagen, aber ich hatte Angst.«

»Habt Dank, mein Junge. Wie ist Euer Name?«

»Waldemar.«

»Gott schütze Euch, Waldemar.« Wiltrudis zeichnete ein Kreuzzeichen in die Luft.

Der Junge reagierte verwirrt und verschwand grußlos.

***

Bruder Stephanus saß beim Essen, als ihn der Bruder Pförtner aufsuchte. Wie immer, wenn es wichtig war und er es eilig hatte, ruderte er aufgeregt mit den Armen, als wolle er seinen Beinen helfen, schneller zu gehen.

»Eine ungewöhnliche Besucherin«, flüsterte er ihm ins Ohr, jedoch laut genug, dass die Mönche in seiner unmittelbaren Nähe es hören konnten, »ein junges Mädchen will Euch in einer dringenden Angelegenheit sprechen, es geht um einen vermissten Jungen.«

Cajetano, der neben dem Sekretarius am Tisch saß, verschluckte sich fast. Der Löffel fiel ihm aus der Hand. Stephanus blickte fragend auf, doch der Oberrechner tat, als wäre nichts gewesen.

Er erhob sich, verließ den Speiseraum und ging ins Besucherzimmer, wo Marie bereits nervös auf und ab lief. Als Stephanus eintrat, blieb sie stehen und sah ihn eindringlich an. Sie wischte sich die Hände am Rock ab, ehe sie sie dem Mönch reichte. Der ängstliche Blick des Mädchens entging ihm nicht.

»Verzeiht meine Störung, Bruder Stephanus, aber ich bin in großer Sorge um meinen Sohn. Jakob ist heute Abend nicht nach Hause gekommen. Das hat er noch nie gemacht.«

»Und was macht dich glauben, ich könnte dir helfen? Bist du nicht die Marie, die Nichte des Aschenbrenners?«

Marie rang sichtlich mit den Worten, knetete ihre Hände. »Ja, die bin ich. Onkel Theis war neulich bei Euch, aber deshalb komme ich nicht. Nun, wie soll ich sagen, ich weiß, dass Jakob manchmal mit Eurem Bruder, dem Justus«, sie schaute auf und mahnte sich, nichts Falsches zu sagen, »im Wald gespielt hat. Vielleicht hat er ihn gesehen?«

»Justus liegt mit Fieber im Bett. Er war die letzten Tage sicherlich nicht im Wald. Tut mir leid.«

Alle Hoffnung wich aus Maries Gesicht.

»Wenn ich mich richtig erinnere, ist dein Sohn noch ein Kleinkind. Etwas jung, um allein im Wald herumzuspringen«, sagte Stephanus vorsichtig. Marie musste in großer Sorge sein, wenn sie den Weg hierher gewagt hatte.

»Ja, er hat halt keine Freunde, die Kinder verspotten ihn.«

»Warum?«

»Weil er keinen Vater hat.« Wieder zupfte Marie nervös an ihrer Schürze.

»Einen Vater wird er wohl haben, aber der will den Jungen nicht, oder?«

Marie zog hilflos die Nase hoch.

»Erzähl mir mehr über den Vater des Buben.«

»Warum?«

»Wer ist er? Hat er vielleicht etwas mit dem Verschwinden des Jungen zu tun?« Stephanus bot ihr einen Platz an.

Marie setzte sich spitz auf die Stuhlkante. Sie war nicht zum Plaudern gekommen, wollte aber nicht unhöflich sein.

»Er, sein Vater, meine ich, weiß nicht einmal, dass er einen Sohn hat. Er hat sich nie wieder gemeldet.«

»Bist du dir sicher?«

»Ich habe ihn nie mehr gesehen.«

»Das heißt, er war nicht von hier?«

»Nein, ein Glasträger. Es sagte mir, er käme aus Todtnau Aftersteg. Ich habe erfahren, dass er wegen Betrügereien in Freiburg verurteilt wurde.«

»Wer hat dir das gesagt?«

»Der Kohle-Hans.«

»So, der weiß das also. Dann hast du gut daran getan, den Glasträger nicht mehr zu sehen. Wer sucht noch nach dem Kind?«

»Mein Vater und das ganze Dorf. Sie sind mit Fackeln in die andere Richtung, nach Althütte hoch.«

Ein verschwundenes Kind. Stephanus wurde unruhig. Er musste an Cajetanos Reaktion soeben im Refektorium denken. Und an das verschwundene Schreiben für den Aschenbrenner. Das ausgehobene Grab, die toten Kinder, von denen Justus gesprochen hatte und für die Cajetano beten wollte.

Eine plötzliche Eingebung sagte ihm, dass dort im unterirdischen Tunnelsystem das Geheimnis verborgen war, vielleicht sogar dieser kleine Junge. Doch wie sollte er die junge Mutter beruhigen, wenn er gleichzeitig einen schrecklichen Verdacht hegte? Cajetano.

»Es wird wohl das Beste sein, du gehst nach Hause. Ich werde mich hier kundig machen und meinen Bruder fragen, ob dein Sohn auch mit anderen Kontakt hatte. Sollte ich etwas erfahren, gebe ich sofort im Dorf Bescheid.«

Marie machte keine Anstalten, zu gehen.

»Gibt es noch etwas?«

»Ich weiß nicht. Jakob hat mir von einem Schatzhauser erzählt, den er und Justus im Wald getroffen haben.«

»Schatzhauser? Der gute Waldgeist aus der Sage?« Stephanus grinste. Kinderphantasien.

»Ja, das Komische ist nur, Jakob behauptet steif und fest, er wäre kein Zwerg, sondern ein Riese.«

Stephanus horchte auf, der Schreck stand ihm ins Gesicht geschrieben. Das Monster in den Katakomben.

»Bruder Stephanus, wisst Ihr etwas?«

»Nein, nein, ich habe nur gerade versucht, mir so jemanden vorzustellen. Ich kenne keinen Riesen.« Er war bemüht, ein unbefangenes Lächeln aufzusetzen, doch seine Stimme zitterte vor Erregung.

Marie glaubte ihm nicht.

***

Jakobs Augen wurden schwer. Er hatte einen langen und aufregenden Tag hinter sich. Noch flackerte der Widerschein des Feuers in seinen Augen. Immer wieder stoben kleine Funken aus der Glut, schossen puffend vor sein Schlaflager. Wie zu Hause beim Glasofen, wenn er sich in die Hütte schlich und den Männern zusah, bevor sein Großvater kam.

Das Feuer wärmte ihn. Sein Gesicht glühte, eine tiefe Müdigkeit breitete sich in seinem Körper aus. Er war satt. So viel gebratenes Fleisch hatte er noch nie gegessen. Seine Mutter hatte ihm zwar verboten, etwas von Fremden zu nehmen, aber der Schatzhauser war kein Fremder, er war ein Geist. Ein guter Geist. Der Schutzgeist der Glasmacher.

Die ganze Höhle roch nach Gebratenem. Die Knochen hatten sie ins Feuer geworfen, wo sie zuerst leise gezischt, gequalmt und sich dann vor Hitze gebogen hatten, zumindest die kleineren. Die zarten roten Feuerzungen leckten noch daran.

Jakob war glücklich. Er hatte seinen Schatzhauser gefunden. Lag hier an seinem Lagerfeuer in der Höhle des Drachen. Das Glasmännlein, der Schatzhauser, hatte den bösen Drachen in Stein und Holz verwandelt, damit er ihm nichts anhaben konnte. Drachenblut hin oder her, so hatte er ihm erzählt, es gab noch andere Mittel, unverwundbar zu werden. Das Bärenfell zum Beispiel. Jakob durfte darauf schlafen.

Der Schatzhauser musste es ja wissen. Er hatte nämlich auch schon einen Bären erlegt. Mit einem Schuss. Und damit einem Mann das Leben gerettet. Einem wichtigen Mann, wie er sagte. Wichtig in Jakobs Leben. Es war vor langer Zeit geschehen, damals war Jakob noch nicht geboren. Der Mann war von gierigen Händlern verfolgt worden, denn er hatte heimlich Glas verkauft, verbotenes Glas, im Auftrag des Oberrechners des Klosters und auch im Auftrag von Onkel Theis.

Ja, das Glas mache die Menschen gierig, behauptete der Schatzhauser. Alle wollten verdienen – jeder ein bisschen mehr als der andere. Marie, Jakobs Mutter, habe den Mann gesund gepflegt. Aber es habe nichts genützt. Er war undankbar gewesen, hatte weiterhin die Menschen betrogen und sitze nun im Turm. Dort warte er, bis sein Herz aus Glas schmolz und er wieder ein guter Mensch würde.

Der Onkel Theis dagegen habe sein Unrecht eingesehen und seiner Nichte in der Not, an der er Mitschuld hatte, beigestanden. Damit wäre das Unheil gebannt.

Dann erzählte der Schatzhauser ihm die Geschichte vom kalten Herz: »Es war einmal ein Köhler, Peter Munk, auch Kohlenmunk genannt, dem wurde seine Arbeit zu schmutzig, deshalb wollte er das Glasmännlein, den guten Waldgeist, aufsuchen und ihn bitten, dass er ihm zu seinem Traum vom großen Geld verhelfe. Im Wald begegnete er dem riesigen Holländer-Michel, dem bösen Geist, dem er jedoch entkommen konnte. Schließlich traf der Kohlenmunk das Glasmännlein und bat es, ihm seine Wünsche zu erfüllen. Der Geist versprach ihm drei Wünsche, den dritten aber nur unter Vorbehalt, falls der Peter töricht sei.«

»Was ist töricht?«, fragte Jakob.

»Dumm, was er auch war, denn sein erster Wunsch, dass er besser tanzen könne als der Tanzbodenkönig und immer so viel Geld in den Taschen haben wolle wie der Ezechiel im Wirtshaus, war nicht besonders gescheit. Der zweite Wunsch, eine stattliche Glashütte, die viel Geld abwarf, war schon etwas klüger. Das Glasmännlein machte ihn darauf aufmerksam, dass er sich den nötigen Verstand dazu hätte wünschen sollen. Was Peter natürlich nicht fand. So kam es, wie es kommen musste: Peter lebte in Saus und Braus, kümmerte sich nicht um die Glashütte und verspielte sein Geld, doch als er beim Würfelspiel dem Ezechiel das ganze Geld aus der Tasche zog, offenbarte sich sein Wunsch, immer gleich viel zu besitzen wie der Ezechiel, und er besaß nichts mehr.«

»Gar nichts?«, wollte Jakob wissen.

»Nein, gar nichts«, antwortete Jakobs Schatzhauser. »Am

nächsten Morgen stand ein Amtmann vor seiner Glashütte und pfändete sie. Das Glasmännlein, das er daraufhin um Hilfe bat, wollte ihm kein Geld mehr gewähren. In seiner Not wandte Peter sich an den bösen Holländer-Michel, der ihm im Tausch um sein Herz so viel gab, wie er wollte. Das Herz des bösen Geistes war jedoch aus Stein. Peter war zwar nun reich, konnte aber kein Glück mehr empfinden. Nicht einmal, als er die schöne Holzhauertochter Lisbeth heiratete. Er verlieh Geld zu Wucherzinsen und verbat seiner Frau, den Armen zu helfen. Seiner Mutter gewährte er nur Almosen. Als Lisbeth in einem unbeobachteten Moment einem alten Mann Brot und Wein gab, kam Peter hinzu und erschlug sie in seinem Zorn.«

»War sie tot?«, wollte Jakob wissen.

»Ja, aber was der Kohlenmunk nicht wusste: Der alte Mann war das Glasmännlein. Peter gab ihm die Schuld für sein Unglück, als er es erkannte. Aus Dankbarkeit gegenüber der toten und warmherzigen Lisbeth gewährte ihm der gute Geist acht Tage Zeit, um sich zu besinnen. Peter hörte von nun an im Traum fremde Stimmen, die ihm zu seinem alten Herzen rieten. Mit dieser Bitte trat er dann dem Holländer-Michel entgegen. Der böse Waldgeist lachte ihn jedoch aus und erklärte ihm, dass sein Vertrag auf Lebenszeit gelte. Er zeigte ihm seine Herzsammlung, unter anderem war da auch das vom Ezechiel.«

»Der Ezechiel, war das der aus dem Wirtshaus?«, fragte Jakob.

Der Schatzhauser nickte und fuhr fort. »Reumütig wandte Peter sich an das Glasmännlein, ihm zu helfen, seinen letzten Wunsch zu erfüllen. Einen fremden Zauber könne er nicht bannen, daher riet das Glasmännlein dem Peter zu einem Trick. Er solle sich das Herz nochmals zur Probe einsetzen lassen. Peter bekam vom Glasmännlein ein Glaskreuz als Schutz, damit könne er den bösen Zauberer anschließend vertreiben. Was er auch tat. Fortan lebte Peter als fleißiger Köhler mit seiner wieder zum Leben erweckten Lisbeth und seiner Mutter zufrieden und glücklich. Der Holländer-Michel jedoch treibe sich noch immer im Wald herum, er besitze viele fremde Herzen. Es gäbe heute noch einige, die mit einem Stein in der Brust herumlaufen.«

Der Schatzhauser erhob mahnend seinen Finger.

Jakob nickte zustimmend, denn er war zu müde, um zu antworten. Er hätte gern gewusst, wer denn alles mit einem Stein in der Brust herumlief. Ob das auch auf seinen Großvater zutraf, der ihn immer verjagte, wenn er im Winter in die warme Glashütte wollte, oder auf den Poldi, der die Kinder auf ihn hetzte und Gemeinheiten hinter ihm herrief? Und wer war der geheimnisvolle Fremde, dem der Schatzhauser das Leben gerettet hatte? Ob der Peter wohl der Kohle-Hans war? Aber Jakob kam nicht mehr dazu, diese Fragen zu stellen. Ihm fielen die Augen zu.

Er träumte davon, wie ihn der mächtige Schatzhauser auf die Arme nahm, am Drachen vorbei durch den Fluss trug, dem Wasserkönig auf seinem Thron zunickte und seine Schwingen ausbreitete, um durch die Lüfte zu schweben. Hoch über den Bötzberg, hinunter ins Tal der Glaser bis vor die Hütte des Aschenbrenners. Dort klopfte er dreimal gegen die Tür und verschwand.

***

Bruder Klaus aus Klingnau begrüßte seinen ehemaligen Schüler Pius in dessen Zelle mit einem Bruderkuss. Am liebsten hätte er ihn umarmt, doch das ziemte sich nicht. Keine persönlichen Gefühle. Pius stand ihm zwar sehr nahe, er war wie ein eigener Sohn, aber er war auch ein Schutzbefohlener.

Ihm fiel auf, dass Pius ebenfalls förmlichen Abstand wahrte, sicherlich fürchtete er sich vor der geheimen Mission. Er musste ihm eine plausible Erklärung liefern. Pius war kein Kind mehr, hatte aber genug Demut und Gehorsam gelernt, um nicht neugierig nachzufragen, was der Grund seiner plötzlichen Abreise mit unbekanntem Ziel war.

»Bist du bereit?«, fragte Bruder Klaus.

Pius nickte, während sein fragender Blick am Lehrer hängen blieb.

»Ich erkläre es dir unterwegs.«

»Wohin gehen wir?«

»Das Ziel werde ich dir auch erst unterwegs nennen können. Es ist zu deiner Sicherheit. Es gibt vielleicht jemanden, der dir nach dem Leben trachtet.«

»Nach dem Leben … Aber wer … warum?«, fragte Pius besorgt.

»Wenn ich das wüsste, dann bräuchten wir diese Umstände nicht zu machen.«

»Hat es mit meiner Herkunft zu tun?«

Bruder Klaus hielt in seiner Bewegung inne, die Farbe wich ihm aus dem Gesicht. Er fing sich jedoch schnell wieder. »Wie kommst du auf diesen Gedanken?«, fragte er scheinbar amüsiert, doch sein Lächeln wirkte künstlich.

»Warum tauchen hier plötzlich zwei fremde Menschen auf und fragen nach mir? Fremde, die ich nicht kenne, die niemand hier kennt?«

»Fremde?« Bruder Klaus wirkte überrascht.

»Ja, ein Bettelmönch, den man im Haus meines Vaters festhält, und eine Marktfrau. Beide haben nach mir gefragt.«

»Im Haus deines Vaters? Man hat mir noch nichts davon berichtet. Und eine Marktfrau, sagst du? Ist sie auch bei deinem Vater?«

»Sie hat das Dorf schon wieder verlassen«, log Pius. Er war heute Nachmittag wie Wiltrudis ebenfalls Zeuge des Gesprächs zwischen dem Pförtner und dem Angestellten seines Vaters geworden. Die Rede war von einem heimlich untergebrachten Kind durch den Abt gewesen, einem eventuellen Thronfolger und einem Kindsmörder, den man nie gefasst hatte. Sein Name war gefallen, Pius. Von einer Marktfrau war die Rede und von einer Nonne, waren dies ein und dieselbe Person? Kurz darauf hatte Waldemar ihm ein seltsames Schreiben von dieser angeblichen Marktfrau übergeben. Eine Novizin aus Berau. Seine leibliche Mutter.

Seither hatte er auf seinem Bett gesessen, unfähig, einen klaren Gedanken zu fassen. Er konnte und wollte diese Ungeheuerlichkeiten nicht glauben. Er ein Findelkind. Wer war er wirklich? Wer war sein wahrer Vater, und warum hatte der Abt sich in diese Angelegenheit gemischt? Wen deckte der Abt?

Pius wusste nun, dass der Brief echt und das Geschwätz der Männer kein Ammenmärchen war.

Bruder Klaus kannte die Wahrheit. Er hatte sich eben verraten.

»Ich muss noch mal weg, lass alles auf das Pferd packen.« Bruder Klaus musste herausbekommen, was es mit diesen Fremden auf sich hatte. Ohne sich noch einmal umzudrehen, verließ er den Raum.

Pius wusste, wohin es Bruder Klaus zog. Er wäre ihm am liebsten gefolgt. Es war dunkel draußen. Sollte er es wagen?

Vorsichtig spähte er aus dem Fenster. Der Klostergarten lag ruhig, bei den Pferden brannte eine Laterne. Die Gasse an den Fluss hinunter glänzte im fahlen Licht. Es regnete. Waldemar war nicht zu sehen. Ob er schon wieder hier war, bei den Ställen?

Als Pius in seinen Umhang schlüpfen wollte, vernahm er polternde Schritte auf den Stufen. Rasch warf er den Mantel über den Stuhl.

Bruder Klaus stand erneut in der Tür. »Woher weißt du von den Fremden?«, fragte er gehetzt. Sein Blick blieb an dem Umhang hängen. »Wo wolltest du hin?«

»Sollte ich nicht packen? Es wird kühl werden heute Nacht.«

»Gut, pack ihn ein. Aber zu meiner Frage. Woher weißt du von ihnen? Du solltest deine Zelle nicht verlassen.«

»Der Pförtner. Er hat laut genug gesprochen.« Diese Quelle war am plausibelsten, darum gab er sie preis.

»Was hat er gesagt?«

»Das erzähle ich unterwegs«, antwortete Pius seinem Mentor mit denselben Worten, mit denen er ihn vorhin abgespeist hatte.

Bruder Klaus gab sich vorläufig, wenn auch ungern, zufrieden und verließ die Kammer. Er hatte es eilig und keine Zeit für Diskussionen.

Als seine Schritte im unteren Stock verhallt waren, griff Pius abermals nach seinem Umhang. Ein Blick durch das Fenster zur Gasse, die er nur ein kleines Stück weit einsehen konnte, sagte ihm, dass sein Lehrer auf dem Weg zu Günzli war. Er konnte es schaffen, wenn er sich beeilte.

Wut und Trauer waren nach dem Lesen des Geständnisses der fremden Hebamme zunächst in ihm hochgekrochen. Doch dann fielen ihm mehrere Ungereimtheiten aus seiner Kindheit ein.

Da war der Ausspruch seiner Mutter, der Frau Günzli, er wäre ein unverhofftes Geschenk des Himmels gewesen. Das hatte sie ihm oft gesagt. Er hatte sich stets gefragt, was sie damit andeuten wollte. Dann gab es das Gespräch seiner Eltern, das er als Kind aufgeschnappt und nie hatte einordnen können. »Ein Kind aus den Händen Gottes darf man nie für immer behalten, es ist nur geliehen. Man muss es eines Tages zurückgeben«, hatte sein Vater damals gesagt. »Nicht, solange ich lebe«, war die Antwort der Mutter gewesen.

Nach ihrem Tod hatte man ihn ins Kloster gebracht.

Pius hatte sich später eingeredet, er müsse sie falsch verstanden haben. Erst jetzt ergab dieses Gespräch einen Sinn.

Seine Gedanken wanderten wieder zu der Fremden. Sie war der Schlüssel, sie hatte das Schreiben der Hebamme seinem Freund gegeben. Wie war sie daran gekommen? Wer war sie? Er musste mehr über diese Frau erfahren. Und zwar sofort.

***

»Justus!« Stephanus rüttelte seinen Bruder, bis der die Augen öffnete und ihn verstört anblickte.

»Was ist mit dem Jungen? Was weißt du?«

»Junge? Wo?«

»Ja, wo verdammt! Jakob, der Bub der Aschenbrennerin. Du hast mit ihm gespielt. Oben im Wald. Er ist verschwunden.«

»Verschwunden? Vielleicht bei Schatzhauser?«

»Schatzhauser? Verdammt, Justus, wer ist Schatzhauser?«

»Glasmännlein, kann zaubern.«

»Justus!« Stephanus packte ihn unwirsch am Kragen. »Halte mich nicht mit alten Sagen zum Narren. Wer ist Schatzhauser?«

»Ein Riese.«

»Ein Riese!« Stephanus ließ ihn los. »Das Glasmännlein aus der Sage war ein Zwerg. Was denn nun?« Er wurde ungeduldig, wie immer, wenn sein verblödeter Bruder ihm nicht folgen konnte. Er hätte ihm am liebsten eine schallende Ohrfeige verpasst, doch dann fiel ihm dessen abgöttische Treue wieder ein, und er senkte die Hand.

»Justus! Bitte! Wer ist Schatzhauser?«

»Riese, mit Bärenfell und Gewehr.«

Bärenfell und Gewehr. Der Wilde in der Höhle. Hatte er das Grab ausgehoben? Wer war dieser Mann? War Jakob bei ihm? Und wenn ja, war er in Gefahr?

Er ließ Justus sitzen und eilte zur Tür hinaus. Die Kapelle, er musste in den Tunnel. Verdammt, der Tunnel, hoffentlich war Cajetano ihm nicht zuvorgekommen oder dieser Wilde.

Es war bereits stockdunkel, als Stephanus über den Klostervorplatz eilte. Nur der Schein der Fackel, die er im Kreuzgang aus der Halterung genommen hatte, erhellte schwach den Boden unter seinen Füßen. Es kümmerte ihn nicht, ob ihn jemand beobachtete, die Zeit drängte. Er musste das Kind retten.

Eines wusste Stephanus gewiss: Ihm konnte dort unten nichts passieren, sollte er erneut eingesperrt werden. Es gab einen Ausgang.

In der Kapelle hatte er einige Mühe, den Schrein mit den Reliquien auf die Seite zu schieben und die schwere Bodenplatte zu heben. Cajetano hatte ganze Arbeit geleistet. Auf diesem Weg hätte Stephanus nie entkommen können. Endlich tat sich das Loch in die Unterwelt vor ihm auf.

Er hätte auch von der Alb aus den Gang und die Höhle des Wilden erkunden können. Doch bei dieser Dunkelheit, der Mond war noch nicht aufgegangen, wäre er auf den glitschigen Steinen mehr als einmal ausgerutscht und somit nicht schneller gewesen, im Gegenteil.

Stephanus stieg hinunter, alles wirkte fremd, anders, als er es sich ertastet hatte. Wie lange war das her? Einen Tag, zwei oder noch länger? Er wusste es nicht mehr. Die Tage und Nächte hatten sich vermischt.

Bei Licht sah alles kleiner und überschaubarer aus. Der Vorraum, die Gruft der Äbte, links der Gang. Die rechte Kammer musste die Schatzkammer sein.

Er durfte keine Zeit vergeuden, ging weiter zu den Gräbern. Diesen Raum hatte jemand nachträglich ausgegraben, ganz so, wie er vermutet hatte. Die Gräber, die Kreuze. Sie trugen keine Namen, stattdessen die Aufschrift: »Die Unschuldigen«. Stephanus graute es bei der Vorstellung, wer hier begraben sein könnte.

Dann lief er den Gang entlang, um die Kurve, bis er den Sog

spürte, der Untergrund matschig wurde. Er lauschte angestrengt. Der Geruch von Rauch und Gebratenem überlagerte den Modergestank. Ein Lagerfeuer?

Leises Knacken eines Feuers, ein heller Schein an der Wand, sonst war nichts zu hören und zu sehen.

Schließlich wagte Stephanus den Blick in die Höhle des Wilden.

***

Wiltrudis öffnete mit zitternden Händen den Brief, den sie soeben von dem jungen Stallburschen erhalten hatte. Die Fischhändlerin und ihre Schwiegertochter starrten sie schweigend an.

Wer seid Ihr? Woher habt Ihr diese Nachricht? Ich werde heute Nacht das Kloster mit unbekanntem Ziel verlassen. Bleibt vorerst, wo Ihr seid, und wartet ab. Ich versuche, mich über Waldemar zu melden. Er wird mir in der Dunkelheit folgen.
Pius

Wiltrudis drückte das Papier gegen ihre Brust, schloss ihre Augen. Tränen liefen über ihr Gesicht, während der Mund stumm den Namen ihres wiedergefundenen Kindes formte.

Die Fischhändlerin trat an sie heran und nahm sie in die Arme. »Ihr seid die Mutter, stimmt's?«

Wiltrudis nickte stumm. Sie konnte sich nicht mehr verstellen und ließ ihren Gefühlen freien Lauf.

»Er lebt, großer Gott, er lebt wirklich! Ich habe ihn gefunden.«

***

Pius schlich sich aus dem Kloster. Er musste die Marktfrau finden. Sie wusste über seine leibliche Mutter Bescheid, dessen war er sich ganz sicher. Es war die letzte Möglichkeit, sie noch persönlich anzutreffen.

Er gab Waldemar zum Stall hin ein Zeichen, der daraufhin

unauffällig in den Schatten des Hintereingangs trat. »Was willst du? Es ist noch nicht so weit.«

»Ich muss zu ihr, sie hat die Wahrheit gesagt. Das Schreiben ist echt. Sie kennt meine leibliche Mutter. Bitte halte Bruder Klaus auf. Er ist bei Günzli«, erklärte Pius aufgeregt.

Waldemar legte ihm die Hand auf die Schulter. »Du kannst dich auf mich verlassen. Sie ist noch am Aareufer bei der Fischhändlerin. Aber sei vorsichtig.«

Pius verschwand in der Dunkelheit. Wie ein Dieb drückte er sich an den Hauswänden entlang hinunter ans Ufer. Vorbei am Haus seines Vaters Günzli. Vaters? Er verdrängte den Gedanken. Bruder Klaus war jetzt dort. Er würde später erfahren, wer der Bettelmönch gewesen war, der nach ihm gefragt hatte.

Pius musste nicht lange suchen, bis er die Kate der Fischhändlerin fand. Er klopfte nicht erst an, sondern polterte durch die Tür. Drei Frauen schreckten auf, dazu heulte ein Kind. Die Einheimischen kannte er. Entschieden ging er auf die Fremde zu.

Diese erholte sich langsam von ihrem Schrecken. Ihre Augen weiteten sich, ihr Mund stand offen, aber es drang kein Laut heraus. Das Kind greinte im Hintergrund, die anderen beiden Frauen hielten sich umklammert. Dann streckte sie Pius die Hände entgegen. Saubere, zarte Hände, keine Schwielen. Sie war keine Bauersfrau. Keine Marktfrau.

»Pius?«

Er nickte.

Sie begann zu weinen. Nicht laut, nicht hysterisch, nein, leise, glücklich.

Pius musste nicht fragen. Plötzlich war alles klar.

»Mutter.«

***

Kurz nach Mitternacht verließen zwei Gestalten das Kloster unauffällig durch den Hinterausgang. Sie hatten ein bepacktes Pferd dabei. Ihr Weg führte Richtung Osten, zu einer Erhebung hinter dem Kloster, dem Büechliwald. Über dem Hügel lag nur das beschauliche Dörfchen Rietheim.

Waldemar kannte sich dort aus. Er konnte noch etwas warten. Als sie außer Sichtweite waren, machte er sich ebenfalls auf, so, wie er Pius versprochen hatte.

Nach dem Dorf auf der anderen Seite des Klosterberges gingen Bruder Klaus und Pius über abgemähte Wiesen. Sie waren weithin zu sehen.

Waldemar blieb deshalb im Schutze eines Busches zurück. Er kniff die Augen zusammen, als das Duo kaum noch zu sehen war. Schließlich wagte er sich gebückt hinterher. Glaubte er, einer habe sich umgedreht, ließ er sich fallen. Dann machten die beiden einen weiten Bogen und gingen nach Norden in Richtung Rhein. Waldemar stieß einen Fluch aus. Was, wenn ein Boot auf sie wartete? Ein Ablenkungsmanöver, um die tatsächliche Reiserichtung zu vertuschen? Mit dem Boot konnten sie sich lautlos nur rheinabwärts, also nach Westen, treiben lassen. Das wäre über den Zufluss der Aare einfacher gewesen. Bruder Klaus befürchtete wohl tatsächlich, verfolgt zu werden.

Der Stallbursche verharrte einige Augenblicke. Sollte er abkürzen, um den weiten Bogen einzusparen, und dort am Ufer auf die Reisenden warten, sie dann weiter verfolgen? Was war mit dem Packpferd? Würde es jemand entgegennehmen? Bruder Klaus ging sicherlich nicht das Wagnis ein, einen weiteren Mitwisser zu haben. Doch Waldemar wusste, das Tier kannte die Gegend, es fand von allein zurück. Sollte er es abfangen, die Verfolgung zu Pferde aufnehmen? Ein Boot war zu schnell, um nebenherzulaufen. Er beschloss, gleich an den Rhein hinunterzugehen und sich nicht auf freiem Feld erwischen zu lassen.

Waldemar meinte, etwas gehört zu haben, konnte aber nichts sehen. Vielleicht ein Feldhase.

Am Ufer angekommen, blickte er lange flussaufwärts, glaubte schon, falsche Schlüsse gezogen und das Duo verloren zu haben, als er endlich das Boot herangleiten sah. Die Ruder waren eingezogen, die Köpfe ebenfalls.

Waldemar schlich vom Ufer weg und hielt Ausschau nach dem Pferd. Es würde sicherlich seinem Herrn am Ufer entlang folgen, bis man es heimschickte. Er wagte nicht zu pfeifen, auch wenn er es damit angelockt hätte. Die Pferde des Klosters gehorchten ihm.

Wieder nahm er eine Bewegung im Unterholz wahr. Nicht alle Tiere schliefen nachts. Waldemar scherte sich nicht weiter darum, er hielt angespannt Ausschau.

Das Boot hatte ihn schon lange passiert, als er endlich zu pfeifen wagte. Tatsächlich kam das Pferd auf ihn zu galoppiert – auf seinem Rücken saß ein Reiter.

Im selben Moment hörte Waldemar ein Krachen in seinem Schädel, dann wurde es dunkel um ihn herum.

***

Bruder Stephanus hielt die Luft an und blickte vorsichtig um die Ecke. Die Höhle des Wilden war leer. Die Asche des Lagerfeuers glimmte noch. Es lagen Knochen im Feuer. Der Geruch von Fleisch. Stephanus' Phantasie schlug wilde Kapriolen. Sein Puls raste.

Er mahnte sich zur Ruhe, schalt sich einen Narren, der Wilde hatte ein Reh erbeutet, hier hauste kein Kannibale. Stephanus wagte sich schließlich hinein.

Es war warm und gemütlich in der Höhle. Der Mann musste bis vor Kurzem hier gewesen sein. War er geflohen? Stephanus atmete tief ein und wieder aus. Denk nach, sagte er sich, keine Panik. Wer war dieser Mann?

Konzentriert sah er sich um. Außer weiteren abgenagten Knochen, Gewehrmunition und ein paar Fellen fand er nichts, was ihn weitergebracht hätte. Etwas Feuerholz noch. Ein kleines Loch in der Decke, ein Spalt nur, er diente als natürlicher Rauchabzug.

In der Ecke lagen Schuhe. Sie waren für den Riesen zu klein und für Jakob zu groß. Stephanus beschaute das Paar näher. Sie waren voller Kohlestaub. Er konnte sich darauf keinen Reim machen und ließ sie fallen.

Der Junge? Nichts, was auf das Kind hingewiesen hätte. Und nun?

Stephanus ging den Gang weiter zur Mündung am Fluss. Abermals blieb er bis über die Knöchel bei jedem Schritt im Morast stecken. Das schmatzende Geräusch hallte von den Wänden wider. Wenige Schritte, dann öffnete sich die Höhle zum Fluss hin. Hier war niemand.

Trotzdem rief Stephanus: »Jakob!« Und, obwohl er sich dabei dämlich vorkam: »Schatzhauser!«

Der Ruf einer Nachteule war die einzige Antwort. Hier konnte er, vor allem bei Dunkelheit, nichts ausrichten.

Stephanus ging zurück. Die Schatzkammer. Er wollte sie sich einmal bei Licht ansehen.

Als er kurz vor der Kammer stand, sah er einen Feuerschein aufflackern. Das ewige Licht der Kapelle konnte unmöglich bis hier hinunterscheinen. Er stellte seine Fackel gegen die Wand und schlich langsam weiter.

Alles war still. Das Licht musste aus der Schatzkammer kommen.

»Ist hier jemand?« Stephanus lauschte.

Stille.

Er bückte sich und hob einen losen Stein auf. So bewaffnet, wagte er sich vor – und glaubte, seinen Augen nicht zu trauen.

Der Raum war hell erleuchtet und wirkte, als erwarte er einen Besucher. Niemand war zu sehen. Stephanus trat ein, den Stein fest umklammert, bereit zuzuschlagen.

Zahlreiche Wertgegenstände waren hier aufgebahrt, goldene Kelche, kunstvolle Gläser, edle rote Gläser. Schmuck, Kruzifixe, Münzen, ja sogar goldbestickte Gewänder. Sie mussten uralt sein. Schriftrollen, Bücher und kostbar geschnitzte Kästchen aus Elfenbein und fremdländischen Hölzern, Olive vielleicht.

Stephanus hatte den Eindruck, alles sei frisch poliert worden. Mit zitternden Fingern, so als könne er den Zauber bannen, wagte er, ein Buch aufzuschlagen. Es enthielt Zeichnungen und Berechnungen zu den Gestirnen.

Noch ehe Stephanus sich weiter damit befassen konnte, hörte er eine Stimme aus der Dunkelheit.

»Das Buch stammt von Johannes Kepler. Ein Ketzer, denn er wagte sich an die Lehren Aristoteles' und Ptolemäus', die sowohl den Katholiken als auch den Protestanten als unantastbar galten. Ich hätte es schon lange verbrennen sollen. Es ist mit Sünde behaftet. So wie das römische Glas zu euren Füßen.«

»Das Glas, mit Sünde behaftet?«, fragte Stephanus ungläubig in den Raum. Er hatte die Stimme, sie gehörte Cajetano, längst erkannt.

»Aber hier in der Unterwelt kann es vorläufig keinem schaden. Und wer weiß, warum es den Weg hierher gefunden hat.« Cajetano hielt kurz inne.

Stephanus blickte in die dunkle Ecke und erkannte die Umrisse.

Cajetano trat aus dem Schatten. »Die Gesetze der Planetenbewegung. Wissen ist Macht. Aber die Zeit für das Buch, seine Vernichtung, ist noch nicht gekommen. Gott hat mir noch kein Zeichen gegeben, um diesen Aberglauben auszumerzen. Anders als das stumme Gefäß der Hure. Ich habe es zerstört. Es hat keinen Nutzen mehr.«

»Warum, Cajetano?«

»Ihr seid kein Dummkopf, Stephanus. Ich wusste, dass Ihr den Ausgang finden würdet. Oder soll ich sagen, ich hatte gehofft, dass das Hochwasser den Eingang versperren würde? Es wäre ein Gottesurteil gewesen. Ihr oder ich. Doch anscheinend ist Gott an Euch gelegen. Er wird mir ein Zeichen geben, wenn es so weit ist.« Cajetano machte eine kurze Pause, so viel hatte er noch nie am Stück geredet. »Nun, jetzt hattet Ihr die Gelegenheit, meine Schätze bei Licht zu betrachten. Die Schätze St. Blasiens. Eines Klosters tief im Schwarzwald. Man soll eines Tages wissen, dass auch hier kostbare Schätze und kostbares Wissen bewahrt wurden. Ich bin nur deren Hüter. Ihr schnüffelt mir schon lange hinterher, Stephanus. Ich wusste, dass Ihr nochmals hierher zurückkehren musstet. Ihr seid neugierig. Zu neugierig. Aber ich bewundere Euren Mut. Nur, was mache ich jetzt mit Euch?«

»Wollt Ihr mich auch umbringen? Wie die anderen hinten in den Gräbern?«, fragte Stephanus, noch immer den Stein mit der Faust umfassend. Cajetano war unbewaffnet.

»›Auch umbringen‹, das hört sich nach sinnlosem Mord an. Das liegt nicht in meinem Plan. Ihr habt einen klugen Kopf, es wäre jammerschade. Ihr habt ihn oft zum Wohl des Klosters eingesetzt. Die Grenzen St. Blasiens erweitert. Ganz legal, versteht sich, wenn man die alten Urkunden nicht kennt. Glaubt Ihr, ich war so dumm, dass ich Eure Blicke nicht gesehen hätte?«

Cajetanos Gesichtsausdruck glich nun dem eines Irren.

»Landbesitz ist nicht auf Dauer«, fuhr er fort. »Wie viele Herren hatte das Land schon? Die Kelten, die Römer, die Merowinger, die Karolinger, momentan Vorderösterreich, dazwischen unzählige Grafen und Burgherren. Ein Krieg, und alles ist verloren. Diese Dinge hier unten haben Bestand. Zur Ehre Gottes und zur Ehre St. Blasiens.«

»Auch sie können geraubt werden. So, wie Ihr sie wohl auch irgendwo herhabt«, warf Stephanus ein.

»Oh, diese schönen Dinge«, Cajetano fuhr mit der Hand über einen Kelch, als streichle er über ein Kinderhaupt, »haben im Laufe der Jahre den Weg hierher gefunden oder waren schon da. Ich rette sie nur über die Zeiten. Eines Tages wird alles dem Untergang geweiht sein. Die Diener der Kirche sind auf dem falschen Weg. Sie wetteifern nur ihren Vorteilen und Gewinnen nach. Und Ihr seid auch auf dem besten Wege dahin. Ein Speichellecker Augustinus'. Ihr habt sogar Eure brüderliche Verderbnis hierhergeschleppt. Zur Lust und Tollerei unter den jungen Mönchen.«

»Und Ihr? Ihr seid unfehlbar?«

»Ich bin nur ein Diener Gottes. Ein Helfer, der alles Übel und Unkraut ausreißt.«

»Auch unschuldiges Übel und Unkraut? Wer liegt in den Gräbern dort drüben?«, fragte Stephanus fordernd.

»Die Unschuldigen, ja, da habt Ihr recht. Man hat sie in ungeweihter Erde verscharrt. Ich habe sie gerettet.«

»Indem Ihr sie getötet habt?«

»Nein, sie waren bereits tot«, antwortete Cajetano gelassen.

»Ihr habt ihre Leichen ausgegraben? Ihr seid wahrhaftig wahnsinnig. Wozu?«

»Wie Ihr schon sagtet, sie waren unschuldig.«

Stephanus sah, dass er nicht auf einen vernünftigen Verstand bauen konnte. Er musste versuchen, mehr zu erfahren, auf der Hut sein und Zeit gewinnen, um einen Fluchtplan zu entwerfen. Er wusste nicht, worauf Cajetano hinauswollte. Warum zeigte er ihm seine Unterwelt? Suchte er einen Vertrauten? Oder wollte er ihn aus dem Weg räumen?

»Cajetano, wo ist Jakob?«

»Der Sohn der Aschenbrennerin?«

»Ja.«

»Auch er ist in Gefahr. Er ist unehelich, illegitim im Sinne der Kirche. Wenn das Augustinus erfährt ... Seine Scheinheiligkeit stinkt zum Himmel.«

»Augustinus?«

»Da staunt Ihr, was?«

»Das ist doch nicht möglich.«

»Traut keinem, Stephanus. Augustinus hat seine Seele dem Satan vermacht. Er ist seit Jahren auf der Suche nach einem unschuldigen Kind. Dem einer Nonne. Es ist verschwunden. All die anderen mussten deswegen sterben. Es sollte nach dem Werk eines Irren aussehen. Doch er will das Kind für sich, für sich allein.«

Cajetano war nun ganz nahe an ihn herangetreten. Stephanus war auf alles gefasst. Der Oberrechner nahm einen der Kelche und spiegelte sich darin. Wen er wohl sah? Einen Heiligen?

»Der Wilde in der Höhle. Welche Rolle spielt er in Eurer Weltanschauung?«, fragte Stephanus, um Cajetanos Redefluss anzuregen. Vielleicht konnte er mehr erfahren.

»Meine Weltanschauung? Ihr werdet noch an meine Worte denken, wenn Ihr erst auf dem Scheiterhaufen liegt, Stephanus. Der Wilde will nichts mit dieser Welt zu tun haben, er ist ein Aussteiger. Ein Harmloser, der der Welt entsagt hat. Vielleicht etwas einfach gestrickt, aber keine Gefahr für die Menschheit. Er hat einmal im Heer gedient, aber das war nicht seine Welt, er ist desertiert und lebt allein, tut keinem etwas zuleide. Sein richtiger Name lautet Borromäus.«

»Der Junge, war er bei ihm?«

Cajetano blickte erstaunt. »Das weiß ich nicht.«

Es klang ehrlich. Stephanus raufte sich in Gedanken die wenigen Haare, die er noch hatte. Was sollte er von der Sache halten? Augustinus? Was war dran an der Anschuldigung Cajetanos? Der Abt war nicht zum Essen erschienen, wo war er? Welche Nonne?

Wer waren die Toten? Wer spielte hier welche Rolle in diesem Theater der Verrückten? War alles nur die irre Einbildung eines umnachteten Mönchs? Cajetanos? Was war damals wirklich geschehen? Wer waren die Unschuldigen?

Stephanus glaubte, selbst verrückt zu werden. »Wer sind die Toten dort drüben, Cajetano?«

Er hatte nicht bemerkt, dass der Oberrechner gegangen war.

***

Der Morgen graute bereits, als Marie endlich die Augen vor Übermüdung zufielen. Ihre Gedanken waren um viele Fragen gekreist, ohne eine Antwort zu finden. Bruder Stephanus hatte eigenartig reagiert. Was wusste er? Kannte er diesen Schatzhauser? Hatte sein Bruder, der Dubel, ebenfalls von ihm erzählt?

Je länger Marie nachgedacht hatte, desto mehr war sie zu dem Schluss gekommen, dass sie den Deppen selbst fragen musste. Ihr graute vor dieser Vorstellung. Er sei krank, hatte Stephanus gesagt. Sie konnte nicht zu ihm. Noch nicht.

Die Dorfbewohner waren spät in der Nacht erfolglos zurückgekehrt, genau wie Marie. Die Männer hatten sich im Anschluss in der Schänke getroffen. Den Kummer hinuntergespült, debattiert. Ausnahmsweise wurde die Tochter des Glasvogts geduldet. Niemand wusste von ihrem Besuch im Kloster außer Theis und Franziska. Die Anschuldigungen ihre Moral betreffend nahmen dann aber mit jeder Stange Bier zu. Als sie gehen wollte, eskalierte die Situation.

Michael hatte ihr Unvermögen bei der Erziehung des Kindes vorgeworfen und behauptet, der Junge brauche eine starke Hand. Er als Glasvogt und Vater würde das nicht länger mit ansehen. Er sei es leid, sich um sie kümmern zu müssen. Spätestens beim Umzug nach Äule werde sie heiraten, und wenn er sie an den Haaren vor den Traualtar ziehen müsse. Der nächstbeste Kandidat würde den Zuschlag erhalten. Dann stand er auf und brüllte: »Wenn hier einer ist, der sie will, dann mache er das Maul auf! Sonst kriegt sie noch der Kohle-Hans! Besser als keiner!«

Marie war wortlos aufgestanden und hinausgegangen, bevor einer der angetrunkenen Burschen es wagte, einen Anspruch zu erheben. Wenn die Männer in diesem Zustand waren, war es besser, sich in Sicherheit zu bringen. An ihren Verstand zu appellieren, war sinnlos.

Sie hatte noch gehört, wie Theis sich zu Wort meldete: »Mein lieber Schwager, was hast du schon für deine Tochter getan? Hinausgeschmissen hast du sie in ihrer Not. Erzählst überall herum, dass sie mir den Haushalt führt. Dabei weiß jeder, dass *sie* die Aschenbrennerin ist. Und sie wird es bleiben, dafür werde ich Sorge tragen.«

Die Schlägerei, die daraufhin ausgebrochen war, hatte Marie nicht mehr mitbekommen. Sicherlich konnte heute früh auch keiner mehr sagen, warum sie sich so elend verprügelt hatten.

Der Gartenrotschwanz trillerte als Erster sein Lied, ehe der Tag anbrach. Die Lerche folgte. Marie erwachte aus ihrem leichten Schlaf. Sie brauchte Luft, frische Luft, um nachzudenken. Der Streit in der Schänke lag ihr noch in den Ohren. Sie war sich sicher, dass ihr Vater Ernst machte.

Doch zunächst galt es, Jakob zu finden.

Marie trat in die Dämmerung und stieß mit dem Fuß gegen etwas Weiches. Sie unterdrückte einen Schrei, trat unwillkürlich zurück. Was hatte man ihr da vor die Tür gelegt? Einen Kadaver?

Eilig lief sie in die Hütte und kam mit einem Kienspan wieder. Das Feuer erhellte ein Bündel am Boden. Ein Fell, ein braunes, zotteliges Bärenfell. Es war aufgerollt, ein blonder Schopf lugte daraus hervor.

Marie stockte der Atem. Jakob. Hatte man ihr den toten Buben vor die Hütte geworfen?

Sie kniete nieder und berührte den Jungen mit zitternden Händen, woraufhin er den Kopf reckte und blinzelte. »Mama? Wo ist er hin?«

»Wer?«, fragte Marie erleichtert.

»Schatzhauser.«

***

Die ersten Sonnenstrahlen blinzelten zwischen dem Gebüsch hindurch. Sachte Wellen schlugen ans Ufer des Rheins. Leichte Nebelschleier stiegen wie Dampf vom Gewässer empor.

Was war geschehen? Waldemar hielt sich den Schädel. Nur verschwommen nahm er seine Umgebung wahr. Er befand sich auf einer Wiese. Vorsichtig richtete er sich auf, betrachtete den blutigen Stein neben sich und griff abermals an seinen Schädel. Wer hatte versucht, ihn zu erschlagen?

Der Bursche stand auf und sah sich um. Er war allein. Weit und breit war niemand zu sehen. Sein Kopf hämmerte, der Boden unter seinen Füssen wankte. Etwas lag am Boden. Ein Kreuzanhänger. Er war aus Holz, ein weiteres Kreuz war eingeschliffen, ein Kreuz im Kreuz.

Waldemar packte ihn in seine Hosentasche. Er konnte sich keinen Reim darauf machen. Mit zitternden Knien ging er zum Rheinufer. Seine Zunge klebte am Gaumen. Er kühlte seine Stirn, trank ein paar Schluck Wasser.

Langsam kam die Erinnerung zurück.

Pius, Bruder Klaus, das Boot, das Pferd. Waldemar stieß einen Pfiff aus, doch der Gaul kam nicht.

Kapitel 8

Rhythmisch klatschten die Wellen gegen das Boot. Pius konnte es unter seiner Pferdedecke hören. Das Wasser gurgelte und gluckste. Einige Male schaukelte der Kahn bedenklich, sodass Pius fürchtete, er könne kentern. Manchmal glaubte er auch, Gras oder Schilf streifen zu hören. Ab und an tauchte ein Paddel ein, um in ein oder zwei Schlägen den Kurs zu korrigieren. Pius spürte, dass die Strömung das Boot fast lautlos mitzog.

Die Planken waren feucht und rochen modrig. Die Decke über seinem Körper dünstete Pferdeschweiß aus. Pius versuchte, die aufkommende Übelkeit zu unterdrücken, was bei dem ungleichen Wanken des Kahns nicht einfach war. Er rief sich zur Vernunft, musste ausharren, bis sie ein gutes Stück rheinabwärts und somit in Sicherheit waren.

Bruder Klaus hatte ihm verboten, auch nur einen Laut von sich zu geben. Als Pius sich geweigert hatte, ins Boot zu steigen, wenn er nicht sofort erfahre, was los sei, hatte Klaus nur so viel verraten, dass der Bettelmönch dem Kaufmann entwischt sei. Noch wusste niemand, wer er wirklich war, keiner hatte ihn je zuvor gesehen. Unheimlich sei er allen gewesen, die ihm begegneten. Mit keinem Wort hatte Klaus bei ihrer hektischen Abreise mehr die Marktfrau erwähnt. Hatte er sie vergessen? Sicherlich nicht.

Pius' Ausflug in die Fischerhütte schien Klaus nicht bemerkt zu haben. Wer war die Frau, seine Mutter, überhaupt? Sie hatte es ihm nicht erzählt, ihn nur gebeten, den Ort zu verlassen, auf Gott zu vertrauen. Sie wollte versuchen, sich kundig zu machen.

»Wendet Euch an Waldemar«, war alles, was er noch sagen konnte, ehe sie ihn drängte, zu gehen und sich in Sicherheit zu bringen.

Beide Ruder klatschten ins Wasser, die Fahrt verlangsamte sich. Pius spürte die Hand seines Lehrers auf seinem Rücken, er rüttelte ihn.

»Pius, bist du wach?«

Wie hätte er schlafen können? »Ja, Meister.«

Langsam zog Bruder Klaus ihm die Decke weg. Kühle Luft erfrischte sein Gesicht. Pius atmete tief ein und blickte in das erste Licht des Tages. Alles war still. Er konnte einen Steg am rechten Ufer ausmachen.

»Sind wir da?«

»Noch lange nicht. Dort unten«, Bruder Klaus deutete in den morgentlichen Nebel, wo sich schemenhafte Umrisse erahnen ließen, »gibt es eine gefährliche Stromschnelle, wir müssen das Boot um die Felsen tragen.«

Pius sah sich um. Flussaufwärts, nicht weit von ihnen, befand sich eine steinerne Brücke über den Rhein. Sie verband zwei Stadtteile miteinander. Zur Linken erkannte er einen langen Kirchturm. Dahinter, hoch auf dem Hügel, die Silhouette einer Burg. Zur Rechten lag ein kleinerer Stadtteil, ebenfalls mit einem größeren Gebäude auf einem Berg. Soweit Pius sehen konnte, waren beide Ansiedlungen von einer Stadtmauer umgeben.

Der Kahn stoppte, Bruder Klaus band ihn an einem Pfahl fest, damit der Sog ihn nicht mitriss.

»Komm«, forderte er Pius auf. Er war bereits auf den Steg geklettert und reichte Pius die Hand, der ängstlich auf den Knien durch das wankende Boot in Richtung Ausstieg rutschte. Sie konnten das Rauschen des schneller fließenden Wassers vernehmen.

Endlich stand Pius auf den festen Planken des Steges. »Wo sind wir?«, fragte er.

»Hier, halt fest. Wir müssen das Boot an Land ziehen.« Klaus reichte ihm ein nasses Tau.

Mit knarzenden Geräuschen schliff der Kahn über Kieselgestein, bis sie ihn im Schilf losließen. Das Boot neigte sich leicht zur Seite, es hatte festen Boden unter dem Kiel.

Pius spürte das kalte Nass, das seine Stiefel durchdrang. Er stand im Morast des Anlegeplatzes.

»Wem gehört diese Burg?«, wagte er einen neuen Vorstoß, ihren Standort zu lokalisieren, und zeigte auf den Hügel auf der gegenüberliegenden Seite des Rheins.

»Es ist die Stammburg der Grafen von Habsburg-Laufenburg, sie wurde im 14. Jahrhundert errichtet. Hier oben«, Bruder Klaus deutete auf den Berg diesseits des Flusses, »hinter der Kirche befindet sich das Waldtor. Es ist der Durchlass in die Weiten des Schwarzwaldes. Von dort kommen die Händler aus den Wäldern und bringen ihre Waren in die Stadt.«

»Laufenburg wirkt recht klein für eine Handelsstadt.«

»Sie ist nur ein Umschlagplatz«, sagte Bruder Klaus und deutete in die Richtung der Stromschnellen. »Die Laufen lassen keinen größeren Schiffsverkehr zu, hier können nur kleine Boote umsetzen. Weiter rheinabwärts werden die Boote größer. Du wirst erst staunen, wenn wir spätestens übermorgen Abend Basel erreichen.«

»Basel, ist das unser Ziel?« Pius hoffte noch immer, dass Waldemar in der Nähe war und er ihm so den Standort und das Ziel verraten konnte.

»Nein. Noch nicht«, erwiderte Bruder Klaus.

***

Jakob saß inmitten des Dorfplatzes am Brunnen. Das gleißende Sonnenlicht brach sich im Wasserstrahl, der über seine Finger plätscherte. Es schien, als sei seine Hand voller funkelnder Edelsteine. Der Junge selbst strahlte mindestens genauso.

So viel Aufmerksamkeit aus dem Dorf hatte er noch nie erhalten. Die Kinder scharten sich um ihn wie um einen wundersamen Geschichtenerzähler aus einem Wanderzirkus. Über der Schulter trug er das Bärenfell, einem edlen Umhang gleich – der Beweis, dass er beim sagenhaften Glasmännlein in der Höhle gewesen war.

Er kam sich vor wie ein König auf dem Thron, sein Volk lag ihm zu Füßen, hing ihm an den Lippen.

Etwas abseits stand Poldi, breitbeinig und jederzeit sprungbereit, sollte der Grünschnabel Jakob mit seinem Bärenfell es wagen, sich bei den Kindern einzuschleimen. Mutig ignorierte Jakob den lauernden Blick.

Die Glaserfrauen brauchten heute auffallend lange, um ihre

Wassereimer am Brunnen zu füllen. Sie hielten in ihrem Geschnatter inne, um dem Jungen zu lauschen.

»Und das Glasmännlein hat den Bären getötet? Hast du das selbst gesehen?« Poldi konnte es nicht glauben. Er platzte fast vor Neid, dass ausgerechnet diesem Buben aus dem Aschenhaus das Glasmännlein begegnet sein soll. Ja, er sogar in dessen Höhle war.

»Nein, das hat er mir erzählt, der Schatzhauser. Er hat den Bären geschossen und damit einem wichtigen Mann das Leben gerettet. Vor langer Zeit schon, da war ich noch nicht geboren. Aber den Drachen unten im Fluss haben wir gemeinsam bezwungen. Wir haben sein Fleisch über dem Feuer gebraten und gegessen.« Jakob reckte seinen Bauch, als könne somit jeder sehen, dass er sich diesen mit Gebratenem vollgeschlagen hatte.

»Du lügst, es gibt keine Drachen mehr.« Poldi verschränkte die Arme, um seiner Aussage Nachdruck zu verleihen. Es konnte nicht sein, dass dieser Kerl, auf dessen Kosten man ansonsten seine Witze riss, hier zum Wortführer mutierte. Hier hatte er das Sagen, kein Jaköble oder sonst wer.

Die Kinder kümmerten sich jedoch nicht um seine Einwände. Sie wollten Jakobs Geschichte hören.

»Warst *du* jetzt dabei oder der Jakob?«, bemerkte ein Mädchen unwirsch.

»Siegfried hat diesen Drachen übersehen, denn der war damals noch ein winzig kleiner Drache«, fuhr Jakob erklärend in seinem Bericht fort. »Ich hab ihm den Kopf abgeschlagen, dann kam das Glasmännlein und hat mich mit in die Drachenhöhle genommen.«

»Du hast ihm den Kopf abgeschlagen? Dass ich nicht lache. Wo soll das gewesen sein?«

»Der Kopf war schon ziemlich alt und morsch und voller Moos, so schwer war das nicht«, beschwichtigte der Drachentöter, denn auch ihm lag daran, in Poldis Gunst zu stehen. »Das war an der Alb unten, das ist viel weiter weg als das Kloster. Da warst du noch nie! Und der Drache war so groß und so dick.« Jakob holte mit seinen Armen weit aus, hielt jedoch in seiner

Drehbewegung inne, denn Ludwina stand plötzlich hinter ihm. Ihr Gesicht sah alles andere als freundlich aus.

Jakob blickte nach vorn in die erwartungsvollen Gesichter seines Publikums und überlegte kurz. Er konnte sich jetzt nicht blamieren und davonlaufen, obwohl er sich vor seiner missmutig dreinblickenden Stiefgroßmutter fürchtete. Er hätte für immer verloren.

»Der war so dick wie – wie die Glasvögtin!«, gab er deshalb spontan zum Besten.

Einige der Kinder brüllten und lachten laut auf, aber nur die, die sie noch nicht bemerkt hatten, die wütende Frau des Glasvogts. Die anderen hielten die Luft an. Augenblicklich war es mucksmäuschenstill. Eine Bedrohung lag in der Luft.

Da Jakob nicht mehr wagte, sich nach Ludwina umzudrehen, kam sie um den Brunnen herum und baute sich mit hochrotem Kopf vor ihm und den anderen Kindern auf.

»Du elender kleiner Hurensohn! Dir gebe ich für den fetten Drachen!« Sie hob ihre Rechte und schlug schallend zu. »Ein Lumpenzeug erzählst du, abgehauen bist du! Du Bürschchen. Alle haben dich gesucht wie die Stecknadel im Heu. Und jetzt willst du dich fein rausreden mit deinen Räubergeschichten und dich als Helden aufspielen. *Du* bist der Räuber! Halunke, dir gehört eine ordentliche Tracht Prügel!«

Es konnte nicht sein, dass dieser Rotzbengel alle zum Narren hielt. Noch wusste niemand, welchen Schatz sie unter dem Herzen trug! Es galt, rechtzeitig diesen kleinen Halunken auszubremsen, ehe er sich zum Thronfolger emporschwang und Reden auf dem Dorfplatz hielt.

Ludwina war sich sicher, dass sie einem Jungen das Leben schenken würde. Alle Anzeichen sprachen dafür: Ihr Gesicht war rosig und nicht blutleer, die rechte Brust wirkte größer, und sogar der Bluttest hatte ihr das Geheimnis verraten. Ließ man nämlich einen Tropfen ins Wasser fallen und er ging unter, so gab es einen Buben. Bei einem Mädchen vermischte er sich mit dem Wasser – so die Hebamme.

Sicherheitshalber hatte sie der Muttergottes in der Kapelle noch eine Kerze gestiftet. Man sollte sich nicht nur auf das Wissen der Kräuterweiber verlassen.

Jakobs Wange brannte. Er fixierte Ludwina mit tödlichem Blick. Es brauchte all seinen Mut, jetzt nicht wegzulaufen und zu heulen.

Ausgerechnet Poldi kam ihm zu Hilfe. »Gispig mit em dicke Arsch, ab Marsch!«, brüllte er die verdutzt dreinschauende Glasvögtin an. Es war Poldis Chance, die Gunst der Kinder wiederzuerlangen. *Er* musste den Helden spielen, egal wie.

Die Kinder grölten, Jakob atmete erleichtert auf.

Ludwina schnaubte und klatschte mit der flachen Hand ins Wasser, dass es nur so spritzte. »Das werde ich deinem Großvater sagen!«, drohte sie Jakob mit erhobenem Zeigefinger und zog wild schimpfend und gestikulierend ab. Das Verhalten des Jungen zeugte von keiner Erziehung, es war schändlich. Und daran war nur Marie schuld. Das Luder.

Ihr Rückzug veranlasste unter den Kindern ein einträchtiges Jubelgeschrei, dem eine übermütige Wasserschlacht folgte. Die Bande hatte sich verbündet.

Jakob und Poldi standen sich gegenüber. Die Tatsache, dass der Aschenhäusler es geschafft hatte, das ganze Dorf mit seinem nächtlichen Ausflug zu mobilisieren, verdiente in Poldis Augen Anerkennung. Dadurch, dass er, Poldi, die Glasvögtin in die Flucht geschlagen hatte, war es ihm trotzdem gelungen, die Oberhand zu behalten. Es war klüger, sich mit Jakob zu verbünden, als ihn zum Feind zu haben. Im Augenblick zumindest. In dem schmächtigen Kerl steckte ein Abenteurer, der die Kinder begeistern konnte.

Poldi schlug Jakob anerkennend auf die Schulter und rief: »Ab jetzt ist Jakob unser Drachentöter!«

Die Kinder johlten. Jakob strahlte.

Die zwei Glaserfrauen, die die Szene beobachtet hatten, gingen kopfschüttelnd mit ihren Wasserkrügen weiter.

***

Stephanus stand vor dem Kircheneingang, wo er mit Gottesdienstbesuchern ein Schwätzchen hielt. Er wollte gerade durch das Portal gehen, als ihn eine Stimme zusammenzucken ließ. Die Stimme Maries.

Oh Herr, bitte nicht das Kind!, durchfuhr es Stephanus instinktiv. Er drehte sich langsam um.

»Bruder Stephanus, Bruder Stephanus, wartet!«, rief Marie schwer atmend, als sei sie den weiten Weg vom Glasmacherdorf nach St. Blasien gerannt. Ihr Kopf war hochrot, doch sie strahlte. Der Sekretarius, eben noch erstarrt, spürte die Erleichterung. Er sandte ein Stoßgebet gen Himmel: Herr!

»Jakob lebt! Er ist zurück!«, keuchte Marie.

Das Kind lebt, welch göttliche Gnade, dachte Stephanus. Noch ehe er sich's versah, fiel Marie ihm in die Arme. Tränen der Freude liefen über ihre Wangen. Er wusste nicht, wie er reagieren sollte.

Ein Mädchen, eine junge Frau, anzufassen, gehörte sich nicht. Noch nie war er einer Frau näher als auf drei Schritte gekommen, das Reichen der Hände zur Begrüßung und seine Mutter selig ausgenommen.

Marie bemerkte seine Verlegenheit nicht, aus ihr sprudelte die freudige Nachricht nur so heraus. Stephanus musste mehrmals nachfragen, damit er alles verstand, weil sie noch immer nach Atem rang.

Wer behauptete eigentlich, dass eine ledige Mutter eine schlechte Mutter sei? Marie schien ihr Kind über alles zu lieben. Ihre Lebendigkeit und Freude erfassten nach und nach auch den Sekretarius, vielleicht auch deshalb, weil die Anspannung der letzten Stunden langsam von ihm abfiel wie altes, regenschweres Laub. Der Bub war seinem Häscher entwischt, wer auch immer das gewesen sein mochte.

»Und wenn Ihr mich für verrückt haltet, Bruder Stephanus, ich kann mir nicht erklären, wer nun mein Kind wirklich zurückgebracht hat, eingewickelt in ein Bärenfell. Stellt Euch das vor! Vor die Tür gelegt wie ein Findelkind. Jakob behauptet, er sei beim Glasmännlein in einer Höhle gewesen.« Marie blickte ungläubig. »Theis erzählt ihm immer diese alten Geschichten, Jakob wird es sich ausgedacht haben, damit wir nicht schimpfen.«

Ihre Bedenken bezüglich der eigenartigen Reaktion des Klosterbruders vom vorigen Abend waren vergessen, die Freude war groß.

Ein Bärenfell. Stephanus' Gesichtszüge hellten sich auf. Borromäus war also kein Wilder, er musste ein Herz und eine Seele haben. In diesem Punkt hatte Cajetano also recht. Hatte Borromäus dem Jungen das Leben gerettet?

»Mir scheint, dein Junge hat nicht ganz unrecht.« Stephanus legte seine Hand vorsichtig auf Maries Schulter und deutete zu einer Bank unter einem Baum. »Es gibt wohl wirklich einen – wie soll ich sagen –, einen Wilden, der in den Wäldern haust. Er soll der Welt entsagt haben und in einer Höhle unten an der Alb leben. Ich selbst habe auch erst kürzlich von seiner Existenz erfahren.«

»Ein Wilder?« Marie legte ihre Hand auf den Mund, als habe sie etwas Teuflisches ausgesprochen. »Woher wisst Ihr das? Von Eurem Bruder? Wie geht es ihm?«

Stephanus beschloss, auf ihre Frage einzugehen, um Cajetano nicht erwähnen zu müssen. Er wollte das Mädchen nicht unnötig ängstigen.

»Ja, Justus hat so etwas erzählt. Danke, es geht ihm etwas besser. Er ist zäh und wird sich erholen.«

Eine Gruppe Mönche machte sich auf den Weg zum Gottesdienst, sie steuerten den Seiteneingang an. Marie fielen ihre Blicke auf. Sie senkte ihr Haupt, als spüre sie die Anschuldigungen. Im Kloster wusste man von den »gefallenen« Frauen der Umgebung. Vor allem jene, die sich in absehbarer Zeit nicht vermählten, galten als sehr verdächtig. Denn den meisten von ihnen blieb, um sich und das Kind durchzubringen, nur eine Möglichkeit: sich gelegentlich einem Mann gefällig zu zeigen. Und das war alles andere als gottgefällig.

Um den Sekretarius nicht in Verruf zu bringen, stand Marie auf, reichte ihm förmlich die Hand und sagte: »Ihr solltet hinein. Die Messe beginnt gleich. Danke, dass Ihr mir geholfen habt.«

»So viel konnte ich nicht für dich tun. Trotzdem danke ich dir für die Benachrichtigung. Pass auf den Jungen auf.« Als ihm der Gedanke kam, dass er sehr wohl etwas für sie tun konnte, fügte er rasch hinzu: »Ich werde das Schreiben, um das mich dein Onkel gebeten hat, so bald als möglich dem Abt übergeben.« Eine Frau, die ihr Geld mit einem rechtschaffenen Beruf verdiente, war nicht auf das Wohlwollen eines Mannes angewiesen. Er musste endlich den Abt aufsuchen und die sonderbaren Dinge, die hier vorgingen, ansprechen.

Da fiel ihm ein, dass besagtes Papier verschwunden war.

***

Wiltrudis war eingenickt. Ein sachtes Klopfen schreckte sie auf. Pius' Brief rutschte ihr dabei aus der Hand. Sie musste sich erst orientieren.

Ein Blick zum Guckloch in der Tür zeigte ihr, dass der Morgen schon angebrochen war. Ein fahler Lichtstrahl traf den Boden im Inneren der Kate. Sie schien allein zu sein. Die Marktfrauen waren wohl schon früh unterwegs. Sie hatte sie nicht gehört.

»Ja?«, rief sie zaghaft, hob den Brief auf und schob ihn unter ihre Schürze. Sie trug noch immer Bauernkleidung.

Die Tür öffnete sich quietschend, die Silhouette des jungen Stallburschen erschien im Gegenlicht der Morgensonne. Er schwieg.

Wiltrudis wusste im selben Moment, dass etwas schiefgegangen war.

»Frau … ähm … ich …« Waldemar sah sich vorsichtig um, ehe er eintrat und die Tür hinter sich schloss.

»Nennt mich Wiltrudis«, sagte sie, während sie sich erhob und langsam auf den Burschen zuging. »Setzt Euch.«

Waldemar ließ sich vorsichtig nieder, als habe er große Schmerzen. »Ich hab ihn aus den Augen verloren. Es …«, er senkte den Kopf, »… es ist meine Schuld, ich war nicht vorsichtig genug.«

Wiltrudis entdeckte Blut an seinen Haaren, als er zu berichten begann, was sich zugetragen hatte.

»Man wollte Euch als Mitwisser ausschalten. Doch wer? Jemand vom Kloster?«, fragte sie ungläubig.

Der Junge blickte hilflos. »Ich konnte niemanden erkennen, nur eine dunkle Gestalt auf dem Pferd. Es muss das Packpferd gewesen sein. Es reagierte auf meinen Pfiff. Zumindest habe ich mir das eingebildet.«

»Das heißt, das Boot ist rheinabwärts. Bruder Klaus soll ihn irgendwo in Sicherheit bringen. Welchen Ort würde der Abt wählen?«

»Einen, auf den er Einfluss nehmen kann«, erwiderte Waldemar.

»Genau, einen Ort, der dem Kloster St. Blasien untersteht. Waldemar, kennt Ihr Euch aus? Gibt es einen solchen Plan in Euren Archiven?«

»Dazu habe ich keinen Zutritt. Ich bin nur ein Stallbursche. Eines Tages bin ich vielleicht der Stallmeister, aber selbst als solcher ist es mir nicht vergönnt, Lesen und Schreiben zu lernen.«

Waldemar senkte abermals schuldbewusst sein Haupt. Dann sah er Wiltrudis an, sein eben noch enttäuschter Blick hellte sich auf. »Bruder Klaus hatte einen Boten zum Abt geschickt. Als er wiederkam, hatte er einen Plan dabei. Ich habe ihn gesehen, ein zusammengerolltes Pergament.«

»Das ist es, Waldemar! Klaus hat einen Plan vom Abt erhalten.«

Waldemars Gesichtszüge ließen eine erneute Mutlosigkeit erahnen. »Das bringt uns nicht weiter, werte Frau Wiltrudis, er hat den Plan bei sich, und wir wissen nicht, wo sie an Land gehen.«

»Vermutlich ist es eine Abschrift. Der Abt würde keine Urkunden, die dem Kloster gehören, in fremde Hände geben. Das Original müsste noch im Skriptorium zu St. Blasien liegen.«

»Auch da kommen wir nicht ran.«

Wiltrudis überlegte. »Ich kenne den Sekretarius. Er ist ein Cousin von mir. Lasst mich mal machen.« Sie nahm ihr Bündel, in dem sie die Ordenstracht verstaut hatte, und ging zur Tür.

»Ich werde versuchen, etwas herauszubekommen. Schaut Ihr zu, was Ihr hier erfahren könnt. Vor allem sucht nach diesem geheimnisvollen Bettelmönch. Sagt der Fischhändlerin, dass ich aufgebrochen bin«, fügte sie hinzu und nestelte aus einem Futtereinlass ihres Bauerngewandes eine Münze hervor. »Gebt ihr das, als Dank. Ich melde mich, wenn ich etwas erfahren habe. Gott schütze Euch.« Wieder zeichnete sie die Segensformel in die Luft.

Waldemar spürte, dass etwas an der Geste nicht stimmte, doch er kam nicht darauf, was es war.

***

Vom Kreuzgang her war es schon zu hören, dieses leichte Schnarchen, das einen verlängerten Mittagsschlaf andeutete.

Es half nichts, Bruder Stephanus musste dem Abt trotzdem endlich den Verlust des Pergaments melden. Er hatte alles abgesucht, all seine Unterlagen in seinem heillosen Chaos. Nichts, das Schreiben blieb wie vom Erdboden verschluckt.

Selbst Pater Cajetanos Schreibtisch, den Stephanus heimlich geöffnet hatte, enthielt das Schreiben nicht. Es war verschollen.

Stephanus holte tief Luft, sah an sich herunter und bemerkte einen Flecken auf seiner Kutte. Soße vom Mittagessen. Er platzierte sein Holzkreuz, das in der Mitte eine Einkerbung hatte, sodass es aussah wie ein Kreuz im Kreuz, mittig auf dem Flecken, indem er das Band etwas kürzer zog. Dann blickte er sich nochmals um. Cajetano wollte er nicht über den Weg laufen.

Doch der schien ebenfalls verschwunden zu sein. Hockte er wieder in seinem Verlies, gar mit dem Vertrag?

Stephanus klopfte an. Wartete. Klopfte abermals. Endlich tat sich etwas, der Abt war erwacht. Stephanus ließ noch ein paar Augenblicke verstreichen, um dem Abt die Möglichkeit zu geben, sich geschäftig hinter seinem Schreibtisch zu platzieren, ehe er erneut klopfte.

»Ja, bitte!«, schallte es schließlich mit kräftiger Stimme von innen.

Augustinus blickte von einem Schreiben auf, in das er sehr vertieft gewesen schien, als Stephanus eintrat. Doch er hielt die Feder verkehrt herum, auch stand sein Haar unschön zur Seite ab. Ein schwerer Geruch waberte im Raum, der Geruch nach ausgedünstetem Alkohol.

»Ich muss den Verlust eines Pergaments melden«, sagte Stephanus.

Der Abt sah unwirsch auf. »Und deswegen stört Ihr mich?«

»Es geht um die Glasmacher. Theis Schmiden, der Aschenbrenner, bittet die Brennrechte auf seine Nichte übertragen zu lassen. Er hat keine eigenen Nachkommen. Ich habe das Gesuch aufgesetzt, aber es ist verschwunden.«

»Seine Nichte, eine Frau mit einem unehelichen Kind, unverheiratet dazu.« Der Abt massierte seine Nasenwurzel mit Zeigefinger und Daumen.

»Ihr wisst davon?«, fragte Stephanus erstaunt.

»Cajetano hatte das Schreiben neulich in den Händen, ich habe es hier sicher verwahrt.« Augustinus seufzte tief, bevor er die Schublade seines Sekretärs aufschloss und das Schreiben herauszog.

»Dieser Pater wird mir immer undurchsichtiger. Er hatte die Daten des Kindes in den Taufbüchern gesucht. Ein uneheliches Kind, Stephanus, Ihr erinnert Euch an die Fälle vor einigen Jahren?«, fragte Augustinus. Er winkte ab und fuhr fort: »Ihr wart vermutlich noch zu jung damals. Ich traue dem Pater nicht, habe aber nichts in der Hand. Ist das Kind nicht sogar verschwunden?«

Stephanus fragte sich, wer den Abt informiert hatte. »Es ist wieder da.«

»Ich weiß nicht, was ich davon halten soll.« In Augustinus' Blick lag Verzweiflung, so glaubte zumindest Stephanus. Da wechselte der Abt abrupt das Thema.

»Gut. Verbrieft dem Mädchen die Rechte mit Erreichen der *aetas legitima*. Also mit Erreichen des fünfundzwanzigsten Lebensjahres oder mit Eintritt in den heiligen Stand der Ehe. Da sie mit einem unehelichen Kind keinen sittsamen Lebenswandel nachweisen kann, kommt die Sonderlegitimation zum Verleih von Berufsrechten mit Erreichen des achtzehnten Lebensjahres nicht in Betracht. Auch nicht, wenn sich Theis als ihr Vormund sieht. Sie hat noch einen Vater, der in diesem Fall das Sagen hätte. Mehr kann ich nicht machen, Ihr kennt die Gesetze.«

Er reichte Stephanus den Vertrag, um die Änderung einzutragen.

»Ich denke, damit wäre Theis schon geholfen. Er will die Nichte als seine legitime Nachfolgerin, mehr nicht. Ihr kennt den Glasvogt, er sieht sich als Herrscher und legt das Recht gern nach seinen Maßstäben aus.«

Als Stephanus sich zum Gehen wandte, lenkte Augustinus das Gespräch nochmals in eine andere Richtung. »Ihr wart in den Katakomben?«

»Äh, ja, wer sagt das?«, fragte Stephanus überrascht. Wie hatte Augustinus davon erfahren? Er hatte mit niemandem darüber gesprochen.

»Justus hat sich auffällig benommen. Er hat euch gesucht, lungerte in der Kapelle herum. Ihr solltet besser auf ihn aufpassen.« Wieder rieb sich Augustinus die Nasenwurzel, schien sich die folgenden Worte zurechtzulegen. »Dann habt Ihr die Gräber der Unschuldigen, wie Cajetano sie nennt, gesehen?«

Stephanus hatte Mühe zu schlucken, sein Mund war plötzlich trocken, darum nickte er nur stumm wie ein ertapptes Kind. Augustinus wusste Bescheid?

»Die junge Mutter, die dort begraben liegt, war krank, müsst Ihr wissen. Es war eine böse Geschichte. Sie stammte aus einem Nachbardorf. Die Eltern, sehr gläubige Christen, kamen eines Tages und berichteten von den unglücklichen Umständen ihrer Tochter und davon, dass sie seither nicht mehr normal wäre. Sie glaubten, sie sei vom Teufel besessen. Anders konnten sie sich ihr Verhalten nicht erklären, sie hätten ihre Tochter schließlich sittsam erzogen.«

»Ihr meint, er hat …?« Stephanus schwindelte, was kam hier noch alles zutage?

»Pater Cajetano ist ein Exorzist, ausgebildet in Rom. Er beherrscht das *Rituale Romanum*, das im Jahre 1614 von Papst Paul V. festgelegt wurde, um besessenen Personen den Teufel auszutreiben. Das Austreiben von Dämonen ist eine alte Tradition, erwähnt in nahezu allen Religionen, auch in der Bibel. Schon Paulus schrieb in seinem Brief an die Epheser in 6 und 12 von den ›Beherrschenden der finsteren Welt‹.«

»Was ist passiert?«

»Er hat die Formeln genau nach dem Ritual angewandt: das Besprenkeln mit Weihwasser, das Beten der Litanei, der Psalmen, des Evangeliums, das Auflegen der Hand, das Zeigen des

Kreuzes, um dem Satan die Kraft des Gebets zu verdeutlichen. Doch all das half nichts, das Mädchen schlug weiter um sich und schrie, nahm kaum Nahrung zu sich. Schließlich sperrten sie sie in der Kammer ein, um sie und die Angehörigen zu schützen. Immer wieder hat Cajetano von außen versucht, den Dämon zu beschwören. Man hat ihr Essen und Trinken durch eine Luke geschoben, doch sie hat es nicht angerührt.«

»Und dann?«

»Nach ein paar Tagen war sie still. Seltsam still. Man hat die Kammer geöffnet. Das Mädchen lag in Erbrochenem und ihren Exkrementen, zwischen ihren Beinen ein zu früh geborenes Kind. Beide waren tot.«

Stephanus bekreuzigte sich, er war kreidebleich geworden, suchte nach der Stuhllehne.

»Man hat sie als Kindsmörderin bezeichnet und außerhalb der Friedhofsmauer verscharrt.«

»Und der Kindsvater?«

»Es gab das Gerücht, dass sich mehrere Burschen an ihr vergangen hätten. Sie wurde im Nachhinein als Hure denunziert. Darum habe ich nicht eingegriffen, als ich von Cajetanos Beerdigungsritual erfuhr. Es war wohl eine Art Wiedergutmachung für ihn. Er fühlte sich mitverantwortlich für ihren Tod. Ich war nie unten in den Katakomben. Ich habe es von Borromäus erfahren. Er hat mich eingeweiht und geschworen, ein Auge auf den verrückten Pater zu werfen.«

»Ihr wisst auch von dem Höhlenmenschen?«

»Ich bin ihm vor Jahren im Wald begegnet. Er ist ein guter Christ und lebt mit meinem Einverständnis als Eremit in der Höhle. Er wildert, ja, aber nur für den Eigengebrauch. Die Höhle liegt wohl beim Zugang zu einem alten Fluchttunnel, den die Mönche im Dreißigjährigen Krieg gegraben haben.«

Nach einer kurzen Pause fügte er hinzu: »Macht den Mund wieder zu, Stephanus. Es zieht. Und kleidet Euch ordentlich, das Mittagessen klebt noch an Euch.«

Stephanus sah an sich herunter wie ein getadelter Junge. Schließlich fing er sich und fand seine Schlagfertigkeit ebenfalls wieder.

»Dann empfehle ich Euch, das Fenster zu öffnen, man riecht sogar die Rebsorte heraus.«

***

Pius hielt die Hände ins Wasser, als könne er damit seine wirren Gedanken kühlen. Sein Blick war in die Ferne gerichtet. Dorthin, wo der Fluss das Sonnenlicht widerspiegelte, das jetzt gegen den morgendlichen Dunst über dem Gewässer ankämpfte. Es war noch ruhig bis auf ein paar Wasservögel, die im Dickicht quakten und schnatterten. Das Boot schaukelte mit der Strömung weiter rheinabwärts auf die Handelsstadt Basel zu.

So wie die frühen Nebel lichtete sich auch langsam seine Lebensgeschichte. Er hatte die halbe Nacht, in der er im Boot lag, damit verbracht, die Puzzleteile, die sein bisheriges Dasein bezeichneten, zu ordnen. Einiges erschien ihm nur klarer.

Es ist in jener unheilvollen Nacht im Kloster Berau von einer Novizin ein Knabe geboren, der nicht hätte leben sollen.

Die Marktfrau war die Novizin, von der die Hebamme in ihrem Schreiben berichtet hatte. Die Ordenstracht, die sie getragen hatte, war keine Verkleidung gewesen, wie der Verladearbeiter behauptet hatte. Seine Mutter war eine Nonne. Doch wie kam sie zu dem Kind? Davon hatte die Hebamme vermutlich auch keine Kenntnis.

Sie hatte dem Abt einen Eid geschworen. Er war also in die Geschichte eingeweiht. Und Bruder Klaus?

Wer trachtete ihm, Pius, nach dem Leben? Und warum? Er erschrak, als hinter ihm ein Fischreiher seinen Schnabel ins Wasser stieß und mit einem zappelnden Fisch davonflog.

»Frühstück?« Bruder Klaus riss Pius aus seinen Gedanken, als er nach dem Beutel griff und ein Päckchen mit Broten hervorzog.

»Wie wäre es mit der Wahrheit, Bruder Klaus?« Pius nahm die Hände aus dem Wasser und beugte sich zu seinem Lehrer vor.

»Ich bringe dich zu einer St. Blasianischen Propstei im Markgräflerland. Dort versieht ein alter Mönch die Dienste. Er ist etwas hinfällig, und du wirst ihm beistehen. So lange, bis dein Studium wieder beginnt.«

»Wer ist hinter uns her?«

»Es gab zur Zeit deiner Geburt mehrere tote Kinder, alle unehelich geboren, so wie du. Die Günzlis waren nur deine Pflegeeltern. Man hat den Mörder nie gefasst. Es gibt einen Pater in St. Blasien, der glaubt, die rechte Hand Gottes zu sein. Er hatte nach dieser Sache Wahnvorstellungen und glaubte sich zum Schwert des Herodes berufen.«

»Wie kam er darauf?«

»Auch der biblische Herodes ließ Neugeborene töten, um einen möglichen Thronfolger auszuschalten.«

»Schrecklich. Was treibt dieser Pater jetzt?«

»Er ist genesen und hat das Amt des Oberrechners inne. Damit hat der Abt ihn unter Kontrolle, aber er misstraut ihm. Er hat ihn erwischt, wie er in den Kirchenbüchern nach unehelich geborenen Kindern forschte. Als dann dieser seltsame Bettelmönch bei uns auftauchte, habe ich den Abt davon in Kenntnis gesetzt. Er befahl mir, dich sofort in Sicherheit zu bringen.«

»Was hat der Abt damit zu tun?«

»Womit?«

»Mit mir und seiner Fürsorge um mich, ich bin doch nur ein ehemaliger Klosterschüler.« Pius verschwieg absichtlich sein Wissen um das Gerücht seiner höheren Abstammung. Hoffte, Bruder Klaus mit dieser scheinbar bedeutungslosen Erkenntnis zum Reden zu bringen. Er wollte sich nicht wichtigtun, aber seltsam war es doch, dass der Abt lediglich um ein uneheliches Kind besorgt war.

»Er fühlt sich für seinen Pater verantwortlich. Er will dein Leben schützen.«

»Warum ich? Wer sind meine leiblichen Eltern?«

»Das kann ich nicht sagen.«

Pius hielt dem eisernen Blick seines Mentors stand. In diesem Moment wusste er, warum Bruder Klaus schwieg, und sprach es aus. »Meine Mutter ist eine Nonne und der Abt mein Vater.«

Bruder Klaus rang nach Worten, nach Luft, dann griff er sich ans Herz. Sein Schüler hatte ins Schwarze getroffen.

Er verdrehte die Augen und kippte langsam zur Seite.

»Bruder Klaus!« Panik erfasste Pius, er hob den Kopf seines

Meisters an. »Bruder Klaus, bitte verzeiht mir. Das wollte ich nicht.«

»Wasser«, bat Bruder Klaus schwach.

Pius träufelte ihm Wasser aus dem Schlauch in den halb offenen Mund. Es lief am anderen Mundwinkel wieder heraus und versickerte im angegrauten Bart des Mönchs.

Bruder Klaus war nicht mehr der Jüngste. Pius hätte ihn nicht so grob angehen dürfen. Er marterte sich mit Vorwürfen, wie er so eigennützig hatte sein können. Er hatte die Gesundheit, ja, das Leben seines Mentors leichtsinnig aufs Spiel gesetzt. Was, wenn dieser nun starb?

Endlich begann er zu husten.

Pius hob ihn an. »Bruder Klaus!«

Der Mönch hob die Hand. »Meine Herzschwäche, es ist nicht deine Schuld. Bring uns an Land, ich muss mich ausruhen.«

***

Pünktlich zum Angelusläuten erreichte Wiltrudis St. Blasien. Die Bauern auf den Feldern um das Kloster herum hielten inne, bekreuzigten sich und beteten, ehe sie dem Zeichen des Feierabends folgten und nach Hause gingen.

Wiltrudis bekreuzigte sich ebenfalls und bat den Herrn, er möge ihre Sünden verzeihen und Pius vor dem Mörder bewahren.

Sie war sogar im Begriff, den Abt aufzusuchen und ihm ihre heimlichen Recherchen zu beichten. Hauptsache, Pius würde nichts geschehen.

Als sie an die Pforte pochte, besann sie sich einer Eingebung folgend eines anderen. Sie würde nicht ein weiteres Mal zu Kreuze kriechen und betteln, sich herabwürdigen lassen wie eine Novizin. Nein, dieser Rolle war sie ein für alle Mal entwachsen.

Als der Bruder Pförtner das Türlein öffnete und fragte, wer denn Einlass begehre, sagte sie: »Priorin Wiltrudis. Ich muss meinen Cousin Bruder Stephanus in einer dringenden Familienangelegenheit sprechen, beeilt Euch. Sagt ihm, ich warte draußen im Garten unter dem Lindenbaum.«

Ehe der Pförtner Widerspruch einlegen konnte – denn die Vesper, das vorletzte der täglichen Stundengebete, stand an –, war sie aus der Tür verschwunden.

Es dauerte auch nicht lange, bis Stephanus herbeieilte.

»Wiltrudis, meine liebe Cousine, was ist passiert?«

»Ich muss dir eine Lebensbeichte ablegen. Sie betrifft mich und den Abt. Und ich brauche deine Hilfe. Es geht um ein Kind, mein Kind!«

Stephanus, der geglaubt hatte, alle Abgründe zu kennen, brachte den Mund nicht mehr zu. Er setzte sich neben sie und krächzte, weil ihm die Stimme versagte: »Sprich, meine Cousine.«

Wiltrudis setzte ihn in abgehackten Sätzen über die wichtigsten Fakten in Kenntnis. Gefühle und Vermutungen ließ sie aus. Sie hatte sich stets bevormunden lassen, von Stellamaris, von Augustinus und nun auch von der neuen Klostervorsteherin, diesem vornehmen Edelfräulein Magdalena von Greiffenegg. Doch das tat nichts zur Sache, nicht jetzt.

Stephanus hörte sich ihre Beichte an, ohne sie zu unterbrechen. Dann erhob er sich: »Warte hier.«

Wiltrudis kniete vor der Muttergottes, einer in Stein geschlagenen Figur am Ende des Klostergartens, und vertiefte sich ins Gebet, bis Stephanus wiederkam. In den Händen hielt er eine Pergamentrolle.

Er kniete neben ihr nieder, beugte sein Haupt und bekreuzigte sich, dann reichte er ihr die Rolle. »Hier, ich habe seine Notizen vom Original übertragen.« Er machte eine kurze Pause. »Wir haben uns nie gesprochen, hörst du? Ich verliere mein Amt und alle Würden. Ich weiß nicht mehr, wem ich hier noch trauen kann. Aber eines weiß ich sicher: Eine Mutter verrät ihr Kind nicht. Warum hast du dich nicht schon früher an mich gewandt?«

»Ich, eine Sünderin?«

»Nicht vor Gott und auch nicht vor mir. Du hast einen Fehler gemacht, gut, wenn man das überhaupt so nennen kann. Wer von uns ist ohne Sünde? Bist du sicher, dass du diesem Waldemar vertrauen kannst?«

»Ich glaube schon. Wie kann ich dir danken?«

»Schließ mich in dein Gebet ein.«

»Gut, das werde ich.« Wiltrudis stand auf und ging. Obwohl ihr die Füße schmerzten vom weiten Weg, fühlte sie sich unendlich erleichtert.

Mitternacht war bereits vorüber, als sie übermüdet im Frauenkloster ankam. Die Strecke von Klingnau bis St. Blasien entsprach schon einem Tagesmarsch. Von St. Blasien zurück nach Berau war es nochmals gut die halbe Strecke.

Zum Glück hatte sie einen Schlüssel, um in das Kloster zu gelangen. Die Pforte war nachts nicht besetzt, sie hätte auch nicht mehr Rede und Antwort stehen wollen.

Wiltrudis eilte durch die stillen Flure in ihre Kammer. Niemand hatte sie gesehen. Sie nahm nur Haube und Überwurf ab und legte sich im Unterkleid ins Bett.

Noch bei dem Gedanken, wie sie Waldemar informieren konnte, schlief sie ein.

***

»Wo steckt der Bastard! Dein Drachentöter?« Michael war ohne anzuklopfen in die Aschenhütte gestürmt, als wäre sie sein Haus. Breitbeinig baute er sich in der Küche auf.

Theis sah von seinem Teller hoch und brummte: »Hast du daheim Säcke vor der Tür? Wenn du schon keine Manieren hast, um anzuklopfen, dann mache wenigstens das Loch zu. Es zieht.«

»Was ist denn nun schon wieder los, dass Ihr hier hereinpoltert wie ein Waldgeist, Vater? Seid froh, dass der Bub gesund daheim ist.« Marie stellte sich ihrem Vater entgegen.

»Waldgeist, Ihr spinnt doch allesamt, dein Bub sitzt auf dem Dorfbrunnen und hält Maulaffen feil. Erzählt herum, dass er einen Drachen getötet hat, und beleidigt Ludwina, seine Großmutter, dass sie ein fetter Drache sei.«

»Stiefgroßmutter!«, korrigierte Theis und konnte sich ein Grinsen nicht verkneifen. Daher wehte also der Wind. Die Kinder hatten sich wieder einmal über die einfältige Glasvögtin lustig gemacht. »Und genauso hat sie sich bisher auch verhalten, wie eine *Stief*großmutter. Lass dem Buben seine Freude und misch dich da nicht ein«, fügte Theis hinzu.

»Nicht einmischen? Das muss mir mein klappriger Schwager nicht vorhalten. Der Rotzlöffel hält das ganze Dorf zum Narren, dann tut er sich mit dem Großmaul Poldi zusammen, und die gesamte Kinderbande verspottet Ludwina. Das kann ich nicht dulden, ich werde dem Kerl Beine machen. Noch bin ich der Glasvogt!«

Michaels Halsvene schwoll an, sein Kopf wurde dunkelrot.

»Und wenn ich schon da bin«, fuhr er fort, »was hast du im Kloster unten zu suchen, Marie?«

»Ich war bei Bruder Stephanus. Er hat mir seine Hilfe angeboten bei der Suche nach dem Kind.«

»So, gehen jetzt die Familiengeschichten auch die Klosterbrüder was an? Reicht es der Madame nicht, dass das ganze Dorf nach deinem Ausreißer sucht? Ich verbiete dir, unsere Dinge aus dem Dorf zu tragen! Und schon gar nicht zu diesem scheinheiligen Pack!«

Nun packte auch Marie die Wut, sie schmiss dem Vater ihren Kochlöffel vor die Füße und schrie: »Ihr verbietet es mir? Ihr habt mir schon immer alles verboten, Vater. Aber ich habe genug, ich lasse mir von Euch nichts mehr verbieten. Raus!«

»Was? Was hast du eben gesagt?« Der Glasvogt traute seinen Ohren nicht. Wagte es seine Tochter erneut, gegen ihn aufzubegehren?

»Ihr habt richtig gehört, Vater, ich habe Euch die Tür gewiesen. Es reicht, Ihr habt Euch genug in mein Leben eingemischt. Ich tue, was ich für richtig halte. Er ist mein Sohn. Ihr habt noch keinen halben Kreuzer für mein Kind, Euren Enkel, ausgegeben, aber mir dauernd vorgehalten, was ich zu tun habe.«

»Mein Enkel? Ein Hurensohn! Meinst du, ich weiß nicht, wer dieser Dreckskerl war?« Michael holte Luft und fuchtelte mit dem Finger in Richtung Theis. »Er, er hat ihn beherbergt!«

»Auf deine Anweisung hin«, berichtigte Theis.

»Ruhe!«, brüllte Marie. »Keiner hat mich gezwungen. Es war meine Entscheidung! Und ich bereue es nicht, jawohl! Und jetzt raus hier!«

Theis klatschte in die Hände wie ein kleines Kind, das sich über bunte Glasmurmeln freut.

»Du alter Bock, halt dich da raus!«, fuhr Michael seinen Schwager an. Zu Marie gewandt, drohte er: »Nimm den Mund nicht zu voll, meine Tochter. Du wirst noch auf den Knien zu mir kriechen, wenn dir der Alte hier wegstirbt, warte nur. Ich gebe dich dem Nächstbesten mit, der sich deiner erbarmt, und wenn es der Kohle-Hans ist. Aschenstaub zu Kohlenstaub, das passt doch!«

»Das sagtet Ihr bereits. Raus jetzt!«

Als er ging, schlug er die Tür so heftig zu, dass sich ein Riss im spröden Holz bildete.

»Du hast dich tapfer geschlagen, es könnte noch was aus dir werden, mein Kind.« Theis nickte anerkennend. »Eines hat er dir vererbt. Seinen Dickschädel, aber den wirst du in nächster Zeit dringend brauchen. Glaub mir.«

***

Pius blickte sich hilfesuchend um, der Nebel hatte wieder zugenommen. Nur anhand des Entengeschnatters konnte er die Entfernung zum Ufer abschätzen. Sollte er hier in der Wildnis an Land gehen? Bruder Klaus brauchte Hilfe, und die fand sich am ehesten dort, wo Menschen waren, in einer Stadt.

Er blickte flussabwärts.

»Bruder Klaus, wo sind wir? Kann es sein, dass dort unten eine Stadt ist?«

Bruder Klaus richtete sich mühsam auf, doch die Nebelschleier umgaben die Flüchtenden wie eine Schutzmauer.

»Wir müssten bald Säckingen erreichen. Die Stadt liegt auf einer Insel, umspült vom Rhein. Du erkennst sie am Gallusturm, der in der Mitte des Flusses steht. Nimm den linken Rheinarm, paddle entlang der Stadtmauer. Nach der Holzbrücke siehst du dann rechts einen weiteren runden Turm. Den Diebesturm. Dort können wir an Land. In der Nähe liegt das Schloss Schönau mit seinen vier Ecktürmen. Frage nach Pater Franz, er ist der Hausgeistliche des Adelsgeschlechts von Schönau. Wir kennen uns.«

Erschöpft legte er sich wieder auf den Boden des Bootes und schloss die Augen.

Im letzten Moment, bevor der Nebel zu dicht wurde, konnte der fremde Reiter am linken Rheinufer noch erkennen, dass das Boot mit den beiden Wilhelmitern am Gallusturm links vorbeiglitt. Er würde dort, wo der Fluss sich wieder einte, im Schatten der Bäume warten.

Pius manövrierte das Boot dicht an der Stadtmauer entlang. Im Mauerwerk sah er immer wieder Löcher, die dazu dienten, Fäkalien oder Abwässer abzulassen. Dementsprechend stank es. Ratten schwammen um die Abfälle herum, die sich im Treibgut verfangen hatten. Ein Fischerboot befand sich in der Nähe, er konnte es hören, das Netz wurde gerade eingezogen. Pius dachte an seinen Vater, den Kaufmann, mit dem er an den Sonntagen als kleiner Bub oft angeln gewesen war.

Sein Vater. Er dachte an den Abt, den er nur ein paarmal gesehen hatte. Pius konnte das Wort »Vater« nicht mit diesem mächtigen Mann in Verbindung bringen. Die Nonne dagegen, er kannte ihren Namen nicht, hatte Wärme und Mütterlichkeit ausgestrahlt. Warum war sie nicht schon früher gekommen, um ihn zu suchen? Hatte sie erst jetzt vom Aufenthaltsort ihres Sohnes erfahren? Sie musste doch schreckliche Seelenqualen ausgestanden haben.

Er sehnte sich nach dieser fremden Frau, die ihn so liebevoll in die Arme genommen hatte. Das hatte seine Mutter, die Kaufmannsgattin, nie getan. Es schickte sich nicht. Pius war ihr Vorzeigekind, für Arbeit, Sorgen und Nöte war das Kindermädchen zuständig. Er glaubte dennoch, dass sie ihn geliebt hatte. Auf ihre Weise. Er musste nie Not leiden.

Direkt vor ihnen tauchte für einen kurzen Moment die Holzbrücke im Dunst auf. Ein mächtiges überdachtes Bauwerk, das die Insel mit dem linken Ufer verband. Dort drüben lagen die eidgenössischen Gebiete.

»Sie ist neu«, sagte Bruder Klaus. »Die Franzosen haben sie 1678 zerstört, zusammen mit der Stadt.« Er schien sich langsam zu erholen, trotzdem wagte Pius nicht, das Gespräch über seine Herkunft wieder aufzunehmen.

Am Diebesturm standen die Stadtmauern nicht mehr direkt im Wasser, sondern auf einem kleinen Uferstreifen. Ein Steg führte zum Turm. Pius lenkte das Boot an den sandigen Anlegeplatz, er wollte nicht gleich von den Stadtbütteln angehalten werden. Der Sand knirschte unter den Planken, der Kahn machte einen Ruck, schwenkte mit dem Heck, doch Pius hielt ihn, indem er das Paddel auf den seichten Grund drückte. Dann sprang er heraus und zog das Boot an Land.

Sie waren bereits entdeckt worden, ein Ordner kletterte den Steg hinunter und kam auf Pius zu.

»Halt, was wollt Ihr?«, rief er von Weitem. Beim Näherkommen sah er den Ordensbruder im Boot liegen. »Was ist mit ihm? Ist er verletzt?«

»Er hatte einen Schwächeanfall, das Herz. Kennt Ihr Pater Franz? Er ist ein Freund von ihm. Wir sind aus Klingnau und auf dem Weg …« Pius hielt inne, es war nicht sonderlich klug, jedem das Ziel der Reise auf die Nase zu binden, darum sagte er: »Wir wollen nach Basel.«

Der Turmwächter rief einen Helfer und schickte ihn zum Schloss.

***

Wiltrudis war trotz der späten Heimkehr früh am Morgen erwacht. Sie öffnete den Fensterflügel weit, um die noch kühle Luft und das erste fahle Licht hereinzulassen. Ihre Kammer war klein und stickig. War sie das schon immer gewesen?

Ihr Blick fiel auf den Klostergarten, die angelegten Wege, die Kräuterstauden. Die Heckenrosen hatten ihre Blüten über Nacht geschlossen, der erste Fingerhut wagte sich im Schutze der wärmenden Mauer aus den Knospen. Die Pfingstrosen betörten mit ihrem Duft den kleinen Innenhof. Wiltrudis glaubte, sie sogar hier oben zu riechen.

Während die letzten Blütendolden des Holunders noch weiß zwischen den Blättern hervorzündeten, konnte man an den geschützten Stellen bereits beobachten, wie sich kleine grüne Beeren unterhalb der winzigen Blüten bildeten. Diese Dolden würden in ein paar Monaten dunkellila Früchte tragen. Gaben die Blüten einen süßlichen Sirup, kochte man aus den Beeren einen Heiltrunk, der Fieber zu senken vermochte. Wiltrudis liebte diesen Garten, diese Welt für sich.

Als sie ihren Blick hob, sah sie nur bis zur nächsten Mauer. Sie wusste, dass sich dahinter eine weite Aussicht bis zu den Alpen bot. Nicht jedoch für die Frauen, die sich hier dem klösterlichen Leben widmeten. Die neuen Regeln erlaubten wenig Bewegungsfreiheit.

Ein Anflug von Sehnsucht machte sich in Wiltrudis breit. Derartige Gefühle waren ihr bisher fremd gewesen. Sich ihres eigentlichen Interesses besinnend, breitete sie die Landkarte vor sich aus. Bis zum nächsten Gebet hatte sie noch etwas Zeit. Weit weg schob sie den Gedanken, der Vorsteherin Rede und Antwort stehen zu müssen. Sie war länger fortgeblieben, als ursprünglich erbeten.

Mit dem Finger fuhr sie die ihr bekannten Orte ab, um sich zu orientieren. Das Kloster Berau, dann weiter das Schlüchttal hinunter bis Gurtweil, über den Rhein nach Klingnau. Der Rhein. Hier hatte Waldemar das Boot aus den Augen verloren.

Sie folgte dem Verlauf des Rheins flussabwärts. Es musste ein Ziel geben. Wo konnte man einen Novizen verstecken? In einer Abtei, einem Kloster oder einer Propstei entlang des Rheins? Die gestreift eingezeichneten Ländereien waren im Besitz St. Blasiens. Derer gab es viele, sogar bis hinein ins Markgräflerland, das als reformiert galt.

Pius konnte überall und nirgends sein.

Wiltrudis notierte sich die möglichen Orte rheinabwärts. Sie konnte sie unmöglich alle abklappern. Und Waldemar? Man würde ihn wohl kaum für die Suche nach seinem Freund aus den Diensten des Klosters entlassen. Resignation machte sich in Wiltrudis breit.

Als sie die Karte zusammenfalten wollte, fiel ihr die Randnotiz auf, von der Stephanus gesprochen hatte: »Priorat Bürgeln baufällig, nahezu unbewohnbar.« Stephanus hatte sogar den Schriftzug des Abts nahezu perfekt imitiert.

Wiltrudis suchte Bürgeln auf der Landkarte. Es lag beim Ort Schliengen, nicht weit vom Rhein entfernt im Markgräflerland. Ganz in der Nähe war das Kloster Sitzenkirchen eingezeichnet, als Ruine. Sie hatte schon von dem Frauenkloster gehört, das einst unter St. Blasianischer Herrschaft gestanden hatte. Es war im Bauernkrieg zerstört worden, wenn sie sich recht erinnerte.

Sie war so in das Studium der Landkarte vertieft, dass sie das Klopfen an der Tür nicht gehört hatte. Als sich die Tür ihrer Kammer einen Spalt breit öffnete, zuckte sie zusammen und versteckte das Dokument rasch unter einer Bibel, die auf dem Tisch lag.

»Darf man fragen, was Ihr hier treibt, Priorin? Gehört es jetzt zu den guten Sitten, sich unerlaubt zwei Tage aus dem Kloster zu entfernen, um angeblich einen Besuch in der Familie zu machen?«

»Verzeiht, Herrin von Greiffenegg, meine Anwesenheit wurde etwas länger benötigt.«

»Warum meldet Ihr Euch nicht zurück? Wie seid Ihr überhaupt hereingekommen? Die Pforte war verschlossen.«

»Ich bin die Priorin, ich verfüge über einen Schlüssel.«

»Es ist nicht Euer erstes Vergehen. Ich habe Euch beobachtet, wie Ihr neulich schon abends das Kloster verlassen habt. Ihr seid erst im Morgengrauen mit schmutzigem Habit wieder aufgekreuzt. Was treibt Ihr hinter meinem Rücken?«

»Ich bin Euch keine Rechenschaft schuldig«, erwiderte Wiltrudis kühl.

»Das werden wir sehen. Ich werde diese Angelegenheit dem Abt mitteilen. Recht und Ordnung müssen sein, wenn nicht im Kloster, wo dann? Wir haben uns hier in eine neue Ordnung begeben, die vorsieht, sich in der Weltabgeschiedenheit dem Gebet zu widmen. Diese Demut kann ich bei Euch nicht ausmachen.«

Wiltrud hielt dem Blick der Vorsteherin stand. »Diese Angelegenheit, wie Ihr es nennt, würde ich dann doch gern mit dem Abt persönlich besprechen«, gab sie zurück.

»Persönlich? Wie soll ich das verstehen? Ich habe die volle Unterstützung des klösterlichen Oberhauptes, und bis zur Klärung der Angelegenheit bleibt Ihr in Eurer Kammer, den Schlüssel behalte ich ein.«

Magdalena Tröndlin von Greiffenegg streckte fordernd ihre Hand aus.

Wiltrudis reichte ihr den Schlüssel. Bleischwer ließ sie sich auf der Bettkante nieder, als sie hörte, wie der Riegel ihrer Kammer von außen vorgeschoben wurde.

Sie war gefangen. In ihrer eigenen Zelle.

***

Der Aschenbrenner Theis hatte sich zu einem Mittagsschlaf hingelegt. Die Hitze des Sommers setzte ihm von Jahr zu Jahr mehr zu. Darum heizte er den Ofen zur Aschengewinnung in dieser Jahreszeit auch nur noch in den frühen Morgenstunden an.

War mittags der Herd kalt, hielt er es wie die meisten Bauern, die auf den Feldern arbeiteten: Es gab eine leicht verdauliche kalte Milchsuppe mit eingebrocktem Brot. Der Hunger hielt sich an den Hundstagen sowieso in Grenzen. In den Höhenlagen des Schwarzwaldes waren die heißen Tage meist an einer Hand zähl- und damit absehbar.

Dösend vernahm er, wie Marie die Körbe mit Asche füllte, über die Bütten wuchtete und mit kaltem Bachwasser übergoss. Langsam tropfte das milchig gewordene Nass durch die mit Leinen ausgeschlagenen Weidenkörbe in die eisernen Kessel.

Das gleichmäßige Tropfen wirkte einschläfernd. Ruhe und Kühle breitete sich im Haus aus. Jakob spielte draußen im Schatten.

Theis hatte die Holzläden in der Schlafkammer zugezogen, damit sie die Wärme draußen hielten. Eine dicke Schmeißfliege surrte um ihn herum und suchte nach einem Schlupfloch in die Freiheit. Sie hatte sich wohl in der Verlockung eines Mittagsschmauses in die Kammer verirrt. Ihr Brummen verfolgend, nickte Theis langsam ein.

Doch die Ruhe währte nicht lange. Weitere Plagegeister hatten sich eingefunden. Eine Stubenfliege setzte sich auf seinen nackten Arm. Dort lief sie auf und ab, bis er sie verjagte.

Durch den Türspalt sah er seine Nichte vorbeischleichen. Er stützte sich auf seine Ellenbogen. »Marie, wo willst du hin?«

Sie hatte saubere Kleidung und Schuhe angelegt.

»Ich bin rechtzeitig zurück, um die Lauge auszubrennen.« Marie nickte in Richtung der Körbe, um ihn zu beruhigen, obwohl sie wusste, dass er sich nicht um ihre Arbeit sorgte.

»Das meine ich nicht, und das weißt du.«

»Ruh dich noch eine Weile aus, es ist sehr heiß heute, ich habe noch etwas zu erledigen. Den Buben nehme ich mit, wir sind am Abend zurück.«

»Am Abend erst?«, fragte Theis besorgt. »Willst du ihn nicht hierlassen?«

»Nein. Ich habe ihn lieber bei mir.«

»Du willst mir nicht sagen, wohin du gehst?«

Marie blieb ihm eine Antwort schuldig.

»Gut, du musst wissen, was du tust.« Schläfrig ließ er sich wieder auf das Kissen fallen, doch die Ruhe war dahin. Was trieb Marie bei dieser Hitze aus dem Haus? Ihr Schweigen beunruhigte ihn.

Marie ließ ihren Onkel nur ungern im Ungewissen, aber sie musste die Dinge jetzt allein in die Hand nehmen, bevor ihr Vater über sie bestimmte.

»Danke«, sagte sie und eilte hinaus.

Theis bemerkte, dass sie ein geschnürtes Bündel unter dem Arm trug.

»Marie? Du kommst doch wieder?«

***

»Wohin gehen wir?«

Jakob war gespannt, ein Ausflug allein mit seiner Mutter. So etwas hatte es noch nie gegeben. Er ließ sich an der Hand führen, als sie den Bötzberg bestiegen.

»Kannst du mir zeigen, wo der Schatzhauser wohnt?«, fragte Marie, als sie außer Hörweite der Hütten waren.

»Du willst zum Glasmännlein, Mama?«

»Ja, ich will mich bei ihm bedanken, und du solltest das auch tun. Das Bärenfell hier«, sie zeigte auf das geschnürte Bündel, »wollen wir ihm doch wieder zurückbringen, oder?«

Jakob verzog sein Gesicht, es hatte ihm als Beweis gedient. Dann besann er sich darauf, dass er seinen Auftritt bereits gehabt hatte. Jeder, sogar der Poldi, wusste nun, dass er mit geheimen Mächten im Bunde war.

»Und anschließend gehen wir zu Bruder Stephanus und fragen, wie es dem kranken Justus geht.«

»Au ja!« Jakob riss sich los und sprang den Hang hoch wie ein übermütiges Zicklein. Die Geißen, die den steilen Berg beweideten, fühlten sich animiert und jagten dem Kind meckernd nach.

Marie kam außer Atem oben am Kamm an, wo Jakob schon inmitten der Ziegenschar saß und Gräser an die ungeduldigen kleinen Fresser verteilte. Sie erfrischte sich an einem Brunnen, der im Schatten eines Ahornbaumes stand und sowohl den Händlern als auch deren Tieren zum Trank diente.

Der Blick auf der anderen Seite hinunter in das Feldberger Albtal war frei, ein warmer Windstoß brachte den Duft von frisch gedörrtem Heu mit. Die Bauern waren inmitten der Ernte, um die Mittagszeit überließ man die Arbeit der Sonne und ruhte sich unter den Bäumen aus. Selbst die Kühe scharten sich um die begehrten Schattenplätze. Nur die Grillen zirpten in der Mittagshitze.

»Komm, ich zeig dir, wo der Drache wohnt – und der Schatzhauser!« Jakob schien die Wärme nichts auszumachen.

Marie lief ihrem Buben in Richtung St. Blasien hinterher.

***

Waldemar hatte einen Plan gefasst. Noch in der Nacht schlich er sich aus dem klösterlichen Pferdestall, wo er weiterhin, als wäre nichts geschehen, arbeitete.

So sehr er sich umgehört hatte, niemand wusste etwas über den Verbleib von Pius und Bruder Klaus, auch nicht von jenem ominösen Mönch, der beim Kaufmann Günzli festgehalten worden sein sollte. Geschweige denn, was in der Nacht, als dieser

Bettelmönch verschwunden und er, Waldemar, niedergestreckt worden war, geschehen war.

Alle waren wie vom Erdboden verschwunden, einschließlich Wiltrudis. Er kannte nur ihren Namen. Die Fischhändlerin verhielt sich zurückhaltend, es war nichts aus ihr herauszubringen. Waldemar wusste nicht, wohin die Fremde gegangen und woher sie gekommen war. Ihre Aussprache war etwas weicher als der Dialekt der hiesigen Bevölkerung gewesen, demnach musste sie von jenseits des Rheins stammen.

Entschlossen machte sich Waldemar auf den Weg zum Fährmann am Rhein, vielleicht konnte der sich an sie erinnern.

Im Schutze der Dunkelheit erreichte er die Hütte des Fährmannes, der dort mit seiner Frau wohnte. Leise klopfte Waldemar an.

Als man ihm Einlass gewährte, schlug ihm ein bestialischer Gestank entgegen. Ein schmutziges, zahnloses altes Weib saß auf der nackten Erde, ihre Röcke waren hochgerutscht. Waldemar konnte ihre dürren Oberschenkel sehen. Ihr zu Füßen lag der Fährmann. Möbelstücke schien es nicht zu geben. Offensichtlich waren beide betrunken.

»Junger Mann, was ist dein Begehr?«, lallte der am Boden liegende Fährmann. »Mein Weib kostet zwei Kreuzer oder einen Schnaps, und ich darf zuschauen.«

Waldemar wäre am liebsten geflüchtet, beruhigte sich jedoch mit dem Gedanken, dass Betrunkene eine lose Zunge hatten.

»Ich suche eine fremde Frau, die Ihr zweimal übergesetzt habt. Sie war nicht von hier, sie müsste Euch aufgefallen sein.«

»Ich habe in den letzten Tagen zwei Frauen übergesetzt, die nicht von hier waren. Eine Marktfrau und eine Nonne, die Marktfrau ist vor zwei Tagen oder so zurück. Die Nonne habe ich nicht mehr gesehen.«

»Eine Nonne? Seid Ihr Euch sicher? Oder war es vielleicht ein Bettelmönch?«

»Ich kann noch immer ein Weib von einem Mann unterscheiden, was Alte?« Er schlug seiner Frau auf die Oberschenkel, dass es nur so klatschte. Sie kreischte begeistert auf.

»Weißt du, wo sie herkamen?«

»Ich habe sie nicht gefragt.«

»Ist dir etwas an den beiden aufgefallen?«

»Die Marktfrau schien mir sehr ängstlich, sie drückte ihren Beutel eng an sich und bekreuzigte sich bei jeder Welle, die über das Floß schwappte. Die Nonne kam kurz zuvor an den Rhein, sie wollte mich nur für Gotteslohn bezahlen. Aber das geht bei mir nicht, habe ich ihr gesagt. Dann hat sie mich angesehen, dass mir ganz bang wurde.«

»Du hast sie kostenlos übergesetzt?«, fuhr ihn die Alte an.

Der Fährmann hob entschuldigend die Hand.

»Du alter Bock! Verschachert mich an jeden, der ihm dafür Schnaps gibt, und schippert die Weiber für einen heißen Blick umsonst über den Rhein!« Wankend erhob sich die Frau und schlug wild auf ihren Mann ein.

Waldemar beschloss zu gehen. Vor der Tür zog er den Anhänger, den er an jenem Morgen vom Boden aufgehoben hatte, heraus. Er hatte neben dem Stein gelegen, mit dem man ihn niedergestreckt hatte. Nun bekam er eine Bedeutung. Nonne oder Mönch.

Die Marktfrau habe sich öfter bekreuzigt, hatte der Fährmann gesagt. Mit einem Mal wusste Waldemar, was ihn an Wiltrudis irritiert hatte. Sie hatte ihn beim Verlassen der Hütte der Fischhändlerin gesegnet. Ein Kreuzzeichen in die Luft gemalt.

Das wagte niemand, außer …

Waldemars Mutter hatte ihm immer ein Schutzzeichen auf den Weg mitgegeben, ihn mit Weihwasser, das in einem Kessel neben der Tür hing, besprenkelt. Aber ein Kreuz in die Luft malten nur Pfarrer oder höher gestellte Ordensleute.

Was, wenn diese Wiltrudis gar keine Bäuerin war, sondern einem Kloster entstammte. Eine Nonne, die so einfach das Kloster verlassen konnte? Das gab es nicht, es sei denn, sie hatte eine höhere Stellung inne. Eine einfache Nonne durfte sicherlich keinen Segen erteilen.

Was war mit der zweiten Frau, der Nonne, von der der Fährmann gesprochen hatte? Reiste diese Fremde gar in zwei verschiedenen Identitäten?

Der Anhänger, den Waldemar jetzt in der Hand hielt, war ein

Holzkreuz, das in der Mitte eine Einkerbung aufzeigte. Ein Kreuz im Kreuz. Es war von einem Lederband durchzogen. Trugen nicht Ordensleute solche Kreuze?

Er musste Wiltrudis finden. Sie hatte versprochen, ihn wieder aufzusuchen, doch das war bereits einige Tage her. Vielleicht hatte sie den Rhein überquert.

Das nächste Frauenkloster lag bei Berau.

Kapitel 9

Im Schloss Schönau zu Säckingen hatte man Bruder Klaus samt seinem Begleiter zuvorkommend aufgenommen und in einem der Eckzimmer mit Blick auf den Diebesturm und damit den linken Rheinarm untergebracht.

Pater Franz, besagter Freund des Bruders, war außer Haus. Man wollte jedoch bei der Äbtissin Maria Regina vom Fridolinsstift anfragen, ob sie eine kräuterkundige Krankenschwester schicken könne.

Bruder Klaus lag auf dem Bett und schlief. Sein Atem ging ruhig und gleichmäßig. Ein leichter Luftzug bewegte die bestickten leinenen Vorhänge, die die Sonne davon abhalten sollten, das Zimmer unnötig aufzuheizen. Der Raum lag in südlicher Richtung. Weitaus wirkungsvoller wäre gewesen, die Fensterläden zuzuklappen. Doch Pius wollte nicht im Dunkeln sitzen. Er konnte die imposante Brücke vom Fenster aus sehen. Sehnsüchtig schaute er hinüber.

Mit Blick auf seinen schlafenden Begleiter beschloss er, die Gelegenheit für eine kleine Erkundungstour zu nutzen. Leise schlich er die Stufen hinunter, verließ ungesehen das Haus und lenkte seine Schritte über die mit Kopfsteinpflaster belegten Gassen.

Erstaunlich viele Häuser befanden sich im Bau oder wurden renoviert. Bei einigen Gebäuden konnte er Brandspuren erkennen. Die Stadt hatte unter dem Spanischen Erbfolgekrieg gelitten, wie Pius von einem Zimmermann erfuhr.

Niemand achtete auf den Studenten im Habit der Wilhelmiter. Sein erster Weg führte zum Gallusturm am oberen Ende der Insel. Ein angenehm kühles Lüftchen wehte dort, im Gegensatz zu der stickigen Hitze innerhalb der Stadt.

Pius bestaunte den wuchtigen runden Turm, der als Wehrturm und Wellenbrecher der Inselstadt diente. Er erfuhr, dass man das Gebäude im Mittelalter nach einer verheerenden Flut gebaut hatte, als Fels in der Brandung.

Das Münster befand sich ebenfalls im Bau. Die Türme und der Dachstuhl waren vor einigen Jahren durch Feuer zerstört worden. Die Seitenkapellen und das Oratorium waren neu angebaut worden.

Voll neuer Eindrücke beschloss Pius, eine Pause einzulegen und sich Zeit für ein Gebet im halb fertigen Gotteshaus zu nehmen. Danach schlenderte er zur Holzbrücke, sie schien ebenfalls neu. Eine solche Konstruktion hatte Pius noch nie gesehen. Leider hatte er kein Geld bei sich, um den Wegezoll entrichten zu können, daher blieb ihm nur, die Brücke von außen zu bestaunen. Sie stand auf gemauerten Pfeilern und zeichnete einen leichten Bogen über den Fluss. Eine komplett überdachte Holzbrücke. Soweit Pius sehen konnte, bestand sie aus Eichen- und Fichtenholz.

Rhythmisches Schlagen von Pferdehufen, vom anderen Ende der Brücke kommend, riss ihn aus seinen Gedanken. Das Klappern überschlug sich an den Wänden, klang dumpf und hohl, als nahe ein ganzes Heer. Aus Respekt trat Pius zurück in den Schatten des Pfeilers und lugte neugierig dahinter hervor.

Allmählich erkannte er im Halbdunkel des Bauwerks einen einzigen Reiter. Als dieser um die Rundung kam, fiel das gleißende Licht für Bruchteile von Augenblicken durch die Luken auf die nahende Person. Das Wechselspiel von Hell und Dunkel ließ den Ankömmling in einem unnatürlichen, fast geisterhaften Galopp herankommen.

Erst im letzten Moment erkannte Pius, dass der Reiter das Gewand eines Bettelmönchs trug. Instinktiv duckte er sich. Diese Kleidung passte zu dem Pferd wie ein Straßenräuber in eine Königskutsche.

Pius konnte das Gesicht des Fremden aus seinem Versteck nur kurz sehen. Zu kurz, um ihn zu erkennen, aber lange genug, es sich einzuprägen. Im allerletzten Moment entdeckte er das Brandmal des Klosters Sion unterhalb des Sattels am Hinterlauf des Pferdes.

Ein kalter Schauer lief Pius über den Rücken. Bruder Klaus und der Abt hatten recht gehabt. Irgendjemand war hinter ihm her.

Wo war Waldemar? Pius hatte gehofft, dass sein Freund sich des Tieres annehmen und ihnen folgen würde. Seit sie unterwegs waren, hatte er immer wieder angestrengt das Ufer nach ihm abgesucht. Hier stimmte etwas nicht.

Pius war die Lust am Abenteuer vergangen. Er wartete, bis der Reiter stadteinwärts ritt, und beeilte sich, möglichst unauffällig in das Schloss zu gelangen.

Das herrschaftliche Gebäude, das ihn bis vor Kurzem noch eingeengt hatte, kam ihm jetzt wie eine Bastion der Sicherheit vor. Der Tag neigte sich bereits dem Ende zu, als Pius die Stufen hinaufeilte.

Bruder Klaus war aufgewacht und löffelte eine Suppe. Die Vorhänge waren aufgezogen, das Fenster stand offen, um das restliche Tageslicht hereinzulassen. Eine frische Brise kam vom Fluss her und kühlte den Raum angenehm.

»Beeil dich, sie wird kalt«, sagte Bruder Klaus und deutete auf die zweite Schüssel. »Wo warst du überhaupt?«

»Mich erleichtern.«

Bruder Klaus nickte, er hatte seinen Ausflug offenbar nicht bemerkt. Vermutlich war er eben erst aufgewacht.

Pius beschloss zu schweigen, seine Sinne waren jedoch geschärft.

»Pius«, begann Bruder Klaus nach dem Mahl, »es ist an der Zeit, dich aufzuklären. Du hast dir in den letzten Stunden sicherlich viele Gedanken gemacht. Nun muss ich dir sagen, was ich über dich und deine Herkunft weiß.« Gestärkt durch das leichte Mahl, setzte er sich aufrechter hin, bevor er in seiner Erinnerung viele Jahre zurückging.

»Ich habe den Abt schon als Jugendlichen unterrichtet. Er ist gebürtig aus Wolfach. Simon Eusebius Finckh, so sein bürgerlicher Name. Sein Vater war schon sehr betagt, als Simon geboren wurde, und starb recht bald. Man gab den Jungen in meine Obhut. Ein eigenwilliger junger Schüler, der mit seiner Bestimmung haderte, er fühlte sich zu Höherem berufen als zu einem Leben im Kloster. Seine Mutter war als Witwe ohne politischen Einfluss, um ihn in Amt und Würden zu bringen. Schließlich verkaufte sie eines der Familiengüter, um dem unzufriedenen Sohn wenigstens den Weg zum Studium nach Rom zu ebnen. Dort studierte er am Germanicum von 1670 bis 1674.

Genau wie du jetzt. Leider waren ihm nicht immer alle Gebote heilig, und er nahm sich zusammen mit Pater Hugo, seinem Freund, der heute das Amt in Gurtweil innehat, das eine oder andere Recht heraus. Es war ein offenes Geheimnis, dass sie sich der unter ihren Schutz gestellten Novizinnen aus Berau bedienten. Es blieb nicht aus, dass manchmal heimlich ein Säugling aus dem Frauenkloster geschafft wurde. Mir ist zu Ohren gekommen, dass auch schon Kinder auf dem Schwedenfelsen ausgesetzt wurden. Doch davon weiß ich offiziell nichts. Es gab schon immer ungewollte Kinder, auch in den Klöstern. Du musst wissen, die Nonnen und Mönche wurden oft von ihrer Familie ins Kloster gebracht. Die wenigsten unterwerfen sich freiwillig den Gelübden. So auch Simon, der sich fortan Augustinus, nach dem Kirchenvater aus dem 4. Jahrhundert, nannte. Irgendwann kam er auf die Idee, einen eigenen leiblichen Nachfolger haben zu wollen. Er orientierte sich dabei an den Päpsten im Mittelalter. Der Hochmut war ihm wohl zu Kopf gestiegen. Auf alle Fälle wurde ich eines Nachts abberufen, ein Neugeborenes in Berau abzuholen und der Kaufmannsfamilie Günzli in Klingnau zu übergeben. Das warst du, Pius. Von deiner Mutter weiß ich nichts. Man hat ihr sicherlich erzählt, das Kind sei bei der Geburt verstorben.«

Bruder Klaus machte eine Pause, denn er sah, dass sein Mündel diese Brocken erst verdauen musste.

Pius schluckte trocken, er wollte nun alles wissen. »Und die Kindsmorde?«, flüsterte er.

Bruder Klaus lehnte sich resigniert zurück. »Wir können es uns nur so erklären, dass jemand davon Wind bekommen hat und sich am Abt rächen will, offenbar bis heute.«

»Was wisst ihr davon?«

»Es gab eine junge, unverheiratete Frau, die nach einer exorzistischen Behandlung durch Pater Cajetano aus St. Blasien ein totes Kind geboren hat. Sie selbst starb bei der Geburt ebenfalls. Das war aber noch vor deiner Zeit, und ich sehe keinen Zusammenhang mit dem, was später passierte. Nachdem man dich in die Pflegefamilie gebracht hatte, fand man einen toten Säugling vor dem Eingang zur Kirche in St. Blasien. Seine Mutter, eine ledige Magd aus einem Dorf in der Nähe, wurde des Kindsmords angeklagt. Ehe man sie abführen konnte, hatte sie sich erhängt. Wenige Tage später fand man wieder ein totes Kind, abermals unehelich. Diesmal vor den Stufen der Klosterkirche zu Berau. Nun glaubte keiner mehr an einen Zufall oder an mordende Mütter. Die junge Frau konnte bezeugen, dass sie auf dem Feld bei der Arbeit war, als man ihr Kind aus der Wiege unter einem Baum entwendete. Sie hat die Schmach nicht überwunden und die Gegend verlassen. Jeweils vor den Kirchenportalen der Klöster St. Blasien und Berau, in denen deine Eltern lebten, hatte man einen toten Säugling gefunden. Jemand hatte wohl die Verbindung verdeutlichen wollen. Denn das geschah kurz nach deiner Geburt und deinem Verschwinden durch mich. Das war eine eindeutige Warnung an den Abt, ein Zeichen. Da gibt es noch etwas. Es ist sehr grausam, aber die beiden Neugeborenen wurden auf dieselbe schreckliche Art getötet.«

Bruder Klaus reckte sich wieder etwas nach vorn.

»Man stieß ihnen einen Nagel in die noch offene Fontanelle. Auf diese Art und Weise tötete man schon im Mittelalter ungewollte Klosterkinder, wenn nicht die abtrünnigen Nonnen schon vorher lebendig eingemauert wurden.«

Bruder Klaus ließ Pius bei seinen Schilderungen nicht aus den Augen.

»Bei Bauarbeiten an alten Klöstern in Italien und Frankreich wurden solche grausamen Funde gemacht. Dieses Wissen haben nur wenige Ordensleute.«

Pius stand auf und ging zum Fenster. Er brauchte frische Luft. Er fror, obwohl es ein schwüler Abend nach einem heißen Sommertag war. Seine Hände zitterten, seine Kutte klebte an seinem Körper, ihm war schlecht, und er kämpfte gegen das Gefühl an, sich übergeben zu müssen.

***

Jakob und Marie rannten den Berg hinunter wie zwei übermütige junge Hunde. Sie ließen sich im Tal in einen zusammengetragenen Heuhaufen fallen und lachten. Jakob hatte seine

Mutter lange nicht mehr so ausgelassen erlebt, er genoss die Unbeschwertheit doppelt, da er ursprünglich befürchtet hatte, für seinen Hochmut Ludwina gegenüber Prügel zu beziehen. Zumindest von seinem Großvater.

Es war nicht richtig, wie Jakob sie lächerlich gemacht hatte. Das schlechte Gewissen quälte ihn seit dem Vorfall am Dorfbrunnen, aber was hätte er tun sollen? Warten, dass Poldi ihn auslachte, ihn einen Schisser nannte, weil er sich von der Glasvögtin vertreiben ließ? Jakob hatte sich schon oft genug zum Gespött der Kinder machen müssen. Endlich erhielt er die Chance auf Anerkennung, als ihm diese blöde Ludwina beinahe alles vermasselt hätte.

Er hatte sehr wohl mitbekommen, wie seine Mutter dem zornigen Großvater Michael die Tür wies. Er, der Drachentöter, war nicht traurig darüber, im Gegenteil. Niemand im Dorf wagte, sich gegen den Vogt zu stellen, alle machten immer, was er wollte, denn die Leute fürchteten sich vor seinem Großvater. Auch das war Jakob schon aufgefallen. So wie Poldi der Anführer der Kinder war, war der Glasvogt das Oberhaupt der Glaser. Sein Wort war Gesetz. Ob es recht war oder nicht, scherte niemand, Hauptsache, der Anführer war milde gestimmt.

Jakob fand, dass seine Mutter ganz schön mutig war. Und Ludwina war selbst schuld, sie hätte sich gar nicht erst einmischen sollen. Die anderen Glaserfrauen am Brunnen hatten ja auch nichts gesagt.

Jetzt konnte Jakob endlich wieder unbekümmert sein, die drückende Angst war verflogen, seine Mutter hatte Partei für ihn ergriffen. Er freute sich, ihr zu zeigen, wo der Schatzhauser wohnte, und vielleicht durfte er sogar den Dubel besuchen.

»Bist du dir sicher, dass wir hier noch richtig sind, Jakob? Man sieht das Kloster nicht mehr.« Marie blickte besorgt zurück, so weit unten im Albtal war sie noch nie gewesen.

Sie befanden sich auf einem gut ausgebauten Weg. Es musste der Handelspfad sein, der die Klöster und Propsteien miteinander verband und bis an den Rhein und in die eidgenössischen Gebiete reichte. Sie hatte schon von diesem Klosterweg gehört.

Sie wollte den heimlichen Beschützer ihres Kindes kennenlernen, er war auch Kilians Lebensretter gewesen. Das war ihr bewusst geworden, als sie das Bärenfell gesehen hatte. Ohne das mutige Eingreifen des Einsiedlers gäbe es Jakob heute nicht.

Er hatte ihr ein Zeichen geschickt, dieser fremde und unheimliche Schatzhauser, gezeigt, dass er auf ihrer Seite stand, so wie das Glasmännlein in der Sage einst die Lisbeth beschützt hatte.

»Wir sind gleich da, Mama, hier drüben ist der große Stein des Wasserkönigs.« Jakob riss seine Mutter aus ihren Gedanken.

Ein übergroßer Felsbrocken lag vor ihnen mitten in der Alb, ein Relikt aus der Eiszeit vielleicht, das der Gletscher des Feldbergs vor vielen tausend Jahren auf seinem Weg talabwärts mitgeschleift haben mochte.

»Aha, von dem hast du mir noch gar nichts erzählt.«

Als sie sich dem Fels näherten, erkannte Marie das seltsame Relief. Ein Hinweisstein der Kobolde? Ihr fiel Theis ein. Waren seine Sagen und Märchen doch wahr? Hatten sie wirklich gelebt, die Venezianer, und hier im Schwarzwald Kobalt gesucht und vielleicht sogar gefunden?

»Hier!« Jakob zeigte aufgeregt auf eine große Wurzel weiter unten, die mit etwas Phantasie tatsächlich einem Ungeheuer glich. »Das ist der Drache.«

»*Den* hast du getötet?« Marie schob anerkennend die Unterlippe vor und nickte ihrem Drachentöter zu.

Jakob sprang ins eiskalte Wasser und durchwatete die seichte Stelle bis zur Wurzel. »Mama, komm«, rief er und zeigte auf das gegenüberliegende steile Ufer, »dort ist die Höhle!«

Marie folgte ihrem Sohn. Beim Anblick des dunklen Lochs zwischen den Gesteinsbrocken fröstelte sie. Nicht auszudenken, was Jakob alles hätte passieren können in dieser Wildnis.

Vorsichtig setzte sie einen Fuß vor den anderen, die Steine waren zum Teil recht glitschig und forderten ihre ganze Aufmerksamkeit. Durch die Kälte spürte sie den Untergrund kaum und wäre beinahe ins Wasser gefallen, als sie Jakob rufen hörte: »Schatzhauser, da bist du ja!«

***

»Gertrud! Gertrud!«

Ihr Rufen war eher ein flüsterndes Flehen, als Wiltrudis die Meisterin mit ihren Novizinnen unten im Garten erblickte. Das Geschnatter der jungen Mädchen überlagerte es. Sie wagte nicht, laut zu rufen, um nicht alle auf ihre missliche Lage aufmerksam zu machen: die Priorin eingesperrt von der Klostervorsteherin.

Wiltrudis besann sich einer anderen Möglichkeit. Sie setzte sich an den Tisch ihrer Studierkammer, riss ein Stück vom Pergament ihres Cousins ab und kritzelte darauf eine Botschaft für die Meisterin. In Ermangelung eines Steines rollte sie den Zettel um den Federhalter, zog sich einen Faden aus dem Rocksaum und befestigte die Botschaft damit. Nun musste sie nur abwarten, bis Gertrud etwas abseits und gleichzeitig im Wurfwinkel stand.

Im Garten ermahnte die Meisterin ihre Schülerinnen, sich ihrer Arbeit zu widmen und die Kräuterbeete zu jäten. Sie selbst setzte sich auf die Bank neben einen schattenspendenden Lindenbaum. Die Hitze schien im Klosterinnenhof zu stehen, der Boden flirrte, und kein Lüftlein erfrischte den Tag. Den jungen Frauen machte das jedoch nichts aus. Sie freuten sich über den Sonnenschein, den sie selten genug zu sehen bekamen.

Zu Wiltrudis' Ärgernis zog Gertrud ihren Rosenkranz aus der Schürze und schloss die Augen zum Gebet. So würde sie das Fallen des Federhalters vermutlich nicht hören, zumal die Meisterin zu dicht am Baum saß und die Gefahr bestand, dass die Botschaft im Blattwerk hängen blieb.

Wiltrudis schluckte ihren anfänglichen Zorn herunter, sah es als Zeichen, Gelassenheit und Gottvertrauen walten zu lassen. Sie faltete ihre Hände, warf einen flehenden Blick gen Himmel und bat den Herrgott voller Inbrunst um Gnade und Hilfe. Sie wolle nicht für *ihre* Freiheit beten, sondern um die Sicherheit ihres Sohnes. Möge Gott sich seiner annehmen und ihr eine Möglichkeit der Hilfestellung gewähren.

Während Wiltrudis im Zwiegespräch vertieft mit ihrem Herrgott feilschte, spürte sie plötzlich einen kühlen Lufthauch. Sie öffnete die Augen. Es war dunkler geworden, ein dichter schwarzer Wolkenturm bäumte sich am Himmel auf und verdeckte die Sonne. Der Wind war aufgefrischt und kündigte ein Wärmegewitter an. Von weit her glaubte sie, den ersten Donner grollen zu hören.

Ehe Wiltrudis sich's versah, schlug ein Vorbote des Sturms das Fenster krachend zu. Sie schreckte auf und blickte nach unten in den Hof. Auch Gertrud hatte das Schlagen des Fensters vernommen, war aufgestanden und schaute nun direkt zur Priorin hoch, die das Fenster rasch wieder öffnete.

Wiltrudis schickte einen dankbaren Blick gen Himmel, legte den Zeigefinger zum Zeichen der Verschwiegenheit auf den Mund und warf ihr die Botschaft vor die Füße.

Gertrud versicherte sich, dass die Novizinnen nichts bemerkt hatten, bückte sich, nahm den Federhalter auf, entrollte das Papier und las:

Liebe Gertrud, die Vorsteherin hält mich für mein Vergehen, das Kloster verlassen zu haben, gefangen. Ich muss aber eine wichtige Botschaft nach Klingnau schicken. Meint Ihr, Ihr könnt mir einen verschwiegenen Boten besorgen?

Wiltrudis wusste zwar, dass Waldemar des Lesens nicht mächtig war und vermutlich auch beim Studium der Karte Hilfe brauchte, dennoch wusste sie keinen anderen Rat. Sie musste ihm die Karte zukommen lassen. Er würde sich irgendwie zurechtfinden.

Gertrud öffnete den Mund, besann sich jedoch rechtzeitig und ließ keinen Laut heraus. Sie sah sich um, nickte und steckte das Schreiben samt dem Federhalter unter ihre Schürze. Dann wandte sie sich den Novizinnen zu und warnte sie vor dem Unwetter.

Wiltrudis verschwand vom Fenster.

***

»Du musst die Glasmarie sein!«

Wie hingezaubert stand plötzlich ein Riese unmittelbar vor Marie. Sie zuckte unwillkürlich zusammen, hatte sie doch den

Fremden nicht kommen hören. Zum einen überlagerte das Rauschen des Wassers jegliche Laute, zum anderen war ihr Blick konzentriert nach unten gerichtet gewesen, um nicht im Bachbett auszurutschen.

»Du hast doch nicht etwa Angst vor mir?«

»Nein, Herr …«

»Ich heiße Borromäus, für deinen Buben bin ich der Schatzhauser oder auch das Glasmännlein. Ich habe viele Namen im Laufe der Jahre erhalten. Nenn mich, wie du willst.«

Marie wurde klar, warum Jakob in diesem Mann ein Wesen aus einer anderen Welt sah. Er passte in keine menschliche Norm. Aus dem seichten Wasser ragten zwei Beine, die jungen Baumstämmen glichen, an denen sich Jakob schon freudig festgeklammert hatte. Sein Körper steckte in zerschlissener Kleidung, ein behaarter Brustkorb quoll aus dem Hemd, dem ein paar Knöpfe fehlten. Ein üppiger dunkler Bart bedeckte das halbe Gesicht. Strähnen seiner zotteligen Mähne hingen ihm in die Stirn, nur die lustig blickenden Augen lagen frei.

Maries Vater war schon eine stattliche Erscheinung, aber dieser Riese übertraf all ihre Vorstellungen.

»Ich würde Borromäus bevorzugen«, sagte Marie und versuchte ein Lächeln.

»Gut. Ich habe euch bereits erwartet.«

»Erwartet? Ihr uns? Woher …«

»Es war nur eine Frage der Zeit, bis sich die Mutter zum Wohle ihres Kindes in die Höhle des Löwen wagt.«

Marie glaubte, ein Grinsen im Gesicht des Mannes zu erkennen, obwohl nur seine Augenfältchen auf das Verziehen seines Mundes hindeuteten, denn die Lippen blieben unter der Behaarung verborgen.

»Darf ich euch beide in mein bescheidenes Heim bitten? Dir müssen die Füße schon fast abgefroren sein.« Er deutete auf ihre nackten Beine, die Marie tatsächlich im kalten Bergwasser kaum noch spürte.

Peinlich berührt bemerkte sie, dass sie noch immer ihren geschürzten Rock in den Händen vor den Oberschenkeln hielt, um ihn nicht zu benetzen. Sie hoffte inständig, dem Fremden damit keine falschen Signale gesendet zu haben. Dennoch folgte sie ihm in die Höhle. In seinem Wesen lag etwas Gutmütiges.

Mit schmatzenden Geräuschen gingen sie den sumpfigen Kanal entlang. Es roch modrig, ein kühler Luftzug wehte ihnen entgegen. Ein sicheres Versteck, wie Marie fand. Allein hätte sie sich trotzdem nicht in dieses unheimliche Loch gewagt.

Als es stockdunkel wurde, entzündete Borromäus eine Fackel. Sie bogen in eine Felsnische ab. In der Höhle glomm ein wärmendes Feuer. Borromäus forderte Marie auf, sich zu setzen und ihre Füße daran zu wärmen.

Als ihre Augen sich an das Halbdunkel der Höhle gewöhnt hatten, sah Marie sich vorsichtig um. In einer Ecke lag Gestein. Es schien nicht von der Bergwand abgerutscht, sondern eher vorsichtig aufgestapelt worden zu sein.

Abgenagte Knochen lagen herum. Obwohl Marie wusste, dass es sich um unverdauliche Speisereste handelte, ängstigte sie sich. Als sie ein Paar schwarze Schuhe entdeckte, griff sie einem Impuls folgend danach und hatte sofort schwarze Finger. War das Kohlestaub?

Der Kohle-Hans! War er nicht überfallen und seiner Kleider beraubt worden, damals? Halb erfroren war der Köhlersohn in die Glassiedlung gekommen.

Die Schuhe mussten die Jahre über hier gelegen haben, vielleicht war es auch der Ruß des Lagerfeuers, der sich im Laufe der Zeit daraufgelegt hatte.

»Du ahnst, von wem sie stammen?«, fragte Borromäus.

Marie nickte ängstlich. So harmlos war dieser Schatzhauser wohl nicht, wenn er den Hans ausgeraubt hatte. Ihr wurde mulmig zumute. War sie zu gutgläubig einem Räuber in die Höhle gefolgt?

»Seine Sachen passen mir nicht, wie du siehst«, bemerkte Borromäus und sah an sich herunter. Er trug eine ausgefranste schwarze Hose, die im Feuerschein speckig glänzte und nur bis zu den Knien reichte. »Die Hose war wenigstens weit genug, die hatte der Hans zweimal um die Hüfte geschwungen, aber leider zu kurz. Ich hab die Schuhe aufgehoben, vielleicht kann sie irgendwann jemand gebrauchen. Schuhe sind kostbar, vor allem im Winter.«

»Warum habt Ihr sie ihm dann abgenommen, mitten in der kalten Jahreszeit?« Marie war nicht auf den Mund gefallen und sprach aus, was sie dachte.

»Dein Vater hätte das Großmaul postwendend wieder nach Hause geschickt. Die Wölfe hatten schon Hans' Fährte aufgenommen. Ich habe lediglich veranlasst, dass er übernachten durfte.«

»Spielt Ihr gern mein Schicksal, Borromäus?«

»*Dein* Schicksal? Worauf willst du hinaus, Glasmarie?«

»Das Bärenfell«, sagte sie und hob das Bündel, dessen sie sich jetzt wieder bewusst wurde, hoch. »Es hat ein Schussloch.«

»Damit hat er einem Mann das Leben gerettet, Mutter. Das habe ich dir doch erzählt.« In Jakobs Erklärung schwang die Anklage mit, dass sie ihm nicht richtig zugehört hatte.

»Was habt Ihr meinem Jungen von dem Mann erzählt?«

»Dass du ihn gepflegt hast und dass er dir Unrecht getan hat.«

»Der Mann mit dem Herz aus Glas, der im Turm sitzt?«, platzte Jakob erneut dazwischen, vielleicht auch weil es *sein* Glasmännlein war, mit dem die Mutter sich da angeregt unterhielt. »Welches Unrecht hat er meiner Mutter getan, Schatzhauser?«

»Er kennt wohl die Geschichte seiner Zeugung noch nicht?«

»Dafür ist er noch zu klein.«

»Ich habe dabei an die Person und nicht an den Akt gedacht.«

Marie senkte den Kopf, sie war froh, dass die Dunkelheit und der Schein des Feuers ihr Antlitz nur erahnen ließen. Sie spürte die Hitze in ihre Wangen aufsteigen. Dieser Wilde sprach Dinge an, die landesweit in der Gesellschaft verpönt waren. Unwillkürlich zog sie den Rocksaum enger um die Unterschenkel, der im Sitzen sowieso knapp bis zu den Knöcheln reichte.

»Das ist nicht Eure Angelegenheit«, sagte sie verschämt.

»Da hast du recht. Es ist deine Sache.«

»Was wisst Ihr«, Marie blickte in das gespannte Gesicht ihres Buben, ehe sie sich dem Riesen erneut zuwandte, »... über den Mann im Turm?«

»Er stammt ursprünglich aus Lenzkirch. Hat aber allen erzählt, dass er zur Glasträgervereinigung in Todtnau gehöre, die von hier mehr als einen Tagesmarsch entfernt ist. Damit hat er bei seinen Vertragspartnern Vertrauen geschaffen.« Borromäus sah, wie sich die Enttäuschung in Maries Gesicht ausbreitete. Kilian hatte wohl auch seine Geliebte in dem Glauben gelassen.

»Du musst dich nicht grämen«, tröstete er sie, »auch dein Onkel und der Oberrechner aus St. Blasien sind auf ihn hereingefallen.«

Borromäus machte eine kurze Pause, damit sie sich mit der Lüge abfinden konnte, ehe er mit seinem Bericht fortfuhr.

»Im September 1713, also vor drei Jahren, wurde Freiburg von den Franzosen belagert. Damals saß der Mann mit dem Herz aus Glas im Turm. Man hat ihn wegen verschiedener Betrugsdelikte vor dem Landesgericht verurteilt. Kurz vor dem Sturm auf die Stadt flohen die Verteidiger, und nur durch das Schwenken der weißen Fahne konnte die Stadt vor der Verwüstung bewahrt werden. Es war der Stadtschreiber, der Freiburg somit rettete. Der französische Marschall übergab Freiburg anschließend seinem König. Die Gefangenen im Turm wurden auf die Galeeren geschickt, zusammen mit vielen anderen Verschleppten aus der Umgebung, sogar aus Neustadt drüben. Abt Augustinus hatte sich nach Wislikofen geflüchtet. Ob der Mann vom Turm noch lebt, ist ungewiss.«

Marie schwindelte. Vor drei Jahren schon. Dann war die Kunde von Kilians Verhaftung also nicht neu, wie sie nach dem Zusammentreffen mit Hans geglaubt hatte.

Hans war ein Großmaul, er hätte mit einer neuen Nachricht, dazu einer so brisanten, nicht drei Jahre lang hinter dem Berg gehalten, hätte er es eher gewusst. Von der Galeere wusste er mit Sicherheit nichts.

»Was ist eine Galeere?« Jakobs Augen blickten gespannt zu seinem Freund hoch.

»Ein Kriegsschiff. Die Sträflinge müssen die Schiffe durch die Gefechte rudern. Die Hälfte stirbt dabei innerhalb der ersten drei Jahre. Sie werden nicht gut behandelt und wegen jeder Kleinigkeit ausgepeitscht.«

»Woher wisst Ihr das?« Marie war geschockt. Sie hatte sich eine Bestrafung für den Lügner Kilian gewünscht, aber nicht seinen Tod.

»Ich bin vor dem Wahnsinn schon lange geflohen und halte mich seither hier in den Wäldern auf. Sie töten mich, wenn sie mich finden.«

»Aber der Krieg ist doch vorbei, wer soll Euch töten?«

»Vaterlandsverräter nennt man das. Es kann auch nach dem Krieg noch geahndet werden«, antwortete Borromäus.

Marie empfand Mitleid für den Riesen, der trotz seiner Größe und Kraft der Herrschaft wehrlos ausgesetzt schien. »Was ist mit den Sträflingen?«

»Das weiß ich nicht. Sie werden entweder begnadigt und freigelassen oder erschossen. Manchmal auch wie Sklaven verkauft. Man füttert sie nach den unfreiwilligen Diensten für das Vaterland nicht weiter durch.«

Marie schluckte trocken.

Borromäus fiel dies sehr wohl auf. »Ich kann dir leider nicht mehr dazu sagen.«

»Und Ihr? Wie seid Ihr entkommen?«

»Ich war nicht auf der Galeere. Ich diente im Heer. Dort bin ich desertiert. Ich werde vom Kloster geduldet, dafür passe ich auf manche Leute ein wenig auf.«

»Auf welche Leute?«, wollte Jakob wissen.

»Na, auf solche Drachentöter wie dich oder den Pater, der manchmal etwas seltsam ist.« Borromäus war froh, dass der Junge das Thema wechselte, und nahm die Gelegenheit wahr, das Gespräch in eine andere Richtung zu lenken.

Marie wollte dieses Kapitel ebenfalls hinter sich lassen, schien es doch so, dass Borromäus nicht mehr wusste.

»Wie, seltsam? Meint ihr Pater Cajetano, den Oberrechner?«

Sie kannte den Pater zwar von den Gottesdiensten, konnte sich aber nur vage an seinen Besuch damals im Dorf erinnern, als er den Glasern den Wegzug befahl. Niemand vom Windberg konnte den meist missmutigen Pater leiden.

Leider verstanden die Gläubigen seine leidenschaftlichen Predigten nicht, denn er zelebrierte den Gottesdienst auf Latein. An seinen Gesten und zornigen Ausrufen erahnten sie jedoch, dass er ihre Moral und ihren Lebenswandel anzweifelte und mit dem göttlichen Gericht am jüngsten Tag drohte.

Die meisten waren deshalb nicht traurig, der Kirchensprache nicht mächtig zu sein, und fühlten sich somit nicht angesprochen.

»Er glaubt manchmal, auserkoren zu sein, die Welt zu retten, dabei treibt er nicht immer rühmliche Dinge. Er sammelt Schätze, nur den wahren Schatz des Berges hat er übersehen.«

»Welchen Schatz?«, fragte Jakob neugierig.

»Den Schatz der Kobolde«, antwortete Borromäus geheimnisvoll und legte seinen Finger als Zeichen der Verschwiegenheit über seine Lippen.

Jakob tat es ihm gleich, auch wenn er nicht genau wusste, was das Glasmännlein mit der Geste meinte.

Marie hielt die Aussage für ein weiteres Kindermärchen.

»Vor allem versucht Cajetano, Bruder Stephanus zu verdrängen, weil er Angst hat, dass er dem Abt nützlicher werden könnte«, fuhr Borromäus fort. »Es ist besser, man nimmt sich vor ihm in Acht.«

»Von welchen unrühmlichen Dingen sprecht Ihr?« Marie erinnerte sich an ihren Besuch bei Bruder Stephanus und an ihr Gefühl, er sei nicht ganz aufrichtig ihr gegenüber gewesen.

»Cajetano versteht sich auf die Kunst der Teufelsaustreibung. Wenn man diesen Kanal hier weitergeht«, Borromäus deutete zum Ausgang der Höhle, »kommt man zur Gruft der Äbte. Sie liegt unter der Kapelle des Klosters. Aber es gibt noch weitere Räume, die sind das Reich Cajetanos.«

Maries Augen weiteten sich. »Was befindet sich in diesen Räumen?«

»Die Schatzkammer. Sie enthält alle kostbaren Gegenstände, die Cajetano im Laufe seiner Amtszeit gesammelt hat. Und eine weitere Grabkammer.«

»Was für eine Grabkammer?«

Borromäus berichtete ihr von dem Grab des Mädchens und ihrem Neugeborenen. Auch davon, was der Abt ihm über die Tote erzählt hatte.

»Verzeiht, Borromäus, aber ich glaube, wir sollten jetzt wieder aufbrechen. Onkel Theis wird sich sorgen. Komm, Jakob.« Marie fürchtete sich, die Höhle und all ihre seltsamen Geheimnisse waren zu viel. Ein junges Mädchen, das man grausam hatte sterben lassen, weil man es vom Teufel besessen wähnte. Sie musste hier weg.

Sie erhob sich und hoffte, den Ausgang so schnell wie möglich zu finden. Sie glaubte, sich übergeben zu müssen.

***

Waldemar kehrte um, der Fährmann musste ihn übersetzen. Jetzt gleich. Doch dann besann er sich eines Besseren. Der Besoffene würde zu viel Aufhebens machen, ganz zu schweigen von seinem Weib. Suchend sah er sich um.

Das Floß lag am Steg. Wasser gurgelte und gluckste unter dem Holzkonstrukt, zog immer wieder daran. Es musste irgendwo festgemacht worden sein, damit es über Nacht nicht davonschwamm. Waldemar entdeckte das Seil, das mit einer Glocke zum Haus verbunden war, damit sich niemand unerlaubt des Gefährts bemächtigte.

Im Dickicht sah er einen weiteren Kahn liegen. Er wollte schon seinen Plan umwerfen und das Boot holen, als ihm einfiel, dass die Strömung ihn zu weit treiben würde. Er entschloss sich, das Floß doch zu entführen.

Waldemar machte vorsichtig das modrig riechende Tau los, legte das Glöcklein ab und begann, sich am Seil, das auf Hüfthöhe mit dem anderen Ufer verbunden war, über den Fluss zu ziehen. Es kostete ihn enorme Kraft, nicht loszulassen, als die Strömung in der Flussmitte zunahm. Fast hatte er das andere Ufer erreicht, als er den Fährmann brüllen hörte. Erschrocken blickte er sich um, doch es gab kein Zurück.

Am anderen Ufer angelangt, beschloss Waldemar, dem Fährmann wenigstens einen Lohn zu hinterlassen. Er knüpfte ihm ein Stück Käse, das er der Ratten wegen in ein Tuch wickelte, an das Seil. Dann schlug er sich bei völliger Dunkelheit in die Büsche.

Er konnte den Weg mehr erahnen, als er ihn sah. Die Angst vor einem unsichtbaren Angreifer saß ihm immer noch im Nacken und ließ ihn schneller laufen, als er auf Dauer durchhalten würde. Waldemar versuchte, sich in die unbekannte Person und ihr Motiv, ihn erschlagen zu wollen, hineinzudenken. Er musste die Wahrscheinlichkeit eines weiteren Angriffes abwägen.

Hätte ihn jemand aus dem Kloster überfallen, wäre der Angriff nicht seiner Person wegen erfolgt, sondern um ihn daran zu hindern, den Aufenthaltsort Pius' ausfindig zu machen. Das würde hier und jetzt keine Gefahr mehr bedeuten. Sollte der Angreifer aber am Leben seines Freundes interessiert sein, was Waldemar eher vermutete, wäre er dem Boot sowieso längst flussabwärts gefolgt. Pius war derjenige, der in Lebensgefahr schwebte, nicht er. Waldemar verlangsamte seinen Schritt.

Er musste weitere Klarheit schaffen, die lückenhaften Brocken seines Wissens zusammenfügen.

Da waren Wiltrudis, ihr seltsamer Segen, eine unbekannte Nonne, soweit er dem versoffenen Gedächtnis des Fährmanns trauen konnte, ein Bettelmönch, der hölzerne Kreuzanhänger.

Er konnte es drehen und wenden, wie er wollte, alle Spuren führten in ein Kloster, der Täter musste von dort kommen. Nur welches, Berau oder St. Blasien? Sion konnte es nicht sein, es hatte bisher als sichere Bastion für Pius gegolten, bis der Unbekannte davon erfuhr.

Waldemar erreichte die Stelle, wo Wutach und Schlücht sich vereinten. Er hielt sich links, der Schlücht entlang. Als er Gurtweil erreichte und die Propstei im fahlen Licht des Mondes erblickte, kam ihm ein neuer Gedanke, was die Möglichkeit der Herkunft eines Täters betraf. Er musste sein Augenmerk auch auf die klösterlichen Niederlassungen ausweiten, hier verkehrten ebenfalls Ordensleute.

Zuerst galt es, Wiltrudis ausfindig zu machen. Sie musste ihm einige Ungereimtheiten erklären.

***

»Bruder Klaus, Ihr gebt also zu, dass meine Mutter eine Nonne aus Berau ist?« Pius wandte sich ruckartig zu seinem Mentor um. »Ihr habt mich ebenso belogen wie dieser Abt.«

»Dein Vater.«

»Soll ich jetzt auch noch stolz auf ihn sein?«

»Ich verstehe, dass du enttäuscht bist. Aber was hätte ich tun sollen? Dir die Wahrheit sagen und riskieren, dass du wie ein wütender Stier wegläufst? Ich habe dem Abt mein Wort gegeben, dich mehr als mein eigenes Leben zu schützen. Bisher ist es mir gelungen.«

»Meine Mutter hat nie geglaubt, dass ich tot bin. Sie hat nach mir gesucht. Die ganzen Jahre über hat sie mich gesucht! Mich, Pius, ihren Sohn!« Der Junge schniefte.

»Was redest du da? Das bildest du dir nur ein. Sie wird froh gewesen sein, so wie alle Klosterfrauen mit diesem Schicksal, dass man für ihr Problem eine Lösung gefunden hat. So hart das jetzt in deinen Ohren klingen mag.«

»Sie hat mich, ihr Schicksal, wie Ihr es nennt, gefunden.«

»Was? Wer hat dich gefunden?«

»Die Marktfrau. Ich habe Euch von ihr erzählt.«

»Du hast gesagt, dass zwei fremde Personen nach dir gefragt hätten. Der Mönch ist dem Kaufmann entwischt. Die Marktfrau hätte den Ort wieder verlassen, so waren deine Worte, wenn ich mich richtig erinnere. Ich habe dir geglaubt. Günzli hat auch nichts dergleichen erwähnt. Er wusste nichts von einer Marktfrau, oder?«

»Nein.«

»Woher willst du wissen, dass diese Frau dich nicht ausspionieren wollte? Hast du sie gesehen?«

»Ich habe mit ihr gesprochen.«

»Du hast was? Ja, bist du denn wahnsinnig, weißt du, dass du dich damit in Lebensgefahr begeben hast? Du hast ihr hoffentlich nicht deinen Namen genannt. Wie kamst du überhaupt dazu?«

In Pius krochen erneut Wut und Enttäuschung hoch. Lange genug, so glaubte er, hatte er unwissentlich mit sich nach dem Willen anderer verfahren lassen. Er war kein Erbgut eines übergeschnappten, selbstherrlichen Abts. Einem, der über alle verfügte. Aber nicht über ihn.

»Ihr heiligen Brüder, Ihr könnt mich verstecken, wie Ihr wollt. Ich bin nicht Euer Eigentum. Ihr und Eure Kirche haben kein Recht an mir. Ich musste ihr nicht sagen, wer ich bin. Sie hat meinen Namen gekannt. Eine Mutter findet ihr Kind, und ich werde sie auch wiederfinden. Verlasst Euch darauf. Ich bin nur mit Euch gegangen, weil sie es so wollte.«

»Ich glaube, du bist mir eine Erklärung schuldig.« Bruder Klaus war sichtlich entsetzt, er wirkte fahl und grau. Blutleer.

Für einige Augenblicke herrschte angespannte Stille. Es war, als habe sich zwischen ihnen ein tiefer Graben aufgetan.

»Verzeiht meine unüberlegten Worte«, entschuldigte sich Pius schließlich, »es bestand keine Gefahr. Regt Euch nicht auf, Bruder Klaus.«

»Erzähl. Warum glaubst du dem Geschwätz einer Marktfrau?«

»Sie hat mir ein Dokument zukommen lassen.«

»Was für ein Dokument?«

»Das Schreiben einer Hebamme.« Pius nestelte unter seiner Kutte ein Papier hervor, es war ganz feucht von seinem Schweiß. »Hier, lest selbst.«

Wortlos nahm sein Mentor das Schreiben und überflog es, dann las er es nochmals. »Ich glaube es nicht.« Er schüttelte wiederholt den Kopf. »Diese Kräuterhexe hat doch tatsächlich ihr Schweigegelübde gebrochen. Weiber, man darf ihnen nie trauen. Der Abt hatte gut daran getan, Wiltrudis im Ungewissen zu lassen.«

»Wiltrudis?«

Bruder Klaus sackte auf die Unterlage zurück, er hatte sich verplappert. Ausgerechnet er. Wortlos hielt er den Brief vor seine Augen, als habe er Pius' Frage überhört. »Von welcher Madonna ist hier die Rede? Wo war das Schreiben versteckt?«

Pius hob ratlos die Hände. »Ich weiß es nicht.« Seine Worte klangen rüder, als er wollte. »Wiltrudis! Bruder Klaus. Es ist der Name meiner Mutter, nicht wahr? Ist das nicht auch der Name der Priorin zu Berau?«

»Ja, ja, es ist der Name der Priorin, aber wer deine Mutter ist, weiß ich nicht.«

»Aber die Priorin weiß Bescheid.«

»Vermutlich.« Bruder Klaus sah gequält auf, seine Augen wirkten müde und eingefallen.

Pius beschloss, vorerst nicht weiterzubohren.

»Was hat dir diese Frau erzählt?«, fragte Bruder Klaus.

»Nichts, die Zeit war zu knapp. Sie hat gesagt, ich solle Euch und Gott vertrauen.«

»Sie muss doch etwas gesagt haben. Pius, sie hätte dich töten können.«

»Niemals.«

»Was macht dich so sicher?«

»Die Liebe und Vertrautheit, die aus ihren Augen blickten.«

»Du bist ein Narr. Lässt dich von einem Marktweib umgarnen. Gott sei Dank habe ich dir deinen Bestimmungsort nicht genannt. Du hättest ihn auf dem Marktplatz hinausposaunt. Nimm dich vor den Weibern in Acht. Sie sind dein Untergang.«

Es klopfte an der Tür.

***

Immer noch raschen Schrittes eilte Waldemar an den Ufern der Schlücht entlang. Der Weg war recht gut ausgebaut, da er als Handelspfad zwischen den Klöstern oft begangen wurde. Eine größere Siedlung musste noch kommen, ehe er steiler zum Berauer Hochplateau anstieg. Waldemar kannte diesen Pfad. Er hatte im letzten Winter einen Handelszug nach St. Blasien begleitet.

Das fahle Licht der Gestirne beleuchtete den Boden unter seinen Füßen nur unzureichend. Hinzu kam, dass das Blattwerk der Bäume über seinem Haupt ziemlich dicht war. In der Ferne glaubte Waldemar, an der linken Hangseite ein paar Häuser auszumachen, es musste der Ort Weilheim sein. Kurz darauf war Hundegebell zu hören.

Waldemar bemühte sich, leise zu gehen. Bei Nacht als Hühnerdieb angehalten zu werden, war das Letzte, was er jetzt gebrauchen konnte.

Er blickte angestrengt nach rechts. Sollte sich dort nicht die Silhouette der Gutenburg erheben? War er schon daran vorbeigelaufen? Kurzfristig stieg Panik in ihm hoch. Was, wenn er sich in der Dunkelheit verlaufen, vorhin am Zusammenfluss von Schlücht und Wutach den falschen Pfad erwischt hatte? Nein, er war nach links gegangen, ganz sicher.

Erleichtert sah er kurz darauf den Turm zwischen den Bäumen aufblitzen. Gebüsch und Dunkelheit hatten sich der Ruine bemächtigt. Sie sah viel unheimlicher aus als bei Tage zwischen nacktem, blattlosem Wintergeäst.

Die Schweden hatten sich dort im Dreißigjährigen Krieg verschanzt. Zuletzt Raubritter. Abt Franz ließ das Nest ausräuchern. Seither ragte der Turm als stummer Brandzeuge auf dem Fels über der Schlücht.

Den Fluss konnte der nächtliche Wanderer zwar nicht sehen, aber er hörte das sanfte Plätschern des fließenden Gewässers in seiner Nähe. Es wirkte beruhigend und wegweisend.

Der Pfad führte nun in eine einsamere, rauere Gegend. Den Schwarzwald. Die ungewohnte Wildnis wirkte anfangs noch unheimlich, die nächtlichen Laute fremd, dennoch fühlte sich Waldemar sicher. Hier würde kein Mörder auf ihn lauern. Er war als fremder Besucher allmählich in die wilde Einheit von Pflanzen, Bäumen, riesigen Gesteinsbrocken und Bächen eingedrungen.

Waldemar wusste, dass er hier nicht allein war. Die Wildtiere beäugten ihn aus dem Unterholz, er spürte ihre Blicke. Die plötzlichen Rufe der nachtaktiven Vögel im Geäst über ihm erschreckten ihn deshalb nicht. Sie verständigten sich, warnten vor dem Eindringling.

Hier und da raschelte eine Feldmaus im Unterholz, bewegte sich etwas Schweres über den Pfad unmittelbar vor ihm, grunzte, atmete tief. Er sah nur ihre Schatten. Im Geiste sprach er mit ihnen, so wie er es mit den Pferden manchmal tat. Die Tiere spürten, dass er keine bösen Absichten hatte. Er bat sie, ihn passieren zu lassen. Gelegentlich blitzte ein leuchtendes Augenpaar auf, begleitete ihn kurz und drehte dann ab. Waldemar wurde eins mit der Natur.

Er glaubte, die Geistwesen zu fühlen, die hier einst gelebt hatten und den Waldvölkern heilig gewesen waren. Selbst die römischen Legionen hatten Angst vor dem dunklen Wald und nannten ihn Silva Marciana, was so viel wie Grenzwald bedeutete. Vielleicht fürchteten sie sich aber auch vor den Waldvölkern. Diese verehrten große Bäume und Quellen als Wohnstätten ihrer

Heidengötter. Der Schwarzwald trug zu ihren Zeiten sogar den Namen ihrer Wald- und Jagdgöttin: Abnoba. Dieser Heiligen stellten die Römer vorsichtshalber ihre Jagdgöttin Diana zur Seite.

Mitten in dieser Wildnis stieß man zwar noch auf magische Stätten oder Wälle der Urbewohner, doch waren sie, die Kelten, samt ihrem alten Glauben schon lange verschwunden. Mit dem rauer werdenden Klima hatten sie sich neue Gebiete gesucht oder sich mit den nachfolgenden alemannischen Stämmen am Rande des Waldes vermischt. Auf den kalten Hochlagen breitete sich ein undurchdringlicher Urwald aus.

Wie Ameisen hatten sich die ersten christlichen Missionare einige Jahrhunderte später wieder diese gottverlassenen Schluchten hinaufgewagt, um die alten Götzen gegen neue Heilige auszutauschen. In den Wäldern ihrer Urväter. Die christlichen Glaubensbrüder kamen nicht etwa aus dem Heiligen Land, sondern über das Wasser aus den Ländern im Norden, Irland, Schottland. Daher, wohin ein Teil ihrer Vorfahren einst ausgewandert war. Sie erkannten die Götter ihrer Urahnen nicht mehr, fällten die heiligen Bäume und errichteten Klöster.

Immer enger wurde nun das Tal. Es war, als rückten die Berge näher zusammen. Nahe dem Gehöft zu Witznau donnerte die Schwarza ohrenbetäubend in die Schlücht. Es musste oben in den Bergen geregnet haben.

Waldemar konnte die Felsnadeln gegen den nächtlichen Himmel aufragen sehen: Falkenstein, Tannholzwand und Schwedenfelsen. Das südliche Tor in den Schwarzwald. Ab hier wand sich der Pfad serpentinenartig nach oben. Er war nass und schlammig. Es roch nach Erde und aufgeweichten Tannennadeln. Die Luft wurde kühler und feuchter. Waldemar verlangsamte seinen Gang.

An heißen Tagen zogen sich in den Bergen die Wolken gern zu Wärmegewittern zusammen. Die Massen der sintflutartigen Regenfälle zwängten sich dann durch die Schluchten zu Tal. Sie nahmen mit, was sich ihnen in den Weg stellte, zerschellten ganze Baumstämme an den Felsen. Dem Donnergrollen des Himmels folgte ein Grollen der Erde. Waren die Wassermengen durch, wurde aus der reißenden Flut ein harmloses Rinnsal, und die Pilger wunderten sich, wie die Baumüberreste zwischen die Felsen geraten waren.

Der Weg zum Hochplateau zweigte rechts ab. Waldemar entstieg der Schlucht und fand sich auf einem weiten Feld wieder. Hier oben in Berau war er nie zuvor gewesen. Der zunehmende Mond beschien die lieblich wirkende Landschaft.

Waldemar erkannte die Silhouette des Klosters und hielt darauf zu.

***

Es klopfte abermals.

»Ja? Herein!«, rief Bruder Klaus.

Eine Nonne steckte den Kopf zur Tür herein. Pius zuckte unmerklich zusammen, während ihr Blick ihn streifte. Wer war die Frau? Er hatte sie schon einmal gesehen. Dessen war er sich sicher. Ein ungutes Gefühl beschlich ihn. War es kälter geworden im Raum?

»Verzeiht, seid Ihr der Mönch aus dem Kloster Sion?«, fragte die Schwester Bruder Klaus.

»Ja, der bin ich. Wer seid Ihr?«

Sie trat ganz ein und wischte ihre Hände am Habit ab, ehe sie sie dem Bruder reichte. Sie trug das Gewand einer Benediktinerin.

»Ich bin Schwester Speziosa, die Krankenschwester vom Chorstift«, sagte sie und nickte Pius zu. »Und der junge Mann ist sicherlich euer Schüler.«

»Er war mein Schüler, jetzt ist er Student«, klärte Klaus die Benediktinerin arglos auf.

»Er ist der Patient.« Pius deutete unwirsch zu seinem Lehrer. Er mochte diese Frau nicht, konnte aber nicht sagen, warum.

Sie zog den Stuhl ans Bett und setzte sich. »Darf ich Euren Herzschlag hören, Bruder Klaus?«

»Ihr kennt meinen Namen?«

»Ja, der Bote hat ihn mir genannt.« Schwester Speziosa zog ein hölzernes Hörrohr aus der Tasche und legte es dem Mönch auf die entblößte linke Brusthälfte.

Bruder Klaus blickte fragend zu seinem ehemaligen Schüler, er konnte sich nicht erinnern, jemandem seinen Namen genannt zu haben.

Pius hob die Augenbrauen.

»Ihr habt einen unregelmäßigen Schlag, Bruder. Ich werde euch einen Trank verordnen, der Euer Herz stärkt«, sagte Schwester Speziosa und zog einen Beutel mit getrockneten Blüten aus der Tasche. »Die werde ich der Köchin geben und sie bitten, Euch dreimal täglich einen Sud zuzubereiten.« Den Blick auf Pius gerichtet, fragte sie: »Kann Euer Mündel mich zum Kloster zurückbegleiten? Es schickt sich nicht für eine Schwester, in der Dunkelheit in den Gassen gesehen zu werden.«

Pius schaute eindringlich zu Bruder Klaus und schüttelte unmerklich den Kopf. Dieser verstand sein stummes Flehen, auch wenn er den Grund nicht kannte.

»Ein Hausdiener soll Euch begleiten. Ich brauche ihn hier.«

Enttäuschung lag im Blick der Schwester, sie verließ den Raum ohne weitere Worte.

Die beiden blieben ebenso stumm zurück und warteten, bis sich ihre Schritte weit genug entfernt hatten.

»Was ist?«, flüsterte schließlich Bruder Klaus.

»Sie trug den Habit einer Benediktinerin.«

»Und?«

»Die Frauen vom Chorstift tragen ein anderes Gewand.«

»Woher weißt du das?«

Pius rang mit sich, ob er seinem Meister den unerlaubten Ausflug gestehen und ihm sagen sollte, dass er die Damen im Münster beim Gebet beobachtet hatte. Er blickte aus dem Fenster und sah die Nonne ohne Begleiter das Gelände verlassen.

»Sie geht allein.«

»Geh und lass ihr einen Boten nachschicken. Ich will keinen Ärger mit der Äbtissin.«

Pius war froh, den Raum verlassen zu dürfen und keine Antwort geben zu müssen. Er schlich sich die Stufen hinunter. Der Geruch von frischem Bohnerwachs schlug ihm entgegen. Hinter einer offenen Tür redeten die Dienstmädchen leise miteinander.

Die Stufen knarzten, so hielt Pius sich am Geländer fest und betrat nur die Seitenwangen der Treppe. Auf diese Weise hangelte er sich in den untersten Stock. Das hatte er als Kind schon immer im Hause Günzli getan, wenn er nicht schlafen konnte. Damals führte sein Weg meist heimlich in die Küche, auf der Suche nach etwas Süßem. Danach stand ihm heute nicht der Sinn, er wollte lediglich nicht gehört werden und die Verfolgung selbst aufnehmen.

»Ich soll alles zu einem Sud kochen, den er in einem Zug austrinken muss, hat sie gesagt«, hörte Pius die Köchin sagen, dann verschwand er aus der Tür ins Freie.

Im Schatten der Bäume folgte er der Nonne, doch sie steuerte nicht den Klosterkomplex an, sondern den Stall einer Herberge. Dann war sie verschwunden. Er wartete eine geraume Zeit ab. Nichts geschah.

Schließlich besann Pius sich darauf, zurückzukehren. Er wollte den Meister nicht warten lassen.

Auf dem Rückweg hörte er plötzlich Rufe und Schreie, sie kamen vom Rheinufer am Diebesturm. Stadtbüttel trieben eine Menschenmenge auseinander. Pius glaubte zu erkennen, dass man eine Person vom Fluss herübertrug. War jemand ins Wasser gestürzt?

Der dumpfe Hall von Pferdehufen trat gegen die Holzwand der Brücke und entschwand in der Nacht.

***

Ehe Marie nach draußen gehen konnte, hielt Borromäus sie fest und zog sie sanft neben sich. Er bedeutete ihr zu schweigen. Seine Sinne waren angespannt. Sowohl Marie als auch Jakob spürten augenblicklich, dass etwas seine volle Konzentration forderte. Sie wagten nicht, sich zu rühren. Maries aufkommende Übelkeit war auf einen Schlag verschwunden, dafür pochte ihr Herz bis an den Hals.

Angestrengt lauschten alle drei in die Dunkelheit. Nichts.

Der Riese strich sich nachdenklich über seinen langen Bart und blickte abwechselnd in das Gesicht von Marie und Jakob.

»Hier ist kein guter Ort für junge Damen und kleine Drachentöter.«

Welche Gefahr mochte auf sie oder ihren Sohn lauern? Der Riese wusste Bescheid, doch er schwieg. Marie lief ein kalter Schauer über den Rücken. Sie wollte nur noch eines: weg von diesem schaurigen Ort.

Borromäus deutete auf das schwarze Loch in der Decke. »Es ist bereits dunkel«, sagte er leise. »Ich werde Euch Geleitschutz geben, bis auf die Höhe des Bötzberges.«

»Das Fell, Ihr werdet es brauchen«, sagte Marie und legte das Bärenfell neben der Feuerstelle ab.

Jakob wagte nicht, zu widersprechen. Borromäus sah seinen enttäuschten Blick. »Ich werde es für dich aufbewahren. Wenn du wieder einmal in Not bist, wird es dir als Schlafplatz dienen.« Er strich dem Buben über die Locken, dann nahm er ihn auf die Arme. Schweigend gingen sie den Weg zurück, den sie gekommen waren.

Es war höchste Zeit, die Besucher wegzuschaffen. Borromäus schulterte den Jungen, sobald sie den Tunnel verlassen hatten und nicht mehr gebückt gehen mussten. Er reichte Marie wie einem Kleinkind die Hand. Dankend nahm sie an, um nicht auf den nassen Steinen auszurutschen.

Erst als sie die Alb überquert hatten, wagte Borromäus einen Blick zurück. Sein Gefühl hatte ihn nicht getäuscht, sie waren beobachtet worden. Ein schwaches Licht verschwand im Höhleneingang.

Wie nächtliche Jäger schlichen sie durch das Dickicht nahe des Handelspfads, dann bog Borromäus entgegen seiner vorherigen Aussage bereits beim Weg durch die Schlucht ab, weit bevor das Kloster St. Blasien zu sehen war.

Marie schwieg, sie spürte das Unbehagen, das auch den Riesen erfasst hatte.

Nur Jakob schien sich wieder sicher zu fühlen. »Und Justus?«, fragte er enttäuscht, als ihm die Richtungsänderung auffiel.

»Wir besuchen ihn das nächste Mal, wenn ich zu Bruder Stephanus gehe. Aber der Schatzhauser hat recht, wir müssen nach Hause, es ist spät geworden.« Marie hielt ihre Stimme gesenkt.

Der steile Weg war beschwerlich, bei Nacht umso mehr. Das dichte Laubwerk über ihnen sorgte für absolute Dunkelheit. Marie schlug mit den Zehen gegen große Steine oder blieb im Wurzelwerk hängen, das den Boden überzog. Immer wieder stolperte sie und fiel in eine Wasser- und Schlammpfütze, kratzte sich ihre Waden an den Brombeerhecken auf.

Es roch modrig wie im Kanal, hier kam die Sonne nie hin. Feuchtes Moos überzog die Felsbrocken im Wasser. Nur das gurgelnde Geräusch des Bergbachs um sie herum war zu hören und deutete ihnen den Weg. Ein Waldkauz hoch über ihnen stieß einen Ruf aus.

Zeitweise arbeitete Marie sich auf allen vieren tastend vorwärts, während Borromäus dicht hinter ihr ging. Er trug Jakob fest an sich gedrückt, um ihn nicht den Schlägen herunterhängender Äste auszusetzen. Keinem trat ein Schmerzenslaut über die Lippen. Ihren keuchenden Atem und das Pochen ihrer Herzen schien die Wildnis zu verschlucken.

In der Ferne hörten sie das Wasser tosend aufschlagen. Sie mussten nahe dem kleinen Wasserfall sein, von da war es nicht mehr weit ins Hochtal. Marie atmete auf, als sie die Umrisse der Brücke über sich erkennen konnte.

Der Pfad lichtete sich. Ein würziger Hauch von getrocknetem Heu stieg ihnen in die Nase. Das fahle Mondlicht ließ die aufgeschichteten Heuhaufen auf den gemähten Wiesen wie eine bizarre Hügellandschaft wirken. Hier war alles lieblich und überschaubar, der Windbergbach verlief ruhig plätschernd neben dem Weg.

An der Brücke blieb der Waldmensch stehen, als wäre der Fahrweg zur Siedlung mit einem Bann belegt, den er nicht übertreten durfte.

»Danke, Borromäus, Ihr seid mir wirklich ein Schatzhauser und Beschützer.« Marie reichte ihm die Hand.

»Es ist mir eine Ehre, dich und deinen Jungen zu beschützen.« Borromäus nahm ihre Hand in die seine, dann führte er sie zum Mund und küsste ihren Handrücken wie ein Edelmann.

Marie zog sie schweigend zurück, nahm Jakob an die Hand und lief eiligen Schrittes auf die Siedlung zu.

Borromäus blieb an der Brücke stehen, bis das Mädchen und ihr Bub die ersten Hütten erreicht hatten. Er behielt den Bötzberg genau im Blick, denn er glaubte, einen Reiter gesehen zu haben. Suchte der Teufelspriester ein neues Opfer?

***

»Es ist Nacht, ich habe die Asche selbst gebrannt.« Mit diesen Worten begrüßte Theis die Ausflügler.

Marie hörte heraus, dass er über ihre späte Rückkehr alles andere als erfreut war. Vermutlich trug er ihr noch nach, nicht darüber informiert worden zu sein, wohin sie gegangen waren. Doch Jakob lüftete das Geheimnis, als er freudig in die Küche stürmte.

»Wir waren beim Glasmännlein in der Höhle.«

»So«, sagte der Aschenbrenner und drehte sich endlich vom Herd weg ihnen zu, »ihr seht mir eher aus, als kommt ihr geradewegs aus der Hölle. Glasmännlein also.« Sein Blick spiegelte den stummen Vorwurf, dass sie sich herumgetrieben hatten, wider.

Marie sah an sich herunter. Sie war durchnässt und schmutzig. Die Schuhe hatte sie rechtzeitig ausgezogen, sie glänzten sonderbar sauber im Gegensatz zum Rest der Bekleidung.

»Borromäus«, antwortete sie knapp. Sie war nicht willens, sich zu rechtfertigen. Noch immer fühlte sie seine Lippen auf ihrem Handrücken, als hätten sie sich in ihre Haut gebrannt. Marie war von der Geste seltsam berührt.

»Schatzhauser.« Jakob hielt es für ein Spiel, die vielen Namen des Wilderers zu nennen.

»Wollt ihr mir als Nächstes weismachen, dass ihr beim Glaszwerg im Stollen wart?« Es war nicht zu überhören, dass Theis glaubte, sie hielten ihn für einen verrückten alten Mann.

Marie und Jakob sahen sich an wie zwei Lausbuben, die man auf frischer Tat ertappt hatte. Dann lachten sie los.

Theis atmete auf, wenigstens waren die beiden unverletzt und guter Dinge, sah man von den blutigen Striemen an ihren Beinen einmal ab.

»Haltet mich alten Mann nur zum Narren, jawohl!« Er nahm

seinen Hut. Es wäre über seinen Stolz gegangen, den beiden ihr Abenteuer aus der Nase zu ziehen.

»Wohin willst du?«, fragte Marie.

»Zum Holländer-Michel«, antwortete er und zog die Tür hinter sich zu.

»Mama?«, rief Jakob irritiert. »Onkel Theis wird sich doch kein kaltes Herz einbauen lassen?«

Marie blickte aus dem Fenster und sah, dass Theis geradewegs auf das Wirtshaus zusteuerte.

»Keine Angst, Theis sorgt nur dafür, dass sein Herz nicht austrocknet.«

***

Wiltrudis wurde nicht einmal zur Vigil, dem mitternächtlichen Wachegebet, geweckt. Sie stand unter Arrest. Lediglich Brot und Wasser war ihr zum Abendbrot gereicht worden. Stumm, von einer Novizin herangetragen, wie die Vorsteherin befohlen hatte. Niemand durfte mit der Priorin sprechen, sie unterlag einem Schweigebann, wie Mutter Magdalena verkündet hatte. Dieser hatte Gültigkeit, bis der Abt ihn aufhob.

Magdalena Tröndlin von Greiffenegg hatte schon ein entsprechendes Schreiben aufgesetzt, in dem sie Abt Augustinus um die Aberkennung des Titels der Priorin Wiltrudis bat. Sie habe mehrfach gegen die strengen neuen Ordensregeln verstoßen, so ihr Vorwurf. Mit dem Weiterleiten des Briefs wollte sie jedoch noch warten. Wiltrudis sollte spüren, dass *sie* hier das Sagen hatte.

Es galt, Demut und Reue zu fordern. Das geschah nicht sofort, dazu brauchte man Zeit. Und davon hatte Magdalena genug. Ihr Auftrag war, dem Orden zu neuem Ruhm zu verhelfen, einem Orden der Einkehr und Weltabgeschiedenheit, so, wie Augustinus es gewünscht hatte. Dazu passten keine Kontakte zur Außenwelt, auch nicht, wenn sie familiärer Natur waren. Eine Klosterfrau hatte nur Gott zu dienen, sonst keinem.

Mit der strengen Auslegung dieser Regel strafte Magdalena auch ihren Vater Johann Adam Tröndlin, der ihr, aufgrund seiner Verdienste um den Haller Salzhandel in den Adelsstand erhoben, den gewünschten gutbürgerlichen Gatten verweigert hatte.

Magdalena Tröndlin von Greiffenegg war nicht aus tiefster religiöser Überzeugung in den Orden eingetreten. Sie wollte damit ihrem Vater die Stirn bieten und seinen Heiratsplänen mit einem ihr ungeliebten Mann entkommen. Sie ließ sich nicht bevormunden. Glücklich im Herzen war sie jedoch nicht. Und wo das Glück und die Liebe sich nicht ausbreiten dürfen, nisten sich Missgunst und Neid ein.

Magdalena wusste, dass der Abt kein Heiliger war, sondern ebenfalls nach Macht strebte. Er knechtete seine Untertanen, forderte absolute Unterwerfung dem Kloster St. Blasien gegenüber. Damit widersprach er dem Gebot des Kaisers von 1704, dass die Untertanen in der Grafschaft Hauenstein nicht mehr als leibeigen galten.

Im Volk rumorte es. Der Abt ließ sich jedoch nicht beeindrucken. Er zeigte Stärke und Unnachgiebigkeit. Ihm wollte sie sich an die Fersen heften. Mochte etwas von seinem Glanz auf sie abfärben, um dem Vater zu zeigen, dass sie auch ohne seine Kuppeleien zu Ehren kam.

Noch kannte sie die Beweggründe des Abts, Wiltrudis zur Priorin erhoben zu haben, nicht. Die Ernennung konnte jedoch nicht mit rechten Dingen zugegangen sein. Wiltrudis entstammte lediglich einer Glasmachersippe. Magdalena war diese nicht standesgemäße Konkurrentin schon lange ein Dorn im Auge, jetzt konnte sie sich ihrer entledigen.

***

Das Brot lag noch auf dem Teller. Wiltrudis hatte es nicht angerührt. Sie ging seit Stunden in ihrer Kammer auf und ab, blickte immer wieder aus dem Fenster in den dunklen Hof. Nichts tat sich, von Gertrud keine Spur.

Die Klostermauer gegenüber kam ihr mehr und mehr wie eine Gefängnismauer vor, es war ihr, als rücke sie immer näher auf sie zu. Nahm ihr den Atem. Wie hatte sie sie nur all die Jahre als Schutzwall ansehen können? Sie sehnte sich nach der Weite der Wälder.

Wiltrudis blieb vor der Landkarte stehen. Im Geist war sie die vielen Hürden des Rheins schon einige Male abgegangen. Sie hätte den Weg inzwischen auch ohne die Zeichnung gefunden.

Nie zuvor war ihr bewusst gewesen, welche Dimensionen die Besitztümer St. Blasiens hatten. Es sollten zu früheren Zeiten noch weit mehr gewesen sein. St. Blasien war ein Staat im Staat, und Augustinus war dessen Herrscher. Wollte er seinem Sohn die Ländereien eines Tages vermachen? Was war sein Plan? Wie glaubte er, sich gegen Rom durchzusetzen?

***

Waldemar hatte sich bis auf wenige Schritte dem Gebäude genähert. Alles war ruhig. Sollte er an der Pforte anklopfen? Als Mann, mitten in der Nacht? Lief er da nicht Gefahr, den ganzen Konvent zu wecken?

Er hatte sich so beeilt, doch am Ziel seiner nächtlichen Wanderung verließ ihn der Mut. Er ging zögernd vor dem Portal auf und ab, um festzustellen, dass er sich keine Strategie überlegt hatte. Er schalt sich einen Narren, wenn er geglaubt hatte, mit Erreichen des Klosters freien Eintritt zu bekommen oder gar von Wiltrudis unter der Tür erwartet zu werden.

Es half nichts, er konnte um diese Zeit nicht um Einlass begehren. Es war klüger, den Morgen abzuwarten und sich erst ein Bild der Lage zu machen. Kurz dachte er mulmig an seinen fluchenden Lehrmeister, wenn er morgen nicht zur Arbeit erscheinen würde. Doch dann versuchte er, seine Konzentration auf die Dinge hier und jetzt zu lenken.

Es war kühl, hier konnte er nicht bis zum Tagesbeginn ausharren. Vielleicht sollte er irgendwo ein paar Stunden schlafen.

Sein Blick fiel auf die Kirche. Sie stand jedem offen. Als er auf das Gotteshaus zuhielt, glaubte er, einen feinen Gesang zu vernehmen. Leise öffnete er das schwere Portal und schlich sich in das Innere des Gotteshauses. Es war nahezu dunkel, einzig das ewige Licht brannte vorn im Altarraum. Es roch nach Kerzenwachs und Weihrauch.

Die zarten Stimmen gehörten einer Reihe Nonnen, die sich um das Chorgestühl versammelt hatten. Es waren auffallend viele Novizinnen unter ihnen, wie Waldemar an ihren weißen Schleiern erkannte. Als er um den ersten Pfeiler herumging, erhellte ein kleiner Lichtkreis die Gesichter der Frauen. Sie sangen den Hymnus, einen Preis- und Lobgesang. Der fremde Besucher war noch nicht bemerkt worden.

War Wiltrudis unter ihnen? Sie sahen von Weitem alle gleich aus. Zum Teil standen sie mit dem Rücken zu ihm.

Leise schlich Waldemar im Schutze der Dunkelheit an der Wand entlang und hielt immer dann inne, wenn die Frauen mit ihrem Gesang aussetzten. Er wollte sicher sein, dass der Widerhall seiner Schritte ebenfalls verstummte.

Schließlich war er nah genug herangetreten. Keine der Nonnen war ihm bekannt. War er auf der falschen Fährte? Gab es hier überhaupt eine Ordensfrau namens Wiltrudis?

Eine der Frauen blickte schließlich auf, ihre Blicke trafen sich für den Bruchteil des Augenblicks. Waldemar senkte sein Haupt, wie im Gebet versunken. Er bekreuzigte sich und nahm in einer der Bankreihen Platz. Während des Stundengebets wagte er nicht mehr aufzuschauen.

Als sich eine gewisse Unruhe bemerkbar machte, wusste er, dass die Andacht zu Ende war. Er verharrte stumm. Schließlich entschwanden die Frauen durch einen Seiteneingang. Nur die eine blieb und löschte die wenigen Kerzen, sie trug kein Novizinnengewand. War sie die Meisterin? Sollte er sie ansprechen?

Die Entscheidung wurde ihm abgenommen.

»Was treibt Euch heimlich wie ein Dieb nachts in die Kirche, junger Mann? Wer seid Ihr?«

»Verzeiht, ich wollte Euch nicht erschrecken, aber ich habe einen weiten Weg hinter mir und will den Morgen abwarten, ehe ich meinen Besuch tätige.«

Gertrud fiel der harte Dialekt auf. »Ihr kommt aus den eidgenössischen Gebieten?«

»Aus dem Kloster Sion bei Klingnau.«

»Klingnau?« Sie wurde hellhörig. War das nicht der Ort, an den Wiltrudis einen Boten senden wollte? Der Junge schien keinem Orden anzugehören. Er trug Arbeitskleidung und roch intensiv nach Pferdemist. Vermutlich ein Stallbursche. Die schliefen meist in den Ställen bei den Tieren.

»Wen wollt Ihr denn besuchen?«, fragte sie.

Waldemar endschied sich spontan, die Wahrheit zu sagen. »Wiltrudis.«

An der Reaktion der Novizenmeisterin sah er, dass er ins Schwarze getroffen hatte. So schnell gab sie ihre Vertraute jedoch nicht preis.

»Woher kennt Ihr die Priorin?«

Waldemar triumphierte innerlich, nun wusste er auch ihren Stand. Er musste dennoch Vorsicht walten lassen. »Familiäre Beziehungen.«

»Aha, und wen soll ich ihr melden?«

»Waldemar.«

»Waldemar, wie noch?«

»Nur Waldemar.«

»Wartet hier.«

KAPITEL 10

Für Justus war es ein Leichtes gewesen, dem Schatzhauser und seinen Gästen durch die Schlucht zu folgen. Er kannte die Schleichwege genauso gut, Angst vor dem Riesen hatte er auch keine mehr. Das Glasmännlein war der Freund von Jakob und somit auch seiner.

Justus hatte Marie samt Sohn schon am Mittag dabei zugesehen, wie sie die Alb durchschritten. Er war ihnen gefolgt, hatte sich auf den Steinthron des Wasserkönigs gesetzt, von dem aus er den Eingang der Höhle im Blick hatte, und abgewartet. Bis es dunkel war. Jetzt wusste er, wo der Schatzhauser wohnte, denn er hatte die drei wieder herauskommen sehen.

»Schönes Mädchen, schöner Junge«, sprach er Borromäus von hinten an, als dieser sich schickte, wieder in die Schlucht abzutauchen.

»Du kannst mich nicht erschrecken, Bursche, ich habe dich gehört.«

»Dubel, pst, pst!« Justus hielt den Zeigefinger vor seinen Mund.

»Ich habe dich trotzdem gehört. Hast du ihn auch beobachtet?« Borromäus deutete an den Bötzberg, der Reiter war verschwunden.

»Justus Dubel, nichts sehen.«

»Du machst es dir einfach, und jeder glaubt dir. Aber ich nicht. Es war doch Cajetano, oder?«

Statt eine Antwort zu geben, bohrte Justus in der Nase.

»Komm, wir gehen. Bist du deinem Bruder wieder ausgebüxt?«

»Nein, Justus nix zurück. Justus Durst. Krank, Wasser, Tee. Bäh!«

»Tu, was du nicht lassen kannst.« Borromäus verschwand im Dickicht, während der Dubel zum Dorf humpelte und sich in freudiger Erwartung die Hände rieb.

Er war schon lange nicht mehr hier oben bei den Glasmachern gewesen. Er hatte die letzten Wochen kein Geld verdienen können, denn er stand unter der Beobachtung seines Bruders, doch heute war er ihm entkommen. Den ganzen Tag hatte er sich herumgetrieben und seine Freiheit genossen. Nun freute er sich auf eine Stange Bier, auch ohne Geld. Er hatte gelauscht, und Neuigkeiten wurden bei den Glasmachern gut bezahlt.

Von Weitem sah er den Feuerschein durch die Ritzen der Glashütte flackern. Justus liebte das Feuer, wie es tanzte und züngelte, knallte und spuckte. Er klatschte in die Hände und vergaß vor lauter Aufregung zu schlucken, bis ihm die Speichelfäden auf die Brust tropften.

Stephanus konnte ihm keine Angst machen mit dem Feuer der Hölle, in das er kommen würde, wenn er weiterhin den Rock hob, unten im Weinkeller des Klosters. Die Hölle stellte er sich so vor, dass Teufelchen um ein Lagerfeuer tanzten. In der Hölle war es sicherlich lustig. Weiter reichte sein Verstand nicht.

Der Dubel öffnete die Tür der Glashütte. Eine ungeheure Hitze schlug ihm entgegen, als liefe er gegen eine Wand. Die jungen Burschen trugen das Gemenge ein. Das hieß, die Glasmacher waren in der Gaststube. Das passte.

Justus hob den Arm zum Gruß und drehte ab. Er konnte noch die ganze Nacht am Feuer liegen und in die Ofenlöcher starren, wenn die Beine schwer waren und nicht mehr geradeaus laufen wollten.

Gelächter drang aus dem Schankraum. Justus hielt freudig darauf zu. Als er eintrat, erstarben die Gespräche.

»Was suchst du hier? Bei uns gibt es nichts für einen wie dich.« Michael wollte ihn verjagen.

»Neues aus dem Kloster. Kostet eine Stange«, erwiderte Justus unbeirrt. Er war es gewohnt, dass man ihn nicht dabei haben wollte, wusste aber auch, wie er sich selbst einlud.

»Und?« Raspiller nickte ihm auffordernd zu.

Justus mimte das Trinken aus einer Stange.

Der Vogt verstand und gab der Schankmagd ein Zeichen. Daraufhin reichte sie dem Dubel ein Glas Bier.

Justus trank es in einem Zug leer.

»Rede oder verschwinde.« Michael passte es nicht in den

Kram, dass dieser Klosterdepp hereinkam und ihm die Schau stahl. Gerade jetzt, wo er dem alten Theis etwas auf den Zahn fühlen, ihn vorführen wollte. Den Dörflern zeigen, dass sein Schwager nicht mehr alle beieinander hatte, anfing, von Waldgeistern zu sprechen. Es reichte schon, wenn der kleine Bastard den Drachentöter mimte.

»Bruder Stephanus hat Papier gemalt. Abt auch.« Justus tat, als zeichne er mit einem Stift auf den Tisch, hob die imaginäre Urkunde hoch und begutachtete sie.

»Und, was steht drauf?«

»Er kann doch nicht lesen, der Dubel«, prustete Thomas, der Vater des Kinderbandenführers Poldi, drauflos, und alle fielen in das Gelächter mit ein.

Justus ließ sich nicht beirren. Er stand auf und mimte den Schlüssellochgucker. Dann nahm er wieder das unsichtbare Schreiben hoch und las langsam, Wort für Wort, vor: »Brennrechte neu vergeben.«

Mit einem Schlag waren alle still, man konnte sogar das Plätschern des Dorfbrunnens durch das geöffnete Fenster hören. Dem Aschenbrenner und dem Glasvogt war die Farbe gleichermaßen aus dem Gesicht gewichen. Beide setzten, nachdem sie sich vom ersten Schock erholt hatten, zu derselben Frage an: »An wen?«

Justus grinste und hob das leere Noppenglas.

Es wurde ihm schnell wieder gefüllt, und als Justus mit einem genüsslichen Schmatzen auch dieses geleert hatte, rülpste er laut und meinte lapidar: »Marie und Jakob.«

Stille, nur der Dorfbrunnen plätscherte.

Die Wirtin fasste sich als Erste. »An eine Frau? Ja, Sakrament, was hat den ehrenwerten Herrn Abt bloß geritten?«, sagte sie fassungslos.

»Vielleicht solltest du fragen, *wen* hat der Abt geritten?«

Es dauerte einen Moment, bis die Worte in den alkoholgeschwängerten Glaserschädeln ankamen. Thomas setzte nach: »Und der alte Theis glaubt, die beiden besuchten den Waldgeist. Es ist vielmehr der Klostergeist, was?«

Michael schwoll die Halsvene an, dann schlug er mit der Faust auf den Tisch. Das Gelächter verstummte. »Jetzt ist es genug! Dieses Luder! Sie hat weder das Alter noch einen sittsamen Ruf, um einen eigenen Hausstand oder ein Handwerk zu führen, und das weiß der Abt! Aber das werde ich zu verhindern wissen. Rechtzeitig, wartet nur ab!«

Theis zitterte am ganzen Leib, doch niemand nahm Notiz von ihm. Keiner kam auf die Idee, dass der alte Mann die Fäden gesponnen hatte. Der Abt hatte endlich unterzeichnet! Darauf hob der Aschenbrenner einen und spendierte dem Dubel eine weitere Stange.

***

Ein schrecklicher Gedanke durchfuhr Pius. Die Nonne hatte ihn hinters Licht geführt, ihn von Bruder Klaus weggelockt. Damit der den Sud zu sich nahm!

Er warf einen kurzen Blick auf die Leblose, die man vom Fluss herüberbrachte. Sie trug unter dem Mantel einen Habit, den er heute schon einmal gesehen hatte – bei den Chordamen im Münster.

Warum trug die Tote bei der Sommerhitze einen Mantel? Pius sah, dass sie mit den Ärmeln gefesselt war. Sie war ermordet worden.

Wenn er sich nicht beeilte, würde gleich ein weiterer Mord geschehen. Pius lief, so schnell er konnte. Es war ihm einerlei, was die Stadtbüttel hinter ihm herriefen. Ob sie ihn verdächtigten? Er rannte blindlings weiter. Als er das Schloss erreicht hatte, verstummten die Rufe. Hatte er die Ordnungshüter abgehängt?

Polternd hechelte er die Stufen hinauf, die Frage der Küchenmagd, was denn passiert sei, ignorierend. Er kam gerade noch rechtzeitig, als Klaus zum Trinken des Tees ansetzen wollte. Pius schlug ihm die Tasse aus der Hand.

»Vergiftet!«, keuchte er.

»Was?«

»Ich habe ihr gleich misstraut. Sie hat die Küchenmägde angehalten, dich alles auf einmal trinken zu lassen.«

Pius warf einen Blick aus dem Fenster, während er nach Luft rang. Am Diebesturm, der in unmittelbarer Nähe zum Schloss lag, hatte die Menschenmenge sich wieder der Wasserleiche zugewandt.

»Mir fiel erst vorhin ein, dass sie uns etwas anderes gesagt hat. Dreimal täglich. Verstehst du? Sie will dich vergiften und es den Küchenmägden in die Schuhe schieben. Was ist das überhaupt für ein Kraut?«

»Ich …« Bruder Klaus starrte auf die Pfütze und die Scherben am Boden. »Ich habe keine Ahnung. Wovon redest du?«

Es klopfte, kurz darauf trat die Küchenmagd ein. »Entschuldigt, ist etwas passiert?« Als sie die Scherben sah, bückte sie sich danach. »Es ist nicht schlimm, macht Euch keine Sorgen wegen der Tasse. Ich putze es weg. Es ist nur, wir haben jetzt keine Blütenblätter mehr.«

Pius ging auf das Mädchen zu und packte es unsanft an den Armen. »Hast du sie gekannt?«

»Wen, die Krankenschwester?«

»Ja.«

»Nein. Nein, ich habe sie noch nie gesehen«, stammelte die Küchenmagd.

»Wie kannst du dann behaupten, dass sie die Krankenschwester ist?«, schnauzte Pius sie an.

»Vielleicht ist die Schwester selbst krank und das war ihre Vertretung.«

»Komm!« Pius riss die verdutzte Küchenmagd hoch und zog sie zum Fenster. Er deutete dorthin, wo man begonnen hatte, die Frau aus dem Fluss zu untersuchen. »Ist sie das vielleicht?«

Das Mädchen wurde blass und bekreuzigte sich. »Maria Mutter Gottes, ja, das ist die Krankenschwester, die wir kennen.«

Auch Bruder Klaus war mühsam aufgestanden und ans Fenster getreten. »Mein Gott, wer war dann vorhin hier?«

»Ich weiß es nicht, Bruder Klaus. Ich habe das Gesicht schon einmal gesehen, aber ich komm nicht darauf, wo«, erwiderte Pius aufgebracht.

»Versuch dich zu erinnern. War es in Klingnau? Die Marktfrau vielleicht?«

»Nein, niemals. Das Gesicht meiner Mutter vergesse ich nie mehr.«

Die Küchenmagd hatte sich losgemacht und war geflüchtet. Die fremden Männer ängstigten sie.

»Wir werden also verfolgt.« Bruder Klaus schlurfte zum Bett zurück und ließ sich stöhnend fallen. »Das verzeiht mir Augustinus nie!«

»Jammert nicht rum. Wir müssen jetzt zusammenarbeiten. Ich bin ihr gefolgt, sie ist nicht zum Kloster, sondern zu einem Stall gegangen. Bei einer Herberge.«

»Du Satansbraten! Habe ich dir nicht gesagt, du sollst ihr einen Hausdiener hinterherschicken?«

»Ich wollte wissen, wohin sie geht. Sie kam mir, wie gesagt, nicht wie eine der Chorstiftdamen vor«, antwortete Pius mürrisch.

»Du hast dich in Gefahr gebracht.«

»Ich glaube eher, ich muss auf Euch aufpassen, Bruder Klaus. Was, wenn ich sie ihrem Wunsch gemäß begleitet hätte?«

»Sie hätte dich genauso umgebracht wie die richtige Krankenschwester da unten«, sagte Bruder Klaus resigniert.

»Wer ist dieser Todesengel? Und welchen Plan hat er?«, sagte Pius mehr zu sich selbst.

***

Meisterin Gertrud schlich den Kreuzgang entlang und kam sich dabei vor wie eine ihrer Novizinnen, wenn diese nachts verbotenerweise zu ihren Freundinnen huschten. Sie hatte Verständnis für die jungen Mädchen und drückte gern mal ein Auge zu, solange die Vorsteherin nichts mitbekam. Die Regeln waren sehr streng geworden, private Gespräche untersagt. Doch die Meisterin suchte keine Zweisamkeit, sie musste der Priorin eine wichtige Meldung machen. Ebenfalls verbotenerweise.

Es war still auf den Fluren. Zu still für Gertruds Vorhaben. Die Zelle ihrer Vertrauten lag im anderen Flügel. Dummerweise auch noch neben der der Vorsteherin. Gertrud fiel ein, dass sie diese bei der späten Andacht heute Abend vermisst hatte.

Sie durfte sich auf keinen Fall erwischen lassen. Priorin Wiltrudis stand unter Arrest, und jede, die sich dem Gebot widersetzte, wurde auf die gleiche Art außer Gefecht gesetzt. Darum ließ sie ihre Schuhe stehen.

Unter ihrer Kutte brannte die Botschaft, die sie am Mittag im Garten aufgenommen hatte. Sie hatte noch keine Gelegenheit gehabt, sie zu verstecken oder zu vernichten. Jetzt war sie froh darum, so konnte sie ebenfalls zurückschreiben, denn jedes Räuspern und Flüstern wäre in den einsamen Fluren zu hören gewesen.

Als Gertrud um die Ecke bog, hielt sie unter einer Kerze, die in der Wandhalterung steckte, inne, holte das Papier unter ihrer Kutte hervor und kritzelte hektisch ein paar Worte auf die Rückseite.

In der Kirche sitzt ein junger Mann. Er nennt sich Waldemar und behauptet, aus Klingnau zu stammen. Er spricht einen eidgenössischen Dialekt, riecht streng nach Pferdemist und will Euch sprechen.

Diese Beschreibung des Stallburschen war sicherlich etwas albern, aber nur so konnte Gertrud sicher sein, dass Wiltrudis den Fremden erkannte.

Die letzten Schritte ging sie auf Zehenspitzen. Während sie sich bückte, behielt sie die Tür der Vorsteherin im Blick, hinter der es, im Gegensatz zu Wiltrudis' Zelle, dunkel war, wie sie durch den Bodenspalt erkennen konnte. Ob die Vorsteherin verschlafen hatte? Es war doch sonst nicht ihre Art. Sie war unberechenbar, tauchte plötzlich wie aus dem Nichts auf. Niemand wagte je, ein persönliches Wort zu sprechen, um nicht zurechtgewiesen zu werden.

Gertrud schob das Papier unter Wiltrudis' Tür hindurch und die Feder hinterher.

Mit klopfendem Herzen blieb sie stehen und betete, dass die Zelle nebenan verschlossen bleiben mochte.

Sie hörte Wiltrudis das Papier aufnehmen, bildete sich ein, das Kratzen der Feder ausmachen zu können. Ansonsten herrschte Totenstille.

Erneut wurde etwas durch den Spalt geschoben, etwas wesentlich Größeres als das Papier zuvor. Es kam keine Feder mehr hinterher.

Gertrud bückte sich und hob das Pergament auf. Eine Zeichnung! Was, um Gottes willen, hatte das zu bedeuten? Sie konnte sich keinen Reim darauf machen, wagte auch nicht, das derbe Papier zusammenzurollen. Man hätte das Knistern sicherlich hören können.

Vorsichtig schlich Gertrud um die Ecke des Kreuzgangs und lief zurück zur Kerze. Im Lichtkegel erkannte sie eine Landkarte. Ein Ort war dick eingekreist, darunter die Worte:

Bürgeln, nennt ihm den Ort. Er kann nicht lesen! Ich danke Euch von Herzen!

Gertrud fächerte sich mit der Zeichnung kurz Luft zu, denn die Angst hatte ihr dicke Schweißperlen auf die Stirn getrieben. Ihr Herz pochte heftig. Dann rollte sie das seltsame Dokument zusammen und steckte es unter ihre Kutte. Noch immer ohne Schuhe lief sie zur Kirche hinüber.

Zusammengekauert lag der junge Mann in einer Ecke und schlief. Sie stieß ihn an, erschrocken fuhr er hoch, dann entspannten sich seine Gesichtszüge.

»Entschuldigt bitte, ich muss eingeschlafen sein. Wo ist Wiltrudis?«

»Sie kann leider nicht selbst kommen. Sie hat mir eine Zeichnung für Euch gegeben. Hier.« Gertrud reichte ihm die Pergamentrolle.

Waldemar setzte sich auf und entfaltete sie. »Was ist das?«

»Ich kann es Euch erklären, aber erst will ich wissen, was hier gespielt wird. Ich bringe mich in Teufels Küche mit den Heimlichkeiten.«

Waldemar wusste nicht so recht, was er ihr sagen konnte und was nicht. Er selbst kannte ja die Funktion dieser Wiltrudis auch nicht wirklich, wusste nur, dass sie über den Verbleib von Pius' leiblicher Mutter informiert und die Priorin von Berau war. Wenn sie sich aber extra aus dem Kloster gewagt hatte, um Pius das Schreiben persönlich zu überreichen, in der Verkleidung einer Marktfrau dazu, dann rankte ein großes Geheimnis um die wahre Mutter. Darum blieb er etwas vage in seiner Antwort, wollte aber die Wichtigkeit der Priorin in dieser Angelegenheit nicht herunterspielen.

Es fiel ihm nichts Besseres ein, als Pius zur Familie gehörend auszuweisen. Noch wusste er nicht, wie recht er damit hatte.

»Mein Freund, ein Verwandter von Wiltrudis, ist verschwunden. Vielleicht entführt worden. Die Spur führt den Rhein hinunter. Mehr wissen wir nicht. Ist das die Landkarte? Sie wollte mir eine Abschrift besorgen.«

»Ja, wenn das so ist, will ich Euch die Karte erklären. Sie hat einen Ort eingekreist, es ist Bürgeln. Das soll ich Euch sagen: Bürgeln.«

»Was ist dort?«

»Der Markierung nach muss es ein Priorat St. Blasiens sein. Mehr kann ich dazu auch nicht sagen. Ganz in der Nähe«, sie deutete auf ein anderes Zeichen, das eine Ruine markierte, »hier, liegt ein verlassenes Frauenkloster. Sitzenkirchen. Könnt Ihr damit etwas anfangen?«

»Ich hoffe. Wie weit ist das?«

»Zu Fuß?«

»Ja.«

»Einige Tage.«

»Buh!« Waldemar fuhr mit dem Finger den Fluss entlang. »Das ist der Rhein, oder?«

»Ja.«

»Am Rhein entlang ist es aber weiter als über die Berge«, stellte er überrascht fest.

»Über die Berge werdet Ihr den Weg nie finden«, erwiderte Gertrud. »Es liegen unendliche weglose Wälder dazwischen. Ohne jemanden, der sich auskennt, würde ich Euch abraten.«

»Ich bräuchte ein Boot.«

»Es wäre das Einfachste, ja.«

Einen Kahn aufzutreiben, dürfte das kleinere Problem sein. Waldemar zog den Kreuzanhänger hervor, den er am Tatort gefunden hatte. »Könnt Ihr mir sagen, wer einen solchen Anhänger verloren haben könnte?«

»Er ist von hier, aber es ist ein alter Anhänger. Seit wir das neue Kloster haben, gibt es eine etwas andere Form.«

»Wer besitzt noch einen alten?«

»Alle Frauen, die vor der Reform schon hier waren. Ein halbes Dutzend vielleicht.«

»Kann es auch einem Mönch gehören?«

»Ja, wobei die Anhänger der Männer etwas größer sind. Woher habt Ihr es?«

»Gefunden.«

»Wo?«

»Auf dem Weg hierher.«

»Soll ich Wiltrudis fragen?«

»Kann ich das nicht selbst tun?«

»Ich sagte doch bereits, dass sie im Moment nicht wegkann.«

»Warum?«

Gertrud schnaubte. Der Bengel schien ehrlich und unbedarft, warum sollte sie mit dieser ungeheuerlichen Anmaßung, die sich Frau von Greiffenegg erlaubte, hinter dem Berg halten? »Sie steht wegen unerlaubten Weggangs unter Arrest.«

»Die Priorin?«, fragte Waldemar verwundert. »Ist nicht sie die Oberin hier? Wer kann sie einsperren?«

»Der Abt hat ihr aus politischen Gründen eine Adlige als Vorsteherin vor die Nase gesetzt, die nun nach Möglichkeiten sucht, auch das Amt der Priorin zu erhalten.«

»Es ist in den Klöstern nicht besser als unter der Herrschaft. Es geht immer nur um Macht. Könnte diese Vorsteherin im Besitz eines solchen Anhängers sein? Es ist ein Bettelmönch am Ort der Entführung gesehen worden, der wie vom Erdboden verschwunden ist.«

»Dieser Anhänger gehört eindeutig zu keinem Bettelorden. Ob Frau von Greiffenegg zu solch einem Anhänger Zugang hat? Es ist nicht undenkbar. Aber warum sollte sie?«

»Wenn ich das wüsste.« Ohne Wiltrudis persönlich zu sprechen, kam Waldemar nicht weiter. Er war müde und hungrig, den Käse hatte er ja dem Fährmann überlassen.

»Kann ich hier schlafen? Habt Ihr vielleicht noch etwas zu essen für mich?«

»Verzieht Euch nach oben.« Gertrud deutete zur Empore. »Es dauert nicht mehr allzu lange bis zum Morgengebet. Verschwindet danach. Ich besorge Euch etwas aus der Küche.«

»Vergelt's Euch Gott.«

»Segne's Euch Gott.«

***

Vor Tagesanbruch sattelte Michael Sigwarth sein Pferd. Er hatte Thomas gebeten, seinen Stand bei der Ausarbeitung der Glasmasse mit zu übernehmen, er habe wichtige Geschäfte zu tätigen.

In der Hütte wurde bereits gearbeitet. Für den heutigen Tag stand die Produktion von einfachen Weingläsern an, den sogenannten Römern, die weniger grazil und edel waren, dafür aber gut in der Hand lagen. Die Schmelzer verwendeten die alten Waldglasrezepte, es war nicht nötig, die Masse zu reinigen. Der Grünstich störte nicht. Sie waren für die Gasthäuser, nicht für die Herrenhäuser bestimmt.

Die Einbläser entnahmen mit ihren langen Pfeifen, die am unteren Ende aus Eisen bestanden, eine bestimmte Menge aus dem Glasbad und bliesen durch das aus Holz gearbeitete Mundstück. Diese Pfeifen reichten einem ausgewachsenen Mann vom Boden bis zur Brust. Während sich die Glasmasse unter der Atemluft aufblähte, mussten sie mit geschickten Drehbewegungen verhindern, dass die Glaskugel einseitig wurde oder herunterfiel. Dann gaben die Einbläser die noch glühende und zäh fließende Vorform an den Meister weiter. Der durfte das Glas ausarbeiten.

Dazu reichte ihm ein Anfänger einen Glasbatzen und das Hefteisen. Mit dem Eisen setzte der Meister den Batzen, wie man den kleinen Klumpen aus Glasmasse nannte, an die Kuppa, den künftigen Kelch des Weinglases. Dann heftete er das Werkstück um. Die Kugel hing nun nicht mehr an der Pfeife, sondern stand auf dem Batzen. Ab diesem Zeitpunkt konnte der Meister das Glas öffnen und die Rillen am Becher des Römers anbringen. Geschickt wand er dazu Glasfäden um den Batzen, der Römer hatte einen Fuß.

Jetzt kamen die Einträger, das konnten auch Frauen oder junge

Mädchen sein, ins Spiel. Sie trugen die noch heißen Waren in den Kühlofen, wo sie langsam mit der Temperatur heruntergefahren wurden, um Sprünge oder Risse zu vermeiden. Die Arbeitsabläufe unterlagen einer strengen Hierarchie. Oft vergingen Jahre, bis ein Einträger, der sich nur in den Pausen am Glasholen üben durfte, zum Anfänger oder Einbläser wurde. »Glasschinden« nannten sie diese Übungsphase. Bis zum Meister war ein langer Werdegang erforderlich.

»Ludwina!«, brüllte Michael vom Stall kommend in den Hausflur. Sein Pferd war bepackt.

»Mutter schläft noch, es geht ihr nicht gut, Vater, das wisst Ihr doch«, besänftigte Franziska den Glasvogt.

»Sie kann sich noch so schonen, davon wird es auch kein Junge«, keifte er zurück. »Ich brauche ein Vesper.«

»Wohin wollt Ihr denn, Vater?«

»Wohin ich will, das geht dich einen Dreck an. Ich muss etwas erledigen, und wenn es bei dir einmal so weit ist, wirst du es schon merken.«

»Wie weit?«

»So weit wie bei deiner großen Schwester.«

Franziskas Augen weiteten sich. »Bekommt sie wieder ein Kind?«

»Ein Kind? Wie kommst du darauf? Hat sie was gesagt?«

»*Ihr* sagtet doch, dass es so weit ist.«

»So weit, zu heiraten!« Michael winkte ab und lief zum Pferd.

Franziska schloss den Mund, als sie ihre Mutter kommen sah. Sie würde Marie nachher einen Besuch abstatten.

»Was hat er denn vor?« Ludwina war die Stufen heruntergekommen und stand im Nachthemd unter der Tür. Ihr hochschwangerer Leib zeichnete sich deutlich ab.

»Ich weiß nicht, es muss mit Marie zu tun haben.« Franziska versuchte, ihr Erstaunen zu verbergen.

»Haltet hier keinen Weibertratsch, ich muss weg, wo bleibt mein Proviant?«

»Vielleicht kann man ja auch mal rechtzeitig was sagen«, brummte Ludwina. Mürrisch ging sie daran, Brote zu schmieren.

Unterdessen schlich Justus sich verschlafen aus der Glashütte und ging zum Brunnen. Ihn plagte der Durst, sein Schädel brummte. Er hielt ihn unter den Hahn und ließ das eiskalte Bergwasser über seine zerzauste Frisur laufen. Er hatte schon lange keinen Alkohol mehr bekommen. Das Gefühl am nächsten Morgen war aber noch dasselbe.

»Hast du den Hals wieder nicht voll bekommen?«, rief ihm der Vogt im Vorbeireiten zu.

»Justus besoffen.«

»Sturzbesoffen. Mach, dass du heimkommst, und sag deinem Bruder einen Gruß. Das nächste Mal will ich informiert werden, was die Belange des Dorfs betrifft. Ich bin der Vogt. Sag ihm das. Hast du verstanden?«

»Ja, Justus verstanden. Blöd, aber verstanden.«

Michael nahm den steilen Weg nach Althütte, nicht nach St. Blasien.

Justus war sich mit einem Mal bewusst, dass es keine gute Idee war, jetzt seinem Bruder unter die Augen zu kommen. Sicherlich war Stephanus über seinen Absturz bei den Glasern wenig erbaut, zumal wenn er erfuhr, wie sich Justus diesen verdient hatte. Und dass der Glasvogt jetzt wegritt, hatte bestimmt auch mit dem zu tun, was er gestern im Wirtshaus erzählt hatte.

Sollte er ihm nachlaufen? Normalerweise hätte er das getan, aber ihn plagte der Hunger, und da sein momentanes Befinden Vorrang vor seiner Neugier hatte, beschloss er, zuerst dem Hungergefühl nachzugeben. Theis hatte sich gestern gnädig seiner angenommen, vielleicht könnte er im Aschenhaus einen Haferbrei ergattern? Justus hielt darauf zu, genauso Franziska.

***

Weder Bruder Klaus noch Pius fanden in dieser Nacht den ersehnten Schlaf. Erst gegen Morgen übermannte beide die Müdigkeit.

Während Pius zur gewohnten Zeit wieder aufwachte, schien Bruder Klaus den ganzen Tag in einer Art Dämmerschlaf zu verharren. Pius wagte sich nicht aus dem Raum. Er fürchtete, Bruder Klaus könne sterben, und leistete ihm betend Beistand.

Es war bereits nach dem Angelusläuten, als man ihnen die Heimkehr des Hausgeistlichen ankündigte.

»Mein Gott, Bruder Klaus. Kaum bin ich zwei Tage außer Haus, versetzt Ihr mir das ganze Schloss in Aufruhr!«, begrüßte sie Pater Franz, der Seelsorger des Hauses. Seine Miene wirkte aufgesetzt streng, aber seine strahlenden Augen verrieten die Wiedersehensfreude.

Der Pater drückte seinem Freund herzlich die Hand. »Ihr seid blass, erzählt.«

Bruder Klaus setzte sich im Bett aufrecht und bot Pater Franz einen Platz an, ehe er über die Geschehnisse der letzten Stunden berichtete.

Pius nutzte die Gelegenheit und stahl sich davon. Sein erster Weg führte in die Küche, wo er sich die Pflanzenreste geben ließ, aus denen die Mägde den Sud gekocht hatten. Sie hatten sie schon in den Schweinekübel geschmissen und fischten alle Teile auf Geheiß von Pius wieder hervor. Soweit er sehen konnte, handelte es sich dabei um Blüten.

»Wollt ihr die Schweine etwa auch vergiften? Kennt ihr diese Blütenblätter?« Sein Ton klang rüder als beabsichtigt. Die Mädchen schüttelten verlegen den Kopf, die Auswirkungen waren ihnen offenbar nicht bewusst.

»Gib es jemanden, der sich mit Kräutern auskennt?«, fragte Pius. Er wandte sich forsch an die Magd, die tags zuvor bei ihnen in der Kammer gewesen war.

Sie schien Schläge zu erwarten, denn sie hob schützend die Hand vor das Gesicht. »Die Kräuterschwester könnt Ihr nicht mehr fragen. Sie ist tot«, gab sie verschüchtert Auskunft.

Pius fragte sich, ob das Mädchen naiv war. Er selbst hatte sie am Vorabend zum Fenster geschleift und darauf aufmerksam gemacht.

»Es gibt noch eine Hebamme«, sagte die Küchenmagd leise.

»Bring mich zu ihr.«

»Jetzt?« Ihre Augen weiteten sich entsetzt.

»Ja, jetzt!«, sagte Pius streng und schlug die Blüten in ein Tuch, das er sich von der Herdstange nahm.

Die Küchenmagd war den Tränen nahe, doch dann wies sie

ihn an, ihm in die hereinbrechende Nacht zu folgen. Die anderen Mägde kicherten.

»Fürchtest du dich? Hast du Angst vor mir?«, fragte er das Mädchen, als sie allein waren.

»Nein, vor dem Teufel.«

»Vor dem Teufel?«

»Sie hat mir gesagt, ich dürfe niemanden zu ihm lassen, wenn er den Tee getrunken hat. Er bräuchte dann absolute Ruhe, auch wenn er sich wild gebärden würde. Das wäre die normale Wirkung. Der Teufel des Verrats müsse aus seinem Leib weichen – und sollte ich ihn stören, würde er auf mich übergehen.«

»*Sie* hat das gesagt? Wen meinst du mit ›sie‹?« Pius ahnte es, aber er wollte Gewissheit.

»Schwester Speziosa.«

»Der Teufel des Verrats. Wen oder was hat sie damit gemeint?«

»Ich weiß es nicht.«

Er glaubte ihr. »Ich sag es dir: Speziosa oder wie sie sich nennt, wollte Bruder Klaus töten und dich daran hindern, Hilfe zu rufen.«

»Wirklich?«, fragte die Magd ungläubig.

Pius schwieg, sie taugte nicht zu viel mehr als zu einer Dienstmagd, die tat, was man ihr auftrug. Im selben Moment nannte er sich eitel und überheblich. Auch sie war ein Geschöpf Gottes und verdiente, dass man sie mit Respekt behandelte. Sie konnte für ihre Einfalt vermutlich am allerwenigsten. Wie weit sie wohl in ihrer Pflichterfüllung gehen würde, fragte er sich.

»Warum haben die anderen Mägde vorhin so albern gekichert?«

»Sie denken, Ihr wollt mit mir in die Badstube.«

»Badstube? Wie kommen sie darauf?«

»Die Hebamme wohnt nebenan.«

»Aha, und? Würdest du mit mir dorthin gehen? Wie heißt du überhaupt?«

Verlegen sah die Magd Pius an, dann grinste sie. »Friedlinde, aber alle sagen Friedli zu mir. Wenn Ihr das wünscht, gehe ich auch mit Euch in die Badstube.«

»Bring mich zur Hebamme, Friedlinde«, befahl er, den Kosenamen fand er nicht passend. War dies nun Säckingen, eine der ersten christlichen Städte rheinaufwärts, oder Sodom und Gomorrha?

»Gut, wie Ihr wollt.« Friedlinde führte ihn schweigend durch dunkle, verwinkelte Gassen, bis sie schließlich auf der flussabwärts rechten Rheinseite angelangt waren. Sie gingen auf das Tor zu, das über einen Zugang zur Vorstadt wachte. Es war trotz Dunkelheit unverschlossen. Lediglich zwei Wächter drückten sich auf ihrem Posten herum.

»Halt, wohin des Weges?«, fragte einer von ihnen.

»Er muss zur Hebamme«, antwortete die Magd und deutete auf Pius.

Die Stadtbüttel sahen sich an und lachten los. »Nimm den Kerl mit, aber lass dich nicht von deinem Herrn erwischen.«

Sie gingen über eine Steinbrücke. Die Vorstadt bestand aus ärmlichen Hütten und ein paar Gehöften. Vermutlich bewirtschaftete das niedere Volk der Vorstadt die Au, wie die Felder westlich der Stadtmauer genannt wurden. Die Au lag wie die befestigte Stadt selbst auf der Rheininsel. Das Bauernvolk fand dafür in Kriegszeiten Schutz innerhalb der Mauer, so war es von alters her in allen Städten geregelt.

Das ungleiche Paar lief durch stinkende, unbefestigte Gassen. Ratten und Bettler kämpften um den Abfall in der Gosse. An einer einfachen Hütte blieben sie stehen.

»Hier wohnt die Frau, sie heißt Cordula. Ich muss zurück«, sagte Friedlinde.

Pius wollte protestieren, denn er hatte sich den Weg beim besten Willen nicht merken können. Doch da war die Magd schon verschwunden.

Er blickte sich um. Es war nicht der Ort, an dem man sich nachts wohlfühlen konnte. Bettler lagen im Dreck und hoben ihre Hand, sobald sie ihn, Pius, sahen. Wehmütig musste er feststellen, dass er nichts besaß, was er hätte geben können. Zwielichtige Gesellen verließen unweit von ihm eine Spelunke und kamen grölend näher. Sicherlich sahen sie in ihm ein mögliches Opfer, das zumindest eine saubere Kutte und Schuhe besaß. Dann galt ihr Interesse einer Hure, die ihre Brüste auf offener Straße entblößte.

Pius überlegte nicht lange und klopfte an der Hütte an. Es konnte nicht schlimmer kommen.

»Es ist offen.« Die Stimme gehörte einer verschlafenen Alten.

Pius öffnete vorsichtig die Tür. Ein Wohlgeruch nach frisch getrockneten Kräutern und reiner Wäsche schlug ihm entgegen.

»Cordula?«, rief er in den finsteren Gang.

»Ein junger Mann, wie ich höre. Liegt Euer Weib in den Wehen?« Ein mageres altes Weiblein trat aus einem Raum in den Hausflur. Das Licht fiel nur spärlich in den Gang und tauchte ihr Gesicht in ein warmes Orange. Sie sah freundlich aus. Doch dann verfinsterte sich ihr Blick.

»Ein Klosterbruder? Was treibt einen wie Euch zu mir? Habt Ihr Euch in der Tür geirrt? Das Freudenhaus ist nebenan.«

Pius schaute irritiert.

»Ihr seid auch nur ein Mann, oder?«

»Ja, aber …«

»Ihr habt offensichtlich kein gebärendes Weib und sucht kein Vergnügen, was wollt Ihr dann in dieser Gegend, um diese Zeit?«

Statt auf ihre Frage einzugehen, öffnete Pius das Tuch mit den Kräuterresten. »Könnt Ihr mir etwas darüber sagen?«

»Kommt herein, hier ist es zu dunkel«, sagte Cordula und führte ihn in den Wohnraum, wo eine Kerze brannte. »Zeigt her.«

Pius legte das Leinen mit den feuchten, ausgekochten Blüten auf den Tisch.

»Roter und gelber Fingerhut, ein Herzmittel, aber sehr giftig bei falscher Einnahme. Woher habt Ihr das?«

»Würdet Ihr diese Menge als falsche Einnahme bezeichnen?«

»Wollt Ihr mich testen, junger Mann? Werde ich angeklagt? Wer misstraut mir?«

»Niemand misstraut Euch. Es ist eher so, dass Ihr mir als kluge Frau empfohlen wurdet. Meinem Meister wurde daraus ein Sud gekocht. Er hatte einen Schwächeanfall. Wir sind auf der Durchreise.«

»Oder auf der Flucht. Euer Meister muss schlimme Feinde haben. Zwei davon können bereits tödlich sein, je nach Verfassung oder Körpergröße.«

Pius ließ sich ungefragt auf dem einzigen Stuhl im Raum nieder. Die Angst holte ihn erneut ein. Wie knapp hatte er Bruder Klaus davon abhalten können, den Tee zu trinken.

»Wo bekommt man so etwas hier vor Ort?«, fragte er. Im Schein der Kerze glaubte er, diese Blüten schon einmal gesehen zu haben, war sich aber nicht sicher.

»Ein guter Apotheker führt das. Es wächst an mageren Halden im Wald. Nur wenige Menschen wissen von der Heilkraft bei Herzschwäche. Wieso kommt Ihr zu mir, Bruder? Es gibt eine kräuterkundige Nonne im Stift.«

»Man hat sie tot aus dem Rhein gefischt.«

»Tot? Das hört sich nicht gut an. Erzählt!«

Pius hatte die Neugier der Frau geweckt. Sie würde ihm sicherlich helfen, die falsche Krankenschwester ausfindig zu machen. Er fasste Vertrauen zu der klugen alten Frau.

Wenig später verließen ein junger Student und eine alte Hebamme die Gasse. Die Diebe, Bettler und Huren zollten Cordula Respekt und machten die Gasse frei. Niemand wagte, sie anzubetteln oder anzupöbeln. Sie wurden gegrüßt und mit Segenswünschen ausgestattet. Eine Heilige unter dem niedrigen Volk. Pius staunte.

Ihr Weg führte zurück über die Brücke. Die Wächter grüßten freundlich, keiner wagte einen zweideutigen Kommentar. Sie gingen zur Herberge, dorthin, wo die falsche Schwester nach Pius' Überzeugung im Stall verschwunden war.

In Begleitung des alten, resoluten Weibes fühlte er sich seltsam beschützt. Zielsicher trat sie in den Schankraum, der, mit Heu und Stroh ausgestreut, als billiger Schlafraum diente. Müde Gesichter blickten auf oder raunten ihren Unmut ob der nächtlichen Störung. Cordula stieg über die schnarchenden Leiber geradewegs in die Küche, wo ein schmutziger Wirt die Essensreste zu einer Suppe verwässerte.

»Linus, hast du eine Benediktinerin beherbergt?«

Der speckige Mann lachte laut auf.

»Solch edle Damen verkehren nicht in meiner armseligen Herberge. Hier nächtigen nur die Ärmsten unter den Reisenden. Ein Mönch hat sein Pferd untergestellt. Füttern und tränken lassen. Doch der ist längst weg.«

»Ein Bettelmönch?«, hakte Pius einer Eingebung folgend nach. Er wusste plötzlich, warum ihm die Nonne so bekannt vorgekommen war. Der Bettelmönch und die Nonne, es war dasselbe Gesicht. Er hatte es nur einen kurzen Augenblick gesehen, aber es hatte ihm Angst eingejagt. Jetzt überkam ihn wieder jenes Gefühl von Todesahnung, das ihn in der Schlosskammer beim Eintritt der Krankenschwester schon einmal beschlichen hatte.

»Ein Bettelmönch mit einem Pferd?«, rief Cordula belustigt, weil sie glaubte, der Junge spaße. Sie sah jedoch an Pius' blass gewordenem Gesicht, dass ihm nicht nach Spaß zumute war.

»Wer war er, und von wo kam er? Hatte das Pferd ein Brandzeichen?«, fragte Pius aufgeregt. Die Teile fügten sich allmählich zu einem Bild.

»Ich pflege nicht, nach dem Woher und Wohin zu fragen, wenn einer bezahlt. Ich hab das Pferd nicht untersucht«, erwiderte der Wirt abweisend, da er sich angeklagt glaubte.

»War er der Mörder?«, fragte Cordula und schlug die Hand vor den Mund, als habe sie den Namen des Leibhaftigen ausgesprochen.

»Ich glaube, ja«, antwortete Pius.

***

»Marie!« Franziska kam keuchend in die Aschenhütte gestürmt. Sie fiel Marie unvermittelt um den Hals, als sie sie erblickte. »Bitte sag, dass das nicht wahr ist. Das kannst du nicht machen. Was soll aus uns werden?«

»Was soll nicht wahr sein? Was kann ich nicht machen? Was ist los? Sag mal, spinnst du?« Marie befreite sich aus der heftigen Umarmung.

»Vater ist weggeritten. Es wäre so weit, du würdest heiraten! Hat er gesagt.«

»Heiraten?« Marie glaubte, sich verhört zu haben. »Wen?«

»Das wollte ich dich fragen.«

»Ich weiß von nichts«, gab Marie wütend zurück, denn sie traute ihrem Vater solch heimliche Machenschaften durchaus zu.

Theis schlich verlegen aus seiner Kammer und machte ein

betretenes Gesicht. Er kratzte sich hinter dem Ohr, dann rückte er mit der Sprache raus.

»Marie, ich glaube, dein Vater macht Ernst. Gestern in der Schänke. Der Dubel hat geplaudert.«

»Das musst du mir erklären. Was hat Justus damit zu tun?«, fragte Marie aufgebracht.

»Ich dachte immer, der ist zu blöd, aber er hat wohl ein Gespräch zwischen Bruder Stephanus und Abt Augustinus belauscht«, erklärte Theis. »Es ging um die Vergabe der Brennrechte. Das Gute: Augustinus hat zugestimmt, aber erst, wenn du das Alter von fünfundzwanzig Jahren erreicht hast oder im heiligen Stand der Ehe bist. Dein jetziger Stand gilt als geschäftsunfähig.«

Marie setzte sich. Jetzt war ihr alles klar. Drei Jahre, nur noch knappe drei Jahre, und sie wäre vor dem Gesetz vertragsfähig. So lange hätte sie mühelos unter dem Schutz des Onkels als Helferin arbeiten können, danach wäre sie dank der Urkunde Inhaberin der Brennrechte gewesen – und niemand, auch nicht ihr Vater, hätte noch Macht über sie gehabt.

Das duldete der Glasvogt nicht, eine Frau als gleichberechtigte Partnerin in der Hierarchie der Glashütte. Auch nicht, wenn es die eigene Tochter war. Zumal er wusste, dass sie sich nicht scheute, ihm die Stirn zu bieten. Er war nicht der Mann, der sich von einem Weibsbild auf der Nase herumtanzen ließ. Er war der Vogt!

»Mein Vater will verhindern, dass ich eine eigene Aschenhütte betreibe. Er hat Angst, die Kontrolle über mich zu verlieren. Also wird er versuchen, einen Mann zu finden, der ihm hörig ist. Wohin könnte er geritten sein?« Marie sah ihre jüngere Schwester eindringlich an.

»Er ist Richtung Althütte«, sagte Franziska verängstigt. »Er wird doch nicht den Kohle-Hans meinen? Marie, das darfst du nicht. Er würde dem Jakob wehtun.«

»Keine Angst«, erwiderte Marie beruhigend. »Der Kohle-Hans kriegt mich nicht. Und sonst auch keiner. Ich suche mir meinen Mann selbst aus, wenn ich das will.«

»Dann kann ich nur hoffen, dass du das nächste Mal ein glücklicheres Händchen hast«, bemerkte Theis. »Auf die Dauer kannst du dich nicht gegen alle wehren.«

»Theis! Auf wessen Seite stehst du?«, fragte Marie empört.

»Auf deiner. Doch überleg selbst einmal, noch bist du meine Angestellte, aber wenn ich nicht mehr bin, wird man dich zerreißen. Es ist auch nicht gut, wenn ein junges Mädchen allein bleibt. Dein Herz wird sich unter den Anfeindungen verhärten. Ich will dir keine Vorschriften machen, aber es würde mich freuen, wenn du mich im gegebenen Fall zu Rate ziehst.«

»Es gibt keinen Anlass dazu.«

»So?«

»Ja! Was fragst du so blöd?«

»Du warst gestern den ganzen Nachmittag verschwunden. Es geht mich nichts an, ich bin ja nur dein Onkel. Du warst, wie soll ich sagen, freudig aufgekratzt? Ich weiß nicht, wer dieser Schatzhauser sein soll. Aber nimm dich in Acht, dein Ruf steht auf dem Spiel.«

»Was willst du mir damit sagen? Trägst du mir noch immer nach, dass ich dich nicht über alle Ausflüge in Kenntnis setze?«, fauchte Marie. Waren jetzt alle gegen sie?

»Damit kann ich leben, aber man versucht, dir etwas anzuhängen.«

»Wer? Sprich endlich und rede nicht um den heißen Brei herum.«

»Thomas hat eine Bemerkung fallen lassen, dass du bei der Ausstellung der Urkunde etwas nachgeholfen haben könntest«, antwortete Theis und blickte sie vielsagend an.

»Und wie soll ich das bitteschön gemacht haben? Ich kann ja nicht mal schreiben und lesen«, gab Marie wütend zurück.

»Frauen haben da andere Möglichkeiten. Zumindest in der Phantasie mancher Männer«, sagte Theis scheinbar gelassen, doch konnte er sich ein Grinsen ob ihrer Begriffsstutzigkeit nicht verkneifen.

Marie holte tief Luft, daher wehte also der Wind.

Die Tür wurde aufgestoßen, und der Dubel polterte herein. Im falschen Moment. Doch dafür hatte er kein Gespür. Ihn plagte nur ein Gefühl, und das hieß: »Hunger!«

»Du wagst es?«, brüllte Marie und hob die Rechte.

»Halt! Er kann doch nichts dafür …« Theis hielt ihre Hand fest. »Er wollte sich doch nur einen lustigen Abend machen.«

»Jetzt Hunger«, bekundete der Dubel sein Begehr.

»Justus, du bist unmöglich«, mischte sich Franziska ein. »Marie hat ganz andere Sorgen, der Vogt will sie verheiraten, und du schreist nach Essen.«

Der Dubel stand reglos da. Bekam er nun ein Frühstück oder nicht? Um was ging es hier eigentlich? Suchte Marie einen Mann? Das sollte doch kein Problem sein.

»Justus heiratet dich!«, platzte er heraus, als wären damit alle Sorgen gelöst.

»Au ja!« Niemand hatte Jakob bemerkt, der sich leise hereingeschlichen hatte. »Wenn mein richtiger Vater mich schon nicht will.«

»Mach, dass du verschwindest, du Depp!« Marie packte den verdutzten Justus am Kragen und schob ihn vor die Tür. Dann drehte sie sich um und tat, was sie noch nie gemacht hatte: Sie gab Jakob eine Ohrfeige. »Sag das nie wieder, hast du gehört?«

Jakobs Augen weiteten sich vor Entsetzen, er verstand die Welt nicht mehr. Seine Mutter hatte ihn geschlagen. Er drehte sich wortlos um und rannte aus der Tür.

»Franziska«, rief Theis dem Mädchen zu, »kümmere dich um Jakob!« Dann nahm er die weinende Marie in die Arme. »Marie … Ich bin nur ein alter Mann, aber ich verspreche dir, ich schließe erst meine Augen, wenn ich weiß, dass du in guten Händen bist.«

»Danke, Theis«, sagte Marie kleinlaut und zog hörbar die Nase hoch, trotzdem rollten ihr die Tränen über die Wangen.

***

Pater Franz blickte streng hinter seinen runden Augengläsern auf, als er die letzten Worte Pius' vernommen hatte. Eine Kerze erhellte nicht nur den Raum, sie spiegelte sich auch geisterhaft in den Sehhilfen des Gottesmannes, als entflammten sie seine Augen.

Pius fragte sich, ob dies ein göttliches Zeichen war oder ob er dem Pater ebenfalls misstrauen sollte. Er verwarf seine wirren Gedanken, die Müdigkeit narrte ihn schon mit Trugbildern. Der Geistliche war ein Freund von Bruder Klaus.

Sein Mentor lag flach atmend auf dem Bett und hielt die Augen geschlossen. Pius sah, dass er nicht schlief. Seine Augenfalten zuckten. Bruder Klaus verfolgte das Gespräch. Sein Antlitz hob sich farblich kaum von der Wand oder dem Laken ab. Wie lange mochte er noch durchhalten? Die Aufregungen der letzten Stunden trugen mit Sicherheit nicht zu seiner Genesung bei. Sein Zustand hatte sich zunehmend verschlechtert.

Ein bedrückendes Schweigen hing im Raum. Der Mond war über dem Rhein aufgegangen, ein trügerischer Friede lag über Säckingen.

»Ich werde Abt Augustinus von den Vorkommnissen in Kenntnis setzen«, durchbrach der Pater die Stille. »So lange steht Ihr unter meinem Schutz. Was Eure Herzschwäche angeht, mein lieber Klaus, so werde ich persönlich bei der Äbtissin vorsprechen und um Hilfe bitten. Heute Abend noch.« Mit einem strafenden Seitenblick zu Pius fuhr er fort: »Ich vertraue den Kräuterweibern im Hurenviertel nicht. Darum werde ich veranlassen, dass hier niemand mehr ein noch aus geht.«

Pius wollte etwas einwenden, doch Pater Franz hob seine Hand, die Demut und Schweigen gebot. Schließlich verließ er den Raum.

»Ich weiß, was du sagen willst, Pius«, sagte Bruder Klaus mit brüchiger Stimme. »Ich danke dir für deinen Ungehorsam. Du hast mir das Leben vorläufig gerettet, dabei wäre es meine Aufgabe gewesen, dich unversehrt in dein Exil zu bringen.«

»Und jetzt?«, fragte Pius.

»Harren wir der Dinge und Anweisungen aus St. Blasien. Falls ich sie noch erlebe. Andernfalls nimm meine Tasche an dich. Du findest darin ein Schreiben des Abts und eine Landkarte. Dein Bestimmungsort ist eingekreist. Sprich mit niemandem darüber. Hast du verstanden?«

»Redet keinen Unsinn, Ihr werdet wieder gesund.«

»Versprich es.«

»Ja, versprochen.«

»Gut. Erzähl, was willst du noch wissen?«

»Überlegt bitte, wer uns schaden will. Ihr habt sie auch gesehen, kam sie Euch nicht bekannt vor? Wer war diese Frau, die da reitet wie ein Teufel und sich als Bettelmönch verkleidet? Bruder Klaus, ich bitte Euch, überlegt. Gab es jemanden, vielleicht in der Vergangenheit, der einen Grund haben könnte, zu morden?«

»Ich zermartere mir schon seit Tagen den Kopf. Du hast recht, diese Stimme.«

»Habt Ihr sie schon einmal gehört?«

»Ich kann mich nicht mehr richtig erinnern.«

»Aber es ist möglich.«

»Es ist möglich, ja.«

»Und was noch?«

»Ihre Augen …« Bruder Klaus hatte den letzten Satz nur noch gehaucht, dann schlief er ein.

Pius hörte, dass seine Atemzüge tiefer wurden. Sollte er ihn wecken und fragen, was er damit gemeint hatte? Er beschloss, ihm etwas Ruhe zu gönnen, blies die Kerze aus und legte sich auf sein Bett.

Das Mondlicht warf die Schatten der Fenstersprossen an die gegenüberliegende kahle Wand. Pius studierte die Muster, die die Butzenscheiben bildeten. Das Glas war weiß, aber ungleich in der Stärke, mundgeblasenes Rundglas. Jede Scheibe warf in der Mitte des Schattenbildes einen helleren Punkt auf das Mauerwerk, da sie dort dicker war und die fahlen Strahlen des Erdtrabanten gebündelt brach. Ein kühler Windstoß erfrischte die Kammer und stieß das angelehnte Fenster einen Spalt auf. Nun lagen die schimmernden Punkte länglich verzerrt an der Wand. Allmählich fielen auch Pius die Augen zu.

Er konnte nicht sagen, was ihn geweckt hatte, aber mit einem Mal war Pius wieder hellwach. Er lauschte in die Dunkelheit. Der Mond war ein Stück gewandert, das Scheibenmuster lag jetzt halb auf der Tür und halb auf dem Holzboden.

Pius konnte das sanfte Plätschern des Flusses hören, einen Straßenkater, die Atemzüge seines Mentors. Da, sie setzten aus, für einige Augenblicke nur, dann atmete er weiter. War es das gewesen, was ihn geweckt hatte? Pius lauschte angestrengt. Irgendwann schläferte ihn der Rhythmus der leisen nächtlichen Geräusche wieder ein.

Bruder Klaus hatte es immer gewusst. Nun kam sie als Engel verkleidet auf ihn zu. Sie schwebte. Ihr Gesicht verzog sich zu einer Fratze, er sah ihre eisigen Augen. Dann griff sie ihm an die Gurgel. »Du hast es getötet, mein Kind.« Ihr kalter Atem traf ihn wie die Schneide eines Messers.

Bruder Klaus röchelte, er sah sich um. Pius. Er musste wenigstens dieses Kind retten. Pius!, rief er, doch seine Lippen blieben stumm. Sie gehorchten ihm nicht.

Dann war er verschwunden. Der Racheengel. Vor ihm nur der Abgrund, tief unten hörte er das Rauschen des Flusses. Die Felsnase war leer. Das Kind weg. Hatte es der alte Schwede geraubt? Er beugte sich über den Abgrund, sah nichts, schließlich verlor er das Gleichgewicht und fiel. Die Schlucht kam rasant näher, Steine, Felsen, Dunkelheit.

Es war seltsam still, als Pius erwachte. Er rührte sich nicht. Wo war er? Der Rhein, er hörte ihn fließen, wie schon in der Nacht. Der Morgen graute, ein leichter Windhauch bewegte den Vorhang.

War es die Stille der frühen Morgenstunde, die Zeit vor dem Erwachen der Natur? Nein, etwas fehlte. Pius lauschte angestrengt. Nichts.

Bruder Klaus atmete nicht mehr.

***

Waldemar erreichte den Rhein, als die Sonne schon hoch über ihm stand. Er war noch vor Tagesbeginn aufgebrochen, gleich nach dem morgendlichen Stundengebet, das er von seinem Schlafplatz auf der Empore aus mitverfolgt hatte. Die Meisterin selbst sah er nicht mehr, dafür lag ein Essenspaket für ihn bereit.

Der Stallbursche schnappte es wie ein wildes Tier und wagte erst, sich daran zu laben, als er außer Reichweite des Klosters war.

Das Gemäuer zu Berau schien kein Ort der Liebe und Eintracht zu sein. Es strahlte etwas aus, was Waldemar nicht beschreiben konnte. Er konnte zwar keine direkte Bedrohung spüren, aber da war etwas Ungutes. Heimlichkeiten und Missgunst. Vielleicht standen die Novizenmeisterin und die Priorin unter der strengen Regie dieser Adligen, die sich der Loyalität des Abts sicher sein musste. War es das?

Waldemar fühlte sich mit jedem Zoll, den er zwischen sich und Berau brachte, besser. Das Hochplateau lag weit hinter ihm, als er allmählich das Gefühl hatte, die Natur erwache zum Leben und er mit ihr. Der Weg war gut einsehbar, die Vögel begleiteten ihn mit ihrem Gezwitscher, die feuchte Erde dampfte im ersten Morgenlicht.

Die Sonne ging auf, als das Gelände bereits wieder flacher wurde. Es roch in den Niederungen nach frisch gemähtem Gras und getrocknetem Heu. Waldemar hielt sich trotzdem von den Gehöften fern. Man war in der Einöde fremden Wanderern gegenüber misstrauisch.

Ein mulmiges Gefühl stellte sich erst wieder ein, als er zu der Stelle kam, wo der Fährmann seine Dienste anbot. Das Floß kam gerade auf ihn zu. Zwei Händler standen auf den Planken. Der Fährmann zog sie am Seil über den Rhein, sie kamen ihm entgegen.

Als nur noch wenige Schritte fehlten, verengten sich die Augen des Mannes. Er hatte Waldemar wiedererkannt.

»Ich bin müde. Es geht nicht zurück«, war seine kühle Begrüßung, als die Männer ihn entlohnt hatten.

»Ich kann ziehen«, bot Waldemar sich an.

»Das ist zu wenig, du hast mich eine extra Überquerung gekostet.«

»Ich habe bezahlt.«

»Ein Stück Käse für zwei Überquerungen. Ich musste mit dem Kahn rüber, um das Floß zu holen.«

»Ich ziehe, und Ihr bekommt noch eine Rauchwurst«, verhandelte Waldemar und zog eine der beiden Würste aus dem Proviantbeutel der Novizenmeisterin. Waldemar hatte nicht alles aufgegessen, an den Fährmann und seinen Lohn gedacht.

»Eine Entschuldigung würde dir auch nicht schlecht stehen,

schließlich hast du mich bestohlen«, brummte der Mann, dem schon sichtlich das Wasser im Munde zusammenlief.

»Ausgeliehen, ich war in Not, verzeiht«, beschwichtigte Waldemar.

Endlich kam Bewegung in den Säufer. Er bat Waldemar an Bord.

Waldemar fiel ein, dass er noch ein Boot brauchte. Es dem Fährmann abzuhandeln, würde ihm vermutlich nicht gelingen. Er hatte keinen Gegenwert. Das Kloster besaß mehrere Fischerboote, sie lagen an der Anlegestelle der Aare in Klingnau. Vielleicht war es ihm möglich, bei Dunkelheit eines zu entwenden, es war schließlich ein Notfall. Außerdem musste er noch Proviant für seine Reise ins Ungewisse besorgen. Mehrere Tage, hatte die Novizenmeisterin angenommen.

In Klingnau angekommen, schlich Waldemar sich wie ein räudiger Hund in den Pferdestall an seine Arbeit. Er hoffte, seinem Vorgesetzten nicht zu begegnen. Doch im selben Moment wusste er, dass es bereits zu spät war, um sich in eine Ecke zu verdrücken. Mit hocherhobenen Händen stürmte der Mann auf ihn zu. »Du elender Hurensohn!« Ehe Waldemar sich versah, zog ihm der Stallmeister die Peitsche empfindlich über den Rücken.

»Du brauchst gar nicht erst versuchen, dich zu rechtfertigen, ich weiß, dass du bei der Alten des Fährmanns warst. Man hat dich gesehen, wie du in die Hütte gingst. Dein Arbeitsplatz ist ein klösterlicher Pferdestall! Hier herrschen Zucht und Ordnung und Pünktlichkeit. Bist du von Sinnen, bei der alten Kachel? Du hättest wahrlich etwas Besseres bekommen können, wenn es dich schon in den Lenden juckt! Jeder einigermaßen vernünftige Mann meidet die Säuferhütte. Dort holst du dir die Pest oder die französische Krankheit.«

»Ich … hab nicht«, stammelte Waldemar und spürte, dass er vor Scham rot wurde. Er hatte von der französischen Krankheit gehört. Eine peinliche Krankheit. Man bekam Eiterfurunkel, erst an den empfindlichen Körperteilen, dann am ganzen Leib. Man sollte auch blöde werden und schließlich daran sterben.

Eine Strafe Gottes für das lasterhafte Leben. Wer der Krankheit verfallen war, war folglich auch ein schlechter Mensch.

»Ruhe, ich will es nicht wissen. Du begleitest den Handelszug nach Würenlingen und an den Zürichsee. Da kannst du zur Vernunft kommen. Die Händler können einen starken jungen Burschen brauchen, der ihnen die Weinfässer herumwuchtet. Packe, du kannst gleich mit.«

»Aber …« Waldemar konnte unmöglich in die entgegengesetzte Richtung reisen. Die Landkarte brannte unter seinem Hemd, als riefe ihn Pius persönlich um Hilfe.

»Kein Aber, du stehst unter meiner Führung. Ich werde den Zug leiten. Amen.«

Würenlingen, Zürichsee, wenn sie gut vorankamen, konnte er in einer Woche wieder zurück sein. Pius stand unter dem Schutz des Bruders Klaus. Vermutlich waren sie schon in der Propstei und er machte sich unnötig Sorgen.

Während Waldemar noch überlegte, mahnte ihn der Stallmeister, sich zu beeilen. Die Pferde waren bereits eingespannt, der Weinwagen stand samt Fässern bereit. Normalerweise hätte Waldemar sich solch einen Handelszug nicht entgehen lassen, wäre da nicht das Gefühl gewesen, Pius im Stich zu lassen. Sollte er eines Gefühls wegen seine Stellung riskieren? Der Abt selbst hatte sich doch darum gekümmert, dass Pius in gute Hände kam.

Er entschied sich für den Gehorsam und seine Pflicht dem Stallmeister gegenüber. Waldemar war schließlich kein Waschweib, das sich von Stimmen im Inneren blenden ließ.

***

Justus schmollte. Man hatte ihn aus der Hütte gejagt. *Sie* hatte ihn aus der Hütte gejagt. Die junge Aschenbrennerin war ein Biest, ein Ripp, wie die alten Weiber sagen würden. Dabei war sie so hübsch und hatte einen solch hübschen Jungen. Einen, den er gern den ganzen Tag um sich haben würde. Jakob war so fröhlich, so verständnisvoll. Es gab nie ein böses Wort für ihn, den Dubel. Ein Freund eben.

Mit knurrendem Magen lief Justus den Weg entlang, der zum

Talausgang und der Windbergschlucht führte. Auf seinen Bruder und dessen Beschimpfungen hatte er nach wie vor keine Lust. Beim Abzweig nach Althütte blieb er stehen. Hier hoch war der Glasvogt geritten. Sein Blick fiel auf die ersten reifen Heidelbeeren, die am Wegrand blau unter dem hellgrünen Blattwerk hervorleuchteten. Ein paar süße Blaubeeren waren besser als nichts.

Justus setzte sich ins feuchte Gras, die Sonne hatte diesen Flecken Erde noch nicht erreicht, und ließ sich die Beeren munden.

Er war nicht unbeobachtet geblieben. Es gab noch jemanden, der auf Marie wütend war: Jakob. Er trottete den Berg hinunter, den er vor Wut blindlings hochgerannt war, um Franziska abzuschütteln, die sich wie eine Ersatzmutter gebärdete. Er mochte das nicht, zumindest heute nicht.

Im Wald, oder dem, was davon noch übrig war, blieb er stehen und überlegte. Seine Mutter liebte ihn nicht mehr, sicherlich ging es jetzt auch nicht mehr lange, bis seine neuen Freunde, die Dorfkinder, ihn wieder auslachten. Jakob, der Drachentöter. Wer glaubte schon daran?

»Hallo, Justus.«

»Hallo, Jakob, auch Beeren? Sind süß.«

»Hab keinen Hunger.«

»Iss, wir jagen Glasvogt.«

»Was?«

»Glasvogt sucht Vater für dich«, verkündete er dem Buben und deutete den Berg hoch, »da!«

»Meinen Vater?« Jakobs Augen begannen zu leuchten. Aber nur kurz, dann fiel ihm wieder ein, was der Schatzhauser über die Galeeren gesagt hatte.

»Weiß nicht. Mann für Marie. Böses Weib. Braucht Mann.«

»Meine Mutter ist kein böses Weib.«

»Iss!« Justus bot ihm eine Handvoll Beeren.

»Du bist ganz blau im Gesicht«, stellte Jakob fest.

Justus streckte ihm die Zunge heraus, auch die war dunkelblau.

Jakob aß die Beeren, dann streckte auch er ihm die Zunge heraus: »Bäh!«

Die beiden mussten lachen, stopften sich den Mund voll und beschlossen, nach Althütte zu pilgern.

Auf der Höhe angekommen, sahen sie, wie der Glasvogt die Hütte der Hebamme verließ. Er ritt weiter Richtung Blasiwald-Eisenbreche.

Sie warteten hinter der alten Eiche, bis er außer Sichtweite war.

»Komm.« Justus stieß Jakob an. Dann liefen sie zur Hütte der Kräuterfrau, die gerade das Haus verließ und ihren Garten ansteuerte. Als sie die beiden kommen sah, stieß sie einen Schrei aus. Doch sie fing sich schnell wieder, legte ihre Hand auf die Brust und rief: »Mein Gott, habt ihr mich erschreckt. Ihr seht aus wie Heidelbeergeister. Bist du nicht der kleine Jakob? Dein Großvater war gerade hier. Und du kannst nur der Dubel sein.«

Justus zog seinen imaginären Hut, wie er es gern tat, wenn man ihn nach seinem Namen fragte. »Justus Bettelmönch, hat Hunger. Jakob auch.«

»Ihr seid mir so zwei Gesellen, na dann, kommt rein. Vielleicht habe ich noch etwas für zwei Heidelbeergeister wie euch.«

Sie gingen in das Haus der Hebamme.

»Dein Großvater sucht einen Vater für dich. Er hat mich gefragt, wie es bei den Glasern drüben am See bei Grünwald aussieht. Eine Hebamme weiß immer, wo eine Mutter oder ein Vater gebraucht wird. Dort ist zwar eine andere Geburtshelferin zuständig, aber die Leute reden viel in den langen Stunden, bis ein Kindlein kommt. Ich habe ihn zu Georg geschickt, dem Bruder von Thomas, einem eurer Glasermeister. Er hat drei Kinder, denen die Mutter gestorben ist. Er wäre eine gute Partie. Er ist auch Glasmacher, und du hättest gleich drei neue Geschwister. Was sagst du dazu?«

»Weiß nicht«, erwiderte Jakob unsicher.

»Wart mal ab. Er zieht mit seinen Kindern auch nach Äule. Deine Mutter kann froh sein, einen solchen Vater für dich zu bekommen. Und einen Ehemann, der ihr bei der schweren Arbeit beisteht.«

»Sie hat Theis und mich.«

Die Hebamme lächelte milde und schob den beiden hungrigen Mäulern Haferbrei zu.

Kapitel 11

Auf das Schlimmste gefasst, trat Pius an das Bett seines Mentors. Bruder Klaus' Augen waren unverschlossen, aber trüb. Sein Blick schien in die Weite gerichtet. Das Gesicht wirkte angespannt, der Mund war geöffnet, als habe er etwas Schreckliches gesehen oder etwas sagen wollen. Mit welchen Gedanken er wohl gestorben war? Vermutlich waren es keine friedlichen.

Pius bekreuzigte sich, ehe er Bruder Klaus die Augen schloss. Er wusste, dass man Toten das Kinn nach oben band, damit beim Eintritt der Leichenstarre der Gesichtsausdruck friedlicher wirkte. Er nahm ein Tuch und tat seine Pflicht, legte ihm dann den Kreuzanhänger sichtbar auf die Brust und faltete seine Hände wie zum Gebet, dabei liefen ihm die Tränen über die Wangen. Pius hatte einen wahren Freund und Vaterersatz verloren. Nun war er auf sich allein gestellt.

Er setzte sich an die Bettkante und strich seinem toten Lehrer liebevoll über die Wangen und den Bart, dann versank er im Gebet. So fühlte er sich ihm nochmals ganz nah. Schließlich zog er die Nase hoch und wischte sich mit dem Ärmel über das tränennasse Gesicht.

Sollte er jetzt nicht Pater Franz wecken lassen? Die Worte seines Beschützers vom Abend zuvor fielen ihm wieder ein. »Harren wir der Dinge aus St. Blasien, andernfalls …« Dies war der andere Fall.

Das Schreiben und die Landkarte fielen ihm ein, sie sollten über seinen Bestimmungsort Auskunft geben. Zu finden in Bruder Klaus' Tasche. Pius solle sie an sich nehmen und Stillschweigen bewahren. Waren das nicht seine Worte gewesen?

Pius' erster Impuls war es, zu flüchten, zurück nach Klingnau, seine leibliche Mutter zu suchen. Doch die Vernunft siegte schließlich. Er hätte flussaufwärts rudern oder den Landweg wählen müssen. Beides war unmöglich.

Pius fühlte sich von Bruder Klaus beobachtet, als er nach dessen Tasche griff. Seine Augen waren zwar geschlossen, sein

Ausdruck starr, dennoch, er hatte das Gefühl, von ihm beäugt zu werden. Irgendwo im Raum. War das seine Seele?

Pius blickte zur Decke, wo er das Geistwesen vermutete, und nickte ihm sicherheitshalber freundlich zu. So, als wolle er dessen Zustimmung einholen. Der Weg zum Himmel ging senkrecht, und die Seele des Bruders Klaus würde keine Umwege machen, sich vielleicht nochmals nach seinem Schützling umsehen, bevor sie durch das Deckengewölbe entschwebte.

Pius fand die Landkarte, merkte sich den Ort Bürgeln und ließ sie unter seiner Kutte verschwinden. Es war damit zu rechnen, dass bald jemand ins Zimmer kam, die ersten Küchengeräusche waren schon zu vernehmen, auch der leicht süßliche Duft nach Haferbrei zog durchs Haus.

Das Schreiben nahm er ebenfalls an sich und setzte sich mit dem Rücken zur Tür. So konnte eine eintretende Person nicht gleich sehen, was er las. Ihm würde noch Zeit bleiben, das Papier verschwinden zu lassen. Wie er weiter verfahren sollte, wusste er noch nicht.

Gespannt richtete er seinen Blick auf die Zeilen.

Mein lieber Freund Eberhardt,
mit Hilfe meines Freundes Klaus vertraue ich Euch ein wertvolles Leben an: Pius, meinen Sohn. Ihr wisst von den Gefahren damals, sie sind nicht gebannt, im Gegenteil. Beschützt ihn, bis die Gefahr vorüber ist und ich ihn persönlich abhole.
Euer Freund Simon Eusebius aus alten Tagen

Simon Eusebius, das war der Geburtsname Augustinus'. Der Schreiber, wie Pius jetzt wusste, der Abt, nannte weder Stand noch Namen. Befürchtete er, dass der Brief in falsche Hände kommen könnte? Dieser Eberhardt schien eingeweiht zu sein.

Pius wusste mit einem Mal, was er zu tun hatte. Er nahm die Tasche, deren weiteren Inhalt er noch nicht erforscht hatte, und schlich sich in die Küche. Die Zeit drängte.

Ein schüchternes Lächeln huschte über das Gesicht der Magd Friedlinde, als sie ihn erblickte. »Ihr seid schon wach?«

»Ich habe Hunger und will Bruder Klaus nicht stören, er

schläft noch. Hast du mir etwas zu essen? Ich nehme gern auch seine Portion mit.«

Pius ließ seinen Blick schweifen. Was könnte er für seine Flucht noch gebrauchen? Sein Augenmerk blieb am Fenster zum Innenhof hängen, die Wäscheleine war bestückt: Leinentücher, eine Hose und zwei Kittel, wie sie die Fischer trugen.

Während Friedlinde das Essen auf ein Tablett stellte, drückte Pius sich durch die halb offene Tür in den Innenhof und murmelte etwas von Erleichterung und dem Aufsuchen des Abtritts. Blitzschnell verschwanden die Kleidungsstücke unter seiner Kutte. Er hob die Hände wie zum Gebet gefaltet vor seinen unförmig wirkenden Bauch, als er wieder in die Küche trat, nahm dankend das Tablett entgegen und verkündete, im Garten speisen zu wollen.

Das Mädchen nickte verlegen und wandte sich anderen Aufgaben zu.

Pius verschlang den Brei und ließ die festeren Lebensmittel in der Tasche verschwinden, dann schlich er erneut zum Abtritt.

Wenig später schlenderte ein Fischerjunge vom Örtchen der Erleichterung dem Diebesturm entgegen. Unweit der Anlegestelle hing ein übrig gebliebenes Fischernetz über den Trockenstangen, das er mitnahm. Die Fischer waren sicherlich schon alle auf dem Rhein draußen.

»Hast wohl verschlafen, Max, was?«, rief ihm ein Turmwächter von Weitem zu, als er den Kahn holte, den er zusammen mit Klaus im Schilf verwahrt hatte.

Pius hob die Hand zum Gruß und winkte ab, als habe der Rufer richtig geraten.

Schallendes Gelächter war die Antwort.

***

Die Klostervorsteherin Magdalena Tröndlin von Greiffenegg glitt vom Pferd und überließ es dem Stallburschen. Sie strich ihr Gewand glatt, es ritt sich nicht gut im Habit, darum hatte sie unter dem Überwurf eine Naht aufgetrennt, um mehr Beinfreiheit zu haben. Einen Damensattel, wie ihn die Frauen aus den edlen Kreisen bevorzugten, fand sie ebenso hinderlich wie diese Kutte. Eine schräge Sitzweise ließ kein Tempo zu – und gerade das liebte sie am Reiten.

Sie war die morgendlichen Ausritte von Kindheit an gewohnt. Ein Privileg, das sie sich ausbedungen hatte, ehe sie ins Kloster eintrat. Sie durfte früher ihren Vater oft auf die Jagd begleiten. Abt Augustinus konnte es ihr nicht verbieten, er brauchte die Loyalität ihres Vaters.

Normalerweise war sie immer pünktlich zur Morgenandacht im Kloster, doch heute hatte das Pferd mehrfach ohne ersichtlichen Grund gescheut. Sie war deshalb in Eile und achtete nicht auf den Weg. Beinahe wäre sie über ein paar Schuhe im Kreuzgang gestolpert.

Frau von Greiffenegg, im Kloster nur Mutter Magdalena genannt, obwohl einige der Mitschwestern altersmäßig ihre Mutter hätten sein können, betrachtete die Schuhe. Hier hatte jemand eindeutig nicht gehört werden wollen, vermutlich waren die Novizinnen wieder heimlich in fremde Betten geschlichen. Diesem Treiben, ob lasterhaft oder freundschaftlich, musste ein Ende gesetzt werden.

Sie bückte sich und hob das Paar auf. Die Sünderin würde sie bald haben. Jede Schwester besaß nur ein paar Schuhe und lediglich ein Wechselgewand. Ausdruck der neuen Askese.

Die Nonnen befanden sich bereits im Refektorium, als sie eintrat. Das verbotene Flüstern erstarb augenblicklich. Magdalena streifte lediglich ihre Kapuze zurück, dann warf sie die Schuhe auf den Tisch, dass die Suppenschüsseln nur so tanzten.

Fast drei Dutzend entsetzt blickende Augenpaare starrten sie an. Es war so still, dass man das Zwitschern der Mönchs- und Gartengrasmücken vor dem Fenster hören konnte, die sich lautstark im Holunderbusch um die ersten reifen Beeren zankten und sich nicht an das Ruhegebot der Oberin hielten.

»Fenster zu! Dieses Getriller verdreht euch noch die Köpfe. Wer ist heute Nacht wieder heimlich durch die Gänge geschlichen?«

Die Novizinnen sahen sich fragend an. Einige blickten schuldig zu Boden. Ihre Meisterin Gertrud stand langsam auf.

»Das war ich, ehrwürdige Mutter Oberin. Ich habe die Gänge kontrolliert. Entschuldigt bitte.«

»Und da ist Euch nicht aufgefallen, dass Ihr barfuß in der Andacht wart? Ihr wart doch in der Andacht, oder?«

»Ja, das war ich. Doch ich war in Eile und fand die Schuhe nicht gleich.«

»Das verwundert mich doch sehr, seid Ihr im Allgemeinen eine bedachte Schwester. Solche Kopflosigkeit würde ich eher einem jungen Mädchen vermachen.« Magdalena besah sich die Reihen der betreten Blickenden, ehe sie fortfuhr. »Beendet das Morgenmahl, zur allgemeinen Konzentration treffen wir uns zum Rosenkranzgebet in der Kapelle. Und damit Euch solche nächtlichen Ausflüge vergehen, werdet Ihr dazu auf dem Steinboden knien und Buße tun.«

Schweigend folgten die Novizinnen ihr in die Kapelle. Sie selbst nahm auf dem für sie vorgesehenen Stuhl Platz und stimmte das Gebet an.

Meisterin Gertrud blickte verstohlen zu ihr auf. Sie hätte alles verwettet, dass die Oberin selbst die ganze Nacht ausgeblieben war. Nun ließ sie den ganzen Konvent büßen.

Wiltrudis schaute aus dem Fenster ihrer noch immer verschlossenen Zelle, als sie Männerstimmen im Hof vernahm. Es waren der Stallknecht und sein Sohn. Sie glaubte, ihren Augen nicht zu trauen, als diese darangingen, den Holunderbaum umzusägen. Ein Holunderbaum galt von jeher als Schutzbaum vor Krankheit und fehlte an keiner Hofecke. Der Saft seiner Beeren war ein geschätztes Fiebermittel.

Wiltrudis unterdrückte den ersten Impuls, dem Mann zuzurufen und ihn zu fragen, was in ihn gefahren sei. Einen Holunder zu schlagen, war Frevel an der Natur. Sie erfuhr den Grund dieses Vorhabens im selben Moment, denn der Knecht fluchte wie ein Rohrspatz auf die Oberin.

»Eine Schande, sag ich dir, einen heiligen Baum umzusägen, damit die Vögel nicht mehr darauf pfeifen und den Schwestern ein lustiges Leben vorträllern. Die ist doch so vertrocknet, da ist eine Dörrzwetschge noch saftig dagegen.«

Wiltrudis unterdrückte ein Grinsen ob seiner derben Ausdrucksweise, insgeheim gab sie ihm recht. Sie ließ die Männer gewähren, was hätte es genützt? Stattdessen betete sie inständig, dass ihre Botschaft durch Gertrud angekommen war.

Auf eine Antwort wartete sie jedoch vergeblich. Die Tür blieb zu, niemand erinnerte sich an diesem Tage an die eingesperrte Priorin. Erst am nächsten Morgen erhielt Wiltrudis wieder eine Mahlzeit.

»Die frohe Botschaft hat den Suchenden erreicht.« Die Novizin blickte Wiltrudis fragend an. Sie hatte den Sinn der von der Meisterin aufgetragenen Worte nicht begriffen. Gern hätte sie danach gefragt, doch das Schweigegebot hinderte sie daran.

»Richte deiner Meisterin Gertrud meinen Dank aus für die Weisheit ihrer Worte.«

Verwirrt verzog sich das Mädchen wieder, nicht ahnend, dass sie als geheime Botschafterin gedient hatte.

***

Bruder Stephanus hatte nicht beabsichtigt zu lauschen. Der fremde Bote aus Säckingen beharrte jedoch so geheimnisvoll darauf, nur mit dem Abt persönlich sprechen zu wollen, dass er stutzig wurde und nicht anders konnte, als besonders langsam an der Schreibkammer des Abts vorbeizugehen. Was er da vernahm, ließ ihm das Blut in den Adern gefrieren.

Bruder Klaus sei vermutlich vergiftet worden, der Junge flüchtig. Der Junge? Das konnte nur der Sohn seiner Cousine sein. Pius? Der Mörder war hinter dem Jungen her und hatte nun wohl seinen Beschützer aus dem Weg geräumt.

Weiter vernahm Stephanus, dass ein gewisser Pater Franz vom Schloss Schönau bereits alle verfügbaren Männer auf Pius angesetzt habe. Die Suche sei in vollem Gange. Dann wurde es still hinter der Tür. Ein Knarzen des Abtstuhls, ein Geräusch, das Stephanus vertraut war, warnte ihn. Der Abt hatte sich erhoben. Er hörte noch, wie er den Boten entließ.

Eilig lief Stephanus ins Skriptorium, wo er beinahe mit Pater Cajetano zusammenstieß.

»Gemach, gemach, Bruder Stephanus, Ihr seht aus, als sei der Leibhaftige hinter Euch her.«

»Ich bin mir nicht ganz sicher, ob er nicht schon vor mir steht«, gab Stephanus betont giftig zurück und ließ Cajetano fragend stehen. Geschäftig nahm er ein Buch aus dem Regal und blätterte darin.

»Seit wann seid Ihr in der Kunst des Auf-dem-Kopf-Lesens bewandert?« Cajetano deutete auf die Buchseite, die der Sekretarius verkehrt herum hielt, und hob seine Augenbrauen, dabei wippte er erhaben auf den Zehenspitzen.

Die beiden Konkurrenten kamen in ihrem Zankgespräch nicht weiter, weil augenblicklich der Abt im Raum stand.

»Pater Cajetano, Bruder Stephanus, ich habe soeben vom Tod meines einstigen Mentors, Bruder Klaus, erfahren. Ich habe veranlasst, seinen Leichnam in Klingnau zu bestatten. Bis dahin bitte ich um absolutes Stillschweigen um sein Ableben. Es scheint, dass er keines natürlichen Todes gestorben ist. Pater Cajetano, Ihr seid mir dafür verantwortlich, dass keiner der Mönche das Kloster verlässt. Bruder Stephanus, Ihr bringt mir die Kunde von jedem Besucher, der sich im Kloster anmeldet.« Ebenso schnell, wie der Abt erschienen war, verschwand er wieder in seine Schreibstube.

Stephanus eilte zum Fenster und sah gerade noch, wie der berittene Bote, begleitet durch den St. Blasianischen Oberjäger Jos, in den Wäldern verschwand. Richtung Westen. Gleichzeitig spürte er den heißen Atem des Paters in seinem Rücken.

»Stephanus, was wisst Ihr?«, fragte Cajetano und blickte ihm streng in die Augen.

Stephanus hielt dem Blick stand. Wie zwei Platzhirsche standen sich die beiden Männer gegenüber, bereit, ihr Revier zu verteidigen.

»Sollte ich nicht fragen, was Ihr wisst?«, meinte Stephanus schließlich.

»Die Einung der Salpeterer rottet sich zusammen.«

»Cajetano, Ihr wisst so gut wie ich, dass Dogern, der Sitz der rädelsführenden Einung, im Süden liegt.«

Beinahe gleichzeitig griffen sie zur Landkarte. Sie hatte zuvor sowohl Stephanus als auch Cajetano zur Kopievorlage gedient. Der Oberrechner hatte diese Zeichnung im Auftrag des Abts für den wilhelmitischen Boten aus Klingnau anfertigen müssen.

Als die ausgebreitete Karte vor ihnen lag, fielen beider Blicke auf die eingekreiste Propstei Bürgeln, doch keiner ließ sich seine Gedankengänge anmerken. Die eingeschlagene Richtung des Boten und klösterlichen Oberjägers passte. Richtung Westen. Bruder Eberhardt, ein Freund Cajetanos und Augustinus' aus alten Zeiten, lebte dort. Doch dieses Wissen behielt der Oberrechner für sich.

Ohne ihre Geheimnisse dem anderen preiszugeben, konzentrierten sie sich auf ihre jeweilige klösterliche Arbeit. Die Karte lag drohend aufgeschlagen in der Mitte des Schreibtisches.

Cajetano versuchte, sich an Eberhardt zu erinnern, der einst Mönch in St. Blasien gewesen war, bevor er Bürgeln als Verwalter vorstand. Ein enger Freund von Abt Augustinus. Die beiden hatten sich das ein oder andere Mal mit Hugo aus Gurtweil getroffen. Über diese Treffen wurde nur hinter vorgehaltener Hand berichtet. Cajetano war nicht entgangen, dass es dabei auch zügellos zugegangen war. Etwas schien die Freunde zusammengeschweißt zu haben. Ein dunkles Kapitel, Cajetano war lange nicht darauf gekommen.

Gemeinsam mit Bruder Klaus, der Zeuge einer Kindesentführung wurde, war es ihm eines Tages gelungen, die Machenschaften zu durchschauen. Dann geschah der Zwischenfall mit der Teufelsaustreibung. Augustinus hatte ihm gedroht, ihn für den Tod des Mädchens verantwortlich zu machen. Seither galt das Stillschweigen in gegenseitigem Einvernehmen.

***

Franziska lief keuchend den steilen Weg nach Althütte hoch, im letzten Moment hatte sie das Ausreißerduo zwischen den Heidelbeersträuchern entdeckt und war den beiden heimlich gefolgt. Sie sah gerade noch, wie sie im Haus der Hebamme verschwanden.

Entschlossen drückte sie die Klinke und stand kurz darauf in der Küche. Drei verdutzt schauende Augenpaare waren auf sie gerichtet.

»Ja, ist heute ein besonderer Tag? Habt ihr alle unten im Windbergtal Ausgang, oder was?«, begrüßte die Kräuterkundige das Mädchen aus der Sigwarth-Familie freundlich und bot ihr ebenfalls einen Platz und eine Schüssel Haferbrei an. »Grüß Euch Gott.«

»Danke, ich habe schon gegessen, ich soll die Ausreißer wieder nach Hause bringen. Marie sorgt sich um dich, Jakob«, sagte Franziska.

Jakob schob schmollend die Unterlippe vor und blickte schuldbewusst, aber trotzig in seine Schüssel. Der Appetit schien ihm vergangen, denn er stocherte lustlos darin herum.

»Justus aufpassen«, murmelte der Dubel unbekümmert, er hatte den Mund zu voll genommen und sabberte über seine ohnehin schon verschmutzte Kutte.

»So siehst du aus, jawohl«, sagte Franziska und blickte hilfesuchend zur Hebamme.

»Sie wollten wissen, wo dein Vater hin ist«, erklärte die Hebamme dem Mädchen.

»Und? Wohin ist er?«

»Es scheint dich aber nicht wirklich zu interessieren, oder?«, stellte die Hebamme fest.

»Er kann bleiben, wo der Pfeffer wächst. Er will Marie verheiraten. Dann haben wir niemanden mehr, wo wir uns hinflüchten können. Und wenn erst das neue Kind da ist, muss ich noch mehr Kinder beschützen.«

»Welches neue Kind? Ist deine Mutter wieder guter Hoffnung?«

»Ja, und sie glaubt, einen Erbprinzen zu gebären«, gab Franziska bereitwillig Auskunft.

»Das sind aber harte Worte. Willst du denn keinen Bruder?«

»Nein. Ein Mädchen wäre einfacher. Da wird nicht so viel Aufhebens gemacht. Ich bin ja diejenige, die aufpassen muss.«

»Dein Vater war eben hier. Er hat aber nicht gesagt, dass bei euch was unterwegs ist.«

»Der glaubt sowieso nicht mehr an einen Sohn. Außerdem

sind wir bis dahin schon in Äule, da werdet Ihr wohl nicht zur Geburtshilfe hinkommen.«

»Stimmt, das ist zu weit. Wie geht es deiner Mutter?«

»Meine Mutter jammert und lässt uns die Arbeit machen, aber das war ja schon vorher so.«

»Du scheinst heute keinen guten Tag zu haben, oder?«

»Nein, ich habe noch eine Menge Arbeit. Heute ist Backtag, und dann muss ich dem Jakob hinterherrennen, weil der Dubel Marie heiraten will und meine Schwester wütend geworden ist.«

Franziska stampfte wütend auf, ihr war die Verantwortung manchmal einfach zu viel. Schließlich war sie mit knapp zehn Jahren auch noch ein Kind und wäre lieber mit den anderen Buben und Mädchen durch die Wälder gestreift, als die Aufgaben des Haushalts zu übernehmen.

»Stimmt das?«, fragte die Hebamme und blickte amüsiert auf das heidelbeerverschmierte Gesicht des Schwachsinnigen.

»Sie will mich nicht.« Justus schob sich unbekümmert den letzten Löffel Haferbrei in den Mund.

Als das Trio wenig später wieder den Heimweg ins Windbergtal antrat, wusste Franziska wenigstens, wohin ihr Vater geritten war. Und wen er als Kandidat auserkoren hatte. Sie kannte diesen Georg zwar nicht, dafür Thomas, dessen Bruder, und Poldi, den Anführer der Kinderbande. Das reichte. Noch ein Raspiller, das konnte nicht gut gehen.

Franziska hatte ein ungutes Gefühl – und ihr Gefühl hatte sie noch nie im Stich gelassen. Doch davon sagte sie den Kindern, den Dubel zählte sie als Kind dazu, nichts auf dem Heimweg.

Ob sie jemanden um Hilfe bitten sollte? Tante Wiltrudis vielleicht? Sie konnte sich nur noch schwach an die Ordensfrau erinnern, hatte sie sie doch bei Jakobs Geburt zum letzten Mal im Dorf gesehen – und da war sie, Franziska, selbst noch klein gewesen. Wiltrudis, so Franziskas Erinnerung, war die einzige Frau, vor der Vater Michael Respekt hatte.

Sollte sie Klara, ihre ältere Schwester, einweihen und sich mit ihr beraten? Franziska verwarf den Gedanken. Klara kam nach ihrer Mutter, sie war träge und machte, was ihr aufgetragen wurde. Poldi sagte einmal, sie habe den Kopf nur, damit sie das

Stroh nicht in den Händen tragen müsse. Klara hatte nicht einmal das verstanden.

***

Vor Pius lag, geschützt durch eine Mauer, die Handelsstadt Basel. Bisher war er niemandem aufgefallen, er hatte sich tagsüber mittig auf dem Fluss gehalten und war am Abend bei Rheinfelden an Land gegangen, wo er sich in einem Gasthof einmietete und unter das Händlervolk mischte. Immer Ausschau nach dem »Gesicht« haltend, wie er die fremde Verfolgerin nannte. Er hatte es sich so eingeprägt, dass er glaubte, es in jeder Verkleidung zu erkennen.

Weder das »Gesicht« noch ein Reiter oder ein Bettelmönch begegnete ihm. Hatte der Mörder aufgegeben? War vielleicht nicht Pius, wie alle glaubten, sondern Bruder Klaus das Ziel gewesen?

Pius hatte auf dem Fluss genügend Zeit gehabt, den Inhalt der Tasche zu durchsuchen. Außer dem Anschreiben an Bruder Eberhardt und der Landkarte hatte er nichts gefunden, was ihm weiteren Aufschluss gab. Lange hatte Pius überlegt, ob er nicht einfach an Land gehen und sich durch die Wälder nach Hause schlagen sollte. Doch wo war dieses Zuhause? Einerseits fürchtete er sich vor dem »Gesicht«, das da vielleicht noch irgendwo auf ihn wartete, andererseits wollte er dem Geheimnis, das die Ordensbrüder verband, auf den Grund gehen. Schließlich ging es bei dieser dubiosen Geschichte auch um ihn.

Bruder Klaus hatte eine gut gefüllte Geldkatze hinterlassen, die Pius erlaubte, sich unter das Handelsvolk zu mischen, zu essen, zu trinken und sich einen sicheren Schlafplatz inmitten der schnarchenden Händler zu erkaufen. In Rheinfelden hatte er sich neu eingekleidet. So wie es sich für einen einfachen Stadtbürger gebührte. Er wollte auf keinen Fall auffallen, darum ließ er auch seine Kutte gut versteckt unter dem Sitz im Boot.

Basel war ein weiterer Handelsplatz, ähnlich Rheinfelden, nur viel größer. Pius hatte sein Boot an der Anlegestelle abgegeben und einen Wächter dafür bezahlt, dass er es im Auge behielt. Nun stand er auf dem Barfüsserplatz nahe der Kirche, die denselben Namen trug, dem Bettelorden, den barfuß gehenden Franziskanern, geschuldet.

In Basel herrschte buntes Markttreiben, diverse Gerüche hingen in der Luft und ließen Pius das Wasser im Mund zusammenlaufen. Er wollte zuerst alles betrachten, ehe er sich für etwas entschied. Wann gab es schon mal eine solche Auswahl?

Vor allem Holz und Holzkohlen schienen hier neben Nahrungsmitteln ihre Käufer zu finden. Die Städter hatten wohl keine Möglichkeiten, sich im Wald mit Brennmaterial einzudecken. Rings um Basel gab es hauptsächlich landwirtschaftliche Felder. Eine Vielzahl von Feldfrüchten wurde feilgeboten, neben Schlachtvieh, insbesondere Schweinen. Vermutlich deshalb nannten die Einheimischen diesen Platz Seibi, eine eidgenössische Abkürzung für Sauplatz.

Der Gestank stach Pius in die Nase, und das Quieken der Schweine dröhnte in seinen Ohren wie Hilferufe vor dem Schlachter. Dies war kein Ort, an dem Pius sich wohlfühlte. Rasch entfernte er sich.

Er ließ sich treiben, genoss seine Freiheit. Sein Blick blieb an einem kleinen, bunten Zelt hängen. Eine dunkelhaarige Frau saß davor. Ihre Augen waren mit schwarzer Farbe umrandet, was sie noch geheimnisvoller wirken ließ. Pius konnte ihr Alter schlecht schätzen. Als er genauer hinsah, fielen ihm die vielen silbernen Strähnen in ihrem vollen Haar auf. Sie trug ein buntes, weites Gewand. Eine mit Münzen verzierte Schärpe hielt es um ihre Hüften zusammen. Sie hatte wohl seinen staunenden Blick bemerkt, denn sie zwinkerte ihm zu und deutete mit dem rechten Zeigefinger an, dass er näher kommen solle.

Eine Zigeunerin? Pius hatte schon von diesem fahrenden Volk gehört, von seinem Vater, dem Kaufmann. Der war früher viel gereist und wusste von den fremden Völkern zu berichten. Pius war als kleiner Junge gewarnt worden. Man bezichtigte die Fahrenden, Kinder zu stehlen. Er fand, dass er aus diesem Alter heraus war, und kam näher.

»Was fürchtest du dich vor einer alten Frau, junger Mann?«

»Ich fürchte mich nicht.«

»So, und warum schaust du dich dann dauernd um? Ist dir jemand auf den Fersen?«

Pius erschrak, hatte er das getan? Seit wann beobachtete sie ihn?

»Gib mir deine Hand.« Sie streckte ihm die ihre fordernd entgegen.

Pius gehorchte. Als ihm eine andere Warnung seines Pflegevaters wieder einfiel, sich vor den Weissagungen der Zigeuner in Acht zu nehmen, war es schon zu spät. Die Frau hielt seine zuckende Hand fest und fuhr mit ihren beringten Fingern die Handinnenfläche entlang. Ihre Nägel waren ungewöhnlich lang und gelblich-orange verfärbt. Ein seltsamer Geruch ging von ihr aus.

»Deine Lebenslinie ist lang, aber sie weist einen Bruch auf. Ein Ereignis wird dich aus der Bahn werfen.« Die Frau sah ihm tief in die Augen, ehe sie fortfuhr: »Es hat schon angefangen. Nimm dich in Acht.«

»Welches Ereignis?«, fragte Pius flüsternd.

»Das musst du selbst sehen. Um Näheres zu sagen, müsste ich dir die Karten legen.« Sie deutete auf ihr Zelt.

»Nein, danke. Ihr seid mir unheimlich«, polterte es aus Pius heraus, ehe er sich seiner Worte bewusst wurde.

»Das ist mein Schicksal«, sagte die Alte schmunzelnd, »trotzdem, hüte dich vor falschen Menschen. Denk an den Wolf im Schafspelz.«

Pius zog ruckartig seine Hand zurück.

»Wenn dir meine Warnung einen Kreuzer wert ist, so leg ihn in meinen Teller.« Sie hob ihm einen messingfarbenen Teller mit reichlichen Verzierungen entgegen. Es lagen bestimmt schon acht oder zehn Münzen darin.

Pius griff in die Geldkatze und warf einen Kreuzer auf den Teller, dann schaute er, dass er wegkam.

Ein Mann schräg gegenüber, der neben einem Weinfass lehnte, das auf seinem Wagen aufgebockt war, rief ihm etwas zu.

Pius hatte ihn nicht verstanden und kam näher.

»Hat sie dich verhext? Oder dir ein böses Weib prophezeit? Du siehst aus, als sei der Teufel hinter dir her.«

»Wer ist sie?«, fragte Pius.

»Eine alte und weise Frau. Die meisten haben Respekt vor ihr. Sie spricht die Wahrheit. Meistens jedenfalls, je nachdem, wie man es auslegt. Was hat dich denn so erschreckt?«

»Ein Ereignis, das mich aus der Bahn werfen wird.«

Der Mann lachte schallend, dass sein mächtiger Bauch wippte. Auf seinem Gefährt lagen weitere runde Eichenfässer. Der Geruch erinnerte Pius an das klostereigene Weinlager in Klingnau. Eine Mischung aus Gärung und Holz, es fehlte nur der Geruch von der Feuchtigkeit eines Naturkellers. Er fühlte sich plötzlich seltsam heimisch, auch sein Vater, der Kaufmann, hatte ein Weinlager.

»Das passiert jedem im Leben früher oder später einmal. Komm, nimm es nicht so schwer. Probiere einen Schluck, ich habe den besten Wein weit und breit direkt aus dem Markgräflerland.«

»Aus dem Markgräflerland?« Mit einem Schlag war Pius wieder in der realen Welt angekommen. »Woher genau?«

»Aus Schliengen, wenn dir das was sagt.«

»Das liegt unweit von Bürgeln.« Pius sah vor seinem geistigen Auge die Landkarte. Er brauchte sie nicht herauszuholen, denn er hatte sie eingehend studiert und sich eingeprägt, für alle Fälle.

»Kennt der junge Herr Bürgeln etwa?«

»Ja, das heißt, nicht direkt, ich will einen entfernten Verwandten besuchen. Er ist dort Propst.«

»Bruder Eberhardt? Du bist auch Katholik?«

»Ja. Kennt Ihr ihn?«

»Natürlich. Er kauft den Messwein bei uns. Er ist ein guter Kunde. Unter uns gesagt, ich glaube nicht, dass seine Gemeinde so groß ist, wie seine Bestellung glauben lässt. Wenn du verstehst, was ich meine.«

»Er ist ein Säufer, meint Ihr das?«

»Oh. Das würde ich nicht zu behaupten wagen. Aber er liebt Gottes Gaben. Dazu gehört der Rebsaft. Ist es nicht so?«

Dem Händler war es mit einem Mal peinlich, diesen Eindruck bei Pius erweckt zu haben, schließlich schien es sich um ein Familienmitglied zu handeln. Er legte den Zapfhahn des Fasses um. Goldgelb plätscherte der Wein in zwei Becher, die er füllte, ohne eine Antwort abzuwarten.

Pius ließ es geschehen. Außer während der heiligen Messe hatte er noch nie dem Wein zugesprochen. Heute war ein besonderer Tag. Der Schreck der Prophezeiung saß ihm noch tief in den Knochen und ließ sich vielleicht mit einem guten Schluck erweichen. Es war sicherlich kein Zufall, dass er diesem Mann begegnete.

Als Dank half er ihm, die Fässer und die abgefüllten Flaschen den Kunden auf die Karren zu laden. Der Weinhändler schien hier bekannt zu sein.

Am Abend folgte Pius ihm in die Herberge.

***

Die Tage vergingen, und nichts geschah. Wiltrudis verharrte in ihrer Zelle wie eine Strafgefangene. Wenigstens vergaß man nicht mehr, ihr die Mahlzeiten zu bringen und den Kübel mit ihren Exkrementen zu leeren, auch Wasser und Seife erhielt sie. Hereingetragen von einer stummen, sehr jungen und verschreckt wirkenden Novizin. Wiltrudis konnte ihr kein Wort entlocken. Das Mädchen hatte Angst. Ob vor ihr oder vor einer Bestrafung, falls sie das Schweigegelübde brechen sollte, konnte Wiltrudis nicht erkennen.

Sie beschloss, die Novizin nicht mehr in Versuchung zu führen, und schwieg ebenfalls. Gertrud bekam sie auch nicht mehr zu Gesicht. Der Garten lag verwaist. Seit man den Holunderbusch geschlagen hatte, war es still geworden im Innenhof. Und das lag nicht nur an den fehlenden Vögeln, die sich stets fröhlich zwitschernd im Geäst unterhalten hatten. Die Novizinnen fehlten ebenfalls.

Manchmal huschte eine Küchenschwester eilig zu den Beeten und erntete Gemüse. Wiltrudis kam es vor, als müsse die Magd das heimlich tun. Hatte die Oberin den Frauen auch die Freiheit des Gärtnerns genommen? Statt der schwatzenden Novizinnen im Garten hörte sie, wie der Wind monotone Gebete von der Kapelle herüberwehte, zusätzlich zu den üblichen Gebetszeiten.

Wiltrudis saß oft am Fenster und schaute den ziehenden Wolken zu. Besonders schönen Wolken schickte sie Grüße oder ein Gebet an ihren Sohn mit. Waldemar bedachte sie ebenfalls mit Segenswünschen. Die Untätigkeit zermürbte sie allmählich. Was bezweckte die Herrin von Greiffenegg? Wollte sie ihren Willen brechen? Gehorsam und Ergebenheit erzwingen? Wiltrudis musste sich betätigen, aber wie?

Sie zog ein Schreibblatt aus der Schublade und begann, Gedichte aufzuschreiben, die ihr einfielen, alle ihr bekannten Gebete und Psalmen. Sie musste ihren Kopf beschäftigen, um nicht einzurosten oder verrückt zu werden.

Während sie dasaß und über einem Vers grübelte, der ihr nicht mehr einfallen wollte, hörte sie Stimmen unten im Garten. Wiltrudis eilte ans Fenster.

Wieder sah sie den Stallknecht und seinen Sohn, die alle Blumen herausrissen. Der Vater schimpfte wütend über die Verrücktheiten der Oberin, wie schon zuvor beim Fällen des Holunderbaums. Frau Magdalena Tröndlin von Greiffenegg ließ die neue Weltabgeschiedenheit des Konvents sichtbar werden. Keine weltlichen Ablenkungen im Streben nach absoluter Frömmigkeit.

Waren die Pflanzen nicht auch Gaben Gottes durch ihre Heilkraft? Und die Schönheit der Blüten? Sie dienten der Freude. Welche Seelenpein verbat dieser Frau, sich daran zu erfreuen?

War sie, Wiltrudis, nicht auch über die Jahre weltfremd geworden in der Verzweiflung um das Leben ihres Kindes? Hatte sie ihre Tristesse anderen aufgebürdet? Sie hoffte nicht. Erst seit sie Gewissheit hatte, dass Pius lebte, war ihre Lebensenergie wieder zurückgekehrt. Und nun versuchte diese Verrückte, wie der Stallknecht sie richtig betitelte, sie an ihrem neuen Leben zu hindern.

Wiltrudis beschloss, nicht mehr über sich bestimmen zu lassen. Die Frauen saßen, oder vermutlich mussten sie knien, beim Gebet. Keine würde Notiz von ihr nehmen. Sie öffnete das Fenster.

»Johann.« Sie stellte sich auf die Zehenspitzen, damit der Stallknecht sie sehen konnte. »Johann, hier oben bin ich.«

Johann, er war ein einfacher und frommer Mann, hielt sofort inne und bekreuzigte sich, als er die Priorin sah. »Bitte vergebt mir meine Flüche, ehrwürdige Mutter.« Er nannte sie noch immer so, obwohl Magdalena diese Anrede inzwischen für sich beanspruchte.

»Ich bin nicht Eure Richterin, sagt, was treibt Ihr da?«

»Es schmerzt mir selbst im Herzen, aber es ist eine Anordnung der Oberin. Hier soll Kies aufgeschüttet und ein Stationenweg der Leiden Christi errichtet werden. Damit die Frauen selbst bei ihrem Freigang im Hof das Gebet nicht vergessen.«

»Und woher beziehen wir dann das Gemüse und die Heilkräuter?«

»Das Heil finden die Frauen im Gebet, und das Gemüse anzubauen ist Aufgabe der Bauern.« Der Mann blickte betreten zu ihr hoch.

»Sagt das auch der Abt?«, fragte Wiltrudis.

»Das entzieht sich meiner Kenntnis. Ich bin nur der Stallknecht.«

»Johann, habt Ihr die Möglichkeit, nach St. Blasien zu kommen? Ich würde gern meinem Cousin, dem Sekretarius Bruder Stephanus von St. Blasien, eine Nachricht zukommen lassen.«

»Ihr habt Glück, ein Gelehrter aus Rom weilt gerade in der Gästeklause und wird morgen weiterziehen. Er will das Skriptorium zu St. Blasien aufsuchen und ein paar Bücher dort lassen.«

»Ihr meint, ich kann ihm vertrauen, dass er mich nicht bei der Oberin anschwärzt?«

»Ihr könnt *mir* vertrauen, Priorin, es gehört sich nicht, Euch einfach einzusperren und ein Totenhaus aus dem Kloster zu machen.«

»Ich schreibe ihm gleich. Habt Ihr noch etwas Zeit?«

»Ich habe es nicht eilig, die Gaben Gottes zu zerstören.«

»Ich danke Euch.« Wiltrudis' Wangen glühten vor Aufregung. Sie zog ein neues Blatt hervor und machte sich an die Arbeit.

Mein lieber Cousin Stephanus,
Euer Werk hat wohl den Suchenden erreicht und wird ihn ans Ziel führen, allein meine Seele ist gefangen im Schutze der Zelle

und wartet auf ihre Bestimmung. Möge Gott sich erbarmen und mir zur Freiheit des Herzens verhelfen.
Eure Cousine aus Berau

Wiltrudis wählte bewusst diese Gebetsform für ihre Botschaft und hoffte inständig, Stephanus würde ihre Lage erfassen. Sie wollte sichergehen, dass kein Fremder, der die Zeilen unrechtmäßig zu Gesicht bekam, deren Inhalt begriff. Trotzdem tropfte sie Wachs auf das Papier und verschloss es mit dem Siegelring des Klosters Berau, dann warf sie es dem Stallknecht Johann zu.

Der steckte das Papier augenzwinkernd unter seine Jacke und tat weiter seine ungeliebte Pflicht. Der Garten glich inzwischen einem abgeernteten Rübenacker.

***

»Gott zum Gruße, geehrter Schreiber, seid Ihr Bruder Stephanus?«, fragte der fremde Mönch, der unvermittelt in der Tür zum Skriptorium stand und ein paar Bücher hochhob. Er legte sie ungefragt auf das Pult.

Pater Cajetano schaute mürrisch auf, er hasste es, wenn jemand seine Ordnung durcheinanderbrachte. Er nickte, statt sich zu erkennen zu geben. Diesem ungehobelten Menschen gegenüber war er keine Antwort schuldig. Er kannte den fremden Eindringling nicht, was wollte er von Stephanus, und wer hatte ihn ohne nachzufragen in die Schreibkammer vorgelassen? Es war Stephanus' Aufgabe, die Besucher dem Abt zu melden. Abwartend blickte er den Fremden an. Als er nicht reagierte, fuhr dieser fort: »Ich habe ein Schreiben von Eurer Cousine aus Berau anvertraut bekommen.«

Cajetanos Gesicht zeigte keine Regung, lediglich seine rechte Augenbraue zuckte fragend nach oben und hätte somit nur Eingeweihten angezeigt, dass sein Hirn bereits fieberhaft arbeitete. Er hielt dem Mönch wortlos die Hand hin und fragte so beiläufig wie möglich: »Wer seid Ihr?«

»Bruder Angelos aus Rom, ich bringe dem Abt die übersetzten Kopien der Korintherbriefe.«

»Ich danke Euch, Bruder, stärkt Euch im Refektorium.«

Die Cousine von Stephanus? Cajetano wusste nicht, dass Stephanus eine Verwandte im Konvent hatte. Leise fluchend sah er, dass der Brief versiegelt war. Mit einer scharfen Klinge machte er sich dennoch daran, das Wachs vorsichtig zu lösen, ohne es zu zerstören. Hastig überflog er die Zeilen, deren Sinn er zunächst nicht verstand. Langsam dämmerte ihm, dass es sich um eine geheime Botschaft handelte. Was bedeuteten diese Verse?

Sorgsam erhitzte er das Siegel wieder und verschloss den Brief, ehe er ihn auf den Platz des Sekretarius legte. Er wollte sehen, wie Stephanus auf die Botschaft reagierte.

Kaum hatte er sich den Abrechnungen gewidmet, trat der Sekretarius herein und deutete auf das Schreiben. »Was ist das?«

»Das hat der fremde Mönch aus Rom für Euch abgegeben. Ich weiß es nicht.«

»Angelos? Ich bin ihm soeben begegnet, er suchte den Speisesaal. Weiß der Abt Bescheid?«

»Ja, so stellte er sich mir vor. Angelos. Der Engel. Es ist Eure Aufgabe, den Abt zu informieren.«

Arglos brach Stephanus das Siegel, ohne auf den Stempel zu achten. Dann las er den Brief. Cajetano beobachtete ihn aus den Augenwinkeln und bemerkte die hektische Röte, die ihm ins runde Gesicht stieg.

»Ist etwas?«, fragte er beiläufig.

»Ähm, nein, die Priorin übersendet mir lediglich liebe Grüße.«

»Ach ja? Die Priorin? Ihr meint Wiltrudis?« Die Priorin persönlich war also Stephanus' Cousine. »Ist jetzt nicht Mutter Magdalena für die Belange von Berau zuständig? Was habt Ihr mit den Klosterfrauen zu schaffen?«

»Ich wüsste nicht, was Euch das angeht.«

»Wenn Ihr das Kloster verlasst, werde ich das dem Abt melden müssen.«

»Wie kommt Ihr darauf, dass ich das Kloster verlasse?«, fragte Stephanus misstrauisch.

»Es war nur so ein Gedanke.«

»So, war es das?« Stephanus verließ das Skriptorium, er

musste einen klaren Gedanken fassen – und das ging nicht im Beisein des Oberrechners. Der schnürte ihm die Luft zum Atmen ab.

Sein Weg führte ihn direkt ins Refektorium. Vielleicht konnte Bruder Angelos mehr erzählen.

***

»Mit Verlaub«, schloss der römische Mönch seinen kurzen Bericht, wie er zu dem Brief gekommen war, »aber ich glaube, in Berau herrscht ein Drachen. Die Frauen sind verschüchtert und verschwiegen. Kein Kloster der Welt verbietet die Lebensfreude, sieht man von den Gelübden einmal ab. Aber dort herrschen Tristesse und Angst. Ich habe die Priorin nie zu Gesicht bekommen. Sie sei in Klausur, sagte man mir. Über den Stallknecht habe ich diese Botschaft erhalten. Verzeiht, wenn ich sie irrtümlich dem Oberrechner gab.«

»Dem Oberrechner?«

»Er ließ mich im Glauben, er wäre Ihr. Nun, da ich Euch kenne und weiß, dass Ihr Bruder Stephanus seid, tut es mir leid. War das ein Fehler?«

»Nein, ich glaube nicht, das Siegel war nicht gebrochen.«

Stephanus verabschiedete sich von dem fremden Bruder und eilte in seine Zelle, eigentlich wollte er nur das Nötigste packen. Doch dann zog er den Brief nochmals hervor und besah sich das Siegel genauer. Er schob das Papier nach der Faltlinie unter das Wachs. Der Fettfleck war deutlich größer und hatte rötlich abgefärbt. Er konnte geöffnet und wieder unvorsichtig, weil nicht exakt auf der ursprünglichen Stelle, verschlossen worden sein.

»Cajetano, du Teufel«, entfuhr es Stephanus zornig.

Er hoffte, dass Cajetano mit dem verschlüsselten Text nichts anfangen konnte.

Stephanus musste wissen, was in Berau geschehen war. Wiltrudis würde nicht um Hilfe bitten, wäre sie nicht in einer verzweifelten Lage. Magdalena von Greiffenegg war für ihren rigorosen Führungsstil bekannt. Nicht umsonst hatte sie die Gunst des Abts erlangt. Vielleicht war ihr Hilferuf auch ein göttliches Zeichen, dass Stephanus Wiltrudis über den Tod des Mentors und das Verschwinden ihres Sohnes unterrichten sollte.

Trotz des Ausgehverbots beschloss er, Berau einen Besuch abzustatten. Augustinus hatte sich in seine Gemächer zurückgezogen, die er so schnell nicht wieder zu verlassen pflegte. Mindestens bis zur Vigil hatte Stephanus Zeit, das musste reichen, wenn er sich beeilte.

Als er kurz darauf die Stallungen betrat, wurde er schon erwartet. Pater Cajetano hatte sein Pferd bereits gesattelt.

»Ich werde Euch begleiten, Bruder Stephanus. Wir werden Berau gemeinsam einen Besuch abstatten. Ich war schon lange nicht mehr dort.«

»Ihr habt die Botschaft gelesen. Was glaubt Ihr, dort vorzufinden?« Stephanus konnte seinen Zorn kaum verbergen.

»Es gab eine Zeit, da verkehrte der Abt mit seinen Günstlingen gern dort. Doch dann wurde der Ort mit einem Verbot belegt. Nun scheint es die Priorin zu sein, die man zum Schweigen bringen will. Ich möchte, genau wie Ihr, wissen, was dort vor sich geht. Ich habe das gleiche Anrecht auf Wahrheit, Augustinus hat mir lange genug den Mund verboten. Seine Zeit ist gekommen.«

»Und Ihr wollt das nicht verpassen. Ich weiß von Euren abscheulichen Ritualen, Pater.«

»Was Ihr abscheuliche Rituale nennt, sind ganz normale Praktiken der Kirche, geschundene Seelen vom Dämonenbefall zu befreien. Es gab ganz andere Rituale.«

»Redet schon, Ihr wollt mich doch schockieren. Ist es nicht das, was Ihr bezweckt?«

»Unweit der Klosteranlage gibt es einen ausgesetzten Felsen. Der Schwedenfelsen, er galt auch als Opferfelsen.«

»Was wurde dort geopfert?«

»Das müsst Ihr schon selbst herausfinden.« Cajetano bestieg sein Pferd und setzte sich im Sattel aufrecht, um über seine geringe Körpergröße hinwegzutäuschen. Am Boden stehend, hätte er sich jetzt auf die Zehenspitzen gestellt und hätte siegessicher auf und ab gewippt.

War diese Phase erst einmal erreicht, gab der Pater nichts mehr preis, das wusste Stephanus zur Genüge.

Cajetano genoss es, seine Überlegenheit zu demonstrieren.

***

»Und du willst es dir nicht noch mal überlegen? Ich könnte einen tüchtigen Schreiber wie dich auf meinem Gut wirklich gebrauchen.«

Der Weinhändler und Winzer ließ Pius nur ungern gehen. Er hatte ihn nach Schliengen mitgenommen in der Hoffnung, er würde ihm bei der Buchführung helfen. Das war nicht sein liebstes Fachgebiet, aber unumgänglich.

Dass Pius rechnen, schreiben und lesen konnte, war ihm bei der Abrechnung in der Herberge in Basel aufgefallen, als der Wirt versucht hatte, den Winzer zu übervorteilen, und der Student eingeschritten war. Daraufhin hatte der Weinhändler Pius die Listen aufschreiben und nachrechnen lassen. Was sich lohnte, denn nicht alle Kunden waren so ehrlich, wie sie per Handschlag zu glauben vorgaben.

Insgesamt verbrachten sie drei gemeinsame Tage in Basel. Pius machte sich nützlich, indem er die Weinfässer in die Tavernen rollte. Am letzten Tag belieferten sie ein Warenhaus, als Pius im Kontor stehen blieb und die Augen schloss. Die Erinnerung an seine Kindheit bei den Günzlis traf ihn mit voller Wucht. Der Geruch der exotischen Gewürze, die sich nur die Oberschicht leisten konnte, machte ihm schmerzlich bewusst, wie sehr er das quirlige Leben eines Kontors vermisste, das Aus und Ein der Händler. Auch die Günzlis, selbst wenn sie nicht seine leiblichen Eltern waren. Er hatte es gut bei ihnen gehabt. Seine anfängliche Wut, dass sie ihn über seine Herkunft unwissend gelassen hatten, war verflogen. Pius hatte ihnen verziehen, ihr Schweigen war in guter Absicht geschehen.

Er reichte dem Winzer zum Abschied die Hand.

»Vielleicht komme ich auf Euer Angebot zurück, aber ich darf Euch daran erinnern, dass ich auf dem Weg zur Propstei bin. Ich will nach meinem Verwandten sehen.«

»Kann ich dich wenigstens hinauffahren?«

Pius lehnte auch das dankend ab, er glaubte sich inzwischen nicht nur in Sicherheit, er wollte auch niemanden dabeihaben, wenn er Bruder Eberhardt das erste Mal gegenüberstand.

Er brauchte etwas Zeit, um nachzudenken und die Gegend zu erkunden. Er befand sich in der Rheinebene, nicht weit von hier erhoben sich die ersten Hügel, gekrönt vom Blauen im Hintergrund, dem höchsten Berg des Markgräflerlands und das Tor in den Schwarzwald von Westen her.

Keuchend hielt Pius in der spätsommerlichen Mittagshitze auf die Anhöhe zu, hinter der sich die Propstei verbarg. Der Weg war von Rebstöcken gesäumt, lang und staubig. Keine Menschenseele trieb sich um diese Zeit in den Weinbergen um. Die Grillen zirpten, ein Raubvogel stieß einen Schrei aus, ansonsten herrschte absolute Stille.

Nachdem er ein gutes Stück Weg zurückgelegt hatte, beschloss er, unter einer Kastanie eine Pause einzulegen und ein paar gepflückte Trauben zu verspeisen. Er wollte seine Gedanken ordnen. Es gab so viele Fragen, würde der Propst sie beantworten können?

Pius blinzelte durch die wogenden Kastanienblätter, zwischen denen immer wieder ein Sonnenstrahl auf sein Antlitz fiel und ihn blendete, darum schloss er die Augen und ließ sich treiben, bis die Tagträume allmählich in wirre Träume übergingen.

***

»Ehrwürdige Mutter Oberin.« Gertrud war ungefragt in die Studierkammer Magdalenas eingetreten, nachdem niemand auf ihr mehrfaches Klopfen reagiert hatte. Sie wagte jedoch nicht, zu nahe an den Schreibtisch heranzutreten, da sie nicht wusste, ob die Oberin in die Schriften vertieft oder eingeschlafen war.

Ein verwirrter Ausdruck auf deren Gesicht, der sofort einem strengen Blick wich, bestätigte Gertruds Vermutung.

»Was wagt Ihr, mich in meinen Studien zu stören?«, blaffte die Oberin ihre Novizenmeisterin an.

»Verzeiht, Ihr habt mich wohl nicht gehört, aber draußen wartet eine Abordnung aus St. Blasien. Pater Cajetano und Bruder Stephanus in Vertretung des Abts, wie sie sagen.«

Ein Hauch von Röte überzog Magdalenas spitzes Gesicht, sie richtete sich verlegen auf, wirkte zunächst orientierungslos, dann suchte sie etwas in ihrer Schublade. Schließlich blickte sie die noch immer wartende Gertrud entnervt an.

»Was ist? Wollt Ihr hier Wurzeln schlagen? Bittet die Herren herein.«

Ein dicklicher und ein um eine halbe Haupteslänge kleinerer Mönch traten ein. Ungleicher konnte kein Paar sein.

»Gott zum Gruße, welche Ehre führt Euch in mein bescheidenes Kloster?«

»Es geht um die Priorin Wiltrudis. Kann ich sie sprechen?«, fiel Bruder Stephanus mit der Tür ins Haus.

»Priorin Wiltrudis befindet sich in Klausur, sie ist für niemanden zu sprechen, tut mir leid. Einzig der Abt könnte ihre freiwillige Abgeschiedenheit aufheben.«

»Es gibt Gründe, diese Freiwilligkeit zu bezweifeln«, polterte Stephanus wenig diplomatisch los.

Ausgerechnet Cajetano rettete die Situation. »Verzeiht das ungestüme Verhalten meines Sekretarius, aber es gibt einen reisenden Mönch, der glaubt, die Priorin befinde sich in Gefangenschaft. Er meint zumindest, so etwas gehört zu haben, zumal man ihm den Zutritt zu ihrer Studierkammer verbat. Selbstverständlich glauben wir eher an eine blühende Phantasie des Bruders als an eine solche Ungeheuerlichkeit. Der Abt jedenfalls schickt uns, nach dem Rechten zu schauen und uns von der Unversehrtheit der Priorin zu überzeugen. Er hält sehr viel von Eurer korrekten Regentschaft und will jede Abrede im Keim ersticken, bevor sie an die Öffentlichkeit dringt und dem Orden schadet.«

Oberin Magdalena blickte von einem zum anderen. Ihren Gesichtsausdruck hatte sie unter Kontrolle, er verriet nicht, wie es hinter der Fassade arbeitete. Gleichwohl erfasste sie eine Hitzewelle vom Leib ausgehend.

»Ich danke dem Abt für sein Vertrauen in meine Führung«, sagte sie bemüht kühl. »Selbstverständlich werde ich alles daransetzen, den Übeltäter dieser Verleumdung ausfindig zu machen und ihm oder ihr die entsprechende Buße aufzuerlegen.«

In dem Moment fiel die Tür ins Schloss. Gertrud, die sich nicht von der Stelle gerührt hatte, hatte den Raum verlassen. Sicherlich eilte sie zur Zelle der Priorin. Magdalena saß in der Falle, die Hitze unter dem Schleier wurde unerträglich und drohte, ihr Gesicht zu befallen.

»Meisterin Gertrud!«, rief sie deshalb energisch, um abzulenken, und stampfte mit dem rechten Fuß auf, ohne sich dieser Gefühlsregung bewusst zu sein.

Als Gertrud nicht erschien, besann Magdalena sich ihrer Glocke. Sie nahm sie vom Pult und läutete so heftig, dass es den klösterlichen Besuchern in den Ohren nachhallte. Diese Maßregelung zeigte ihre Wirkung. Die Novizenmeisterin streckte verlegen den Kopf zur Tür herein.

»Auf Geheiß des Abts von St. Blasien befehlige ich, dass die Priorin sich sofort bei mir zu melden hat. Die Klausur ist vorübergehend aufgehoben. Sagt ihr das!«

»Ja, ehrwürdige Mutter.« Gertrud verschwand erneut.

Wie Kampfhähne standen sich die drei Klosterleute gegenüber, keiner sprach ein Wort, jeder misstraute dem anderen. Die Spannung stieg mit dem kaum auszuhaltenden Warten auf die Gerufene, ein Funke hätte gereicht, um die hochexplosive Stimmung zu einem Feuerwerk zu entladen.

Die Augenblicke zogen sich ins Unerträgliche. Erst als endlich Schritte das Herannahen der Priorin und der Meisterin ankündigten, ließ die Anspannung etwas nach, um sich dann aber mit dem Eintritt der beiden erneut zu steigern.

»Ehrwürdige Oberin.« Wiltrudis nickte freundlich, aber nicht sonderlich überrascht auf die Abordnung St. Blasiens, dann wandte sie sich wieder Magdalena zu. »Ihr wünscht mich zu sprechen? Was ist so dringlich, mich von meiner Meditation wegrufen zu lassen?«

Stephanus' grinste innerlich verhohlen, während er nach außen den gelassenen Sekretarius mimte. Seine Cousine beherrschte das Spiel besser, als er ihr zugetraut hatte. Ja, sogar besser, als er es je hätte spielen können.

»Die Herren behaupten, man bezichtigte mich, Euch gefangen zu halten.«

Die Priorin lächelte milde. »Das muss ein Irrtum sein. Wer, wenn ich fragen darf, stellt solch eine Behauptung auf?«

»Bruder Angelos aus Rom«, bemerkte die Oberin spitz, aber erleichtert.

»Wer ist dieser Bruder? Ich habe ihn nie zu Gesicht bekommen.«

Während die Anwesenden ihre Floskeln und Lügereien austauschten, überlegte Stephanus fieberhaft, wie er seiner Cousine die wahren Begebenheiten mitteilen konnte, ohne dass jemand Verdacht schöpfte.

»Dann scheint ja alles in bester Ordnung. Sobald der Abt von seiner Reise zurückgekehrt ist, werden wir ihm von der Aufrichtigkeit der Dinge in Berau berichten.« Auch Stephanus spielte das Spiel mit. Der Hinweis auf die angebliche Abwesenheit des Abts war ihm nicht versehentlich herausgerutscht. Cajetano sollte ruhig an die Tollpatschigkeit seines Begleiters glauben.

In Wahrheit hoffte Stephanus jedoch, Wiltrudis würde den ihr zugeworfenen Ball aufnehmen.

Ein Seitenblick auf seinen Aufpasser verriet dessen vernichtende Gedanken, doch Stephanus musste seine Cousine über die seltsamen Dinge in Kenntnis setzen, ehe die Oberin sie wieder in Klausur schickte.

»Der Abt ist auf Reisen?« Es war die Oberin, die den Ball fing, sie vermutete eine Verschwörung. »Sagtet Ihr nicht, Ihr wäret in seinem Auftrag hier?«

»Das sind wir auch.« Es war wiederum Cajetano, der glaubte, die Situation retten zu müssen. »Er erteilte uns vor der Abreise den Auftrag.«

»Bleibt der Abt länger aus? Wohin, sagtet Ihr, wollte er gehen?« Geschickt versuchte die Oberin, Näheres zu erfahren.

»Er hat uns sein Ziel nicht genannt, doch schien es sehr dringlich zu sein«, sagte Stephanus, um das Gespräch in die richtige Richtung zu lenken. Er hasste dieses Katz-und-Maus-Spiel und fragte sich, ob er einen Teil seines Wissens nicht einfach präsentieren sollte, ehe es zu spät war. Er konnte wohl kaum darauf hoffen, mit Wiltrudis ungestört reden zu können.

Sowohl Cajetano als auch Magdalena ließen sich nicht abschütteln, darum setzte er auf die schockierende Wirkung seiner Worte. »Ein Bote aus Säckingen hat dem Abt den Tod seines Freundes Bruder Klaus, der mit einem Studenten unterwegs war, mitgeteilt. Bruder Klaus wurde vermutlich Opfer eines Giftanschlags. Mehr weiß man nicht.«

Mit einem Schlag kehrte Stille im Raum ein, dass man das Summen einer Wespe, die sich im Vorhang verfangen hatte, vernehmen konnte. Die Umstehenden starrten Stephanus ungläubig an.

»Dem jungen Mann ist bekanntlich nichts geschehen«, fügte er hinzu.

Diesem Hinweis maß sonst keiner der Anwesenden Bedeutung zu, für Wiltrudis aber war es die wichtigste Mitteilung. Ihre Züge entspannten sich sogleich.

»Ein Giftanschlag? Wie darf ich das verstehen? Wer hat das behauptet?«, fragte Magdalena sichtlich nervös.

Stephanus sah, wie Wiltrudis Gertruds Hand nahm. Hatte sie die Novizenmeisterin ins Vertrauen gezogen?

Cajetano dagegen verzog keine Miene, doch sein Adamsapfel hüpfte vom vielen trockenen Schlucken auf und ab.

***

Zwei Tage waren vergangen, als Michael das Glasmacherdorf wieder betrat, er wirkte selbstgefällig und zufrieden, sprach weder mit seiner Familie noch mit den Glasmachern darüber, wo er gewesen war. Dahinter konnte nichts Gutes stecken. Nicht für Marie.

Franziska hatte ihre Schwester über die Absichten des Vaters informiert und war derselben Meinung wie sie: Noch ein Raspiller im Dorf war einer zu viel. War dieser Georg nur annähernd so ein Großmaul wie sein Bruder und dessen Sohn, würden Marie und Jakob nichts zu lachen haben. Michael Sigwarth dafür umso mehr, denn ein Großmaul, das ihm nach dem Mund redete – und das würde er sicher tun, wenn der Vogt ihm nicht nur die Tochter, sondern auch gleich deren Brennrechte und einen Stand in der Glashütte bot –, war für einen Dorfvorstand erstrebenswert.

Ein Mann, der sich dem Glasvogt und Schwiegervater beugen musste, würde seinen Frust darüber weitergeben. Dessen war sich Marie bewusst, ihr Mutterinstinkt war gewarnt. Sie hatte genug in ihrem Elternhaus mitbekommen, um sich ihre Zukunft auszumalen. Sie würde sich nicht unterordnen wie ihre Stiefmutter, die ihren Unmut nach unten weitertrat, selbst wenn es die eigenen Kinder traf.

Marie war bereit, den Kampf um ihre Freiheit und Rechte aufzunehmen. Vorläufig wollte sie sich nichts anmerken lassen. Sie hatte die Urkunde noch nicht in der Hand.

»Noch lebe ich, und solange stehst du unter meinem Schutz, das verspreche ich dir. Er kann dich zu nichts zwingen.« Theis kannte die Gedanken seiner Nichte.

»Danke, Theis.« Marie blickte geistesabwesend auf und versuchte ein Lächeln.

»Erst steht der Umzug an, dann wird Ludwina ihr Kind bekommen. Vielleicht wird es der ersehnte Stammhalter, und dein Vater ist erst mal abgelenkt.«

»Theis, seit mein Vater weiß, dass du mir die Rechte übertragen willst, versucht er alles Menschenmögliche, dass er die Aschenhütte auch noch unter seine Fittiche nehmen kann. Er will alles in seiner Hand wissen, und das kann er nur, wenn er seinen Schwiegersohn selbst bestimmt und ihn abhängig macht. Er wird keine Ruhe geben, auch wenn Ludwina einen Nachfolger für die Glashütte gebären sollte. Glaub mir, ich kenne ihn.«

»Steigere dich nicht in dein Unglück. Vielleicht ist dieser Georg ein netter Kerl.«

»Er ist ein Raspiller«, erwiderte Marie empört.

»Wir werden sehen. Ich bin auf alle Fälle auf deiner Seite. Michael hat schon genug Unglück losgetreten. Bruder Stephanus und deine Tante, die Priorin, sind auch noch da.«

»Mama, komm schnell, die haben den Justus gefangen!« Jakob polterte keuchend in die Aschenküche. »Poldi sagt, der Dubel wäre zu blöd, um dich zu heiraten, auch wenn du eine Hure wärst. Was ist eine Hure?«

Theis und Marie sahen sich betroffen an.

»Ich sag's doch Theis, ein Raspiller. Sie versuchen schon, Unruhe zu stiften. Das Pack hält zusammen. Die wollen mich kleinkriegen, und mein Vater macht mit. Ohne mich!« Wütend lief Marie aus der Tür.

Grinsend kam Poldi ihr auf dem Weg zur Hütte entgegen. Er hatte die Hände in seinen Hosentaschen vergraben und wagte es, sich Marie in den Weg zu stellen. Er reichte ihr fast auf Mundhöhe.

»Was geht hier vor?«, schrie sie ihn an.

»Hat er gepetzt, dein Bastard? Willst du deinen Liebhaber befreien, Glasmarie? Oder muss man schon Aschenmarie sagen?«

Marie holte aus und verpasste dem Rotzlöffel eine schallende Ohrfeige. Dem Halbwüchsigen standen die Schmerztränen in den Augen, dennoch lachte er hämisch. »Mein Onkel Georg wird dir schon noch Manieren beibringen, das hat mein Vater auch gesagt.«

Was wussten die Raspillers über Michaels Reise? Kam die Idee, sie dem Witwer aus Grünwald zu versprechen, gar von Thomas? Möglich war es. Die Brüder versuchten sicherlich, ihre Sippe im Dorf zu stärken. Was war da einfacher, als die Tochter des Vogts zu ehelichen?

»Ich befürchte, man wird erst dir Manieren beibringen müssen. Lasst den Justus los. Sonst …«

Die Kinder hatten den armen Kerl, vermutlich auf Geheiß ihres Anführers, am Brunnen festgebunden und traktierten ihn mit Fußtritten und üblen Sprüchen.

»Sonst was?« Poldi wagte nochmals, den Maulhelden zu spielen.

Marie erkannte ein feines Vibrieren in seiner Stimme. So mutig und selbstsicher, wie er sich gab, schien er doch nicht zu sein. Sie musste sich vor den Kindern Respekt verschaffen, andernfalls erging es ihr wie ihrer Stiefmutter Ludwina: Sie würde zum Gespött der Dorfjugend.

Blitzschnell drehte sie sich zu dem jugendlichen Lümmel um

und packte ihn schmerzhaft an den Ohren. Ehe er sich wehren konnte, schleifte sie ihn hinter sich her, bis sie endlich den Brunnen erreicht hatten. Mit einem Tritt in den Hintern verfrachtete sie ihn vor die Füße des Deppen.

»Binde ihn los und entschuldige dich bei ihm, sonst werde ich dafür sorgen, dass man dich im Kloster zur Rechenschaft zieht«, forderte sie. »Immerhin ist Justus ein Mitglied der Gemeinschaft der Mönche. Sie in den Schmutz zu ziehen, ist eine Sünde. Eine große Sünde.«

»Was soll mir schon passieren«, versuchte Poldi, sichtlich kleinlaut geworden, zu kontern.

»Exkommunikation.«

Das genügte, im Nu war Justus befreit, und die bis eben noch johlende Meute verdrückte sich um die Hütten. Die Älteren bekreuzigten sich gar.

Jakob glaubte, seinen Augen nicht zu trauen. Besaß seine Mutter übernatürliche Kräfte? »Was für ein Zauberwort war das, Mama?« Er schob versöhnlich seine Hand in die ihre. Sein Groll gegen die Mutter war vergessen. Sie hatte seinen Freund befreit.

»Die Mönche haben die Macht, einen Bann auszusprechen. Ich habe Poldi nur daran erinnert.«

»Welchen Bann?«

»Den, aus der christlichen Gemeinschaft ausgeschlossen zu werden.«

»Bringst du mir das Wort auch bei?«

»Damit spaßt man nicht, mein Kind. Du bist der Drachentöter, das reicht.« Liebevoll fuhr Marie ihrem Sohn über den Schopf. Jakob schmiegte sich an sie.

KAPITEL 12

Spätherbst 1716

Ludwina schreckte aus dem Schlaf auf. Im ersten Moment war sie orientierungslos und wusste nicht, was sie geweckt hatte. Es war weder etwas zu hören, noch konnte sie sich an einen Traum erinnern.

Da war es wieder, dieses schmerzhafte Ziehen im Unterleib. Wehen? War es denn schon so weit? Nach ihren Berechnungen und denen der Hebamme aus Althütte, die sie noch vor dem geplanten Wegzug aufgesucht hatte, waren es noch gut vier Wochen bis zur Geburt. Zeit genug, das Kind in der neuen Siedlung zu gebären.

Ludwina blieb regungslos liegen, vielleicht beruhigte sich das Ganze wieder. Es war ihre vierte Schwangerschaft, und mit jeder weiteren waren die Vorwehen ausgeprägter geworden. Kein Grund, in Hektik auszubrechen.

Kurz schlief sie wieder ein. Doch dann begann das Ganze von Neuem. Schließlich stand sie auf und suchte den Abtritt auf.

Im fahlen Licht des Mondes, der durch das Fenster schien, erkannte sie die »Zeichnung«, ein blutiger Schleimpfropf hatte sich gelöst. Ein sicheres Zeichen, dass die Geburt in den nächsten Stunden einsetzen würde.

Ihr fiel ein, was heute für ein Tag war. Der Umzug.

Seit Tagen schon war das ganze Dorf in Aufbruchstimmung. Alles, was nicht mehr unbedingt gebraucht wurde, war schon nach Äule gebracht worden. Wie eine Ameisenstraße zog sich immer wieder der Zug der beladenen Menschen, Tiere und Handkarren in Serpentinen am abgeholzten Wittemle den Bötzberg hoch. Weiter über den Höhenrücken, vorbei an den ehemaligen Hüttenplätzen, die nun Weidgebiet waren, nochmals höher zum oberen Habsberg, dann entlang der Schnepfhalde und letztendlich hinunter nach Äule. Mit Gepäck ein guter Tagesmarsch.

Die letzten Habseligkeiten lagen seit gestern Abend geschnürt auf den Karren im Schuppen. Nur das restliche Essgeschirr und das Bettzeug samt den Bettstätten musste noch verstaut werden.

Der Glasofen war seit Tagen nicht mehr beheizt worden. Er musste auskühlen. Heute würden die Schürer damit beginnen, ihn abzubrechen.

Das nachziehende Bauernvolk konnte ihn nicht gebrauchen, die Ziegelsteine würden jedoch noch als Baumaterial taugen. Die Aufgabe der Schürer war es, sie zu säubern und aufzuschichten. Bruch und Schutt kam in ein dafür vorgesehenes Loch im Wald, genauso wie die unbrauchbaren Glasreste, auch die Häfen wurden zerstört. Man hatte neue gebrannt und vor Ort in Äule in den Ofen eingebaut.

Die Schürer selbst würden einen Tag später nachziehen, wenn ihre Familien sich schon in ihren neuen Hütten eingerichtet hatten und man bereit war, den neuen Ofen hochzufahren.

Ludwina keuchte die Stufen zur ehelichen Kammer hoch. Michael empfing sie, im Türrahmen stehend. Sein Haar war struppig, sein Nachtgewand spannte über seinem gewölbten Bauch. Auf den ersten Blick hätte auch er als schwanger durchgehen können.

»Es geht los«, hauchte sie und blieb stehen, denn ihr fehlte die Luft zum Atmen, wenn sie gleichzeitig die Treppe erklomm und redete.

»Natürlich geht es heute los, aber dass du schon wach bist?« Michael missdeutete ihre Aussage.

»Nein, *es* geht los! Das Kind kommt.«

Michaels Gesicht nahm einen Ausdruck an, der alles andere als Freude verhieß. Einen Augenblick schien er abzuwägen, doch dann siegte sein kämpferisches Ego, seine Halsvene verdickte sich verdächtig.

»Nein, das Kind kommt heute nicht. Wir ziehen um.«

Das klang nach Befehl, und einem Befehl des Glasvogts hatte man sich zu beugen, ob geboren oder ungeboren.

Ludwina hob resigniert ihre Arme. Sie würde sein Gerede heute nicht weiter beachten, stattdessen sich zum Gebären ins Bett zurückziehen. Sie wollte ihre Kräfte schonen, ehe die Wehen heftiger wurden.

»Ich kann's nicht verheben. Lass nach der Hebamme schicken.« Eine seltene Gelassenheit ging von ihr aus. Ihr war nicht nach Machtkampf. Sie drückte sich an ihrem Mann vorbei.

Michael raufte sich die Haare. Es schien ihr ernst zu sein mit dem Kinderkriegen. Das hatte ihm gerade noch gefehlt. Ludwina hatte sich den ungünstigsten Tag ausgesucht.

»Verdammt! Kann das nicht warten, bis wir heute Abend in Äule sind? Wecke Klara und schicke sie nach Althütte, wollen erst mal sehen, was die Hebamme meint. Dann mach uns wenigstens was zu essen.«

Ludwina verspürte ausnahmsweise keinen Hunger. Während die Familie aß, blickte sie besorgt durch die Butzenscheiben. Obwohl erst Herbst, begann es zu schneien. Das gab es in dieser Höhenlage öfter, meist beruhigte es sich bald wieder. Dicke weiße Flocken schaukelten vom Himmel. Anfangs zerschmolzen sie noch auf dem Boden. Doch nach und nach blieben sie liegen.

Ludwina hatte ihr Nachtgewand noch nicht ausgezogen, wollte erst die Beurteilung durch die Hebamme abwarten. Die Wehen kamen in regelmäßigen Abständen, waren aber noch immer nicht sehr heftig. Hätte sie sich angekleidet, wäre Michael vielleicht auf die Idee gekommen, das Kind gehorche seinen Anordnungen. Außerdem war sie nicht gewillt, in ihrem Zustand beim Packen der letzten Dinge zu helfen, was Michael sicherlich von ihr erwartet hätte.

Schwer atmend ging sie wieder in ihre Kammer hoch und setzte sich demonstrativ ins Bett, um sicherzugehen, dass Michael es ihr nicht unter dem Hintern weg abbaute. Sie konnte das Kind ja schlecht auf dem blanken Bretterboden zur Welt bringen. So ließ er sie wenigstens noch gewähren, bis die anderen Sachen verstaut waren. Die Hebamme würde ihn schon ausbremsen, so hoffte sie.

Der Vorplatz versank innerhalb kürzester Zeit unter einer geschlossenen Schneedecke. Es war mühsam genug, die vollbepackten Karren über Steine und Wurzeln zu ziehen, geschweige denn über eine feine Schneeschicht. Für die Schlitten war die zarte weiße Decke noch zu gering. Abgesehen davon hatte man sie bereits vor zwei Tagen mit vielen anderen Gerätschaften nach Äule gekarrt.

Endlich sah Ludwina durch das Kammerfenster die Hebamme samt ihrer inzwischen zwölfjährigen Tochter Klara den Berg herunterkommen.

»Und?« Michael nickte mit dem Kinn nach oben in Richtung Ehekammer, als die Hebamme von dort herunter in die Küche kam. Sie sah besorgt aus.

»Ein paar Stunden wird es schon noch dauern, Vogt.«

»Das heißt?«

»Ihr müsst Euren Umzug um ein paar Wochen verschieben. Sie kann nach der Geburt nicht gleich in der Kälte mit einem Neugeborenen durch den Wald ziehen. Sie muss sich noch eine Weile schonen. Die Wochenbettzeit beträgt sechs Wochen. Das wisst Ihr. Oder muss ich sagen, das solltet Ihr wissen?«

Michael holte zweimal tief Luft, dann schwoll seine Halsvene erneut dick an. Er hieb mit der Faust auf den Tisch, sodass die Teller tanzten. Ihm war, als hätten die Frauen sich verbrüdert.

»Verdammt! Das geht nicht! Ein paar Stunden noch, sagt Ihr? Das reicht, wir fahren! Das Kind kommt in Äule zur Welt. Es wird das erste Kind in der neuen Heimat.« Er ging nach draußen und schlug die Tür.

Die Hebamme stand mit offenem Mund in der Küche. Ihre Gedanken überschlugen sich. Sie kannte Michael und seinen Ruf. Der Glasvogt duldete keinen Widerspruch. Doch wer sollte die Wöchnerin hier in einem leeren und kalten Haus versorgen, wenn alle ausgezogen waren? Sie konnte sie auch schlecht nach Althütte mitnehmen. Der Berg dorthin war steil und mit einer Karre bei dem Wetter genauso schwer zu bewältigen wie der Weg nach Äule.

***

Endlich war es dem Stallburschen Waldemar gelungen, sich aus den Fängen des Stallmeisters zu befreien. Er ritt im Galopp in die Dämmerung hinein. Er hatte schon genug Zeit verloren. Jeder Zoll Weg, den er heute noch hinter sich bringen konnte, brachte ihn seinem Freund näher.

Waldemar hätte sich ohrfeigen können, dass er nicht auf sein Innerstes gehört hatte. Nun war es passiert. Der Mörder hatte wieder zugeschlagen, so das Gerücht. Bruder Klaus war tot. Ob Pius sich hatte retten können? Noch wusste niemand etwas über seinen Verbleib.

Arbeitsreiche Tage lagen hinter Waldemar, trotzdem trieb er sein Pferd an. Sein Meister war nicht müde geworden, ihm Aufgabe über Aufgabe aufzubürden, um die Flausen in seinem Hirn und nicht nur dort auszutreiben, wie er meinte.

Zuerst waren sie mit dem Handelszug nach Würenlingen gereist, dann auch noch an den Zürichsee. Und überall hatte es Hindernisse oder zusätzliche Aufgaben gegeben, sodass sich ihre Rückreise immer wieder verzögerte. Waldemar fand in den Nächten keine Ruhe. Der Gedanke an Pius wollte ihm nicht aus dem Kopf. Er hatte das Gefühl, seinen Freund im Stich gelassen zu haben.

Endlich war es dann so weit, der Tross rüstete sich zur Heimreise. Waldemar konnte es nicht schnell genug gehen.

Dass sein ungutes Gefühl ihn nicht betrogen hatte, erfuhren er und sein Meister gleich bei der Rückkehr. Sie platzten direkt in eine Beerdigung. Die des Bruders Klaus. Man hatte den Leichnam nach Klingnau ins Kloster Sion überführt.

Keiner stellte sich Waldemar in den Weg, als er beschloss, aufzubrechen und seinen Freund zu suchen, im Gegenteil, man gab ihm sogar ein Pferd und Proviant mit.

Der Propst persönlich kam auf ihn zu und zog ihn zur Seite, damit niemand seine Worte hörte. Er riet ihm, nach der Landzunge die Rheinseite zu wechseln, damit er niemandem in die Arme lief. Den fremden Bettelmönch, den der Propst vermutlich mit »niemandem« meinte, erwähnte er nicht.

Waldemar könne auch von der anderen Seite aus auf die Insel Säckingen gelangen, klärte er ihn auf. Dann steckte er ihm etwas Geld zu, segnete und bekniete ihn, den Jungen heil heimzubringen.

In Waldemars Satteltasche war die geheime Karte sicher vor neugierigen Blicken verwahrt. Er traute niemandem mehr. Natürlich würde er Säckingen aufsuchen, um dort nachzuforschen.

Sollte er Pius aber nirgends finden, würde er weiter das ursprüngliche Ziel anvisieren, wohin der Abt Pius verbannen wollte, doch das verriet Waldemar keinem.

Er befolgte den Rat des Propstes und wechselte bei der nächsten Gelegenheit die Rheinseite. Die Nacht brach früh herein und zwang ihn schon bald, ein Quartier zu suchen. Wie für seinen Stand üblich, versuchte er, bei verschiedenen Bauern Unterschlupf zu finden. Man war diesseits des Rheins sehr kritisch Fremden gegenüber, manche jagten ihn sogar davon.

Bei vollkommener Dunkelheit erreichte Waldemar schließlich oberhalb des Ortes Albbruck, dort, wo die Alb vom Schwarzwald in den Rhein mündete, das Gasthaus »Engel«.

»Die Leute trauen einander nicht mehr, es gärt. Der Ort untersteht dem Kloster St. Blasien, der Abt ist ein Halsabschneider. Er nimmt es von den Lebenden. Die Salpeterer drüben in Dogern rotten sich zusammen. Albiez, ihr Anführer, zettelt einen Aufstand an. Man fürchtet fremde Verräter, die das Kloster schickt. Deshalb nimmt dich keiner auf. Ich bin mit meiner kleinen Landwirtschaft auf die Gäste angewiesen. Du kannst hier schlafen und essen, aber reden wird keiner mit dir«, klärte der Wirt Waldemar gleich beim Eintritt in die Gaststube auf.

Augenblicklich erstarb das Gerede am Stammtisch, als die Zecher den fremden Burschen erblickten.

»Ich muss morgen früh weiter. Ein Mahl und ein Bett genügen mir.«

»Wer bisch, woher chunsch, wonöch wötsch?« Ein Mann vom Nachbartisch wagte es, Waldemar anzusprechen, als er stumm das Essen in sich hineinwürgte. Das Gesicht des Fremden verschwand hinter einem dunklen Vollbart wie hinter einer Maske.

»Mein Name ist Waldemar, ich bin auf der Suche nach meinem Freund.«

»Wer isch dien Fründ?«

»Ein Student aus Sion bei Klingnau.«

»Einer vu de Ländlistehler? Wer schickt di?«

Die habsburgischen Untertanen diesseits des Rheins beschuldigten ihre eidgenössischen Brüder auf der anderen Seite gern des Landdiebstahls, weil sie sich in der Vergangenheit des kaiserlichen

Landes selbst bemächtigt und sich unabhängig von Österreich gemacht hatten. Diesseits des Rheins war der Kaiser ihr Herr und nur der, kein Abt.

»Keiner schickt mich. Mein Freund war mit einem Gelehrten auf dem Weg nach Säckingen.«

»Un? Bisch öbber au en Brüeder? Wo isch di Gwand? In Klingnau hät d Abt sini Finger au drin, aber s Chuschter vu Sion chört em no it. Au, wenn er's gern isacke wöt.«

Waldemar verstand das Misstrauen der Männer, die Frage, ob er auch einer aus dem Kloster sei, wo er seine Kutte habe. Der Abt, damit meinte der Bärtige Augustinus, hätte ja auch seine Finger in Klingnau, aber noch gehöre es ihm nicht, auch wenn er es gern einstecken wolle.

»Ich bin nur der Stallbursche des Klosters, aber wir kennen uns seit der Kindheit. Pius und ich.«

»So.« Der Bärtige schob einen Stuhl heran, dann bestellte er ihm einen Becher Wein. »Huck ane. Warum suechsch en?« Die Neugier des Mannes war geweckt, er bat ihn, sich zu setzen, und wollte wissen, warum Waldemar seinen Freund suchte.

»Pius' Begleiter kam gestern zurück, im Sarg. Von meinem Freund fehlt jede Spur. Vielleicht hat ihn jemand gesehen. Er könnte hier vorbeigekommen sein.« Waldemar hoffte, dass Pius bereits auf dem Rückweg war. Es war durchaus möglich, dass auch er, wie der Propst es geraten hatte, die Flussseite gewechselt hatte. Um das Vertrauen der Einheimischen zu gewinnen, musste er sich offenbaren.

Doch Waldemar erntete nur betretenes Schweigen. Einer der Zecher pfiff durch die Zähne.

»Erschlagen?«, fragte der Vollbart nach eine Weile.

»Wen?«

»Na, de Brüeder. De Mönch.«

»Nein, es hieß, man habe ihn vergiftet.«

»Dann war's e Frau.«

»Eine Frau? Wie kommt Ihr darauf?«

»Giftmord sin Frauemord.«

Waldemar fuhr es heiß durch den Körper. Die zweite Nonne! Von der der Fährmann damals gesprochen hatte. Wieder deutete ein Hinweis auf eine Frau, was war mit dem Bettelmönch? Auch er hatte den seltsamen Mönch kurz gesehen. Wer hatte ihn wirklich niedergestreckt? Eine Frau? Das passte nicht zusammen.

Am nächsten Morgen konnte Waldemar sich nicht mehr erinnern, wie er ins Bett gekommen war. Als ihm diese Gedächtnislücke bewusst wurde, überkam ihn ein Schrecken. Schnell durchsuchte er seine Tasche. Gott sei Dank, es war noch alles da.

Sein Kopf hämmerte, die fremden, einsilbigen Männer am Stammtisch waren in den Wäldern verschwunden.

Wer waren sie? Was wollten sie? Sie hatten ihn ausgefragt, über St. Blasien, den Abt, die Mönche. Was hatte er preisgegeben, was wusste er überhaupt?

Er wusste nichts, nichts zumindest, was die Männer wissen wollten. Waldemar beruhigte sich.

Einem von ihnen war ein Boot mit einem Mönch, es könnte Bruder Klaus gewesen sein, aufgefallen. Jetzt erinnerte sich Waldemar wieder an Gesprächsfetzen. Vor zwei oder drei Wochen sei das gewesen. Doch der Mönch war allein im Boot, dessen war sich der Mann sicher. Dann erinnerte er sich, dass er eine Decke ausgebreitet hatte. Er habe sich noch gefragt, was der Mönch wohl darunter versteckte. Man hatte ihn kritisch beäugt und sich gefragt, ob er ein Spion St. Blasiens war. Doch er sei weitergerudert.

Waldemar hoffte inständig, dass es Pius gewesen war, der sich dort unter der Decke versteckt hielt.

Die Männer waren misstrauisch, den Mönchen gegenüber sowieso. Der Abt zwängte sich ihnen als Herr auf, ließ die alten Freiheitsrechte nicht mehr gelten. Die Hotzenwälder, wie sie sich nach ihrem Waldgebiet selbst nannten, erkannten beharrlich nur den Kaiser in Wien an.

Waldemar beschloss, gleich nach dem Frühstück aufzubrechen, vielleicht konnte er es bis Säckingen schaffen.

***

Es war bereits später Vormittag, als sich der Tross der Glasmacher endlich in Bewegung setzte. Die letzten Herdfeuer waren gelöscht, die Hüttentüren geschlossen, aber nicht verriegelt. Eine unheimliche Stille lag über der verlassenen Siedlung, zusätzlich gedämpft durch den weichen Schnee, der alle natürlichen Geräusche verschluckte. Einzig der Dorfbrunnen plätscherte noch.

Nach und nach versanken die Wege, die kahlen Gärten und schließlich die leeren Mistkuhlen im Einheitsweiß. Den Mist selbst hatten die Glasmacher schon vor Tagen nach Äule gebracht. Ihn überließ man nicht den Nachkömmlingen. Er war kostbarer Dünger für das kommende Frühjahr, für die Felder und neu angelegten Gärten.

Michael führte die Familien an und kam sich dabei vor wie der biblische Moses, der sein Volk ins gelobte Land geleitete. Er saß auf dem Kutschbock des Einspänners, dem größtmöglichen Gefährt auf den engen Waldwegen. Hintendrauf gepackt befand sich der restliche Hausstand. Zwischen all den Gerätschaften thronte und stöhnte Ludwina auf einem Strohsack. Daneben ging fluchend die Hebamme.

All ihr Protest hatte nichts gebracht. Wenigstens hatten die Frauen die Begleitung durch die Hebamme durchsetzen können, auch wenn sie mitten im Wald nahezu machtlos war.

Wie ein gemächlicher Lindwurm kämpften sie sich durch die unaufhaltsam vom Himmel fallenden Schneeflocken. Karren, Leiterwagen, Kühe, Ziegen, die Hühner in Käfigen, sogar Schweine und Hunde umfasste der Zug. Die Kinder rannten von vorn nach hinten und wieder zurück, wann wurde schon mal so etwas geboten.

Mühsam quälte sich der Zug bergan, dem Höhenkamm zu. Immer wieder mussten sie die Karren stützen und schieben, weil die Räder im feuchten Untergrund durchdrehten. Am Höhenweg des Bötzberges angekommen, lag bald linker Hand das Muchenland, Standort der Glashütte von vor über hundert Jahren. Einzelne kleine Gehöfte kämpften in der kargen Gegend um das Überleben. Mit dem Wegzug der Glasbläser war die Armut dort oben eingekehrt.

Ein kalter Wind fegte über die kahlen Felder. Ludwina zog ihren Schal enger um den Hals. Doch das war erst der Anfang. Denn ab nun verlor sich der schmale Pfad mehr oder weniger in der Wildnis. Riesige Gesteinsbrocken mussten umgangen werden, Wurzeln blockierten die Räder, und Dornengestrüpp zerrte an den Ärmeln der Reisenden. Sie kamen nur langsam mit ihren Karren voran.

In einer windgeschützten Kuhle ließ Michael Halt machen. Die Höhe des Habsberges war noch nicht einmal erreicht. Man rückte eng aneinander und verzehrte die mitgebrachten Brote und geräucherten Würste. Hungrig ließen sich Kälte und Mühe nur schwer ertragen, und ein heftiger Anstieg lag noch vor ihnen.

Sogar Ludwina biss gierig in den kalten Schinken, obwohl sie die Wehen immer wieder innehalten und stöhnen ließen. Die Abstände hatten sich seit ihrem Weggang deutlich verkürzt. Wieder verfluchte die Hebamme den sturen Bock, wie sie Ludwinas Mann nannte, wünschte ihm selbst die Schmerzen an den Leib.

Nach der Rast trieb der Vogt seine Leute an, er wollte bis zum Einbruch der Dunkelheit den Wald hinter sich lassen. Ein kühner Wunsch unter diesen Bedingungen. Es schneite so dicke Flocken, dass man kaum den Vordermann ausmachen konnte. Die Wege waren nicht mehr eindeutig zu erkennen. Immer wieder rutschten Mensch und Tier aus, stockten die Wagen.

Die Gesichter wurden verhärmter, die Blicke in Richtung Glasvogt wütender. Die Hebamme war bald nicht mehr die Einzige, die ihn mit Flüchen belegte. Wie zum Trotz trieb Michael seinen Gaul gnadenlos an. Die Karre schlug und rumpelte über zugeschneite Steine und Wurzeln.

Ludwina schrie immer wieder auf und hatte bald das Mitleid der Dörfler auf ihrer Seite.

Schließlich scherte Theis aus, holte auf und schrie seinen Schwager gegen den Wind an: »Willst du deine zweite Frau auch noch umbringen? Halt an, du Satansbraten!«

Marie schreckte aus ihrer Lethargie auf. Sie war mit ihren Gedanken bei der eigenen Zukunft. Mit jedem Zoll Weg Richtung Äule rückte auch das Zusammentreffen mit den Grünwälder Glasmachern näher, wurde Georg realer. Bedrücktheit hatte sich in ihr breitgemacht. Was hatte sie da vernommen? Hatte sie sich verhört? Ihre Mutter war im Kindbett gestorben. Nach ihrer Geburt. So hatte man ihr gesagt.

»Theis?«, flüsterte Marie, »was hast du damit gemeint? Mit ›auch noch umbringen‹?«

»Frauengeschichten«, flüsterte Theis hinter vorgehaltener Hand, damit Michael ihn nicht hören konnte. »Da kenn ich mich nicht so aus. Es hat etwas mit der Nachgeburtszeit zu tun. Wiltrudis hat mir das erzählt. Gret hat sie damals ins Vertrauen gezogen, weil dein Vater sich nicht an die Regeln hielt. Wiltrudis hat später Michael die Schuld am Tod unserer Schwester gegeben. Darum ist er heute noch nicht gut auf sie zu sprechen. Er hat Angst vor ihr und fürchtet, sie könnte ihn mit einem heiligen Fluch belegen. Das ist der Grund, warum er der Priorin nicht zu widersprechen wagt.«

Marie wurde gleichzeitig heiß und kalt. Das also war der Grund, warum Wiltrudis Macht über ihren Vater ausüben konnte. Sie hatte ihn in der Hand. Um welche Regel mochte es gehen? Ehe sie sich weitere Gedanken machen konnte, eskalierte die Lage.

Wutentbrannt drehte Michael sich um, in diesem Moment passierte es. Das rechte Rad verkeilte sich in einer Wurzel und brach. Ludwina wurde unsanft vom Wagen gerissen und lag stöhnend im Schnee. Sofort scharten sich die Frauen um sie. Schmerzensschreie zerrissen die Stille des Waldes.

»Das Kind kommt, das hast du von deiner Sturheit, du Hornochse!«, brüllte die Hebamme in Richtung Glasvogt.

Nur widerwillig ließen ihn die Frauen durch, als er verlegen hinzutrat. Sie murrten laut, taten ihren Unmut kund.

Schließlich spuckte eine verächtlich vor Michael aus. Ermutigt drängten die anderen ihn vollends weg. Als er nicht schnell genug verschwinden wollte, hämmerten sie sogar mit den Fäusten auf ihn ein.

Ludwina mochte zeitlebens in der kleinen Dorfgesellschaft außen vor gewesen und wegen ihrer Einfältigkeit belächelt worden sein – nun trieb der Vogt es entschieden zu bunt. Die Frauen hielten in der Not zusammen. Ludwina war schließlich eine von ihnen.

Die Männer blieben unschlüssig am Rande stehen. In der Stunde der Geburt waren die Weiber unberechenbar. Da war es besser, man mischte sich nicht ein.

Letztendlich war es Hilari, der Wirt, der eine Flasche mit Gebranntem aus dem Gepäck angelte und sich auf einen Baumstumpf setzte. »Lassen wir der Natur ihren Lauf.« Er ließ die Flasche kreisen, während die Schreie Ludwinas immer heftiger wurden.

Die Männer verhielten sich merkwürdig still. Gelegentlich traf ein vorwurfsvoller Blick den Vogt, der am Rande der im Schneesturm Gestrandeten auf und ab ging. Vermutlich mussten alle diese Nacht in der Kälte ausharren. Dank Michael.

Marie schickte sich als Erste an, ein Feuer zu entzünden. Ludwina war zwar als Stiefmutter nie fähig gewesen, ihr Geborgenheit zu schenken, doch nun tat sie ihr leid.

Die Frauen füllten Töpfe mit Schnee, um heißes Wasser zu bereiten. Man hatte alle verfügbaren Decken der Hebamme gereicht. Es konnte dauern.

***

Das Feuer knisterte im offenen Kamin, Bruder Eberhardt lag im Bett und schlief seinen Rausch aus. Sein unregelmäßiges Schnarchen durchbrach die beklemmende Stille der Propstei zu Bürgeln. Pius saß steif wie ein Besenstiel im Stuhl am Bett des alten Freundes seines leiblichen Vaters und verdaute die eben gehörte Geschichte. Seine Handflächen waren feucht vor Aufregung. Nun hatte ihn also die Vergangenheit eingeholt.

Eberhardt, der Mann, der ihn, Pius, Augustinus' Meinung nach beschützen sollte. Ein Säufer. Wusste der Abt davon? Bis vor Kurzem hatte Pius von der Existenz des Mannes noch keine Kenntnis gehabt. Erst seit Säckingen, als Bruder Klaus ihm einige Dinge aus der Vergangenheit anvertraut hatte, kannte er seinen Namen. Und seit er das Schreiben des Abts an Eberhardt gelesen hatte. Pius schob es unter seine Kleidung zum Brief der Hebamme aus Riedern.

Die Sonne war bereits untergegangen, und ein empfindlich kühler Wind wehte vom Blauen herunter, als Pius auf seinem Weg zur Propstei wieder aufgewacht war. Es war Herbst geworden, die Tage mitunter noch heiß, die Nächte bereits kalt.

Der Wind roch nach Schnee. Ob es in den Hochlagen schon schneite? Die klimatischen Unterschiede zwischen den Bergen und dem Rebland am Rhein waren manchmal sehr drastisch.

Die Propstei als solche war eine Ruine, ein abbruchreifes, altes Gehöft. Mehr nicht. Es passte zu der Figur des Bruders Eberhardt und wirkte alles in allem wie ein Straflager. Eine Versetzung in ein Außenlager für einen, der unbequem geworden war. Pius' erster Eindruck sollte ihn nicht trügen.

Bruder Eberhardt entpuppte sich als Parteigänger des Abts. Ein Trinker, wie ihn bereits der Winzer zu Schliengen vorgewarnt hatte. Er war schon nicht mehr fähig aufzustehen, als Pius den Raum betrat.

Was er wolle, er habe keine Sprechzeiten mehr, tat er in unwirschem Empfangston kund. Als Pius sich zu erkennen gab, bot er ihm immerhin einen Platz und einen Becher Wein. Er überflog das Schreiben nur kurz.

»Der junge Landgraf gibt sich die Ehre«, war sein einziger Kommentar dazu.

Pius wurde erst im Verlauf des Gesprächs bewusst, dass er ihn, den Sohn des Abts, damit meinte.

Kinder, Narren und Säufer sagen die Wahrheit. Und damit sparte Eberhardt im Laufe des Abends nicht.

»Pius? Allein? Wo ist dein Schatten? Bruder Klaus. Er war auch der Schatten deines Vaters. Hast ihn wohl abgeschüttelt, was?«

Ehe Pius antworten konnte, fuhr Eberhardt fort. »Das lobe ich mir, wie der Alte. Nichts in fremde Hände geben.«

Pius wusste nicht, was Bruder Eberhardt meinte. Doch er ließ ihn weiterreden.

»Du wirst ihn erfreuen, deinen Vater. Er ist ein sehr herrschsüchtiger Mann, musst du wissen. Er liebt es, die Fäden in der Hand zu halten. Ein eigenes Reich aufzubauen. Ihm fehlte nur noch ein Thronfolger. Der Abt ist nicht nur Abt des Klosters St. Blasien. Er ist auch Landgraf, und die Ländereien sind nicht ans Kloster, sondern an seine Person gebunden. Aber die Kirche weiß schon, warum sie den Klerikern das Zölibat aufbürdet: keine Erben, und es fällt alles wieder ans Kloster zurück. Augustinus hat einen anderen Weg gesucht. Du kannst dich *von* schreiben. Du warst erwünscht. Dein Weg ist vorgezeichnet. Alle Wege führen zunächst nach Rom und von da überall hin. Dieses Privileg hat nicht jeder Sohn, mein lieber Pius. Du solltest es nutzen. Nein, du *musst*, ja, so hat er sich ausgedrückt: ›Pius wird meinen Weg gehen, ob er will oder nicht. Schließlich ist er mein Fleisch und Blut.‹«

»Mir scheint, der Abt hat vergessen, dass ich auch eine Mutter habe.«

»Die Mutter tut nichts zur Sache. Sie ist lediglich das Gefäß, in das er sein Erbe legte und reifen ließ. Schön, diese Formulierung, nicht?« Eberhardt sah Pius an, als beneide er ihn. »Der heilige Gral, ja, so hat er das gesehen. Auch Maria, die Mutter Jesu, sei nichts anderes gewesen als ein göttliches Gefäß.«

Nach diesem Ausspruch leerte Eberhardt den Becher mit dem Wein in einem Zug, wischte den verschütteten Rebensaft von seinem glänzenden Kinn und rülpste, ehe er mit schwerem Zungenschlag fortfuhr.

»Ein schönes Gefäß, deine Mutter. Er hat sie sogar zur Priorin erhoben. Nicht allen Novizinnen ging es so gut. Einige zierten sich, da brauchte es eine härtere Hand. Und wenn sich das falsche Gefäß mit der falschen Einlage gefüllt hatte, gab es den Schwedenfelsen. Ein alter Opferstein.«

Eberhardt sah Pius mit roten, wässrigen Augen an. »Ich war der Opferpriester, musst du wissen. Einmal nur. Es war ein Mädchen, aber eben nur ein Mädchen. Es sei tot, sagte man mir, aber es bewegte sich noch. Ich hatte Angst und habe nicht nachgeschaut, es war eingewickelt.«

Er hielt erneut inne.

»Schon die alten Römer haben den Überschuss an die Götter geopfert. Ja, ich habe gesündigt. Man opfert den alten Göttern schon lange nicht mehr. Bruder Klaus ist mir gefolgt. Er konnte es nicht retten, dieses Bündel. Die Greifvögel waren schneller, eine leichte Beute. Nicht?«

Eberhardt sah Pius flehentlich an, als müsse er ihm zustimmen. Das Unrecht dadurch schmälern. Ein Unrecht, das ihm noch immer auf der Seele brannte.

»Ich konnte doch nichts dafür. Ich habe nur getan, was von

mir erwartet wurde. Sag was. Bitte!« Eberhardt warf sich Pius vor die Füße. »Bitte erteile mir die Absolution, Herr!«

Pius hatte ihn ins Bett gezerrt, sich dann vor dem Haus übergeben.

Ein bitterer Nachgeschmack kroch in ihm hoch.

***

»Ein Sohn! Ludwina, du hast einen Sohn geboren!« Die Hebamme wickelte das winzige Bündel in ein Tuch und reichte es der Mutter.

Die Karre war notdürftig aufgestützt worden. Die Frauen hatten alle Haushaltsgerätschaften nach draußen in den Schnee gestellt, den Boden mit Bettzeug ausgelegt und mit Decken eine Überdachung gebaut. Der Wind zerrte dennoch an den Planenecken und jagte unverhofft eine Ladung Schnee herein.

Die übrigen Dörfler saßen etwas abseits um das notdürftige Lagerfeuer und wärmten sich. Langsam wandten sie ihre Köpfe, sie verstanden die Rufe der Hebamme nicht, der Schneesturm verschluckte sie.

Schließlich kam Bewegung in die Menge. Das Kind, es war da. Ein Junge. Die verhärmten Gesichter entspannten sich. Einer nach dem anderen stand auf, hob die provisorische Plane und gratulierte der erschöpften Ludwina. Jedes Mal stieb eine Schneewolke ins Innere.

Die Hebamme verbot schließlich weitere Besuche, auch wenn sie die Vögtin so glücklich machten, wie sie noch nie in ihrem Leben gewesen war. Endlich, ein Sohn. Ihr Ansehen war gerettet, mit dieser abenteuerlichen Geburt sogar gestiegen. Sie würde sich wieder unter die Leute trauen, von Michael als Frau und Mutter geschätzt werden. Er hatte einen Nachfolger.

Zögerlich wagte sich nun auch der frischgebackene Vater aus der Dunkelheit in den Kreis des Lagerfeuers. Er hatte sich bewusst abseits aufgehalten, um die Menge mit seiner Anwesenheit nicht noch weiter zu provozieren. Er hatte den Bogen überspannt. Die Situation wäre beinahe eskaliert.

Michael hatte mit seiner heutigen Sturheit die Loyalität der

Glaser verspielt, das war ihm klar. Es war das erste Mal, dass er sich selbst einen Fehler eingestand, auch wenn er diesen niemals öffentlich zugeben würde. Denn das käme einem Gesichtsverlust gleich – und für einen Schwarzwälder, ein respektables Mannsbild dazu, so undenkbar, als reite der Vogt auf einem Schwein durch das Dorf.

Zum Glück hatte Hilari seine Flasche ausgepackt und damit die Hitze aus den Glaserköpfen genommen. Die Wut auf den Anführer schien vergessen. Für den Moment zumindest. Seine Unfehlbarkeit jedoch hatte er eingebüßt. Das war ihm bewusst, genauso wie ihm auch bewusst war, dass die Nacht, die mittlerweile hereingebrochen war, noch lange nicht zu Ende war. Eine eiskalte Nacht, mitten in der Wildnis, stand ihnen bevor. In der Ferne heulten die Wölfe. Der Winter hatte den Herbst übergangslos abgelöst.

Michael schreckte auf, er musste kurz eingenickt sein. Hatte er einen Hilferuf vernommen oder geträumt? Er lauschte angestrengt, hörte aber nur das Pochen seines Herzens. Er hatte, wie alle anderen, die Nacht am Lagerfeuer verbracht. Zumeist schlaflos.

Offenbar angelockt durch den Geruch des Blutes der Geburt, waren die Wölfe bis auf wenige Schritte an das Lager herangekommen. Ein Wachposten schürte das Feuer, behielt den Karren mit Ludwina, der Hebamme und dem Kind im Auge. Die Wölfe fürchteten das Feuer wie der Teufel das Weihwasser.

Nun graute der Morgen, im Osten zeichneten sich die verschneiten Baumspitzen bläulich gegen den heller werdenden Himmel ab. Es schneite nicht mehr. Dafür war es bitterkalt.

Michael hatte die letzte Wache übernommen. Das Feuer glomm nur noch. Er stieß mit dem Stock, den er als Waffe in den Händen hielt, in die Glut, dass die Funken nur so aufstoben. Dann legte er feuchte Äste nach, die nur schwer Feuer fingen. Er fuhr sich über das Gesicht, um die Müdigkeit abzuschütteln. Schließlich wanderte sein Blick zum Karren. Seinem Bedürfnis, neben seinem Weib und dem Neugeborenen zu schlafen, hatte er nicht nachgegeben. Nicht nur, weil sich die Hebamme sicherheitshalber dort einquartiert hatte.

Theis' Anschuldigung von gestern saß ihm nach wie vor im Nacken, wie eine alte Hexe, die Beschwörungsformeln in sein Ohr flüsterte. Was wusste Theis über das Ableben seiner Schwester? Noch einmal wollte Michael es sich nicht vorwerfen lassen, den Tod einer Ehefrau zu verantworten. Kindbettfieber. Sechs Wochen Schonzeit. Er hatte sie missachtet, sein Recht zu früh gefordert.

Doch jetzt, da sich die Ersten anschickten aufzustehen, wagte er sich in die Richtung des provisorischen Gebärzimmers.

Eine seltsame Ruhe ging von dem havarierten Gefährt aus. Michael sträubten sich die Nackenhaare. Etwas war seltsam.

Eine unergründliche Angst überfiel ihn. Dann sah er die Blutspur.

***

Es sah nach einem ärmlichen Leben aus, das Eberhardt führte. Pius war versucht, dieser Tristesse einfach zu entschwinden, noch stand das Angebot des Winzers in Schliengen zur Auswahl. Was ihn abhielt, war die Angst vor dem unbekannten Mörder. Hier genoss er wenigstens Schutz. Oder redete er sich diese Sicherheit nur ein, weil er in Wirklichkeit die Worte des Abts, selbst wenn sie aus Eberhardts Mund gekommen waren, fürchtete? »Er wird meinen Weg gehen, ob er will oder nicht.«

Allein diese selbstgefällige Aussage regte in Pius den Widerstand. Er würde alles tun, nur nicht den Willen dieses Abts erfüllen. Dann war da noch der Säufer, der ihm leidtat. Oder war dieser Vorwand, er müsse sich um den Mann kümmern, auch nur vorgeschoben, weil Pius in Wahrheit nicht wusste, was nun aus ihm werden sollte?

Wenigstens diesen Winter über wollte er durchhalten, sollten sich dann keine neuen Erkenntnisse zeigen, würde er seinen Dienst in der Propstei quittieren. Vielleicht sah er bis dahin klarer, was seine Zukunft anging.

Gleich heute Morgen hatte Pius die Verwaltungsaufgaben übernommen, um sich sinnvoll zu beschäftigen. Eberhardt begnügte sich mit dem Schreiben seiner Sonntagspredigt, ehe er sich dem Geist des Weines zuwandte.

Pius trieb sich nach der wenigen Arbeit, die diese kleine Propstei bot – es gab am Mittag schon nichts mehr zu tun –, unbehelligt in der Gegend herum, aber ohne jenem Respekt oder der Aufmerksamkeit der Menschen zu begegnen, die er von Klingnau her gewohnt war. Auch oder vielleicht gerade weil er wieder einen Habit trug, worauf der Propst bestand.

Die Markgräfler waren reformiert und fühlten sich als die besseren Menschen. Nur noch wenige Familien bekannten sich zum katholischen Glauben, für sie hielt St. Blasien diese Propstei aufrecht. Doch der Untertanen Seelenheil war nur ein Vorwand, vor allem ging es St. Blasien darum, ihre Abgaben nicht zu verlieren. Abgaben in Form von Wein, Messwein, der im Schwarzwald nicht gedieh. Viel zu verwalten gab es daher nicht, dafür mehr zu trinken.

Pius streifte über die kahlen Felder und durch die Weinberge. Wo möglich, sammelte er Brennholz. Es gab keinen Holzvorrat im Haus, bald würde es auch hier kühler werden.

Er hing seinen Gedanken nach. Wo war Waldemar abgeblieben? Pius hatte immer gehofft, dass er eines Tages auftauchen würde. Doch die Hoffnung schwand mit jedem Tag, mit jeder Woche.

Betrübt, mit einigen knorrigen Ästen unter dem Arm, schlenderte Pius wieder zurück.

Das Wiehern eines Pferdes riss ihn aus seinen Tagträumen. Die Stute stand unmittelbar vor ihm. Angeleint an einen Gartenzauh. Allein.

Das Pferd scharrte mit dem Vorderhuf. Waldemar? Hatte sein Freund ihn endlich gefunden? Es war Ragna, die Stute aus dem Stall von Sion.

Pius ging auf sie zu, er erkannte sie eindeutig, sie hatte eine Narbe unter dem linken Auge. Wo war Waldemar? Erfreut lief er zur Propstei. Dann blieb er wie angewurzelt vor dem Haus stehen.

Eine weibliche Stimme war zu hören, sie kam Pius bekannt vor. Instinktiv zog er sich zurück und beobachtete den Hauseingang. Die Stimmen wurden lauter, stritten die beiden? Pius versuchte, etwas zu verstehen. Leider ohne Erfolg.

Als die Tür aufging und eine Nonne das Haus verließ, verschlug es ihm den Atem: das »Gesicht«! Es hatte ihn gefunden!

***

Michael folgte der Spur zunächst nur mit seinen Blicken. Im laublosen Geäst des Unterholzes lag etwas. Der Schnee war von den Zweigen gefallen, Fußspuren, Tierspuren, Blut. Etwas Schreckliches musste passiert sein.

Er lauschte, doch es herrschte Totenstille, als hielte die Welt den Atem an.

Dann erkannte er einen Körper, einen Menschen. Schnellen Schrittes ging er darauf zu. Die Hebamme.

Sie sah übel aus, übersät von Bisswunden. Wölfe? Bären?

Michael stürzte sich auf die Hebamme, rüttelte sie. Sie reagierte nicht. Er sah in ihre weit aufgerissenen, trüben Augen, doch da war nur das Grauen, der Tod.

Vergeblich versuchte Michael, den Puls zu fühlen, ihr Körper war noch warm. Blut sickerte aus den Wunden. In der Hand hielt sie einen blutverschmierten Stock. Hatte sie sich gewehrt? Hatte sie gerufen? Wollte sie die angreifenden Raubtiere von der Wöchnerin und dem Kind fernhalten?

Ludwina, sein neugeborener Sohn! Warum war es so still im Karren?

Michael bewegte sich langsam auf den Wagen zu, vorsichtig, um im Zweifelsfall flüchten zu können. Die Plane stand offen. Was er dann sah, ließ ihm das Blut in den Adern gefrieren, ein jäher Schrei entfuhr ihm, der die Stille des Morgens zerriss.

Da lag Ludwina, weiß wie ein Leintuch. Die Decken um ihren Körper, den Unterleib, blutgetränkt. Die Augen geschlossen. Was überhaupt nicht in die Szenerie passte, war ihr Lächeln. Die Tote lächelte, sie sah glücklich und entspannt aus. Was war passiert, wo war das Kind?

Wieder blickte Michael fassungslos nach draußen. Die ersten Dörfler standen vor ihm, steif, wie zu Salzstatuen erstarrt. Keiner sagte etwas, sie schauten ihn nur an. Anklagend, mitleidig.

»Das Kind? Mein Sohn?«, flüsterte Michael.

Langsam hob einer seinen Arm und deutete in das Unterholz. Es war Theis.

Michaels Blick folgte seinem Finger.

Da lag etwas Rotes, Blutiges. Ein Köpfchen, winzige Ärmchen, der Rest fehlte.

***

»Wer war die Frau, mit der Ihr gesprochen habt, Bruder Eberhardt?« Pius stand im Raum, seine Knie zitterten. Er hatte sich nicht aus der schützenden Hausecke gewagt, schließlich beobachtet, wie die Nonne ging, aufsaß und im Galopp verschwand. Wie ein Geist, eine Erscheinung.

»Das geht dich nichts an, eine alte Freundin«, brummte Eberhardt.

»Wie heißt sie?«

»Soll das jetzt ein Verhör werden oder was?«

»Ich habe sie schon einmal gesehen, woher kennt Ihr sie? Weiß der Abt, dass sie Euch besucht?« Pius ließ das Holzbündel fallen und setzte sich.

»Sie war einmal seine Geliebte.«

Pius schluckte.

»Da staunst du, was?«

Eberhardt nahm einen kräftigen Schluck Wein, dann bot er auch Pius einen Becher an.

»Komm, spül deinen Schrecken hinunter. Es verjagt die Gespenster.«

»Welche Gespenster?«

»Die Gespenster der Vergangenheit.«

Pius schenkte sich ebenfalls ein. Ihm war schlecht.

»Erzählt!«

Eberhardt nahm einen weiteren Schluck, sein Blick war bereits verlangsamt. Er musste schon einiges intus haben.

»Er war der Vater des Mädchens.«

»Wer? Welches Mädchen?«

»Der, der sich auch dein Vater nennt.«

»Abt Augustinus?«

Eberhardt nickte, dann schloss er die Augen.

Pius wartete, doch als der Mönch zu schnarchen begann, rüttelte er ihn unsanft. »Sprecht! Verdammt! Das Mädchen.«

»Du hast eben seine Mutter gehen sehen.«

»Die Nonne?«

»Die Nonne.«

»Woher kommt sie?«

»Aus dem Kloster, in dem auch du geboren wurdest. Nur, du hast überlebt. Ein Sohn für den Abt. Ein Erbe. Ein Mädchen wollte er nicht.«

»In Säckingen hat diese Frau versucht, Bruder Klaus zu ermorden!«

Bruder Eberhardt schreckte auf. »Sie?« Er wurde sichtlich blass. »Das kann nicht sein. Sie wusste nichts davon. Auch nicht von dir, dass es dich gibt.«

»Wovon? Wer ist sie?«

»Ach, lass mich in Ruhe. Ich will nichts mehr davon wissen. Mein Auftrag ist, dich zu schützen. Sie hat nichts damit zu tun. Glaub mir.«

»Was wollte sie dann hier?«

»Wissen, ob mich jemand besucht hätte in letzter Zeit.«

»Was habt Ihr gesagt?«

Eberhardt zuckte die Schultern. »Dass ich schon lange keine Menschenseele mehr gesehen habe.«

»Ihr habt nichts von mir erzählt?«

»Was hast du nur? Sie hat nichts mit dir zu tun. Ich soll auf dich aufpassen, weil Augustinus seinem Oberrechner nicht über den Weg traut. Der ist etwas übergeschnappt, hat eine andere Sache nicht verkraftet und sieht manchmal Gespenster. So, jetzt weißt du es. Er neidet dem Abt nicht nur seinen Stuhl, er weiß auch von den Gelagen. Augustinus glaubt, dass er herausbekommen hat, dass es dich gibt. Nimm dich also in Acht vor ihm.«

»Ihm?«

»Cajetano.«

Pius wollte noch mehr wissen, aber Bruder Eberhardt weigerte sich, weiterhin über die Sache zu reden. Er habe alles gesagt, was er wisse, das andere ginge ihn nichts an. Amen.

Pius sammelte das Holz wieder auf. Ein Mädchen. Hätte der Abt auch ihn umbringen lassen, wenn er ein Mädchen geworden wäre? Pius ließ dieser Gedanke nicht los.

Er ging in die Küche, um das Brennholz in die dafür vorgesehene Kiste zu werfen. Bruder Eberhardt war wohl dabei gewesen, das Abendbrot zu richten, als der Besuch der Nonne ihn überraschte. Pius setzte sich an den gedeckten Tisch, biss beherzt in die Rauchwurst, nahm ein Stück Brot dazu und lehnte sich mit dem Rücken an die Wand. Die Wurst schmeckte nicht sonderlich gut. Er war bessere gewohnt. Er zog ein langes Stück Haut aus dem Mund. Es sah aus wie der Stil einer Pflanze. Mit welchem Kraut würzte man hier die Bratwürste? Erneut biss Pius in die Rauchwurst.

Waren seine Ängste unberechtigt? War diese Frau, deren Name er noch immer nicht kannte, gar nicht hinter ihm her? Versuchte sie, sich wegen einer alten Sache an den Mönchen zu rächen? Pius schwindelte bei all den Gedanken. Ihr Name, er wusste ihren Namen noch immer nicht.

Entschieden stand er auf. Er musste nochmals zu Bruder Eberhardt, der musste ihm verraten, wie das »Gesicht« hieß.

Der Raum drehte sich plötzlich um ihn. Sein Herz begann, wild zu rasen, Schweiß brach ihm aus. Er hatte doch nur einen halben Becher Wein getrunken. Was war los?

Pius ergriff die Herdstange, dennoch stürzte er und schlug mit dem Kopf auf.

Dann wurde es schwarz um ihn, schwarz wie die Augen der Zigeunerin.

»Es hat schon angefangen, nimm dich in Acht.«

***

Als müsste das Unglück der vergangenen Nacht zugedeckt werden, begann es wieder leise zu schneien. Der Schock und das Entsetzen umhüllten die Glasmacher und ihre Familien wie ein dumpfer Wattebausch. Schweigen lag über dem Platz. Allmählich wurde das Nachtlager abgeschlagen, keine Befehle wurden gebrüllt, keine Vorwürfe laut.

Es hätte jeden von ihnen treffen können. Die Dinge waren so nicht vorhersehbar gewesen, der eine oder andere musste sogar zugeben, dass er ähnlich wie Michael gehandelt hätte. Die Zeit hatte gedrängt.

Stumm wie ein Flüchtlingsstrom, der dem Elend entkommen wollte, trotteten sie der neuen Heimat entgegen. Das Neugeborene hatten sie an Ort und Stelle begraben. Der Anblick sollte jedem Weiteren erspart bleiben. Es war noch nicht getauft, man hätte es sowieso hinter der Friedhofsmauer begraben müssen. In ihrer neuen Pfarrei Schluchsee, die noch weiter entfernt lag als das jetzige Grab. Gleich morgen würden sie dorthin ziehen.

Ludwina sollte ein anständiges Begräbnis bekommen. Ihr blutleerer Leichnam lag, eingewickelt in ein Tuch, auf dem eiernden Karren, der nur notdürftig repariert worden war. Sie musste noch in der Nacht verblutet sein. Langsam, unmerklich. Vielleicht ein Riss in der Gebärmutter durch den Sturz. Vielleicht auch nicht, es brachte nichts, sich darüber den Kopf zu zerbrechen. Es war ihr Schicksal, ihre Zeit war abgelaufen. Gottes Wille. Nur so ließ es sich ertragen. Die Verantwortung abgeben.

Ihr Andenken würde ein ehrendes sein, sie hatte einen Jungen geboren, mitten in der Wildnis. Ihr sehnlichster Wunsch war für einige Stunden in Erfüllung gegangen, ein Sohn für den Glasvogt. Sollte das Glas wieder einmal gispig werden, würde man nicht mehr mit Spott an sie denken.

Die Wildtiere mussten das unaufhörlich sickernde Blut der Wöchnerin gerochen und bemerkt haben, dass die Hebamme eingeschlafen war. Normalerweise hätten sie sich nicht in der Nähe von Menschen aufgehalten und sie angefallen. Es war für die Wölfe jedoch ein Leichtes, das Kind, ihre Beute, aus dem Karren zu zerren. Ähnlich einem neugeborenen Lamm. Vermutlich war die Geburtshelferin dabei aufgewacht, hatte ihren Mut zusammengenommen und der Meute nachgestellt. Ebenfalls eine tapfere Frau.

Den Spuren nach zu urteilen waren es mehrere, drei oder vier Raubtiere, und sie waren im Blutrausch. Die Hebamme hatte keine Chance. Ihr Leichnam lag ebenfalls auf dem Karren. Ein Bote war unterwegs zurück nach Althütte. Man würde sie abholen und nach St. Blasien bringen lassen, wo sie ihre letzte Ruhe finden sollte.

Marie konnte nur schwer den bohrenden Fragen ihres Buben ausweichen. Das Geschehene war so schrecklich, dass sie es seinem kindlichen Empfinden nicht zumuten wollte. Wie all die anderen fragte auch sie sich, wie man dieses Unglück hätte verhindern können. Marie beachtete das Quengeln ihres Sohnes nicht, sie kämpfte mit den Tränen.

Schließlich schrie Jakob: »Mutter, ich rede mit dir!« Er stampfte auf den Boden auf wie ein richtiger Glasmacher, wenn er wütend wurde.

Marie schaute ihren Sohn irritiert an, dieses ungehaltene Gebärden erinnerte sie an ihren Vater.

Da geschah etwas, was sie und auch die anderen nie für möglich gehalten hatten. Der Glasvogt nahm den kleinen Buben an die Hand und sagte: »Komm, Jakob, dein Großvater erklärt dir, was mit deiner Stiefgroßmutter passiert ist. Lass uns ein paar Schritte vorgehen, das geht nur uns Männer etwas an.«

Marie wollte protestieren. Was hatte er vor? Glaubte er, dem Buben den Eigensinn aus dem Leib prügeln zu müssen? Noch nie hatte er dem Kind Aufmerksamkeit geschenkt, ihm auch nur annähernd gezeigt, dass er ihn akzeptierte oder als seinen Enkel anerkannte.

Jakob war still geworden und blickte den Großvater mit erwartungsvollen Augen an. Dieser raubeinige Glasmacher hatte ihn als gleichwertigen Mann bezeichnet.

Theis hielt Marie zurück. »Gib ihnen eine Chance. Tue es für Jakob. Und für deinen Vater. Auch er braucht jetzt jemanden, der ihm noch Gehör schenkt.«

Marie gab nach. Vielleicht hatte Theis recht und aus dem Starrkopf Michael Sigwarth würde ein Mensch mit einem Herzen aus Fleisch und Blut werden. Sie musste an den Holländer-Michel denken, der menschliche Herzen gegen Steine austauschte. Vielleicht geschah gerade jetzt das Gegenteil.

***

Waldemar verließ das Flussufer und ritt durch die bewirtschaftete Ebene mit den abgeernteten Obstbäumen Richtung Weinberge. Das Laub hatte sich auch hier schon verfärbt. Die Blätter vor ihm leuchteten in einem feurigen Rot. Weinbauern waren dabei, die letzten Trauben zu ernten. Es roch erdig, ein leichter Regen setzte ein.

Der junge Reiter studierte nochmals die Landkarte. Sein Blick fiel zum Blauen, der höchsten Erhebung landeinwärts. Man konnte die Umrisse des Berges nur schemenhaft erkennen. Nebelschwaden zogen um ihn. An seinem Fuße musste Bürgeln liegen. Sein Ziel, er war also richtig.

Mühsame Tage der Suche lagen hinter Waldemar. Er hatte Pater Franz in Säckingen aufgesucht, aber von ihm nicht mehr erfahren, als er nicht schon gewusst hätte. Hellhörig wurde er erst, als ihn ein Dienstmädchen ansprach, ihm von der Sache mit dem Tee und der seltsamen Krankenschwester erzählte. War Bruder Klaus gar nicht vergiftet worden, sondern eines natürlichen Todes gestorben, nachdem er den Anschlag überlebt hatte?

Wieder war die Rede von einer Frau gewesen, obwohl zur selben Zeit ein Bettelmönch gesehen worden war. War es ein und dieselbe Person, oder waren zwei Personen hinter Pius her? Machten sie gemeinsame Sache? Da half es auch nichts, dass er die alte Kräuterfrau, die ihm das Dienstmädchen genannt hatte, aufsuchte. Sie bestätigte nur, was die Angestellte zu berichten wusste.

Eine weitere Spur fand Waldemar in Basel. Er entdeckte den Kahn des Klosters, das Wappen war zwar überpinselt worden, aber der Besitzer, ein junger Bursche, gestand schließlich, dass der Eigner es nicht mehr abgeholt habe und er es somit als sein Eigen ansah. Beschämt reichte er ihm ein Bündel, die Kutte von Pius.

Je weiter Waldemar bergan ritt, desto kahler wurde die Gegend. Die knorrigen Stämme der Reben sahen aus, als wären ganze Heerschaften von gedungenen Soldaten unterwegs gewesen. Aus der Ferne wirkten sie, als kämen sie im Nebel die Hänge herunter. Sicherlich hätte man bei klarer Witterung bis hinüber zu den Vogesen und dem Jura gesehen.

Waldemar gab seinem Pferd die Sporen, als wolle er gegen das fremde Heer anreiten.

Das Dorf Bürgeln selbst machte einen wenig einladenden Eindruck. Ein eisiger Wind fegte durch die Hauptgasse, das größte Haus auf dem Hügel, es musste das Priorat sein. Es sah aus, als würde es jeden Moment zusammenbrechen.

Waldemar schauderte bei dem Anblick. Insgeheim hoffte er, auch hier seinen Freund Pius nicht anzutreffen. Der Ort war ihm unheimlich, und er konnte nicht sagen, ob es nur an der kalten Witterung lag.

Je näher er dem Gebäude kam, umso armseliger wirkte es. Es hatte sicherlich schon bessere Tage erlebt. Dass es im Pfälzer Erbfolgekrieg Schaden genommen hatte, wusste Waldemar aus den Aufzeichnungen des Klosters St. Blasien.

Er sah hinter den vereisten Fensterscheiben des Ortes Gesichter, die ihn anglotzten. Seine Kleidung war auffällig, doch das Pferd sah stattlich und gepflegt aus. Kein Tier, das zur Arbeit eingesetzt wurde. Man könnte in ihm also einen Boten der Herrschaft vermuten, nur welcher? Des Markgrafen zu Baden-Durlach oder des Klosters?

Waldemar ließ sich nicht beirren und behielt das Gebäude im Blick, als könnte es ihm zwischendurch im Nebel abhandenkommen. Es wirkte verlassen, nicht einmal der Kamin rauchte bei diesen kühlen Temperaturen. Erst unmittelbar vor der Tür saß er ab. Sie war nur angelehnt und schlug mit dem Wind.

Noch einmal tief Luft holend, schaute Waldemar sich um. Dem prüfenden Blick eines Stallburschen entging der Zugang zum Tierunterstand an der seitlichen Hausfront nicht. Er blickte hinein. Er war leer. Zum wiederholten Male fragte Waldemar sich, ob hier wirklich noch eine Menschenseele hauste.

Schließlich pochte er gegen die Tür. Als er keine Antwort erhielt, rief er: »Gott zum Gruße, ist hier wer?«, und trat ein.

Nichts rührte sich. Dann stand Waldemar in einem dunklen Flur. Die nächste Tür musste in die Amtsstube führen, ein eiserner Ring, um anzuklopfen, hing unter dem Wappen St. Blasiens. So weit war er also richtig. Das Blau war schon abgeblättert und nur noch zu erahnen. Vom springenden

Hirsch, dem Wappentier, waren nur noch die Außenränder der Zeichnung erkennbar.

Waldemar verfuhr wie zuvor. Er hatte schon den Türgriff in der Hand, als er ein schwaches Rufen vernahm. Er hielt inne und lauschte.

»Pius? Kommst du endlich? Mir ist kalt, und ich habe Hunger und großen Durst. Wo warst du so lange?«

Waldemar war angespannt vom Scheitel bis zur Sohle. Langsam drückte er die Klinke herunter.

***

Der neue Glasofen war hochgefahren und bereits in Betrieb. Der Alltag hatte begonnen, und mit jedem Tag verblassten die schrecklichen Bilder etwas mehr, wenn sie auch nie ganz aus den Köpfen der Waldbewohner verschwinden würden.

Für Jakob hatte das Schicksal durch das Drama eine Wendung genommen. Er wurde nicht mehr wie früher vom Glasvogt weggeschickt, wenn er in die Glashütte kam und den Schürern beim Eintragen von Holz half, sondern dafür gelobt, was ihn natürlich umso mehr anspornte.

Das Feuer übte eine Faszination auf ihn aus, wie es aus den Heizlöchern züngelte und die neuen Scheite oder die Kohlestücke verschlang. Glühenden Küken im Nest gleich kauerten die Kohlebrocken nebeneinander im Ofenloch, als müssten sie sich wärmen und gegenseitig schützen.

Die Hitze war so mächtig, dass sie die Brocken innerhalb kürzester Zeit zu Asche zerfallen ließ. Kostbare Asche, die gesammelt wurde und zu Theis und Jakobs Mutter ins Aschenhaus kam. Damit kochte Marie das wertvolle Pulver, das das Glas weiß machte.

Jakob hatte gut aufgepasst, auch wusste er, wo das Giftmehl lagerte, das die Glasmacher manchmal noch benutzten, wenn die Pottasche nicht ausreichte. Er war schon öfter heimlich hinter dieser verbotenen Tür verschwunden und hatte sich das Gift angeschaut. Er fand, dass es überhaupt nicht schlimm aussah, obwohl er wusste, dass man daran starb. Manchmal schnell, manchmal langsam, so hatte es ihm Onkel Theis erklärt.

Die gelbe Haut und die wenigen Haare auf dem Kopf des Aschenbrenners kämen von der Arbeit mit dem Gift. Onkel Theis war der dünnste Mann im ganzen Dorf, und das nicht, weil ihm Jakobs Mutter zu wenig kochte, sondern weil er einen »schlechten« Magen hatte, vom Giftstaub.

Jakob hatte großen Respekt vor dem Pulver. Darum achtete er auch immer darauf, dass Theis die Tür wieder schloss. Er vergaß solche Dinge manchmal, weil er auch schon ziemlich alt war. Aber dazu hatte er ja Jakob. Jakob, der sich als Sohn der Aschenbrennerin seiner Verantwortung bewusst war. Er hatte selbst Poldis Aufforderung, ihm das Gift zu zeigen, widerstanden.

Seit ein paar Tagen waren nun auch die Glasmacher mit ihren Familien aus Grünwald da. Was anfänglich noch mit einem den dramatischen Ereignissen geschuldeten und für Glasmacherverhältnisse kleinen Willkommenstrunk begangen worden war – der Glasvogt blieb dem fern –, entpuppte sich bald als etwas schwierig, was das Zusammenleben der unterschiedlichen Glasmacher betraf. Zwar war von vornherein klar gewesen, dass Michael Sigwarth wie gehabt der Sippe vorstehen sollte, doch die Grünwälder widersprachen bei jeder Gelegenheit.

Martin Rogg, der ehemalige Vogt aus Grünwald, versuchte zu vermitteln. Unterstützt wurde er von einem, zu dem die Rolle des Friedensstifters gar nicht passte: Georg Raspiller.

Marie verfolgte die Streitigkeiten der Männer schweigend und mit gemischten Gefühlen. Sie wartete darauf, dass ihr Vater die Zeit der Trauer für beendet erklärte und seinen Trumpf aus dem Ärmel zog. Vor allem versuchte sie, sich ein Bild von Georg zu machen. Der war neben Martin sichtlich um den Dorffrieden bemüht.

Marie beobachtete aber auch, dass Georg, sobald ihm Michael den Rücken kehrte, eine andere Meinung vertrat und die Grünwälder geschickt aufwiegelte. Sie hatte Theis versprochen, sich nicht gleich gegen ihn zu stellen. Noch war nicht über die Sache gesprochen worden. Vielleicht besann sich Michael nach dem schrecklichen Ereignis auch eines Besseren.

Doch Georg schien darauf zu warten, dass der Glasvogt sein Versprechen einhielt. Die Aschenbrennerin beachtete er nicht.

Zumindest tat er vor den anderen so. War sie jedoch in der Glashütte, um die Asche einzusammeln, fühlte sie sich von ihm beobachtet. Sein Blick traf sie unangenehm. Abschätzend ruhten seine Augen auf ihr. Sie hatte sich sogar angewöhnt, sich nicht mehr zu den Feuerlöchern zu bücken, sondern ging in die Hocke, um sie zu leeren. Sie wollte ihn und auch die anderen neugierigen Grünwälder nicht auf abwegige Gedanken bringen.

Trotzdem glaubte sie, die Würfel seien schon gefallen. Dann, wenn die Männergespräche verstummten, wenn sie die Hütte betrat, oder Georg sich überschwänglich lobend über den Arbeitseifer ihres Sohnes ausließ.

Dass Jakob dieses Lob missachtete, war ihm anzusehen. Der Junge lechzte ausschließlich nach Anerkennung durch seinen Großvater. Nur deshalb schuftete er in der Hütte. Wurde er dann in der Vesperpause von ihm eingeladen, ein Stück Speck oder einen Kanten Brot mit ihm zu teilen, strahlte der Bub wie ein Fettauge auf der Sonntagssuppe.

Kapitel 13

Wiltrudis verbrachte nach wie vor ihre Tage und Nächte in unfreiwilliger Klausur in ihrer Zelle. Die Oberin ließ sie absichtlich schmoren, sie hatte noch keinen Boten nach St. Blasien geschickt, um die Nichtbeachtung der neuen Regel, das Kloster nicht ohne Erlaubnis zu verlassen, anzuprangern. Vermutlich empfand Magdalena ihre Gründe selbst als zu vage, um die Absetzung der Priorin durchzubringen. Mit dem Arrest hatte sie sie zumindest auf unbestimmte Zeit aus dem Weg geräumt.

Der Besuch der Klosterbrüder aus St. Blasien lag nun schon gut zwei Wochen zurück. Stephanus würde sich melden, sollte es neue Erkenntnisse geben, versuchte Wiltrudis sich zu beruhigen.

Ihr Blick fiel in den kahlen Klosterinnenhof. Die nackte braune Erde war bedeckt. Eine leichte Schneedecke überzog die Trostlosigkeit. Sie spiegelte die Ödnis ihrer Seele wider, die sich ebenso nackt anfühlte, zugedeckt lediglich mit einer endlosen Kältedecke, die sie nicht wegzuziehen vermochte.

Wiltrudis drohte, wieder in ihre Melancholie der letzten Jahre zu versinken. Ein Zustand der bloßen funktionellen Existenz ohne Lebendigkeit. Das Ausschalten aller Gefühle, um nicht der Verzweiflung anheimzufallen. Sie verspürte dieses Abgleiten, das Hinnehmen des Schicksals als gottgegeben, das dumpfe Kommen und Gehen der Tage. Nichts, das sie aus der aufkommenden Lethargie riss.

Sie ertappte sich dabei, dass sie nicht einmal mehr zu den Gebetszeiten aufstand, sich erst am Mittag wusch. Vielleicht wartete die Oberin auch nur darauf, einen gesundheitlichen Aspekt zu finden, ihr endlich den Rang der Priorin aberkennen zu lassen. Ein Titel, der ihr, Magdalena, offiziell noch fehlte.

Ein leises Klopfen an der Tür riss Wiltrudis aus ihren Tagträumen. Wie lange hatte sie am Fenster verharrt, den Schneeflocken zugesehen, die leise und unablässig vom Himmel fielen?

»Ja?«

»Wiltrudis.« Ihre Freundin Gertrud schob sich durch die Tür.

»Magdalena ist außer Haus. Jetzt kann ich endlich mit Euch reden. Vor zwei Tagen hat mir der Stallknecht schreckliche Neuigkeiten aus Eurem Glasmacherdorf berichtet. Eure Schwägerin ist verstorben, auf dem Weg in die neue Siedlung. Sie hat in der Wildnis einen Sohn geboren.«

Während Gertrud ihr von den Ereignissen berichtete, die der Knecht auf Umwegen erfahren hatte, starrte Wiltrudis unablässig auf das Kreuz an der Wand. Sie bewegte ihre Lippen wie im Gespräch, kein Laut drang nach außen.

Auf Gertrud wirkte diese Geste wie eine geistige Abwesenheit. Sie sorgte sich um ihre Freundin. Versuchte, sie anzusprechen, doch Wiltrudis hielt Zwiesprache mit ihrem Herrn und reagierte nicht auf sie. Schließlich verschwand die Novizenmeisterin mit dem flauen Gefühl, Wiltrudis' Verstand nicht erreicht zu haben.

Die Dunkelheit machte sich bereits in der Kammer breit, als Wiltrudis ihre Gedanken und Sinne wieder auf das Hier und Jetzt lenkte. Ihr Geist war nach dieser gründlichen Aussprache mit dem Gekreuzigten aufgeblüht. War es eine Vision, eine göttliche Botschaft, die sie erhalten hatte? Wie auch immer, es war die Erkenntnis, dass sie schon zu viele Jahre am falschen Ort gewirkt hatte. Die Intrigen, die gegen sie gesponnen wurden, waren Beweis genug. Irgendwo da draußen irrte ihr Sohn herum, auf der Suche nach einer Heimat, nach einer Mutter, die sich wegsperren ließ wie ein unmündiges Kind. Hier war sie unerwünscht, woanders wurde sie vielleicht dringend gebraucht.

Wiltrudis entzündete eine Kerze, dann zog sie ein Papier hervor und schrieb:

An den Abt Augustinus von St. Blasien mit der Bitte um Weiterleitung an die Kongregation der Institute des geweihten Lebens in Rom.
»Der Herr behütet dich vor allem Bösen, er behütet dein Leben. Der Herr behütet deinen Ausgang und deinen Eingang von nun an in alle Ewigkeit.« Mit diesem Vers aus Psalm 121 wurde ich in den Orden aufgenommen. Unser Ordensgründer Benedikt von Nursia hat bereits im 5. Jahrhundert den Geweihten ein Recht auf Dispens zugesprochen, indem er empfahl, die zivile Kleidung

eines jeden Mitglieds möge im Kloster aufbewahrt werden. In unseren heiligen Regeln ist dies im Kapitel 58 festgehalten. Hierauf berufe ich mich mit der Bitte um Entlassung aus dem Kloster. Mir ist es nach reiflichen Überlegungen bei einer mehrwöchigen Klausur nicht mehr möglich, meine klösterlichen Aufgaben im Einklang mit der Beachtung der Regeln zu erbringen. Die Gründe hierfür dürften dem Oberhaupt in St. Blasien hinlänglich bekannt sein und für mein Gesuch ausreichen.
Priorin Wiltrudis im Oktober 1716

Wiltrudis war jetzt ganz ruhig, so ruhig wie schon lange nicht mehr. Innerer Frieden breitete sich in ihr aus. Gott hatte ihr verziehen und sah ein, dass sie ihm woanders besser dienen konnte. Sie war mit sich und ihm im Reinen – und nur das zählte.

Ihren Ring nahm sie ab und legte ihn zu dem Schreiben, ebenso ihren Kreuzanhänger. Zuletzt entfernte sie ihre Kopfbedeckung. Es fühlte sich kalt an. Ihr Haupt war kahl geschoren.

Wiltrudis packte ihr Gebetbuch und die Bibel in die Tasche, dazu ihren Rosenkranz und Schreibzeug, viel mehr besaß sie nicht. Dann setzte sie sich auf ihr Bett und wartete, bis man ihr die letzte Mahlzeit brachte.

***

Benommen hielt Pius auf die Ruine vor seinen Augen zu, die Burg Baden. Dort unten musste es einen alten Handelsweg hinauf in den Schwarzwald geben. Niemand würde ihn da vermuten.

Er rollte den Lageplan, den er in aller Eile eingesteckt hatte, wieder zusammen. Es passte, er war auf dem richtigen Weg. Was das Schwarzwaldgebirge betraf, waren die Zeichnungen allerdings sehr spärlich. Ein vager Weg ging von Badenweiler in Richtung des höchsten Schwarzwaldbergs, des Feldbergs. Von dort musste es weitere Handelswege wieder hinunter an den Hochrhein geben. Irgendwo zwischen dem Schluchsee und der Alb lag St. Blasien, weiter unterhalb das Kloster Berau.

Pius bezweifelte, dass er den Benediktinerinnenorden in

seinem Zustand und bei dieser Jahreszeit je erreichen würde. Dennoch, er hatte keine andere Wahl, wollte er entkommen.

Ein eisiger Wind fegte ihm um die Ohren, obwohl er die Kapuze seiner Kutte tief ins Gesicht gezogen hatte. Unter seinem Habit trug er Stadtkleidung, so war er wenigstens etwas gegen die Kälte geschützt.

Sein Schädel hämmerte. Pius wusste nicht, was geschehen war, er erinnerte sich nur, dass ihn ein starkes Schwindelgefühl überfallen hatte. Er musste gestürzt sein. Eine blutende Wunde samt dicker Beule am Hinterkopf deutete darauf hin. Das war nicht alles, er musste sich fortwährend übergeben, auch ein heftiger Durchfall ließ ihn immer wieder in die Weinberge ausscheren. Seine Pulsschläge waren verlangsamt, das Herz stolperte.

Allmählich dämmerte ihm: Die Wurst war präpariert gewesen. Vermutlich mit denselben giftigen Waldpflanzen, wie sie sich im Tee von Bruder Klaus befunden hatten.

Das »Gesicht«. Es hatte wieder zugeschlagen – und dabei war es der fremden Nonne vermutlich egal gewesen, ob Bruder Eberhardt oder er an dem Gift starben. Pius war sich nicht mehr sicher, ob sie wirklich nichts von seinem Aufenthalt in Bürgeln wusste. Diese Frau war auf Rachefeldzug. Es musste mit den Geschehnissen von damals, vor seiner Geburt, zu tun haben. Glaubte Abt Augustinus wirklich, einer seiner Brüder, dieser Cajetano, wäre nicht ganz zurechnungsfähig? Oder steckte er so tief drin, dass er die weniger Schuldigen schützen musste, um selbst nicht in Verdacht zu geraten?

Pius musste unbedingt seine Mutter finden, die Wahrheit erfahren, vielleicht auch sie warnen.

Er blickte auf das Bröckelwerk vor seinen Augen, es drohte im Nebel zu verschwinden. Die Burg war erst vor wenigen Jahrzehnten von den Franzosen im Holländischen Krieg zerstört worden. So viel hatte er von seiner neuen Umgebung schon erfahren.

Pius drehte sich einmal um sich selbst. Woher kam plötzlich der Nebel? Die Luft begann zu flirren. Eine Welle der Übelkeit kroch ihm unter die Zunge und kündigte durch vermehrten Speichelfluss abermaliges Erbrechen an. Das Gift suchte, den

Körper zu verlassen. Pius wehrte sich nicht. Mit zitternden Knien hielt er sich an einem Walnussbaum fest, während sein Magen das Innerste nach außen kehrte. Als es vorüber war, lehnte er sich an den Stamm und schloss kurz die Augen. Er sog die frische winterliche Luft tief in seine Lungenflügel, als könne er somit wieder neue Kräfte in seinen Körper pumpen. Sein Schädel hämmerte, seltsamerweise in der Stirngegend, obwohl seine Beule am Hinterkopf war.

Als Pius nach seinem Zusammenbruch in der Küche wieder zu sich gekommen war, hatte er zunächst nur die Blutlache am Boden entdeckt. Es hatte eine Weile gedauert, bis er sie mit seinem dröhnenden Kopf in Verbindung brachte. Dann schaute er nach Bruder Eberhardt. Der hatte sich dem Geist des Weines hingegeben und schnarchte tief und fest.

Da fiel sein Entschluss: Er musste für seine Sicherheit selbst sorgen und möglichst unbemerkt verschwinden. Die Sicherheitsvorkehrungen des Abts, er konnte ihn nicht »Vater« nennen, taugten nichts.

Seine Habseligkeiten waren schnell gepackt, die Wurstreste im Garten vergraben, ehe sich Bruder Eberhardt darüber hermachen konnte. Vermutlich wäre die ganze Wurst eine tödliche Dosis gewesen.

Die Burgruine stand wieder klar vor seinen Augen. Der Nebel hatte nur in seiner Vorstellung existiert, sein Bewusstsein war getrübt. Er musste aufpassen, dass seine Sinne ihm keine Streiche spielten.

Entschlossen stapfte Pius weiter, der sich langsam senkenden Dunkelheit entgegen. Ein trüber und kühler Herbsttag im Unterland ging zu Ende. Sicherlich hatte es oben in den Bergen schon geschneit. Er wünschte sich ein wärmendes Feuer und ein Nachtlager herbei.

***

Bruder Stephanus lag im Bett und sprach sein Nachtgebet, als er glaubte, etwas zu hören. War jemand den Kreuzgang entlanggehuscht? Er lauschte angestrengt. Nichts rührte sich mehr.

Da war es wieder, diesmal ein sanftes Klopfen. Drüben, bei Pater Cajetano.

Stephanus erhob sich aus seinem Kissen. Er vernahm ein Flüstern, die Stimme gehörte dem Bruder Pförtner. Er klang ziemlich aufgeregt, Stephanus konnte jedoch den Wortlaut nicht verstehen. Blitzschnell stieg er aus dem Bett und eilte zur Tür. Welche Heimlichkeiten versuchte Cajetano vor ihm zu verbergen?

Stephanus presste sein Ohr an die Brettertür.

»Sie sagt, es wäre dringend, es ginge um die Unschuldigen, und sie erwarte Euch in der Kapelle.«

»Jetzt?«

»Ja, jetzt.«

Stephanus' Herz schlug schneller. Wer wartete in der Kapelle? Eine Frau? Er ging in die Hocke und versuchte, durch das Schlüsselloch zu spähen, doch es war zu dunkel. Dann hörte er das gegenüberliegende Türschloss einschnappen. Leise Schritte entfernten sich. Die Schritte von zwei Personen.

Stephanus erhob sich mühsam, sein Gewicht machte den Knien allmählich zu schaffen. Die Kapelle! Sie war von der Schreibkammer des Abts einsehbar.

Ohne weiter zu überlegen, öffnete Stephanus die Tür und entschwand in die Dunkelheit. Der Rauch einer brennenden Kerze hing in der Luft.

Er kannte den Weg im Schlaf. Unmittelbar vor der Schreibkammer hielt er inne und lauschte. Nichts außer dem Rauschen des Bluts in seinen Ohren, seinem pochenden Herzschlag. Er drückte die Klinke. Ein abgestandener Geruch empfing ihn. Der Geruch des Abts.

Stephanus eilte zum Fenster und sah gerade noch, wie die hagere Gestalt des Paters in der Kapelle verschwand. Schwach konnte er durch die runden Butzenscheiben das rötliche Licht der ewigen Anbetung erkennen, das drüben das Fenster erhellte. Sollte er sich hinunterwagen? Was, wenn man ihn entdeckte?

Der Ruf des Vorbeters erklang, die Einladung zum Stundengebet, das Invitatorium »Herr, öffne meine Lippen«, auch die Antwort konnte Stephanus aus den Fluren in seinem Rücken mehrstimmig vernehmen: »Dass mein Mund dein Lob verkünde.« Doch noch immer tat sich nichts dort unten.

Um sich nicht allein auf seine Augen verlassen zu müssen, öffnete Stephanus das Fenster einen Spalt breit. Auch von außen drang der Ruf zur Vigil an seine Ohren, die Rundbögen zum Hof hin waren offen.

Der Sekretarius glaubte, das Wiehern eines Pferdes gehört zu haben. Da sah er im Schatten der laublosen Buche eine dunkle Gestalt wegreiten. Wo war Pater Cajetano? Wo war die Frau? Sie hatten die Kapelle nicht verlassen.

Nun hielt Stephanus nichts mehr. Er eilte durch die Gänge, überquerte den Hof und erreichte kurz darauf atemlos das kleine Gotteshaus. Die schwere Eichentür quietschte, als er sie öffnete. Im Innenraum herrschte Stille, das ewige Licht flackerte verzögert, als der Luftstrom den Altarraum erreichte. Ein schwerer Geruch von Weihrauch erfüllte den Raum.

Stephanus war angespannt wie ein Luchs vor dem Sprung auf seine Beute, als er sich Schritt für Schritt vorwagte. Sein Ziel war der Schrein, der den Geheimgang barg. Absolute Dunkelheit empfing ihn.

Etwas hielt ihn davon ab, weiterzugehen. Bevor er sich des Grundes bewusst war, hörte er ein Stöhnen aus der Tiefe. Jetzt wusste er, was ihn gewarnt hatte, in den Abgrund zu stürzen: der kühle Hauch von Moder und Feuchtigkeit, der aus der geöffneten Katakombe strömte.

»Pater Cajetano? Seid Ihr da unten?«

Etwas rührte sich.

Stephanus ging zum Marienaltar, zu den Füßen der Muttergottes stand eine Kerze. Er entzündete sie am ewigen Licht, dazu musste er auf den Seitenaltar klettern.

Kurz darauf sah er im Schein des runden Pegels den Pater blutüberströmt im Loch liegen. Die Bodenplatte war beiseitegeschoben, nur ein kleines Stück, aber weit genug. Cajetano war in seine eigene Unterwelt gestürzt. Oder gestürzt worden.

Stephanus wollte gerade die Stufen hinuntersteigen, als ihn eine Eingebung warnte. Halt! Was, wenn er nicht allein im Raum war? Sollte er nicht lieber Hilfe holen?

»Cajetano?«, rief er vorsichtig hinunter, um sich zu vergewissern, dass er noch lebte und das vernommene Geräusch auch von unten kam.

***

»Mutter, schnell, da draußen steht eine fremde Frau und will dich und Onkel Theis sprechen.« Jakob keuchte zur Tür herein, er war von oben bis unten voller Schnee. Hatte er sich wieder mit den Kindern eine Schneeballschlacht geliefert? Der Junge hatte endlich seinen Platz in der kleinen Glasmachergemeinde gefunden und genoss es sichtlich, dazuzugehören.

»Eine fremde Frau? Wer ist sie denn?«

»Kenn ich nicht.« Schon war er wieder verschwunden.

Neugierig ging Marie vor die Tür.

Die Fremde hielt ein Tuch eng um ihren Kopf und Oberkörper geschlungen, sie trug ein einfaches Kleid, und nur eine kleine Tasche hing über ihren mageren Schultern.

»Marie? Erkennst du mich denn nicht? Jakob ist dein Junge, nicht wahr? Er ist ein kluger Kerl.«

Marie schüttelte den Kopf, wer war die Frau, und was wollte sie? Irgendwie kam sie ihr bekannt vor, aber etwas stimmte nicht an ihr.

Da kam ihr Theis zuvor, er ließ den Bottich mit der Asche fallen. »Wiltrudis!«

Die Geschwister standen voreinander und trauten sich nicht, sich in die Arme zu fallen, ihren Gefühlen nachzugeben. Es gehörte sich nicht, nicht im Geheimen und erst recht nicht in der Öffentlichkeit. Theis konnte jedoch die Tränen kaum zurückhalten. Seine Stimme klang brüchig, als er sie endlich hereinbat.

»Komm, erzähle. Marie kocht uns sicherlich einen Tee. Du bleibst natürlich erst mal bei uns.«

Theis und auch Marie verfolgten mit Spannung ihre Geschichte. Dann berichteten sie ihr von den schlimmen Ereignissen um Ludwina, die Geburt und den Tod der Frauen und des Kindes. Gemeinsam sprachen sie daraufhin ein Gebet.

Die Tür ging auf, und Michael stand im Raum. »Was geht hier

vor?« Als er seine Schwägerin erkannte, setzte er nach: »Aha, die Betschwester beehrt uns wieder einmal. Ich hätte es mir denken können, wo ist dein Gewand? Hat man dich davongejagt?«

»Ich habe um die Entlassung gebeten. Ich werde mich den weltlichen Dingen zuwenden.«

»Und die wären?«

»Das wirst du noch früh genug erfahren«, erwiderte Theis unwirsch.

»Du wirst uns doch hoffentlich nicht erhalten bleiben«, sagte Michael an Wiltrudis gewandt.

»Was macht dir bei dem Gedanken, dass ich bei euch bleiben könnte, solche Angst? Und welche Handhabe hättest du gegen mich, damit ich nicht bei meinem Bruder bleibe?« fragte Wiltrudis ihren Schwager.

Der Glasvogt schnaubte, denn ihm fiel auf die Schnelle keine passende Antwort ein. Auf diese Situation war er nicht vorbereitet. Seine Halsvene war bereits dick angeschwollen, als er mit misstrauischem Blick einen nach dem anderen im Raum durchbohrte. Er vermutete einen Pakt gegen ihn, doch fand er die Zusammenhänge nicht.

Bisher hatte er keinem von seinen Plänen, Marie mit Georg zu verheiraten, erzählt. Deshalb konnte die Priorin also nicht aufgekreuzt sein, oder doch? Von der Sache mit dem Großmaul Poldi wusste Michael nichts. Maries Zauberwort hatte jegliche weitere Spekulation im Keim erstickt.

Die Zeit der Trauer erforderte noch seine Zurückhaltung. Man würde es ihm übel nehmen, so unmittelbar nach dem Tod seiner Frau und des einzigen Sohnes das Tanzbein zu schwingen. Eine Hochzeit ohne Fest richtete man nur dann vor Ablauf eines Trauerjahres aus, wenn schnell eine neue Frau oder ein Mann gebraucht wurde, weil einer der Partner verstorben und kleine Kinder zu versorgen waren. Für Marie galt zwar kein ganzes Trauerjahr, das hätte eher ihn betroffen, trotzdem wollte er kein Öl ins Feuer gießen. Die Glasmacherfamilien hatten ihm den übereilten Aufbruch mit einer Gebärenden noch nicht verziehen.

»Ich warne euch!«, drohte er deshalb nur, ehe er die Tür zuschlug und verschwand.

Wiltrudis zeigte keine Reaktion auf den hitzigen Ausbruch ihres Schwagers.

»Ich bin die ganze Nacht durchgelaufen, ich muss zuerst meinen Jungen finden. Stephanus hat mir keine Nachricht mehr zukommen lassen. Ich hab mich nicht nach St. Blasien getraut, mitten in der Nacht. Obwohl es am Weg gelegen wäre. Meinst du, ihr könntet einen Boten ins Kloster schicken, damit unser Cousin weiß, wo ich bin, falls es Neuigkeiten gibt?«

»Natürlich, morgen reisen die Glaser mit ihren Krätzen nach St. Blasien, ihre Waren abzugeben. Sie tun das jetzt nur noch einmal im Monat, weil der Weg zu weit ist. Dafür müssen dann alle mit. Das Kloster fordert seine Abgaben ohne Verluste. Du hast Glück, setze eine Botschaft auf, ich reiche sie einem vertrauten Burschen weiter. Du kannst im Moment sowieso unmöglich weitersuchen. Es hat zu sehr geschneit, die Wege über die Berge sind nicht mehr passierbar. Das wäre lebensmüde. Du bleibst, bis wir Nachricht von Stephanus haben. Dann sehen wir weiter, vielleicht wird das Wetter wieder milder.«

Wiltrudis zog Papier und Federhalter hervor und begann zu schreiben.

Marie setzte sich daneben und schaute gespannt zu, wie ihre Tante geheimnisvolle Zeichen auf das Papier zauberte.

»Kann ich das auch lernen?«, fragte sie.

»Schreiben?«

»Ja.«

»Warum nicht? Ich kann auch Jakob unterrichten.«

Maries Augen begannen zu leuchten.

Theis lächelte. »Hab ich dir nicht gesagt, man muss nur bitten und es wird einem gegeben?«

***

Bruder Stephanus horchte, nichts regte sich mehr. Er fühlte sich im ersten Moment überfordert, sein Innerstes sträubte sich, in das Loch zu hinabzusteigen. Doch wen hätte er ins Vertrauen ziehen können? Keinen der Brüder.

Dann besann er sich, dass es im Zweifelsfall noch den Notausgang gab. Eilig stürzte er daraufhin die Stufen hinunter und schob alle Bedenken zur Seite.

Cajetano war auf das Gesicht gestürzt, sein Nasenbein wirkte seltsam krumm und schien gebrochen, ein Zahn lag auf dem Boden. Er blutete aus dem Mund.

»Pater Cajetano!«, rief Stephanus und rüttelte an den Schultern des Paters.

Cajetano schlug die Augen auf, aber es war, als blicke er durch Stephanus hindurch. »Nehmt Euch in Acht, die Stunde der Vergeltung ist gekommen. Alle werden für ihre Sünden bezahlen.«

»Was meint Ihr damit?«

Doch Cajetano dämmerte bereits wieder weg.

»Wer soll für seine Sünden bezahlen?« Stephanus rüttelte ihn unsanft. Es dauerte eine Weile, bis er das Gefühl hatte, dass Cajetano wieder bei Sinnen war. »Wer? Mit wem habt Ihr Euch in der Kapelle getroffen?«

»Niemand. Es war niemand hier.«

Hatte Cajetano eben nur phantasiert? Es musste jemand hier gewesen sein, wer hatte ihm die Falle gestellt?

Cajetano verdrehte die Augen und nahm wieder jenen seltsamen Gesichtsausdruck an. »Die Unschuldigen, auch sie wollen gerächt werden. Das Blutvergießen nimmt noch kein Ende. Die Herrschaft wird neu geregelt. Es ist so weit.«

»Verdammt, Cajetano, redet kein dummes Zeug, wer hat Euch hier hinuntergestoßen?«

»Wo bin ich?«

»Ihr seid in Eurem verfluchten unterirdischen Reich, wer war hier?«

»Der Erzengel der Verdammnis. Er ist ein Weib.«

»Cajetano, zum letzten Mal: Wie kommt es, dass Ihr hier unten liegt?«

»Augustinus hat den Engel verstoßen, die Frucht seines Leibes den alten Göttern geopfert, nun ist er zurück und wird sich rächen.«

»Wer? Cajetano, bitte, wer?«

»Sie trägt den Schafspelz. Sie ist die Wurzel allen Übels. Die Verführerin, mit ihr fing es an. Der ehrenwerte Diener der Mutter Kirche kroch in ihren Schoß, geblendet von der Versuchung des Satans, ihm einen Erben zu gebären.«

»Wem?«

»Dem Abt, nur dem Abt. Die anderen suchten nur das Vergnügen.«

»Was ist geschehen?«

»Sie haben die Spreu vom Weizen getrennt. Unwertes Leben den alten Göttern am Schwedenfelsen geopfert.«

»Mein Gott! Hat es auch mit Priorin Wiltrudis zu tun?«

»Wiltrudis hat einen Sohn geboren. Er wurde in Sicherheit gebracht, aber irgendjemand muss ihn verraten haben. Seither ist der gefallene Erzengel auf der Suche nach ihm. Und er ist nicht zimperlich, auch gleich die Peiniger und alle Mitwisser zu töten.«

»Wer ist es?«

»Halt ein!«, rief es plötzlich von oben.

Bruder Stephanus zuckte zusammen. Am Rand zum Abgrund stand Abt Augustinus.

***

Unauffällig war sie ihr gefolgt. Erst bei Tageslicht war sie sich sicher. Die einfach gekleidete Frau, die durch den Wald stapfte, war Wiltrudis. Hatte sie das Kloster endlich auch verlassen, oder reiste sie einmal mehr inkognito? Auf der ewigen Suche nach ihrem Sohn?

Es wäre einfach gewesen, sie ebenfalls aus dem Weg zu räumen, so wie die anderen auch. Doch das reichte ihr nicht. So einfach wollte sie es ihr nicht machen, sie wollte sie noch etwas zappeln lassen. Mit ihrer Beute spielen, wie eine Katze es mit einer verwundeten Maus tat. Wiltrudis war die erste Maus, Augustinus würde die zweite und letzte sein. Dann, und erst dann, wäre ihre Schmach gerächt, würde ihre Seele Ruhe finden.

Augustinus war *ihre* große Liebe gewesen. Sie hätte alles für ihn getan, *sie*, die kleine Novizin aus Berau. Abgeschoben von der Familie ins Kloster, um für das Seelenheil der Verwandtschaft zu beten und zu büßen. Es war ihr immer als Strafe vorgekommen, für ihre Brüder, allesamt raubeinige Raufbolde, Gott um

Verzeihung bitten zu müssen. Ihre Mutter redete ihr stets ein, sie habe es im Kloster besser als mit einem Mann. Die Tochter lernte, sich zu wehren, gegen ihre Brüder und die Burschen im Ort, die glaubten, ein leichtes Spiel mit ihr zu haben. Es half nichts. Ehe einer Gefallen an ihr oder sie an einem der jungen Männer finden konnte, setzte ihr Vater sie vor den Toren des Klosters ab. Wenigstens eine aus der Familie solle ein gottesfürchtiges Leben führen, das würde dann für alle reichen. So ihr Vater. Sie hasste ihn dafür. Ihr Vater kam nicht mit hinein zu den »heiligen Weibern«, aber er wartete, bis sie im Kloster verschwunden war.

Bei der erstbesten Gelegenheit wollte sie fliehen. Doch dann kam der Abt das erste Mal ins Frauenkloster, um die neuen künftigen Dienerinnen zu begrüßen. Er hielt einen Gottesdienst und gab den jungen Frauen das Gefühl, etwas ganz Besonderes zu sein. Noch nie hatte sie von einem Mann erfahren, wertvoll zu sein.

Ab da fieberte sie jedem Feiertag entgegen, den der Abt selbst zelebrierte. Diese Feiertage waren das Einzige, das sie die Demut und Strenge im Kloster ertragen ließ. Sie hielt sich nie streng an die Regeln, es waren nicht die ihren. Gelegentlich fand sie die Möglichkeit, sich aus dem Gemäuer zu stehlen. Im Nachbardorf Riedern gab es ebenfalls junge Ordensanwärter und Anwärterinnen. Man traf sich heimlich.

Augustinus, er war der Grund, warum sie nicht einfach für immer verschwand. Eines Morgens, nach einer ihrer unerlaubten Entfernungen aus dem Kloster, wurde sie von der damaligen Novizenmeisterin erwartet und bei Augustinus angeschwärzt. Sie musste antreten.

Pater Cajetano hatte sie abgeholt und nach St. Blasien gebracht. Auf dem Heimweg schwebte sie im siebten Himmel. Dieser Zustand dauerte so lange, bis sie das Kind gebar. Ein totes Mädchen, wie sie immer geglaubt hatte. Über den Vorfall legte man den Mantel des Schweigens. Sie wurde vom Ablegen des Gelübdes um ein Jahr zurückgestellt. Neue Novizinnen kamen, mit ihnen Wiltrudis.

Wiltrudis, ihre Nachfolgerin im Bett des Abts. Sie, die Ältere, fiel nicht auf das Unschuldsgehabe der Nebenbuhlerin herein.

Nannte sich Freundin und spannte ihr den Geliebten aus. Gern wäre sie bei der Geburt dabei gewesen, hätte dafür gesorgt, dass auch sie ein totes Kind gebärt. Aber man entfernte sie aus dem Kloster. Zerschnitt die Bande. Ihr war es recht.

Dann die Madonna! Das ungelenke Schreiben der Hebamme, ihr Geständnis. Wiltrudis' Kind lebte, wurde gehegt und gepflegt von Augustinus. Die Zeit der Rache war gekommen!

Augustinus würde bald ihr bisher letztes Opfer, Pater Cajetano, finden, unten in den geheimen Katakomben. Der Oberrechner hatte sie damals wie ein Opferlamm zur Schlachtbank geführt. Hoffentlich hatte er sich das Genick gebrochen.

Cajetanos Absturz war eine Warnung an ihn, den mächtigsten Mann im ganzen Herrschaftsgebiet St. Blasiens. Die Schlinge um Augustinus' Hals zog sich immer enger. Er hatte sie unterschätzt.

Für Augustinus zählte immer nur die Macht. Hatte er erreicht, was er wollte, ließ er alle anderen fallen wie einen heißen Stein.

Wiltrudis, das nächste klösterliche Opferlamm, sie empfand kein Mitleid für sie, im Gegenteil, sie hasste sie. Wegen ihr hatte Augustinus sie verhöhnt, fallen lassen, ihr keine zweite Chance gegeben. Nun war die Zeit der Abrechnung gekommen …

Im Schutz der Bäume sah sie, wie Wiltrudis in ein Haus ging. Es stand etwas abseits, musste aber zur neuen Siedlung der Glasmacher gehören. Ein Junge brachte sie dorthin. Das Kind schien zu ihrer Familie zu gehören. Ob es das uneheliche Kind ihrer Nichte war?

Cajetano war ein Schwätzer, wenn ihm die Angst die Gurgel zuschnürte. Dann spuckte er hektisch Worte aus, als könnten sie seine Seele noch retten. Glaubte doch dieser Einfaltspinsel, niemand wüsste von seinen geheimen Hallen. Dabei hatte sie ihn beobachtet, wie er die Unschuldigen durch den Geheimgang am Fluss gezerrt hatte. Wie ein wildes Tier.

War er überhaupt mehr? Ein Verrückter. Übergeschnappt. Ein Teufelsaustreiber und Speichellecker des Abts. Einer, der seine Opfer in den Katakomben verscharrte, um ihnen und deren Angehörigen die Schmach einer ungeweihten Grabstätte zu ersparen.

Seine beiden Opfer, Mutter und Kind, waren nicht die Einzigen dort unten. Ein weiteres totes Neugeborenes, es lag als Mahnung vor dem Kloster St. Blasien, hatte er ebenfalls dorthin geschleppt. Gestohlen aus der Kirche, wo man es aufbahrte. Als Wiedergutmachung an dessen unschuldiger Seele. Das tote Kind von Berau war seinem Treiben entgangen.

Instinktiv spürte sie, dass in diesem Ort der Glasmacher alle Fäden zusammenliefen. Sicherlich würde sich auch bald die Kunde von den Toten aus Bürgeln verbreiten. Sie wollte es miterleben, die Genugtuung für all die Jahre des Hasses.

Sie hatte die Schutzhütte der Hirten am Berg unmittelbar über dem neuen Dorf entdeckt und für ihre Zwecke auserkoren. Hier oben würde sie im Winter nicht behelligt werden und hatte alles im Blick. Das Schauspiel konnte beginnen.

***

Marie trug den Aschenkorb aus der Glashütte, wo sie täglich die Asche sammelte, und machte sich auf den Weg zur Aschenhütte. In Gedanken freute sie sich schon auf den frühen Feierabend, wenn die Arbeit getan war und sie Zeit hatte. Zeit für ihre neue Aufgabe. Sie nahm zusammen mit Jakob Unterricht bei Wiltrudis. Gemeinsam hatten sie gestern den ersten Buchstaben geübt. Ein A, wie Anfang. Der Anfang eines neuen Lebens. Sowohl für Wiltrudis als auch für ihre beiden Schüler. Diese Aufgabe lenkte Wiltrudis auch von dem Gefühl der Untätigkeit und Machtlosigkeit bei der Suche nach Pius ab.

Theis' Meinung blieb. Lesen war unnötig, dafür gab es die Mönche. Dennoch hatte er aus Leisten eine Art Kiste gebaut, mit nur einer Daumenbreite Tiefe, sein Tun mit den Worten »des Menschen Wille sei sein Himmelreich« kommentierend. Diese Vorrichtung wurde mit Asche gefüllt und glatt gestrichen. Hier konnten Marie und Jakob die Buchstaben malen, auswischen und von Neuem anfangen.

Marie wollte gerade um die Ecke der Giftkammer, die etwas abseits vom Aschenhaus stand, eilen, als sie glaubte, die Tür knarzen zu hören. Hatte Theis wieder vergessen, das Tor zu verschließen? Vorsichtig lugte sie hinein.

Ehe sie wusste, wie ihr geschah, wurde ihr der Mund zugehalten. Jemand zog sie unsanft in die Kammer.

Schänkengeruch empfing sie, Tabak, Alkohol, Schweiß.

»So, mein Fräulein. Warum meidest du meinen Blick? Glaubst du, etwas Besseres zu sein?« Georg drehte sie ruckartig zu sich um. Seine rot unterlaufenen Augen glänzten. Er hatte getrunken. Seine Aussprache war verwaschen. »Du bist mir versprochen, und ich wünsche, dass du dich entsprechend benimmst. Als dein künftiger Ehemann erwarte ich Respekt und Zuvorkommen. Hat man dich das im Hause deines Vaters nicht gelehrt?«

»Georg! Lass mich sofort los! Ich weiß nichts von einem Versprechen, ich will dich nicht und werde dich auch nicht heiraten!«

»So, hat sich dein Vater noch nicht getraut, dir seine Pläne mitzuteilen? Ein Feigling, dachte ich's mir doch. Das ist mir aber egal. Abgemacht ist abgemacht. Schrei nur, es wird keinen stören, wenn zwei künftige Eheleute sich etwas vorab miteinander vergnügen. Ich habe den Segen deines Vaters schon seit Wochen. Ich kann nichts dafür, dass ihm sein Weib weggestorben ist. Würde einen schlechten Eindruck im Dorf machen, wenn er gleich wieder ans Feiern denkt. Doch ich will nicht länger hingehalten werden.«

»Lass mich! Es interessiert mich nicht, was mein Vater dir versprochen hat. Ich habe kein Versprechen gegeben.« Marie schlug wild auf ihren Angreifer ein, doch er war stärker. Sie griff hinter sich, das Giftpulver lag zu tief in der Kuhle, sie erreichte es nicht.

Georg schlug sie zu Boden. Marie trat mit den Füßen, doch es gelang ihm, sich zwischen ihre Beine zu drängen. Mit einer Hand drückte er ihre Gurgel, während die andere sehr schnell die Kleidung öffnete.

Ein brennender Schmerz zerriss sie, er war gewaltsam in sie eingedrungen. Je mehr sie versuchte, ihn abzuschütteln, desto heftiger wurden seine Stöße. Er krallte sich mit seinen breiten Pranken in ihren Haaren fest und riss sie ihr dabei büschelweise aus.

Nach einer gefühlten Ewigkeit brach er stöhnend auf ihr

zusammen. Marie schob ihn angewidert zur Seite und befreite sich. Sie rannte davon und hoffte, niemandem zu begegnen.

Sie fühlte sich gedemütigt und schmutzig, lief ins Haus und schlug heftig die Tür zu ihrer Kammer zu. Weder Theis noch Wiltrudis konnten ihr den Grund entlocken. Marie heulte ihr Elend in die Kissen, biss wütend hinein.

»Mach die Tür auf, Marie. Was ist los?«, rief Wiltrudis verzweifelt.

Dann sah sie Georg in Richtung Schänke wanken. Ein schrecklicher Gedanke durchfuhr augenblicklich ihre Glieder. Das Aschenhaus stand allein am Ortsrand. Es gab außer der Giftkammer sonst kein Gebäude, er konnte nur dort gewesen sein!

»Was ist passiert, Marie? Bist du Georg begegnet?«

Wiltrudis vernahm ein tiefes Schluchzen, dann schob sich der Riegel auf.

Die Dunkelheit hatte sich schon auf Äule gesenkt, als Marie, gestützt von Wiltrudis, den Weg zur Schänke ging. Sie kam sich dabei vor wie Vieh, das man zur Schlachtbank führte. Was Wiltrudis von ihr verlangte, war noch schlimmer als die Pein, die Georg ihr angetan hatte. Aber sie hatte recht. Sie musste Anklage erheben. Vor allen. Sie hatte sich von Wiltrudis davon überzeugen lassen, dass dies der einzig richtige Weg war. Die Dörfler und vor allem ihr Vater mussten wissen, was geschehen war.

»Er wird mich wieder als Hure bezeichnen, das ganze Dorf wird mich auslachen. Was, Wiltrudis, wenn er mich jetzt zwingt, diesen Kerl zu heiraten?«

»Das wird er nicht wagen, das verspreche ich dir. Und wenn ich Bruder Stephanus zu Hilfe holen muss!«

»Oh, Wiltrudis, mir ist ganz schlecht. Lass uns umdrehen. Das ist unwürdig.«

»Unwürdig ist, was dieser Sauhund mit dir gemacht hat.«

Das Gelächter und Gejohle der angetrunkenen Glasmacher drang nach draußen, als die beiden Frauen die Stufen zur Schänke hochgingen. Marie holte tief Luft. Wiltrudis hatte darauf bestanden, dass sie so, wie Georg sie zugerichtet hatte, in die Schänke ging.

Wiltrudis stieß die Tür auf und schob Marie hinein.

Marie wagte nicht, den Kopf zu heben. Ihr Blick bohrte sich in die Holzdielen des Fußbodens, als könne sie ein Loch ausheben und darin versinken. Ihr Kleid war zerrissen und blutverschmiert. Sie hatte sich den Kopf am Becken der Giftmehlkuhle angeschlagen. Die Haare waren zerzaust, ein ausgerissenes Büschel hing noch am Kleid.

»Michael, Vogt der Glasmacher aus Äule!«, rief Wiltrudis in den Raum, wo augenblicklich alle Gespräche erstarben. »Ich habe ein Verbrechen anzuzeigen. Ein Verbrechen an deiner Tochter!«

Sie hob Marie das Kinn an und bot ihm die verletzte Gesichtshälfte. Das Auge schwoll schon zu.

Marie war noch immer nicht in der Lage, Blickkontakt aufzunehmen. Sie fühlte sich unendlich gedemütigt. Tränen kullerten über ihre Wangen.

»Du wirst es mir und ihr ersparen, ihr den Rock zu heben, dass jeder sehen kann, was passiert ist«, fügte Wiltrudis hinzu.

Die Wirtin stieß einen Schrei aus und machte ein Kreuzzeichen.

Michaels Halsvene schwoll dick an, sein Gesicht verfärbte sich dunkelrot. Diese Schmach traf auch ihn, den Vater.

Keiner wagte sich zu rühren. Solch eine Ungeheuerlichkeit. Eine Geschändete vor aller Versammlung vorzuführen. Die meisten wagten nicht, den Blick auf Marie ruhen zu lassen.

»Welches Schwein war das!«, brüllte der Vogt schließlich in den Raum.

Wiltrudis war erleichtert. Ihr Plan war aufgegangen.

»Sag es ihm!«, forderte sie Marie auf.

»Georg«, kam es schwach über Maries Lippen.

Es herrschte absolute Stille. Die Augenpaare suchten den Glasmachermeister aus Grünwald. Noch wusste außer der Familie der Raspillers offenbar keiner von dem heimlichen Heiratsversprechen, das der Glasvogt gegeben hatte, sonst wäre das Urteil der Anwesenden milder ausgefallen. Doch so verzieh man Georg seinen Übergriff nicht.

»Ist das wahr?« Michaels Stimme klang heiser, als er in die Richtung seines künftigen Schwiegersohnes blickte. Eine Welle der Enttäuschung ergriff ihn und nahm alles hinweg, was er sich zurechtgelegt hatte: die Tochter verheiratet mit einem standesgemäßen Glaser, Kinder und Erben. Ein Auskommen und Altersruhesitz.

Michael konnte die Tat unmöglich herunterspielen oder gar gutheißen. Er war die Rechtsprechung in Vertretung der Herrschaft. Und hier war ein Verbrechen angezeigt worden.

Georg schwieg. In Anbetracht des geschundenen Aussehens Maries konnte er sich kaum rühmen oder gar einen Anspruch geltend machen. Die Priorin hatte das Ganze geschickt eingefädelt. Als der Blick des Angeklagten die ehemalige Ordensfrau traf, war dieser so kalt, dass der Windbergwasserfall augenblicklich zu bizarren Gebilden gefroren wäre.

***

Pius hatte inzwischen die Abgeschiedenheit des Schwarzwaldes erreicht, nicht nur das Klima war hier oben rau. Auch die Menschen schienen unnahbar und jedem Fremden gegenüber feindlich gesinnt. Erst im dritten Gehöft fand er Aufnahme für eine Nacht. Zuvor war er wie ein Landstreicher verjagt worden.

Sein Nachtlager bestand aus einem Strohhaufen neben dem Schweinestall. Es war gewiss bescheiden, aber wenigstens warm. Am Gestank durfte er sich nicht stören. Hier gab es außer der Bauernfamilie keinen, der ihn gerochen hätte.

Den Ziegenstall schloss man vorsichtshalber, aus Furcht, er könnte die morgendliche Ration Milch, die für die ganze Kinderschar gedacht war, selbst melken und trinken.

Die Vergiftung hatte er überstanden. Seine Sinne waren wieder klar, sein Körper versagte ihm nicht mehr den Dienst. Es war trotzdem ein gewagtes Unterfangen, zu dieser Jahreszeit die Schwarzwaldberge zu überqueren. Aber auf dieser Route würde ihn keiner vermuten.

Vielleicht tauchte das »Gesicht« nochmals in Bürgeln auf, um sich zu vergewissern, dass es ganze Arbeit geleistet hatte. Sollte die Frau bemerken, dass ihm die Flucht gelungen war, würde sie die Verfolgung vermutlich entlang des Rheins aufnehmen.

»Meine Mutter schickt mich.« Unverhofft stand ein kleines Mädchen vor ihm. Sie hatte einen Korb dabei. »Ich soll Euch das hier bringen.«

Das Kind wagte sich nicht näher an den Fremden heran, sondern stellte den Korb vor ihren nackten Füßen ab, die in groben Holzschuhen steckten. Hier gab es nicht genug, alle Kinder einzukleiden. Wie viele hatte er gesehen? Acht oder zehn, und das waren sicherlich nicht alle.

Das Mädchen wollte schon wieder weglaufen, als Pius sie fragte: »Was schickt denn deine Mutter mir?«

»Ihr sollt nicht verhungern, Ihr seid doch bestimmt auch ein Christenmensch, und dem muss man helfen.«

»Das bin ich, ja, aber man soll allen Menschen in der Not helfen. Sag deiner Mutter ein herzliches Dankeschön.«

Pius stand auf und nahm freudig den Korb. Das Mädchen blieb mit verwundertem Blick stehen.

»Was ist?«

»Gibt es noch andere Menschen als Christenmenschen?«

»Ja, natürlich.«

»Wie sehen die aus?«

Pius lachte auf. »Sie haben auch zwei Beine, zwei Arme und einen Kopf. Genau wie du.«

»Und wo wohnen die?«

»In anderen Ländern.«

»Was sind andere Länder?«

»Dort, wo es im Winter keinen Schnee gibt und im Sommer ganz heiß ist.«

Das Mädchen kam neugierig näher, sie war wohl noch nie vom Hof weggekommen. »Wart Ihr schon in anderen Ländern?«

»Ich wohne die meiste Zeit in Rom. Das liegt in einem anderen Land. Es ist eine große Stadt über den großen Gletscherbergen. Dort ist es schon viel wärmer, und man hat fast nie Schnee, aber die Menschen sind noch immer Christen.«

»Warum seid Ihr dann hier?«

»Ich bin hier geboren, aber ich studiere dort.«

»Was macht man, wenn man studiert?«

»Man lernt, was in der Bibel steht.«

»Das sagt doch der Pfarrer einem.« Das Mädchen lachte. Wollte der Fremde sie auf den Arm nehmen?

»Ja, aber der hat das studiert und gelesen. Von allein wüsste der auch nicht, was in der Bibel steht.«

Das Mädchen bekam leuchtende Augen, dann verschwand es ohne weitere Worte. Sicherlich glaubte sie ihm nicht. Der Pfarrer war ein Heiliger, der vom Himmel gefallen war und dessen Existenz man nicht hinterfragte.

Während Pius in den Korb blickte, schweiften seine Gedanken nach Rom ab. Er vermisste es. Die lauen Nächte, das gelassenere Leben, selbst das Studium und seine Freunde. Er hatte sich dort immer wohlgefühlt. Nie war ihm der Gedanke gekommen, etwas anderes zu tun. Pius wurde vom Kloster Sion entsandt. Dass der Abt mit seinen unlauteren Absichten dahintersteckte, hatte er nie vermutet. Wie auch.

Aus dem Korb nahm er zwei Stücke Brot und zwei gekochte Eier, dazu etwas Butter und ein Messer. Zu trinken gab es draußen am Brunnen. Pius war zufrieden. Die Bäuerin hatte ein Herz für einen fremden Wanderer.

Er zog die Geldkatze von Bruder Klaus heraus. Noch besaß er ein paar Münzen. Würden die Bauern hier oben überhaupt etwas damit anfangen können? Er wollte nicht unverschämt sein und die Gutmütigkeit der armen Leute ausnutzen. So legte er eine Münze in den Korb, aß sich satt und vergrub sich im Stroh, während seine Gedanken in wärmere Gefilde abglitten …

Rom, war das jetzt noch eine Option? Welche Alternativen hatte er? Was wollte er mit seinem Leben anfangen? Bisher war immer alles so klar gewesen, seine Zukunft geplant. Er hatte sich um nichts kümmern müssen, auch nicht darum, wer sein Studium finanzierte. Wenn er an die armen Bauernkinder hier dachte, wurde ihm sein Privileg erst richtig bewusst.

Er begann, sein klösterlich geplantes Leben zu überdenken. Seit sich ihm die Umstände und der Zweck seiner Zeugung offenbart hatten, machte sich nach und nach heftige Ablehnung gegenüber der vorbestimmten Linie breit. Er ließ sich nicht benutzen, war nicht das Instrument der Kirche, des Abts. Doch was hatte er gelernt? Sollte er zum Weingutsverwalter in Schliengen werden? Das Kaufhaus seines Ziehvaters übernehmen? Das war so nie geplant gewesen. Der Bruder seines Ziehvaters war ebenfalls im Geschäft involviert, Pius wurde nicht gebraucht. Das Kloster würde das auch nicht gutheißen. Und er? Pius musste feststellen, dass er keinen eigenen Lebensplan hatte. Die Naivität des Mädchens und die Armut der Bauern gaben ihm zu denken. Könnte er das Elend des einfachen Volkes als Mann der Kirche beeinflussen? Ihnen aus der Armut helfen? Dem Nichtwissen?

Mit diesem neuen Gedanken schlief Pius ein. Vielleicht hatte alles doch einen Sinn – und wenn schon nicht er, dann hatte doch sicherlich Gott einen Plan für ihn. Es gab genug Orte, wo er im Namen Gottes Gutes tun konnte.

***

Stephanus drehte sich langsam um, als erwarte er einen Geist. Abt Augustinus' Antlitz war wie versteinert. Woher war er gekommen? Das schwache Licht der Kerze spiegelte sich in seinem Gesicht. Es glich einer Teufelsfratze. Stephanus erschrak. War ihm das noch nie aufgefallen? Hatte der Leibhaftige sich in der Kutte des Abts versteckt?

Stephanus spürte, wie der Boden unter seinen Füßen nachgab. Ihm schwindelte, er hielt sich an der Wand fest und ging langsam die Stufen hoch. Als er auf Höhe des Abts stand, glaubte er, jeden Moment von dessen kalten Blicken getötet zu werden. War gar *er* der Kindsmörder, wie Cajetano schon vor langer Zeit angedeutet hatte?

Bruder Stephanus wusste nicht mehr, was und wem er glauben sollte. Er wusste nur eines: Er hatte Angst. Angst um sein Leben und das des jämmerlichen Oberrechners dort unten in der Gruft. Es war, als wehe der Geruch des Todes herauf. Modrig.

»Ich danke Euch, Bruder Stephanus, dass Ihr ihn an der Flucht gehindert habt. Sein Geist ist wirr. Ich werde ihn wohl in Gewahrsam nehmen müssen. Er ist für die Gemeinschaft nicht mehr tragbar. Geht. Ich kümmere mich.«

»Aber Cajetano wurde hinuntergestoßen.«

»Bruder Stephanus, lasst Euch nicht auf die Wirrbilder des

Geistes ein, hier gibt es nichts mehr für Euch zu tun. Geht jetzt. Ich werde mich um das Heil des Paters kümmern.«

Stephanus' Nackenhaare sträubten sich. Er fürchtete um das Leben den Verrückten. Wollte der Abt ihn zum Schweigen bringen? Hatte *er* ihn gestoßen?

»Ich werde Cajetano in seine Kammer begleiten und den Bruder Medicus holen.« Stephanus' Stimme bebte beim neuerlichen Versuch, dem Pater zu helfen.

»Ihr geht jetzt, das ist ein Gebot«, sagte Augustinus bedrohlich leise.

»Hört, was der Abt sagt, Bruder«, meldete sich nun auch Cajetano aus der Tiefe zu Wort.

Bruder Stephanus blieb nichts anderes übrig, als Folge zu leisten, wenn ihm dabei auch alles andere als wohl zumute war.

Er verließ die Kapelle. Wer war die Frau? Sie war kein Trugbild des Geistes gewesen, er hatte sie gehört. Was wollte sie? Was meinte Cajetano mit dem Erzengel der Verdammnis? Die Welt würde neu geordnet werden. Lebte Cajetano tatsächlich in einer Wahnwelt? Und was wusste Augustinus davon? Schützte er ihn oder sich? Welches Geheimnis teilten die Brüder? Was war mit dem Schwedenfelsen gemeint? Opfer an die alten Götter. Stephanus schwirrte der Geist.

Als er über den Platz ging, um das Klostergebäude zu erreichen, bewegte sich ein Schatten auf ihn zu.

Stephanus' Muskeln schmerzten vor Anspannung. Sah er bereits Gespenster?

Es war eine riesige Gestalt. Im fahlen Licht des Mondes, der sich im Schnee um ein Vielfaches erhellte, erkannte er schließlich den Mann aus der Höhle am anderen Ende der Unterwelt Cajetanos.

»Fürchtet Euch nicht, Bruder. Ich tue Euch nichts zuleide. Es ist besser, Ihr verlasst den Ort. Eure unverdorbene Seele könnte Schaden nehmen.«

»Ihr seid Borromäus!«

»Ja, der bin ich. Ich habe alles mitbekommen, unten in der Höhle. Ich bin so schnell ich konnte außenherum gegangen, um Euch zu Hilfe zu eilen. Gerade noch rechtzeitig, wie ich sehe. Begleitet mich. Der Racheengel ist aufgebrochen.«

»Was meint Ihr damit?«

»Wir sollten Eure Cousine schützen.«

»Wiltrudis?«

»Ja, sie befindet sich im Dorf der Glasmacher. Sie ist in Gefahr. Kommt und vertraut mir.«

»Und Cajetano?«

»Ihr könnt nichts mehr für ihn tun. Seine geschundene Seele wird endlich Ruhe finden.«

***

In dieser Nacht fand Marie kaum Schlaf. Sie erwachte immer wieder schweißgebadet. Es war nicht das Bild Georgs, das sie vor ihrem inneren Auge sah, es war die Demütigung in der Schänke. Es war, als habe sie sich nackt begaffen lassen müssen. Vor allen Leuten. Begaffen und beurteilen.

Jeder wusste nun, was Georg mit ihr getrieben hatte. Was empfanden die anderen dabei? Lust, Ekel, Scham? Keiner hatte sich geäußert. Sie waren vermutlich mindestens genauso beschämt wie sie.

Sollte sie Wiltrudis dafür hassen, oder hatte sie richtig gehandelt? Noch wusste sie es nicht. Der Tag würde es zeigen.

Nur die Tatsache, dass Jakob neben ihr lag, beruhigte sie. Wiltrudis hatte ihr einen bitter schmeckenden Sud gekocht. Sie gezwungen, ein heißes Sitzbad mit diversen Kräutern zu nehmen, die sie aus ihrem Reisebeutel zauberte.

»Ein altes Rezept«, beantwortete sie ihre stumme Frage. »Keine Frau kann gezwungen werden, eine Frucht aufzunehmen von einem Mann, der ihr Gewalt angetan hat. Ich habe lange gebraucht, bis ich davon Kenntnis erhielt. Nur wenige Frauen kennen noch diese Geheimnisse. Es sind Heilpflanzen der Natur. Es ist gegen alles ein Kraut gewachsen in Gottes Garten.«

Marie stimmte willenlos zu, litt unter dem Schock der letzten Stunden, war dankbar für Wiltrudis' Gegenwart und den dezenten Rückzug ihres Onkels. Nur Jakob duldete sie in ihrer Nähe. Er spürte instinktiv, dass seine Mutter Liebe und Wärme brauchte. Darum kuschelte er sich ganz nah an sie heran und hielt ihre schlaffe Hand in seiner kleinen fest gedrückt.

Was danach in der Schänke passiert war, interessierte sie genauso wenig wie Wiltrudis. Die wusste, dass der Vogt sich keine weiteren Fehlentscheidungen mehr erlauben konnte. Es war Zeit, endlich wieder Ruhe in das Dorf zu bringen.

In den frühen Morgenstunden erwachte Marie. Zunächst glaubte sie zu träumen, denn sie vernahm die Stimme ihres Vaters. Nebenan. Sie hielt den Atem an, hob ihren Kopf und lauschte.

Ihr Vater, der Glasvogt Michael Sigwarth, unterhielt sich. Er brüllte nicht. Er sprach leise. So leise, wie er es früher getan hatte, als sie noch ein kleines Mädchen gewesen war. Dann vernahm Marie die Stimmen von Theis und Wiltrudis.

Erschöpft erhob sie sich, um besser hören zu können. Jakobs Atemzüge gingen gleichmäßig. Sie streichelte ihm sanft über den Schopf. Ein leichtes Seufzen war die Antwort.

»Gut, ich gebe mich einverstanden«, war der letzte Satz ihres Vaters, den sie vernahm, ehe die Haustür geschlossen wurde.

Einverstanden? Was meinte er damit?

Marie überlegte, ob sie aufstehen und nachfragen sollte. Doch dann zog sie ein übermächtiges Gefühl der Schwere wieder ins Kissen zurück. Es war, als flüstere ihr jemand zu: Beruhige dich, alles ist gut, du wirst es früh genug erfahren.

Eine unsägliche Müdigkeit machte sich breit, so als habe ihre Seele Genugtuung erhalten. Alles war gut. War es Traum oder Wirklichkeit? Sie gab sich dem Gefühl der Schwere hin.

***

Waldemar stieß die Tür zur Propstei in Bürgeln auf und sah sich einem zerwühlt und desorientiert dreinblickenden Mönch gegenüber.

»Pius?« Die Worte erstarben auf den Lippen des Mannes, als er sah, dass es nicht der erwartete Schüler war.

Ehe er fragen konnte, fiel ihm Waldemar ins Wort: »Wo ist er?«

»Wer?«

»Pius.«

»Ich weiß es nicht, er wollte Holz holen, das Abendbrot richten.«

»Reichlich spät.« Waldemar war nicht gekommen, um nach dem Befinden eines alten Mönchs zu fragen. Er stieß die nächste Tür auf, die Küche. Hier lag Holz in einer Kiste, wo war sein Freund?

Da entdeckte Waldemar die Blutlache. Er fuhr mit dem Zeigefinger hinein. Sie war noch nicht ganz eingetrocknet. Ein paar Stunden vielleicht. Wieder suchte er den Mönch auf, hielt ihm den blutverschmierten Finger unter die Nase. »Blut! Wo kommt das her?«

Bruder Eberhardt schaute verständnislos und machte sich daran, seinen runden Leib vom Kanapee zu heben. »Wo ist Pius? Blut, sagst du? Wer bist du überhaupt?« Langsam kam Leben in den behäbigen und mit Messwein aufgefüllten Mönch.

»Ich bin Waldemar, Pius' Freund vom Kloster Sion.«

Bruder Eberhardt sah abwägend an ihm herunter. »Du bist kein Mönch.«

»Nein, ich bin der Stallknecht. Wir sind trotzdem Freunde.«

»Saubere Freunde«, brummte der Mönch herablassend.

»Ihr seid mir ein sauberer Aufpasser. Was ist hier geschehen?«

Bruder Eberhardt hatte inzwischen den Durchgang zur Küche erreicht, Waldemar deutete auf das Blut.

»Das kann doch nicht sein! Sie … sie war schon weg, als Pius kam. Sie hat nichts damit zu tun.«

Waldemar sah ihm in die Augen. Es schien ehrlich.

»Wer ist sie?«

»Die Nonne.«

»Welche Nonne?«

»Das geht dich nichts an.«

»Ist es Pius etwas angegangen?«

»Ich sollte Pius vor einem übergeschnappten Mönch schützen. Augustinus vermutet in ihm einen Mörder. Da gab es früher Ungereimtheiten.«

»Welche? Redet, vielleicht können wir Pius noch retten.«

»Gelage, wolllüsterne Gelage. Der Abt wollte einen Sohn.

Es hatte erst beim zweiten Anlauf funktioniert. Die Mutter des ersten Kindes, eines Mädchens, hat man im Glauben gelassen, dass es totgeboren wäre. Sie war hier. Ich habe ihr aber nichts gesagt. Nicht, dass Pius hier ist. Sie ist gegangen, ehe Pius vom Holzsammeln zurückkam.«

»Was ist dann passiert?«

»Ich weiß es nicht.« Eberhardt sah Waldemar hilflos an.

»Versucht, Euch zu erinnern. Hat Pius etwas von dem Besuch mitbekommen?«

»Ja, er hat mich gefragt, wer hier war, und gesagt, dass er die Stimme erkannt hätte. Die Frau sei in Säckingen gewesen und hat versucht, Bruder Klaus zu vergiften.«

»Vergiften, also doch, eine Frau. Eine Nonne. Wohin ist sie?«

»Ich weiß es nicht. Ich habe, ich habe …« Bruder Eberhardt hob müde die Arme, ehe er in Tränen ausbrach.

»Ihr habt gesoffen und nichts mitbekommen.«

»Ich … ich musste die Geister verjagen, die Geister der Vergangenheit.«

»Reißt Euch zusammen! Wo könnte Pius hin sein?«

Eberhardt schniefte.

»Wohin geht man, wenn einem jemand nach dem Leben trachtet?«, fragte Waldemar ungehalten.

»Zu seiner Mutter!«, heulte Eberhardt auf wie ein Kleinkind.

Waldemar fand, diese spontane Antwort hatte etwas. Er zog die Landkarte heraus. »Gibt es einen zweiten Weg in den Schwarzwald?«

»Nur im Sommer, über Badenweiler in die Berge. Feldberg. Albtal, St. Blasien, Berau. Ein einfacher Handelspfad. Ein Säumerpfad.«

»Gut, ich breche gleich morgen bei Tagesbeginn auf.«

»Ihr kommt nicht weit, es hat geschneit oben.«

»Woher wisst Ihr das?«

»Ich habe den Schneewind vom Blauen herunter gerochen.«

»Ich gehe.«

***

Einem Geist gleich saß Marie vor ihrer Haferbreischüssel und stocherte darin herum. Es würgte sie bei dem Gedanken, etwas zu essen. Jakob legte seine Hand auf ihren Arm.

»Mama, iss. Der böse Mann, der dich geschlagen hat, entkommt mir nicht. Ich werde ihm den Kopf abschlagen wie dem Drachen.«

Theis hatte wohl, kindlich einfühlsam, von dem Unglück, das seiner Mutter widerfahren war, erzählt. Keinen Namen genannt.

Marie rang sich ein Lächeln ab. »Danke, mein Sohn. Du bist ein wahrer Drachentöter. Du wirst einmal eine Prinzessin heiraten.«

»Nein, wenn ich groß bin, heirate ich dich.«

»Dein Vater war hier«, sagte Wiltrudis.

»Ich habe ihn gehört, aber nicht alles verstanden. Was wollte er denn?«

»Er hat Georg das Heiratsversprechen aufgekündigt. Er fühlt sich hintergangen.«

»So, *er* fühlt sich hintergangen. Das ist doch mal schön, dass man eine solche Einsicht hat.« Marie sprang auf und lief hinaus. Die Kälte schlug ihr ins Gesicht wie eine Wand aus Eis. Sie hatte plötzlich wieder das Gefühl, zu leben. Sie musste für ihr Recht kämpfen. Marie atmete tief durch.

Sie musste ihrer angestauten Wut endlich freien Lauf lassen. Ihrem Vater entgegentreten, ein für alle Mal die Fronten klären. Sie würde sich nicht mehr hin und her schieben lassen wie eine Spielfigur auf einem Brett.

Zornig stapfte sie, nur mit ihrem dünnen Hausschurz bekleidet, durch den frischen Schnee auf das Haus des Glasvogts zu. Sie vernahm sehr wohl die Blicke hinter den Fenstern. Es war ihr egal.

Sie zog die Haustür auf und ging in die Küche, wo sie ihren Vater beim Frühstück vermutete. Dabei fiel ihr auf, dass sie noch nie im neuen Haus des Vogts gewesen war, seit sie hier in Äule wohnten. Der Baustil war derselbe wie im Windbergtal, nur wirkten die Räume größer.

Michael Sigwarth blickte von seinem Morgenmahl auf, als Marie sich vor ihm aufbaute.

»Setz dich, ich hab mit dir zu reden«, nahm er ihr den Wind aus den Segeln, drehte sich nach den Töchtern um und bedeutete ihnen mit einem leichten Nicken, zu verschwinden.

»Ich habe mich getäuscht. Georg hat meine Gunst missbraucht.«

Marie holte tief Luft und brüllte: »*Eure?* Er hat *Eure* Gunst missbraucht? Schön für Euch, dass Ihr das so seht. Ich verneige mich vor Euch, Vater!«, spottete sie.

Michael bedeutete ihr mit der Hand, sich zu beruhigen. »Ich verstehe, dass du auf mich wütend bist. Auch wenn es sich unmenschlich anhört: Ich bin froh, dass es so gekommen ist. Ich hätte dich gegen deinen Willen zu dieser Ehe gezwungen. Ich hatte geglaubt, dass alles gut ist, bist du erst einmal verheiratet. Doch Wiltrudis hat mir die Augen geöffnet. Sie hat mich vorgeführt, mir gezeigt, wer ich bin: ein alter, verbohrter, sturer Hund.« Er blickte zu seiner Tochter auf.

Marie stand noch immer da, sie hatte die Arme verschränkt und die Lippen zu einem dünnen Strich zusammengepresst.

»Bitte, setz dich. Ich habe nicht nur dir Unrecht getan. Gret, deine Mutter, auch Ludwina und der kleine Bub, sie alle haben unter meinem Regiment gelitten, ihr Leben gelassen. Ich habe den kleinen Kerl noch nicht einmal in meinen Armen gehalten.« Michaels Stimme wurde brüchig.

Kannte der Vogt etwa Gefühle?

»Es musste immer alles nach meinem Willen geschehen. Ich war blind. Selbstsüchtig. Kannst du mir verzeihen? Ich will es wiedergutmachen, ehe es zu spät ist. Ich mag deinen Buben, er ist ein kluges Bürschchen und wird sicherlich einmal ein guter Glasbläser.«

Marie schwindelte. Hatte sie richtig gehört? Michael Sigwarth, der Gott der Glasmachersippe, sah ein, dass er nicht unfehlbar war?

Sie setzte sich, wenn auch ganz spitz, auf die Kante. Noch war sie nicht gewillt, an die heile Welt zu glauben. »Was wollt Ihr jetzt tun? Mir einen anderen passenden Mann andrehen? Einen, der mich wenigstens nicht grün und blau schlägt, wenn er sein Recht fordert?«

»Das Aussuchen überlasse ich ab jetzt dir«, brummte Michael. »Ich mische mich lediglich ein, wenn du wieder auf einen windigen Glasträger hereinfällst.«

»Vielleicht solltet Ihr das nächste Mal darauf achten, mit wem Ihr Geschäfte macht.«

»Was die Brennrechte anbelangt, stehe ich dir nicht mehr im Wege, sollte das Kloster zu deinen Gunsten entscheiden.«

Marie atmete tief ein und hielt kurz die Luft an. Sie wirkte gleich um Nuancen größer. »Ich werde auch lesen und schreiben lernen«, presste sie mit der ausweichenden Luft heraus.

Dem Vogt blieb der Mund offen stehen. »Du bist doch keine Betschwester!«

»Nicht alles, was Betschwestern lernen, ist falsch. Ich will lesen können, was ich unterschreibe, und bis ich meine Urkunde als Aschenbrennerin erhalte, kann ich es.«

»Eine, die lesen kann, in einem Glasmacherdorf! Die Welt ist verrückt. Und dazu noch eine Frau!« Michael beugte sich vor, als dürfe niemand hören, was er dann sagte. »Immerhin ist der erste belesene Mensch im Ort dann die Tochter des Glasvogts. Du bist ein Sturkopf. Wenn ich den erwische, der dir diese Verrücktheiten in den Kopf gesetzt hat …« Er verzog seinen Mund zu einem schelmischen Lächeln.

Marie stand auf. »Ich danke Euch, Vater. Wie wollt Ihr mit Georg verfahren?«

»Er kann seinen Stand weiter betreiben, aber nur einen. Er hat drei Kinder zu versorgen, ich kann ihn nicht wegjagen. Aber ich werde dafür sorgen, dass er dich in Ruhe lässt.«

»Dann hoffe ich, dass Euch wenigstens diese Macht nicht abhandenkommt.«

Kapitel 14

»Die Tür zur Giftkammer steht offen!« Theis kam keuchend in die Küche gerannt, wo Wiltrudis in Vertretung von Marie die Asche rührte.

Sie ließ den Holzlöffel fallen. »Wo ist Jakob?«

Panisch eilten sie hinaus. Fast im Chor riefen sie den Namen des Kindes. Niemand antwortete.

Ausgerechnet jetzt, da Marie nach dem Besuch bei ihrem Vater unterwegs war, die Hütten der Holzhauer abzugehen und deren Asche einzusammeln. Eine Arbeit, die sie einmal wöchentlich erledigte – auch heute, sie durfte sich nicht selbst bemitleiden oder Schwäche zeigen. Das Leben ging weiter. Jeder Kübel Asche war kostbar, war sie doch nötig, um die Schmelztemperatur zu senken. Nur ein Teil wurde ausgelaugt und gebrannt.

Theis betrat die Kammer, durchforstete die Schüttbecken mit den unterschiedlichen Pulvern und Erzen, schmiss die Kübel und Tonnen um und suchte nach Jakob. Sein Rufen wurde immer verzweifelter. Von außen konnte er die ebenfalls immer hysterischer werdende Stimme seiner Schwester vernehmen. Sie hatte sich den Holzschuppen vorgenommen, schmiss alle Bretter und Holzscheite, die irgendwie eine Nische bildeten, übereinander. Nichts. Jakob blieb wie vom Erdboden verschluckt.

Mit Genugtuung sah sie auf das Treiben um die Hütte. Jakob, der Neffe der Priorin. Er war auch nur ein außerehelicher Bastard, passte ins Konzept. Wie sehr ihr doch Cajetano zugearbeitet hatte. Der Wächter der Sitten. Wie dumm von ihm, in die eigene Grube zu fallen. Er war geschwätzig gewesen, hatte ihr die Gräber und Schätze zeigen wollen. Sich ihr als Diener anbieten wollen. Nannte sie den Erzengel, der das neue Reich verkündete. Welch ein Narr. Dabei fürchtete er sich nur vor dem Tod. Hatte Angst, der Teufel würde ihn holen und sich seiner rabenschwarzen Seele bemächtigen. Sollte er doch in der Hölle schmoren. Alle würden sie sich dort früher oder später wiedertreffen. Die Schandtäter und ihre Helfershelfer und alle, die sich ihr in den Weg stellten. Es kam nicht mehr darauf an.

Der Bub war auch nur ein Spielball, um die Maus aus dem Loch zu locken. Sie zu verletzen, so wie man sie verletzt hatte.

Er hatte sie entdeckt. Bei seinen Streifzügen durch den Wald. Hatte ein Holzschwert dabei gehabt und wollte einen Drachen töten. Sie hatte es ihm nicht schwer gemacht, sie zu finden. Der Junge hatte freundlich gegrüßt, wenn auch ängstlich. Sie schenkte ihm Dörrobst. Der Bub bedankte sich artig und lief davon, hinunter ins Dorf.

Er verspeiste das Obst nicht gleich, verschwand hinter dem Holzschuppen. Vermutlich wollte er nicht mit den anderen Kindern teilen. Das passte in ihren Plan. Welches Kind könnte dem Dörrobst widerstehen? Es war in Mehl gewälzt, helles Mehl, das aus der Kammer dort unten stammte. Der Kammer mit der offenen Tür.

Es war leicht gewesen, sich dort zu bedienen, letzte Nacht. Der Aschenbrenner hatte wieder einmal vergessen abzuschließen. Etwas musste dort geschehen sein, sie sah Blut an einem der Becken. Vergaß er deshalb abzuschließen?

Jetzt konnte sie beobachten, wie ein Glasmacher, der sich aus der Glashütte schlich, ebenfalls zum Schuppen lief. Sie hielt den Atem an, er war nicht eingeplant in ihrem Schauspiel, was wollte er? Kurz darauf ging der Glaser wieder in die Hütte. Beruhigt atmete sie auf, sicherlich hatte er sich nur erleichtert.

Der Junge rannte vom Holzschuppen weg, in die entgegengesetzte Richtung. Er lief sogar durch den eisigen Bach, sicherlich würden seine Füße bald zu Eisklötzen gefrieren. Doch das dürfte der Bub nicht mehr spüren. Die Dosis war hoch genug.

***

Als Georg Raspiller seinen Stand am Glasofen erreichte, ließ er den Stofffetzen, in den das Dörrobst eingewickelt gewesen war, ungesehen im Feuer verschwinden. Die Stimmung war gedämpft seit gestern Abend. Man mied den Kontakt zu ihm, der Vogt nannte ihn öffentlich ein »Schwein«.

Das Dörrobst hatte der kleine Bastard aus Angst fallen lassen, selbst schuld. Es schadete nichts, wenn er etwas Respekt vor ihm, seinem künftigen Stiefvater, zeigte. Der Vogt würde sich schon beruhigen. Schließlich war er ein Mann und kein Esel, dem man wochenlang eine Möhre vor die Nase band. Er würde Marie schon noch bekommen. In ein paar Tagen war sicherlich Gras über seinen Übergriff gewachsen.

Einen fremden Rotzlöffel durchzufüttern war schließlich keine leichte Aufgabe. Ob der Junge das kostbare Obst in der Küche gestohlen hatte, konnte er nicht sagen. Doch es war auffällig, dass er an einem normalen Werktag mit Süßzeug herumrannte. Es war an der Zeit, dass ihn eine strenge Hand führte, Marie war nur ein Weib und zu weich für die Erziehung eines Jungen. Nicht mehr lange, und er würde die Führung des Hausstandes übernehmen. Der Vogt musste erst noch eine Weile die beleidigte Leberwurst spielen, das würde sich schon geben. Immerhin hatte er ihn nicht gleich hinausgeschmissen, das war ein gutes Zeichen.

Georg machte sich wieder an die Arbeit, das Gemenge war aus dem Sande, die Galle bereits vom Schmelzer abgefeimt. Die anderen Bläser fanden sich nach und nach ein. Sie nahmen Proben und waren zufrieden. Flaschen sollten heute produziert werden.

Die zähe Masse wurde mit der Pfeife geschöpft. Der Bläser blies von hinten in das hölzerne Teil, bis sich der Glaskörper aufblähte. Auf einer Steinplatte wälzte er ihn, um ihm eine längliche runde Form, die schon sehr einer Flasche glich, zu geben. Dann wurde das Ganze in zwei gleiche Holzformhälften gepresst, die ein Handlanger zusammendrückte, während der Bläser abermals gleichmäßig von oben in die Pfeife blies, damit die honiggleiche Masse während der Kühlung nicht zusammenlief.

Die Holzformen waren aus Lindenholz geschnitzt und bildeten das Negativteil je einer Flaschenhälfte. Es gab sie in verschiedenen Größen und Formen. Man legte sie über Nacht ins Wasser, damit das Glas gleich abkühlen konnte und das Holz nicht anbrannte.

Der Helfer nahm nun die dampfenden Hölzer weg und legte sie ins Wasserbad zurück. Die fertige Flasche hing an der Pfeife und wurde mit der Schere abgeschnitten. Mit einer feinen Zange rundete der Bläser die Öffnung ab, die noch heißer und damit formbarer als der Restkörper war. Die so entstandenen Flaschen wurden in den Kaltofen eingetragen.

Als Georg seinen zweiten Glasklumpen aus dem Gemenge schöpfte, hatte er das Gefühl, der Boden gäbe nach. Er schaute sich im Raum um, alle anderen waren bei der Arbeit. Beim Blick ins Feuerloch verschwamm dies, er hatte Schwierigkeiten, seine Pfeife in die Öffnung zu schieben. Erneut ergriff ihn das Gefühl, nicht sicher auf den Füßen zu stehen.

Er fasste sich an den Kopf, dann verlor er schließlich das Gleichgewicht und schlug mit dem Schädel gegen die Steinplatte, die etwas erhöht auf einem Gestell stand.

Die anderen Glasbläser wurden auf ihn aufmerksam und eilten herbei. Georg verdrehte die Augen, dann raffte er sich mit Hilfe der anderen wieder auf. Seine Stirn wies eine Platzwunde auf, die heftig blutete.

»Was ist mit dir los. Ist dir nicht gut? Komm, setz dich. Hast dich wohl gestern übernommen«, stichelte sein Bruder Thomas. Er hielt ihm sein Schnäuztuch hin, das zwar nicht mehr sauber war, aber seinen Zweck erfüllte.

Georg drückte es gegen die Wunde und stöhnte: »Mir dreht sich alles, und mir ist schlecht.« Kaum hatte er die Worte ausgesprochen, spie er in hohem Bogen aus, sprang auf und rannte zum Abtritt, der sich für die Arbeiter gleich hinter der Hütte befand.

Als er längere Zeit nicht zurückkam, schickte Thomas einen Gesellen: »Sieh nach!«

Kreidebleich kehrte dieser zurück.

»Was ist?«, brüllte Thomas.

»Er … ich habe gewartet, weil er wohl Durchfall hatte, dann war es still!«

»Und?«

»Dann habe ich geschaut. Georg saß auf der Bretterkiste und war ganz weiß im Gesicht. Er reagierte nicht und ist zur Seite umgekippt, als ich ihn angefasst habe.«

Eilig rannte Thomas zum Abtritt, die anderen hinterher.

Georg lag mit heruntergelassener Hose am Boden. Er musste

sich nochmals übergeben haben. Blutiger Schleim lief aus seinem Mundwinkel. Sein Bruder tastete nach seiner Halsschlagader.

»Nichts, er ist tot.«

»Hier riecht es nach Knoblauch«, stellte der Geselle mit Entsetzen fest. »Man hat ihn vergiftet!«

»Arsenik«, hauchte Thomas.

***

Jakob irrte durch den Wald und schlotterte vor Kälte. Er spürte seine Füße nicht mehr. Sie waren eiskalt und nass. Doch das war egal, er musste zu den Holzmachern. Zu seiner Mutter. Sie war nach dem Besuch beim Großvater wieder fröhlicher gewesen, hatte ihn auf die Stirn geküsst und gesagt: »Bis bald, mein Drachentöter, sei schön lieb.«

Jakob war bisher erst einmal bei den Holzhauern gewesen, sie lebten versteckt im Wald, er wusste nicht mehr genau, wo.

Die seltsame Frau, die ihm das Dörrobst gab, ob sie ebenfalls zu den Holzmachern gehörte? Er hatte sie noch nie gesehen. Er wollte sie auch nicht mehr sehen. Sie hatte ihn so komisch angesehen.

Theis erzählte ihm oft Geschichten von bösen Hexen, die die Kinder mit Äpfeln in den Wald locken. Jakob hatte sich deshalb nicht getraut, das Obst zu essen, wollte erst die Mutter fragen. Man dürfe nichts von Fremden nehmen, das sagte sie immer.

Doch dann kam der Georg. Schimpfte ihn aus, sagte, dass er das Obst wohl gestohlen hätte. Er müsse nur warten, bald wäre er sein Vater, egal, was der Großvater oder seine Mutter sage. Der Glasvogt habe es ihm schließlich vor längerer Zeit versprochen, dann gäbe es keine Sonderbehandlung mehr. Dann hieße es erst einmal was arbeiten, bevor man sich den Bauch vollschlägt.

Jakob hatte Angst vor Georg, und wenn der sein Vater werden sollte, würde er lieber allein bei Onkel Theis bleiben oder zum Schatzhauser in die Höhle ziehen.

Jakob hatte ihm das Dörrobst hingeschmissen. Es war ihm nicht so wichtig, wie Georg glaubte, auch wenn er es gern gegessen hätte. Aber deshalb zu heulen, diesen Triumph wollte er ihm nicht geben. Sollte er es doch selbst essen oder seinen Kindern geben. Jakob hatte schließlich auch seinen Stolz.

Der Junge sah sich um, hier waren so viele Bäume, und alle sahen gleich aus. Im Windbergtal kannte er sich aus, aber hier? Nicht einmal der Schatzhauser würde ihn hier finden. Er konnte ihn auch nicht einfach mal besuchen, es war zu weit. Selbst Justus wohnte weit weg. Zwar hatte er jetzt neue Freunde, doch er vermisste die beiden schmerzlich. Gerade jetzt.

Jakob setzte sich auf einen Baumstamm und zog seine Schuhe und die nassen Socken aus. Er rubbelte seine Füße, die schon ganz blau gefroren waren. Es begann wieder zu schneien. Die Wolken hingen so tief, dass man die Baumspitzen nicht mehr sehen konnte. Bald würden seine Füße abfrieren. Er musste die Holzmachersiedlung finden.

Ein Eichhörnchen sprang auf einen Baum vor ihm. Jakob sah ihm nach, es versteckte sich auf der von ihm abgewandten Seite der Buche, jetzt kam es herum und sah genau zu ihm herunter. Dann war es wieder hinter dem Stamm verschwunden. Er hörte, wie es den Baum hochstieg. Es kratzte mit seinen feinen Krallen an der Rinde. Dann war es still. Unheimlich still. Fast fürchtete Jakob sich, da hörte er ein Knacken im Unterholz.

***

Augustinus rieb sich mit Daumen und Zeigefinger die Nasenwurzel. Cajetano war vorläufig außer Gefecht gesetzt, aber wie konnte er ihn für immer zum Schweigen bringen? Sein Oberrechner war zu einem Risikofaktor geworden. Cajetano wusste nicht nur von seinem Sohn, er wusste auch von den Dingen damals. Und er würde sich um Kopf und Kragen reden, das hatte er heute gerade noch verhindern können.

Noch wusste Augustinus nicht, wer nun wirklich für die grausamen Todesfälle der Neugeborenen, die man vor Jahren an den jeweiligen Klöstern abgelegt hatte, verantwortlich war. Er hatte stets Cajetano in Verdacht gehabt. Ihn darum unter seine Fittiche genommen und als Oberrechner eingestellt, obwohl er dazu nicht wirklich taugte. Nun offenbarte sich ihm eine ganz neue Möglichkeit, eine, die er nie in Betracht gezogen hätte: der Racheengel, wie Cajetano ihn nannte.

Es kamen dafür nur ganz wenige, ja, eigentlich nur eine Person in Betracht. War das überhaupt möglich? Eine Frau, eine seiner Nonnen? Und wenn ja, wie konnte er die Wahnsinnige stoppen? War Pius noch in Sicherheit? Was hatte sie alles aus Cajetano herausbekommen?

Zum Glück kannte der Pater den Bestimmungsort von Pius' Exil nicht. Die Suchtrupps des Säckinger Paters Franz waren erfolglos geblieben. Sowohl was den angeblichen Mörder als auch was Pius betraf. Trotzdem wusste Augustinus, dass Pius angekommen war: Seine Späher hatten ihn entdeckt.

Bis jetzt war er entspannt, was seine Sicherheit anbelangte. Alles schien gut. In Gedanken ging er seine früheren Freunde und Mitwisser noch einmal durch – und musste feststellen, dass, wenn es darauf ankam, nicht nur Cajetano labil war, auch für Bruder Eberhardt würde er nicht die Hand ins Feuer legen. Er war ein Trinker, und wer wusste schon, was er im Suff verriet, sollte der Racheengel ihn aufsuchen.

Bruder Klaus hatte das Zeitliche gesegnet, Pater Hugo in Gurtweil war loyal, er wusste auch nicht alle Einzelheiten. Die Geschichte mit dem Schwedenfelsen war ihm seines Wissens nach unbekannt.

Wenn dieser Racheengel nun tatsächlich hier war, was wollte er, und wohin würde er als Nächstes ziehen? Oder war er nur ein Hirngespinst Cajetanos? Nein, Augustinus musste davon ausgehen, dass es da jemanden – eine – gab, der auf Rachefeldzug war. Sollte Cajetano das Opfer werden? Oder gar er selbst, der Abt? Wollte diese Person Angst und Schrecken verbreiten? Dann war auch Bruder Eberhardt ein Ziel. Könnte die Mörderin die Informationen von seinem Aufenthaltsort haben? Dann wäre Pius nicht mehr sicher.

Augustinus musste sich mit jemandem beraten, er brauchte Hilfe, konnte aber unmöglich noch einen Mitwisser gebrauchen. Stephanus? Der wusste ohnehin schon zu viel. Trotzdem fiel ihm kein weiterer Vertrauter mehr ein.

Müde und lustlos starrte der Abt auf den Stapel unerledigter

Anfragen und Bitten. Wie er diese Arbeit hasste. Warum hatte Stephanus noch nicht alles beantwortet? Sicherlich waren die Briefe nur an ihn persönlich gerichtet.

Mit dem Federkiel stieß er den Haufen um, als ob ihn die Bittbriefe beißen würden. Da lag die Urkunde für diese Aschenbrennerin in Äule, die bereits besprochen war, er musste sie nur noch abzeichnen. Das war die leichteste Übung.

Beim nächsten Brief stockte ihm der Atem, er kannte die Schrift: Wiltrudis.

Was wollte sie von ihm? Er hatte ihr doch alles, was für sie wichtig war, erzählt. Pius lebte, es war für ihn gesorgt. Vorsichtig brach er das Siegel und las.

Sie hatte das Kloster verlassen und bat um die Bestätigung ihres Austritts!

Entsetzt blickte der Abt auf das Datum. Das Gesuch war schon ein paar Tage alt. Warum hatte Stephanus ihn nicht informiert? Er musste es für nicht dringlich gehalten haben. Dieser Aspekt warf nun natürlich ein ganz neues Licht auf die Dinge. War gar *sie* auf Rachefeldzug? Hatte nicht die neue Vorsteherin sich neulich bei ihm beklagt, Wiltrudis wiederholt beim unerlaubten Fortgang aus dem Kloster erwischt zu haben? Wohin konnte sie gegangen sein? Und wo war sie jetzt? Sie stammte aus dem Glasmacherdorf.

Er musste einen Boten schicken und sie herzitieren. Sofort.

Abt Augustinus läutete, da fiel ihm ein, dass er selbst Cajetano in seine Zelle verbannt und die Tür von außen verriegelt hatte. Ein paar Monate in Klausur würden ihn zur Besinnung bringen. Dann sah man weiter, wie die Dinge sich entwickelten.

Augustinus erhob sich, denn auch sein Sekretarius reagierte nicht. Wo mochte er stecken?

***

Borromäus und Stephanus hielten inne, als sie das Eichhörnchen so erschrocken wegspringen sahen. Der Riese legte den Finger auf die Lippen, um seinem Begleiter zu verdeutlichen, dass er ruhig sein solle.

»Hier ist jemand«, flüsterte er.

Stephanus blickte sich im Wald um, er hatte nichts bemerkt. Die winterliche Stille war ihm schon fast unheimlich. Es war, als würde die Schneedecke alles Leben unter sich begraben.

Da, ein leises Schluchzen. Jetzt war es auch dem Mönch aufgefallen.

Borromäus zeigte die Richtung, sie bemühten sich, keine Geräusche zu verursachen, der Schnee schluckte fast alles. Einzig das Knirschen der Schritte auf dem Pfad war dumpf zu vernehmen. Darum bog der Waldmensch querfeldein zwischen den Bäumen durch, wo der Schnee weich und tief wie Watte war.

Ein lang gezogener Ruf, »Schaaatzhaaauser!«, ließ die Anspannung von ihm abfallen. Er lächelte erleichtert.

»Draaachentöööter!«, war seine Antwort.

Ein kindlicher Freudenschrei folgte. »Hier bin ich! Ich wusste, dass du kommst.«

Wie ein Kleinkind lief der Riese freudestrahlend und immer wieder im Tiefschnee einsinkend quer durch den Wald und brüllte: »Jakob, mein Junge, ich komme!«

Stephanus lief hinterher, fiel aber bald zurück, denn er versank heillos in den weißen Schneemassen. Die Schrittlängen Borromäus' waren für ihn einfach zu lang.

»Mein Gott, wo hast du deine Strümpfe? Deine Füße sind blau gefroren. Komm, stecke sie in mein Wams.« Borromäus nahm den schlotternden Buben auf und packte dessen Beine unter seine Fellweste. »Was ist passiert?«

»Ich bin durch den Bach gelaufen und suche meine Mama, sie ist bei den Holzhauern Asche sammeln. Der Georg hat mich ausgeschimpft.« Jakob zog geräuschvoll seine Nase hoch.

Während das ungleiche Trio auf den Pfad zurückging, erzählte er, dass er weggelaufen sei, weil er Angst vor dem neuen Glasmacher Georg hatte.

Kurz darauf sahen sie die ersten Hütten unten auf der einsamen Lichtung stehen. Das Licht war dumpf und diffus, den ganzen Tag über schon. Die Wolken hingen tief in den Bäumen und schickten sich an, ihren Inhalt auf das Dorf zu schütten.

Innerhalb weniger Augenblicke nahm das Wetter den dreien die Sicht, und so bemerkten sie erst bei ihrem Eintreffen, dass das halbe Dorf auf den Beinen war.

»Jakob!«, schrie jemand, eine Frauenstimme. »Mein Gott, da ist der Junge! Endlich, wir haben ihn. Sagt Theis Bescheid.«

»Wiltrudis!«

»Stephanus, du? Gott sei Dank. Wer ist dein Begleiter? Mein Gott, euch schickt der Himmel.«

Michael Sigwarth kam aus der Glashütte, sein Blick war finster und ernst. »Man hat den Georg vergiftet!«

Augenblicklich war die Freude über die Rückkehr des Kindes Nebensache. Hatten sie richtig gehört? Georg? Der Georg, der erst gestern angeklagt worden war, die Tochter des Vogts überfallen zu haben? Wer hatte Rache geübt?

Achtlos ging der Glasmachermeister Sigwarth an den anderen vorbei, auf die Giftkammer zu. Er hatte den Verlust und das Wiederfinden Jakobs noch gar nicht bemerkt, wurde er doch beim Mittagsschlaf gestört.

»Theis, hast du wieder einmal vergessen abzuschließen? Wer hat sich hier bedient?« Der Vogt blickte grimmig in die Runde, erst jetzt fielen ihm die beiden Fremden, der Riese und Bruder Stephanus, auf.

»Bruder Stephanus, was verschafft uns die Ehre, Euch hier anzutreffen, und wen habt Ihr dabei? Was macht Jakob auf dem Arm dieses Wilden?«

»Er ist kein Wilder, das ist der Schatzhauser!«, rief Jakob seinem Großvater zu.

»Borromäus ist ein Freund, wir wollten meine Cousine besuchen. Jakob kennt ihn bereits von früheren Treffen«, erklärte der Mönch.

»So. Davon weiß ich noch gar nichts. Der Schatzhauser also. Für mich sieht er aus wie ein Wilder. Bruder Stephanus, Ihr sucht Euch wahrlich einen ungünstigen Zeitpunkt für einen Besuch aus. Aber wenn Ihr schon hier seid, könnt Ihr einen Toten in den Sterbebüchern vermelden. Einer meiner Glasmacher, Georg Raspiller, ist mit Arsenik vergiftet worden.«

Michael wandte sich mit vernichtendem Blick an seinen

Schwager. »Aus deiner Giftkammer, Theis. Niemand hat sonst Zugang. Wo ist Marie?«

»Deine kleine Hure wollte sich sicherlich an meinem Bruder rächen, wer sonst?«, rief Thomas und spie auf den Boden. »Ja, wo ist sie denn?«

»Ruhe!«, brüllte der Vogt.

»Marie ist zu den Holzmachern und noch nicht zurück. Sie kann es nicht gewesen sein«, verteidigte Wiltrudis ihre Nichte.

»Vielleicht hat sie es ihm unter das Essen gemischt.« Thomas gab noch nicht klein bei.

»Sie war nie in seiner Küche und er nie bei uns«, gab Theis zu bedenken.

»Er hat mein Essen weggenommen«, sagte Jakob laut, der noch immer von Borromäus getragen wurde. »Der Georg hat mich ausgeschimpft und gesagt, ich hätte das Dörrobst gestohlen, dabei habe ich es geschenkt bekommen, von der komischen Frau, oben im Wald! Ich habe es ihm gegeben. Vielleicht hat er das gegessen.«

»Welche Frau?«, riefen Borromäus und Stephanus wie aus einem Munde.

»Die in der Hirtenhütte. Ich habe sie noch nie gesehen.«

»Sie hat dir Dörrobst gegeben?« In Michaels Frage schwang die Vermutung mit, dass sein Enkel wohl wieder in der Phantasiewelt schwebte.

»Ja, ich kenne sie nicht, aber der Onkel Theis und die Mama haben immer gesagt, ich darf von Fremden nichts annehmen. Das habt ihr doch, Onkel Theis, stimmt's?«

Theis nickte mit Tränen in den Augen. Seine Märchen schienen dem Buben das Leben gerettet zu haben, denn im Gegensatz zu den Umstehenden glaubte er ihm.

»Wer soll da oben in der Hirtenhütte hausen? Mitten im Winter, du erzählst Märchen, weil ihr, du und deine Mutter, meinen Bruder aus dem Weg haben wolltet, Drachentöter.« Thomas erhob drohend seine Faust.

Der Vogt blickte zum Himmel, dann bestimmte er: »Heute macht das keinen Sinn mehr. Die Nacht bricht herein und mit ihr ein Schneesturm. Wir werden trotzdem gleich morgen nachschauen, ob sich wirklich niemand dort oben aufhält. Bringt den Toten in die Kapelle. Schickt mir Marie, wenn sie wieder hier ist.«

Borromäus und Stephanus blickten sich wissend an, schwiegen aber. Sollte der Schneesturm losbrechen, würde mit Sicherheit keine Gefahr bestehen, zumal die Angst und das Misstrauen die Menschen aufmerksamer werden ließ.

Borromäus' besorgter Blick zum Berg galt nicht nur dem Wetter. Marie war noch unterwegs. Er gab Jakob in die Obhut der Familie und wanderte los.

***

Marie konnte kaum noch den Pfad ausmachen, als sie auf das Dorf zulief. Der Schneesturm war binnen weniger Atemzüge losgebrochen und schien die ganze Umgebung einhüllen zu wollen. Sie schleppte eine volle Aschenkrätze auf dem Rücken, die sie immer wieder in die Knie sacken ließ, wenn die Schneemassen vom aufkommenden Sturm sich auftürmten und sie darüberklettern musste.

Kurz vor dem Waldrand entdeckte sie Fußspuren im Schnee. Sie waren schon verweht, aber Marie konnte sie noch erkennen. Kinderspuren, normale und riesige. Vor nicht allzu langer Zeit mussten hier drei Menschen gegangen sein.

Marie stellte ihren Fuß in die größten der Stapfen und füllte ihn nicht einmal zu einem Drittel aus. Es gab nur einen, der so große Füße hatte. Borromäus! Ein Kind, Jakob? Wer noch? Wer war die dritte Person? Die Erwachsenenspuren kamen aus dem Wald, sie mussten hier auf Jakob getroffen sein. Nur die großen Spuren gingen hinunter nach Äule! Was war hier geschehen?

Panik überfiel Marie. Sie rannte den Berg hinunter, dass die kostbare Asche nur so aus der Krätze stob wie aufgewirbelter Straub auf einem ausgetrockneten Waldweg. Auf dem freien Weidefeld verloren sich die Fußstapfen im Einheitsweiß.

Das Dorf lag da wie ausgestorben. Fürchteten sich alle vor dem Unwetter? Da sah sie die Gestalt, die gegen den Wind ankämpfend zum Waldrand emporstieg. Er kam direkt auf sie zu, Borromäus!

»Marie, Gott sei Dank, dir ist nichts geschehen. Komm, gib mir deine Krätze.«

»Warum, was soll mir passiert sein?« Marie blickte ihn ängstlich an, wagte nicht, nach Jakob zu fragen.

Statt zu antworten, drückte Borromäus sie wie ein verloren geglaubtes kostbares Gut an seine breite Brust. Dann schulterte er die Krätze. Gemeinsam kämpften sie sich auf Äule zu.

»Borromäus, was macht Ihr hier? Was ist passiert?«

»Das ist eine lange Geschichte. Hast du jemanden im Wald getroffen? Bei der Hirtenhütte?«

»Nein, da war ich nicht, warum?«

Borromäus begann zu erzählen, mit jedem Schritt wurde Marie mulmiger zumute. Der Riese spürte es und nahm ihre Hand in die seine, drückte sie, als wollte er sagen: Alles ist gut, ich bin da.

Als sie die Aschenhütte erreicht hatten, wusste Marie in groben Zügen, was geschehen war.

»Ich muss die Asche noch in die Giftkammer bringen«, sagte sie, als Borromäus die Türklinke zum Aschenhaus schon in der Hand hatte.

»Ich gehe mit«, sagte er.

Marie stellte die Krätze ins Eck der Kammer, sie zögerte.

Borromäus sah das Blut am Becken. »Dein blaues Auge?«

Marie nickte.

»Wer?«

»Georg.«

»Hat er?«

»Ja.«

Wieder zog Borromäus Marie an sich und drückte sie mit seinen mächtigen Armen fest an seinen Oberkörper. »Habe ich's mir doch gedacht. Es wird nie mehr passieren, das verspreche ich dir. Ich werde auf dich aufpassen.«

»Wie wollt Ihr das tun? Eure Höhle ist einen Tagesmarsch von hier entfernt. Könnt Ihr fliegen?«

Borromäus zog etwas aus seiner Westentasche. »Das trage ich seit dem letzten Sommer mit mir herum, als ihr beide bei mir in der Höhle wart. Es war anfangs nur eine Idee.«

Er wickelte etwas aus – ein seltsamer Stein kam zum Vorschein.

»Was ist das?«

»Kobalt.«

Marie blieb der Mund offen stehen. »Woher habt Ihr das?«

»Meine Höhle, die Gruft, diese Verbindung entstand nicht als Fluchttunnel im Dreißigjährigen Krieg. Es muss ein alter Bergmannstunnel gewesen sein. Ich bin erst darauf aufmerksam geworden, als ich den Stein mit den Zeichnungen in der Alb gesehen habe. Cajetano hat eine Schatzkammer ausgehoben und den wahren Schatz, das Kobalt, nicht erkannt.«

»Was macht Ihr jetzt damit?«, fragte Marie.

»Vielleicht frage ich im Kloster an, ob ich die Schürfrechte erhalte. Was meinst du? Ich könnte wieder ein normales Leben führen, wäre nicht mehr vogelfrei, würde mir der Abt die Papiere ausstellen.«

»Das wäre schön. Zeigt es Stephanus. Wenn er es gutheißt, unterschreibt der Abt bestimmt.«

»Daran habe ich auch schon gedacht, aber ich wollte zuerst deine Meinung hören.«

»Meine Meinung?«

»Ja, sie ist mir wichtig.«

»Wirklich?«

Borromäus strich ihr vorsichtig über das Haupt, Marie hielt seinem Blick stand. Es war ihr, als stünde die Welt für einen Augenblick still.

»Ja, sehr sogar. Für mich allein bräuchte ich die Rechte nicht.«

***

Pius hätte nicht die Hand vor Augen gesehen, selbst wenn es ihm möglich gewesen wäre, diese zu öffnen. Das Schneetreiben hatte sich seit Einbruch der Dunkelheit weiter gesteigert. Die Eiskristalle trafen ihn waagrecht im Gesicht wie kleine Glassplitter, seine Augenlider schmerzten.

Nur nicht stehen bleiben oder, noch schlimmer, sich einfach in den weichen Schnee fallen lassen, liegen bleiben. Es wäre ein gnädiger Tod gewesen. Doch er hatte sich nicht durch die Wildnis gekämpft, um jetzt aufzugeben. Er war seinem Häscher mehr als einmal entkommen. Knapp entkommen. Sollten ihn jetzt die Naturgewalten in die Knie zwingen?

Er hatte das Tal der Alb verlassen, als das Licht diffuser und der Sturm immer heftiger wurde. Gehofft, auf dem Höhenrücken im Schutz der Bäume besser voranzukommen. Nach seinen Berechnungen hätte er das nächste Kloster, St. Blasien, in einem Tagesmarsch erreichen sollen, Berau in zwei und Klingnau in drei.

Doch auch hier oben versank er mit jedem Schritt bis fast zu den Hüften im Neuschnee. Um die Füße gegen die Kälte zu schützen – er trug nur Sandalen –, hatte er schon vor Tagen seinen wollenen Habit bis zu den Oberschenkeln in Streifen gerissen und die Beine bis zu den Knien bandagiert. Unter seiner zerrissenen Kutte trug er glücklicherweise noch ganz normale bürgerliche Kleidung. Die Kapuze hatte er tief ins Gesicht gezogen. In der Wildnis war es einerlei, ob er als Bürger oder Mönch auftrat. Hauptsache, er entkam lebend dieser weißen Hölle.

Plötzlich rutschte er einen Abhang hinunter und fand sich auf festem Untergrund wieder. Er beschirmte seine Augen. Schemenhaft konnte er einen Weg ausmachen. Einen Trampelpfad. Er glaubte, eine Siedlung vor sich zu erkennen, Hütten. Das konnte unmöglich sein. Seine Landkarte hatte für diese Gegend nur unbewohnte Waldgebiete eingezeichnet. Hatten ihn seine Sinne getäuscht? Gaukelte ihm sein Unterbewusstsein eine Scheinwelt vor, hatte er die reale Welt schon verlassen?

Mehr wankend denn gehend erreichte er den unwirklichen Ort. Hatte *er* gerufen, oder erwartete man ihn bereits?

Ein Tor öffnete sich, ein riesiges Feuer prasselte, er konnte die Hitze auf der Haut schmerzhaft spüren.

Kleine Männlein mit spitzen Filzhüten zerrten an ihm, schleiften ihn zum Feuer.

Waren es Teufel, die ihn ins Höllenfeuer werfen wollten? Er versuchte, sich zu wehren, doch sie waren in der Überzahl.

Die Schürer hatten ihn entdeckt, als der Fremde ins Dorf gewankt kam. Er war am Ende seiner Kräfte, ein junger Bursche.

Wirres Zeug redend, dass er vom Weg abgekommen sei. Der Teufel wäre hinter ihm her. Sie holten den Wirt, weil bei ihm noch Licht brannte.

»Bringt dem armen Kerl eine Stange Bier und legt ihn vor Euren Glasofen. Morgen sieht die Welt wieder anders aus. Er scheint mir halb erfroren, verdurstet und ausgehungert.«

Die Schürer taten, wie ihnen geheißen, und zogen den Kerl mit sich in die Hütte. Sie warfen ihn auf einen der Strohsäcke, auf denen sie selbst während ihrer Nachtschicht zu dösen pflegten, und flößten ihm das warme Bier ein.

Binnen kürzester Zeit tat das Getränk seine Wirkung; der Fremde schlief ein.

Eine unbeschreibliche Hitze quälte Pius Stunden später, seine Lippen waren spröde und aufgeplatzt. Die Zunge klebte an seinem Gaumen fest. Mühsam öffnete er die Augen.

Was er sah, ließ ihn still verharren. Wo war er hier gelandet? Angstschweiß mischte sich mit dem Schweiß durch die ungewöhnlich hohen Temperaturen, die hier herrschten.

Er schaute geradewegs in den Schlund der Hölle. Das Feuer spuckte die Hitze aus, und vor dem Feuer bewegten sich kleine Teufel. Kobolde, die das Reich Luzifers schürten.

Hatten sie ihn gefunden? Wollten sie ihn hineinwerfen in das ewige Feuer der Verdammnis? Sie waren klein, kleiner als normale Männer, und sie trugen seltsame Hüte. Filzhüte mit einem spitzen Ende, die ihre Häupter wohl gegen die Hitze schützen sollten. Sie lachten und tranken. Sie sangen verwerfliche Lieder.

Kein Zweifel, er war im Vorhof der Hölle angelangt. Was war geschehen? Pius wusste es nicht mehr. Die Angst schnürte ihm die Kehle zu. Dann wollte er nur noch weg, weg von diesem schrecklichen Ort.

***

Das Feuer im Ofen des Aschenhauses knisterte dank Theis die ganze Nacht. Der alte Aschensieder konnte nicht schlafen. Im Raum hinter ihm vernahm er die gleichmäßigen Atemgeräusche seiner Besucher. Solch eine volle Hütte hatte er noch nie gehabt. Das Unheimliche schweißte sie alle zusammen. Die Furcht vor einem Racheengel, der irgendwo dort draußen im Sturm lauerte. Theis spürte ihn. Er glaubte, seine Seele zu fühlen, ganz nah.

Der Aschensieder stocherte mit dem Schürhaken im Feuer. Sah, wie die Glut aufstob, wenn er an den angekohlten Buchenholzscheiten rüttelte. Er zündete sich eine Pfeife an einem glimmenden Ästchen an. Das hatte er früher immer getan, zum Feierabend. Eine Pfeife geraucht.

Seine Lungen brannten in letzter Zeit immer schlimmer, sogar dann, wenn er nur den Rauch beim Aschensieden einatmete. Das kam von dem weißen Pulver, dem Arsenik. Auch Bluthusten hatte er immer öfter. Er schwieg darüber, denn er wollte Marie nicht beunruhigen. Theis würde sie wohl nicht bis zum Erreichen des Geschäftsalters beschützen können.

Gott hatte ein Einsehen gehabt, dem Vogt endlich die Augen geöffnet, ihnen die Priorin geschickt. Nun war der Aschensieder wenigstens dahingehend beruhigt. Seine Schwester würde sich Maries und Jakobs annehmen. Jetzt, da es auch keinen Georg und damit keinen Eheanwärter mehr gab, war dies einfacher.

Marie hatte sich die Erleichterung nicht anmerken lassen. Sie wirkte erschrocken und entsetzt, als sie gestern Abend von Georgs Tod erfuhr, so wie die anderen auch. Theis kannte sie gut genug, um zu wissen, dass ihr ein Stein vom Herzen gefallen war, sie hätte sich täglich an die Schmach erinnert gefühlt, wenn sie ihm begegnet wäre.

Theis glaubte plötzlich, Stimmen zu hören, sie kamen vom Dorfplatz. Er blickte aus dem Fenster und sah, wie die Schürer einen wild um sich schlagenden Burschen aus der Glashütte zogen. Sicherlich hatte einer der jungen Kerle einen über den Durst getrunken. In der Dunkelheit konnte er nicht erkennen, wer es war. Sie zerrten ihn zur Kapelle. Die Kapelle! Theis erschrak, dort lag der tote Georg aufgebahrt. Das war ein übler Scherz. Er überlegte, ob er dazwischengehen sollte. Dann besann er sich, dass er zu alt war, um es mit den angetrunkenen Burschen aufzunehmen. Außerdem fürchtete er, der Racheengel könne die Gelegenheit nutzen und über seine schlafende Familie herfallen.

Er war nah, ganz nah. Theis fühlte ihn.

Endlich graute der Morgen, und der Glasvogt ließ Gnade walten. Er erlaubte einem der Schürer, nach dem »verrückten Kerl« in der Kapelle zu schauen. Dort war es seltsam still geworden, nachdem dieser Fremde zunächst gebrüllt hatte wie ein angebundener Stier, dem man den Gang zum Brunnen verweigerte.

Es war nicht so, dass keinem im Dorf aufgefallen war, dass sich jemand in der Kapelle befand, nur wagte niemand, sich einzumischen. Vielleicht war es sogar Georgs Mörder? Der Vogt selbst hatte nämlich Anordnung gegeben, den fremden Säufer, wie er den Burschen nannte, in die Schranken zu weisen, hatte der doch in der Glashütte randaliert.

Es kam öfter vor, dass sich einer auf der Durchreise im Dorf aufhielt. Meist verbrachten sie die Nacht bei den Öfen, dort gab es immer noch etwas zu trinken, wenn die Gaststube geschlossen hatte.

Ein Schürer öffnete vorsichtig die Kapellentür. Er befürchtete, dass der Wilde da drin ihn anfallen würde. Die anderen warteten neugierig in sicherem Abstand. Doch nichts geschah.

»Er wird endlich eingeschlafen sein, oder der Georg hat ihn mitgenommen.«

Verhaltenes Grinsen, denn man scherzte nicht, wenn ein Toter noch nicht beerdigt war. Man konnte nie wissen, ob er dann nicht als Geist umging und andere mit in den Tod zog.

»Hallo?«, rief der Schürer vorsichtig in das Halbdunkel.

Da erhob sich ein Schatten neben dem Altar. »Willst du mich holen kommen? Habt ihr das Feuer geschürt, ihr Teufel?«

»Das Feuer ist geschürt, ja, aber nicht für dich. Für das Gemenge.«

»Welches Gemenge?«

»Ja, weißt du nicht, was ein Gemenge ist?«

»Nein.«

»Du weißt aber, wo du bist, oder?«

»Bei einem Toten. Ist hier die Hölle?«

»Hölle?« Der Schürer lachte auf. »So hat noch keiner ein Glasmacherdorf bezeichnet.« Er wollte nicht glauben, dass es Menschen gab, die nicht wussten, was ein Gemenge oder ein Glasofen ist. Er hatte das Glasmacherdorf, außer zum Kirchgang, noch nie verlassen. Alle Leute, die zur Glashütte kamen, taten dies, weil sie in irgendeiner Form damit zu tun hatten. Noch nie war ihm jemand untergekommen, der nicht wusste, wozu die Öfen glühten.

»Ihr seid Glasmacher?« Pius schüttelte den Kopf, als wolle er damit Ordnung in seine wirren Gedanken bringen. Langsam, aber sicher lichteten sich die Nebel in seinem Hirn.

»Ja. Wir sind die Glasmacher des Klosters St. Blasien.«

»St. Blasien?« Pius trat aus dem Dunkel ins sanfte Licht, das durch die grünen Glasfenster der Kapelle drang. Darin sah er noch blasser und kränker aus.

Der Schürer erschrak und machte einen Schritt zurück. »Bist du etwa der Geist des Georg? Des Toten?«

»Sehe ich so aus?«

Der Schürer nickte.

»Ich bin seit Tagen auf der Flucht. Jemand trachtet mir nach dem Leben. Ich komme von weit her, vom Unterland. Ich will nach St. Blasien, zum Abt.«

»Bist du auch ein Mönch?« Der Schürer sah zweifelnd an ihm herunter.

»Student, ich war Klosterschüler in Klingnau.«

»Kennst du den Abt?«

»Nicht persönlich. Noch nicht, aber er erwartet mich.«

»Du kannst mit Bruder Stephanus gehen, der ist hier. Er stammt vom Kloster in St. Blasien.«

»Danke. Der Tote, wer war er, und woran ist er gestorben?«, fragte Pius.

»Georg, er wurde vergiftet.«

»Vergiftet?« Pius glaubte, vom Regen in die Traufe zu rutschen. Seine Knie gaben nach, er musste raus, raus an die frische Luft.

Marie sah gerade aus dem Fenster, als ein junger Bursche aus der Kapelle wankte. Sie kannte ihn nicht. Theis hatte seiner

Familie beim Morgenmahl von seiner seltsamen Beobachtung in der Nacht berichtet.

»Sieh nur, Wiltrudis, der Kerl scheint mir eher erschöpft als betrunken. Es ist ein Fremder, keiner der Schürer. Wir sollten ihm etwas zu essen geben, bevor die Glaser ihn wieder abfüllen und ihren Spaß haben.«

Ihre Tante eilte ans Fenster. »Ich glaube, du hast recht.« Sie trat vor die Tür und rief dem Schürer zu, er solle den Jungen zu ihr in die Aschenhütte bringen.

Pius blieb wie angewurzelt stehen, als er Wiltrudis erblickte. War dies nur eine Wunscherscheinung? Narrten ihn seine Sinne?

»Mutter?«

Wiltrudis hielt sich instinktiv mit beiden Händen den Mund zu, um nicht laut aufzuschreien. Konnte das sein? Pius hier? Ihr Sohn? Im abgelegensten Winkel des Waldes? Das war kein Zufall. Das war göttliche Fügung.

***

Unweit vom Dorfplatz, in sicherer Entfernung zum Geschehen, stand eine weitere Zuschauerin des Theaters. Die Spielleiterin. Es schien, als entglitten ihr die Rollen. Sie verselbstständigten sich. Spielten ihr eigenes Stück.

Wo zum Teufel kam dieser Kerl jetzt her? Seine Ankunft war ihr entgangen. Und wieso lebte er noch? Sie war sich sicher gewesen, ihn und Eberhardt beseitigt zu haben. Sie mussten die Wurst gegessen haben, es gab sonst nicht viel in dem armseligen Bürgeln, außer Wein. Sie hätte nachschauen sollen. Es war ein Fehler gewesen, gleich zurückzureiten, entlang des Rheins, um so schnell wie möglich ihr Werk zu vollenden. Cajetano.

Sie hatte Wiltrudis unterwegs entdeckt, aber deren Zeit war noch nicht gekommen. Die Priorin wollte sie sich aufheben bis zum Schluss. Sie, die Regisseurin, wollte Zeugin sein, wie ihr das Herz brach, endgültig brach. So, wie das ihre gebrochen war. Das eigene Kind ermordet vom Klerus, keine Totgeburt, wie man sie glauben ließ, weil nicht sein kann, was nicht sein darf. Mit dem Brief der Hebamme hatte sie ihre Vermutung bestätigt gefunden. Ein Mädchen war nicht nach dem Sinn des Abts und wurde mit Sicherheit nicht versteckt aufgezogen.

Genau so wollte sie auch mit Augustinus verfahren. Seine Pläne zerstören, wie er ihr Leben zerstört hatte. Ihm das Herz brechen. Gleiches mit Gleichem vergelten.

Doch die perfekte Inszenierung lief aus dem Ruder.

Woher wusste Pius, dass Wiltrudis hier in Äule war? Einem Dorf, das es bis vor wenigen Wochen noch nicht einmal gegeben hatte. Welche Mächte waren hier im Spiel?

Sie musste mit ansehen, wie sich Mutter und Sohn in die Arme fielen. Es fühlte sich an wie ein Schwerthieb mitten ins Herz. Sie fiel aber nicht tot um.

***

Unten im Tal konnte Waldemar die Umrisse des Klosters St. Blasien erkennen. Der Schneesturm legte sich allmählich, ein neuer Tag erwachte. Die Nacht war überstanden, das Ziel erreicht. Wo war Pius? Spätestens heute Nacht hätte er ihn eigentlich eingeholt haben müssen. Oben, auf dem Feldbergpass hatte er ihn gesehen, ihm zugerufen, doch der Sturm war stärker gewesen.

Waldemar war seinen Fußabdrücken hinunter ins Tal von Menzenschwand entlang der Albquelle gefolgt. Am Wasserfall verlor sich die Spur, die Verwehungen waren zu stark.

Waldemar saß ab und gab sein Pferd dem Stallburschen aus St. Blasien, er holte tief Luft, ehe er um Einlass bat.

Wenige Augenblicke später fand er sich in der Schreibkammer dem Abt gegenüber.

»Recht abenteuerlich, was Ihr da von Eurem Freund, wie heißt er doch gleich, ach ja, Pius, was Ihr von ihm erzählt. Bruder Klaus, ich habe von seinem Ableben gehört. Er soll mit einem ehemaligen Schüler, es muss wohl Euer Freund gewesen sein, in Säckingen genächtigt haben, als ihn der Tod ereilte. Gott sei seiner Seele gnädig.«

Abt Augustinus bekreuzigte sich.

»Ich weiß nichts vom Verbleib dieses Studenten, hier ist er

auf alle Fälle nicht. Der Propst von Klingnau hat Eure Suche gutgeheißen? Dann will ich mal schauen, wie ich Euch helfen kann, dieses verlorene Schaf dem Kloster wieder zuzuführen. Ich gebe Euch zwei Männer mit, hinter dem Schluchsee gibt es eine neue Glasmachersiedlung. Wenn Ihr nicht fündig werdet, sucht das Menzenschwander Tal nochmals ab. Mehr steht nicht in meiner Macht.« Augustinus massierte seine Nasenwurzel und erhob sich. Die Audienz war beendet.

Waldemar hatte mit allem gerechnet, aber nicht mit dieser Kaltschnäuzigkeit. Der Abt schien noch immer zu glauben, dass er alle Fäden in den Händen hielt.

Eine neue Glasmachersiedlung, sie war sicherlich noch in keiner Landkarte vermerkt. Ein Hoffnungsschimmer.

***

Die Sonne lugte bereits über die Tannenspitzen, als drei Gesandte den uralten Handelsweg den Bötzberg hinaufzogen. Ihr Atem stieg gemeinsam mit dem der Pferde in den stahlblauen Winterhimmel, obwohl erst November war. Der Schnee knirschte unter den Hufen.

Es waren der klösterliche Oberjäger Jos und der Stallmeister aus St. Blasien. Neben ihnen ritt der Stallbursche Waldemar vom Kloster Sion. Sie reisten alle im Auftrag des Abts.

Der Stallmeister aus St. Blasien erinnerte sich an den Herbst vor fünf Jahren. Damals war er mit Cajetano und dem Bruder Sekretarius schon einmal diesen Weg geritten, um den Glasmachern ihr neues Waldgebiet zuzuteilen. Nun lagen deren Behausungen einsam und verlassen in der Senke des Windbergtals. Nichts deutete mehr darauf hin, dass hier fast dreißig Jahre lang Glas hergestellt worden war. Fast nichts, außer dass der Wald fehlte.

Die neuen Siedler würden erst im Frühjahr hier hochziehen, die Weiden bewirtschaften und die Talaue bestellen. Die Dächer der Glaserhütten lugten aus dem Schnee und wirkten auf den entfernten Betrachter wie die Felsnasen einer versunkenen Insel im Meer. Das Atlantis im Windbergtal.

Sie ließen das Dorf rechts unten liegen und nahmen den steilen Anstieg, vorbei am ehemaligen Sandboden, auf die Höhe. Es war um die Mittagszeit, als sie absaßen, um sich zu stärken.

Jos blickte sich um, hatte er eben etwas gehört? Ihm war, als hätte ein Pferd gewiehert.

Die Sonne beschien die einsame Hochebene des Muchenlandes, es war windstill, und nur von Weitem konnten sie das Gemecker der Ziegen in den Ställen hören, die hier oben mit den wenigen Siedlern die kargen Äcker teilten.

Inmitten dieser Stille knackten erneut sacht die Äste in dem kurzen Waldstück, das sie soeben durchritten hatten. Ein Tier, das sich im Wald aufhielt?

Die Männer hielten inne. Ihre Glieder waren bis aufs Äußerste angespannt. Eine Gestalt trieb sich zwischen den Bäumen herum. Sie konnten sie jetzt deutlich ausmachen.

Des Stallmeisters Gesichtszüge verzogen sich zu einem wissenden Lächeln. »Justus, du Lump, komm raus, wir haben dich entdeckt!«

Der Angesprochene kam humpelnd über den harschen Schnee gerannt. »Dubel Jaköble besuchen, mein Bruder versprochen. Allein gegangen mit Borromäus, mich vergessen!«

»So, hat man dich vergessen, na so was, du kannst bei mir aufsitzen.«

Waldemars Pferd scheute als Erstes. Er blieb abrupt stehen, sie hatten die Schnepfhalde unmittelbar vor Äule erreicht. Schweigend schauten sie sich um. Ein Pferd scheute nicht umsonst.

Mit Pferden kannte sich Waldemar bestens aus. Er tätschelte dem seinen beruhigend den Hals. Sein Blick durchbohrte den Buchenwald. Die Bäume reckten ihre nackten Äste in den nachmittäglichen Himmel. Vereinzelt machten ihnen Ahornbäume, ebenfalls kahl, oder dunkle Tannen den Platz streitig. Sie, die Tannen, waren es auch, die mit ihrem Nadelkleid die Sicht auf das Dorf versperrten, dafür aber einer Hirtenhütte Schutz boten. Vor eben dieser Hütte waren frische Spuren im Schnee auszumachen. Jetzt wieherte ein Pferd.

Waldemars Tier stellte die angelegten Ohren auf und horchte.

Dann setzte es sich langsam in Bewegung in Richtung Hütte. Der Stallbursche ließ es gewähren und vertraute ihm.

Die Hüttentür stand offen.

In sicherem Abstand zur Hütte zog Waldemar die Zügel an und saß ab. Die anderen taten es ihm gleich.

Wieder wieherte das Pferd, jetzt konnten die Reiter es sehen.

»Ragna!« Waldemar stürmte zuerst zu dem bekannten Tier und überzeugte sich davon, dass es wirklich die Stute aus Sion war. Dann gingen er und die klösterlichen Gesandten gemeinsam auf die Hütte zu, während Justus die Pferde hielt.

»Riecht ihr es auch?«, fragte Waldemar.

»Was?«

»Knoblauch.«

Wenig später erreichte eine seltsame Gruppe den verwaisten Dorfplatz. Vier Pferde, das erste trug zwei Männer, den klösterlichen Stallmeister und einen hageren Kerl in einer schmutzigen Kutte. Auf dem zweiten Pferd folgte der Oberjäger, dann ein wild aussehender, blond gelockter Jüngling. Er hielt das vierte Pferd an einer Leine, darauf lag quer über dem Rücken des Tieres eine Ordensfrau. Ihre Arme und Beine hingen wie nasse Säcke links und rechts herunter.

Kurz darauf ging die Tür des Wirtshauses auf, und die Menschen des Dorfes strömten schweigend heraus. Sie bildeten einen Halbkreis um die Reiter. Die Weiber hielten sich beim Anblick der Toten den Mund zu. Die Männer schüttelten das Haupt, als wollten sie sagen: Die kennen wir nicht.

Nur Pius' und Jakobs Augen weiteten sich vor Entsetzen und Erkenntnis.

Die Blicke der Ankömmlinge richteten sich auf Wiltrudis, die zusammen mit dem Aschenbrenner auf den Dorfplatz kam. Als sie die Tote sah, eilte sie schnellen Schrittes auf das Packpferd zu.

»Stellamaris«, hauchte sie, während ihr die Farbe aus dem Gesicht wich, »mein Gott, das ist Stellamaris.«

Ein Raunen ging durch die Menge, auch wenn kaum jemand

wusste, wer diese Tote war. Es war lange her, dass Wiltrudis mit der Freundin die Ferien im Windbergtal verbracht hatte.

Die Priorin hatte offenbar Kenntnis von den unheimlichen Dingen, die hier vor sich gingen. Man zollte ihr Respekt und Ehrfurcht, trat einen Schritt zurück.

Sie sah ihrem Sohn in die Augen. »Sie hat uns letztendlich trotz allem zusammengeführt, es war ein wahrhaft dorniger und langer Weg. Gott sei ihrer Seele gnädig und schenke ihr den lang ersehnten Frieden.«

Der Glasvogt ging näher an die Tote heran. Speichel lief aus ihrem Mund. An den Rändern der Lippen klebte weißes Pulver. Er roch daran und wusste Bescheid. Oder glaubte, Bescheid zu wissen.

Niemand achtete auf die Person im schwarzen Habit oben bei der Hirtenhütte. Sie hatte den Platz der Spielleiterin eingenommen. Zufrieden umfasste sie das Kreuz, das um ihren Hals hing. Ein roter Rubin war darin eingelassen.

Nachwort

Liebe Leserinnen und Leser,

Sie haben mir und meinem Roman Ihre kostbare Zeit geschenkt, dafür möchte ich mich herzlich bedanken. Sie machen damit meine Arbeit erst wertvoll.

Sicherlich fragen Sie sich, ob sich dies alles auch so zugetragen hat. Ja und nein!

Beginnen wir mit den Glasmachern.

Ja: Die Glasmacher vom Windberg gab es, sie zogen aber nicht wie im Roman beschrieben im Spätherbst, sondern bereits im April des Jahres 1716 an ihre neue, vom Kloster St. Blasien bestimmte Wirkungsstätte nach Äule, wo sie bis zum Jahr 1887 Glas fertigten. Michael Sigwarth war ihr Vorstand, der Glasvogt.

Nein: Seine Frau Ludwina, Marie, Theis und die anderen, ebenso ihre Geschichten und Charaktere, habe *ich* dem Glasvogt zur Seite gestellt.

Und was hat es mit dem »Kalten Herz« auf sich?

Einige werden sagen: Halt! Wilhelm Hauff schrieb das Märchen erst im Jahr 1827, das ist richtig. Er beruft sich dabei auf eine alte Sage. Bereits im 16. Jahrhundert ist die Flößerei nach Straßburg nachgewiesen, nach dem Dreißigjährigen Krieg bis Holland. Hier muss man die Entstehung der Sage ansiedeln, denn im Vergleich zu den Flößern und Glasmachern waren die Köhler arme Schlucker und der Wunsch nach Reichtum groß. Hinzu kommt die Sage um die Zwerge, Venezianer auf der Suche nach Kobaltgestein. Ihrer Geschichte wird im SWR-Film »Das Geheimnis der Zwerge« aus dem Jahr 2010 von Sven Hartung nachgegangen. Es waren die Schatzsucher der Glasmacher von Murano. Ich habe die beiden Sagen verbunden und um die Silberminen des Basler Bischofs erweitert, denn sie gehören meiner Meinung nach zusammen.

Zur Klostergeschichte.

Ja: Abt Augustinus gab es, seinen Werken und dem Aufbegehren seiner Untertanen nach muss er ein harter und ehrgeiziger

Herrscher gewesen sein. Auch Gertrud von Beck, Magdalena Tröndlin von Greiffenegg, deren Familien und die Geschichte der Klöster samt ihrer Niederlassungen entsprechen den Tatsachen. Oberrechner Cajetano und der Sekretarius, *ich* nannte ihn Bruder Stephanus, lebten ebenfalls, sie sind in den Erinnerungstafeln in Äule erwähnt. Ihre Geschichte habe *ich* jedoch ausgeschmückt.

Nein: Pius, die Liaison zwischen Wiltrudis und dem Abt, auch Stellamaris, Bruder Klaus und Bruder Eberhardt sind Kinder *meiner* Phantasie.

Gab es eine Gruft der Äbte?

Eine erste Erwähnung einer Gruft ist durch Fürstabt Gerbert um 1770 belegt. Sie galt auch als Grablege einiger Habsburger, um das Kloster vor dem Auflösungsgedanken durch die damaligen Herrscher zu schützen. Der Fluchttunnel wiederum gehört in das Reich *meiner* Spekulationen.

Was hat es mit den Urkundenfälschungen auf sich?

Fakt ist, dass viele Urkunden von den Klöstern im Mittelalter gefälscht wurden. Meist ging es um Besitztümer, die man von alters her als eigen ansah und später beglaubigen ließ. Die besagte Stammurkunde von St. Blasien ist ein solches Beispiel. Die Feder des Sekretarius um die Landrechte habe allerdings *ich* geführt.

Herzlichen Dank auch an meine Agentin Beate Riess und an meine Lektorin Susann Säuberlich, ebenso an meinen Verlag. Sie alle haben an meine Idee geglaubt, mich unterstützt und die Geschichte ins rechte Licht gerückt.

Birgit Hermann
www.birgit-hermann.de